D1849664

Isabel Abedi

Lucian

Weitere Romane von Isabel Abedi
im Arena Verlag:

Isola
Whisper
Imago

Isabel Abedi

Lucian

Roman

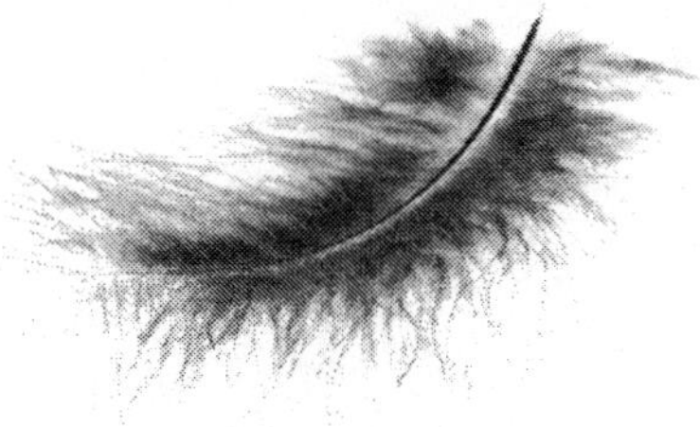

Arena

FSC
Mix
Produktgruppe aus vorbildlich bewirtschafteten Wäldern, kontrollierten Herkünften und Recyclingholz oder -fasern
Zert.-Nr. SGS-COC-003210
www.fsc.org
© 1996 Forest Stewardship Council

3. Auflage 2010
© 2009 Arena Verlag GmbH, Würzburg
Alle Rechte vorbehalten
Gestaltung: Frauke Schneider
Quellenverweis: S. 277 – S. 279 zitiert nach:
Jean-Paul Sartre, *Das Spiel ist aus*, Rowohlt Verlag 1952, S. 26 – S.28
Gesamtherstellung: Westermann Druck Zwickau GmbH
ISBN 978-3-401-06203-7

www.arena-verlag.de
Mitreden unter forum.arena-verlag.de

Für Alex Loyek
(1965–2001)

ERSTER TEIL

EINS

Der Mittwochabend gehörte uns, Janne, Spatz und mir.

Seit ich ein kleines Mädchen war, verbrachten wir drei diesen Abend in der Woche gemeinsam und abgesehen von den Ferien auch immer am selben Ort: zu Hause, in der Hamburger Rainvilleterrasse 9.

Die Idee kam von Spatz, Jannes Lebensgefährtin. Kurz nachdem sie bei uns einzog, ernannte Spatz den Mittwochabend zur *Ladys Night in* und besorgte für diesen Anlass sogar eine Krone. Es war eine Plastikkrone mit bunten Strasssteinchen aus der Spielzeugabteilung des Kaufhauses, in dem Spatz damals jobbte.

Spatz war es auch, die die Regeln für unsere *Ladys Nights* festlegte: Immer der Reihe nach durfte eine von uns die Mittwochskrone tragen und bestimmen, wie wir den Abend verbringen würden. Die einzigen Bedingungen waren: Es musste etwas sein, was wir zusammen machten, und es durfte nichts kosten.

Ich war vier Jahre alt, als wir unsere erste *Ladys Night in* veranstalteten und ich auch als Erste die Krone aufsetzen durfte. Ich fühlte mich tatsächlich wie eine Königin und ernannte Spatz und Janne zu meinen Zofen. Janne musste mein Lieblingsessen, Crêpes mit heißer Schokoladensauce, zubereiten. Spatz wies ich an, Fabeltiere zu zeichnen, Drachen, Einhörner und Greifen, die wir anschließend gemeinsam ausmalten.

Irgendwann kam die Krone abhanden oder wurde einfach nicht

mehr aufgesetzt. Aber die *Ladys Night* blieb und wurde mit den Jahren zu einem Ritual, auf das wir nur verzichteten, wenn etwas Ernsthaftes dazwischenkam.

Inzwischen war ich sechzehn und diesen Mittwoch war meine Mutter Janne an der Reihe, über die *Ladys Night* zu bestimmen. Das Motto des Abends lautete: ausmisten.

Zuerst hatten Spatz und ich laut aufgestöhnt, als Janne den riesigen Schrank auf unserem Dachboden öffnete, aber Janne hatte auf ihre imaginäre Krone getippt und verkündet: »Ein bisschen Vergangenheit loswerden kann nie schaden. Also keine Widerrede, Ladys! Ran an die Klamotten.«

Draußen tobte ein Herbststurm. Wie mit Eisfingern trommelte er an die Scheiben, doch hier oben unter dem Dach war es warm und mittlerweile saugemütlich. Janne hatte Kerzen angezündet, aus den Lautsprechern ertönte die Mondscheinsonate von Beethoven, Jannes Lieblingskomponisten, und der Duft von frischem Apfelstrudel zog aus der Küche bis zu uns hinauf.

Der Dachboden nahm die gesamte obere Hälfte unserer Wohnung ein, eine geschwungene Wendeltreppe trennte ihn von den unteren Zimmern. Die alten Holzdielen hatte Dad damals noch abgeschliffen.

Wir alle liebten diesen Raum. Er war unser Familienzimmer, das offizielle Wohnzimmer nutzten wir eigentlich nur, wenn Besuch kam. Hier oben steckte etwas von jedem von uns. Ich hatte mir das große Tagesbett mit den vielen Kissen gewünscht, auf dem wir schon unzählige Mittwochabende mit unseren Lieblingsfilmen verbracht hatten. Die Zimmerlinde, die mittlerweile bis zur Dachschräge hochgewachsen war, hatte Janne bei meiner Geburt als winziges Pflänzchen gekauft und die große Glasvase vor dem Fenster bestückte sie jede Woche neu mit Blumen. Von Spatz waren der alte Plattenspieler und das Regal mit der riesigen Plattensammlung. Unsere Möbel, die zum großen Teil von Antikflohmärkten stammten, hatten Spatz und Janne gemeinsam aufgestöbert, wobei Janne das Herunterhandeln der Preise und Spatz die anschließende Aufarbeitung übernahm.

Das einzige Erbstück war der Sekretär von meiner Urgroßmutter Moma, an dem Janne früher ihre Gutachten geschrieben hatte.

Neben dem Sekretär hing ein Vogelbauer an einer schweren Messingkette herab. Hier wohnten John Boy und Jim Bob. Meine Mutter hatte die beiden Wellensittiche von einem ehemaligen Klienten geschenkt bekommen. Mit ihren dreizehn Jahren waren sie mittlerweile reife Herren und Janne sorgte rührend für sie. Spatz dagegen hasste es, wenn Tiere hinter Gittern eingesperrt wurden. Sie nannte unsere Vögel deshalb *die Knastbrüder,* was ihr jedes Mal einen bösen Seitenblick von meiner Mutter bescherte.

Jim Bob hatte seinen Schnabel unter den Flügel gesteckt und die Federn aufgeplustert, während John Boy neugierig auf uns herabsah, wie wir vor dem Berg aus altem Kram hockten und uns darum stritten, was wir entbehren – oder besser gesagt nicht entbehren – konnten.

»Nicht!«, kreischte Spatz aus vollem Hals. Sie machte einen Hechtsprung und versuchte, Janne einen grinsenden Gummizwerg mit einer blauen Mütze aus der Hand zu reißen, den meine Mutter gerade in der Kiste mit der Aufschrift »Goodbye Ladys« versenken wollte.

»Wieso nicht?« Janne starrte verblüfft von Spatz auf den Gummizwerg.

»Weil der nimmersatte Anton das Glück meiner Kindheit war«, rief Spatz empört. »Nur über meine Leiche kommt der auf den Flohmarkt.« Sie packte Janne am Handgelenk und fing an, sie durchzukitzeln, bis meine Mutter lachend aufgab und den Plastikzwerg fallen ließ.

»Komm her, Anton.« Spatz hob ihn auf und nahm ihn schützend in den Arm. »Weg von der kaltherzigen Mittwochskönigin. Ab heute . . .«, sie grinste den Zwerg an, » . . . thronst du auf unserem Fernseher.«

»Auf dem Fernseher? Was soll das Teil denn auf dem Fernseher?«, fragte ich entgeistert.

»Das *Teil?«* Spatz pustete sich eine Staubflocke von der Nase und funkelte mich an, als hätte ich mich gerade selbst in einen Gummizwerg verwandelt, und zwar in einen bösen. »Was deine Mutter auf dem Flohmarkt verschachern will, ist kein *Teil,* sondern ein Meilenstein der deutschen Fernsehgeschichte!«

Sie hielt mir den Gummizwerg vor die Nase. »Darf ich bekannt machen?«, fragte sie und ließ den Zwergenkopf hin- und herwackeln. »Rebecca, das ist der nimmersatte Anton, Genosse der Mainzelmännchen und Star des Werbefernsehens aus den Siebzigerjahren. Anton, das ist Rebecca, Ersttochter von Janne und Zweittochter von mir. Sag Guten Abend.«

»Gut'n Aaaaaaaaaaaabend«, quiekte der Gummizwerg mit Spatz' verstellter Stimme und ich musste lachen.

Janne strich sich stöhnend das blonde Haar aus der Stirn. Ein schwarzer Streifen zog sich quer über ihr Gesicht und passte so gar nicht zu ihr. Meine schöne Mutter mit dem Körper einer Marathonläuferin konnte man morgens um drei Uhr aus dem Tiefschlaf wecken und sie sah immer noch perfekt aus.

»Also gut. Solange Antons Genossen nicht irgendwo im Hinterhalt lauern, kann er bleiben«, sagte sie und beugte sich wieder über ihre Kiste. »Was ist hiermit?«

Janne hielt eine rote Plastiktrompete hoch und ich kreischte: »Ohhh, die hat Daddy mir geschenkt, weißt du noch? Nach dem Kindergartenfest, wo mir Sören seine halbe Bratwurst aufs Kleid gekotzt hat. Ich hab gestunken wie Sau und mich total geschämt und abends hat Dad mir zum Trost die Trompete mitgebracht. Soll ich euch was vorspielen?«

»Töröóö«, machte Spatz und zwinkerte mir zu.

»Leute, so kommen wir nie weiter«, nörgelte Janne. »Die Aktion des Abends heißt nicht Spielen, sondern Ausmisten. Also, weg damit oder nicht?«

»Nicht.« Ich legte die Trompete zur Seite und öffnete die große Bücherkiste. Zwischen Jannes Fachbüchern, Spatz' Kunstbänden und ein paar speckigen Kochbüchern fischte ich einige alte Bilderbücher heraus.

Meine Mutter rutschte zu mir herüber und schlug *Wo die wilden Kerle wohnen* von Maurice Sendak auf. »Das war dein Lieblingsbuch«, sagte sie. »Du hast dich wahnsinnig vor den Monstern gefürchtet, die Max in seiner Traumreise besuchte. Aber du wolltest die Geschichte immer wieder hören.« Janne lächelte mich an. »Du hast die Augen geschlossen und bist in deiner Fantasie mit Max auf dem Segelschiff davongereist. Ich sollte dir die wilden Kerle vormachen. Du wolltest ihr fürchterliches Brüllen hören und sehen, wie sie ihre fürchterlichen Zähne fletschten, ihre fürchterlichen Augen rollten und ihre fürchterlichen Krallen zeigten – bis Max *Seid still* sagte und sie mit seinem Zaubertrick zähmte. Weißt du noch, Wölfchen? Du kanntest den Text auswendig.«

Ich legte meinen Kopf auf Jannes Schulter und sah auf das Segelschiff, in dem der kleine Max mit seinem Wolfspelz saß. Das Papier war schon ganz vergilbt und strömte diesen undefinierbaren Geruch alter Bücher aus.

»Ja, das weiß ich noch«, sagte ich und warf Spatz einen Blick zu. »Und du hast mir ein Bild von dem Schiff gemalt. Aber es stand nicht Max, sondern Rebecca darauf.«

Und so ging es weiter. Jedes Teil, das wir aus den Kisten zogen, brachte eine Geschichte mit sich. Da war das *Mörderdirndl* mit der roten Schürze, das meine Großmutter mir zur Einschulung aus München mitgebracht hatte. Im Stoff, direkt über dem linken Schulterblatt, steckte eine vergessene Sicherheitsnadel. Das erste und einzige Mal, dass ich das blöde Ding trug, öffnete sich die Nadel, und als ich auf dem Schulhof beim Spielen geschubst wurde, rammte sich die Spitze tief in meine Haut.

Da war die winkende Glückskatze aus goldlackiertem Plastik, ein Mitbringsel aus Asien von Spatz für Janne. Am selben Tag kaufte Janne ein Rubbellos und gewann dreißig Euro. »Wisst ihr noch? Wir sind mit Rebecca auf den Hamburger Dom gegangen und haben uns im Spiegelkabinett verirrt . . .«

Und da war Sharky, meine alte Luftmatratze. Spatz hatte sie mir geschenkt, als ich vier war und noch nicht schwimmen konnte. Die Luftmatratze hatte einen Haifischkopf mit aufgerissenem Maul und riesigen Gummizähnen. Eine alte Dame hatte vor Schreck fast einen Herzinfarkt bekommen, als ich im Freibad mit Sharky auf sie zupaddelte.

In einer Kiste – auf die Spatz einen Totenkopf gemalt hatte – stapelten sich die Weihnachtsgeschenke ihrer Mutter, in einer anderen bewahrte sie ihre Insektenkästen auf. Ich nahm den obersten heraus und betrachtete sein Innenleben. Das hinter Glas gebannte Etwas war eins von Spatz' ersten Kunstobjekten: ein gehäkelter Glockenpolyp aus rosafarbenem und grünem Baumwollgarn.

Ich war gerade in die zweite Klasse gekommen, als Spatz an dieser Serie zu arbeiten begonnen hatte. Sie nannte sie *Seemannsgarn* und häkelte monatelang an den Seeanemonen, Sternkorallen und Glockenpolypen, die ich anschließend in die würfelförmigen Insektenbehälter legen und mit dem gläsernen Deckel verschließen durfte.

Spatz hatte sich inzwischen eine Kiste mit der Aufschrift *Schnick-*

schnack vorgenommen. Sie legte ein Duschradio in U-Bahn-Optik, einen silbernen Handspiegel und ein pinkfarbenes Vampirgebiss zur Seite, dann zog sie einen Bilderrahmen hervor. »Schaut mal, die kleine Seejungfrau aus Kalifornien«, sagte sie und lächelte, als sie mir den Rahmen hinhielt.

Auf dem Foto musste ich ungefähr fünf Jahre alt gewesen sein. Zwei Hände hielten meinen ausgestreckten Körper über die Wasseroberfläche eines Sees. Ich hatte die Arme ausgebreitet wie im Flug und sah aus, als würde ich vor Glück platzen.

»Das war am Lake Nacimiento«, sagte Janne. Ihre Stimme klang weich. Sie nahm mir das Bild aus der Hand und wischte den Staub von der Glasfläche. »In dem Sommer hast du schwimmen gelernt. Dad musste dich immer wieder in die Luft werfen, damit du von seinen Armen ins Wasser springen konntest.«

Ich musterte mein lachendes Kindergesicht und musste daran denken, dass das mein einziger Besuch in Dads Heimat gewesen war. Ich konnte mich tatsächlich noch daran erinnern, wenn auch nur vage. Ich hatte den See immer Drachensee genannt. »Und?« Ich stupste meine Mutter an und zeigte auf das Foto. »Verscherbelst du mich jetzt auf dem Flohmarkt?«

»Nein, ich denke, dieses Stück Vergangenheit bleibt bei uns«, sagte Janne entschlossen und legte das Bild zur Seite.

Aus der Küche ertönte ein schrilles Klingeln.

»Ding, dong«, rief Spatz. »Hier eine wichtige Durchsage: Der kleine Apfel Strudel möchte von seiner Mami aus dem Backparadies abgeholt werden.« Sie warf Janne einen unschuldigen Blick zu. Ich prustete los, aber Spatz' Gelächter übertönte mich mühelos. Jannes Lebensgefährtin war sehr klein und ausgesprochen zierlich, sie hatte kurzes mausbraunes Haar, das ständig zerzaust war, und große goldbraune Augen. Nur ihre Lache stand im exakten Gegensatz zu ihrem

Aussehen. Sie schepperte wie ein Sack voll leerer Blechbüchsen, die man über einer Kellertreppe auskippte – und ob man wollte oder nicht, sie riss einen mit sich.

»Na, dann will die liebe Mami mal«, sagte Janne schließlich. Sie klopfte den Staub von ihrer Jeans und sah sich in dem Tohuwabohu um, das wir in der letzten Stunde um uns herum verbreitet hatten.

Spatz brauchte ihr persönliches Chaos, das vor allem in ihrem Arbeitszimmer herrschte. Alltägliche Dinge wie Steuererklärungen oder der Umgang mit einem Computer überforderten sie komplett, während Janne das Organisationstalent schlechthin war und sich durch kaum etwas aus der Ruhe bringen ließ.

Einzige Ausnahme: häusliche Unordnung. Herumliegende Sachen, nicht eingeräumtes Geschirr oder eine verkrümelte Arbeitsfläche in der Küche verwandelten meine gelassene Mutter in ein nervliches Wrack.

»Keine Panik«, sagte ich, als ich den entsetzten Ausdruck bemerkte, der in ihr Gesicht getreten war. »Wenn du den Apfelstrudel holst, räumen wir nachher auf. Versprochen!«

Janne nickte dankbar und bahnte sich durch die Kisten einen Weg nach unten.

Wenig später kehrte sie mit einem beladenen Tablett zurück.

»Lasst es euch schmecken, Ladys«, sagte sie und verteilte die Teller auf dem großen Bambustisch. »Aber danach gibt es keine Ausrede mehr. Wir werden diesen ganzen Müllhaufen aussortieren, so wahr ich Janne Wolff heiße.« Sie fuchtelte mit ihrem Messer durch die Luft. »In einer Stunde ist die Kiste für den Flohmarkt gefüllt!«

Wir aßen den gesamten Apfelstrudel mit Vanillesauce auf, wobei ich die eine Hälfte übernahm, während Janne und Spatz sich die andere teilten. Dann krönten wir Janne zur Strudelkönigin der *Ladys Night* – und scheiterten schließlich jämmerlich, was das Ausmisten betraf.

Während sich in der Flohmarktkiste ein bescheidenes Häufchen aus Jannes Fachbüchern, Brettspielen und CDs ansammelte, wurden die Berge mit den Dingen, die wir behalten wollten, höher und höher.

Spatz stapelte selig ihre alten Videoaufzeichnungen von Godard- und Hitchcockfilmen (»Wir müssen unbedingt noch einen Videorekorder kaufen, bevor es zu spät ist«), ich hatte mir die alten Bilderbücher wie einen Hocker unter das Gesäß geschoben und Janne zog gerade etwas Kleines, Weißes aus der letzten Kiste, als ich plötzlich etwas spürte. Es fühlte sich an wie ein hauchfeiner Riss tief in meinem Inneren. Er war kaum wahrnehmbar, als ob mir jemand mit der Pinzette ein Härchen ausgerupft hätte, das nach innen gewachsen war. Ein kurzer Ruck, dann war es vorbei. Was blieb, war ein sonderbares Gefühl von Leere, das ich nicht deuten konnte. Ich schob es auf die späte Uhrzeit – mittlerweile war es nach Mitternacht – und verdrängte es, als Janne mir einen kleinen Teddybären in den Schoß legte.

»Das war dein allererstes Geburtstagsgeschenk«, sagte sie. Er war aus Schafwolle, ziemlich schmuddelig und kaum größer als Jannes Hand. Dunkelbraune Filzkreise bildeten die Augen, die winzige Nase war ein schwarzes Garnbällchen und auf seinen wollweißen Wangen prangte ein Schokoladenfleck.

»Daran wirst du dich bestimmt nicht mehr erinnern«, fuhr Janne fort. »Moma hat ihn dir geschenkt, als wir dich nach der Geburt nach Hause brachten. Er sollte über deine Träume wachen, aber du hast ihn auch am Tag nicht aus der Hand gelassen. Überallhin hast du ihn mitgeschleppt, und als wir ihn einmal beim Griechen liegen ließen, hast du so lange gebrüllt, bis ich Herrn Papatrechas aus dem Schlaf geklingelt habe und er dein Bärchen mit dem Taxi zurückschickte. Du hattest sogar einen Namen für ihn. Wie war er noch . . . Li oder La . . .?« Janne legte die Stirn in Falten.

»Lu«, murmelte ich. Ich hatte keine Ahnung, wieso mir der Name über die Lippen kam. Ich erinnerte mich gar nicht mehr an den kleinen Bären.

Aus dem Vogelbauer war ein schnarrendes Geräusch zu hören. Es kam von John Boy. Eifrig wetzte er seinen Schnabel an der kleinen Sepiaschale. Ich starrte den grünen Wellensittich an, ohne ihn wirklich wahrzunehmen, und als er mit den Flügeln schlug, zuckte ich aus irgendeinem Grund zusammen.

»Hey.« Janne musterte mich besorgt. »Du bist ja ganz blass. Ist alles in Ordnung, Wölfchen?«

Ich nickte, aber es stimmte nicht. Mit einem Mal fühlte ich mich total erschöpft.

»Ich glaub, ich muss ins Bett«, murmelte ich. »Ich hab morgen in der ersten Stunde Englisch.«

Spatz warf mir einen mitleidigen Blick zu. »Dann richte deinem Mister Tyger aus, wenn er dich das nächste Mal auf dem Kieker hat, erscheine ich persönlich in seiner Sprechstunde und töröte ihm mit deiner alten Trompete den Marsch.«

»Gute Idee«, knurrte Janne. »Hätten wir eigentlich schon längst mal tun sollen.«

Mein Englischlehrer gehörte nicht zu unseren Lieblingsthemen. Janne und Spatz verabscheuten es, wenn mir jemand das Leben schwer machte, insbesondere wenn es gar keinen Grund dafür gab.

Ich rappelte mich vom Boden auf und warf Janne einen zerknirschten Blick zu. »Kann ich . . . vielleicht doch meinen Kram bis morgen hier liegen lassen?«

Es war eine rhetorische Frage. Mir war klar, dass morgen keine Spuren mehr von unserer Aktion zu finden sein würden. Egal, wie spät der Abend wurde, egal, wie früh der Morgen anbrach, Janne würde nie ins Bett gehen, ohne vorher klar Schiff gemacht zu haben, und wenn wir unseren Teil zur Hausarbeit nicht beitrugen, konnte meine Mutter ziemlich ungemütlich werden. Heute überraschte sie mich.

»Ich mach das schon«, sagte sie. »Ich leg dir die Sachen vor die Tür, okay?«

»Danke.« Ich gab Janne einen Kuss und nickte Spatz zu, die sich wieder dem Studium ihrer Videokassetten gewidmet hatte. Gerade hielt sie ein Video mit der Aufschrift *Orfeo Negro* in der Hand. »Ein wunderbarer Film«, murmelte sie. »Wir müssen wirklich einen Rekorder anschaffen. Videos haben so etwas Romantisches.«

»Nacht, Spatz«, sagte ich. Ich drehte mich zu dem Vogelbauer um. Mittlerweile hatte auch John Boy seinen Schnabel unter den Flügel gesteckt. Seine weichen Federn waren aufgeplustert und sein Brustkorb hob und senkte sich in einem wiegenden Rhythmus. »Gute Nacht, John Boy. Gute Nacht, Jim Bob.«

Spatz winkte abwesend und Janne lächelte mich an.

»Gute Nacht, Wölfchen. Träum was Schönes.«

Als ich mir in meinem Zimmer die Kleider abstreifte, merkte ich, dass ich noch immer den kleinen Bären in der Hand hielt. Ich nahm ihn mit ins Bett und löschte das Licht. Das seltsame Gefühl in meiner Brust war immer noch da. Ich konnte es nicht richtig zuordnen, ich wusste nur, dass es von einer Minute auf die andere gekommen war.

Mein Zimmer lag im ersten Stock. Ich hörte Schritte über mir, die lauten von Janne, die trippelnden von Spatz, und auch der Regen hatte nicht nachgelassen. Er trommelte gegen die Scheibe. Dieses Geräusch liebte ich, genauso wie den Augenblick des Einschlafens. Die magischen Sekunden, in denen wir in die andere Wirklichkeit wechseln, hatte ich schon immer als etwas Besonderes empfunden. Manchmal fühlte es sich an wie ein Fallen, manchmal wie ein Sinken, aber heute kam es mir vor, als zerrte der Schlaf mit groben, ungeduldigen Fingern an mir. Irgendwo in der Ferne dröhnte eine Schiffssirene, dann war ich weg.

Der Traum überfiel mich wie die Wirkung einer zu starken Droge. Ich lag in einem Raum, auf einem plüschigen dunkelgrünen Teppich. Die Wände waren mit Holz verkleidet, da war ein Bett mit einer geblümten Tagesdecke, darüber hing ein Bild von einer grauenhaft kitschigen Berglandschaft. Über meinem Kopf waberte ein Kronleuchter und neben mir lagen Scherben. Sie waren überall, auf meinem Bauch, meinen Händen. Es roch metallisch süß und ich stellte entsetzt fest, dass es Blut war.

Mein Blut? Ich rang nach Atem, aber in dem Raum war keine Luft oder vielleicht war in mir keine Luft, ich japste, stöhnte, wollte mich bewegen, konnte mich aber nicht rühren, nicht mal meine Finger gehorchten mir.

Wo war ich? Ich kannte diesen Raum nicht. Was machte ich hier? War ich allein? Nein, da war jemand, ich fühlte es, aber ich konnte kein Gesicht erkennen. *Bitte. Bitte nicht . . . bitte . . . lass mich nicht . . .*

Selbst die Worte fühlten sich an wie Scherben, kalt und scharf und Angst einflößend. Jetzt erst merkte ich, dass ich um mein Leben bettelte. Der Raum, fremd, hässlich und unpersönlich, dehnte sich aus und dann schrumpfte er zusammen, immer dichter rückten mir die Wände auf den Leib. Mir wurde kalt und es stank nach Schweiß.

Ich wachte von meinem eigenen Schrei auf.

Vor mir saß meine Mutter, sie hielt mich im Arm und strich mir das Haar aus der Stirn. Ich war nass geschwitzt, wie durch eine Nebelwand hörte ich Jannes Murmeln: »Wölfchen, du hast geträumt. Hey. Alles ist gut. Es ist vorbei.«

Ich rang nach Luft. Nein. Nein! Es war nicht vorbei. Ich sah mich im Zimmer um, in *meinem* Zimmer, das so vertraut war. Wie um sicherzugehen, tasteten meine Augen alles ab. Den schwarzen Sitzsack. Die Trophäen meiner Schwimmwettkämpfe auf den Regalflächen. Den knallroten Bonbonspender, den Sebastian für mich mit Smarties bestückt hatte. Mein Schreibtisch mit Dads altem Apple, an der Wand das große Blechschild, auf dem eine Frau aus den Fünfzigern die Ärmel ihres blauen Overalls umkrempelte. *We Can Do It* stand in großen Lettern darüber.

Okay, das hier war wirklich mein Zimmer und neben mir saß meine Mutter, die beruhigend auf mich einsprach, als wäre ich ein kleines Kind. Ich roch ihr Parfüm, es mischte sich mit der Wärme ihrer Haut. Aber warum hörte mein Herz nicht auf zu rasen? Mir wurde fast schlecht von dem Geruch meines eigenen Schweißes. Etwas hatte sich in meine Brust gekrallt. Wie eine eiserne Hand fühlte es sich an und es schnürte mir die Luft ab. Die Angst, nicht atmen zu können, wurde so übermächtig, dass ich immer hektischer nach Luft rang. Ich fühlte meine Hände nicht mehr und Jannes Gesicht war so bizarr weit weg, obwohl sie doch direkt vor mir saß.

»Rebecca? Rebecca . . .«

Ich versuchte, mich auf Jannes Stimme zu konzentrieren, aber auch ihre Worte klangen wie aus der Ferne an mein Ohr.

» . . . Schatz, hör mir zu . . .«

Ich bemühte mich krampfhaft, ich öffnete den Mund, aber ich konnte nicht antworten.

»Okay, Rebecca.« Jannes Stimme war lauter geworden, professioneller, aber immer noch ruhig. »Ich möchte, dass du ausatmest.« Sie legte ihre Hand auf meine Brust. »Spürst du das? Lass deinen Atem hierhin fließen, gut so, noch ein Stück, atme aus, schieb die Luft nach unten. Es geht, siehst du? Gleich noch einmal. Ja, so ist es richtig.«

»Ich . . .« Endlich fand ich meine Stimme wieder. Sie war ein klägliches Krächzen. »Ich . . . hab . . . geträumt, ich sterbe. Da war ein

Raum, Mam. Mit einem grünen Teppich. Da war ein Bett. Ein Kronleuchter. Es war alles . . . so scharf.«

Wieder rang ich nach Luft, ich fixierte Jannes Gesicht. »Da waren lauter Scherben. Und bei mir war . . . jemand, direkt neben mir. Er . . . es . . . ich konnte nicht . . .«

Ich hielt inne. Das Sprechen half nicht. Im Gegenteil, mein Atem spielte nur noch mehr verrückt.

Janne drückte meine Hand, dann machte sie Anstalten aufzustehen, ich hörte sie sagen, dass sie das Fenster öffnen würde, aber ich schüttelte den Kopf und krallte mich an ihrem Arm fest.

Jannes Hand legte sich wieder auf meine Brust, aber es fühlte sich nicht mehr gut an. Ihre Hand war zu schwer. »Mein Schatz, es war nur ein Traum, hörst du?«

Ich hörte, was sie sagte, aber ich fühlte es nicht.

»Rebecca.« Jannes Stimme klang jetzt zärtlich und eindringlich. »Bedrückt dich etwas? Die Sache mit Sebastian? Oder war was mit Dad und Michelle? Träume stehen für etwas, Wölfchen, und manchmal hilft es, wenn man herausfindet, wofür.«

Nein, schrie es in mir. Da ist nichts. Die Sache mit Sebastian war jetzt fast sechs Wochen her und mit Dad war alles bestens. Verdammt, *mir* ging es bestens.

Janne musterte mich. Ihr forschender Blick war jetzt voller Sorge und plötzlich wünschte ich mir, dass sie aufhörte, mich so anzusehen.

Meine Mutter war Psychologin und was Träume anging, die Spezialistin schlechthin. Obwohl mich ihre Angewohnheit, allem auf den Grund zu gehen, manchmal nervte, wusste ich, dass sie in jeder Hinsicht für mich da war – nicht auf diese »Ich-bin-deine-beste-Freundin-Tour«, sondern auf eine im besten Sinne mütterliche Art. Ich wollte sie fragen, ob es normal war, von seinem eigenen Sterben zu träumen, und ob ein Traum wirklich so echt wirken konnte. Aber ich sprach es nicht aus, denn irgendetwas gab mir plötzlich die Gewissheit, dass meine Mutter mir nicht helfen konnte.

Das erste Mal in meinem Leben fühlte ich mich allein.

»Ist schon gut, Mam«, brachte ich mühsam hervor. »Es geht wieder . . . danke. Ich glaub, ich sollte einfach versuchen weiterzuschlafen.«

Mit aller Kraft konzentrierte ich mich darauf, ruhiger zu atmen, und ganz langsam gelang es mir auch. »Ich bin okay«, sagte ich schließlich mit festerer Stimme. »Wirklich.«

»Also gut«, sagte Janne zögernd. »Ich lass meine Zimmertür offen. Wenn was ist, brauchst du nur zu rufen, in Ordnung?«

»Danke, Mam. Schlaf gut.«

»Du auch.« Janne blieb noch ein paar Sekunden in der Tür stehen, dann fiel leise die Klinke ins Schloss.

Ich ballte meine Hände zu Fäusten. Von wegen okay. Die Panik lauerte noch immer ganz dicht unter der Oberfläche, wie ein Tier, bereit zum Angriff. Ich überlegte verzweifelt, was ich jetzt machen sollte. Janne hatte das Licht im Zimmer brennen lassen. Ich hatte noch nie im Hellen schlafen können, aber allein der Gedanke daran, das Licht zu löschen, ließ die Angst ihre Krallen ausfahren.

Mit einem Ruck schlug ich die Decke zurück, um jetzt doch das Fenster zu öffnen. Wenigstens würde die Nachtluft diesen widerlichen Schweißgeruch vertreiben. Als ich aus dem Bett stieg, trat ich auf etwas Weiches. Es war der kleine Bär. Er musste im Schlaf aus dem Bett gefallen sein. Ich hob ihn auf, presste ihn an meine Brust und taumelte zum Fenster.

Der Sturm hatte sich gelegt. Kein Windhauch regte sich. Stattdessen war Nebel aufgestiegen, die Luft war blass und feucht. Unser Haus lag am Ende der Straße, von meinem Fenster aus konnte ich direkt auf die Elbe schauen.

In der Ferne sah ich die Lichter der *Queen Mary*, des großen Kreuzfahrtschiffs, das gestern im Hamburger Hafen eingelaufen war. Ich war dort gewesen, mit Suse und ungefähr tausend anderen Schaulustigen. Wir hatten Fischbrötchen gegessen, heiße Schokolade getrunken und ich hatte mich halb totgelacht über Suses blöde Witze. Am liebsten würde ich meine beste Freundin jetzt anrufen. Oder Sebastian. Plötzlich sehnte ich mich nach ihm.

Die Straße unter mir war wie ausgestorben. Es musste schon spät sein. Alle Fenster der Häuser waren dunkel und selbst unter den parkenden Autos kroch der Nebel hervor. Nur die Straßenlaterne vor unserem Haus sonderte ein trübes Licht ab. Es flackerte.

Dann sah ich ihn.

Er lehnte an der Laterne, eine schattenhafte Gestalt, und für eine absurde Sekunde dachte ich, er wäre Sebastian. Aber das stimmte nicht. Es war ein Fremder – ob Mann oder Junge, konnte ich nicht erkennen, doch ich war mir sicher, dass es ein männliches Wesen war.

Schmal und dunkel lehnte er an der Laterne und sah zu mir hinauf. Sein Gesicht war kaum mehr als ein blasser Fleck und sein Haar schwärzer als die Nacht. Der lange Mantel wirkte zu groß über den schmalen Schultern.

Er stand da wie festgefroren. Das Einzige, was sich bewegte, war das flackernde Licht der Laterne, die an- und wieder ausging, an und aus. Selbst als mein Blick ihn traf, rührte der Fremde sich nicht, er schaute nur weiter unvermittelt zu meinem Fenster auf, als ob er auf mich gewartet hätte.

Es war ein zutiefst unheimliches Bild, aber ich hatte merkwürdigerweise überhaupt keine Angst. Im Gegenteil, ich sah auf die fremde Gestalt unter der Laterne und fühlte, wie etwas in mir zur Ruhe kam. Die Panik fuhr die Krallen ein und zog sich zurück und mit einem Mal wurde ich sehr müde.

Regungslos stand ich da, tat nichts, dachte nichts, schaute nur den Fremden an. Und dann ging ich zurück ins Bett, kuschelte mich unter die Decke und schloss die Augen.

Diesmal kam der Schlaf ganz sanft. Er hüllte mich mit weichen Schattenfingern ein. Das Fenster war weit geöffnet und das Letzte, was ich wahrnahm, war der Regen, der wieder einsetzte, flüsternd und rauschend wie ein Gutenachtlied.

ZWEI

Aus weiter Ferne drang das Piepsen des Weckers an mein Ohr. Es kam näher, wurde fordernder, schriller, bis es sich wie eine Spirale in meinen Kopf bohrte. Als ich die Bettdecke zurückschlug, fühlte ich mich wie gerädert. In meinem Zimmer herrschten arktische Temperaturen, den kleinen Bären hielt ich noch immer in der Hand. Fröstelnd ging ich zum Fenster, das weit offen stand. Als ich auf die Straße sah, fiel mein Blick als Erstes auf die Laterne. Der Platz darunter war leer. Einer unserer Nachbarn verließ gerade das Haus, stieg in seinen Wagen und fuhr davon. Auf dem Bürgersteig kreischte Lasse, der kleine Junge aus der Wohnung im Erdgeschoss, weil ihm sein Brötchen aus der Hand gefallen war, und vor einem der Bäume hob ein wuscheliger Mischlingshund sein Bein.

Die Straße sah aus wie an jedem anderen Morgen. Aber warum machte mir der gewohnte Anblick mehr zu schaffen als der von letzter Nacht? Der Fremde hatte direkt in mein Fenster gestarrt, was im Tageslicht betrachtet wirklich eine gruselige Vorstellung war. Die Tatsache, dass der Platz unter der Laterne jetzt leer war, sollte mich also eigentlich beruhigen, aber das tat er nicht – im Gegenteil.

Ich schüttelte meinen Kopf, um das wattige Gefühl loszuwerden.

Was war nur mit mir los?

Vermutlich hatte mich mein Albtraum so aus der Bahn geworfen. Die Träumerin in unserer Familie war eigentlich Spatz, die ich manchmal sogar um ihre nächtlichen Abenteuerreisen beneidete, während ich mich morgens fast nie daran erinnern konnte, dass ich überhaupt geträumt hatte.

Musste es ausgerechnet dieser Traum sein, der mir in allen Einzelheiten im Gedächtnis geblieben war? Seltsamerweise hatten sich besonders die Farben dieses Raumes in irgendeinem Winkel meines Hirns eingebrannt. Dieser plüschige grüne Teppich, die Tagesdecke mit den bunten Blümchen – rot, gelb und violett. Gequält grinste ich auf. Du meine Güte, ich würde in einem holzgetäfelten Zimmer mit geblümter Tagesdecke und einem grünen Plüschteppich sterben, das war wirklich ein Albtraum.

Was wohl Suse dazu sagen würde?

Ich riss mich vom Fenster los, ging unter die Dusche und drehte den Warmwasserhahn bis zum Anschlag auf. Das heiße Wasser half tatsächlich. Als ich aus dem Bad kam, fühlte ich mich – na ja, *wie neugeboren* wäre eine Wunschvorstellung gewesen – aber zumindest etwas besser.

Ich schlüpfte in die Jeans von gestern, zog ein Shirt und einen Kapuzenpulli über und ging in die Küche. Spatz saß in ihrem schwarzen Kimono am Frühstückstisch. Ihre Haare standen in alle Richtungen ab und ihre kleinen Hände legten sich um die Suppentasse mit heißer Milch. Über den Rand ihrer Tasse hinweg warf sie mir einen ihrer typischen Spatz-Blicke zu, mit denen sie ganze Romane erzählen konnte. Vor allem morgens, wenn sie zu verschlafen war, um einen vollständigen Satz herauszubringen. Heute sagte ihr Blick: *Janne hat erzählt, was letzte Nacht mit dir war. Ich hoffe, es geht dir besser.*

Mein Platz am Frühstückstisch war schon gedeckt. Janne war ein Morgenmensch. Wenn um halb sechs ihr Wecker klingelte, sprang sie in ihre Joggingsachen, lief ihre Runde an der Elbe und war bereit für den Tag. Ihre ersten Klienten empfing sie meist um halb acht, so wie heute Morgen auch.

Ich zog den Zahnstocher aus meinem Sesambrötchen. An seinem oberen Ende klebte ein Zettel mit einem zähnefletschenden Strichmännchen. *Zeig Tyger den Tiger, tausend Küsse, Mam*, stand darunter. Ich musste grinsen, vor allem über die Zeichnung. Jannes Malkenntnisse waren auf dem Stand einer Fünfjährigen.

Mach dich nicht über deine arme Mutter lustig, sie hat den halben Morgen an diesem Kunstwerk gearbeitet, sagte Spatz' Blick.

Ich biss versuchsweise in das Brötchen, und als mein Magen nicht rebellierte, schob ich eine Scheibe Salami und ein Schälchen Krabbensalat hinterher, weniger aus Hunger als in der vagen Hoffnung, damit das leere Gefühl in meiner Brust zu bekämpfen, das ich immer noch nicht losgeworden war.

Mein Unterricht begann erst um acht, aber ich verließ das Haus ein wenig früher als sonst und überquerte die Straße. Ich lehnte mich mit dem Rücken an die Laterne vor unserem Haus und blickte zu meinem Fenster hinauf. Es lag im vierten Stock. Ich versuchte, mir vorzustellen, was der Fremde gesehen oder vielmehr: gesucht hatte. Mich?

Meine Augen wanderten ein Stockwerk weiter runter. »Oder Frau Dunkhorst«, sagte ich laut und versuchte, meine nervtötende Stimmung wegzualbern, was auch prompt klappte.

Frau Dunkhorst war eine Hypochonderin, vor der alle Mitbewohner im Treppenhaus die Flucht ergriffen. Letzten Monat hatte es Spatz nicht mehr rechtzeitig geschafft und musste sich eine halbe Stunde lang die gefährlichen Symptome einer höchst seltenen Augenkrankheit anhören, die Frau Dunkhorst angeblich befallen hatte. Unter geschlossenen Lidern sah sie tanzende Mücken und ging davon aus, dass sich ihre Netzhaut jede Minute ablösen konnte. Mehrmals pro Woche rief Frau Dunkhorst den Notarzt, einmal hatte sie bei sich selbst einen Milzriss diagnostiziert.

Ich grinste und drehte mich entschlossen um. Okay, die Sache lag auf der Hand. Der Typ von gestern Nacht war vermutlich ein entnervter Sanitäter gewesen, der im Schutz der Dunkelheit ausgekundschaftet hatte, wie er Frau Dunkhorst am besten um die Ecke bringen konnte.

Ich ging in die Garage, schloss mein Fahrrad auf und war ein paar Minuten später unterwegs.

Mein Englischlehrer saß schon am Pult, als ich das Klassenzimmer betrat. Sein Name war Morton Tyger. Mit seinem grau melierten Haar, der hohen Stirn und den blitzblauen, beunruhigend wachen Augen hatte er etwas von einem englischen Aristokraten, der ins falsche Zeitalter gerutscht war. Wie immer hatte er ein Buch vor der Nase, eine Tasse dampfenden Tee in der Hand und trug einen altmodischen Anzug, dunkelgrau mit einer hellblauen Seidenfliege. Aus seiner Jacketttasche lugte die goldene Kette von Tygers Taschenuhr, ohne die ich meinen Englischlehrer noch nie gesehen hatte.

Dass er mein gemurmeltes »Good Morning« mit einer hochgezogenen Augenbraue quittierte, war ich ebenfalls gewohnt. Trotzdem versetzte mir sein Verhalten immer wieder aufs Neue einen Stich. Es ist eine Sache, von einem Lehrer nicht gemocht zu werden, in dessen Fach man eine Niete ist. Aber bei mir war das Gegenteil der Fall. Englisch hätte schon allein deshalb mein bestes Fach sein können, weil ich dank Dad zweisprachig aufgewachsen war und mich nicht wie die anderen mit dem Lernen von Vokabeln abquälen musste.

In Tygers Unterricht gab es jede Menge davon. Dabei hielt er sich weder an Lehrpläne noch an die Inhalte unserer Englischbücher. Stattdessen lasen wir Kurzgeschichten oder Romane, hauptsächlich klassische Science-Fiction oder Schauergeschichten britischer Schriftsteller. Wie Tyger damit durchkam, war uns allen ein Rätsel, aber offensichtlich wagte es nicht mal unsere strenge Direktorin, sich diesem eigenwilligen Lehrer zu widersetzen.

Als ich mich auf meinem Platz neben Suse niederließ, musterte Tyger mich noch einmal über den Rand seines Buches hinweg. Doch diesmal blieb sein Blick länger an mir hängen und auf seiner hohen Stirn bildete sich eine winzige Falte.

»Hilfe«, sagte Suse, die mich ebenfalls von der Seite anstarrte. »Hast du Drogen gefrühstückt? Du siehst aus wie ausgekotzt.«

»Danke, ich liebe dich auch.«

Ich kramte mein Schreibzeug aus der Schultasche. Das Klassenzimmer füllte sich. Als Sebastian an meinem Tisch vorbeikam, klingelte es.

»Hi Zombie, schöne *Ladys Night* gehabt?«, fragte mein Exfreund im Vorbeigehen. Die spöttische Art, mit der mich Sebastian in den letzten Wochen behandelte, löste normalerweise ein schlechtes Gewissen bei mir aus. Aber heute machte sie mich wütend.

»Leck mich«, knurrte ich mit zusammengebissenen Zähnen.

»What an interesting remark, Miss Wolf.« Tyger schlug das Klassenbuch auf. »Ich muss diesen Ausdruck unbedingt festhalten, damit er für die Nachwelt erhalten bleibt.« Er zückte seinen silbernen Stift. »Rebecca Wolff leitet die heutige Englischstunde mit den Worten *Leck mich* ein.« Tygers helle Augen fixierten mich. »Was heißt *Leck mich* auf Englisch, Rebecca?«

Kiss my ass, dachte ich und bemühte mich um einen gleichgültigen Gesichtsausdruck.

»Eat my shorts«, kam es von hinten. Sebastians Stimme. Er hatte fünf Jahre bei seiner Mutter in London gelebt, bevor er zu seinem deutschen Vater nach Hamburg gezogen war. »Oder auch *sod you* oder *bugger me . . .*«

»Lovely, Sebastian, that should be enough for now«, entgegnete

Tyger mit seinem perfekten oxfordenglischen Akzent und nickte Sebastian wohlwollend zu.

»Amerikanisches Englisch«, fuhr er mit einem gehässigen Seitenblick auf mich fort, »unterscheidet sich vom echten *britischen* Englisch hauptsächlich in der Aussprache und im Wortschatz. Diese feine Differenz zieht sich bis in die Vulgärsprache hinein. So bevorzugen die Amerikaner auch hier die simple Ausdrucksweise oder haben verschiedene Redensarten des britischen Englisch erst gar nicht in ihr Vokabular aufgenommen – wie etwa das literarisch fantasievolle *eat my shorts* im Gegensatz zu einem banalen *kiss my ass.*«

In meinem Rücken hörte ich Sebastians leises Lachen.

Tygers Blick blieb an mir hängen, während Suse ihre Hand in meinen Oberschenkel krallte. Der Schmerz lenkte mich von meiner Wut ab. Ich überlegte, ob ich Tyger darüber aufklären sollte, dass Sebastian die Redewendung *eat my shorts* unter Garantie nicht aus England, sondern aus der US-amerikanischen Serie *Die Simpsons* kannte, aber ich ließ es bleiben.

»Wenden wir uns dem eigentlichen Thema der Stunde zu.«

Tyger zog an der goldenen Kette und ließ seine Taschenuhr aufschnappen. Wie jedes Mal wenn er sie ansah, zuckte es um sein linkes Auge.

»Ich habe eine neue Kurzgeschichte von Ambrose Lovell für euch ausgewählt«, verkündete er. »Eins seiner frühsten Werke. Sheila, wenn du mir freundlicherweise zur Hand gehen würdest – vorausgesetzt, du kannst in deinen Stiefeln laufen?« Tyger hielt Sheila einen Stapel Papier entgegen. Diesmal zuckte es um seine Mundwinkel.

Neben mir unterdrückte Suse ein Prusten und ich entspannte mich. Neues Opfer, neues Glück, schoss es mir durch den Kopf. Aber im Fall von Sheila Hameni hatte Tyger mein vollstes Verständnis. Als Sheila auf den Pfennigabsätzen ihrer weißen Stiefel durch das Klassenzimmer stakste, um die Blätter zu verteilen, sah sie aus wie ein misshandeltes Huhn auf Stelzen, aber das hielt sie nicht davon ab, mit ihrem winzigen Hintern zu wackeln.

Suse hielt sich die Kurzgeschichte vors Gesicht. »Erinnere mich bitte daran, dass ich der neuen Gruppe in Schüler-VZ beitrete: ›Ich habe keine Vorurteile. Aber die hat weiße Stiefel an.‹«

Ich presste die Lippen zusammen, um nicht loszulachen, und fixierte mein Blatt. *The Bell in the Fog, von Ambrose Lovell. Suffolk, England 1889–1950.*

Bevor Tyger unsere Klasse in Englisch übernahm, hatte ich noch nie von diesem Schriftsteller gehört, aber mittlerweile kannte ich viel von ihm. Tyger schien sein gesamtes Werk zu besitzen, inklusive des Manuskripts von Lovells einzigem unvollendetem Roman, aus dem er uns irgendwann einmal eine winzige Kostprobe gegeben hatte. Meistens allerdings las er uns aus den Kurzgeschichten des Schriftstellers vor.

Wenn ich ehrlich war, gehörten diese Stunden zu meinen liebsten. Tyger hatte eine wundervolle Erzählerstimme, rau, tief und von einer genüsslichen Langsamkeit. Heute bat er jedoch Sebastian vorzulesen und forderte uns auf, alle unbekannten Vokabeln zu markieren und für die nächste Stunde auswendig zu lernen.

Lovells Erzählung handelte von einem englischen Lord, der sich bei Nacht und Nebel in einem einsamen Moor verlief und plötzlich ein seltsames Klingeln hörte. Sebastian beherrschte die englische Sprache fast so gut wie unser Lehrer und war ein geübter Vorleser, aber trotzdem hatte ich Mühe, mich zu konzentrieren. Was Schlaf betraf, gehörte ich eindeutig in die Kategorie Murmeltier. Acht Stunden waren normalerweise mein Minimum, alles, was darunter lag, schlug sich nicht nur auf mein Nervensystem nieder. Und heute spürte ich das ganz besonders. Meine Gedanken fingen an zu wandern, und ehe es mir bewusst wurde, standen mir wieder dieser grottenhässliche grüne Plüschteppich aus meinem Traum vor Augen, die geblümte Tagesdecke, die Glasscherben und das viele Blut; dazu dieses Gefühl, dass sich jemand über mich beugte, den ich anbettelte, mich am Leben zu lassen.

Hinter meinen Schläfen pochte es schmerzhaft. Versuchsweise schloss ich die Augen und dann sah ich das nächste Bild: die dunkle Gestalt, die an der Laterne lehnte und unverwandt zu mir hochblickte.

Ich riss die Augen wieder auf, weil mir der Schweiß ausbrach.

Dass Tyger mich erneut im Blick hatte, machte es nicht besser. Ich versuchte, ihm auszuweichen, aber etwas in seinem Ausdruck war anders als sonst. Wenn ich meinen Englischlehrer nicht so gut gekannt hätte, hätte ich geglaubt, dass er sich Sorgen um mich machte.

»Was ist mit dir los, Becky?«, fragte Suse in der Mittagspause. Wir standen wie jeden Tag bei Doris' Diner an der Theke und warteten auf unser Essen.

»Ist es wegen Tyger? Dieser Arsch. Warum hasst er dich so? Nur weil dein Vater Ami ist? Was sagt dein Dad eigentlich dazu? Hast du mit ihm darüber gesprochen? Wie wär's, wenn du ihn mal zu Tyger in die Sprechstunde schickst? Wollte er nicht vor Weihnachten noch einmal nach Deutschland kommen?«

Ich musste gleichzeitig gähnen und grinsen. Meine beste Freundin konnte mühelos drei Dutzend Fragen aneinanderreihen, ohne die Antwort abzuwarten. Aber diesmal kam sie zurück auf den Ursprung. »Jetzt mal im Ernst. Warum bist du so blass wie Lovells Lord aus dem Nebelmoor?«

»Bist du sicher . . .«, setzte ich an.

»Willst du einen Spiegel?« Suse nahm unsere Chickenburger mit

Pommes frites entgegen. »Frag Sheila, die leiht dir vielleicht einen aus ihrer Sammlung.«

»Danke, Suse, ich weiß, wie ich aussehe. Ich wollte sagen: ›Bist du sicher, dass du das hören willst?‹«

»Spinnst du? Schieß los. Ist es . . . wegen ihm? Bereust du es?«

Suse nickte zum Tisch neben der Tür. Dort saß Sebastian, umringt von der gesamten Tussenfraktion, und pustete sich gerade eine Haarsträhne aus dem Auge. Sebastian hatte dichte, geschwungene Wimpern und den sinnlichsten Mund, den ich je gesehen hatte. Letzten Sommer hatte ich ihn beim Eisdealer im Schanzenviertel gefragt, wie Zabaione-Eis auf seiner Zunge schmecken würde. Keine Ahnung, was damals in mich gefahren war. Gleich darauf war ich jedenfalls in hysterisches Gekicher ausgebrochen und hätte mich am liebsten in Luft aufgelöst. Aber Sebastian hatte eine Augenbraue hochgezogen und einen Schritt auf mich zugemacht. Dann hatte er meine Frage beantwortet.

Als ich jetzt auf meinen Burger wartete und seinen spöttischen Blick erwiderte, wurde die Erinnerung in mir plötzlich wieder sehr lebendig. Nicht nur die Küsse, sondern all die Monate, die auf meine Frage gefolgt waren, hatten sich richtig angefühlt. Gut.

Aber etwas hatte doch gefehlt. Als ich vor fünfeinhalb Wochen Sebastians Hand festhielt, die unter meiner Bettdecke auf Wanderschaft ging, sah er mir in die Augen und sagte: »Du hast nicht Angst, dass ich dich fallen lasse. Du hast Angst, dass du mich fallen lässt. Deshalb willst du nicht mit mir schlafen. Stimmt's?«

Als ich meinen Kopf an Sebastians Schulter vergrub, stieß er mich sanft von sich. Dann stand er auf und ging.

Seitdem hatten die Möchtegernjulias ihn wieder. Sie klebten an ihm wie die Fliegen und mittlerweile hatte Sebastian aufgegeben, sich dagegen zu wehren.

»Hier, dein Burger.« Suse schob mir mein Tablett zu und wir gingen zu unserem Tisch. Als wir an der Gruppe um Sebastian vorbeikamen, stierte Sheila mich an, als ob sie mich am liebsten zum Mond schießen wollte. Sie hockte Sebastian fast auf dem Schoß.

»Hey Becks, tut mir leid wegen heute Morgen«, murmelte Sebastian. Es war das erste Mal seit unserer Trennung, dass er mich Becks nannte. »Ich wollte nicht . . .«

»Hast du aber«, zischte Suse. »Friss das nächste Mal deine Calvinunterhose, dann hältst du wenigstens die Klappe.«

Sheila schnappte nach Luft. An ihrem pinkfarbenen Lipgloss klebte ein Fleischkrümel.

Sebastian grinste Suse an. Auch als wir noch ein Paar gewesen waren, hatten die zwei sich ständig Wortgefechte geliefert, aber im Grunde mochten sie sich.

»Also.« Suse setzte sich gegenüber von mir an einen der hinteren Tische und leckte sich einen Spritzer Ketchup von den Fingern. »Jetzt erzähl schon, was ist passiert?«

An der Wand tickte eine Uhr. Das Gehäuse hatte die Form eines Burgers, der Sekundenzeiger war eine Pommes. Ich folgte ihm mit den Augen, zur Drei, zur Sechs, zur Neun . . .

»Wenn du nicht in zwei Sekunden den Mund aufmachst, fang ich an zu schreien!«, drohte Suse und zog eine Gurkenscheibe aus ihrem Chickenburger.

Ich tunkte meine Pommes in den Ketchup und begann zu erzählen, was mir letzte Nacht passiert war. Als ich fertig war, lag mein Chickenburger noch unberührt auf meinem Teller. Er war kalt geworden und sah so eklig aus, dass mir bei seinem Anblick übel wurde.

»Da unten an der Laterne hat er gestanden? Er hat direkt in dein Zimmer gestarrt? Und du bist sicher, dass es nicht Sebastian war?«

Suse hockte auf meiner Fensterbank und sah hinüber auf die andere Straßenseite. Sebastian saß jetzt mit den anderen im Biounterricht, wo Frau Donner, eine winzige Lehrerin mit Hamsterbacken und grauem Dutt, sich vermutlich gerade ihrem Lieblingsthema *Legale und illegale Drogen* widmete.

Suse hatte mich überredet, die letzten Stunden zu schwänzen. Gerade hatte sie mit verstellter Stimme im Sekretariat angerufen, um uns zu entschuldigen.

»Todsicher«, hörte ich mich sagen.

»Becky, das ist *so* gruselig. Wer steht denn nachts vor fremden Fenstern und beobachtet die Bewohner?« Suse schauderte.

Meinen Albtraum hatte sie kurzerhand als Folge einer Überdosis Apfelstrudel in den Wind geschossen, aber der fremde Laternenmensch brachte ihre Fantasie auf volle Touren.

»Vielleicht war es dieser Streichler, der neulich aus der Klapse entlaufen ist«, hauchte sie mit weit aufgerissenen Augen.

»Der bitte wer?«

»Na, du weißt schon«, sagte Suse und kaute aufgeregt auf einer ihrer Haarsträhnen herum. »Dieser Gestörte mit der pinkfarbenen Strumpfmaske, über den sie letzte Woche in der *Mopo* berichtet haben. Er steigt nachts bei alleinstehenden Frauen ein und setzt sich auf ihre Bettkante. Während sie schlafen, streichelt er ihnen über die Wange, und wenn sie verträumt ihre Augen aufschlagen, dann ...«

»Suse!«, kreischte ich entsetzt. »Kannst du bitte mit diesem Scheiß aufhören? Das lässt mich heute Nacht nicht wirklich ruhiger schlafen, hörst du?«

Ich zerrte meine Freundin vom Fensterbrett weg. Es war merkwürdig, den ganzen Tag über hatte ich entweder an meinen Albtraum denken müssen oder an diese seltsame Gestalt vor meinem Fenster. Aber darüber zu reden, machte es nicht besser. Ganz im Gegenteil –

irgendwie kam es mir vor, als wäre es ein großer Fehler. Laut ausgesprochen wirkte das Ganze wie eine Verkettung von seltsamen Zufällen. Aber das war es nicht, nicht für mich – nicht mit diesem Gefühl in meiner Brust, dieser Leere, die ich ja nicht einmal mir selbst erklären konnte.

»Erzähl doch mal lieber, wie war die Bandprobe gestern?«, fragte ich Suse.

Meine Freundin ließ sich mit einem tiefen Seufzer in meinen Sitzsack fallen und das Thema der nächsten Stunde war Dimo Jamal, Leadsänger der Schulband *Dr. No und die kranken Schwestern* und Suses Traum schlafloser Nächte. Für meine Begriffe war Dimo ein ziemlich arrogantes Arschloch, aber das behielt ich wohlweislich für mich – Suse hätte eh nicht auf mich gehört.

Vor drei Monaten hatte Dimo meine Freundin in den erlesenen Kreis der Back-Vocals aufgenommen. Seitdem nahm Suse Gesangsunterricht und spielte ernsthaft mit dem Gedanken, sich einer Schönheitsoperation zu unterziehen. Mir war es ein Rätsel, warum Menschen sich ausgerechnet an dem, wofür sie am wenigsten können, am stärksten messen ließen. Dabei hatte das Schicksal Suse mindestens ebenso reich bedacht wie Sebastian, als es um die Verteilung von gutem Aussehen ging.

Optisch war Suse so ziemlich das Gegenteil von mir. Was nicht heißen soll, dass ich mich neben ihr wie ein hässliches Entlein fühlte, aber mit meinen runden Hüften, den stämmigen Beinen und dem großen Busen war ich wahrscheinlich der leibhaftige Albtraum aller Magersüchtigen. Und während ich wie mein Dad schwarzhaarig und braunäugig war, hatte Suse weißblonde – polange – Korkenzieherlocken, hellgrüne Augen und den Körper einer Elfe.

Suses einzigen Makel kannten nur vier Menschen auf der Welt. Suses Frauenärztin, ihre Mutter, Janne und ich. Suse hatte zwei unterschiedlich große Brüste. Rechts so ungefähr B/C und links ein A-Körbchen.

Um den Unterschied zu kaschieren, hatte sie sich spezielle BHs anfertigen lassen, deren eine Seite mit einem gummiartigen Material gepolstert war. Dadurch konnte Suse auch enge T-Shirts tragen, ohne dass man den Unterschied bemerkte. Trotzdem litt sie natürlich entsetzlich darunter. Beim Sportunterricht verließ sie die Kabine – mit mir als Bodyguard – immer als Letzte und wie viele Stunden wir schon in Internetforen verbracht hatten, konnte ich nicht mehr nachrechnen. Mittlerweile kannte ich sämtliche Pros für eine Brustoperation auswendig. Für die Kontras sorgten Janne und ich.

Nachdem Suse mir also ausgiebig von Dimos Songs, Dimos Stimme, Dimos Hintern und dem Muttermal auf Dimos Stirn vorgeschwärmt hatte, landeten wir auch heute zwangsläufig bei ihrem Komplex und ich versuchte mein Glück wieder einmal mit einem Verweis auf Mädchen, die es schlimmer getroffen hatte. Ein aussichtsloses Unterfangen.

»Lilith Hopf ist mit ihrem Schweinchenrüssel geboren worden«, konterte Suse wie aus der Pistole geschossen, »die hatte ein Leben lang Zeit, sich daran zu gewöhnen. Meine Brüste dagegen waren spiegelgleich, warum in aller Welt konnte sich die rechte nicht zufriedengeben und musste weiterwachsen?«

»Sieh es doch mal so«, versuchte ich es mit einem Scherz, »wenn Dimo auf einen kleinen Busen steht, kannst du ihn glücklich machen, und wenn er auf einen großen Busen steht, kannst du ihn ebenfalls glücklich machen. Du bist sozusagen *two in one.*«

»Sehr witzig.« Suse verschränkte die Arme vor ihren ungeliebten Körperteilen. »Lieber sterbe ich als vertrocknete Jungfrau, als mich vor Dimo als Krüppel zu outen. Wenn ich wenigstens Krebs hätte, dann hätte ich zumindest eine Entschuldigung, aber so . . .«

»Suse! Das meinst du nicht ernst!«

»Doch!« Wenn es um ihre Brüste ging, kannte Suse keine Grenzen. Aber man konnte es ihr nicht übel nehmen, niemand schaffte es, Suse länger als fünf Minuten böse zu sein.

Nachdem sie sich beruhigt hatte, surften wir auf YouTube, hörten Coolios neue CD *Steal Hear* und schrieben auf dem Handy von Suses Mutter einen Hilferuf an deren Steuerberater. Die beiden hatten seit einem halben Jahr ein Verhältnis miteinander. Vor ein paar Wochen war Suses Vater deshalb ausgezogen und Suse hasste den Neuen ihrer Mutter wie die Pest.

»Liebling, mein Auto hat eine Panne«, diktierte sie mir, weil ich schneller tippen konnte. »Ich stehe an der Raststätte, erste Ausfahrt nach Hannover. Der ADAC kommt erst in drei Stunden. Kannst du mich retten? Ich verzehre mich nach dir. Dein Schneckchen.«

»Schneckchen?« Ich prustete los. Suses Mutter war eine gertenschlanke Frau und gab in Hannover Zeitmanagementseminare für Führungskräfte.

»Sie nennt sich Schneckchen? Und wo steckt sie in Wirklichkeit?«

»Krank im Bett«, sagte Suse mit einem triumphierenden Grinsen. Sie riss mir das Handy aus der Hand und drückte auf *Senden.* »Jede Wette, dass in den nächsten zehn Sekunden eine Antwort kommt?« Suse legte das Handy auf ihre Handflächen – und da war sie auch schon.

Bin unterwegs. Rühr dich nicht vom Fleck, die Rettung naht. Dein Zahlenhengst.

Ich glotzte auf das Display. Er hatte wirklich *Zahlenhengst* geschrieben. »Mir wird schlecht«, sagte ich und schickte einen stummen Dank in den Himmel, dass ich von solchen Familienproblemen verschont geblieben war. Suse hatte wirklich ernstere Sorgen als zwei unterschiedlich große Brüste, aber ich war froh, dass sie es in diesem Fall mit Humor nahm.

Bei der Vorstellung, wie Schneckchens Zahlenhengst jetzt in seinen Sportwagen stieg und mit zweihundert Sachen gen Hannover brauste, kreischten wir vor Lachen. Coolio rappte *Keep it Gangsta,* und als Janne von der Arbeit kam und ihren Kopf in mein Zimmer steckte, erzählten wir ihr von der SMS.

Sie musste ebenfalls lachen. »Wenn dir deine liebeskranke Mutter auf den Geist geht, findest du bei uns immer Asyl, das weißt du, Suse, oder?«

Suse nickte. Schon oft hatte ich vermutet, dass Janne für sie die Mutter war, die sie sich immer gewünscht hatte. Suse und ich kannten uns seit der Grundschule und unsere Wohnung war ihr zweites Zuhause.

Ich holte uns gerade zwei Teller mit Quiche aus der Küche, als mein Handy klingelte. Am anderen Ende war Sebastians Vater. Er leitete einen Cateringservice und Sebastian hatte mir Anfang des Jahres einen Job bei ihm verschafft. Ich half bei Nachmittags- oder Wochenendevents aus, aber für heute stand keine Veranstaltung in meinem Kalender.

»Oh mein Gott, wie gut, dass du da bist!«, keuchte Sebastians Vater. Seine Stimme klang so atemlos, als stünde er kurz vor einem Herzinfarkt. »Wir haben eine Eröffnungsfeier, superwichtiger Kunde! Eine der Kellnerinnen ist krank geworden, kannst du einspringen? Der Laden heißt *Lights on.* Große Elbstraße im Stilwerk. Um neunzehn Uhr geht's los. Ich zahle doppelten Stundensatz, ein Nein wird nicht akzeptiert, also was sagst du?«

Ich sagte Ja, obwohl mir die letzte Nacht noch immer in den Knochen steckte und ich am liebsten früh ins Bett gegangen wäre. Aber Sebastians Vater klang so verzweifelt, dass ich es nicht übers Herz brachte, ihm einen Korb zu geben.

Nachdem Suse gegangen war, nahm ich noch eine Dusche – diesmal eiskalt –, sagte Janne Bescheid, dass ich um elf zurück sein würde, und machte mich auf den Weg.

Lights on war, wie der Name schon sagte, ein Lampenladen im Stilwerk, einem ziemlich hippen Einkaufszentrum am Fischmarkt. Die Gäste waren schon da, als ich ankam. Sebastians Vater warf mir die Garderobe zu, die sich der Kunde gewünscht hatte, und ich zog mich hastig in der Toilette um. Schwarzes, kurzes Kleid mit tiefem Ausschnitt und einer weißen Schürze, dazu hohe Pumps. Hallo? Ging es noch nuttiger?

Aber ich war zu müde, um mich zu ärgern. Als ich einen Blick in den Spiegel warf, erschrak ich vor mir selbst. Meine Augen waren gerötet und brannten, meine Haut war käsebleich und mein sonst eher rundes Gesicht wirkte wie eingefallen. Ich kniff mir in die Wangen und machte mich an die Arbeit.

Die Gäste waren Männer und Frauen in den Vierzigern, die Spatz in die Schublade *neureiche Schnösel* gesteckt hätte. Sie standen herum, saßen auf roten Samtsofas oder verchromten Barhockern und warteten auf ihr Fingerfood, das ich ihnen zusammen mit den beiden Service-Kolleginnen servieren sollte.

Neben dem Verkaufstresen begann die Liveband zu spielen. Ein aufgebrezeltes Sängerinnen-Duo stimmte als kleine Revivaleinlage den Abba-Song *Lovelight* an und die Lichter im Laden, die bis eben noch angenehm heruntergedimmt gewesen waren, wurden jetzt voll aufgedreht: Hunderte von Designerlampen stahlen sich gegenseitig die Show. Wandleuchten, Stehleuchten, Tisch- und Pendelleuchten in allen Größen und Formen. Die grellen Lichter schraubten sich in meine Nervenbahnen und die vielen Menschen machten es auch nicht besser. Der Laden, ein riesiges Loft mit Steinboden und hohen Decken, war mittlerweile gerammelt voll.

Mit zusammengebissenen Zähnen schlängelte ich mich durch die

Menge. Allein für das Outfit hätte ich die dreifache Gage verdient. Die Schuhe drückten, das Kleid kratzte und ein glatzköpfiger Mann im Nadelstreifenanzug stierte mir unverhohlen in den Ausschnitt, während er sich marmorierte Eier, chinesische Hackbällchen und Garnelenspieße von meinem Tablett pflückte. Am liebsten hätte ich ihm das Tablett vor die Glatze gepfeffert. Wenn es eine Vorhölle gäbe, dann säßen Typen wie dieser in der ersten Reihe, dachte ich angewidert.

»Was glotzt der so? Gehört der zu dir?«, raunte mir die kleine rothaarige Kellnerin ins Ohr, als sich unsere Wege kreuzten.

Ich wollte gerade empört mit dem Kopf schütteln, als ich bemerkte, dass die Kellnerin nicht auf den Glatzkopf, sondern in die andere Richtung deutete.

Und da war es wieder. Dieses seltsame Gefühl von Ruhe, tief in meinem Inneren. Ich fühlte es, bevor ich ihn sah.

Er lehnte an einer Wand ganz hinten in der Ecke des Ladens. Ich erkannte das blasse Gesicht mit dem schwarzen Haar sofort wieder. Jetzt sah ich auch, dass es ein Junge war, vielleicht ein wenig älter als Sebastian, aber nicht viel. Niemand war in seiner Nähe. Die große Stehlampe links von ihm hatte die Form eines Baumes und die Lichter, Dutzende winziger Blätter aus weißem Glas, hingen an metallenen Ästen und Zweigen auf ihn herab. Und während die anderen Gäste im Raum umhergingen, gestikulierend beieinanderstanden oder sich Häppchen in den Mund schoben, war seine Haltung so ruhig, als stünde er einem unsichtbaren Maler Porträt. Auch sein Blick war bewegungslos. Er richtete sich einzig und allein auf mich, als wäre außer mir niemand in diesem Laden.

»Wer ist das?«, flüsterte meine Kollegin. »Wie ein Gast sieht er jedenfalls nicht aus. Gott, ist der abgewrackt.« Sie kicherte. »Aber irgendwie auch sexy. Wie ist der bloß hier reingekommen?«

Ich wollte etwas sagen, aber die Worte blieben mir in der Kehle stecken.

Er war schmal, fast dünn, aber auf eine katzenhafte Art und Weise. Seine tiefschwarzen Haare waren leicht zerzaust, seine Züge scharfkantig. Er trug einen schwarzen Pullover, der am linken Ellenbogen einen Riss hatte, und die zerschlissene Jeans saß knapp über den Hüften. Aber abgewrackt – das war das falsche Wort.

Er sah fremd aus. Anders.

Mein Blick glitt zurück zu seinem schmalen Gesicht. Noch immer schaute er mich unverwandt an. Ob seine Augen braun oder blau waren, konnte ich nicht ausmachen, aber die tiefen Schatten darunter sah man von hier aus. Er hatte hohe Wangenknochen und plötzlich schoss mir eine völlig blödsinnige Umfrage durch den Kopf, auf die Suse und ich neulich beim Surfen im Internet gestoßen waren: *»Hey Girls, findet ihr hohe Wangenknochen bei Jungs sexy?«*

In diesem Fall, ja.

Wobei es nicht sein Aussehen war. Oder doch – das war es auch, aber da war noch etwas anderes – eine seltsame, fast fiebrige Intensität, eine Unruhe, die er ausstrahlte, obwohl er sich nicht von der Stelle rührte. Bis eben war mir kalt gewesen vor Müdigkeit, jetzt wurde mir warm.

Die beiden Mädels aus der Band sangen: *Everything around you is lovelight, you're shining like a star in the night, I won't let you out of my sight . . .* und der Fremde verzog die Mundwinkel zu einem ironischen Lächeln.

»Hey, Kleine, ich hätte zu gerne noch eine Dattel im Speckmantel.«

Ich zuckte zusammen. Der Glatzkopf stand wieder vor mir und versperrte mir die Sicht. Meine Kollegin war mittlerweile in der Menge untergetaucht. Der eklige Kerl grapschte sich die Dattel von meinem Tablett und ließ sie mit purer Absicht in meinen Ausschnitt fallen.

»Hoppla. Das tut mir leid, kann ich Ihnen . . .«

Der Glatzkopf wollte gerade die Wurstfinger ausstrecken, als er in der Bewegung erstarrte. Eine Hand hatte sich in seinen Nacken gekrallt. Sie gehörte zu dem fremden Jungen. Er stand dicht hinter dem Glatzkopf, die schwarzen Haare fielen in seine Stirn, sein Gesicht konnte ich nicht erkennen.

»Lass das Mädchen in Ruhe oder dir passiert was.«

Die Stimme des Jungen war leise, rau, fast heiser, als hätte er sie lange nicht benutzt. Und sie hatte einen gefährlichen Unterton.

Der Glatzkopf schnappte nach Luft und diesmal ließ ich wirklich das Tablett fallen. Scheppernd fiel es zu Boden. Irgendein Gast, ein weiblicher, gab einen schrillen Laut von sich, Sekunden später war Sebastians Vater da.

Plötzlich herrschte überall Tumult, und als ich meine Sinne wieder beisammenhatte, war der Fremde spurlos verschwunden.

Die Band hatte einen neuen Song angestimmt, danach hielt der Geschäftsführer eine Ansprache. »Verehrte Gäste, es ist mir eine Ehre, Sie heute bei uns zu begrüßen, bla, bla, bla . . .«

Irgendwie brachte ich den Abend hinter mich, und als ich um kurz nach zehn an die frische Luft kam, konnte ich mich vor Erschöpfung kaum noch auf den Beinen halten. In meiner Tasche steckte ein Hunderteuroschein von Sebastians Vater – als Wiedergutmachung für den kleinen Zwischenfall mit dem Glatzkopf, der natürlich nicht von der Eröffnungsfeier verwiesen worden war.

»Taxi gefällig?« Eine Hand legte sich auf meine Schulter. Diesmal war ich es, die einen Schrei ausstieß. Neben mir stand Sebastian und strich sich grinsend das helle Haar aus der Stirn. Mein Schreck war immer noch größer als die Überraschung, meinen Exfreund hier zu sehen.

»Du spinnst wohl, dich so anzuschleichen! Willst du mich umbringen?«

Das Grinsen wurde noch breiter. »Im Gegenteil. Ich wurde zu deiner Rettung befohlen. Mein alter Herr hat mich vorhin angerufen. Er hat gesagt, ich soll dich nach Hause bringen, damit dich keine fremden Männer kidnappen. Also komm schon, steig auf.« Sebastian hielt mir den Helm hin und kurz darauf saß ich hinter ihm auf der Vespa.

Ich schlang meine Arme um seinen Bauch und legte meinen Kopf an seinen Rücken. Unter Sebastians Helm lugten seine Haare hervor, sie kitzelten mich in der Nase. Ich hielt mich so fest, wie ich nur konnte, aber das hohle Gefühl war wieder zurückgekehrt, so stark wie gestern Abend. Es war, als hätte sich ein Loch in meine Brust gefressen.

»Hey Becks. Muss ich mir Sorgen machen? Du siehst wirklich nicht gut aus«, sagte Sebastian, als wir vor meiner Haustür standen und ich mich verabschieden wollte. Er legte seine Hände an meine Wangen. Seine Finger fühlten sich eiskalt an, aber die Berührung schien ihn ebenso zu erschrecken wie mich.

»Du glühst ja«, sagte er und musterte mich besorgt. »Hast du Fieber?«

Stumm schüttelte ich den Kopf. Hinter uns parkte gerade ein Auto, das Licht der Scheinwerfer fiel auf Sebastians Gesicht. Es war das erste Mal, dass wir uns wieder so nah waren. Forschend lag sein Blick auf mir und ich wusste, dass er noch nach etwas anderem suchte. Ich hätte es ihm gerne gegeben, aber ich konnte nicht, nicht nach dem, was heute passiert war.

Mein Fenster war dunkel und die Panik stieg wieder in mir hoch, leise, fast unmerklich, aber es genügte, um mich etwas sagen zu lassen, was schrecklich unfair war.

»Sebastian?«

»M–hm.«

»Schläfst du heute bei mir?«

DREI

»Seid ihr wieder zusammen?« Es war Sonntagmorgen und meine Mutter saß neben mir auf einem Klappstuhl in der alten Fischauktionshalle, wo jeden zweiten Sonntag im Monat ein Flohmarkt stattfand.

Janne schnippte einen Staubfussel von Spatz' altem Trenchcoat, der neben anderen Jacken, Blusen und Kleidern auf der Stange hing. Auf dem Tapeziertisch vor uns lagen die ausrangierten Sachen vom Dachboden. Inzwischen hatte sich doch eine beachtliche Sammlung zusammengefunden. Neben dem Duschradio in U-Bahn-Optik, meinen alten Faschingskostümen, dem silbernen Handspiegel und Jannes Büchern hatten wir vor allem die Kiste mit den Geschenken von Spatz' Mutter komplett entsorgt: die Käseglocke aus braunem Keramik, das Glühwein-Set, drei Wandteller mit musizierenden Engeln, einen Zahnstocherigel aus grünem Kristallglas und die pastellfarbenen Serviettenringe mit Entenmotiven.

Janne und ich hatten unsere Wohnung um kurz nach sieben verlassen, aber wir gehörten längst nicht zu den Ersten. Bestimmt fünfzig andere Tische verteilten sich schon in der riesigen Halle.

Noch immer war es früh am Morgen, aber heute war ich ausgeschlafen und fühlte mich fast wieder gut.

Hinter den Fenstern erhob sich ein Schwarm von Möwen in den violettroten Himmel und durch die gläserne Kuppel bohrten sich kurz darauf die ersten Sonnenstrahlen. Sie malten goldene Stäbe auf den

Steinboden und tänzelten über die schweren Stahlträger. Die alte Fischmarkthalle mit ihren historischen Backsteinmauern und dem gewölbten Dach aus Eisen und Glas war einer der Gründe, warum meine Mutter damals beschlossen hatte, eine Wohnung in der Nähe des Hafens zu kaufen.

Letztes Jahr hatten Sebastian und ich hier Silvester gefeiert. Eine Hip-Hop-Band hatte gespielt, und als mich Sebastian um Mitternacht küsste, lag auf seiner Zunge ein herzförmiger Ohrring aus Silber, der von Sebastians Mund in meinen und von dort an mein linkes Ohrläppchen gewandert war.

»Erde an Rebecca. Kannst du mich hören? Erde an Rebecca . . .«

Janne stupste mich mit dem Ellenbogen an und hielt mir einen Donut hin. Sie hatte ihre blonden Haare zu einem Pferdeschwanz zusammengebunden und war wie immer, wenn sie nicht zur Arbeit ging, ungeschminkt.

»Wenn du nicht über Sebastian sprechen willst . . .«

» . . . dann lass ich es bleiben.« Ich biss in den Donut, seufzte und begegnete Jannes Blick. Ihr hellblauer Rollkragenpullover ließ ihre Augen noch stärker leuchten als sonst, und wie so oft fiel mir auf, wie wenig ich meiner Mutter ähnelte. Janne hatte ein klares, ernstes Gesicht, das immer eine Spur nachdenklich wirkte, selbst wenn sie lachte. Sogar auf Kinderfotos hatte sie diesen Ausdruck. Sie gehörte zu den Menschen, die sich beim Älterwerden kaum verändern oder die bereits als Kind etwas Erwachsenes im Gesicht haben.

Ich klopfte den Puderzucker von meinem Pullover ab. »Die Antwort lautet Nein«, sagte ich. »Sebastian und ich sind nicht wieder zusammen, jedenfalls nicht so, wie du meinst. Wir sind . . . Freunde.«

Zwischen Jannes Augenbrauen erschien eine winzige Falte.

»Okay, okay.« Ich rollte mit den Augen und leckte mir einen Klecks Marmelade von den Fingerspitzen. »Jedenfalls so etwas in der Art. Wir haben keinen Sex, wenn es das ist, was du wissen willst.«

Jetzt war es meine Mutter, die seufzte. »Wölfchen. Du wirst bald siebzehn, du bist aufgeklärt und ich vertraue dir. Ich will nur, dass du glücklich bist. Und irgendwie siehst du nicht so aus.«

Sie machte eine kleine Pause. »Habt ihr denn über euch gesprochen? Ich meine, über eure Beziehung?«

»Na ja. Ein bisschen.« Ich legte den Donut weg und hievte einen Karton mit alten CDs auf den Tapeziertisch. Sebastian und ich hatten sie gestern Nachmittag alphabetisch sortiert, sodass Bushido nach Benjamin Blümchen und die Hells Angels vor Hexe Lilli kamen.

Sebastian war am Freitagabend meine Rettung gewesen. Er hatte keine Fragen gestellt und ich hatte keine Erklärungen abgegeben, ich hätte einfach nicht gewusst, was ich hätte sagen sollen.

Meine Gedanken kreisten immer nur um das eine. Ich sah ihn vor mir stehen, den Fremden in dem Lampenladen unter dem Lichtbaum. Und ich dachte:

Das ist kein Zufall.

Es konnte unmöglich ein Zufall sein.

Ich glaubte nicht, dass ich ohne Sebastian überhaupt hätte einschlafen können. Er hatte mich im Arm gehalten, bis mir endlich die Augen zufielen. Er roch so gut, so beruhigend, so nach . . . Sebastian eben. Und tatsächlich hatte ich in der Nacht nicht wieder geträumt. Meine Angst war nicht verschwunden, sie lauerte in irgendeinem versteckten Winkel und Sebastians Anwesenheit hielt sie im Zaum – genau wie meine Gedanken an den Fremden.

Am nächsten Morgen hatte ich mir die größte Mühe gegeben, das Ganze zu vergessen und das hohle Gefühl in meinem Inneren zu verdrängen, und schließlich gewann mein schlechtes Gewissen gegenüber Sebastian Oberhand.

Die ganze Zeit dachte ich an einen mysteriösen Unbekannten, der aus dem Nichts auftauchte und wieder verschwand, und in der Zwischenzeit hatte ich nichts Besseres zu tun, als meinem Exfreund neue Hoffnungen zu machen?

Ich entschuldigte mich zerknirscht bei ihm und versuchte ihm zu erklären, dass ich einfach noch ein bisschen Zeit brauchte. Sebastian reagierte unglaublich. Er kniff mir in die Nase und behauptete, das wäre schon okay für ihn, wir könnten Freunde sein. Nur in seinen Augen sah ich, dass er log.

»Mam, wie war das mit Dad, damals?«, fragte ich. Meine Mutter war gerade dabei, Preisetiketten auf die Bücher zu kleben. »Ich meine, wie war es für ihn? Dass er dich geliebt hat und dass er für dich . . . eben nicht mehr als ein Freund gewesen ist?«

Mein Vater und Janne kannten sich schon seit ihrem dritten Lebensjahr. Sie waren Nachbarskinder gewesen und praktisch zusammen aufgewachsen.

Dass sie lesbisch war, hatte meine Mutter schon als junges Mädchen gewusst. Für mich war das nichts Ungewöhnliches, ich war damit aufgewachsen und die Frage, ob ich in dieser Hinsicht war wie sie, hatte sich nie gestellt. Trotzdem – auch wenn Janne es nie aussprach, vermutete ich, dass sie die Poster von männlichen Popstars, die in der fünften und sechsten Klasse meine Wände gepflastert hatten, ebenso erleichtert zur Kenntnis genommen hatte wie meine Schwärmerei für unseren Musiklehrer in der siebten Klasse.

Janne lächelte. »Dein Dad war viel mehr als ein Freund und das weißt du.« Sie fischte einen Cent aus der kleinen Schale mit Wechselgeld und drehte ihn zärtlich zwischen ihren Fingern. »Dad und ich waren wie zwei Seiten einer Münze, schon von klein auf. Wir schwärmten für dieselbe Musik, dieselben Bücher. Wir fühlten, wie es dem anderen ging, auch wenn wir an verschiedenen Orten waren.«

»Wie meinst du das?«

Janne sah mich an. »Ich kann es nicht richtig erklären«, sagte sie und zuckte mit den Schultern. »Aber als ich während des Studiums eine Blinddarmentzündung hatte, machte dein Dad Urlaub in Amerika. Genau in dem Moment, als ich in die Notaufnahme kam, klingelte mein Handy. Dein Dad hatte gerade an mich gedacht und sich gefragt, ob es mir gut ginge.« Ihr Lächeln sah ein bisschen traurig aus. »So etwas gibt es nicht oft im Leben«, sagte sie. »Liebe hat so viele Gesichter und die Liebe zwischen deinem Dad und mir war eben platonisch, zumindest, was mich betraf. Das einzige Mal, als wir miteinander schliefen, war die Nacht, in der wir dich zeugten. Es war wunderschön, aber vor allem deshalb, weil du daraus entstanden bist. Und ganz egal, was jetzt ist, dafür werde ich ihm ewig dankbar sein.«

Als Janne aufblickte, lag ein verdächtiges Schimmern in ihren Augen. Gerade wollte ich fragen, wann sie und Dad das letzte Mal miteinander gesprochen hatten, als wir unterbrochen wurden.

»Was kostet das?« Eine Frau mit einer roten Brille hielt mir ein Buch vor die Nase. Auf dem Umschlag war das Gesicht eines älteren Mannes abgebildet. Er hatte eine hohe Stirn, einen ziemlich durchdringenden Blick und um den Mund herum etwas Zynisches. Betitelt war das Buch mit: *Der vergessene Literaturkritiker. Ein Selbstporträt.*

Stirnrunzelnd sah ich Janne an.

»Für drei Euro gehört es Ihnen«, sagte sie zu unserer Kundin.

Die Frau blätterte ein wenig in dem Buch herum und legte es dann zur Seite. Während ihr Blick über die anderen Flohmarktartikel auf unserem Tisch wanderte, griff ich nach dem Band und studierte den Rückseitentext.

Gefürchtet, respektiert und von den wenigsten geliebt, erzählt Wil-

liam Alec Reed, Englands wortmächtigster Literaturkritiker, die Geschichte seines Lebens und öffnet damit einen überraschenden Einblick in die Seele eines Menschen, der sich zu Lebzeiten den Titel »Der Mann mit der tödlichen Feder« erworben hat. Reed, gebürtiger Amerikaner und Freund einflussreicher Schriftsteller , begann seine Karriere bei der Los Angeles Daily Times. Weltberühmt wurde er allerdings als Kritiker bei der Londoner Times, deren Literaturredaktion er fast zwanzig Jahre leitete. Reed starb 1969 im Alter von fast neunzig Jahren in seiner Heimat Amerika.

William Alec *Reed?* Ich drehte das Buch noch einmal um und betrachtete das hagere Gesicht. Alec Reed war der Name meines Vaters. Mein Großvater, der letztes Jahr an einem Herzinfarkt gestorben war, hieß William Reed.

»War dieser Mann . . . ist er mit mir verwandt gewesen?«, flüsterte ich meiner Mutter mit einem Blick auf das Buch zu.

Sie nickte. »Er war dein Urgroßvater«, erklärte sie.

Ich starrte Janne an. »Tut mir leid«, verkündete ich, als die Frau ihre Hand wieder nach der Autobiografie ausstreckte. »Meine Mutter hat sich geirrt. Dieses Exemplar ist leider nicht verkäuflich.«

Die Frau verzog das Gesicht. »Auf diese Weise kommt ihr aber nicht zu Geld. Na dann, schönen Tag noch.«

Sie zog ab und ich warf Janne einen empörten Blick zu. »Das ist Familiengeschichte, Mam! Du hast mir nie erzählt, dass Dads Grandpa ein Buch geschrieben hat! Und jetzt willst du es einfach verkaufen?«

»Tut mir leid.« Janne hob abwehrend die Hände. »Ich wusste nicht, dass du dich für so was interessierst. Der Typ muss ein ziemlicher Tyrann gewesen sein. Grandpa Will hat mir mal von ihm erzählt. Er konnte ihn nicht ausstehen und dein Dad hat nie von ihm gesprochen. Er wäre bestimmt nicht böse, wenn wir das Ding verscherbeln. Aber wenn dir etwas daran liegt . . .«

»Tut es.« Ich klappte das Buch auf und blätterte im Anhang, in dem einige Kritiken abgedruckt waren, die meinen Urgroßvater so berühmt gemacht hatten. Ich hielt überrascht inne, als mein Blick an dem Namen Lovell hängen blieb. »Hey, das ist Tygers Lieblingsautor!« Ich grinste. »Das bring ich ihm morgen mit, bin gespannt, was er dazu sagt.«

»Vielleicht solltest du dir lieber vorher durchlesen, was dein Urgroßvater über den Mann geschrieben hat«, warnte mich Janne. »Ich glaube, der hat nur seine Lieblinge in den Himmel gelobt. Den Rest hat er in der Luft zerrissen. Nicht dass sich dein kleines Mitbringsel auf deine Englischnote auswirkt.«

»Stimmt.« Ich musste lachen, als ich die geringschätzigen Zeilen überflog, die mein Urgroßvater über Lovells Werke verfasst hatte. Der Rückseitentext hatte nicht übertrieben – *tödliche Feder* traf es ziemlich genau.

»Vielleicht schenke ich es Tyger zum Abschied, wenn ich mein Abi in der Tasche hab«, sagte ich und klappte das Buch zu. »Aber bis dahin bleibt es bei mir.«

Ich brachte den Band in meiner Tasche in Sicherheit, aß den Rest von meinem Donut und blies mir in die Hände. Die Halle war nicht besonders gut geheizt. Wenn wir den ganzen Tag hier saßen, würde es ganz schön ungemütlich werden.

»Was meinst du, was soll ich hierfür nehmen?« Janne hielt mir ein schmales Taschenbuch unter die Nase. *Träume als Ausdruck innerer Themen* stand auf nachtblauem Untergrund neben einem großen Vollmond. Die Autorin dieses Buches war Janne. Sie hatte es kurz nach ihrem Studium geschrieben und die Auflage hatte sich damals ziemlich gut verkauft. Aber seit einigen Jahren war es nicht mehr auf dem Markt, und soweit ich wusste, hatte Janne die letzten Exemplare an ihre Klienten verschenkt.

»Keine Ahnung«, murmelte ich. Über Träume nachzudenken war das Letzte, wozu ich Lust hatte. »Ganz schön kalt hier«, sagte ich. »Ich glaub, ich geh mir einen Kaffee holen. Willst du auch einen?«

»Lieber einen Tee. Und bleib nicht so lange weg, sonst verkaufe ich womöglich noch andere Dinge, die du lieber behalten willst. Bist du sicher, dass du keine Verwendung für die Käseglocke hast?«

»Böse Janne! Also, bis gleich.«

Ich stand auf und machte mich auf die Suche nach Getränken, aber ich kam nicht weit. Ich mochte Flohmärkte, schon als kleines Kind hatten mich Janne und Spatz mitgenommen. Ewig konnte ich in altem Krimskrams stöbern, bis ich auf das Richtige stieß. Auch heute brachte ich es nicht über mich, an den anderen Ständen einfach vorbeizugehen, und mit jedem Schritt fühlte ich mich leichter.

Hey Becks, dachte ich zufrieden. Willkommen zurück. Neben den üblichen Porzellanfiguren, Schnapsgläsern, alten Uhren und Antiquitäten gab es richtig coole Sachen auf dem Markt. An einem Stand mit lauter abgedrehtem US-Army-Zeugs entdeckte ich ein paar schwarze Springerstiefel mit aufgestickten Rosen und pinkfarbenen Schnürsenkeln. Sie passten wie angegossen, lagen aber leider eindeutig über meinem Budget, also gab ich sie seufzend zurück. Stattdessen erstand ich ein Filmplakat von Pulp Fiction, zwei CDs von Mando Diao und Lorelais schnurrenden Fellwecker aus den *Gilmore Girls*. Natürlich war es nicht der echte vom Set, aber der Typ, der ihn mir verkaufte, hatte ihn für seine Exfreundin nachgebaut. Ich überlegte, ob ich ihn Spatz schenken sollte, fand dann aber noch etwas Besseres für sie: eine Schallplatte von ihrer Lieblingssängerin Joan Armatrading, die mir die Besitzerin für drei Euro verkaufte.

An einem anderen Stand entdeckte ich ein Handbuch für Maskenbildner. Es war das ideale Geschenk für Suse, die bald Geburtstag hatte. Sie beneidete mich wahnsinnig um meinen Dad und seine Frau

Michelle, die beide im Filmgeschäft arbeiteten, und konnte nicht fassen, dass ich sie nicht in Los Angeles besuchte.

Dad hatte in Santa Monica eine Werbefilmproduktion, während Michelle eine Agentur leitete, die persönliche Assistenten an Filmstars vermittelte.

Ich sah meinen Vater in Deutschland, wo er mich drei oder vier Mal im Jahr besuchte, aber ich weigerte mich, meine Ferien bei ihm in Amerika zu verbringen. Der Grund dafür war Michelle, mit der Dad vor sieben Jahren nach Los Angelos gezogen war.

Sollte ich jemals meine Meinung ändern, beschwor mich Suse immer wieder aufs Neue, müsste ich sie mitnehmen. Im Gegenzug hatte Suse mir versprechen müssen, dass sie den Beruf von Dads Frau nicht an die große Glocke hing. Darüber ausgefragt zu werden, war für mich die reinste Horrorvorstellung.

»Fünfzehn Euro«, sagte die junge Frau, als ich sie fragte, was sie für das Handbuch haben wollte. Ich fand den Preis für das Handbuch ziemlich üppig, aber die Frau ließ sich nicht runterhandeln und das Buch schien gut zu sein.

Es gab Anleitungsfotos für Wunden, eklige Auswüchse und alle möglichen Horrormasken. Also legte ich die fünfzehn Euro auf den Tisch und wollte das Buch gerade in meine Tasche stecken, als ich eine heisere Stimme hörte.

»Du hast was verloren.«

Die Stimme war irgendwo links neben meinem Ohr und ich erkannte sie sofort.

Kein Zufall, schrie es in mir. *Kein Zufall.*

Ich drehte mich um, sehr langsam.

Hinter mir stand der Fremde. Auf seiner ausgestreckten Handfläche lag mein roter iPod shuffle, der bis eben noch an meiner Jacke geklemmt hatte. Ich brachte kein Wort über die Lippen. Als ich nach dem iPod griff, zitterten meine Finger. Irgendetwas an der Handfläche des Jungen kam mir eigenartig vor. Aber er hatte seine Finger schon zurückgezogen.

Ich umschloss meinen iPod. Ich spürte das Klopfen meines Pulses, aber in meiner Brust war wieder dieses andere Gefühl, das so schwer zu beschreiben war. Etwas in mir kam zur Ruhe, obwohl die Worte wie in einem Wirbelsturm durch meinen Kopf fegten.

Der fremde Junge sagte nichts, er sah mich nur an. Er hatte in etwa meine Größe, sodass wir auf derselben Augenhöhe waren. Wieder nahm ich diese fiebrige Elektrizität wahr, die von ihm ausging. Sein katzenhafter Körper wirkte, als würde er viel laufen, als wäre Bewegung an der frischen Luft für ihn eine Selbstverständlichkeit. Irgendwie roch er auch nach Luft, nach Wind und getrocknetem Regen.

Diesmal trug er eine schwarze Lederjacke – ein punkiges Teil mit silbernen Schnallen und diversen Stickern – und eine passende Jeans hatte er sich offensichtlich auch zugelegt. Seine Füße steckten in dunklen Docs. Sein dichtes schwarzes Haar fiel ihm auf eine Weise in die Stirn, die ihn (um mit den Worten der rothaarigen Kellnerin aus dem Lampenladen zu sprechen) nicht *irgendwie,* sondern unverschämt sexy aussehen ließ.

Wir standen direkt voreinander. Seine Augen hatten ein dunkles, fast schwarzes Blau. Ich konnte nicht erkennen, wo die Pupillen aufhörten und wo die Iris anfing, und irgendwann wurde mir bewusst, dass ich ihn nicht stundenlang anstarren konnte, um es herauszufinden.

Ich räusperte mich. »Hast du . . . vor ein paar Tagen . . . Mittwochnacht . . . vor meinem Haus gestanden?«, brachte ich hervor.

Ein feines Zucken umspielte die Lippen des Jungen. Die Unterlippe war ein wenig voller als die Oberlippe, was seinem Gesicht etwas Trotziges gab.

»Ich glaub, ja«, erwiderte er mit seiner heiseren Stimme.

Ich schluckte. »Du glaubst? Was heißt das, du glaubst?«

»Ich wusste nicht, dass es dein Haus war.« Er verzog einen Mundwinkel zu einem Lächeln, sodass in seiner linken Wange ein Grübchen erschien.

»Aber was . . . was hast du da gemacht?« Dieser blöde Frosch in meinem Hals ließ sich einfach nicht runterschlucken.

»Ich weiß nicht genau. Was hast du gemacht?« Seine tiefblauen Augen ließen mich nicht los. Er schien mich auf dieselbe Weise wahrzunehmen wie ich ihn. »Warum hast du am Fenster gestanden?«

Das geht dich nichts an. Was willst du von mir? Was fällt dir ein, mir solche Fragen zu stellen? So etwas hätte ich antworten müssen.

Was ich sagte, war: »Ich hatte Angst.«

Der fremde Junge nickte ganz leicht und sehr langsam. Noch immer hatte er seinen Blick nicht von mir gelöst, nur sein Lächeln war mittlerweile verschwunden. »Dann hast du wohl die Luft gebraucht«, erwiderte er leise. »Und ich das Licht. Luft und Licht. Beides ist gut gegen Angst.«

Licht? »Bist du deshalb in den Lampenladen gekommen?«

Der Junge zuckte mit den Achseln. »Unter anderem.«

»Und warum noch?«

»Ich hab gehört, das Essen wäre gut.« Jetzt grinste er. »Wie geht es dem Glatzkopf im Anzug? Hat er seine Dattel wiedergefunden?«

Moment mal. Was sollte das denn werden? Wollte er mich verarschen?

»Nicht witzig«, fuhr ich ihn an, froh darüber, dass ich endlich wieder normal sprechen konnte. »Und du hast meine Frage nicht beantwortet. Was hattest du auf der Party zu suchen? Was machst du hier? Wenn du mich irgendwie verfolgst, dann – hey, pass doch auf!« Ich sprang zur Seite, als mich ein junger Mann anrempelte. Er balancierte einen gigantischen Porzellantiger auf seinen Schultern, während seine Begleiterin (eine Blondine im Tigermantel) aufgeregt hinter ihm hertrippelte. »Hörst du, Robert, lass ihn bloß nicht fallen, sonst . . .«

Amüsiert sah der Junge den beiden hinterher. »Wenn ich mich nicht irre, ist das ein öffentlicher Ort«, wandte er sich wieder an mich und fügte in einem ironischen Unterton hinzu: »Ich könnte dich dasselbe fragen. Verfolgst du mich?« Forschend musterten mich seine Augen.

»Du spinnst doch!« Wütend funkelte ich den Jungen an. »Nein, natürlich nicht! Wer bist du überhaupt?«

Er fuhr sich durch das dunkle Haar. Plötzlich sah er verunsichert aus. Sein Gesicht bekam einen weichen, verletzlichen Ausdruck, als ob sich hinter seiner Fassade ein winziger Spalt geöffnet hätte. Nein – nicht *sich. Ich* hatte diesen Spalt geöffnet.

»Jetzt sag schon«, presste ich hervor. »Wie heißt du?«

Der Junge neigte seinen Kopf.

»Sag du's mir.«

»Was?« Ich trat einen Schritt zurück. »Wie ich heiße?«

»Nein. Ich.«

Mein Herz setzte aus. »Hast du sie noch alle?«

Die Verkäuferin, vor deren Tisch wir immer noch standen, beugte sich besorgt zu mir herüber und fragte, ob alles in Ordnung wäre.

Ich nickte, dann traten wir beide einen Schritt zurück, in perfektem Einklang, als hätten wir eine Choreografie einstudiert.

Wieder musterte mich der Junge auf diese verstörende Weise. Irgendwie hatte ich das Gefühl, als ob er etwas suchte. Etwas an oder neben mir. Ich konnte es nicht deuten. »Vergiss es. War nicht ernst gemeint«, sagte er.

War dieser Kerl geistesgestört? Auf Drogen? Oder vielleicht war auch ich gestört?

Der Blick des Jungen wanderte mein Gesicht entlang nach unten. Seine dunklen Brauen schoben sich zusammen, er sah erstaunt, mehr noch: erschrocken aus. Worauf starrte er denn jetzt? Hatte ich Ausschlag?

Seine nächste Frage brachte mich völlig aus der Fassung.

»Carpe diem?« Es klang wie eine Frage. Er streckte die Hand aus, als wollte er nach etwas an meinem Hals greifen, ich fühlte, wie seine Finger den Stoff meines Shirts streiften, ganz leicht nur, es war nicht wirklich eine Berührung, aber doch empfand ich es so.

Ich zuckte zurück.

»Was?« Instinktiv griff ich nach dem Anhänger, der an einer silbernen Kette um meinen Hals hing. Es war eine Sonne, ungefähr so groß wie ein Zweieurostück. Dad hatte mir diese Kette geschenkt, als ich sechs Jahre alt war. Zum ersten Schultag. Die Worte waren in das Innere der Sonne hineingraviert.

»Seize the day«, murmelte der Junge. »Nutze den Tag. Das heißt es doch, oder?«

Mein Mund war plötzlich trocken. Ja, das hieß es – und mittlerweile war dieser Spruch tausendmal als Werbeslogan verheizt worden. Aber für Dad und mich hatten diese Worte schon lange vorher eine besondere Bedeutung gehabt, und die Art, wie der Junge sie aussprach, klang auch nicht, als ob er sie aus irgendeinem Hochglanzmagazin kannte.

Er fixierte die Sonne an meinem Hals, als wollte er ein Loch in sie hineinbrennen.

Ich umschloss den Anhänger mit meiner Hand. »Was *willst* du von mir?«, flüsterte ich.

Der Junge blinzelte mit den Augen, mehrmals kurz hintereinander, und zum ersten Mal senkte er den Blick. Er biss sich auf die Unterlippe, als wüsste er nicht, ob er die Worte, die ihm auf der Zunge lagen, herauslassen sollte.

»Hey Becky!«

Ich zuckte zusammen und warf einen hastigen Blick über meine Schulter. Suse! Gott, ausgerechnet jetzt! Sie stand ungefähr zwanzig Meter von uns entfernt und winkte mit beiden Händen, bevor sie sich einen Weg durch die Menschenmenge bahnte.

Ich achtete nicht weiter auf sie, sondern drehte mich wieder um.

Doch da war niemand mehr. Der Junge war spurlos verschwunden.

Einen Moment später war Suse bei mir und stierte mich an. »Was ist denn jetzt schon wieder los? Kriegst du gerade einen Herzinfarkt?« Sie zog mich am Ärmel, ich konnte gerade noch das Handbuch für Maskenbildner hinter meinem Rücken verstecken. Zum Glück fragte sie nicht nach dem Jungen, vielleicht hatte sie ihn gar nicht bemerkt. Und ich konnte jetzt unmöglich über ihn sprechen.

»Alles okay«, brachte ich irgendwie hervor und versuchte ein normales Gesicht aufzusetzen, obwohl ich wusste, dass Suse nicht darauf reinfallen würde. Aber gleich darauf wurde mir klar, warum meine beste Freundin mich nicht sofort mit ihren Fragen löcherte. »Becky, ich habe ein Da-hate«, sang sie. »Dimo will nächsten Samstag mit mir ins Ki-no. Er hat mir gesi-himst, glaubst du das? Hier.« Suse klappte ihr Handy auf und hielt es mir unter die Nase.

Ich starrte auf das Display. »Cool«, murmelte ich.

»Cool?« Suse ließ das Handy zuschnappen. »Das ist galaktisch, Becky. Die einzige Frage lautet jetzt, wie ich die nächsten Tage überstehe. Scheiße, kann nicht morgen Samstag sein? Oder jetzt gleich? Du musst mich ablenken. Geh mit mir zum Dom – ins Wachsfigurenkabinett. Zur Strandperle. In die Kirche. Zur plastischen Chirurgie. Irgendwohin. Am besten zum Shoppen. Ich brauche dringend neue Klamotten.«

Ich grinste schwach.

Suse trug eine türkis-braun gestreifte Cordhose mit Schlag und einen türkisen Wildlederponcho. An ihren Ohren baumelten zu Ohrringen umfunktionierte Schlüsselanhänger von *Mägde und Knechte* und über ihrer Schulter hing eine orangefarbene Felltasche mit einem Tresorschloss. Falls ihr Vorhaben, später als Maskenbildnerin zu arbeiten, scheitern sollte, würde Suse problemlos eine Anstellung als Stylistin bekommen.

»Hast du dich hier schon umgesehen?«, fragte sie, ohne meine Antwort abzuwarten. »Dahinten ist ein geiler Stand mit Secondhand-Zeugs und – hallöchen, wen haben wir denn da . . .?« Suse zeigte nach links. Mein Herz setzte für einen Sekundenbruchteil aus, aber als mein Blick ihrem ausgestreckten Arm folgte, stieß ich enttäuscht die Luft aus. Es war nur Sheila. Sie hockte mit Jenni und Paula aus unserer Klasse auf einem Stahlgeländer und war so aufgebrezelt, als gäbe es kein Morgen. Ganz besonders abartig war ihr fleischfarbener Pulli, dessen tiefen Ausschnitt Suse mal mit den Worten »Ich kann dein Herz sehen« kommentiert hatte.

Mit vorgehaltener Hand glotzte Sheila in unsere Richtung.

»Booook, boook, booook, ich hab ein Ei gelegt, booook, boook, boook, ich bin so aufgeregt«, quiekste Suse mit schriller Stimme und lachte, als die drei Grazien betont in die andere Richtung starrten.

»Komm, Becky, bloß weg von diesen Netzhautpeitschen.«

Wortlos ließ ich mich von meiner Freundin durch die Gänge schleifen. Ich war noch immer ziemlich verstört und das erste Mal in meinem Leben war ich Dimo für irgendetwas dankbar. Er lenkte Suse wenigstens so ab, dass sie nicht merkte, was mit mir los war.

Irgendwann kamen wir an einer Uhr vorbei und da fiel mir siedend heiß ein, dass Janne seit einer guten Stunde auf ihren Tee wartete.

»Es wäre wirklich nicht nötig gewesen, den Tee in Indien zu kaufen«, sagte meine Mutter, als ich ihr schuldbewusst die Tasse auf den Tapeziertisch stellte. Das Wechselgeld in der Schale war beträchtlich geschrumpft und es sah aus, als hätte die Käseglocke einen neuen Besitzer gefunden.

Janne legte ihre Hände um die Tasse und pustete in den Tee. »Hallo Suse«, begrüßte sie meine Freundin. »Na, wie steht der Haussegen? Ist der Zahlenhengst zurück aus Hannover?«

Suse stöhnte. »Lass mich bloß mit dem in Ruhe. Der hat doch tatsächlich versucht, meiner Mutter einzureden, dass ich dafür einen Monat Hausarrest verdient hätte, als die ganze Sache aufgeflogen ist.«

Janne grinste. »Das heißt, eure kleine Aktion war erfolgreich?«

»Und wie.« Suse ließ sich auf meinen Stuhl fallen. »Der Vollidiot ist siebzehn Mal um die Tankstelle gelaufen, bis er gemerkt hat, dass irgendwas faul ist. Natürlich bin ich nicht ans Handy gegangen, als er angerufen hat, aber dann hat er's leider auf dem Festnetz versucht. Was soll's, auf jeden Fall hat er eine kleine Rundreise gemacht.« Suse kicherte. »Zum Glück hat meine Mutter ein so schlechtes Gewissen, was ihr Liebesleben betrifft, dass sie mir verziehen hat. Und? Wie sieht's es bei euch aus? Schon was verkauft?«

»*Wir* nicht – aber ich.« Janne zog ein paar Scheine aus ihrer Tasche und zeigte auf die Kleiderstange. »Zwei Lederjacken, den Trenchcoat von Spatz und dein altes Mörderdirndl, Rebecca – nur original mit Sicherheitsnadel.« Sie zwinkerte mir zu. »Ach ja, und: mein Traumbuch. Gerade hab ich das letzte Exemplar verschenkt.«

»Verschenkt?«, fragte Suse.

Janne zuckte mit den Achseln. »Der Typ wollte es unbedingt haben und er sah so aus, als hätte er keinen Cent in der Tasche, da hab ich es ihm gegeben.«

Das war auch so eine Seite an meiner Mutter – ich kannte niemanden, der so großzügig war wie Janne, auch wenn sie nicht viel Aufhebens darum machte.

»Kann ich Ihnen helfen?« Sie drehte sich zu einer älteren Dame um, die gerade den Zahnstocherigel in der Hand hielt.

»Ein entzückendes Dingelchen«, gurrte die Frau. »Was möchten Sie dafür haben?«

»Fünfzig Cent und der Igel gehört Ihnen«, sagte Janne fröhlich und fing an, dem Dingelchen eine mundgeblasene Entstehungsgeschichte anzudichten.

Ich hatte in der Zwischenzeit kein Wort gesagt. Was sollte ich auch erzählen? Hey, Mam, Suse, hört mal, da läuft mir ständig so ein komischer Typ über den Weg, der mich irgendwie . . . irritiert? Aber auch fasziniert? Egal, wie ich es beschreiben würde, ich wusste, dass ich nicht in Worte fassen konnte, was ich wirklich fühlte.

Ich griff nach dem Spiegel, um Dads Anhänger zu betrachten. Die Sonne war aus Sterlingsilber und hatte zwei winzige Rubine als Augen. Aber im Spiegel sah ich noch etwas – beziehungsweise, ich sah es eben nicht.

Das *Carpe diem,* auf das mich der fremde Junge vorhin angesprochen hatte, war nicht zu erkennen. Und zwar deshalb nicht, weil die Worte in die Rückseite der Sonne graviert waren.

Darüber hatte ich vorhin überhaupt nicht nachgedacht, aber natürlich war es so.

Vergeblich versuchte ich den Kloß in meinem Hals runterzuschlucken. Hatte sich der Anhänger möglicherweise verdreht? Ich wendete ihn, aber er flippte sofort in seine richtige Stellung zurück. Die Zacken der Sonne waren mit der Kette verbunden, sie konnte sich nicht verdreht haben, unmöglich!

Wie in aller Welt hatte der Junge wissen können, was auf der Rückseite des Anhängers eingraviert war?

Mein Blick raste durch die riesige Markthalle. Hunderte von Menschen wanderten zwischen den Ständen umher.

Aber der, den ich suchte, war fort.

VIER

»Ich denke, also bin ich.« Tyger pustete in seine dampfende Teetasse. »Was fällt euch dazu ein?«

Es war Mittwochmorgen und eigentlich hätte unser Philosophielehrer Herr Hoppenkamp hinter dem Pult stehen müssen. René Descartes war im Moment das Thema und heute hätten wir uns mit der Biografie des französischen Philosophen beschäftigen sollen. Aber Herr Hoppenkamp war krank und unser Englischlehrer vertrat ihn.

»Cogito ergo sum«, meldete sich Lennart zu Wort. Lennart war mit Suse und mir in die Grundschule gegangen und meine beste Freundin hielt ihn für eine Kreuzung aus Giraffe und Heino, weil sich sein langer blasser Hals rot fleckte, sobald er den Mund aufmachte – und das tat er trotz der unschönen Begleiterscheinung ziemlich oft.

»So lautet die lateinische Übersetzung dieses Grundsatzes«, fuhr Lennart eifrig fort. »Descartes wollte damit aufzeigen, dass wir an allem, was existiert, zweifeln können, nur nicht an dem eigenen denkenden Ich. Er meinte . . .«

»Ich habe nicht nach Descartes' Ausführungen zu diesem Thema gefragt«, unterbrach ihn Tyger ungnädig. »Ich habe gefragt, was *euch* dazu einfällt.«

»Die Fähigkeit zu denken macht uns einzigartig«, sagte Lilith Hopf, das Mädchen mit der Schweinenase. »Es unterscheidet uns von den niederen Lebewesen. Den Tieren.«

»Soll das etwa heißen, dass Tiere nicht *sind?*« Suse warf Lilith einen verächtlichen Blick zu. »Ich glaub zwar nicht, dass mein Hamster in seinem Laufrad philosophiert, aber lebendig ist er durchaus.«

Unterdrücktes Kichern ertönte im Klassenzimmer.

»Die Gedanken sind unser wertvollster Besitz«, kam es von Super Mario. Sein Vater war unser Elternsprecher. Janne hasste ihn, weil er jeden Elternabend mit endlosen Debatten in die Länge zog.

»Ob wir dick oder dünn sind, reich oder arm, zählt am Ende nichts«, vertiefte er seine Behauptung. »Ein kluger Hartz-IV-Empfänger ist demnach mehr wert als ein reicher Sack, der nur blödes Zeugs im Kopf hat.«

»Aber Idioten denken auch«, sagte Sebastian. Er war der einzige Schüler, dem Tyger gestattete zu reden, ohne sich vorher zu melden. Jenni und Paula, die rechts von ihm saßen, hingen an seinen Lippen und auch Sheila drehte sich jetzt zu ihm um. »Ich kann darüber nachdenken, wie viele Gläser Bier ich mir am Abend hinter die Binde kippe, wie viele Frauen ich im letzten Monat flachgelegt habe oder wie ich dem Türken von nebenan am besten die Fresse poliere. Damit verdiene ich mir nicht unbedingt den Nobelpreis, aber es sind Gedanken.«

»Gedanken si-hind frei«, sang Sheila und warf sich in Pose, als stünde sie vor der DSDS-Jury. »Niemand kann sie erraten . . .«

»Und das ist in manchen Fällen ein großer Segen«, kommentierte Tyger. »Gibt es vielleicht noch ein paar intelligentere Assoziationen? Ja, Aaron?«

»Koitus ergo sum.« Unser Klassenclown feixte in die Runde und erntete brüllendes Gelächter. Selbst Tygers Lippen verzogen sich zu einem amüsierten Lächeln. Nur Sheila runzelte angestrengt die Stirn. Sie wollte wissen, was ein Koitus sei, und als Aaron versprach, es ihr bei nächster Gelegenheit zu zeigen, explodierte die Klasse. Auch ich musste lachen, obwohl ich heute Morgen wieder mal schwer aus dem Bett gekommen war und vor lauter Müdigkeit kaum aus den Augen sehen konnte. Die Aussicht auf eine Doppelstunde bei Schlaftablette Hoppenkamp war auch nicht gerade der beste Antrieb gewesen, aber wenn ich gewusst hätte, dass mein Lieblingslehrer mich hier erwartete, hätte ich definitiv geschwänzt. Ohne Vorwarnung Tyger morgens um acht, das war einfach zu viel für mich.

Während sich die Klasse langsam beruhigte, blieben seine hellen Augen prompt an mir haften. »Was ist mit dir, Rebecca? Hättest du die Freundlichkeit, uns an deinen Gedanken zu diesem Thema teilhaben zu lassen?«

Ich drehte den Bleistift, mit dem ich in den letzten Minuten ungefähr ein Dutzend *Carpe diems* in mein Heft gekritzelt hatte, in meiner Hand. Das Thema? Ich versuchte, mich zu konzentrieren, um einen halbwegs vollständigen Satz zustande zu bringen. Seltsamerweise kam er, ohne dass ich darüber nachdenken musste. »Für mich ist dieser Spruch von Descartes nur die eine Seite der Wahrheit«, hörte ich mich plötzlich sagen.

»Aha?« Tyger zog eine Augenbraue hoch. »Interessant. Und wie lautet die andere, wenn ich dich noch ein wenig belästigen darf?« Diesmal achtete ich nicht auf Tygers Ironie. Irgendwas in seinem Gesicht brachte mich dazu, die Frage ernst zu nehmen.

»Dass . . . wir manchmal viel mehr sind, wenn wir nicht denken«, setzte ich an. »Wenn wir fühlen oder wenn wir . . . einfach . . . sind.«

Für eine kurze Sekunde bohrten sich die Augen meines Lehrers tief in mich hinein. Doch schon in der nächsten Sekunde war die kühle Maske wieder da. »Dann versuchen wir es doch einmal«, sagte er mit einem überlegenen Schmunzeln. »Ein kleines Experiment.« Tyger zog seine Taschenuhr aus dem Jackett und klappte sie auf. »Schließt eure Augen«, befahl er. »Na los, macht die Augen zu.«

Wieder wurde ein Kichern laut. Suse kickte mir in die Seite. »Weck mich, wenn ich einschlafe«, murmelte sie.

Aber ich war plötzlich hellwach. Ich tat, was Tyger sagte, und schloss die Augen. Fast unmittelbar nahm ich ein sanftes Pulsieren hinter meinen Schläfen wahr.

»Und jetzt«, drang Tygers Stimme an mein Ohr, »hört auf zu denken. Ich gebe euch drei Minuten Zeit. Auf geht's.«

Schon nach den ersten Sekunden prusteten die Ersten los. Füße scharrten, Papier raschelte, irgendjemand täuschte ein Schnarchen vor, doch als Tyger sich räusperte, wurde es ruhiger. Ich versuchte, meinen Kopf leer zu machen, aber mein Gehirn gehorchte nicht. Wie eine Maschine, bei der die Stopptaste klemmte, begann es, Empfindungen in Worte umzuwandeln und eine nach der anderen auszuspucken.

Suse riecht nach Mandarinen. Meine Finger sind kalt. Irgendjemand hat grässliche Schweißfüße. Sebastian hat recht, auch das sind Gedanken. Ich denke an Schweißfüße, also bin ich? Hilfe! Was ist überhaupt mit ihm los in den letzten Tagen? Seit Montag hat er kaum ein Wort mit mir gesprochen. Hab ich was . . . Stopp, Rebecca, nicht denken!

Aber es war unmöglich. Es fühlte sich an, als ob ich innerlich mit aller Kraft eine Schleuse zudrückte, gegen die sich eine geballte Masse stemmte. Widerstand zwecklos. Ich gab auf. Die Schleuse öffnete sich und die Gedanken, die ich am meisten hatte verdrängen wollen, strömten auf mich ein.

Wer bist du? Was willst du von mir? Warum tauchst du auf wie aus dem Nichts, um gleich darauf wieder zu verschwinden? Und was waren das für seltsame Dinge, die du zu mir gesagt hast? Woher wusstest du, was auf der Rückseite meines Anhängers steht? Warum hast du den Satz auf Englisch übersetzt? Du hast Seize the day *gesagt. Dad spricht englisch mit mir, aber du kennst meinen Dad nicht, du weißt nichts von ihm. Oder doch? Warum muss ich ständig an dich denken? Oh Gott, das ist verrückt!!! Ich will das nicht denken, ich . . .*

Das Zuschnappen von Tygers Taschenuhr holte mich zurück ins Klassenzimmer. Bildete ich es mir ein oder hatte mein Lehrer mich die ganze Zeit angeschaut?

»Ihr habt es nicht geschafft«, sagte er und es war keine Frage. »Ganz egal, ob weiße Stiefel, die nächste Party oder der Widerstand gegen diese Aufgabe durch euer Gehirn gegeistert sind, ihr habt gedacht. Jede winzige Sekunde lang. Selbst euer Wunsch, nicht zu denken, war ein Gedanke. Rebeccas Bemerkung war im Grunde gar nicht so dumm. Nicht zu denken und trotzdem zu *sein,* könnte eine Erlösung sein. Aber diese Fähigkeit ist euch nicht gegeben.«

Mein Lehrer ließ seine Taschenuhr in seinem Jackett verschwinden. »Der englische Schriftsteller Lovell hat seinem Leben ein Ende bereitet, weil ihn seine quälenden Gedanken nicht mehr losließen«, sagte er. »Ihr seid – also denkt ihr. Das macht euch zu den einzigen Lebewesen, die sich mit ihren Unzulänglichkeiten, Zweifeln und Ängsten herumschlagen müssen. Mit dem Denken aufhören könnt ihr erst, wenn ihr tot seid.«

»Sollte das eine Ermunterung zum Selbstmord sein?«, fragte Suse, als wir in der Pause zu Doris' Diner gingen. »Meine Güte, der war ja mal wieder voll drauf, was?«

»Mhm«, murmelte ich. Mich beschäftigten vor allem die Sätze, die Tyger am Schluss der Stunde von sich gegeben hatte. *Ihr seid, also denkt ihr.*

»Ist dir das auch aufgefallen?«, fragte ich Suse. »Als es darum ging, dass wir die eigenen Gedanken nicht abstellen könnten, sagte Tyger *ihr* und *euch.* Als ob er nicht dazugehören würde.«

»Wow!« Suse stupste mich an. »Worauf du alles achtest! Und das morgens um halb neun. Mir ist das selbst jetzt noch zu hoch, wenn ich ehrlich bin. Ich sterbe nämlich gleich vor Hunger. Und ich glaube, da vorne will jemand Klartext reden.« Suse nickte zum Diner. Sebastian wartete mit verschränkten Armen neben der Tür.

»Der hat dich die ganzen Tage schon so düster gemustert«, flüsterte Suse mir zu. »Was ist los, habt ihr Stress?«

»Nicht dass ich wüsste«, entgegnete ich unsicher. Dass wir uns wieder trafen, hatte ich Suse erzählt und sie hatte es stirnrunzelnd zur Kenntnis genommen.

»Na dann.« Suse klopfte mir auf die Schulter. »Ich denke, ich bin unterzuckert, also esse ich. Und du schrei um Hilfe, wenn du denkst, du brauchst mich.« Suse drückte meinen Arm und verschwand im Diner.

»Gibt es etwas, das ich wissen sollte?«, fragte Sebastian, als wir allein waren. »Oder besser gesagt: jemanden?«

Ich duckte mich unwillkürlich unter dieser Frage. »Ich weiß nicht, was du meinst«, entgegnete ich zögernd.

»Schwarze Haare«, sagte Sebastian. »In etwa so groß wie du. Punkige Lederjacke. Reicht das? Oder brauchst du noch ein paar zusätzliche Stichworte?«

Ich starrte ihn wortlos an, mein Herz klopfte schneller. »Du hast ihn gesehen?«

»Sheila«, entgegnete Sebastian knapp. »Und sie hat nicht *ihn* gesehen, sondern euch. Laut ihrer Aussage wart ihr ziemlich vertieft in euren kleinen Flirt. Ich muss sagen, dass ich das ganz schön heftig von dir finde. Ich lass dir gerne Zeit, Becks. Aber nicht für einen anderen. Das kannst du vergessen.«

»Scheiß auf Sheila Hameni«, fluchte ich, als mir wieder einfiel, wie sie mich am Sonntag hinter vorgehaltener Hand in der Fischauktionshalle angestarrt hatte. »Glaubst du alles, was die blöde Kuh dir erzählt? Das war kein *Flirt*. Das . . .«

»Ja?« Sebastian sah mich an. »Du brauchst nicht stottern. Ich höre dir zu.«

»Ich hab meinen iPod verloren, okay?«, stieß ich ungewollt heftig aus. »Der Typ hat ihn gefunden und mir in die Hand gedrückt. Ich hab mich bedankt und das war alles. Ich weiß nicht mal seinen Namen.« Wenigstens das entsprach der Wahrheit.

»Aha. Na, wenn das so ist.« Sebastians Miene war wie versteinert.

»Ja, so ist es! Und wenn du mir nicht glaubst, kann ich dir auch nicht helfen.«

Sebastian zuckte mit den Achseln. Plötzlich sah er hilflos aus. »Egal, vergiss es einfach. Lass uns reingehen.«

Ich folgte ihm und merkte, wie sich alles in mir zusammenkrampfte. Er hatte ja recht. Das, was ich abzog, war alles andere als fair ihm gegenüber.

Andererseits – ich hatte den fremden Jungen, dessen Namen ich ja tatsächlich nicht einmal kannte, erst dreimal gesehen. Jedes Mal für kurze Zeit. Warum fühlte es sich dann so an, als ob Sebastian allen Grund dafür hätte, eifersüchtig zu sein?

»Becks, kommst du?« Sebastian hatte ein Lächeln aufgesetzt, das wohl seine Unsicherheit überspielen sollte. Er hielt mir die Tür zum Diner auf. »Seltsam, was Tyger am Schluss gesagt hat, oder? Warum hat er sich selbst nicht auch genannt, als er darüber sprach, dass uns Gedanken quälen? Meinst du, er hat ein Geheimrezept? Würde ihm ähnlich sehen.«

Ich hatte es nicht verdient. Ich hatte es einfach nicht verdient, wie nett Sebastian zu mir war. Aber ich fühlte die Erleichterung fast körperlich. Sebastian war mein bester Freund und ich wollte ihn um keinen Preis der Welt verlieren. Ich hakte mich bei ihm unter. »Bruder«, sagte ich, »dasselbe habe ich mich auch gefragt.«

Wir setzten uns zu Suse an den Tisch. Sie hatte schon bestellt und schaufelte ihre Pommes in sich hinein. Sebastian orderte ein Truthahnsandwich für sich und einen Veggieburger für mich und zahlte beides. Und während wir kauten, sorgte Suse für Unterhaltung. In knapp zehn Tagen wollte sie ihren Geburtstag feiern und hoffte auf einen halbwegs warmen Herbsttag, damit sie wie letztes Jahr an der Elbe grillen konnte. Sie betete, dass Dimo kommen würde. Gestern war Bandprobe gewesen und Dimo hatte T-Shirts für seine Backvocals anfertigen lassen. Sie waren weiß mit rotem Kreuz und trugen den Aufdruck *Kranke Schwester.*

Jedes Mal wenn Suse Dimos Namen fallen ließ, flackerten ihre Augenlider und Sebastian stieß mich mit dem Fuß unter dem Tisch an.

Okay, dachte ich. Alles ist wie früher. Alles ist wie immer. Ich atmete aus, lehnte mich zurück – und sah den schwarzen Haarschopf am Tresen.

Ich verschluckte mich vor Aufregung und fing wie wild an zu husten. Während Sebastian mir den Rücken klopfte, erkannte ich das schmale Gesicht mit den dunklen Augen.

Er saß am Tresen, ganz hinten in der Ecke und hielt ein Glas Cola in die Höhe. Er sah aus, als prostete er mir zu.

Ich röchelte. Ein Stück Salat hatte sich in meiner Speiseröhre verfangen. Tränen stiegen in meine Augen, doch ich wendete meinen Blick nicht ab.

Jetzt glitt der Junge von seinem Barhocker und kam durch den vollen Diner auf uns zu. Auf seinem Gesicht lag ein konzentrierter Ausdruck. Obwohl er langsam ging, waren seine Bewegungen leichtfüßig, geschmeidig, wie bei einem Raubtier, das sich auf leisen Pfoten seiner Beute nähert. Weder Suse noch Sebastian schienen ihn wahrzunehmen, was vielleicht auch an meinem Hustenanfall lag. Der Junge war nur noch wenige Schritte von unserem Tisch entfernt. Er machte einen demonstrativ tiefen Luftzug, wobei er mich nicht aus den Augen ließ. Sein Mundwinkel verzog sich zu einem schiefen Lächeln und dann ging er an mir vorbei.

Am liebsten wäre ich hinter ihm hergerannt, aber in diesem Moment bekam ich endlich wieder Luft, und als ich mir die Tränen aus dem Gesicht gewischt hatte, war er um die Ecke verschwunden.

Suse sah mich besorgt an und Sebastian hielt mir sein Glas hin. »Hier, trink was. Mensch Becks, du bist ja rot wie ein Krebs. Besser?«

Ich trank, schluckte, dann nickte ich wieder. Dass mein Puls verrücktspielte, lag nicht an meinem Hustenanfall.

»Ich komm gleich nach«, sagte ich, als Suse und Sebastian schließlich aufstanden und ihre Tabletts zurückgaben. »Ich muss kurz aufs Klo, geht schon mal vor.«

Als sich die Tür hinter den beiden schloss, stürzte ich zum Tresen. »Entschuldigung«, wandte ich mich an die Bedienung. Sie hatte kurze knallgrüne Haare und ein Salamandertattoo auf dem Oberarm. »Der Junge, der hier vorhin saß.« Ich räusperte mich. »Weißt du zufällig seinen Namen? Oder hast du ihn hier schon mal gesehen?«

Die Grünhaarige drehte ihren Kopf zu dem Platz, an dem der Junge gesessen hatte. Das Colaglas und der Teller standen noch da, beides leer, bis auf ein Salatblatt, das einsam auf dem Tellerrand lag.

»Oh Shit!«, rief sie aus. »Der Arsch hat nicht bezahlt!« Ihr Gesicht war rot vor Wut, als sie sich mir wieder zuwandte. »Nein, ich habe nicht seinen Namen. Und wenn ich ihn hätte, würde ich die Bullen rufen. So ein Scheißkerl! Hat er dir etwa auch was geklaut?«

Als ich stumm den Kopf schüttelte, runzelte sie die Stirn.

»Moment mal. Hast du nicht da vorn neben der Tür gesessen? Du hattest einen Hustenanfall?«

»Ähm . . . ja«, stammelte ich.

»Na super!« Die Grünhaarige schnaubte. »Der Typ hat mich auch nach dir gefragt. Wollte wissen, ob du öfter hier bist. Und ob dieser blonde Chico, der auf deinem Rücken rumgetrommelt hat, dein Freund sei.«

Mir wurde schwindelig. »Und . . . was hast du ihm gesagt?«

»Was ich gesagt habe?« Die Grünhaarige stemmte ihre Fäuste in die Seiten. »Bin ich eine Partneragentur, oder was? Ich hab gesagt, dass er dich das gefälligst selbst fragen soll. Und als Dankeschön prellt er die Zeche.« Sie schüttelte den Kopf. »Fuck, und ich hab nicht mal mitgekriegt, dass er sich aus dem Staub gemacht hat!«

Ich holte tief Luft. »Wie viel?«

»Hä?« Die hellen Augenbrauen der Grünhaarigen schoben sich dicht zusammen.

»Das Essen.« Ich deutete auf den leeren Platz am Tresen. »Wie viel?«

»Oje.« Ein mitleidiges Lächeln erschien auf den Lippen der Servicekraft. »Dich scheint es ja schwer erwischt zu haben, Herzchen. Aber bitte, bevor ich es aus meiner eigenen Tasche zahle . . .« Sie streckte die Hand aus. Sechs Euro neunzig. Trinkgeld nicht mitgerechnet.«

»Hier.« Ich öffnete mein Portemonnaie und drückte der Grünhaarigen sieben Euro in die Hand. »Stimmt so.«

»Besten Dank. Und für die zehn Cent lass ich noch einen kleinen Tipp springen. Halt dich von solchen Typen fern. Die bringen nur Ärger.«

Dann drehte mir die Grünhaarige den Rücken zu und verschwand in der Küche.

Nach der Mittagspause hatten wir noch eine Stunde Französisch, in der wir einen Test schrieben (für den ich nicht gelernt hatte), und eine Doppelstunde Englisch, in der uns Tyger eine Schauergeschichte von Lovell vorlas (von der ich kein einziges Wort mitbekam). Schwarze Haare, dachte ich. In etwa so groß wie ich. Punkige Lederjacke. Brauchte ich noch ein paar Stichworte? Ja, jede Menge, aber davon würde ich Sebastian wohl kaum erzählen können. Verdammt, Tyger hatte recht. Ich hätte viel darum gegeben, das Denken einzustellen.

Gleich von der Schule aus fuhr ich zur Alsterschwimmhalle. Hier hatte ich sieben Jahre lang trainiert, dreimal die Woche. Mein Trainer hielt große Stücke auf mich, aber meine Mannschaftskolleginnen gingen mir mit jedem Jahr mehr auf den Geist. Ich passte nicht ins Bild. Meine Hüften waren zu rund, meine Brüste zu groß – und dass ich trotzdem zu den Besten gehörte, trug nicht gerade zu meiner Beliebtheit bei. Nach meinem sechzehnten Geburtstag war ich aus dem Verein ausgetreten und bereute es keine Sekunde.

Aber das Schwimmen war nach wie vor die einzige Sportart, die ich liebte. Ich trainierte für mich allein, maß mit dem Polar meine Geschwindigkeit und verbesserte meine Kondition von Monat zu Monat.

Heute war zum Glück nicht viel los, sodass ich eine ganze Bahn für mich allein hatte. Ich fing mit Brust- und Rückenschwimmen an, um mich aufzuwärmen. Dann begann ich zu kraulen und irgendwann tauchte ich im wahrsten Sinne des Wortes ab. Hier im Wasser wurde alles leichter, schwereloser, schwebender. Nicht nur mein Körper, auch die Gedanken. Gerade die Gedanken.

Schwimmen war für mich wie Fliegen ohne Flügel. Und irgendwann kam dieser berauschende Punkt, an dem ich die eigene Anstrengung nicht mehr wahrnahm, nur noch den Rhythmus im Wasser, die Einheit von Bewegung und Getragensein. Erst als ich wieder festen Boden unter den Füßen hatte, merkte ich, was ich geleistet hatte. 6,2 Kilometer in 72,22 Minuten. Ich fühlte jeden einzelnen Muskel und mein Puls rauschte mir in den Ohren. Aber in meinem Kopf herrschte endlich Ruhe, zumindest für den Moment.

Auf dem Weg nach Hause nahm ich mir fest vor, den Fremden aus meinem Kopf zu verbannen. Es war wieder Mittwoch und es war genau eine Woche her, seit ich ihn das erste Mal gesehen hatte. Schluss mit dem Gegrübel, Schluss mit den quälenden Fragen, was er von mir wollte oder welche Zufälle uns immer wieder zusammenführten.

Heute war ich die Mittwochskönigin und ich würde mit Spatz und Janne *Ocean's Eleven* schauen. Ich würde essen und den Film genießen und schlafen – und morgen würde ich versuchen, das Ganze logisch zu betrachten.

Unsere Wohnung roch nach Tausendundeiner Nacht. Janne hatte laut Spatz über vier Stunden in der Küche verbracht. Mit den orientalischen Vorspeisen, die sie zubereitet hatte, hätte man eine halbe Armee versorgen können oder, wie Spatz bemerkte, einen orientalischen Harem.

Janne war die Chefköchin in unserem Frauenhaushalt, und wenn sie Stress im Job hatte, konnten ihre Kocharien schon mal ausarten. Wenn Jannes Kollegen, mit denen sie und Spatz befreundet waren, zu Besuch kamen, flehte Spatz sie jedes Mal an, meiner Mutter doch die besonders schwierigen Fälle weiterzuvermitteln. Ich protestierte dann immer entschieden. Spatz konnte so viel essen, wie sie wollte, ohne auch nur ein Gramm zuzulegen. Bei mir dagegen bedeutete ein besonders gestörter Patient von Janne garantiert ein Gürtelloch mehr.

Worauf ich mich heute wieder einmal einstellen konnte. Ungefähr zwei Dutzend gefüllte Schälchen verteilten sich auf dem langen Beistelltisch neben dem Tagesbett. Im Vogelbauer stritten sich Jim Bob und John Boy um ihren Ehrenplatz an der frischen Hirsestange. Auf dem Fernseher thronte der nimmersatte Anton und auf dem Bildschirm verkündete Dash seinen Komplizen: »Wir stecken voll in der Scheiße! Wenn wir nicht geil darauf sind, auf Monaco auszuweichen, sind wir voll Backe.«

»Arschbacke!«, tönte Spatz im gleichen Atemzug wie Dash. Wir sahen den Film zum zweiten Mal in diesem Jahr und Spatz hatte, selbst was die dämlichsten Witze betraf, ein gutes Gedächtnis. Wahrscheinlich lag es an ihrem Zweitberuf. Sie jobbte im Theater als Souffleuse.

Sie saß mit untergeschlagenen Beinen neben mir auf dem breiten Tagesbett unseres Dachbodens. Seit einer Woche häkelte sie an dem ersten Objekt ihrer neuen Serie: *Sponglia beatificae. Glücksschwamm.* Noch war nicht genau zu erkennen, zu welchem Ganzen sich die changierenden Goldfäden verbinden würden, aber Spatz war Feuer und Flamme und hatte vor, mit dieser Serie ihre erste Ausstellung zu machen. Das Garnknäuel lag auf meinem Schoß und ich gab mir Mühe, es nicht vollzukrümeln.

Janne saß rechts von mir, und während Spatz zumindest mit den Ohren das Geschehen auf dem Bildschirm verfolgte, war meine Mutter nicht wirklich bei der Sache. Ähnlich wie ich schien sie sich nur schwer auf den Film konzentrieren zu können.

Sie aß ihren Couscous-Salat auf, den sie sich auf den Teller gehäuft hatte, streckte sich und stand auf. »Ladys, ihr seid mir nicht böse, wenn ich euch mit dem Rest des Films allein lasse? Ich muss morgen früh raus.«

Spatz sah von ihrer Häkelei auf.

»Alles okay?«, fragte sie besorgt und Janne nickte. »Alles bestens, ich brauch nur ein bisschen Schlaf. Gute Nacht, ihr beiden. Gute Nacht, John Boy. Gute Nacht, Jim Bob.« Sie warf einen Luftkuss in die Runde und wandte sich zur Wendeltreppe. »Räumt ihr bitte das Geschirr weg?«, hörten wir sie im Heruntergehen rufen.

»Schwerer Fall?«, fragte ich Spatz, ohne den Blick vom Fernseher zu wenden.

»Nicht dass ich wüsste«, entgegnete sie.

Spatz war die einzige Privatperson, der sich Janne – wenn überhaupt – anvertraute, was ihre Arbeit anging. Meine Mutter war eine Verfechterin der Schweigepflicht. Nie hätte sie mir gegenüber ein

Wort über die Probleme ihrer Klienten verloren. Aber natürlich wusste ich, was Janne in ihrem Beruf so alles zu hören bekam, und damit meinte ich nicht Menschen wie unsere Nachbarin Frau Dunkhorst, die ihre Stunden bei Janne wahrscheinlich nur dazu nutzten, ihre zahlreichen Krankheitssymptome zu schildern. Unter Jannes Klienten waren Frauen, die vergewaltigt oder in ihrer Kindheit misshandelt worden waren, genauso wie Menschen, die ihre eigene Gewalt nicht im Griff hatten. Für Janne waren auch Täter Opfer. Vor ein paar Jahren hatte ich einmal mitbekommen, wie sie auf ihrem Notfallhandy mit einem Mann sprach, der unter Gewaltfantasien litt.

Ich wusste nicht, was stärker war: meine Abscheu, dass meine Mutter so verständnisvoll auf diesen kranken Typen am anderen Ende einging – oder meine Bewunderung für sie. Oft fragte ich mich, wie sie das aushielt.

Ich drückte auf die Stopptaste der Fernbedienung. Plötzlich hatte ich keine Lust mehr auf den Film. Aber genauso wenig wollte ich ins Bett. Ich brauchte die Gesellschaft von Spatz, ich brauchte sie, damit sie mich ablenkte.

»Wollen wir deine Platte hören?«, schlug sie vor. »Sie ist wunderschön.«

Ich nickte. Spatz legte ihr Häkelzeug zur Seite und griff nach der Schallplatte von Joan Armatrading, die ich ihr am Sonntag vom Flohmarkt mitgebracht hatte. Es war nicht unbedingt meine Art von Musik, aber das leise Kratzen der Platte hatte etwas Beruhigendes und die Sängerin hatte eine wunderschöne, sonore Stimme.

Das Lied hieß *Save me* und Spatz sah mich an und ihr Gesichtsausdruck wurde weich. »Dieses Lied habe ich an dem Abend gehört, als ich deine Mutter kennenlernte«, sagte sie mit ihrer hohen Stimme. »Es lief im Radio, als ich in dem Café neben dem Kinderkrankenhaus etwas zu essen für sie holte.«

Ich nickte. Ich hatte keine Erinnerung mehr an diesen Tag, ich war noch zu klein gewesen, aber die Geschichte kannte ich natürlich. Als Kind hatte ich sie wieder und wieder hören wollen. Und bis heute staunte ich, dass ausgerechnet ich der Grund dafür war, dass die beiden sich getroffen hatten.

Spatz schloss ihre Augen und wir lauschten dem Gesang von Joan Armatrading:

Like a moth, with no flame to persuade me
Like blood in the rain, running thin
While you stand on the inside, looking in
Save me . . .

»Erzähl mir davon«, bat ich Spatz. »Erzähl mir die Geschichte noch einmal.«

Spatz schlang die dünnen Arme um ihre Knie und lächelte mich an. »Meinst du das im Ernst?«, fragte sie.

»Ja«, sagte ich. Geschichten aus meiner Kindheit, und diese im Besonderen, hatten oft die gleiche Wirkung auf mich – sie strahlten immer so etwas wie Trost aus. Und Trost war das, was ich heute Abend brauchte.

»Na dann«, sagte Spatz. »Du warst drei Jahre alt . . .«

Ich nahm mir noch eine Halbmondtasche und lehnte mich in die dicken Kissen zurück.

» . . . und du hast auf dem großen Spielplatz im Stadtpark geschaukelt. Es war ein wunderschöner Herbsttag, Janne trug ihren blauen Wollmantel und stieß dich an. *Höher, Mam*, hast du gerufen, immer lauter, immer aufgeregter. *Höher, höher! Bis zum Himmel!* Janne stand hinter dir und hat dich immer stärker angestoßen, während du gejubelt hast. Ich habe auf der Wiese gesessen und gezeichnet, aber ihr beiden habt mich abgelenkt – nein, *Janne* hat mich abgelenkt.« Spatz lächelte. »Sie nahm nichts und niemanden wahr, nur dich. Sie schien völlig in deinem Glück aufzugehen. Die Sonne fiel genau auf ihr Haar, es schimmerte und ihre Augen strahlten. Und dann, wie aus heiterem Himmel, hast du die Schaukel losgelassen. Sie war hoch oben in der Luft und du bist abgestürzt. Plötzlich schien die Zeit stillzustehen. Es war einer dieser Momente, die wie eingefroren wirken: du in der Luft, Janne hinter dir, die Hände ausgestreckt, als könnte sie dich auffangen. Was natürlich absolut unmöglich war. Du bist mit dem Hinterkopf auf eine Steinplatte gekracht. Es war ein fürchterliches Geräusch und danach hast du dich nicht mehr gerührt.«

Spatz schloss für einen Moment die Augen und verzog das Gesicht. »Janne schrie und es klang fast noch schlimmer als dein Aufprall. Es war ein gellender, markerschütternder Ton, der nichts Menschliches mehr hatte. Ich sah eine rote Blutspur unter deinem Kopf und hatte den völlig idiotischen Gedanken, dass rotes Blut und weißer Stein irgendwie nicht zusammengehören.«

Spatz schüttelte den Kopf. »Bescheuert, was das Gehirn in solchen Momenten produziert. Jedenfalls war viel Betrieb auf dem Spielplatz und im Nu hatte sich eine kleine Menge um euch versammelt. Irgendjemand rief nach einem Krankenwagen. Als ich mich durch die Leute gedrängelt hatte, hielt Janne dich im Arm. Ich habe niemals zuvor und niemals danach so viel Angst im Gesicht eines Menschen gesehen. Deine Ärmchen hingen schlaff herunter und es war offensichtlich, dass auch sie nicht mehr hätte weiterleben können, wenn du gestorben wärst.«

Spatz zupfte nachdenklich an ihrem Glücksschwamm herum. »Niemand, der kinderlos ist, kann wirklich verstehen, was in solchen Momenten in einer Mutter vorgeht«, sagte sie leise. »Aber ich habe es gesehen.«

Sie machte eine kleine Pause und stupste mich an. »Manchmal bin ich traurig, dass ich so was nicht fühlen kann, weißt du?«

Ich nickte. Spatz hatte keine eigenen Kinder. Sie machte kein großes Aufhebens darum, aber ich wusste, dass es für sie ein Thema war.

»Deine Mutter und du, ihr seid umringt gewesen von Menschen, die es zweifellos alle gut meinten«, fuhr sie fort. »Ein Mann, der mit seinem Handy den Krankenwagen gerufen hatte, machte sich furchtbar wichtig. Damals trug kaum jemand ein Handy bei sich, aber er fuchtelte die ganze Zeit mit dem Teil in der Luft herum, damit es jeder sehen konnte.«

Spatz legte den Glücksschwamm zur Seite und grinste mich an. »Der Typ war einfach nur grottenpeinlich. Er trug den scheußlichsten Anzug, den ich je gesehen hatte. Und kurz bevor der Krankenwagen kam, dongelte das Teil plötzlich los und der Typ fing doch tatsächlich an, sich lautstark mit irgendeinem Kunden zu unterhalten.«

Spatz plusterte sich auf und ahmte die Stimme des Mannes nach. »›Um ehrlich zu sein, Ihr Anruf erreicht mich ein wenig ungelegen, da ich gerade sozusagen privat im Einsatz bin . . .‹« Spatz rollte mit den Augen. »Es war echt unfassbar, wie der sich aufgeführt hat, aber ich hätte ihm trotzdem am liebsten seine polierte Halbglatze geknutscht. Und dir hat er letztendlich das Leben gerettet. Tut mir ja auch leid, dass es so ein blöder Affe sein musste.« Spatz fing scheppernd an zu lachen. »Den Halbglatzenkuss«, fuhr sie fort, »habe ich mir natürlich gespart. Stattdessen hab ich deinen kleinen weißen Bären aufgehoben. Er lag neben der Schaukel.«

»Momas Bär«, sagte ich und dachte an letzten Mittwoch, als Janne ihn aus der Kiste gekramt hatte. Seitdem lag er wieder in meinem Bett.

»Ja, genau«, Spatz nickte. »Kurz darauf kam endlich der Krankenwagen. Du warst noch immer ohne Bewusstsein, und als die Sanitäter dich aus Jannes Armen nahmen, um dich auf die Trage zu legen, sah deine Mutter aus, als ob man ihr das Herz ausgerissen hätte. Sie war starr vor Schmerz. Dann trafen sich unsere Blicke. Ich stand da mit deinem kleinen Bären in der Hand und Janne streckte ihre Hand nach ihm aus. Und irgendwie wusste ich, dass sie nicht nur den Bären meinte.«

Spatz schwieg einen Moment. »Ohne ein Wort ging ich mit ihr, wir stiegen in den Krankenwagen, der mit lautem Sirenengeheul losfuhr. Du lagst auf der Trage, der Sanitäter hatte dir eine Sauerstoffmaske auf Nase und Mund gelegt. Du warst so winzig und Janne sah so verloren aus.«

Sie räusperte sich. »Im Krankenhaus ging alles ganz schnell. Du wurdest auf die Intensivstation gebracht, wohin Janne nicht mitdurfte, und als sich die Tür hinter dir schloss, brach sie zusammen. Sie ging einfach in die Knie, ohne einen Laut, ohne etwas zu sagen. Es sah nicht so theatralisch aus, wie es klingt, sondern so, als hätte man deiner Mutter sprichwörtlich den Boden unter den Füßen weggezogen. Ich ging zu ihr, setzte mich neben sie und so warteten wir, eine Ewigkeit lang.« Spatz verschränkte ihre Finger ineinander.

»Janne hielt den kleinen Bären umklammert, starrte ihn die ganze Zeit an und flüsterte, dass er bei dir sein müsste, dass du nicht alleine sein dürftest. Dann sagte sie den Namen deines Vaters, immer wieder. Alec. Alec. Alec . . . Ich fragte, ob ich ihn anrufen sollte, aber sie wusste nur, dass er auf einem Dreh war. Sie hatte keine Nummer.«

Spatz zwirbelte eine Strähne ihrer Haare zwischen den Fingern. »Es dauerte eine Ewigkeit, ich nervte immer wieder alle Schwestern, aber endlich öffnete sich die Tür. Der Arzt, es war ein junger Mann mit roten Haaren und Sommersprossen, kniete vor uns nieder. Ich weiß noch, wie tief mich diese Geste rührte. Er nahm die Hände deiner Mutter in seine und sagte, dass alles gut sei. Für ein paar Minuten hättest du tatsächlich in Lebensgefahr geschwebt, aber jetzt seist du außer Gefahr.«

Sie schüttelte den Kopf. »In diesem Moment begann deine Mutter, am ganzen Körper zu zittern, und sie hörte nicht auf, bis wir zu dir in den Aufwachraum durften. Wie ein winziges Schneewittchen hast du in dem Bett ausgesehen, deine bleiche Haut, das schwarze Haar und die dunklen Lippen. Aber du hast gelächelt, Rebecca.«

Ich schloss für einen Moment die Augen.

»Später wurdest du dann wach, aber nur kurz. Das Erste, was du sagtest, war: ›Wo ist Lu?‹ Janne legte dir deinen Bären auf die Brust, aber du warst noch ganz verwirrt und hast nicht aufgehört, nach ihm zu fragen, jedes Mal, wenn du aus deinem unruhigen Schlaf aufgeschreckt bist. ›Patrizia hat Lu für dich aufgehoben‹, sagte deine Mutter dann immer wieder zärtlich und drückte meine Hand. Irgendwann kamst du richtig zu dir und sahst mich zum ersten Mal.« Spatz ließ die Haarsträhne aus ihren Fingern gleiten. »Dann hast du gesagt: ›Patz hat auf Mama aufpasst.‹«

Sie verschränkte ihre Arme und starrte zur Decke hoch. »Aus Patz wurde Spatz und dabei ist es geblieben.«

Als ich in mein Zimmer kam, war es weit nach Mitternacht. Um sieben Uhr würde mein Wecker klingeln, aber ich war hellwach. Spatz und ich hatten noch lange auf dem Dachboden gesessen, alte Platten gehört und ich hatte sie immer wieder angefleht, noch nicht ins Bett zu gehen, aber irgendwann, kurz bevor sie auf dem Tagesbett einnickte, hatte ich es aufgegeben.

Ich würde allein klarkommen müssen.

Für einen Moment saß ich einfach nur da und überlegte, was ich als Nächstes tun könnte, um an meinem Vorsatz festzuhalten und die quälenden Gedanken wegzudrücken. Dann griff ich hastig meine

Kopfhörer, drehte den iPod voll auf und setzte mich an den Computer, um meine Mails zu checken.

Ich hatte zwei ungelesene Nachrichten. Der erste Absender war Dad, die zweite Mail war erst ein paar Minuten alt und kam von Sebastian.

Ich öffnete Sebastians Mail zuerst.

> Ich habe über deine Worte nachgedacht
> Was du heute im Unterricht gesagt hast.
> Dass wir manchmal mehr sind, wenn wir fühlen.
> Ich kenne das. Ich hab das erlebt.
> Mit dir.
> Schlaf gut. S.

Mein Finger klickte auf *Antworten.*

> Lieber Sebastian,
> Es tut mir so leid, dass ich in der letzten Zeit . . .

Pause, Blackout, Gedankenstau. Auf meinem Zufalls-Mix lief ein Song von *Wir sind Helden*.

Ich weiß nicht weiter, ich weiß nicht, wo wir sind, ich weiß nicht weiter, von hier an blind . . .

Mein Zeigefinger klickte auf *Abbrechen.*

Dad schrieb:

> Hi there little Wolf,
> was treibst du – und warum schreibst du mir nicht? Alles klar auf der anderen Seite der Erdkugel?

Hinter mir liegen anstrengende Dreharbeiten mit einem zickigen Model und genervten Kunden und zu Hause hat deine kleine Schwester wieder mal für Aufregung gesorgt. Am Montag rief ihre Lehrerin auf Michelles Handy an. Val hat ihren Sitznachbarn angestiftet, ihr Tintenfass leer zu trinken. Angeblich hat Val ihm erzählt, dass es Zaubertinte sei, die unsichtbar machen würde. Der Knirps kam ins Krankenhaus und jetzt will seine Mutter Anzeige gegen uns erstatten.
Ich bin froh, wenigstens eine Tochter zu haben, aus der etwas geworden ist.
Ansonsten ist hier alles im Wahlfieber.
Drück die Daumen für Obama
and seize the day.
Love, Daddyo xxxoooxxx

Als ich den Absatz über meine Halbschwester las, musste ich lachen. Val sah aus wie ein blonder Engel, aber in ihrer Seele steckte mindestens ein kleiner Dämon, wenn nicht eine ganze Horde. Janne behauptete gehässig, diese Seite hätte sie jedenfalls nicht von Dad, aber ich wusste, dass sie das nur sagte, weil sie gekränkt war. Dad hatte Michelles Schwangerschaft damals mit keinem Wort erwähnt. Als er uns die Geburtsanzeige schickte, war Val schon ein paar Monate alt und das nahm Janne ihm furchtbar übel. Seitdem sprach sie noch schlechter über Michelle und die Freundschaft mit Dad war nicht mehr das, was sie früher gewesen war.

Zugegeben, auch mich hatte es verletzt. Aber jetzt mailte Dad regelmäßig Fotos und berichtete mir, was Val alles anstellte. Schon im Kindergarten war Valerie das Grauen aller Erzieherinnen gewesen. Sie hatte Pantoffeln in der Toilette versenkt, tote Nacktschnecken in den Suppentopf geworfen oder besonders schüchternen Kindern an deren Eingewöhnungstag erzählt, die Erzieherinnen seien böse Hexen, die sich während jeder Mittagsruhe ein schlafendes Kind aussuchten, um es im Ofen zu braten. Ich fragte mich ab und zu, ob Michelles und Dads Erziehungsstil etwas damit zu tun hatte, aber darüber schwieg sich Dad aus. Um das Thema Michelle machten wir ohnehin einen weiten Bogen.

Ich schickte Dad eine Antwort und erhielt postwendend eine neue Mail.

Little Wolf, du bist noch wach?
GERADE habe ich an dich gedacht!
Deine Mail erreicht mich am Lake Nacimiento. Ich gönne mir eine kleine Auszeit und schick dir ein paar Fotos.
Die Katze, die du auf dem ersten Foto siehst, ist mir zugelaufen, obwohl es eigentlich eher so war, als wäre ich ihr zugelaufen. Als ich Montagabend hier ankam, war die Katze schon da und schlief auf dem Schaukelstuhl, als gehöre sie hierher. Manchmal streift sie durch die Gegend, aber sie kommt immer zurück. Ein bisschen erinnert sie mich an dich, mit ihrem schwarzen Fell und den funkelnden Augen.
Weißt du noch, damals, als wir den Sommer über hier waren? Du hast schwimmen gelernt und immer gesagt, wenn du groß bist, schwimmst du durch den ganzen Drachensee, vom Kopf bis zur Schwanzspitze. Was meinst du? Bist du langsam groß genug?
Wish you were here!
Love, Dad

Den Namen Drachensee hatte ich dem Lake Nacimiento gegeben, als Dad ihn mir zum ersten Mal auf der Landkarte zeigte. Der See hatte wirklich die Form eines Drachen, mit einer langen, zackigen Schwanzspitze. »Unser Haus«, hatte Dad damals gesagt und auf die Brust des Drachen getippt, »ist hier.«

Ich betrachtete die Fotos, die mein Vater mitgeschickt hatte. Das erste zeigte die Veranda von Dads Ferienhaus. Die Katze schlief auf dem Schaukelstuhl, sie hatte sich zusammengerollt und ihren Rücken zur Kamera gedreht, sodass sie aussah wie eine schwarze Pelzkugel.

Das zweite Foto zeigte den See bei Nacht. Es war eine unwirkliche, fast mystische Stimmung. Am schwarzblauen Himmel zwischen weißen Nebelschleiern stand der Vollmond, er warf einen strahlenden Hof auf die Oberfläche des Wassers. Das Schilf am Ufer leuchtete silbrig und zwischen den Gräsern führte ein Holzsteg ins Wasser. Er war leuchtend rot gestrichen und sah aus wie ein langer Pfeil. Ich berührte meinen Bildschirm mit der Fingerkuppe. Als ich sie zurückzog, hatte ich auf der spiegelglatten Wasserfläche meinen Abdruck hinterlassen. Sogar die feinen Rillen meiner Fingerspitzen konnte man erkennen.

Ich stand auf, griff mir den kleinen weißen Bär von meinem Bett und ging zum Fenster. Die Musik hatte aufgehört. Im Zimmer war es still.

»Lu«, flüsterte ich und sah von seinen dunklen Knopfaugen auf die leere Straße. »Was zum Teufel ist los mit mir, Lu?«

FÜNF

Die nächsten Tage geschah nichts, außer dass Suse minütlich nervöser wegen ihres Dates mit Dimo wurde und mich überredete, Samstagvormittag mit ihr shoppen zu gehen, damit die Stunden bis zum Abend schneller vergingen. Im Gegenzug bot sie an, am Freitag nach der Schule mit mir in die Alsterschwimmhalle zu kommen, um meine Zeit zu messen.

Ich hatte tatsächlich versucht, das, was passiert war, noch einmal logisch zu betrachten. Aber ich war kläglich gescheitert. Es gab einfach keine vernünftige Erklärung für das rätselhafte Auftauchen des Fremden – zumindest keine, die mir weiterhalf. Ablenkung, das war mein einziger Ausweg.

Als ich mich vor dem Schwimmen abduschte, drehte ich die Temperatur absichtlich auf ganz heiß, um das Eintauchen ins kalte Wasser noch intensiver zu empfinden. Diese schockartige Berührung mit dem anderen Element, wenn einem für den Bruchteil einer Sekunde der Atem stockt und gleich darauf ein Kribbeln durch den ganzen Körper strömt, ließ sich mit nichts vergleichen. Vielleicht hätte dieser Lovell, von dem uns Tyger ständig erzählte, es auch mal mit Schwimmen versuchen sollen, dachte ich.

Während Suse in Bikinihose und T-Shirt am Beckenrand saß und ihre Beine im Wasser baumeln ließ, zog ich meine Bahnen. Von allen Disziplinen war mir Kraulen am liebsten.

Beim Brustschwimmen hatte ich immer das Gefühl, das Wasser von mir wegzuschieben, während das Kraulen mehr wie ein Pflügen war und sich auch der flache Wechselschlag mit den Beinen viel leichter und zielgerichteter anfühlte als die froschartigen Bewegungen beim Brustschwimmen.

Suse hielt den Polar in der Hand und gab mir die Zeiten durch. Heute war ich leider nicht in Bestform, was sicher auch daran lag, dass freitags ziemlicher Betrieb herrschte. Der Lärmpegel hallte von den Kachelwänden wider und ich musste ständig einem dicken Kerl ausweichen, der mitten auf meiner Bahn toter Mann spielte. Als er mich dann auch noch anpflaumte, weil ich ihn an der Schulter gerammt hatte, knurrte ich zurück und stieß mich mit entschlossenen Zügen in die Tiefe.

Ich blendete die Geräusche aus – das Kindergeschrei, die Durchsagen der Bademeister, die grölenden Jungs vor den Sprungbrettern. Weg. Alles weg. Am liebsten wäre ich ewig hier unten geblieben, aber irgendwann wollte meine Lunge nicht mehr.

Als ich wieder an die Oberfläche kam, hätte ich eigentlich außer Puste sein müssen. Stattdessen erfüllte mich eine Welle von Energie. Sie kam von innen, strömte durch meine Adern und wärmte meinen ganzen Körper.

Ich bündelte meine Kraft und ließ sie in meine Bewegungen fließen, die jetzt ruhig und schnell zugleich waren. Mein Rhythmus war da, jeder Zug, den ich machte, fing an, dem anderen zu gleichen, bis ich nur eine einzige, stromlinienförmige Bewegung war. Keiner kreuzte mehr meinen Weg, aber vermutlich hätte mich auch das nicht stoppen können.

»Wow.« Suse hielt mir den Polar hin. »Was ist denn in dich gefahren? Hast du da unten getankt? Das war absolute Bestzeit, Becky.«

Ich grinste, schwang mich aus dem Wasser und schüttelte mir die Tropfen aus dem Haar. Das erste Mal seit Tagen fühlte ich mich richtig gut.

Wir verbrachten den Abend bei uns. Mit einer Riesenschüssel Popcorn machten Suse und ich es uns auf unserem Dachboden gemütlich. Spatz war im Theater und Janne leistete in ihrer Praxis mal wieder Überstunden.

Suse sprach unablässig von Dimo, hin- und hergerissen zwischen seliger Vorfreude und panischer Angst wegen ihrer unterschiedlich großen Brüste, und ich versuchte, sie, so gut es ging, zu beruhigen. Als ich alle meine Argumente aufgezählt hatte, schlug ich vor, uns mit *Grey's Anatomie* abzulenken, Suses Lieblingsserie, und das funktionierte.

Den Rest des Abends gammelten wir vor dem Fernseher. Die Tür des Vogelbauers stand offen. Zwischendurch fütterten wir John Boy und Jim Bob mit Popcornkrümeln und irgendwann hockte John Boy auf meiner Schulter, wo er an meinem Ohrläppchen knabberte.

»Na, Knastbruder? Alles klar bei dir?«, wisperte ich. John Boy zwitscherte leise. Ich hatte ihn schon immer ein bisschen mehr als Jim Bob gemocht. Er hatte so eine zärtliche Art, manchmal hatte ich fast das Gefühl, er verstand, was ich sagte.

Irgendwann schlief Suse auf dem Tagesbett ein. Ihr Mund stand offen und sie schnarchte leise. Behutsam deckte ich sie mit einer Wolldecke zu.

Aber obwohl es mir seit dem Schwimmen sichtlich besser ging, war ich nicht müde. An den Tagen hätte ich im Stehen einschlafen können, in den Nächten war ich hellwach. Um mich zu beschäftigen, startete ich einen Großangriff auf den Kühlschrank und zog mir zu meiner Ausbeute (kalte Lasagne vom Vorabend, ein halbes Baguette mit Kräuterbutter und Pfeffersalami, acht Minidickmanns) *Pulp Fiction* rein. Um halb zwölf kam Janne nach Hause, zu geschafft, um sich noch zu unterhalten. Um halb eins hörte ich Spatz in der Küche rumoren und um halb drei schaltete ich den Fernseher aus, um mich mit übelsten Bauchschmerzen auf die Seite zu rollen. Als mir meine beste Freundin um kurz nach acht die Decke wegzog, bettelte ich um Gnade.

»Nix da. Selbst schuld, wenn du dir nachts die Wampe vollschlägst«, sagte sie streng. »Jetzt wird gesteppt, und zwar in die Stadt.«

Nach dem Frühstück – ich trank einen Kamillentee – schleppte mich Suse durch die Europa-Passage in der Innenstadt, wo sie auf drei Etagen in einem Dutzend Läden acht Dutzend Klamotten durchprobierte. Im Powershoppen war meine Freundin unschlagbar. Ich lächelte den Verkäuferinnen entschuldigend zu, als ich sah, wie sie Suses Klamottenberge zusammenrafften, um alles wieder an Ort und Stelle zu räumen. Am liebsten hätte ich mitgeholfen, um nicht im Stehen einzuschlafen. Nach vier Stunden hatte Suse ihre erste Wahl getroffen: einen türkisfarbenen Seidenslip von Women's Secret.

»Das meinst du jetzt nicht ernst«, sagte ich schwach. »Ich denke, du suchst was zum Anziehen und nicht zum Ausziehen.«

»Das ist nur, um mich bei der Stange zu halten«, sagte Suse. »Die haben hier nix als Schrott in diesen Markenläden. Ich fürchte, wir müssen noch mal zu *Urban Outfitters*. Oder in die Schanze. Oder beides. In dem Secondhandladen am Schulterblatt finden wir bestimmt was.«

»Nein«, sagte ich.

»Doch«, konterte Suse mit einer Stimme, die keinen Widerspruch duldete. »Und zwar schnell. Dimo holt mich um sieben von zu Hause ab, was uns noch exakt vier Stunden gibt. Du kommst doch mit, Becky, und stehst mir bei, bis er da ist, oder?«

»Wenn ich bis dahin noch lebe«, seufzte ich.

Suse spendierte mir einen Milchkaffee und – weil mein Magen langsam wieder aufnahmebereit war – ein paar süße Törtchen beim Portugiesen am Schulterblatt.

Im Secondhandladen gegenüber entschied sie sich wie durch ein Wunder innerhalb von fünf Minuten für einen Superminirock aus hellbraunem Wildleder, einen grünen Stretchpulli mit Trompetenärmeln und eine breite Krawatte im Stil der Sechzigerjahre, schokoladenfarben mit winzigen orangefarbenen Pünktchen.

»Wow!«, sagte ich. »Die Krawatte macht einen high, wenn man länger als zehn Sekunden draufschaut.«

»Bestens«, befand Suse zufrieden. »Dann lenkt sie Dimo wenigstens von meinen Brüsten ab. Und jetzt ab nach Hause.«

Suse wohnte mit ihrer Mutter in einer Neubauwohnung in Eppendorf. Wir nahmen die U-Bahn, und als wir in das überfüllte Abteil stiegen, starrte ich neidisch auf einen Kinderwagen, in dem ein kleines Baby lag und im Schlaf an seinem Tigerentenschnulli saugte.

Ich hielt mich an einer Haltestange fest. »Becky auch heia machen«, nörgelte ich und legte meinen Kopf auf Suses Schulter, als ich es plötzlich wieder spürte. Etwas in mir schloss sich. Mir wurde warm, ich fühlte diese kraftvolle Ruhe in mir aufsteigen und gleichzeitig schlug mir das Herz bis an die Rippen.

»Er ist hier«, hörte ich mich sagen.

»Hä?« Suse starrte mich verständnislos an, aber ich achtete nicht auf sie, sondern drehte wie eine Wilde den Kopf nach allen Seiten. Wenn das Abteil nur nicht so voll gewesen wäre! Ich drängte mich an dem Kinderwagen vorbei und zwischen den Leuten durch, trat einer älteren Dame auf den Fuß, blieb aber nicht stehen, um mich zu entschuldigen. Mit jedem Zentimeter, mit dem ich mich vorwärtsschob, wurde das Gefühl intensiver. Hinter mir ertönte Suses Stimme.

»Hey, Becky . . . warte . . .«

Aber ich kümmerte mich nicht um sie. »'tschuldigung . . . ich muss . . . darf ich bitte, ich suche, danke . . .«

»Halt, junges Fräulein.« Ein schrankgroßer Mann mit einem bronzefarbenen Walrossschnurrbart hielt mich am Arm. »Nicht so schnell, Fahrkartenkontrolle.«

Die Fahrgäste fingen schon an, in ihren Taschen zu suchen, aber mich überflutete eine Welle der Verzweiflung. Die U-Bahn bremste ab und kam zum Stehen. *Hoheluftbrücke.* Die Türen öffneten sich. Ich riss mich aus dem Griff des Mannes los, kämpfte mich vorwärts zur Tür – aber es war zu spät.

Mit einem Ruck setzte sich die U-Bahn wieder in Bewegung. Während ich mein Gesicht an die Scheibe presste, blieb der Junge auf dem Bahnsteig zurück.

Er sah mich an und in seinem Gesicht spiegelte sich meine eigene Fassungslosigkeit.

»Becky, das ist mehr als unheimlich«, sagte Suse, als wir auf der geblümten Hollywoodschaukel in ihrem Zimmer saßen. Das riesige Ding nahm fast den ganzen Raum ein. Es quietschte bei jeder Bewegung, aber Suse wollte sich nicht davon trennen. Früher, als wir noch zur Grundschule gingen, hatten wir hier immer Heidi und Klara aus der Trickfilmserie nachgespielt. Ich war die heimwehkranke Heidi, Suse die querschnittsgelähmte Klara und die Hollywoodschaukel ihr Rollstuhl. Dass es ein ziemlich großer Rollstuhl war, war uns piepegal. Aus Suses Mutter machten wir das strenge Fräulein Rottenmeier und Suses Vater war der gute Herr Sesemann. Wenn er von seinen langen Reisen (in Wirklichkeit: aus dem Büro) zurück nach Hause kam, klingelten wir ihn alle paar Minuten mit einer kleinen Glocke herein und flehten ihn an, mich zurück in die Berge zu bringen, zu Geißli und Schwänli, zum Geißenpeter und zu meinem Großvater, dem Alm-Öhi. Suses Vater spielte fast immer mit, einmal nahm er Suse sogar huckepack und schleppte sie durch die Wohnung, während ich neben ihm herhüpfte und jodelte, dass ich jetzt auf meine grünen Wiesen zurückkehren würde, wo das Glück auf mich wartete.

Inzwischen kehrte Suses Vater nach der Arbeit in seine Einzimmerwohnung in Hammerbrook heim und Suses Mutter war wieder mal mit dem Zahlenhengst unterwegs.

»Er hat von der Gravur auf dem Anhänger gewusst?« Suse spuckte die Haarsträhne aus, an der sie die ganze Zeit herumgekaut hatte.

Nach der Sache mit der U-Bahn hatte ich es nicht mehr ausgehalten. Ich musste darüber sprechen, was mit mir los war, ich brauchte jetzt jemanden, der mir sagte, dass ich nicht durchdrehte – und wozu hatte ich schließlich eine beste Freundin? Suse hatte mir zugehört, aber ihre hellen Augenbrauen hatten sich immer dichter zusammengeschoben, je mehr sie von meinen seltsamen Begegnungen erfuhr. »Woher kannte er die Inschrift?«

Ich zuckte mit den Schultern. Diese Frage hatte ich mir in den letzten Tagen ungefähr hundert Mal gestellt.

»Und dass er ständig wie aus dem Nichts auftaucht und dir auflauert? Dass er Essen klaut – in unserem Diner? Findest du das nicht komplett psycho?«

»Ich weiß, dass es verrückt ist«, stöhnte ich. Dass ich sein Mittagessen bezahlt hatte, hatte ich Suse vorsichtshalber unterschlagen. »Aber noch verrückter ist, was ich spüre, wenn er da ist.«

»Und was *spürst* du?« Suse sah mich an, als ob ich gerade vorgeschlagen hätte, Tarotkarten zu legen.

Ich vergrub den Kopf in meinen Händen. »Es klingt total bescheuert«, sagte ich. »Aber da ist jedes Mal so eine komische Ruhe in mir. Es fühlt sich an wie ... *ganz* sein. Vorhin in der U-Bahn war es auch so. Ich habe ihn nicht gesehen, aber ich habe gefühlt, dass er da ist.

Ach, verdammt. Du hast ja recht, ich spinne mir hier wahrscheinlich den größten Müll zusammen.«

Ich hielt inne und sah zu Suse, die ihren Kopf schräg gelegt hatte. Sie kaute unablässig auf ihrer Oberlippe herum.

»Wie sieht er aus, Becky?«

»Was meinst du?« Ich stutzte. *Galaktisch*. Das war mein erster Gedanke, aber ich ärgerte mich darüber.

»Er ... er hat schwarze dichte Haare«, murmelte ich. »Er ist ziemlich schlank, aber durchtrainiert.« Ich merkte, dass ich in Fahrt geriet, dass es aufregend war, über ihn zu sprechen, dass ich ihn am liebsten bis ins kleinste Detail beschrieben hätte.

»Er hat ein schmales Gesicht, hohe Wangenknochen und tiefe Schatten unter den Augen. Aber er sieht nicht müde aus, sondern irgendwie erschöpft und gleichzeitig wach, unruhig, als wäre er vor etwas auf der Flucht. Er ...«

»Er war im Schwimmbad, Becky«, unterbrach Suse meinen Redeschwall. Sie schlug sich mit der flachen Hand vor die Stirn. »Bei den Sprungbrettern. Der Fünfer war gesperrt, aber er muss da trotzdem hochgeklettert sein. Jedenfalls saß er oben auf dem Brett und schaute zu uns runter, oder vielmehr: zu dir. Es war genau der Moment, in dem du aus dem Wasser aufgetaucht bist. Ich wollte es dir erzählen, aber da hast du plötzlich Gas gegeben wie ein Delfin auf Dope.« Suse schüttelte den Kopf. Plötzlich sah sie richtig verstört aus. »Scheiße, Becky. Es war genau der Moment. Der Typ hat zu dir runtergeschaut und du bist losgeschossen.«

Ich starrte auf Suses Schminktisch, der mit Tiegeln und Tuben vollgestellt war. An der Pinnwand darüber klebten Digitalfotos von Suses Arbeiten: aufgeplatzte Wunden, Brandblasen und Horrormasken. Für ein paar dieser Bilder hatte ich selbst Modell gestanden.

»Becky, ich finde, dass du mit Janne sprechen solltest«, sagte Suse eindringlich. »Da stimmt was nicht. Da läuft etwas komplettamente falsch, verstehst du? Was weiß ich, vielleicht hast du dich einfach total verknallt.«

Ich spürte, wie ich innerlich zusammenzuckte. Hatte ich das? Nein, verknallt war ich ganz bestimmt nicht. Aber was war mit Liebe? Liebe auf den ersten Blick? An so etwas glaubte ich nicht. Das, was Liebe für mich ausmachte, war etwas ganz anderes. Ich sah es tagtäglich bei Spatz und Janne und früher hatte ich es auch bei Dad und Janne gesehen. Ich hatte es im Ansatz sogar selbst erlebt – mit Sebastian. Das waren so viele Details, die zum Ganzen wurden, das konnte man nicht bei einem völlig Fremden fühlen. Oder doch?

Suse musterte mich besorgt. »Dieser Typ verfolgt dich. Nicht nur am Tag. Er stand vor deinem Fenster. Nachts. Er weiß, wo du *wohnst.* Er ist kriminell, klaut sich sein Essen zusammen – erst auf dieser komischen Party, dann im Diner. Hast du dir mal überlegt, warum er dir nicht seinen Namen gesagt hat? Vielleicht wird er gesucht, vielleicht ist er aus der Klapse abgehauen. Vielleicht hat er jemanden getötet, Becky. Wenn du mich fragst, das ist ein Fall für die Poli. . .«

»Nein!« Ich war aufgesprungen, ohne es bemerkt zu haben. Die Schaukel quietschte. Suses Hamster Ozzy war in seinem Käfig aufgeschreckt. Fiepend kroch er aus seinem Häuschen.

»Suse, du musst mir versprechen, dass du das für dich behältst«, beschwor ich meine Freundin. »Dass du mit niemandem darüber redest, okay? Versprich es mir!«

Suse seufzte tief. »Ich verspreche es. Aber du versprichst mir, dass du mir immer alles erzählst. Dass du vorsichtig bist. Und dass du sofort, wenn irgendwas noch schräger wird, mit Janne redest. Das musst du mir *schwören.*«

»Hey, nicht so dramatisch.« Ich drückte Suses Arm. »Ehrenwort, keine Sorge.«

Ich wollte mich wieder zu ihr setzen, aber dann fiel mein Blick auf die Uhr. »Hey Suse, schwörst du mir auch was?«, fragte ich.

Suse runzelte die Stirn. »Und was?«

»Dass wir von jetzt an keine Sekunde mehr mit meinen Problemen vertrödeln«, erwiderte ich streng. »In fünf Minuten kommt dein Date.«

»Oh Shit!« Suse sprang jetzt ebenfalls aus der Hollywoodschaukel auf und stürzte sich auf ihre Einkaufstüte. Zum Glück verspätete Dimo sich um ein paar Minuten. Er roch nach Rasierwasser und hatte die schulterlangen Locken zu einem Zopf gebunden.

»Krasses Teil«, kommentierte er Suses Krawatte.

Zusammen verließen wir das Haus. »Sollen wir dich ein Stück mitnehmen?«, fragte er mich, als wir auf dem Gehweg standen.

»Nein. Lass mal. Ich fahr mit der Bahn. Also, viel Spaß.«

Ich drückte Suse, die so aussah, als würde sie vor Nervosität gleich vom Boden abheben, machte mich auf den Heimweg und fragte mich, wie es möglich war, dass Suse mich so missverstand. Auf ihre Art und Weise hatte mir meine beste Freundin stets helfen können, wenn ich in Schwierigkeiten steckte. Warum nicht jetzt? Warum konnte ich ihr nicht begreiflich machen, was ich fühlte?

Als ich nach Hause kam, war Janne offensichtlich wieder mal dabei, sich von einem ihrer schweren Fälle abzulenken. Unzählige Gewürze breiteten sich auf der Arbeitsplatte unserer Küche aus, ein halber Becher Sahne stand neben einer fast ausgetrunkenen Flasche Rotwein und einem leeren Glas. Neben der Spüle türmte sich ein kleiner Mount Everest aus Kartoffelschalen, auf dem Herd brodelte es aus verschiedenen Töpfen und im Backofen garte ein Braten. Der Boden war voller Mehlstaub und Semmelbröseln. Und meine Mutter schien das Chaos noch nicht einmal zu bemerken.

Spatz saß am Küchentisch und spielte mit einer Rosine Tischfußball. Auch sie hatte ein Glas Wein vor sich. »Hi Rebecca«, sagte sie. *Ich hoffe, du hast Hunger,* sagte ihr Blick.

Ich sah von ihr zu meiner Mutter, die mit aufgekrempelten Ärmeln vor dem Küchentisch stand und einen Berg geriebener Kartoffeln mit Eiern und Mehl zu einem Teig verknetete. Auf ihren Wangen war Mehlstaub und in ihren Haaren hatten sich Kartoffelstückchen verfangen.

»Wo warst du so lange?«, fragte sie nervös.

»Bei Suse.« Ich runzelte die Stirn. »Alles klar bei dir?«

Janne nickte und hieb wieder auf die Kartoffeln ein.

»Sieht sie nicht zum Anbeißen aus?«, fragte Spatz.

Ich schaute in den Ofen. Ein köstlicher Duft strömte aus dem Bräter.

»Mhmmm«, sagte ich.

»Rheinischer Sauerbraten mit selbst gemachten Klößen.« Spatz leckte sich über die Lippen und ich spürte, wie mein Magen anfing zu knurren.

»Deine Mutter hat sogar den Lebkuchenteig für die Bratenbrösel selbst gebacken. Wenn wir die Adresse ihres Patienten hätten, könnten wir ihm einen Dankesbrief schreiben – oder ihn bitten, noch ein bisschen mehr durchzuknallen. Schließlich profitieren wir von seinen Problemen. Wenn wir fette Wachteln sind, sollte er allerdings Gnade walten lassen.«

»Themenwechsel, Mädels!« Janne rieb sich mit dem Ellenbogen den Schweiß von der Stirn. Sie hatte das leichthin gesagt, aber ich spürte, dass es ihr ernst war. Während sie die Klöße rollte, tat ich ihr also den Gefallen und erzählte von unserer Odyssee durch die Läden und Suses Date. Nur die Begegnung in der U-Bahn und unser Gespräch danach ließ ich aus.

»Apropos Date«, sagte Spatz. »Sebastian hat vorhin angerufen und wollte wissen, ob du heute Abend Zeit hast. Ich hab gesagt, du meldest dich bei ihm.«

Ich spürte, wie mich mein Mut verließ. Ich war mir nicht sicher, ob ich ein Gespräch mit Sebastian jetzt durchstehen würde.

Aber ich hatte keine Wahl. Janne bekam gerade einen Tobsuchtsanfall, weil sie eine Sekunde nicht aufgepasst hatte und ihre Klöße im kochenden Wasser zerfallen waren, als mein Handy klingelte. Ich verzog mich in mein Zimmer.

»Hey Stranger, wo steckst du? Ich hab's schon auf dem Festnetz probiert.«

»Zu Hause.« Ich ließ mich auf mein Bett fallen. »Bin grad von Suse gekommen.«

»Hast du Lust auf eine Tauchtour durch den endlosen Ozean?«

»Wie bitte?«, fragte ich.

Sebastian lachte. »Aaron hat heute Nachmittag angerufen. Bei ihm ist sturmfrei und er hat doch diese wahnsinnige Kinoleinwand. Wir können mein neues Wii-Spiel ausprobieren. *Endless Ocean.*«

»Nee, lass mal«, sagte ich hastig und eine Spur zu laut. »Ich war heute schon mit Suse *endless shoppen*, das hat mir gereicht. Bin total platt. Janne hat gekocht und außerdem wollte ich noch was für die Schule tun.«

»Am *Samstag*abend?«

Scheiße. Ich hasste es zu lügen. Ich hasste es, jemandem wehzutun, vor allem Sebastian. Aber ich wollte ihn heute nicht sehen.

»Hör zu, vielleicht morgen, okay? Das Essen ist fertig. Ich muss Schluss machen.«

»Mit mir?« Sebastians Stimme klang sarkastisch. »Ich dachte, das wäre schon längst passiert.«

»Sebastian.« Ich seufzte. »Ich ruf dich morgen an. Wenn du Lust hast, können wir . . .«

»Ach, weißt du«, sagte Sebastian. »Ich glaube, morgen habe ich keine Lust. Du hast recht, wir sollten jetzt besser Schluss machen.«

Er legte auf und eine Sekunde später kündigte mein Handy eine SMS an.

Er küsst wie ein Gott. Oh, Becky, was soll ich nur tun?

Ich klappte das Handy zu und schloss die Augen. Das frage ich mich auch, dachte ich.

SECHS

In der folgenden Woche kletterten die Temperaturen noch einmal auf untypische achtzehn Grad und die Sonne schien fast jeden Tag. Suses Geburtstagsparty an der Elbe stand unter einem guten Stern und sie hob immer mehr vom Boden ab, weil Dimo zugesagt hatte. Nicht nur für ihren Geburtstag, er würde ihr auch bei den Vorbereitungen helfen. Seit dem Kinoabend hatten sich die beiden mehrmals getroffen. Dimo rief Suse jeden Abend an und in den Mittagspausen kam er mit zum Diner, wo er unentwegt über die Zukunft der Band redete, Clubs und Bars für mögliche Auftritte aufzählte, Proberäume mieten und sogar einen Agenten anheuern wollte, damit *Dr. No und die kranken Schwestern* endlich die Bühnen jenseits der piefigen Schulaula erobern würden.

Mir ging er ziemlich auf die Nerven, aber Suse schwebte auf Wolke sieben. Während wir im Biounterricht *Wir Kinder vom Bahnhof Zoo* anschauten und Christiane F. die Kachelwände der Entzugsanstalt vollkotzte, trällerte meine Freundin gedankenversunken *»oh, such a perfect day«* vor sich hin und kratzte mit der Zirkelspitze Herzen in ihre Tischplatte.

Nur zwischendurch brach sie ein und fragte mich voller Panik, was sie tun sollte, wenn Dimo mehr wollte, als nur rumknutschen. Bis jetzt hatte sie ihn erfolgreich von den gefährlichen Zonen ferngehalten, aber lange, jammerte sie, würde es nicht mehr so weitergehen.

»Hallo«, fragte ich. »Was heißt hier *lange?* Ihr seid grad mal ein paar Tage zusammen, der Typ wird sich ja wohl noch beherrschen können.«

Suse sah mich neidisch an. »Wir sprechen hier von Dr. No, Becky. Nicht von Sebastian. Du hast ganz schön Glück mit dem. Ich hoffe, du weißt das zu schätzen.«

Ich seufzte. Ja, wusste ich.

Und doch verhielt ich mich so, als ob das Gegenteil der Fall wäre. Am Sonntag hatten wir noch einmal die Kurve gekriegt. Ich hatte dreimal bei Sebastian angerufen, bis ich ihn schließlich überredet hatte, mit mir eine Tour auf der Vespa zu machen. Wir waren über die Elbbrücken und von dort durch den Hamburger Freihafen gefahren, bis zu den Toren des Containerterminals, hinter denen die schweren Ozeanriesen mit Waren bestückt und entladen wurden. Sebastian war als Kind oft hier gewesen, wenn er seinen Großvater zur Arbeit gebracht hatte.

Heute arbeitete nur noch eine Handvoll Männer an einer Containerbrücke, den Rest übernahm die moderne Technik. Aber noch immer war es großes Kino, dabei zuzusehen, wie innerhalb von Minuten eine Containerbrücke mit einem einzelnen Container bis zu achtundzwanzig Tonnen Ladung von Bord an Land bewegte. Der Himmel war stahlblau und die riesigen Kräne über den bunten Containern kamen mir vor wie Wesen aus einem anderen Universum.

Zum Sonnenuntergang lud ich Sebastian auf einen Cocktail in die Towerbar ein und abends spielten wir vor unserem Fernseher das *Endless Ocean*-Spiel, was wirklich ziemlich cool war. Man tauchte in eine virtuelle Wasserwelt ab und glitt von sphärischer Musik begleitet zwischen bunten Fischen durch die Tiefen der Unterwasserwelt. Auf einer Kinoleinwand war es wahrscheinlich noch viel eindrucksvoller, aber dieses Erlebnis hatte ich mir selbst vermasselt.

Suse hatte recht. Ich hatte solches Glück mit ihm. Tu es um seinetwillen, Becks, dachte ich. Hör auf, dich auf der Straße umzusehen, hör auf, ständig auf Habtachtstellung zu gehen. Die Sache mit dem Fremden ist nicht nur zu unheimlich – sie ist es nicht wert, dass du wegen ihr deine Freundschaft zu Sebastian aufs Spiel setzt.

Was körperlichen Kontakt anging, hielt sich Sebastian noch immer zurück, aber ansonsten war alles zwischen uns wie immer oder vielleicht sogar besser. Mit Suse alberte ich am liebsten herum, aber mit Sebastian konnte ich auch wunderbar schweigen.

Als Spatz am Dienstag in mein Zimmer kam, um uns zu begrüßen, saß ich an meinem Schreibtisch und zeichnete, während Sebastian es sich mit einem Roman auf meinem Sitzsack gemütlich gemacht hatte. Er war ein totaler Bücherfreak und Tygers englische Schauergeschichten gehörten zu seinen Favoriten. Nicht selten stand Sebastian nach der Stunde noch an Tygers Pult und diskutierte mit ihm oder stellte ihm Fragen.

Für diese Woche hatte Sebastian ein Referat über das Leben von Ambrose Lovell vorbereitet, Tygers Lieblingsautor.

Er stellte es am Freitag in der letzten Stunde vor. Es war der 80. Todestag des englischen Schriftstellers.

Tyger hatte Sebastian seinen Platz am Pult überlassen und sich selbst auf den freien Stuhl an meinem Nachbartisch gesetzt. Seine Hände spielten mit der goldenen Taschenuhr und in seinem Knopfloch steckte eine weiße Rose.

»Lovell wurde am 3. März 1881 in der englischen Grafschaft Suffolk geboren«, erzählte Sebastian. »Sein Vater war Pastor, doch Lovell wuchs in einer Atmosphäre der häuslichen Gewalt auf. In der Kirche predigte sein Vater die Gebote Gottes, in den eigenen vier Wänden vergriff er sich an seiner Frau und den Kindern. Als Lovells jüngster Bruder aus Angst vor dem gewalttätigen Vater Selbstmord beging, riss Lovell von zu Hause aus. Er war damals dreizehn Jahre alt und schlug sich als Schuhputzer in den Gassen Londons durch, bis er als Siebzehnjähriger seine ersten Kurzgeschichten verfasste, die von einem der anerkanntesten Verleger der damaligen Zeit veröffentlicht wurden. In den darauffolgenden Jahren schrieb Lovell wie im Rausch, arbeitete Tag und Nacht, oftmals ohne zu essen. Der Verlag hielt große Stücke auf ihn und seine Bücher wurden in immer größeren Auflagen veröffentlicht.

1921 begegnete Lovell der jungen Tänzerin Emily Stanford, die wenige Monate später seine Frau wurde. Ihr widmete der englische Schriftsteller seine einzigen Liebesgedichte.« Jenni und Paula kicherten, aber Sebastian nahm es nicht zur Kenntnis.

»Ein paar Jahre später brachte Emily ihren gemeinsamen Sohn zur Welt. Lovell nannte ihn David, nach seinem verstorbenen Bruder, und bezeichnete die Jahre, in denen er mit Emily zusammenlebte und Vater wurde, als die glücklichsten seines Lebens. Doch auch sein Sohn starb im Kindesalter. Als Vierjähriger erlag er den Folgen einer Lungenentzündung und im Juli desselben Jahres kam Lovells Frau Emily bei einem Unfall ums Leben. Sie wurde in London von einem Automobil überfahren und verblutete in den Armen des Schriftstellers.«

»Iiii«, kam es von Sheila. Sebastian warf ihr einen genervten Blick zu. Im selben Moment schlug Tyger mit der flachen Hand auf die Tischplatte, ein lauter, peitschender Schlag, der Sheila unverzüglich zum Schweigen brachte. In der Klasse herrschte Stille, sogar Aaron hielt sich mit seinen dummen Witzen zurück.

»Der Tod«, fuhr Sebastian fort, »prägte nicht nur das Leben Lovells, sondern zog sich anschließend als Hauptmotiv durch seine Werke. Am deutlichsten setzte sich Lovell in seinem unvollendeten Roman *Der letzte Besucher* mit diesem Thema auseinander. Der einsame Schriftsteller, der eines Nachts von seinem eigenen Tod heimgesucht wird, sei zweifellos Lovell selbst gewesen, heißt es in einem Nachruf. Als Lovell an dem Roman schrieb, litt er bereits unter schweren Selbstzweifeln und war Alkoholiker. Zusätzlich machten ihm die vernichtenden Artikel des damals einflussreichsten Literaturkritikers Englands zu schaffen. Sein Name war William Alec Reed. Er war ursprünglich Amerikaner, doch er lebte in London und schrieb für die Times.«

Sebastian zitierte eine Quelle: »Das Einzige, das einen in Lovells Schauergeschichten das Gruseln lehrte, ist die unsägliche Wortwahl und quälende Behäbigkeit des Autors. Ist die eine Geschichte zu Ende, graut einem schon vor der Banalität der nächsten.«

Ich zuckte zusammen und war froh, dass mein Lehrer mit dem Rücken zu mir saß. Nur sein Profil konnte ich sehen. Tygers Blick war fest auf Sebastian gerichtet, der offenbar ziemlich gründlich recherchiert hatte. Das Buch über meinen Urgroßvater hatte ich in meiner Nachttischschublade verstaut, sein Wissen musste Sebastian also aus anderen Quellen erhalten haben.

»Nach Lovells Tod«, referierte er weiter, »wurde der Einfluss, den Reeds Artikel auf die Veröffentlichungen des Schriftstellers hatte, genauer untersucht und als bedeutend beschrieben. Reed war bekannt dafür, Favoriten unter den Schriftstellern zu haben, die er mit ständiger Aufmerksamkeit bedachte. Ambrose Lovell gehörte zunächst dazu und verdankte seinen Erfolg nicht zuletzt den lobenden Rezensionen des Kritikers, dessen Begeisterung irgendwann ins Gegenteil umschlug. Reeds Verrisse zu Lovells Büchern, Theaterstücken und Kurzgeschichten erschienen in regelmäßigen Abständen über fast sechs Jahre. Offenbar hatten sie einen entscheidenden Anteil daran, dass sich Lovells Verleger nach und nach von seinem einstmaligen Lieblingsautor distanzierte. Lovells ältere Bücher wurden nicht mehr aufgelegt, die neuen Werke nicht mehr verlegt und der

Autor geriet in Vergessenheit. Am 17. Oktober 1928 erhängte sich der englische Schriftsteller an der Gardinenstange über seinem Schreibtisch. Es war sein siebenundvierzigster Geburtstag und der letzte Satz seines halb fertigen Romans lautete: *Es musste ein Ort existieren, an dem der Mensch erlöst wurde von allem, was an seiner Seele fraß, und es wurde Zeit, diesen Ort aufzusuchen.*

Mit diesen Abschiedsworten«, schloss Sebastian seinen Vortrag, »zeigte Lovell, dass er im Tod eine Erlösung sah, eine bessere Wirklichkeit als die, in der er lebte. Ob er diesen Ort gefunden hat, werden wir nie erfahren. Ich wünsche es ihm.«

»Du meine Güte, das war ja richtig ergreifend«, sagte Suse auf dem Heimweg. »Hast du Tygers Hände gesehen?«

Ja, hatte ich. Sie hatten gezittert und auch mir war das Referat ziemlich an die Nieren gegangen, vor allem nachdem Sebastian die Rolle des Kritikers erwähnt hatte.

Als sich Lovell an der Gardinenstange erhängt hatte, war er ungefähr so alt gewesen wie mein Dad.

Ich war heilfroh, dass ich auf Janne gehört und Tyger nicht das Buch gezeigt hatte. Und Sebastian würde ich besser auch nichts davon erzählen. Stattdessen nahm ich mir vor, selbst einen Blick hineinzuwerfen, sobald ich eine ruhige Stunde hatte.

Nachmittags holte uns Dimo in seinem klapprigen Opel ab und fuhr mit uns zur Metro, wo wir für die morgige Geburtstagsparty von Suse einkaufen wollten. Suse war total aufgedreht und quiekte vor Lachen, als Dimo einer alten Dame eine Vorratspackung Kondome in den Einkaufswagen schmuggelte.

Ich konnte nicht wirklich mitlachen, was Suse prompt merkte. Ab und zu warf sie mir einen misstrauischen Blick zu, aber sie sprach mich nicht darauf an und auch ich hielt den Mund.

Ich hatte an meinem Vorsatz von Sonntag festgehalten. Ich hatte aufgehört, mich auf der Straße umzusehen, ich hatte aufgehört, vor meinem Fenster, im Diner, vor der Schule und sonst wo nach dem Jungen zu suchen, aber aus meinem Kopf ließ er sich einfach nicht verbannen. Immer wieder tauchte sein Gesicht vor meinem inneren Auge auf, immer wieder fühlte ich seine Blicke auf mir und seine Fingerspitze auf meinem Anhänger. Und jedes Mal, wenn das geschah, fragte ich mich, wo verdammt noch mal die alte Rebecca geblieben war, die diesen Unsinn einfach abgetan hätte.

Laut Wetterbericht sollte der Samstag der wärmste Tag des Oktobers werden und tatsächlich stand das Barometer am Vormittag, als Suse und ich zusammen Tomaten für die Salate schnippelten, auf zwanzig Grad. Als ich dann am Nachmittag nach Hause kam, um mich für die Party umzuziehen, machte sich Spatz gerade fürs Theater fertig.

»Wenn du nur geredet hättest, Desdemona«, flötete sie, »dann bräuchte ich heute nicht zur Arbeit.«

»Wie bitte?«

Spatz grinste. »Die Hauptdarstellerin hat gestern dreizehn Mal ihren Text vergessen. Im Theatercafé soll nach der Vorstellung einer der Gäste gesagt haben, man hätte die Souffleuse auch gleich auf die Bühne stellen können. Sag mal, weißt du, wo Janne steckt?«

Ich schüttelte den Kopf. Ich hatte bei Suse übernachtet.

Auf dem Küchentisch fanden wir eine Nachricht und ein kleines Päckchen.

Hab noch einen Termin. Bin gegen acht zurück. Wölfchen, viel Spaß auf der Party, das Päckchen ist für Suse. Drück sie von mir – und komm bitte nicht so spät nach Hause, ja? Kuss-Kuss für dich und Spatz, Mamajanne.

Ich rollte mit den Augen. Komm bitte nicht so spät nach Hause?

Was sollte das denn? Janne wusste doch, dass sie sich auf mich verlassen konnte. Sie hatte mir noch nie irgendwelche Vorschriften machen müssen, nicht einmal als ich noch jünger gewesen war.

Nachdem sich Spatz verabschiedet hatte, zog ich Cargohosen und meinen roten Strickrolli an, stopfte eine warme Jacke, ein paar dicke Socken und eine Wolldecke in meine Schultertasche und ging nach draußen, wo Sebastian schon auf mich wartete. Als ich ihn in seiner lässigen Haltung vor der Laterne stehen sah, die Hände in den Hosentaschen seiner zerschlissenen Jeans, sein schiefes Grinsen auf den Lippen, spannten sich meine Glieder an. Sebastian sah dem Jungen nicht im Geringsten ähnlich, ganz im Gegenteil, aber für einen Moment war ich trotzdem stocksteif.

Sebastian runzelte die Stirn. »Alles klar?«

»Ja. Klar. Alles bestens.« Bei dem Versuch zu lächeln fühlten sich meine Lippen an wie ein straffes Gummiband.

»Mhm.« Sebastian berührte meine Wange. Seine Finger waren warm, sie vibrierten auf meiner Haut und er zog sie zurück. »Du siehst süß aus. Rot steht dir.«

»Danke.« Ich räusperte mich. »Lass uns los. Suse kriegt wahrscheinlich schon einen Anfall nach dem nächsten.«

Wir fuhren auf Sebastians Vespa in Richtung Blankenese bis zum Falkensteiner Ufer, wo wir mittags schon den besten Platz reserviert hatten. Der Vorschlag, hier zu feiern, war von mir gekommen. Ich liebte diesen Ort. In den letzten Jahren hatte an der Elbe eine ganze Reihe von Beach Clubs eröffnet, mit Cocktailbars, Musik und lauschigen Plätzen zum Chillen und Grillen. Aber einem Naturstrand wie dem Falkensteiner Ufer konnten diese Clubs nicht das Wasser reichen, das jedenfalls war meine Meinung. Der Falkensteiner Strand, der bei Ebbe mehr als hundert Meter breit wurde, war noch eine richtig wilde Landschaft, ohne Buden oder touristische Attraktionen. Der Sand war weich und weiß und im Sommer, wenn die Sonne schien, hatte man manchmal wirklich das Gefühl, an der Südsee zu sein. Auf der anderen Uferseite lag Neßsand, eine flache Sandinsel, die seit den Fünfzigerjahren ein riesiges Naturschutzgebiet war, und an den Elbhang hinter uns grenzten die mächtigen Bäume der Mischlaubwälder. Sie leuchteten in warmen Herbstfarben, Rot, Orange, Goldbraun.

Als ich hinter Sebastian den schmalen Weg zum Ufer hinunterlief, musste ich plötzlich an die vielen Nachmittage denken, die ich mit meinen Eltern hier verbracht hatte, als Dad noch in Hamburg lebte. Wir hatten im Sand gesessen, Steine ins Wasser geworfen und die Ozeanriesen gezählt, die zum Greifen nah an uns vorüberglitten. Manchmal hatte Janne uns auch zu einem Spaziergang auf dem Elbwanderweg unterhalb des Steilhanges überredet. Wenn es sehr warm war, sonnten sich auf den schwarzen Steinen die Eidechsen, winzige, grün schillernde Wesen, denen ich Zauberkräfte angedichtet hatte. Ich wollte sie fangen, um sie mit nach Hause zu nehmen, aber kaum dass ich meine Finger nach ihnen ausstreckte, waren sie zwischen den Ritzen der Steine verschwunden.

Heute war die Sonne bereits untergegangen, aber noch immer war es voll wie im Sommer. Überall saßen Pärchen und kleine Gruppen auf Picknickdecken. Sie hörten Musik oder grillten, ein paar Männer spielten Fußball, am Ufer jagten sich zwei Hunde und links von uns baute eine Gruppe von Brasilianern einen Caipistand auf.

Suses Partyareal war mit Abstand das größte. Mithilfe ihres Vaters hatten wir am Mittag zwei große Tapeziertische für die Getränke, Salate und Fleisch für den Grill aufgestellt. Sebastians Vater hatte ein paar Vorspeisen aus seiner Cateringfirma beigesteuert und Dimo eine riesige Anlage, samt Boxen und Verstärker für die Livemusik. Überall hingen bunte Lampions und ein paar Jungs schichteten Holz für das Lagerfeuer auf.

Suse war gerade dabei, die Fackeln anzuzünden, mit denen wir in einem großen Halbkreis unser Revier abgesteckt hatten. Sie trug Cowboystiefel und ein flatterndes orangefarbenes Kleid, das mit lauter bunten Glasperlen bestickt war. Ihre langen Locken hingen offen über ihre Schultern und ihre Wangen glühten, als sie mir um den Hals flog.

»Alles Liebe für dich«, sagte ich und drückte meiner besten Freundin ihre Geschenke in die Hand. Suse riss das Papier von meinem Maskenbildnerbuch und grinste mich an. »Ha! Dachte mir doch gleich, dass das für mich war, als ich dich auf dem Flohmarkt erwischt hab. Das ist genial, Becky! Hab ich dir schon erzählt, dass Halloween ein Maskenball bei *Uebel und Gefährlich* stattfindet? Da müssen wir hin – und ich werde dir die heißeste Halloweenmaske der Nacht zaubern!«

Uebel und Gefährlich war ein Club in dem Bunker auf der Feldstraße. Und was die unter Maskenball verstanden, konnte ich mir lebhaft vorstellen.

In Jannes Päckchen war ein türkisfarbenes T-Shirt mit einem aufgedruckten Rauschgoldengel, der Suse gar nicht mal so unähnlich sah. Er hatte kleine Teufelshörner und ein verschmitztes Lächeln.

Suse strahlte. »Deine Mam ist wunderbar. Und du bist noch wunderbarer! Ach Becky, heute ist der wunderbarste Tag meines Lebens! Merk es dir, okay? Und erinnere mich dran, wenn ich dir mal wieder sage, dass das Leben klein und gemein ist. Willst du sehen, was Dimo mir geschenkt hat? Komm mit . . .«

Suse zog mich zu dem Tisch, hinter dem ihr Vater gerade das Fleisch für den Grill vorbereitete. Suses Mutter war nirgendwo zu entdecken und Suses Vater tat mir leid. Er war ein großer, scheuer Mann mit schütterem Haar und warmen, ehrlichen Augen. Suse drehte ihm den Rücken zu, als sie fieberhaft in ihrer Tasche zu wühlen begann und schließlich ein in rotes Seidenpapier eingewickeltes Etwas herausfischte.

»Na, was sagst du?«

Als Suse mir die roten Hotpants mit dem weißen Kreuz auf der Pobacke hinhielt, sagte ich erst mal gar nichts. Suses Lippen, mit denen sie eben noch bis zu beiden Ohren gestrahlt hatte, fingen jetzt gefährlich an zu zittern. Dimo stand nicht weit von uns entfernt vor seiner Anlage, strich sich mit den Fingern durch seine dunklen Haare und verschlang Suse mit den Augen. Als er meinen Blick auffing, zwinkerte er mir zu. Ich sah schnell weg.

»Du magst ihn nicht, stimmt's?« Suses Schultern fielen herab.

Shit! Das Letzte, was ich vorhatte, war, Suse den Geburtstag zu vermiesen.

»Du bist meine beste Freundin«, sagte ich und schob so zuversichtlich wie möglich hinterher: »Und Dimo ist cool. Die Hotpants sind sexy. Sie stehen dir bestimmt super.«

Mit einem schiefen Grinsen stopfte Suse ihr Geschenk zurück in das Papier.

»Okay.« Sie schüttelte den Kopf und ihre Locken flogen wieder. »Komm, lass uns Spaß haben.«

Ja. Das war ganz nach meinem Sinn. Ich war wild entschlossen, Spaß zu haben. Und der Abend war wie geschaffen dafür.

Suse hatte den halben Jahrgang, Dimos Schulband und ein paar Freunde von außerhalb eingeladen, sodass wir eine ziemlich große Gruppe waren.

Das Lagerfeuer wurde angezündet. Prasselnd und knisternd fingen die Holzscheite eines nach dem anderen Feuer. Goldene Funken stoben in die dunkle Luft und auf der Elbe zogen die Schiffe vorbei. Wenig später schwappten die Wellen dann an den Sandstrand.

Wir grillten Fleisch, Würstchen und Folienkartoffeln und irgendwann versammelte Dimo alias *Dr. No* seine Band um sich herum. Der Schlagzeuger und der Gitarrist würden nächsten Sommer Abi machen, die beiden kranken Schwestern gingen in die 11 b, unsere Parallelklasse. Der einen, Dörte, einer dürren mit unzähligen Piercings zugetackerten Blondine, hatte Suse Nachhilfe in Mathe gegeben. Auf diese Weise war sie mit der Band in Kontakt gekommen. Ihre Musik war ein wilder Mix irgendwo zwischen den Ärzten und Revolverhelden.

Die Band liebte es laut, galaktisch laut, wie Suse sagen würde, und jetzt krachten die Akkorde durch die Nacht. Dimo ging mit seinem Bass in die Knie, kitzelte die Saiten und warf beim Singen das dunkle Haar in den Nacken. *Ich explodier, es reißt mich in Stücke, wenn ich mit dir die Welt verrücke . . .*

Als die kranken Schwestern einfielen *(ich explodier, ich explodier, ich explodier . . .)*, sah Suse mit ihren in der Luft wirbelnden Armen wirklich aus wie eine Rakete vor dem Abflug. Sebastian fasste mich am Arm, flüsterte mir etwas ins Ohr, was ich nicht verstand, an dem umgestürzten Baum lehnte Suses Vater, die Hände ineinander verknotet, auf dem Gesicht ein verlorener Ausdruck, und für einen kurzen, verrückten Moment hatte ich ein Déjà-vu-Gefühl, als ob ich genau das schon einmal erlebt hätte.

Nach fünf Stücken und unter grölendem Applaus beendeten *Dr. No und die kranken Schwestern* ihre Freiluftshow und wenig später tanzten wir zu Musik aus der Anlage. Dimo legte auf, Hip-Hop, Techno und Rock, eine ziemlich gute Mischung. Auch ein paar alte Heavy-Metal-Songs aus den Siebzigern waren dabei. Wie Suse hatte ich meine Schuhe ausgezogen. Wir fetzten zu *Paranoid* von Black Sabbath, gingen voreinander in die Knie, und als Dimo als kleinen Geburtstagsgag das Heidilied aus der alten Zeichentrickserie aus den

Lautsprechern schmettern ließ, waren Suse und ich nicht mehr zu halten.

»Heidi«, grölte Suse unter wildem Gekicher mit, »Heidi, deine Welt sind die Berge! Dunkle Tannen, grüne Wiesen im Sonnenschein, Heidi, Heidi, brauchst du zum Glücklichsein . . .«

Meine Freundin griff mich bei den Händen und wirbelte mich im Kreis herum, bis sich das Feuer, die Lampions und die Lichter der vorbeifahrenden Schiffe zu einem schwirrenden Satelliten verbanden, der sich um meinen Kopf drehte.

Wir kreischten *Holla-hidi-holla-hidi*, und als wir uns Arm in Arm in den Sand fallen ließen, küsste Suse mich auf den Mund und sagte mir, dass sie sterben könnte vor Glück.

Aus den Augenwinkeln nahm ich wahr, wie Sebastian uns fotografierte. Neben ihm stand Dimo und lachte, und diesmal sah es aus, als freute er sich einfach nur, dass es Suse gut ging. Fast war er mir in diesem Moment sympathisch.

Es war schon ziemlich spät, als wir uns in einer kleineren Gruppe vor dem Lagerfeuer niederließen, auf Isomatten und eingekuschelt in warme Decken. Sebastian saß hinter mir und hatte seine Arme um mich gelegt, Suses Kopf lag in Dimos Schoß. Aaron hatte *Black Stories* mitgebracht, diese Kartenspielserie mit morbiden Rätselgeschichten, die durch Ja-oder-Nein-Fragen gelöst werden mussten.

Gerade ging es um einen Mann, der kopflos über die Straße fuhr. Ich riet ins Blaue, dass der Mann auf einem Motorrad saß, Sebastian folgerte, dass es sich um einen Unfall handelte, und Dimo löste schließlich das Rätsel: Ein vor dem Motorrad fahrender Lastwagen hatte einige Metallplatten gelagert, und als der Motorradfahrer zum Überholen ansetzte, löste sich eine Platte und trennte seinen Kopf sauber vom Rumpf.

»Eklig«, sagte Suse. »Kein schöner Tod.«

»Ich hab einen anderen.« Dimo hielt die nächste Rätselkarte hoch. »Romeo und Julia liegen tot am Boden. Neben ihnen sind Glasscherben und eine Pfütze. Das Fenster steht offen. Was ist passiert?«

Es geschah ohne Vorwarnung. Die Bilder spulten sich vor meinem inneren Auge ab wie ein Film. Der Raum, die holzgetäfelten Wände, der Kronleuchter wabernd über meinem Kopf – plötzlich war alles wieder da. Der plüschgrüne Teppich, die Tagesdecke mit den grässlichen Blümchen. Die Gestalt über mir, die ich fühlte, ohne sie zu sehen. Ich selbst am Boden, winselnd, bettelnd.

Scheiße! Ich ballte die Fäuste. Ich wollte diese Gedanken nicht haben. Es war der perfekte Abend, ich fühlte mich super – warum musste ich an so einen Müll denken?

Sebastians Hände strichen durch mein Haar und um mich herum riefen die anderen durcheinander, bis sie die Lösung des Rätsels hatten.

Romeo und Julia waren zwei Fische in einem Goldfischglas, das auf der Fensterbank gestanden hatte. Eine Katze hatte sich durch das offene Fenster geschlichen und das Aquarium zu Fall gebracht.

Ich löste mich aus Sebastians Umarmung und murmelte, dass ich mal aufs Klo müsste. Öffentliche Toiletten gab es hier natürlich nicht, also verzog ich mich in die Büsche und lief dann, anstatt zu den anderen zurückzukehren, am Ufer entlang stromaufwärts. Hinter den Bäumen lugte die Spitze des Wittenberger Leuchtturms hervor. Es war merklich kühler geworden, auch windiger, aber es fühlte sich gut an, die frische Luft einzuatmen. Ich spürte sie in den Lungen, sog sie ein und drängte mit jedem Schritt die beklemmenden Gedanken zurück. Wie oft hatte ich Janne gesagt, dass ich nie ihren Job machen könnte. Wenn ich Therapeutin wäre, hätte ich meine Klienten wahrscheinlich schon nach der dritten Jammerstunde angeschnauzt, sich gefälligst zusammenzureißen. Und genau das sagte ich jetzt auch zu mir.

Die ersten Meter stampfte ich beim Gehen fest auf. Meine Füße hinterließen Spuren im nassen Sand. Es war Ebbe. Am Himmel stand ein blasser, halb voller Mond und das Wasser hatte sich so weit zurückgezogen, dass die Wellenbrecher aus schwarzen Steinen wie dunkle Riesenzungen in den Fluss ragten. Dort, wo das Wasser aufgelaufen war, hatte sich der Sand verformt, er schimmerten wie flüssiges Quecksilber. Wieder musste ich an Dad denken, der mir auf unseren Spaziergängen die Gezeiten erklärt hatte.

»Früher hatten die Menschen keine Ahnung davon, wie Ebbe und Flut zustande kamen«, hatte er gesagt. »Heute weiß man, dass es mit der Anziehung zwischen Erde und Mond zu tun hat. Die Schwerkraft der Erde zieht den Mond an und die Schwerkraft des Mondes zieht die Erde an. Zwischen diesen Kräften bilden sich die Gezeiten.«

»Was ist Schwerkraft?«, hatte ich gefragt. Ich war vielleicht sieben Jahre alt gewesen und konnte mir einfach nicht vorstellen, was er meinte.

»Die Schwerkraft«, erklärte Dad, »wirkt so, als hätte man die Erde und den Mond mit einem unsichtbaren Band miteinander verbunden.«

»Dann gehören sie eigentlich zusammen?«, hatte ich gefragt. »Obwohl sie so weit voneinander entfernt sind?«

Dad hatte genickt und ich hatte das traurig gefunden.

In Gedanken versunken blieb ich stehen. Langsam fühlte ich mich wieder besser. Der Spaziergang war genau das Richtige gewesen. Ich war viel ruhiger und meine Angst vor dem Albtraum erschien mir wieder furchtbar lächerlich.

Du meine Güte, wie lang war das her – zehn Tage? Zwei Wochen? Auf alle Fälle lang genug, um es endlich zu vergessen!

Ich sah mich um. Der kleine Leuchtturm war nur noch wenige Meter von mir entfernt. Seit ein paar Jahren stand er unter Denkmalschutz und zählte laut Dad zu den ältesten Stahlbautürmen seiner

Art. Für mich hatte er einfach nur etwas Freundliches, Fröhliches. Sein oberer Teil war rot-weiß gestreift, unten aber war er gestrichen wie das Meer an der Südsee, blau, mit vielen bunten Fischen. Ich wusste, dass mittlerweile jede Menge Graffitizeichnungen dazugekommen waren, aber in der Dunkelheit konnte man nicht viel erkennen. Nur die hellen Scheinwerfer des Turms blinkten wie wachsame Augen in die Dunkelheit.

Der Strand um mich herum wirkte wie ausgestorben. Schwarz hoben sich die mächtigen Bäume vom Himmel ab und in weiter Ferne sah ich wie winzige Pünktchen die Lichter des Hafens.

Ich hatte keine Ahnung, wie viel Zeit vergangen war, aber wenn ich nicht wollte, dass die anderen sich Sorgen um mich machten, musste ich langsam umkehren.

Stattdessen ging ich noch ein Stück weiter. Ein schmaler Pfad führte um den Leuchtturm herum. Rechts zweigte ein Wanderweg ab, von hier aus konnte man bis nach Wedel laufen. Mich aber zog es nach vorn zu der kleinen Einbuchtung unterhalb der Steine. Hier wuchsen ein paar magere, vom Wind zerzauste Büsche. Ihre Zweige reckten sich schlangenförmig in die Luft. Ein Stück weiter, dicht am Ufer, brannte ein Feuer, vor dem jemand saß.

Und als ich erkannte, wer es war, fühlte ich mich nicht mal überrascht. Im Gegenteil, es war nur folgerichtig.

Er drehte sich zu mir um, blieb reglos sitzen, bis ich direkt vor ihm stand. Die Hände in den Jackentaschen, den Kopf leicht geneigt, sah er zu mir hoch. Das schwarze Haar fiel ihm in die Stirn und die Flammen warfen Schatten auf sein blasses Gesicht. Neben ihm, auf einem ausgerollten Schlafsack, lag ein Rucksack. Er griff danach, schob ihn zur Seite und deutete auf den freien Platz.

»Setz dich«, sagte er. Und dann: »Ich habe jetzt einen Namen. Den wolltest du doch wissen, oder nicht?«

SIEBEN

Wir saßen so dicht beieinander, als wäre der kleine Strand überfüllt von Menschen. Aber da war niemand außer uns beiden. Unsere Knie berührten sich.

Mein Herzschlag, dachte ich. Er ist überall, in meinen Fingerspitzen, in den Zehen, in den Kniekehlen. In meiner Brust.

»Mein Name ist Lucian«, sagte er, sehr leise, sehr langsam, als läge eine Frage darin.

Er sah mich von der Seite an, wieder mit diesem intensiven und suchenden Blick, der mich auch bei unserer Begegnung auf dem Flohmarkt so verstört hatte. Sein Brustkorb hob und senkte sich und der Druck seines Knies verstärkte sich um eine winzige Nuance. »Und wer bist du?«

»Rebecca.« Ich wollte noch mehr sagen und vor allem – fragen. Aber mein Kopf war leer. Eine Ahnung von Worten flackerte irgendwo auf, doch ich konnte keinen ganzen Satz formen, die Worte nicht so aneinanderreihen, dass sie einen Sinn ergaben. Irgendwo schrie ein Vogel, ein rauer, krächzender Laut, wir zuckten zusammen, derselbe kurze Ruck fuhr durch unsere Knie, sie bewegten sich auseinander, fanden sich wieder.

Ihn – Lucian – zu berühren, mich an ihn zu lehnen, und sei es auch nur mit diesem winzigen Teil meines Körpers, war das Einzige, das einen Sinn ergab.

»Das ist so ... schräg«, hörte ich mich schließlich sagen. »Ich sollte weglaufen vor dir.«

»Und stattdessen läufst du mir hinterher.« Sein Mundwinkel verzog sich zu diesem schiefen Lächeln.

»Schwachsinn!« Ich war ärgerlich, dass er durch seinen blöden Spruch diesen merkwürdigen Bann gebrochen hatte, aber gleichzeitig auch wieder erleichtert. »Nein!«, schob ich noch einmal mit Nachdruck hinterher. »Ich wusste überhaupt nicht, dass du hier bist!«

»Und was machst du dann hier?« Sein Tonfall klang belustigt, aber darin schwang noch etwas anderes mit.

»Meine beste Freundin hat heute Geburtstag«, murmelte ich. »Die Party ist da drüben.« Ich zeigte nach links in die Dunkelheit.

»Und du? Feierst du nicht mit?« Sein Blick glitt über mein Gesicht. War er amüsiert? Neugierig? Überheblich? Ich wurde nicht schlau aus ihm. Ich schaute auf seine blasse Haut, die großen Augen mit den dunklen Schatten darunter, die hervortretenden Wangenknochen, die Lippen, die jetzt zu einem fragenden Lächeln verzogen waren.

»Halt«, sagte ich und schüttelte den Kopf. »*Ich* bin jetzt mit Fragen dran. Was machst *du* hier? Wo sind *deine* Leute?«

»Alles, was ich besitze, ist hier«, sagte er.

Er hielt einen Stein in der Hand und drehte ihn mit seinen schmalen Fingern hin und her.

»Hör auf mit dem Scheiß!« Ich war selbst erschrocken, wie viel Wut in meiner Stimme lag. »Hör auf damit. Ich will dieses Spiel nicht spielen. Ich will wissen, wer du bist. Okay? Das kann doch nicht so schwierig sein. Soll ich's dir vormachen?« Ich holte tief Luft. »Also: Ich bin sechzehn Jahre alt und gehe ins Altonaer Gymnasium, elfte Klasse. Ich wohne – wie du weißt – in der Rainvilleterrasse Nummer 9. Ich bin mittags – wie du *ebenfalls* weißt – oft mit meinen Freunden bei Doris' Diner, wo *du* neulich die Zeche geprellt hast. Ein paar Mal in der Woche gehe ich schwimmen – auch das dürfte dir nicht unbekannt sein. Und wenn ich U-Bahn fahre, kaufe ich gewöhnlich eine Fahrkarte. Siehst du? Ganz einfach.«

Ich funkelte ihn an und spürte gleichzeitig den Kloß in meinem Hals. Ich fühlte mich dieser Situation nicht gewachsen und das war ich nicht gewohnt. »Also, schieß los, *Lucian.* Ich höre.«

Er nahm eine Haarsträhne, die mir ins Gesicht gefallen war, zwischen seine Finger und steckte sie mit einer behutsamen Bewegung hinter mein Ohr. Als seine Fingerkuppe meine Haut berührte, fuhren wir beide zurück, als hätten wir einen elektrischen Schlag erhalten.

Sein Blick wurde traurig und sein Gesicht bekam wieder dieses Weiche, Verletzliche, viel stärker noch als auf dem Flohmarkt. Es war, als befände er sich auf dünnem Eis, als erstrecke sich ein gefrorener See zwischen uns und er stünde an dem einen, ich an dem anderen Ufer.

Und plötzlich fühlte ich ihn – seinen Wunsch, auf die andere Seite zu mir zu kommen, und ich fühlte seine Angst, dass die fragile Eisdecke einbrechen könnte und ihn hinabziehen würde in die tödliche Kälte. Es war verrückt, aber ich fühlte wirklich *seine* Gefühle. Nur was er dachte, blieb mir verborgen.

Er starrte auf meine Hände, die offen auf meinen Oberschenkeln lagen. Es sah aus, als suchte er die Antwort in meinen Handflächen.

»Ich weiß es nicht«, sagte er tonlos. »Ich weiß nicht, wer ich bin.«

Ein Funken löste sich von einem der Holzscheite. Lautlos stob er in den Himmel und erlosch. Lucian blickte ihm nach. Dann schleuderte er den Stein, den er bis jetzt in der Hand gehalten hatte, ins Wasser. Ich hörte den leisen Aufprall, dann war alles wieder still.

»Was meinst du damit?«, flüsterte ich.

»Ich meine genau das, was ich sage.« Jetzt klang seine Stimme zornig. »Ich war unter einer Brücke. Irgendwo am Hafen. Das ist das

Letzte, woran ich mich erinnere. Oder das Erste, wenn man es genau nimmt. Ich war . . . ich war nackt. Ein paar Meter weiter lag ein Penner und schlief. Neben ihm stand ein Einkaufswagen mit Klamotten. Ein alter Mantel, ein paar Hosen, ein Pullover, ausgelatschte Stiefel. Ich hab das Zeug angezogen. Dann bin ich losgelaufen. Irgendwann fand ich mich vor deinem Fenster wieder. Und dann ging das Licht an. Na?« Er sah mir in die Augen. »Wie gefällt dir das?«

Ich senkte den Kopf. »Nicht so gut.«

Was die reinste Untertreibung war. Es machte mir eine Scheißangst.

»Na bestens«, sagte Lucian. »Dann haben wir etwas gemeinsam. Ich fand es auch ziemlich . . . *schräg,* um mit deinen Worten zu sprechen. Ich weiß nicht, ob ich dir vertrauen kann. Ich weiß ja nicht mal, ob ich *mir* vertrauen kann.«

»Und deinen Namen? Lucian?« Ich hörte mir dabei zu, wie ich seinen Namen aussprach. Ich wiederholte ihn im Stillen, mehrere Male. Er klang fremd und dunkel und weich und schön.

Lucian. Der Name passte zu ihm.

»Woher hast du ihn?«, fragte ich.

»Ausgedacht«, erwiderte er. »Jetzt fehlt mir nur noch der Nachname. Und ein passendes Alter. Was meinst du? Wie alt würdest du mich schätzen?« Es sollte wahrscheinlich wie ein Scherz klingen, aber bei mir kam es nicht so an.

Wie unvorstellbar, dachte ich und versuchte, seine Worte zu verdauen. Was musste das für ein Gefühl sein, nicht zu wissen, wer man war oder woher man kam? Was blieb übrig, wenn alle Erinnerungen verschwunden waren – an Eltern, Geschwister, Freunde? An eine Freundin?

Der letzte Gedanke gab mir einen Stich, kurz und heftig. Unwillkürlich hielt ich die Luft an.

»Und da ist niemand . . . der dich vermisst?«

Das Feuer knackte. Lucian starrte in die Flammen und zuckte mit seinen schmalen Schultern. »Nicht dass ich wüsste.«

»Warum bist du nicht zur Polizei gegangen?«

»Da war ich bereits.« Lucian stieß ein Stück glühender Kohle zurück ins Feuer. »Wenn auch unfreiwillig. Die Klamotten des Penners waren nicht so ganz nach meinem Geschmack, da hab ich mir was anderes besorgt. Der Secondhandladen hatte eine ziemlich gute Auswahl und nach meinem Anfängerglück war ich wohl ein wenig zu übermütig. Als ich in einer Einkaufspassage ein paar T-Shirts und Unterwäsche mitgehen lassen wollte, haben sie mich geschnappt. Leider erwiesen sich die Polizisten nicht als besonders hilfreich. Sie hatten mehr Fragen als Antworten.«

Ich schluckte. Hatte Lucian den Secondhandladen in der Schanze gemeint? Denselben, in dem ich auch mit Suse gewesen war? Ich traute mich nicht, ihn darauf anzusprechen.

Lucian sah auf seine Handfläche. Ich folgte seinem Blick und wieder kam mir etwas daran merkwürdig vor.

Lucian ballte seine Hände zu Fäusten und vergrub sie in den Taschen seiner Lederjacke.

»Die Unterkunft auf dem Revier erschien mir auch nicht so verlockend«, fuhr er fort. »Also hab ich beschlossen, mich aus dem Staub zu machen.«

»Du bist abgehauen?«

»So könnte man es nennen.«

Ich war verblüfft. »Wie hast du das geschafft?«

Er lächelte schief. »Keine Ahnung. Als die Jungs sich auf dem Revier wegdrehten, bin ich raus. Es ging eigentlich ganz einfach.«

Ich dachte an den Tag in Doris' Diner, wo Lucian die Zeche geprellt hatte. Seine geschmeidigen, leichtfüßigen Bewegungen hatten fast etwas Schattenhaftes gehabt.

»Und wo . . . wohnst du jetzt?«, fragte ich argwöhnisch.

»Hier und da.« Lucian strich über den Schlafsack, den er vermutlich auch irgendwo hatte mitgehen lassen. Seine Stimme klang ausweichend, es war ziemlich deutlich, dass er mir nicht mehr verraten wollte als unbedingt nötig.

»Und wovon lebst du?« Ich dachte an den Ratschlag der grünhaarigen Kellnerin. »Ziehst du die Masche mit dem Diner auch woanders durch?«

Lucians Blick wurde verschmitzt. »Mach dir keine Sorgen«, sagte er. »Ich kenne zwar mein Alter nicht, aber ich schätze mal, ich bin schon ein großer Junge und komme zurecht. Für heute ist mein Zuhause jedenfalls hier.«

Er legte den Kopf in den Nacken. Der Mond war ein Stück weitergewandert und die Sterne funkelten jetzt umso heller. Lucian wandte sein Gesicht zu mir. »Und jetzt«, sagte er lächelnd, »bist du wieder dran. Ich hab dich übrigens tatsächlich beim Schwimmen gesehen. Übst du für die Weltmeisterschaften oder so was?«

Ich lachte. »Nein. Bestimmt nicht. Ich war ein paar Jahre im Verein. Aber das hat genervt, jetzt trainiere ich lieber für mich. Irgendwann will ich mal durch den Lake Nacimiento schwimmen.«

»Wodurch?«

»Das ist ein See in Kalifornien. Mein Dad lebt da.«

»Ganz schön weit weg«, sagte Lucian. »Wie oft siehst du deinen Dad?«

»Immer wenn er mich besucht.«

»Und wie oft besuchst du ihn?«

»Nicht oft.« Ich verzog das Gesicht. »Um genau zu sein: Ich besuche ihn gar nicht.«

»Warum nicht?«

Ich zögerte. »Wegen meiner Stiefmutter«, murmelte ich.

»Ist sie böse?« Wieder war da dieses leise Lachen.

»Blödmann.« Ich verzog das Gesicht. »Natürlich nicht. Sie ist eher . . . eifersüchtig, glaube ich.«

»Eifersüchtig?« Lucian ließ seinen Blick über mein Gesicht wandern. »Weil du die Schönste bist, bei den sieben Zwergen, hinter den sieben Bergen?«

Ich stupste ihn an. »Ich weiß jetzt, wer du bist: Mein Spieglein an der Wand!« Ich musste lachen, aber gleichzeitig spürte ich auch, dass ich rot wurde. Ich hatte noch nie gut mit Komplimenten umgehen können und jetzt schon gar nicht. »Das mit meiner Stiefmutter«, sagte ich hastig, »hat mehr mit meiner richtigen Mutter zu tun.«

»Das verstehe ich nicht.«

»Ist eine längere Geschichte.«

»Erzähl sie mir.« Lucian lehnte sich zurück. Er kreuzte die Arme hinter dem Kopf. »Ich habe Zeit.«

»Meine Eltern waren nie ein richtiges Paar«, setzte ich zögernd an. »Meine Mutter ist lesbisch. Sie und Dad waren Freunde, schon von klein auf. Sie sind zusammen zur Schule gegangen und waren auch später unzertrennlich. Meine Mutter sagt, sie waren so etwas wie Seelenverwandte. Irgendwann wollte meine Mutter ein Kind. Und Dad hat ihr den Wunsch erfüllt.«

»Dann warst du ein Wunschkind«, sagte Lucian. Jetzt waren es seine Augen, die lächelten.

Ich sah ihn erstaunt an. Das traf es tatsächlich, ich hatte es nur nicht so gut ausdrücken können. Mit einem Mal wusste ich nicht recht, was ich sagen sollte. Ich war verlegen und verwirrt und fühlte mich, als ob ich etwas von mir preisgab, was mir selbst nicht recht klar war.

»Warum haben sich die beiden getrennt?«, fragte Lucian jetzt. »Hat sich dein Dad aus dem Staub gemacht, als der Wunsch erfüllt war?«

»Spinnst du? Natürlich nicht!« Empört sah ich ihn an. »Mein Vater hat sich genauso über mich gefreut wie meine Mutter. Er hat mich mit großgezogen. Die ersten Jahre hat er sogar noch bei uns gelebt. Er ist erst ausgezogen, als meine Mutter ihre Freundin Patrizia kennenlernte. Ich glaube, er hat gespürt, dass es etwas Ernstes war. Aber er ist cool damit umgegangen. Wir haben uns trotzdem ständig gesehen und für Patrizia war es kein Problem, dass meine Eltern so eng verbunden waren.« Ich seufzte. »Schwierig wurde es erst, als Dad sich verliebte.«

»Für wen?« Lucian sah mich prüfend an. »Für dich? Für deine Mutter? »

»Nein.« Ich schüttelte den Kopf. »Doch.« Ich schwieg. »Es ist kompliziert.«

»Try me.« Lucians Augen lächelten wieder.

Ich stützte mein Gesicht in meine Hände, versuchte, mein Herzklopfen zu ignorieren und die richtigen Worte zu finden. Was Michelle betraf, hatte Janne mit ihrer Meinung nie hinter dem Berg gehalten. Im Gegenteil. Sie hatte Dad mit seiner *Californian Barbie Doll* aufgezogen, bis Spatz eingriff, die fand, dass meine Mutter den Bogen überspannte. Aber zu Michelle selbst war sie immer höflich gewesen. Michelle dagegen . . .

Ich seufzte. »Meine Mutter hielt einfach nichts von Dads Freundin«, sagte ich schließlich. »Und Dads Freundin kam nicht mit unseren . . . Familienverhältnissen klar. Sie meinte, es wäre krank, dass meine Mutter lesbisch sei und trotzdem ein Kind haben wollte. Aber das war nicht der wirkliche Grund.« Ich schluckte. »Ich glaube«, fuhr ich leiser fort. »Ich glaube, Dad hat einfach nie aufgehört, meine Mutter zu lieben. Und ich denke, dass Michelle das spürt. Jedenfalls hat sie Dad ständig die Hölle heißgemacht, wenn er uns sehen wollte, und irgendwann hat sie ihn dann überredet, mit ihr zurück nach Amerika zu gehen.«

Lucian zog die Augenbrauen hoch. »Dann hat er sich ja doch aus dem Staub gemacht.«

Seine Antwort hatte nicht spöttisch geklungen, aber sie machte mich wütend. »Hat er nicht«, stieß ich hervor. »Wir mailen uns, er kommt mich regelmäßig besuchen und irgendwann werde ich . . .«

Ich brach ab. Warum klang das alles so, als würde ich Dad in Schutz nehmen wollen?

»Ich fass es nicht«, sagte ich. »Ich erzähl dir hier meine ganze Familiengeschichte und du . . .«

Lucian schwieg einen Moment. » . . . ich würde liebend gern dasselbe tun«, beendete er meinen Satz. »Aber ich fürchte, ich muss dich enttäuschen.« Er zwinkerte mir zu, aber es wirkte angestrengt. Plötzlich sah er schrecklich müde aus. »Wer weiß, vielleicht hat mich eine böse Stiefmutter verhext und mir das Gedächtnis geraubt.«

Sein Blick fiel wieder auf die kleine Sonne, die Dad mir zur Einschulung geschenkt hatte. Wie ertappt sah er weg und griff nach einem Zweig, der im Sand lag.

»Woher wusstest du, was auf meinem Anhänger steht?«, fragte ich leise.

Lucian zeichnete kleine Kreise in den Sand, dann warf er den Zweig ins Feuer. Es knackte und die Flammen leckten gierig an der neuen Nahrung. Nach wenigen Augenblicken hatten sie das Holz verschlungen.

»Ich wusste es nicht«, sagte er.

»Was ich dir keine Sekunde glaube«, erwiderte ich heftig. »Du hast es sogar auf Englisch übersetzt. Mein Dad spricht englisch mit mir. Aber du kennst meinen Dad nicht. Oder doch?« Plötzlich klopfte mein Herz wieder sehr schnell.

»Nein«, sagte Lucian. »Ich kenne deinen Dad nicht. Sonst hätte ich dich wohl kaum nach ihm gefragt.«

Obwohl mir die Fragen auf der Zunge brannten, hatte ich keine Kraft mehr weiterzubohren. Das alles war einfach zu verwirrend, zu heftig, zu . . . anders.

Ich schlang die Arme um meine Knie.

Schweigend sahen wir zu, wie das Feuer herunterbrannte. Es war kühl geworden. Von rechts kam ein Schiff auf uns zu. Es war ein Frachter, groß und dunkel. Langsam schob er sich über den dunklen Fluss.

»Gibt es denn nichts, woran du dich erinnerst?«, fragte ich leise. Und dann, als ich keine Antwort bekam: »Dinge, die du magst? Musik? Bücher? Irgendetwas?«

Der Frachter kam näher. Er spülte Wellen ans Ufer und ein kalter Wind fuhr durch mein Haar.

»Und plötzlich war da ein Schiff«, hörte ich Lucian sagen. Seine Stimme klang zögernd. »Es war nur für Max und er segelte davon, Tag und Nacht und wochenlang und fast ein ganzes Jahr, bis zu dem Ort, an dem die wilden Kerle wohnen. Und als er dort ankam . . .«

»Hör auf«, presste ich hervor. »Hör auf damit.«

»Wieso?« Ruhig sah Lucian mich an. »Du hast mich nach Büchern gefragt, die ich mag. Das hier ist eins. Ich habe es vor ein paar Tagen in einer Buchhandlung entdeckt. Es heißt . . .«

» . . . Wo die wilden Kerle wohnen«, brachte ich seinen Satz zu Ende. »Ich kenne dieses Buch. Es war mein Lieblingsbuch als Kind.«

»Na siehst du. Dann haben wir etwas gemeinsam.« Er lächelte und die Aufregung vibrierte in meinem ganzen Körper.

Ich fragte: »Und was magst du noch?«

Lucian hob seine Hand. Er fuhr mir über die Wange, mit einer so zarten Bewegung, dass ich meine winzigen Härchen an seiner Fingerspitze fühlte.

»Dich«, sagte er sanft. »Ich mag dich. Wenn du in meiner Nähe bist, geht es mir gut.«

Der Frachter war an uns vorbeigezogen. Ich blickte ihm nach, wie er den dunklen Fluss stromaufwärts Richtung Meer fuhr.

Als ich Lucian wieder ansah, lag ein ironisches Lächeln auf seinem Gesicht. »Du wirst verlangt«, sagte er.

»Was?«

»Dein Telefon.«

Verstört griff ich in meine Tasche. Tatsächlich, mein Handy klingelte. Total laut. Ich hatte es überhaupt nicht wahrgenommen. Ich zog es hervor und starrte auf das blinkende Display. *Janne ruft an.* Oh verdammt! Ich drückte den Anruf weg und dann sah ich erschrocken auf die Uhrzeit. Es war halb drei. Scheiße, Scheiße, Scheiße!

Dann hörte ich die Stimmen. Sie waren ziemlich weit entfernt, aber sie riefen meinen Namen. Ich erkannte Sebastian. Suse. Und . . . Janne! Ihre Stimme war schrill, voller Panik, selbst aus dieser Entfernung.

»Ich muss weg«, flüsterte ich, sprang auf – und griff nach Lucians Hand. Sie war glatt und weich wie Seide und sie gab mir Halt.

Wenn du in meiner Nähe bist, geht es mir gut.

Diesmal hörte ich ihn das nicht sagen, ich spürte es, tief in meinem Innern.

»Ich will dich wiedersehen«, brachte ich hervor. »Ich muss dich wiedersehen. Unbedingt. Wann? Wo?«

Die Stimmen kamen näher, jemand schluchzte, das Wort *Polizei* fiel.

Lucian zuckte zurück. Mit einem Mal sah er aus wie ein wildes Tier auf dem Sprung. »Es ist nicht gut, wenn man uns zusammen sieht«, sagte er hastig. »Gar nicht gut.«

Die Stimmen kamen noch näher. Lucian entzog mir seine Hand

und im selben Moment spürte ich, wie mir kalt wurde. Auch das hohle Gefühl in meiner Brust war wieder da, schmerzhaft wie eine offene Wunde. Ich schaute Lucian in die Augen. Sein Gesicht war jetzt wirklich wie ein Spiegel. Ich las meine eigenen Empfindungen in ihm.

»Halloween«, sagte ich hastig. »Es gibt einen Ball. Einen Maskenball. Der Club heißt *Uebel und Gefährlich,* er ist in der vierten Etage des großen Bunkers, direkt beim Hamburger Dom. Bitte komm!«

Die Rufe waren jetzt dicht an meinem Ohr, sie klangen entsetzt und panisch.

Lucian hob die Hand und strich mir noch einmal über die Wange. »Sie sind gleich da.«

Dann drehte er sich um, griff nach seinen Sachen und tauchte ab in die Dunkelheit. Ich rannte in die andere Richtung auf die Stimmen zu. Noch immer war diese Kälte in mir, nur meine Wange brannte, wo er mich berührt hatte.

»Ich bin hier . . .«

Als ich vor meiner Mutter stand, bebte sie am ganzen Körper.

»Rebecca! Wo warst du? Bist du in Ordnung? Ich hab dich ein Dutzend Mal angerufen. Keine Verbindung. Und als ich endlich durchkam, wurde der Anruf weggedrückt. Ich dachte . . .«

Janne fing an zu weinen. Suses Vater stand hinter ihr und legte seine Hand auf ihre Schulter.

»Ich bin okay, Mam«, murmelte ich schuldbewusst und schielte zu Sebastian, der mich mit zusammengezogenen Augenbrauen anstarrte. Suse, die neben Dimo stand, kaute auf ihrer Haarsträhne herum und wich meinem Blick aus.

»Ich bin okay«, wiederholte ich eine Spur zu laut. »Ich war nur . . . spazieren.«

Janne starrte mich an, mit offenem Mund.

Dann holte sie aus und schlug mir mit der flachen Hand ins Gesicht.

ACHT

Ich hatte Hausarrest. Zum ersten Mal in meinem Leben. Nie hatte ich meine Mutter so außer Fassung erlebt und niemals zuvor hatte sie mich geschlagen. Janne hasste Gewalt, sie hielt nichts von Strafen. Allerdings hatte sie auch selten Grund, sich über mich zu ärgern.

Ich war das Pendant zu ihr. Ich nahm keine Drogen, betrank mich nicht sinnlos auf irgendwelchen Partys, und wenn es abends mal später wurde (was selten vorkam), dann rief ich zu Hause an. Wenn ich Sorgen hatte, mit denen ich nicht alleine fertig wurde (was ebenfalls selten vorkam), war sie für mich da. Bis auf gestern.

Okay, es war wirklich verdammt spät gewesen. Ich war ohne ein Wort von der Party verschwunden, mitten in der Nacht, mitten am gottverlassenen Elbufer. Die anderen hatten offenbar ebenfalls versucht, mich zu erreichen. Meine Anrufliste war voll, Suse, Sebastian, Janne, sie alle hatten es mehrmals probiert. Wahrscheinlich war ich in einem Funkloch gewesen und sie waren vermutlich halb wahnsinnig vor Sorge geworden. Erst vor ein paar Tagen hatte wieder irgendein Serientäter für Schlagzeilen gesorgt und letzte Woche war in einem Waldstück bei Elmshorn die Leiche eines Mädchens gefunden worden. Mir hätte sonst was passiert sein können – ja, das war mir alles klar und es tat mir leid! Aber musste Janne mich deshalb abführen wie eine Verbrecherin? Im Auto fragte sie mich noch einmal, was zum Teufel ich so lange getrieben hätte, und wäre ihr Tonfall nicht so unglaublich scharf gewesen, hätte ich ihr vielleicht die Wahrheit erzählt. Stattdessen wiederholte ich die Geschichte von meinem Spaziergang, woraufhin sie ihre Lippen aufeinanderpresste und die Finger um das Lenkrad krallte. Zu Hause verhängte sie dann die Ausgangssperre.

Bis Ende Oktober hatte ich gleich nach der Schule nach Hause zu kommen, ohne Umwege. Keine Partys, keine Shopping-Ausflüge mit Suse, selbst das Schwimmen war gestrichen. Wenn ich nicht so fassungslos gewesen wäre, hätte ich ihr vielleicht ins Gesicht gelacht. Es war verrückt: Meine offene, verständnisvolle Psychologenmutter verhielt sich plötzlich wie all die Eltern, über die wir uns sonst gemeinsam aufregten. Das Schlimmste daran war, dass ich diesmal wirklich ein Problem hatte, das mir langsam, aber sicher über den Kopf wuchs. Aber Janne war die Letzte, der ich mich jetzt anvertraut hätte. Abgesehen davon: Wenn Suse schon hysterisch wurde, würde meine Mutter Lucian erst recht für einen Psychopathen halten.

Mit Suse und Sebastian hatte ich telefoniert und ihnen dasselbe erzählt wie Janne. Natürlich glaubten sie mir kein Wort. Suse löcherte mich mit Fragen und fand Jannes Reaktion ebenso übertrieben wie ich, während Sebastian kühl und verhalten blieb.

Den Sonntag verschanzte ich mich in meinem Zimmer und verbrachte die Zeit damit, im Internet nach aktuellen Vermisstenanzeigen zu suchen. Im Westerwald war ein kleines Mädchen nicht von der Schule zurück nach Hause gekommen. Eine junge Frau suchte ihren Verlobten, ein Jugendlicher, fünfzehn, rothaarig, kräftig, war von zu Hause ausgerissen. Und das war nur der Anfang. Das Netz wimmelte nur so von Foreneinträgen besorgter Familienangehöriger. In allen möglichen Ländern wurden Menschen vermisst, manche Nachrichten waren neu, andere uralt. Aber ich fand keine, die auch nur annähernd zu Lucian passte. Nach ein paar Stunden gab ich entmutigt auf und legte mich auf mein Bett. An Schlaf war nicht zu denken, Hunger hatte ich auch keinen, stattdessen kreisten meine Gedanken immer wieder um ihn.

Lucian.

Noch nie hatte ich mich gleichzeitig so erschöpft und so unruhig gefühlt.

Um mich abzulenken, vertiefte ich mich in das Buch meines Urgroßvaters. Merkwürdigerweise war es genau das Richtige. Zuerst überflog ich die Kritiken im Anhang. Sein Ton war intelligent, witzig und amüsant, und wenn er seine Spitzen ansetzte, tat er das nie direkt, sondern ziemlich subtil. Er schaffte es, seine Leser zum Lachen zu bringen, und ich konnte mir gut vorstellen, warum er es als Journalist so weit gebracht hatte.

Vermutlich hatten das nur diejenigen, deren Werke mein Urgroßvater unbarmherzig niedermetzelte, anders gesehen.

Sein eigenes Leben beschrieb er allerdings genauso schonungslos. William Alec Reed war ein Einzelkind gewesen, sein Vater leitete als Chirurg ein Sanatorium. Als mein Urgroßvater drei Jahre alt war, starb seine Mutter unter den Händen seines Vaters bei einer missglückten Operation. Mein Urgroßvater kommentierte das mit den Worten, dass die Männer in seiner Familie noch nie mit handwerklichem Geschick gesegnet gewesen seien und dass sich das *tapfere Schneiderlein,* wie er seinen Vater titulierte, fortan vor allem in der Kunst des Trinkens übte.

Er selbst, schrieb mein Urgroßvater, habe davon allerdings nur profitieren können. Wie sonst wäre er an all die entzückenden Kindermädchen gekommen – allen voran die bildschöne Französin, an die er in der Nacht seines vierzehnten Geburtstags seine Unschuld verlor? Sie hieß Lucille und neben ihrem gewaltigen Busen hob er vor allem ihren klangvollen Akzent hervor. *Die Lektüre danach* nannte er die Geschichten, aus denen Lucille ihm vorlas – und ihm damit die Welt der Bücher eröffnete.

Bücher und Frauen blieben das Thema seines Lebens.

Als Junge mochte mein Urgroßvater die Werke von Charles Dickens und Lewis Caroll. Später kamen Edgar Allan Poe, Jules Vernes und H. G. Wells dazu, mit dem er eng befreundet war.

In diesen Jahren hatte sich mein Urgroßvater bereits einen Namen als Literaturkritiker gemacht und er schrieb unter anderem für eine Zeitung in Los Angeles und die *New York Times*. Sein Leben schien zu der Zeit vorwiegend daraus bestanden zu haben, auf diversen Partys mit berühmten Schriftstellern und anderen Größen aus dem Kulturgeschehen Spaß zu haben.

Er verbrachte einige Jahre in Europa, hatte noch mehr Spaß, traf noch mehr Berühmtheiten und in London, wo er seine Stelle bei der Times antrat, begegnete er dann der Frau seines Lebens.

So schrieb er es wortwörtlich.

Insgesamt streifte er sie mit nur wenigen Zeilen, aber diese Sätze waren auffallend ernst. *Zum ersten Mal,* hieß es in seinem Buch, *sollte ich erleben, was es heißt, aus Liebe sterben zu wollen.*

Die junge Engländerin schien ihm allen Anlass dafür gegeben zu haben, als sie ihn in der Nacht vor ihrer Hochzeit wegen eines anderen Mannes verließ. Mein Urgroßvater nahm sich nicht das Leben, aber seine zynische Einstellung zum Thema Leben und Liebe fand er offenbar bestätigt – was ihn nicht daran hinderte, zahlreiche Geliebte und fast ebenso viele Ehefrauen zu haben.

So viel zum Thema Liebeskummer, dachte ich und blätterte mich zum hinteren Teil des Buches durch. Dort fand ich dann ein Bild von Dad. Von welcher Ehefrau meines Urgroßvaters er nun genau abstammte, bekam ich nicht mehr auf die Reihe, aber das Bild fesselte mich sofort.

Es zeigte meinen Dad, wie er als kleiner Junge neben meinem Urgroßvater an einem Anleger saß und angelte. Schulter an Schulter hockten sie da, wie verschmolzen mit der Natur um sich herum.

Am Schluss des Buches erwähnte er Dad dann noch und auch hier hatte ich das Gefühl, dass mein Urgroßvater in kurzen Zeilen etwas über sich preisgab, das er auf all den anderen Seiten hinter seinem Zynismus versteckte.

In meinem Enkel Alec fand ich etwas wieder, das ich selbst verloren hatte. Das tiefe Urvertrauen, geliebt zu werden für das, was man ist.

Ich wusste, was er meinte. Meine Eltern hatten mir dieses Gefühl gegeben, genauso wie Spatz, und es war wie eine Rüstung gegen alles, was mich verletzen konnte, schimmernd und undurchlässig.

All die Partys, die berühmten Freunde, der Erfolg – sie schienen nicht verhindert zu haben, dass mein Urgroßvater im Grunde genommen ein ziemlich einsamer Mensch gewesen war, zumindest in meinen Augen.

Ich ließ das Buch sinken. Draußen begann es zu regnen, ein lautloser Schleier von hauchdünnen Bindfäden fiel vom Himmel. Das Wetter war umgeschlagen. Ich sah aus dem Fenster und dachte an Lucian. Plötzlich wurde mir bewusst, dass ich gar nicht aufgehört hatte, an ihn zu denken, selbst in den letzten Stunden des Lesens hatte er sich in einen Winkel meines Gehirns eingenistet.

Ich blickte zum Hafen hinüber, auf die Elbe, die so grau war wie der Himmel. Wasser und Luft verschmolzen, es schien, als hätte ihnen jemand sämtliche Farbe entzogen.

Wo war er jetzt? Was machte er gerade? Und wo würde er die heutige Nacht verbringen? Meine Gedanken wanderten zurück zu unserer Begegnung am Feuer. Es war verrückt gewesen, unheimlich. So etwas passierte nicht. Aber es war mir passiert, und ganz egal, was ich darüber *dachte* – es hatte sich richtig angefühlt.

Ich schloss die Augen, um ihn besser sehen zu können, sein ovales Gesicht, das dunkle Haar, die tiefen Schatten unter seinen Augen.

Ich mag dich. Wenn du in meiner Nähe bist, fühle ich mich gut.

Und wenn ich nicht bei ihm war? Wer hatte ihm in seiner Vergangenheit ein gutes Gefühl gegeben? Welche Menschen waren ihm nah gewesen, welche Menschen hatten ihn vielleicht verletzt?

Und vor allem, warum konnte er sich nicht daran erinnern?

Ein Artikel aus der Zeitung fiel mir ein, ich hatte ihn vor ein paar Jahren gelesen. Es ging um einen Mann, der ohne Erinnerungen an einem Strand aufgewacht war. Er war nackt gewesen und sprach kein Wort, aber in der Psychiatrie fing er plötzlich an, virtuos Klavier zu spielen. Janne hatte damals vermutet, dass der Mann einen schweren Schock erlitten hatte und dass sich sein Körper nun schützte, indem er alle Erinnerungen verbannte. Wie es mit dem Mann weitergegangen war und was wirklich hinter seiner Geschichte steckte, wusste ich nicht.

Und Lucian? Hatte auch er einen Schock erlitten?

Immerhin war er ähnlich wie der Mann aus England irgendwo am Hafen aufgewacht. Nackt.

Nackt bedeutete nicht nur ohne Kleidung, sondern auch ohne einen Namen, ein Alter, ein eigenes Leben.

Wie hieß Lucian wirklich? Wie alt war er? Was für ein Leben hatte er vergessen? Und die wichtigste Frage: Was hatte ich damit zu tun? Warum wurde ich das Gefühl nicht los, dass ich darin eine Rolle spielte, auch wenn ich mir beim besten Willen nicht erklären konnte, welche?

Ich dachte an das Bilderbuch von Max und den wilden Kerlen, aus dem Lucian so wortgetreu zitiert hatte. Hatte er das Buch wirklich in einem Buchladen entdeckt? Oder spielte er mir, aus welchem Grund auch immer, etwas vor?

Plötzlich ärgerte ich mich furchtbar, dass ich ihm nicht meine Handynummer gegeben hatte. Bis zu diesem Maskenball waren es noch Wochen – und es stand in den Sternen, ob ich überhaupt dorthin kommen würde. Andererseits kannte Lucian meine Adresse. Er wusste, wo ich wohnte, wo ich mich aufhielt. Wenn er mich wirklich sehen wollte, konnte er mich finden.

Es ist nicht gut, wenn man uns zusammen sieht.

Das hatte er gesagt, als die Rufe lauter geworden waren. Ich hatte es einfach so akzeptiert, aber jetzt wurde mir erst richtig bewusst, was das hieß.

Wovor schreckte er zurück? Wenn er wirklich seine Erinnerungen verloren hatte, dann gab es schließlich nichts, was er verheimlichen konnte.

Plötzlich erschien mir alles grundfalsch. So verhielt sich doch niemand, der seine Erinnerungen verloren hatte! So verhielt sich nur jemand, der sich aus irgendeinem Grund schuldig fühlte.

Ich dachte an Suse, die vermutet hatte, dass Lucian ein Stalker war.

Stalker gingen weit, verdammt weit, davon hatte ich gelesen und ich hatte die Vorstellung immer ziemlich gruselig gefunden. Vielleicht hatte er irgendwie etwas über mein Leben herausbekommen – und sich seine eigene Geschichte einfach nur ausgedacht? Aber konnte ich mich in einem Menschen so täuschen?

Ich fuhr zusammen, als ich draußen im Flur plötzlich Schritte hörte, erst leiser, dann wurden sie lauter, kamen näher, bis sie dicht vor meiner Tür verharrten. Einen Moment lang war alles still, dann sah ich, wie meine Klinke langsam nach unten gedrückt wurde. Ich zog die Bettdecke über meine Brust und drehte mich zur Wand.

»Rebecca?«

Es war Janne. Ich roch ihr Parfüm und spürte ihre Gegenwart im Zimmer. Vermutlich stand sie an der Tür und blickte zu mir hinüber.

Alles in mir krampfte sich zusammen, so sehr bemühte ich mich, keine Regung zu zeigen.

Hau ab, dachte ich grimmig. Verzieh dich. Lass mich bloß allein.

Die Wut saß tief, tiefer, als ich es je für möglich gehalten hätte. Meine Mutter hatte mich vor meinen Freunden ins Gesicht geschlagen. Sie hatte mir Hausarrest gegeben. Und das Allerschlimmste: Sie hatte mir misstraut.

Wie konnte sie mich ausgerechnet in dem Moment verraten, in dem ich sie eigentlich brauchte? Irgendwie fühlte ich, dass sie sich gerade dasselbe fragte – und ich genoss ihr schlechtes Gewissen. Es geschah ihr nur recht.

Janne ging, ohne etwas zu sagen.

Als ich mich am Abend noch einmal in die Küche schlich, hörte ich meine Mutter hinter ihrer Schlafzimmertür weinen. Spatz redete leise auf sie ein, ich verstand ihre Worte nicht, aber ich blieb vor der Tür stehen, bis Jannes Schluchzen verstummt war.

Nachts träumte ich.

Ich schwamm in einem See, es war dunkel. Das Wasser war angenehm kühl, ich konnte es auf meiner Haut fühlen, es prickelte, während meine Arme nach vorn schnellten, weiter und immer weiter. Das schwarze Wasser schäumte vor meinen Augen, schillernde Tropfen stoben wie Silberperlen in die Luft und ich fühlte mich schwerelos, ich schwamm ohne Anstrengung, es war wie ein Gleiten, losgelöst von meinen eigenen Bewegungen. Ich war allein, aber gleichzeitig war jemand bei mir, den ich nicht sehen konnte, jemand, der an meiner Seite durch den See glitt. Über meinem Kopf rauschte der Wind und dann fing es an zu regnen. Die ersten Tropfen fielen zögernd und schwerfällig, bis schließlich das ganze Wasser in Bewegung war. Ich fühlte Wasser überall, es hüllte mich ein mit immer lauteren Trommelschlägen und immer noch hatte ich dieses wunderbare Gefühl, dass jemand an meiner Seite war, bis ich von dem Geräusch des Regens wach wurde.

Langsam, wie durch Wasser, wurde mir bewusst, dass ich in meinem Bett lag. Der Regen kam von draußen und ich war allein.

Ich fühlte es in einer seltsamen, beängstigenden Deutlichkeit, die mich erschreckte. Ich schlug die Decke zurück und schlich durch das stille Haus.

Auf dem Dachboden schimmerte noch Licht. Ich stieg die Wendeltreppe hinauf und öffnete vorsichtig die Tür.

Spatz saß auf dem Tagesbett des Dachbodens und lächelte, als sie mich sah. »Fertig«, sagte sie und hielt mir das schimmernde Etwas vor die Nase, das sie gerade vollendet hatte. »Mein erster *Sponglia beatificae*. Was sagst du?«

Vorsichtig nahm ich das zarte Schwammkörperchen in die Hand. Es glänzte goldfarben und war von zahlreichen Häkellöchern durchsetzt. Wie Poren sahen sie aus, durchlässig für Luft oder Wasser. Es kam mir vor, als ob der kleine Schwamm, der sich in meine Handfläche schmiegte, tatsächlich ein atmendes Lebewesen sei.

»Er ist wunderschön«, murmelte ich.

»Ich hab mir eine Geschichte dazu ausgedacht«, sagte Spatz. »Willst du sie hören?« Ohne meine Antwort abzuwarten, zog sie ein zerknittertes Papier aus ihrer Rocktasche, faltete es auf und las mir die geschriebenen Zeilen vor.

»Schon lange ist bekannt, dass die Unterwasserwelt großes Potenzial birgt. Insbesondere die Gattung der Schwämme ist hier von symbolhafter Bedeutung. Schwämme sind Meister der toxischen Abwehr und ihr genetischer Code weist große Ähnlichkeit zu dem des Menschen auf. Von sechzigtausend vermuteten Schwammarten sind Meeresbiologen bislang etwa fünftausend bekannt. Erst kürzlich wurde ein Fund *ecceptionel* gemacht: der *Sponglia beatificae*, der gemeine Glücksschwamm.«

Ich musste lachen. Spatz' Stimme flatterte wie ein Schmetterling, der gerade auf Nektar gestoßen war.

»Im Unterschied zu seinen Artgenossen«, las sie weiter, »besitzt der

Sponglia beatificae Sensoren, die ihn glücksverdächtige Momente und Orte aufspüren lassen. In magischer Geschwindigkeit und auf noch völlig ungeklärte Weise dockt er genau dort an und fördert die Wachheit der beteiligten Personen für die jeweilige Glückssituation. Seine chemische Abwehr hat sich außerdem auf angstvolle und destruktive Gedanken spezialisiert, sodass diese in der unmittelbaren Nähe des Glücksschwamms keine Überlebenschance haben.«

Spatz ließ den Zettel sinken. Sie sah aus, als ob der Glücksschwamm sie als erstes Wirtstier erkoren hätte.

»Es ist erst ein Entwurf, ich muss noch daran arbeiten«, sagte sie. »Was denkst du?«

»Ich denke, das könnte eine ziemliche Marktlücke sein«, sagte ich lächelnd. »Kann man mit den Schwämmen auch Töpfe sauber machen? Dann hätten sie neben ihrem ideellen noch einen praktischen Nutzen. So was mögen die Deutschen.«

Spatz schnitt eine Grimasse. »Okay, so viel zur Eliminierung von destruktiven Gedanken.« Sie beugte sich zärtlich über das Gebilde. »Schätzchen, das üben wir noch ein bisschen«, sagte sie zu dem Schwamm.

Ich kicherte. »Wie ich dich kenne, wirst du es ihm in null Komma nichts beigebracht haben.«

Spatz streckte sich und gähnte. »Vielleicht klappt es diesmal mit der Ausstellung«, sagte sie hoffnungsvoll. »Im Theater habe ich gehört, dass ein Künstleratelier in St. Georg noch einen Untermieter sucht. Ich versuch mich gleich morgen darum zu kümmern.«

»Das wäre wirklich klasse.« Ich strich mit den Fingerspitzen noch einmal über die goldene Oberfläche des Schwämmchens, ehe ich es zurück in ihre Hände rollen ließ. Spatz war seit Jahren auf der Suche nach einem günstigen Atelier, in dem sie ihre Werke unterbringen und ausstellen konnte. »Ich wünsch dir Glück«, sagte ich.

Im Vogelbauer war John Boy auf die Schaukel gehüpft. Zwitschernd schaute er aus seinen schwarzen Augen auf uns herab. Ich musste an meinen Hausarrest denken.

Spatz warf mir einen ihrer Blicke zu.

»Bist du okay, Knastschwester?«, fügte sie hinzu.

Ich rollte mit den Augen. »Klar. Vielleicht lasse ich mir aus der Apotheke ein paar Schrumpfpillen schicken, dann setz ich mich zu John Boy und Jim Bob hinter Gitter. Ob die beiden wissen, dass sie Flügel haben? Und wozu sie da sind?«

Jetzt kicherte Spatz, dann wurde sie plötzlich ernst. Sie sah mich an, die Stirn gerunzelt, die goldbraunen Augen unruhig. Schließlich strich sie mir über die Wange. »Nimm es deiner Mam nicht übel, Rebecca. Sie macht gerade etwas durch.«

Ich auch, dachte ich. Aber deshalb schlage ich nicht um mich oder verhänge übertriebene Strafen.

Ich legte meine Hand auf Spatz' Schulter. »Nacht, Spatz«, sagte ich.

»Nacht, Rebecca. Schlaf gut.«

Die Ereignisse der nächsten Wochen waren nicht nennenswert – und genau das machte mich wahnsinnig. Wenn ich etwas zu tun gehabt hätte, wenn ich meinen normalen Alltag gehabt hätte – vielleicht hätte ich mich eher ablenken können. Aber so war ich ständig auf mich geworfen. Ich hatte Hausarrest, aber gleichzeitig waren meine Gedanken mit eingesperrt, sie liefen Amok in meinem Kopf und brachten mich um den Schlaf und um das bisschen Fassung, das ich noch hatte.

Spatz war überglücklich, weil sie bei ihrer Suche nach dem Atelierplatz endlich fündig zu werden schien. Sie erzählte mir von der Künstlergemeinschaft in Sankt Georg, die in einer alten Maschinenfabrik lag und sich »Die Koppel« nannte. Künstler aus allen Teilen Deutschlands arbeiteten dort in ihren Ateliers und einer von ihnen war tatsächlich an einer Untermieterin interessiert. Er wollte Spatz treffen, noch ganz unverbindlich, aber es war zumindest ein erster Schritt.

Auch bei Suse schien das Glück angedockt zu haben. Dass ich ausgerechnet an ihrem Geburtstag verschwunden war, ohne Bescheid zu sagen, hatte sie mir verziehen. So wie man Suse nicht lange böse sein konnte, brachte auch sie es nicht fertig, einem irgendetwas nachzutragen. Und ich rechnete es ihr hoch an, dass sie keine weiteren Versuche machte nachzubohren, was genau passiert war. Suse vertraute mir – im Gegensatz zu Janne.

Dimo hatte inzwischen einen Proberaum gefunden, zu einer wie Suse sagte »galaktisch niedrigen Miete«. Diese Neuentwicklung hielt Dimo zum Glück so in Atem, dass sich seine Treffen mit Suse fast ausschließlich um die Band drehten. Nur einmal war er ihrem BH gefährlich nah gekommen, und zwar der rechten, ungepolsterten Seite.

»Seine Fingerspitzen waren schon dran«, sagte sie und rollte mit den Augen. »Er war wild entschlossen, aber dann hat sein Handy geklingelt und der Besitzer des Proberaums verkündete, dass wir den Vertrag unterschreiben könnten. Scheiße, Becky. Meinst du, ich soll vorher mit ihm sprechen? Aber was soll ich sagen? Was würdest du an meiner Stelle tun?«

Mich mit denselben Fragen herumquälen, dachte ich. Die erwachsene Antwort darauf war vermutlich, dass sich Suse einen Freund suchen sollte, dem so etwas egal war. Aber würde es ihr damit wirklich besser gehen? Irgendwie bezweifelte ich das.

Hilflos erwiderte ich: »Ich würde es abwarten, Suse. Wenn der Moment da ist, wirst du schon wissen, was du machst!«

Suse seufzte und ich hoffte, der Moment würde noch eine Weile auf sich warten lassen.

Die einzige Rettung in dieser Zeit war die Schule. Ich hätte nie geglaubt, dass ich das mal sagen würde, aber ich sehnte mich nach dem Unterricht. Zu meiner Erleichterung bombardierte uns unser Spanischlehrer mit Grammatik und Vokabeln – und im Unterschied zum Englischen musste ich diese Sprache regelrecht in mich hineinpauken. In Bio schrieben wir eine Arbeit über die Wirkung von Drogen auf das Nervensystem. Aaron hatte sich zur Vorbereitung in der großen Pause einen fetten Joint reingezogen und starrte wie ein hypnotisiertes Kaninchen auf sein leeres Blatt. Sheila kaute nervös auf ihrem Kugelschreiber herum und beobachtete Sebastian, der den Kopf über sein Heft gesenkt hatte und wie wild die Seiten füllte.

Wir bekamen tonnenweise Hausaufgaben in Mathe auf und Tyger gab uns eine seiner Spezialaufgaben, die diesmal nichts mit Ambrose Lovell zu tun hatte.

»Sucht euch den ersten Satz eines Romans oder einer Kurzgeschichte aus, den ihr bemerkenswert findet«, sagte er. »Wenn es ein deutscher Satz ist, übersetzt ihn ins Englische. Schreibt einen Aufsatz darüber, wie ihr diesen Satz empfindet. Ob er euch anspricht, etwas verheißt, euch in die Geschichte hineinzieht und wenn ja, warum.« Er blieb einen Moment vor meinem Platz stehen und musterte mich wieder auf diese seltsame Weise, die mir langsam unbehaglich wurde.

»Stimmt was nicht?«, fragte ich genervt, aber er zuckte nur mit den Schultern und ging weiter.

Ich verbrachte den Nachmittag vorwiegend damit, in den Bücherregalen von Janne und Spatz zu stöbern. Ich selbst besaß nicht viele Bücher. Lesen machte mich meist hibbelig, nach wenigen Seiten fühlte ich ein dringendes Verlangen, mich zu bewegen – und normalerweise hielt mich keine Ausgangssperre davon ab. Ich blätterte in den Romanen von Barbara Vine, Jannes Lieblingsautorin, nahm ein paar Dostojewskis heraus und blieb schließlich an Daphne du Mauriers *Rebecca* hängen. Es war ein altes Buch, die Seiten waren schon ganz vergilbt. Der erste Satz lautete: *Gestern Nacht träumte ich, ich sei wieder in Manderley.*

Ich zuckte zusammen und stellte das Buch zurück ins Regal. Schließlich nahm ich Kafkas *Prozess* in die Hand. Sein Roman begann mit den Worten: *Jemand musste Josef K. verleumdet haben, denn ohne dass er etwas Böses getan hatte, wurde er eines Morgens verhaftet.*

Na, dachte ich grimmig, das passt doch. Ich nahm das Buch mit in mein Zimmer, verschob den Aufsatz jedoch auf später. Ich erledigte meine Mathehausaufgaben, telefonierte mit Sebastian, der genauso wie Suse den Abend an der Elbe mit keinem Wort mehr erwähnte, aber zu meiner Erleichterung nicht mehr ganz so kühl war, und mailte mit Dad.

Valerie lernte gerade schreiben und übte fleißig, indem sie ihre Hausaufgaben sprichwörtlich auf dem Esstisch erledigte. Mit einem wasserfesten Edding hatte Valerie die Tischplatte aus antikem Rosenholz mit Wörtern wie *Cat, Fat* und *Hat* vollgekritzelt.

Was gibt's Neues bei dir?, wollte Dad wissen.

Meinen Hausarrest und das, was dazu geführt hatte, behielt ich für mich. Stattdessen fragte ich nach meinem Urgroßvater. Ich konnte mir nicht vorstellen, dass sich Dad noch groß erinnerte, aber es interessierte mich.

Schon am nächsten Tag kam die Antwort: *Ach ja, die Biografie von Grandfather William Al – dann war die also bei euch? Kann nicht glauben, dass Janne sie auf dem Flohmarkt verkaufen wollte! Brav, dass du heroisch unsere Familiengeschichte rettest.*

Ich grinste und las weiter.

Ich war noch ziemlich klein, als er starb, sechs oder sieben. Deine Großmutter sagte immer, dass er an nichts und niemandem ein gutes Haar ließ, aber mich muss er offensichtlich gemocht haben. Verrückt, dass er ausgerechnet das Bild am Lake Nacimiento in sein Buch gepackt hat. Meine Besuche dort sind die einzigen Erinnerungen, die ich noch an ihn habe. Dass er mir das Haus vererbt hat, hab ich dir erzählt, oder? Jedenfalls hat er dort seine letzten Lebensjahre verbracht, und zwar allein. An dem Anleger vor dem See hat er mir das Angeln beigebracht. Einmal hatte ich eine riesige Forelle am Haken. Ich hab geschrien wie verrückt, und als sie neben mir auf dem Holzsteg zappelte, hat mir dein Urgroßvater einen Stock in die Hand gedrückt. Er meinte, ich soll dem Fisch auf den Kopf schlagen, damit würde ich ihn betäuben. Ich kann dir sagen, das war ziemlich heftig! Und erst der Anfang. Dein Urgroßvater hat mir sein Messer gegeben. Er hat gemeint, ich soll zustechen. Zwischen den Brustflossen, Richtung Kopf, dort würde ich sein Herz treffen, erst dann wäre der Fisch richtig tot. Ich hab's getan. Aber als mich der Fisch aus seinen toten Augen angestarrt hat, fing ich an zu flennen. Dein Urgroßvater wollte wissen, ob mir der Fisch leidgetan hat, aber das war es nicht.

Ich hab geweint, weil ich dieses Gefühl beim Zustechen hatte. Es war wie ein Rausch. Ich hab mich furchtbar geschämt und das hab ich deinem Urgroßvater auch gesagt. Und dann hat er mir diesen Blick zugeworfen, ich glaube, deswegen erinnere ich mich noch so genau daran. Er erklärte mir, es gäbe viele Arten zu töten und diese sei ehrlich. Der Rausch, den ich dabei empfunden hätte, wäre normal. Dafür müsste ich mich nicht schämen.

Wenn ich jetzt darüber nachdenke, kommt es mir so grausam vor. Aber damals war ich mit seiner Erklärung zufrieden.

Ich las die E-Mail mehrere Male. Dass Dad sein Ferienhaus am Lake Nacimiento von meinem Urgroßvater geerbt hatte, hatte ich nicht gewusst – oder zumindest erinnerte ich mich nicht daran. Aber viel mehr beschäftigte mich jetzt die Frage, was mein Urgroßvater gemeint hatte, als er sagte, es gäbe viele Arten zu töten.

Ich musste an die Kritiken am Anhang seines Buchs denken, an seinen Ruf als Literaturkritiker – der Mann mit der tödlichen Feder – und an den Selbstmord von Tygers Lieblingsautor, dessen Werk mein Urgroßvater vernichtet hatte.

Ich überlegte kurz, ob ich Dad davon schreiben sollte, aber stattdessen fragte ich nach dem Wahlkampf. Dad erzählte ausführlich davon, dass er sich zum ersten Mal politisch engagierte. Er glaubte fest daran, dass sich Obama gegen McCain durchsetzen würde, aber der richtige Kampf stünde ihm erst danach bevor. Die Wirtschaftskrise war jetzt nicht mehr wegzulügen.

Die Mail endete wie immer mit den Worten: *Wish you were here, little wolf,* und ausgerechnet heute wollte er im PS wissen: *Wie geht es denn der großen Wölfin?*

Ich seufzte. Tja, wie sollte es ihr schon gehen? Sie kochte. Sobald Janne von der Arbeit kam, verwandelte sie unsere Küche in ein Drei-Sterne-Restaurant mit Gourmetgerichten aus aller Welt. Jeden Tag kam ein neues Festessen auf den Tisch; schwarze Spaghetti mit Kokosmilch und Shrimps, Rehragout an Rotwein-Kirschsauce, Seezunge mit Steinpilz-Béchamelkartoffeln, Loup de Mer mit Tomaten-Aprikosen-Salsa, gefüllte Hähnchenbrust in Marsalasauce auf Gorgonzola-Spinat. Beim Essen war das Schweigen so laut, dass ich kaum einen Bissen herunterbekam. Im Gegensatz zu Suse konnte ich ziemlich nachtragend sein, wenn ich mich ungerecht behandelt fühlte. Aber das hier war noch mal eine völlig andere Nummer. Streitereien zwischen Janne und mir hatten normalerweise etwas von einem Sommergewitter, ein kurzer, heftiger Ausbruch, danach war die Luft wieder rein. Das hier – dieses nebulöse, drückende Nichts – war Neuland für uns beide, oder besser gesagt: für uns drei.

Janne und ich hielten beim Essen die Köpfe gesenkt, und nachdem uns Spatz ungefähr hundert ihrer vielsagenden Blicke zugeworfen hatte, knallte sie die Gabel auf den Tisch und sagte, sie habe es satt, und zwar gründlich.

Ja, das hatte ich auch. Aber ich hatte keine Lust, den ersten Schritt zu tun. Janne war im Unrecht und ganz egal, welche Laus ihr über die Leber gelaufen war, ich fühlte mich nicht dafür verantwortlich.

Unsere letzte *Ladys Night* war ausgefallen, aber auch das war mir egal. Das Einzige, was mich mit jedem Tag mehr beschäftigte, war die Frage, wie ich am kommenden Freitag zu dem Maskenball gelangen sollte.

Seit unserer Begegnung am Strand hatte sich Lucian nicht mehr blicken lassen. Immer stärker beschlich mich das Gefühl, dass er mich überhaupt nicht wiedersehen wollte. Und die Chancen, dass er Halloween in diesem Club aufkreuzen würde, standen ebenso gering wie meine, das Haus zu verlassen. Der 31. Oktober war der letzte Tag meiner Ausgangssperre. Ich hatte den Tag mit einem kleinen roten Kreuz in meinem Kalender markiert, und je näher er rückte, desto nervöser wurde ich. Jeden Morgen starrte ich auf den Kalender, und wenn ich das tat, wurde mein Kopfkäfig enger und enger.

»Vielleicht lässt Janne dich ja gehen«, meinte Sebastian, als er mich am Wochenende in meiner Einzelhaft besuchte. In den letzten Telefonaten hatten wir uns Stück für Stück wieder angenähert.

Wir saßen auf meinem Bett, aßen Tacos mit geschmolzenem Käse und spielten unser altes Spiel *Disco for two*. Es bestand daraus, dass wir abwechselnd Songs aus meiner oder Sebastians – mitgebrachter – CD-Sammlung auswählten und auflegten, wobei wir versuchten, uns thematisch nach dem Vorgängersong zu richten und dabei oft wie wild durch die unterschiedlichen Genres sprangen. Am Ende brannten wir einen Mix aus den Songs, den wir mit dem jeweiligen Datum versahen und ihn *Becks und Bastis Best of Times* nannten. Mittlerweile hatte unsere Special Edition bereits zehn CDs hervorgebracht. Gerade hatte Sebastian stöhnend meinen Song *Thriller* von Michael Jackson ertragen. Jetzt schob er die Sawdust-CD von *The Killers* ein.

Draußen fiel der Regen wie an allen Tagen zuvor. Die Elbe hatte Hochwasser, gestern hatte es sogar eine Warnung im Radio gegeben.

Natürlich hatte ich Sebastian nicht erzählt, warum ich unbedingt zu dem Maskenball wollte.

»Vergiss es«, brummte ich als Antwort auf seine Vermutung, dass Janne mich gehen lassen würde. »Ich hab sie gestern gefragt.«

Es hatte mich jede Menge Überwindung gekostet und Jannes Antwort hatte sich wie eine weitere Ohrfeige angefühlt. Nein. Keine Diskussion.

»Könnten wir jetzt bitte das Thema wechseln?«

»Klar«, sagte Sebastian. »Kein Problem. Ich will da eh nicht hin, glaub nicht, dass du groß was verpasst.«

Wir schwiegen, schoben uns Taco Chips in den Mund, kauten im Takt zu *Read My Mind* und plötzlich sagte Sebastian: »Im Sommer 1963 verliebte ich mich und mein Vater ertrank.«

Ich hielt mit Kauen inne und sah ihn erstaunt an.

»*Salzwasser* von Charles Simmons«, klärte Sebastian mich auf. »Es ist der erste Satz seines Romans und darin ist bereits der gesamte Inhalt enthalten. Das ist genial. Du weißt, worum es geht, und trotzdem brennst du vor Neugier weiterzulesen. Alle Fakten sind auf dem Tisch, du glaubst sie sofort, du ahnst, dass es um eine erste Liebe geht, und ich meine die richtige Liebe, groß und verhängnisvoll. Und du weißt, dass jemand sterben wird – nein, nicht irgendjemand, sondern der Vater des Erzählers. Einer liebt, einer stirbt. Beides hängt zusammen. Du spürst, dass derjenige, der die Geschichte erzählt, an ihrem Ende steht und dort ein anderer ist, als er am Anfang war. Im Grunde weißt du schon alles, aber du siehst es noch nicht. Als ob der

Autor mit seinem ersten Satz eine Tür öffnet und dich in einen großen Raum schiebt, in dem alles dunkel ist. Du ahnst, wo die Möbel stehen. Hier ein Tisch, dort ein Bett. Du siehst ihre Schatten, aber nicht ihre Farben, ihre Konturen. Deine Gedanken wandern, aber sie kennen die Richtung noch nicht. Das ist großartig. Das würde ich auch gerne können.«

Ich sah Sebastian an. »Schreiben?«

»Ja.«

»Hast du es versucht?«

Sebastian schob sich eine Ladung Tacos in den Mund. Der Song lief immer noch.

Can you read my mind
The good old days, the honest man
The restless heart, the Promised Land . . .

»Themawechsel«, sagte Sebastian.

Ich schob Tacos nach. »Okay. Worüber willst du sprechen?«

Sebastian grinste mich an. »Über den Käse an deinem Mundwinkel. Oder darüber, wie wir ihn am besten entfernen.«

»Wo denn?« Ich runzelte die Stirn und ließ meine Mundwinkel tanzen. »Rechts oder links?«

Sebastian nahm mein Kinn in seine Hand und drehte mein Gesicht ganz leicht nach links, gerade so weit, dass sich unsere Blicke noch trafen.

I got a green light
I got a little fight
I'm gonna turn this thing around
Can you read my mind . . .

Sebastian lächelte, aber in seinen Augen flackerte es. Ängste und Wünsche mischten sich in seinem Blick. Dann beugte er sich vor, bis sein Mund dicht an meinem war. Er roch nach Tacos und nach sich selbst, diesem so vertrauten Sebastian-Duft, an dem ich ihn unter Tausenden erkennen würde.

Meine Hand lag auf seiner Brust, ich fühlte, wie sein Herz klopfte, laut und schnell. Ich hielt Sebastian mit meinen Fingerspitzen auf Abstand.

Can you read my mind . . ..

»Mach es nicht kaputt«, flüsterte ich. »Bitte, mach es nicht kaputt. Gib mir noch ein bisschen Zeit.«

Sebastian presste die Lippen aufeinander. Ich spürte seine Enttäuschung, als wäre sie greifbar, und ich spürte meine eigene Traurigkeit, die tiefer ging, als mir lieb war.

Sebastians Mund öffnete sich, aber ehe er etwas sagen konnte, ging die Tür auf.

»Dein Handy hat – ups . . . Entschuldigung!«

Janne stand im Zimmer. Sie starrte auf mich und Sebastian, wir fuhren auseinander und ich wollte gerade trotzig bemerken, dass mein Hausarrest nicht bedeutete, dass ich keinen Besuch empfangen durfte, als ich feststellte, dass Janne über das ganze Gesicht strahlte. Sie sah total erleichtert aus.

Ich drückte auf die Stopptaste, sodass die Musik jäh abbrach.

»Tut mir leid«, sagte Janne hastig. »Wie blöd von mir, einfach reinzuplatzen. Hallo Sebastian. Dein Handy hat geklingelt, Rebecca. Es ist Sebastians Vater. Willst du ihn sprechen?«

Ich riss ihr das Telefon aus der Hand. Ich konnte nicht fassen, dass Janne einfach an mein Handy ging und dann auch noch so tat, als ob nichts dabei wäre.

Sebastians Vater hatte einen Job für mich. Eine Hamburger Schauspielerin war gestorben, sie würde am Donnerstag auf dem Ohlsdorfer Friedhof beerdigt werden. Die anschließende Trauerfeier, die sein Cateringservice ausrichten sollte, würde in der Villa der Verstorbenen stattfinden, aber aufgrund des Parkplatzmangels hatte Sebastians Vater einen Eskortservice angeboten. Ich sollte die Gäste nach der Beerdigung zum Bus bringen und bei der Trauerfeier als Kellnerin mitarbeiten.

Eigentlich wollte ich absagen, aber Janne, die gerade im Flur verschwand, gab mir hastig zu verstehen, dass es okay wäre – wenn ich danach unverzüglich zurück nach Hause käme.

Mit dem Handy in der Hand lief ich zu meinem Schreibtisch, um mir die Zeiten zu notieren, dann verabschiedete ich mich.

Ich drehte mich zu Sebastian um. Er saß noch immer auf meinem Bett, die Füße hochgelegt, und starrte aus dem Fenster.

»Na, was wollte mein Vater?«, fragte er, ohne mich anzusehen.

Ich schluckte. »Ich soll auf einer Beerdigung kellnern.« Für einen Moment wusste ich nicht, was ich sagen sollte.

Jetzt erst schaute er mich an. »Kommst du bitte mal?«, fragte er ernst.

Zögernd setzte ich mich zu ihm aufs Bett.

Sebastian erhob sich, stellte sich vor das Bett und sah auf mich herab.

Oh fuck. Ich hatte es so was von verbockt. Wie zum Teufel sollte ich ihm begreiflich machen, was mit mir los war? Es war nicht wie damals, als ich das Gefühl gehabt hatte, dass zwischen uns etwas fehlte. Zwischen uns war alles gut, viel besser als je zuvor – wie sollte ich Sebastian erklären, dass ich ihn diesmal wegen eines Typen zurückstieß, der psychische Probleme hatte, sich nach unserer letzten Begegnung nicht mehr hatte blicken lassen und es wahrscheinlich auch nicht mehr tun würde?

»Hör mir jetzt gut zu, Becks«, sagte Sebastian.

Okay, ich brauchte es gar nicht erst versuchen. Das war's, Becks.

Ich krampfte meine Finger zusammen.

Sebastians Miene wurde noch eine Spur düsterer. Er schob die Augenbrauen zusammen. Und dann raunte er mit tiefer, dunkler Stimme:

»The foulest stench is in the air
the funk of foorty thousand years
and grizzy ghouls from every tomb
are closing in to seal your doom . . .«

Sebastians Körper versteifte sich. Mit aufgerissenen Augen und ausgestreckten Armen stakste er auf mich zu. Und während ich haltlos zu kichern begann, wackelte er mit den Hüften, fiel vor meinem Bett in die Knie, griff nach einem imaginären Mikrofon und schmetterte:

»Cause girl, this is thriller, thriller night . . .«

Dann pustete er sich das helle Haar aus der Stirn und grinste mich an. »Have fun bei der Beerdigung, Babe. Aber im Gegensatz zu dir bin ich noch nicht zum Grübelgrufti mutiert. Und bis ich mich vor Gram, dass du mein Flehen erhörst, auf Friedhöfen herumtreibe, müssen leider noch ein paar Jahrtausende vergehen.«

Er gab mir einen Stups auf die Nase. »Okay?«

»Okay«, sagte ich und hätte vor Erleichterung fast geheult.

Am Donnerstag nach der Schule nahm ich den Bus bis zum Bahnhof Altona, stieg in die S1 nach Ohlsdorf und lief über die Fuhlsbütteler Allee bis zum Haupteingang des Friedhofes. Ich war zum ersten Mal hier, und als ich die riesige Parkanlage hinter den schwarzen Eisentoren erblickte, war ich ziemlich überwältigt.

Sebastians Vater hatte mir am Tag zuvor eine Infobroschüre gemailt, in der ich gelesen hatte, dass der Friedhof mit seinen vierhundert Hektar der größte Parkfriedhof der Welt war. Aber mir war nicht klar gewesen, was das bedeutete.

Es gab Rosenhaine, verträumte Teiche und von Laubbäumen gesäumte Pfade, die zu Grabstätten aller Art führten. Bürgermeister, Senatoren, Dichter und Musiker hatten auf diesem Friedhof ihre letzte Ruhestätte gefunden. In der Broschüre hatte ich von Begräbnisstätten für Kinder gelesen, einem Schmetterlingsgarten und einem Ruhewald, um dessen Stämme herum sich Urnengräber gruppierten. Der Friedhof hatte sogar einen eigenen Busverkehr.

Es regnete schon wieder in Strömen, aber die Bäume trotzten dem grauen Himmel mit feurigen Herbsttönen und ich beschloss, den Weg zu der Grabstätte zu laufen. Wunderschöne Engelstatuen säumten den Weg. Wie Menschen mit Flügeln sahen sie aus und ich wusste selbst nicht, warum ich plötzlich an Sebastian dachte und daran, wie viel Überwindung es ihn gekostet haben musste, diesen Moment in meinem Zimmer mit einem Scherz abzutun.

Während ich mir in schlaflosen Nächten den Kopf darüber zerbrochen hatte, wie ich mich Halloween aus dem Haus schleichen konnte, ob Lucian zum Maskenball kommen würde, was ich sagen, tun oder fragen würde, falls er auftauchte und wie ich damit fertig werden würde, wenn genau das nicht passierte . . . war Sebastian derjenige, der *da* war. Warum konnte ich mich damit nicht zufriedengeben?

Wenn ich bei dir bin, geht es mir gut.

Von irgendwoher ertönte eine Glocke und ein Blick auf die Uhr verriet mir, dass ich ziemlich spät dran war. Mit der Broschüre in der Hand hastete ich zu dem historischen Wasserturm, der den Eingang zum Garten der Frauen markierte. Der Turm war klein und weiß mit hübschen Giebeln und winzigen Fenstern. Für einen Moment fühlte ich mich an den Leuchtturm am Falkensteiner Ufer erinnert.

Ich gelangte in eine wunderschöne Anlage mit riesigen Rhododendronbüschen und hellen Grabsteinen, auf denen bunte Blumen blühten. Die Frauen, die hier begraben wurden, hatten laut der Broschüre Hamburgs Geschichte mitgeprägt. Von Sebastians Vater wusste ich, dass die verstorbene Schauspielerin mehrere Jahrzehnte zum Ensemble des Hamburger Schauspielhauses gezählt hatte. Ich selbst hatte noch nie von ihr gehört, aber die zahlreichen Trauergäste, die sich um das offene Grab versammelt hatten, machten ziemlich deutlich, dass sie eine große Fangemeinde besessen hatte. Der Sarg war schon in die Erde gelassen worden. Berge von Blumen und bunten Kränzen säumten die Grabstelle. Kinder liefen umher, zwei Mädchen spielten Fangen, während die Erwachsenen in ihren dunklen Kleidern sich einreihten, um Abschied zu nehmen. Ein paar Leute weinten und links neben dem Grab stand ein alter Herr mit schlohweißem Haar. Ich weiß nicht, wieso, aber ich hatte sofort das Gefühl, dass er der Witwer war. Sein Gesicht war ganz ruhig, er wirkte gefasst, gelassen, aber in seinen Augen lag eine tiefe Traurigkeit.

Ich wollte mich gerade nach dem Fahrer umblicken, mit dem ich im Anschluss die Gäste zu ihrem Bus geleiten sollte, als ich einen grauhaarigen Mann in einem altmodischen Anzug entdeckte. Er stand etwas abseits einer Eiche und sah hinauf in den Himmel, an dem sich gerade die Wolken lichteten.

Es war Tyger. Ich zuckte zusammen. Was machte mein Englischlehrer hier? Hatte er die Schauspielerin gekannt? Ein Sonnenstrahl brach hervor und plötzlich erglühte alles in einem hellen goldenen Schein. Die Farben strahlten mit einem Mal so scharf und klar, und ich konnte mich nicht entscheiden, ob ich es schön oder schrecklich finden sollte.

In diesem Moment richtete Tyger seinen Blick auf mich. Er lächelte. Dann hob er die Hände und begann zu klatschen. Ja, er applaudierte. Für einen Augenblick war die Menge der Trauernden wie erstarrt.

Doch dann folgten die ersten seinem Beispiel, noch zögernd, dann fielen andere ein. Nach einer Weile applaudierten alle, in einem ruhigen, ehrfürchtigen Rhythmus. Mir schossen die Tränen in die Augen. Sie war Schauspielerin, dachte ich. Diese Frau, deren Namen ich nicht einmal kannte, hatte viele Jahre lang auf der Bühne gestanden. Das hier waren ihr letzter Vorhang und ihr letzter Applaus.

Ich war nicht die Einzige, die weinte. Auch dem alten Herrn mit dem schlohweißen Haar rollten jetzt die Tränen über die Wangen. Seine Hände waren gefaltet.

Als der Applaus verstummte und ich wieder zu der Eiche hinüberblickte, war Tyger verschwunden.

Als ich mich am frühen Abend auf den Heimweg machte, war ich in Gedanken noch immer bei der Trauerfeier, sodass ich die Laute, die mir aus unserer Wohnung entgegenkamen, erst gar nicht deuten konnte. Ich lief ins Wohnzimmer und dort, am Boden vor der Wendeltreppe, lag Janne. Ihr Gesicht war schmerzverzerrt. Sie wimmerte. Spatz kniete vor ihr. Mit einem Satz war ich bei den beiden.

»Ich bin gestürzt«, keuchte Janne. »Ich kann nicht ... ich glaube ... Scheiße!«

»Ruf einen Krankenwagen, Rebecca«, sagte Spatz.

Eine halbe Stunde später saßen wir im Behandlungszimmer des Hafenkrankenhauses. Meine Mutter hatte sich den linken Knöchel gebrochen und der Arzt wollte sie über Nacht dabehalten, um am nächsten Morgen zu operieren. Janne wehrte sich mit allen Kräften, aber die Entscheidung stand fest. Mit zwei bis drei Tagen Krankenhaus würde sie rechnen müssen.

Ich musste mir ein Grinsen verkneifen. Auch wenn ich sofort ein schlechtes Gewissen hatte, fuhr mir durch den Kopf, dass es jetzt Janne war, die unter Arrest stand.

Spatz und ich blieben bis kurz nach zehn bei ihr. Janne hatte eine Spritze gegen die Schmerzen bekommen. Sie lag in einem Doppelzimmer, aber das Bett am Fenster war leer. Es fühlte sich seltsam an, hier zu sitzen, wie nach einem erzwungenen Waffenstillstand. Janne sah furchtbar angespannt aus, ihre Hände nestelten unruhig an der Bettdecke herum. Bei jedem kleinsten Geräusch fuhr sie zusammen.

Ich wusste, was in ihr vorging. Für meine kontrollwütige Mutter, die ständig in Bewegung war, musste dieser Ort ein leibhaftiger Albtraum sein. Auch wenn hier penible Ordnung herrschte – es war nicht die ihre.

Spatz gab ihr Bestes, die Atmosphäre aufzulockern. Sie hatte aus dem Blumenladen unten bei der Aufnahme Jannes Lieblingsblumen besorgt, einen riesigen Strauß Magnolien.

Und sie redete, als ob Jannes Leben davon abhinge.

Zuerst erzählte sie von dem Treffen mit dem Künstler, das heute stattgefunden hatte. »Er glaubt, in Sachen Küchenschwämme gibt es tatsächlich noch Bedarf, und freut sich schon darauf, Putzfeen auf der Suche nach dem Glück in unserem Atelier begrüßen zu dürfen«, sagte sie mit einem Seitenblick auf mich und gab ihr schepperndes Lachen zum Besten, in das Janne und ich bemüht einfielen.

Nachdem sie die alte Maschinenfabrik, in der die Ateliers lagen, in allen Einzelheiten beschrieben hatte, kam die Beerdigung an der Reihe. Spatz hatte die Schauspielerin sehr bewundert. Sie hatte sie mehrfach in verschiedenen Rollen gesehen und sie wusste, dass sie auch eigene Theaterstücke geschrieben hatte. Auch das erzählte sie in aller Ausführlichkeit, bis sie endlich mit einem tiefen Seufzer aufgab. Spatz waren schlicht die Worte ausgegangen.

Nach einem quälenden Schweigen fragte Janne mich, ob in der Schule alles okay wäre.

Ich sagte: »Ja.«

Sie fragte, wie es Suse ginge.

Ich sagte: »Gut.«

Ich fragte, ob sie Schmerzen hätte.

Sie sagte: »Kaum.«

Ich fragte, ob sie noch etwas bräuchte.

Sie sagte: »Danke. Nein.«

Endlich erhob sich Spatz von ihrem Stuhl. »Es wird langsam Zeit«, sagte sie, was Janne und ich wie aus einem Mund bejahten.

Als wir draußen waren, holten Spatz und ich tief Luft, als wäre in Jannes Zimmer nur sehr wenig davon vorhanden gewesen.

Als ich am nächsten Tag meinen Kalender umschlug, leuchtete mir das kleine rote Kreuz entgegen. Es war der 31. Oktober und ich war so nervös, dass mir schwindelig wurde. Spatz holte mich von der Schule ab, und als wir zu Janne ins Krankenhaus kamen, war meine Mutter bereits aus der Narkose erwacht. Ihr linker Fuß war eingegipst und ihr Gesicht war spitz und blass.

»Hey«, sagte sie. »Wölfchen. Spatz. Wie schön, euch zu sehen.«

Ich setzte mich neben sie, nahm ihre Hand und warf einen Blick auf die Frau, die jetzt in dem anderen Bett am Fenster lag. Sie hatte einen Laptop auf dem Schoß und ein Handy am Ohr, von dem aus sie der Person am anderen Ende unablässig Anweisungen gab. Es ging um Immobilien, Topfpflanzen, Steuerunterlagen und einen Termin zur Botoxauffrischung.

Ich grinste und Janne rollte mit den Augen. »Die Tante macht mich fertig«, brummte sie leise.

Spatz hatte sich an Jannes Kopfende gesetzt. Sie strich meiner Mutter das Haar aus dem Gesicht und küsste sie auf die Stirn.

»Wie war die Operation?«, fragte ich. »Hast du Schmerzen?«

»Nicht dass ich wüsste«, sagte Janne. »Die haben mir was gegeben. Hunger hab ich.«

Ich lachte angespannt. »Kannst ja mal fragen, ob sie dich in die Küche lassen. Dann freuen sich die anderen Patienten.«

Janne seufzte. »Das wird noch dauern. Ich muss den Fuß hochlegen. Für die nächsten Wochen werdet ihr mich wohl bekochen müssen. Ich bin froh, wenn ich in die Praxis kann. Und wie sieht es bei euch aus? Macht ihr was Schönes heute Abend?«

Sie warf Spatz einen langen, eindringlichen Blick zu. Ich wusste, was sie damit sagen wollte, und biss die Zähne zusammen.

»Ich habe heute Nachmittag einen Termin bei meinem zukünftigen Vermieter in der Koppel«, sagte Spatz. »Wir wollen sehen, wie wir das Atelier aufteilen, und das kann dauern. Deine Tochter wird sich wohl allein beschäftigen müssen.«

Wir blieben noch eine gute Stunde, dann kam die Krankenschwester mit dem Essen. Brot und Aufschnitt, einem Joghurt, Orangensaft. Janne verzog das Gesicht. Die Frau neben ihr war über ihrem Laptop eingeschlafen.

Als ich Janne zum Abschied flüchtig küsste, hielt sie meine Hand fest. »Ich kann mich auf dich verlassen«, sagte sie. Es klang wie eine Drohung. Ich nickte.

Um kurz nach sieben machte sich Spatz fürs Theater fertig. An unserer Tür klingelte es alle paar Minuten Sturm. Kleine Hexen, Vampire und Teufel fragten nach Süßem oder Saurem und ich war froh, dass Janne noch vor ihrem Unfall für Vorrat gesorgt hatte. Bevor Spatz aus dem Haus ging, steckte sie ihren Kopf in mein Zimmer.

»Wenn ich nach Hause komme«, sagte sie, »werde ich sehr müde sein. Ich werde gleich ins Bett gehen. Wir sehen uns dann morgen zum Frühstück. In alter Frische. Richtig?«

Ich hätte Spatz küssen können. »Richtig«, sagte ich.

NEUN

Als Suse mir die Wohnungstür öffnete, brauchte ich ein paar Sekunden, um mich davon zu überzeugen, dass die Kreatur in dem schwarzen Vinylkostüm tatsächlich meine beste Freundin war. Mein Blick wanderte von den kniehohen Plateaustiefeln zu einer knappen Kittelschürze, die mit jeder Menge Ketten an einem bauchfreien Vinyltop befestigt war. Hände und Unterarme steckten in schwarzen Latexhandschuhen. Suses linke Hand war mit einer Spritze in der Größe eines Presslufthammers bewaffnet und auf ihren toupierten Locken thronte ein schwarzes Lackhäubchen mit einem blutroten Kreuz.

»Voilà.« Suse breitete die Arme aus und drehte sich auf ihren hohen Absätzen einmal um die eigene Achse, sodass ich Dimos Hotpants sehen konnte, die ihre Hinteransicht zur Geltung brachten.

»Sei gegrüßt, kranke Schwester«, murmelte ich. »Wen willst du denn verarzten? Dr. Jekyll oder Mr Hyde?«

»Ich behandle gerade Dr. No.« Suse grinste. »Er liegt schon auf der Bahre und wartet auf sein Make-up. Was ist mit dir? Wie cool von Spatz, dass sie dich gehen lässt. Aber hast du überhaupt ein Kostüm?«

»Yep.« Ich zeigte auf die Tüte von *Fairy Tale*, dem Kostümverleih in Altona. In einer Rekordzeit von siebeneinhalb Minuten hatte ich genau das gefunden, was ich haben wollte: ein altmodisches Ballkleid aus elfenbeinfarbener Seide mit viel Spitze, trompetenförmigen Ärmeln und einem tiefen, eckigen Ausschnitt. Dazu hatte ich weiße

Spitzenhandschuhe, silberne Haarkämme und eine Augenmaske aus perlmuttfarbenem Satin ergattert, die mit silbernen Pailletten durchsetzt war.

»Was soll das werden?«, fragte Suse.

»Schneewittchen auf Venezianisch«, entgegnete ich.

Suse zog die Stirn in Falten. »Findest du das nicht ein bisschen zu – nett?«

»Och«, sagte ich, »solange du in meiner Nähe bleibst, gleichen wir uns gegenseitig aus. Darf ich jetzt rein?«

»Sorry.« Meine Freundin machte eine einladende Armbewegung. Aus ihrem Zimmer dröhnte mir *Killer Kaczinksy* von Mando Diao entgegen.

»Wo ist deine Mutter?«, brüllte ich, als ich Suse durch den langen Flur folgte. Ich verstand *Hengst* und *Hotel,* mehr wollte ich gar nicht wissen. Dimo lag auf der Hollywoodschaukel. Er trug ein türkisfarbenes Chirurgenkostüm und hielt eine Flasche Bier in der Hand.

»Tach«, sagte er, nachdem Suse die Musik auf Zimmerlautstärke runtergedreht hatte. »Na, alles clisso? Wie fühlt man sich als entlaufener Knasti?«

»Blendend«, gab ich zurück.

Das Letzte, wonach mir der Sinn stand, war Konversation. Ich war so aufgekratzt, dass ich mich kaum konzentrieren konnte und schon gar nicht auf Dimos Sprüche.

»Wo ist dein blonder Loverboy?«, fragte er jetzt.

»Ja genau.« Suse legte ihre Spritze zur Seite. »Wo ist Sebastian?«

Ich setzte mich auf Suses Bett. Daneben stand der Hamsterkäfig. Ozzy drehte wieder mal seine endlosen Runden in dem kleinen Laufrad.

»Er hatte keine Lust«, entgegnete ich ausweichend. »Kennst ihn doch. Er steht nicht auf solche Partys.«

»Hast du ihm denn gesagt, dass du gehst?« Suse fixierte mich. Ich fühlte mich unwohl und hatte keine Lust, mich zu rechtfertigen. Aber sie hatte recht. Sebastian ging davon aus, dass auch ich zu Hause blieb. Er würde sauer sein. Ich überlegte kurz, ob ich Suse bitten sollte, ihm nichts zu erzählen. Aber mir fiel kein Grund ein. Oder besser gesagt: kein Grund, über den ich sprechen wollte. Würde Lucian kommen? Würde er verkleidet sein? Würde ich ihn erkennen? Und wenn er nicht käme, würde ich ihn jemals wieder . . .

»Hey?« Suse runzelte die Stirn. »Was ist denn los? Habt ihr Stress? Immer noch? Schon wieder?«

Dimo setzte sich auf der Hollywoodschaukel auf. »Mann, dieses Teil sondert vielleicht einen Sound ab. Soll ich mal eben vor die Tür?«

»Schon okay«, sagte ich hastig. »Alles ist bestens. Ich ruf ihn gleich an.«

»Gut.« Suse kniete vor der Hollywoodschaukel nieder, zog den Rollentisch mit ihren Schminkutensilien zu sich heran und schnappte sich aus einer Kulturtasche eine kleine Tube mit einer durchsichtigen Flüssigkeit, die wie Superkleber aussah.

»Das ist ein Spezialgummi«, erklärte sie fachmännisch, als sie einen dicken Streifen über Dimos Stirn zog. »Der wird schnell hart und lässt sich gut modellieren.«

»Interessant«, säuselte Dimo.

Suse wurde knallrot. Ich grinste. Den Kommentar hatte sie sich selbst eingebrockt. Sie verteilte eine eitergelbe Paste auf Dimos Gesicht und machte sich an seine dekorative Stirnverletzung. Nachdem sie einen fetten Wulst aus dem getrockneten Spezialgummi geformt hatte, schminkte sie sie rötlich nach und tröpfelte mit einer kleineren Spritze künstliches Blut hinein.

»Iiiihh«, machte Dimo, als ihm die rote Flüssigkeit an der rechten Stirnseite herunterlief.

Suse kicherte. »Augen zu«, kommandierte sie. Sie verwandelte Dimos linkes Auge in ein blaulila Veilchen und pinselte ihm noch ein paar dekorative Schatten darunter.

Währenddessen lästerte Dimo über den Song von Linkin Park, der jetzt lief.

»Die gehen so was von gar nicht«, sagte er. »Klar kann man argumentieren, dass sich die Jungs auf ihre Stärken besinnen und deshalb auf Experimente verzichten. Aber wenn sie so weitermachen, mutieren sie zu einer Art Nu-Metal-Modern-Talking. Diese Mainstreamsuppe ist einfach nicht ehrlich. Wo bleiben die Ecken und Kanten? Wahre Schönheit ist nicht perfekt. So lautet jedenfalls meine bescheidene Meinung.«

Suse hielt in der Bewegung inne und warf mir einen Blick zu. Ich las ihre Gedanken, aber diesmal grinste ich nicht. Auch wenn Dimo vielleicht recht hatte, ich hasste es, wenn solche Pseudo-Profis ihre Urteile absonderten, als ob ausgerechnet sie es besser draufhätten. Ich griff nach dem *Stern* auf Suses Nachttisch, der das Titelthema *Frauen unter dem Messer* hatte und den meine beste Freundin gewiss nicht zufällig als Gutenachtlektüre ausgewählt hatte. Sie warf mir einen trotzigen Blick zu und presste ihre Lippen aufeinander.

»Hey«, sagte Dimo. »Stimmt es, dass deine Stiefmutter mit Filmstars zu tun hat? Kennt sie wirklich *Angelina Jolie?«*

Jetzt war ich es, die Suse anfunkelte, während sie verlegen mit den Achseln zuckte. Verdammt, sie wusste doch genau, wie sehr ich es hasste, wenn jemand mich auf Michelle ansprach.

»Du bist fertig, Dimo«, sagte sie, ehe ich etwas erwidern konnte. »Willst du dich sehen?«

Als Dimo sich von der Hollywoodschaukel erhob, pfiff ich anerkennend durch die Zähne. Suse verstand wirklich etwas von ihrem Handwerk. Am rechten Wangenknochen hing Dimos Haut in Fetzen.

Aus seiner Nase troff getrocknetes Blut und das Veilchenauge und seine Stirnverletzung sahen zum Fürchten aus.

»Der Oscar für die beste Maske geht an dich, Schwesta«, sagte er, nachdem er sich ausgiebig im Spiegel betrachtet hatte.

»Jetzt du, Becky.« Suse strahlte mich an. »Willst du dich nicht umziehen?«

Ich zog die Augenbrauen hoch. »Äh«, sagte ich.

»Schon verstanden.« Dimo stand auf und griff nach seiner Bierflasche. »Dr. No wartet im Wohnzimmer. Rebecca, wenn deine Stiefmutter mal einen persönlichen Assistenten für Angeli. . .«

»Raus!«, rief Suse und drohte Dimo mit ihrer Spritze.

Als Dimo die Tür hinter sich geschlossen hatte, sagte sie: »Meine Eltern lassen sich scheiden.«

Ich klappte den *Stern* zu und vergaß, dass ich eben noch wütend auf meine Freundin gewesen war.

»Mensch, Suse«, sagte ich ehrlich betroffen und fühlte, wie mir mein schlechtes Gewissen einen Tritt versetzte. Ich war nicht die Einzige, die Probleme hatte, und ich schämte mich plötzlich, dass ich in der letzten Zeit ständig um mich selbst kreiste. »Das muss ganz schön wehtun.«

»Ja.« Suse fegte ihre Dosen und Tübchen mit einer Handbewegung in die Kulturtasche. »Es tut scheiße weh. Gestern Abend war mein Vater hier. Sie haben fünf Minuten über den Termin geredet und sich dann eine geschlagene Stunde um die Espressomaschine gezofft. Darum geht es? Nach dreiundzwanzig Jahren Ehe? Um eine verkackte Erspressomaschine?«

Ich dachte an Janne. *Stellvertreterkonflikte* nannte sie so was. Ein tiefer liegendes Problem wird auf etwas Banales übertragen, weil man sich über banale Dinge leichter aufregen kann, als über solche, die einem auf der Seele liegen. War der eigentliche Grund für Jannes

Ohrfeige und den Hausarrest vielleicht auch ein tiefer liegendes Problem? Und wenn ja – wieso kannte ich es nicht? Verdammt, ich machte es schon wieder! Es ging jetzt nicht um mich, es ging um Suse! Ihre Augen schimmerten und ihre Unterlippe zitterte verdächtig.

»Mein Vater tut mir so leid«, flüsterte sie.

Ich drückte ihren Arm. »Nein«, sagte ich entschieden. »Du tust mir leid. Du kannst nämlich überhaupt nichts dafür. Es muss die Hölle für dich sein, das alles mitzumachen. Hör zu, wenn dir hier die Decke auf den Kopf fällt, dann kommst du einfach zu uns, okay? Und wenn du jemanden zum Ausheulen brauchst, hier bin ich.«

Suse nickte. Sie sah aus, als ob sie jeden Moment losweinen würde, aber dann holte sie Luft und riss sich zusammen.

»Ach, Becky«, sagte sie mit einem schiefen Lächeln. »Danke, okay? Und jetzt musst du dich schleunigst umziehen!« Sie griff nach der Tüte mit meinem Kleid, doch dann fiel ihr noch etwas ein. »Warte, du wolltest doch Sebastian anrufen.«

Gehorsam zog ich mein Handy aus der Tasche. »Ich schick ihm eine SMS«, sagte ich.

Spatz hat mich entlassen. Gehe zur Party. Kommst du mit? R.

Die Antwort kam postwendend. *Hab schon was vor. Viel Spaß. S.*

»Und?«

»Er kann nicht.«

»Na, dann.« Suse warf mir einen Blick zu. »Sehr traurig scheinst du nicht zu sein . . . Becky?« Sie fasste mich am Handgelenk. »Auch ich habe Ohren, das weißt du schon noch, oder?«

»Ja. Klar.« Ich nickte, eine Spur zu heftig.

»Du machst mir nichts vor«, sagte Suse. »Du verschweigst mir was. Und ich finde das nicht gut, aber ändern kann ich es nicht. In Ordnung. Dann lass mal sehen, was wir aus dir machen.«

Sie zog das Kleid aus der Tüte. Richtig überzeugt schien sie noch immer nicht von meiner Wahl zu sein, aber als ich mich eine halbe Stunde später vor ihrem Spiegel drehte, befand sie anerkennend: »Der Wald ist nicht genug, Babe. Gott, bist du schön!«

Ich lächelte mein Spiegelbild an. Und als ich die Augenmaske aufsetzte, kam ich mir wirklich vor wie ein fremdes Wesen aus der Märchenwelt.

Suse hatte mir das Gesicht bleich geschminkt, blutroten Lippenstift aufgetragen und meine schwarzen Haare so lange mit der Bürste bearbeitet, bis sie mir glatt und glänzend über die Schultern fielen. Dann hatte sie mir die silbernen Kämme hineingesteckt und zum Schluss ein paar Haarsträhnen mit dem Lockenstab aufgedreht.

Auf meiner linken Wange prangte eine feine Schnittwunde mit Blutsprenkeln, das einzige Halloweendetail, auf dem Suse bestanden hatte. Sich selbst hatte meine Freundin noch ein paar Brandblasen und eine Schusswunde in die Stirnmitte geschminkt, aus der eine blutige Patronenhülse ragte. Ihre Augen waren mit pechschwarzem Kajal umrandet.

»Fett«, sagte Dimo, als wir ihn im Wohnzimmer vom Fernseher holten. »Ihr zwei seht hammermäßig aus. Zischen wir los? Ist schon gleich halb elf.«

Der Club befand sich im vierten Stock des ehemaligen Flakbunkers. Offizieller Einlass war natürlich ab achtzehn, aber Dimo jobbte bei *Amptown*, dem Musikshop in der ersten Etage, und kannte den Türsteher, sodass wir ohne Probleme durchkamen.

Die Veranstalter hatten den ohnehin gruftigen Club mit seinen Sälen und Turmzimmern in ein Gemäuer des Grauens verwandelt. Durch kniehohen Nebel wateten wir vorbei an staubigen Zerrspiegeln, aufgespießten Totenköpfen und mittelalterlichen Folterwerkzeugen in den ersten Saal, wo der Maskenball schon in vollem Gang war. Latex und Lack schienen auf der Tages- oder besser gesagt Nachtordnung zu stehen. Suse stellte sichtlich enttäuscht fest, dass sie weder die einzige noch die gewagteste kranke Schwester des Abends war. Ein halbes Dutzend ihrer Art lief uns schon in den ersten Minuten über den Weg. Ärzte des Grauens waren ebenfalls reichlich vorhanden. Natürlich auch Gothics und Grufties und jede erdenkliche Sorte anderer Kreaturen. Freakige Zombies, Werwölfe, Vampire. Hexen in Strapsen, Hexen mit Peitschen, Drag Queens mit Netzstrümpfen, böse Feen in wallenden Kleidern.

In einem riesigen von der Decke herabhängenden Käfig hockte eine Hannibal-the-Cannibal-Attrappe und auf der Bühne tobte sich irgendeine Neo-New-Wave-Band aus.

Der Lärmpegel war atemberaubend. Die Musik drang mir sofort unter die Haut, vibrierte in meinen Knochen, sogar am Zahnfleisch spürte ich sie.

Ich schlängelte mich durch die Menschenmassen zur Bar, über der ein gigantisches Kreuz aus brennenden Kerzen schwebte. Ein Kellner im Pinguin-Outfit erkundigte sich nach meinen Wünschen. Ich bestellte eine Cola und verzog verärgert das Gesicht, als mich der Pinguin mitleidig angrinste.

»Wahnsinn«, brüllte Suse, die sich neben mir auf dem Barhocker niederließ. »Hier geht's ja ganz schön ab. Hast du Dimo gesehen?«

»Nein.« Wenigstens hatte ich jetzt einen Grund, die Menge abzusuchen.

»Da!« Ich zeigte auf die rechte Seite der Tanzfläche. Dimo lehnte an einer Säule, die zu einem Galgen umgestaltet worden war, und versuchte, sich mit Händen und Füßen einem Amy-Whinehouse-Double verständlich zu machen. Als die beiden auf uns zukamen, erkannte ich, dass es der Schlagzeuger aus seiner Band war. Sein Name war Leroy. Er beugte sich mit seinen riesigen falschen Brüsten über den

Tresen, orderte einen Wodka Lemon und prostete mir mit gespreizten Fingern zu.

»Sag mal, heißt deine Mutter eigentlich Marijanne Wolff?«, schrie er in mein Ohr.

Was sollte das denn? Ich nickte irritiert.

Leroy grinste und schob sich die blonde Perücke zurecht. »Meine Schwester hat vor drei Monaten eine Therapie bei ihr angefangen. Depressionen, Selbstmordgedanken, die ganze Nummer. Sie lag nur noch im Bett und hat geflennt. Aber deine Mutter scheint es draufzuhaben. Letzte Woche hat meine Schwester zum ersten Mal wieder . . .«

Der Rest des Satzes wurde von der Musik verschluckt. Leroy zuckte lachend die Schultern, zog sein Dekolleté wieder in Position und zeigte fragend auf mein leeres Glas. Ich schüttelte den Kopf. Nervös scannte ich die Menge ab. Von hier aus hatte man den Eingang ziemlich gut im Blick. Ständig strömten neue Kreaturen in den Saal. Ein ganzer Trupp von Dementoren fiel über die Tanzfläche her, dazwischen mischten sich Todesengel im Fetzenlook, Screaming Sculls, eine Handvoll Michael Meyers, mehrere Mönche und natürlich Sensenmänner in sämtlichen Variationen.

Aber kein Lucian. Es war verrückt, aber genau wie ich jedes Mal fühlte, dass er da war, fühlte ich es auch, wenn er nicht da war.

Zwischen zwei Stücken stieß mir Suse in die Seite. »Guck mal da«, kreischte sie. »Wie geil ist das denn?«

Ich folgte Suses Finger und prustete los. Irgendein Scherzkeks hatte sich als weißes Riesenkaninchen verkleidet. In einem Plüschkostüm aus weißem Fell mit fleischfarbenen Löffelohren und riesigen grünen Klimperaugen hoppelte das Kuschelmonster über die Tanzfläche. Im Arm hielt es eine gigantische Möhre. Nachdem es eine Weile zwischen den Dementoren und Todesengeln herumgewuselt war, kam es z[illegible], legte die Möhre auf den Tresen, kramte in seinen Felltaschen und zog einen Notizblock nebst Stift hervor. Es kritzelte auf dem Block herum, legte den Kopf schief, nickte, dann tapste es auf uns zu und hielt mir den Block vor die Nase.

Ich las:

Willst du

a) an meiner Möhre knabbern?

b) mit mir auf die Tanzfläche hoppeln?

c) mit meinem Puschel kuscheln?

d) Verstecken spielen?

Zutreffendes bitte ankreuzen!

Oh mein Gott. Auf diese Anmache hatte ich nun wirklich keine Lust. So was traute sich der Ärmste wahrscheinlich auch nur, weil niemand seine wahre Visage kannte. Ich kreuzte d) an und schrieb in Klammern dahinter: *Du suchst zuerst. Mach die Augen zu und zähl bis eine Million.*

Jetzt hatte ich wenigstens das Stichwort für meinen Abgang. Ich gab Suse ein Zeichen, dass ich mich noch ein bisschen umschauen wollte, aber weil Leroy und Dimo in ein Gespräch oder besser gesagt Gebrüll vertieft waren, heftete sie sich an mich.

Wir drängten uns durch einen langen Flur die Treppen hoch, streiften durch Gänge und Nischen, vorbei an knutschenden Pärchen, Gruppen, Einzelnen, Verlorenen, Gelangweilten, Zappelnden, Sitzenden, Suchenden.

Wo war er? Wo war Lucian? Ich wurde immer nervöser.

Der zweite Saal war noch größer als der erste. Auf der rechten Seite war eine riesige Leinwand aufgespannt, gerade lief das *Midnight-Madness*-Video der Chemical Brothers: Ein Disco-Gollum im goldenen Glitzeroutfit kletterte aus einer Mülltonne mit der Aufschrift *Commercial Waste* und schwang sich wie ein durchgeknallter Superman auf die Dächer der nächtlichen Häuser. Vor der Leinwand und auf der Tanzfläche tummelten sich Geister, Gravelords und andere Wesen des Grauens. War Lucian einer von ihnen? War er überhaupt da? Würde er da sein?

Die Tanzfläche war wie ein Theater von hohen Balkonen umgeben, über denen man die Decke nur erahnen konnte. Ich suchte nach einer Treppe, die weiter nach oben führte, aber Suse packte mich am Arm und zog mich auf die Tanzfläche, hinter der zwei DJs ihren Dance-and-House-Mix zum Besten gaben.

Ohrenbetäubendes Ticken, ein Stöhnen, ein Schrei, die Musik holte Atem, einen endlos langen, tiefen Zug. Ein Trommelwirbel, dann nur noch Bässe, dröhnend und hämmernd ergriffen sie Besitz von mir. *One night in Bangkok and the world is your oyster . . .* Es war ein wilder, aggressiver Remix des alten Discosongs. Ich fing an zu tanzen. Ich warf mich hinein, schloss die Augen und ergab mich dieser dumpfen Trance, die alles Denken ausschaltete. Der hämmernde Rhythmus war das Einzige, auf das ich mich konzentrieren musste, das Einzige, was zählte, hier und jetzt.

One night in Bangkok, one night, one night . . . Ich blinzelte und erhaschte das weiße Kaninchen am Rand der Tanzfläche. Es glotzte aus seinen Klimperaugen zu uns herüber, dann kitzelte es mit seiner Riesenmöhre den Nacken einer Latexhexe, die empört nach ihrer Peitsche griff.

Ich lachte, Suses Augen blitzten, sie wirbelte herum, ihre langen Locken flogen durch die Luft, Schweißperlen trafen mich am nackten Arm. Auch meine Haare waren nass geschwitzt, ich hatte die Kämme herausgezogen. Schweiß rann meinen Rücken herunter, rann über mein Dekolleté zwischen meine Brüste.

Die Musik wurde immer aggressiver, kreiste uns ein, irgendwann gab mir Suse ein Zeichen, deutete zwischen ihre Beine, verzog den

Mund, sie musste aufs Klo, aber ich nicht, ich wollte hierbleiben und tanzen.

Das Stück war endlos, ich breitete die Arme aus, drehte mich im Kreis, warf den Kopf in den Nacken und dann war er da.

Er stand hoch oben auf dem Balkon. Seine Augenpartie war verdeckt von einer schwarzen Vogelmaske mit einem langen, gekrümmten Schnabel. Das Kinn, die Wangenknochen und der Mund schienen hell darunter hervor. Er neigte seinen Kopf zu mir herab. Es hatte fast etwas von einer Verbeugung, aber es lag auch wieder diese leise Ironie darin. Langsam hob er seine Hand zum Gruß.

Ich dachte: Er ist hier wegen dir, nur wegen dir.

Ich schloss die Augen und in mir wurde es warm. Ich fühlte, wie er näher kam, herunter zu mir auf die Tanzfläche, und als ich die Augen öffnete, stand er nur wenige Meter von mir entfernt.

Seine Vogelmaske funkelte gespenstisch im Licht der Scheinwerfer. Er trug den langen schwarzen Mantel aus der ersten Nacht. Der schäbige Stoff war über und über mit weißen Federn besetzt, als hätte Frau Holle ihr Kissen über ihm ausgeschüttelt.

Wie in Zeitlupe gingen wir aufeinander zu, durch die zuckende Menge, die immer aggressiver wurde, einen ganz anderen Rhythmus vorgab. Wir bewegten uns langsam, wie unter Wasser.

Unsere Finger berührten sich, dann nahm Lucian meine Hände. Er zog mich an sich und so blieben wir einen Moment stehen, Brust an Brust, Herzschlag an Herzschlag.

Ich dachte, dass er so fremd war, so unglaublich fremd – und so schrecklich vertraut. Ich atmete den Geruch seines Mantels ein, roch Staub, Erde und einen Hauch getrockneten Klebstoffs, mit dem Lucian wahrscheinlich die Federn befestigt hatte. Ich vergrub das Gesicht in dem dunklen Stoff und plötzlich musste ich niesen.

An dem leichten Vibrieren in Lucians Brust erkannte ich, dass er lachte. Seine Hände lagen auf meinem Rückgrat, seine Finger wanderten tastend und forschend über meine Wirbel. Ganz langsam begannen wir, uns zu drehen, obwohl die Musik genau das Gegenteil forderte. Inmitten der wild tanzenden Menge kreisten wir nur um uns selbst, in völligem Einklang.

»Hallo«, murmelte Lucian nach einer gefühlten Ewigkeit in mein Ohr. »Hallo, Schneewittchen. Du hast mir gefehlt.«

»Du mir auch.«

Wie sehr, das konnte ich erst jetzt zugeben. Zum ersten Mal gestand ich es mir wirklich ein, ohne mich dagegen zu wehren.

Über Lucians Schulter hinweg sah ich Suse. Sie kam zurück auf die Tanzfläche, Dimo im Schlepptau. Suchend streifte ihr Blick über die Menge. Rasch duckte ich mich und zog Lucian in die andere Richtung.

»Lass uns woandershin. Okay?«

Auf der dritten, obersten Etage des Clubs waren die Balkone. Von hier konnte man auf die Tanzfläche schauen. Ich sah das weiße Riesenkaninchen. Unbeholfen tapste es von der Tanzfläche, auf der Suse und Dimo inmitten der brodelnden Menge umherwirbelten.

Suses wilde Locken peitschten durch die Luft. Sie warf den Kopf in den Nacken und lachte. Ich war froh, dass sie und Dimo von hier oben klein und fast unerreichbar schienen. Ich wollte nicht, dass sie mich mit Lucian sahen, Maske hin oder her.

Jenseits der Balkone lagen verschiedene kleine Räume, auch hier lief Musik, aber sie war ruhiger. Hier wurde gegessen, gechillt, geknutscht, getrunken, gesprochen. Es gab eine große Dachterrasse mit Wärmeleuchten und kleinen Stehtischen, auf denen Aschenbecher standen. Dorthin gingen wir, immer noch Hand in Hand. Zwei Hexen, ein Freddy Krueger und drei Zombies standen auf der linken

Seite und rauchten. Wir stellten uns nach rechts, dicht an eine der Lampen. Die Luft war kalt, aber die Lampe wärmte.

Lucian wärmte.

Er ließ meine Hände los, trat einen Schritt zurück, betrachtete mich.

»Ich kann nicht aufhören, dich anzusehen«, sagte er leise.

Ich schluckte und fühlte, wie die Wärme zu Hitze wurde und mir plötzlich in den ganzen Körper stieg.

Auch ich konnte nicht aufhören, ihn anzusehen.

Er sah so unheimlich aus. Aufregend. Schön. Mit der Maske auf seinem Gesicht kam es mir noch stärker vor, als wäre er mein Geheimnis.

»Du bist nicht alleine hier«, sagte er. »Stimmt's?«

Ich nickte, mein Blick glitt an ihm herab. Die Federn flatterten im Wind, ein paar von ihnen lösten sich und schwebten über die Brüstung der Dachterrasse in die Nacht hinaus wie Schneeflocken. Ich sah ihnen nach, wie sie davonsegelten, bis sie nur noch winzige Punkte waren und sich mit der Nacht verloren.

Unter uns verlief die Straße mit Blick zum Heiligengeistfeld, Sankt Pauli und dem Millerntorstadion, wo nächste Woche wieder der Dom aufgebaut werden würde. Bei unseren früheren Begegnungen war mir Lucian immer unwirklich erschienen, jetzt war es umgekehrt. Alles andere kam mir plötzlich nicht real vor, nur er war Wirklichkeit.

»Hast du Ärger gekriegt neulich Nacht?«, fragte er.

Ich nickte. »Meine Mutter hat mir den ersten Hausarrest meines Lebens verpasst.« Die Ohrfeige behielt ich für mich.

»Oh.« Er lehnte sich an die Brüstung.

»Und du?«, fragte ich. »Wie hast du die letzten Wochen verbracht?«

»Ohne dich.« Lucian legte den Kopf schief. Unter der Maske verzog sich sein Mund zu einem Lächeln und ich entdeckte das Grübchen in seiner Wange. »Aber zumindest ist mir der Hausarrest erspart geblieben.«

»Das ist natürlich ein schlagender Vorteil.« Ich lachte, aber gleich darauf wurde ich wieder ernst. »Hast du denn . . . eine Wohnung? Ein Zimmer? Wovon lebst du? Wo schläfst du?«

Lucian zögerte. »Bei jemandem.«

Seine Worte ließen mich zusammenzucken.

»Tu das nicht«, sagte ich und wusste, dass ich es nicht ertragen konnte, wenn er jetzt wieder anfing, in Rätseln zu sprechen.

Lucian griff in seine Manteltasche und zog eine Packung Zigaretten heraus. Er zündete sich eine an, inhalierte, lange und tief, dann blies er den Rauch aus. Der weiße Qualm umnebelte seine Maske.

»Ich glaube nicht, dass ich Raucher war«, sagte er. »Die Erste hat scheußlich geschmeckt. Aber man gewöhnt sich dran. Rauchst du?«

Stumm schüttelte ich den Kopf.

Lucian nahm zwei weitere Züge. »Ich hab da so einen Typen kennengelernt«, sagte er. »Er hat mir ein Zimmer gegeben und einen Job vermittelt.«

»Einen Job? Als was?«

Lucian schnippte die Asche von seiner Zigarette. »In einer Bar. Sauber machen, Bierfässer schleppen, einkaufen, renovieren. Solche Sachen.«

Ich fühlte die Enttäuschung in mir emporkriechen. Warum ging er wieder auf Distanz? Warum vertraute er mir nicht?

»Eine Bar«, sagte ich langsam. »Ein Typ, ein Zimmer. Und das ist alles?«

»Hör zu . . .« Lucian nahm die Zigarette zwischen Daumen und Mittelfinger und schnippte sie über das Balkongitter. »Ich weiß nicht, ob das gut ist.«

Ich zog die Brauen zusammen. »Ob was gut ist?«

»Das hier.« Lucian wandte den Kopf von mir ab. »Das mit uns.« Jetzt klang seine Stimme schroff.

Wie bitte? Ich konnte nicht glauben, was ich hörte. Seine Worte schraubten sich in meinen Kopf und im nächsten Moment waren alle Ängste der letzten Wochen wieder da. Hier stand ich, mit meinen blödsinnig zitternden Knien, diesem ätzenden Gefühl in der Brust, und fragte mich, wie lange ich dieses Komm-her-geh-weg-Spiel noch mitmachen wollte.

»Ach ja?« Ich versuchte den Kloß in meinem Hals herunterzuschlucken. »Das klang eben aber noch ganz anders.«

Lucians Augen bewegten sich hinter den schmalen Schlitzen der Maske, ich sah das Weiß seiner Augäpfel und fühlte mich wie betäubt.

»Rebecca, ich . . . « Lucian räusperte sich. »Ich habe Angst, dich in Schwierigkeiten zu bringen. Es ist nicht gut, wenn du zu viel weißt. Es ist . . . es ist wahrscheinlich nicht mal gut, dass wir uns sehen.«

»Warum?« Ich schrie es fast. »Warum tun wir es dann?«

Lucian hob die Schultern, senkte sie wieder, aber es sah nicht aus wie ein Achselzucken, sondern vielmehr wie eine hilflose Geste. »Wir tun, was wir nicht lassen können, schätze ich«, sagte er leise.

Ich ließ die Schultern sinken. Ich war erschöpft.

»Hör zu, Lucian«, sagte ich. »Ich kann das nicht aushalten. Du tauchst in meinem Leben auf, bringst alles durcheinander – und dann lässt du mich im Dunkeln tappen. *Das* bringt mich in Schwierigkeiten. Ich habe die letzten Wochen nicht aufhören können, an dich zu denken. Ich habe mir Sorgen gemacht, ich will dich . . . ach, verdammt, lassen wir das! Aber wenn ich schon nichts über deine Vergangenheit weiß, will ich wenigstens deine Gegenwart kennenlernen. Ich will wissen, wie du lebst, was mit dir ist.«

Ich machte einen Schritt auf ihn zu. Ich hasste es, mir diese Blöße zu geben. Aber ich konnte nicht anders.

»Bitte«, sagte ich und fühlte mich wie ein nörgelndes Kind. »Bitte – verrat mir wenigstens, ob es mittlerweile etwas gibt, an das du dich erinnerst. Oder sonst irgendetwas, das du über dich herausgefunden hast.«

Lucian schwieg. Von der anderen Seite des Balkons ertönte ein lautes Lachen. Einer der Zombies hatte einen Witz gerissen, die anderen prusteten los.

Dann war alles still. Nur die Autos rauschten unter uns über die Straße, irgendwo in der Ferne dröhnte eine Sirene und schließlich ertönte hinter der geöffneten Balkontür ein neues Musikstück.

Lucian lehnte sich über die Brüstung und sah hinunter auf die Straße.

»Ich mag keine Bananen«, sagte er in die Dunkelheit hinein. »Ich empfinde Ekel vor Steaks, dafür liebe ich Lammfleisch. Ich mag Spiegelei und gekochte Eier, aber nur, wenn das Eigelb weich ist und das Eiweiß hart. Ich mag dunkles Körnerbrot und gesalzene Butter. Ich mag grüne Äpfel, aber nicht die roten. Für Bitterschokolade könnte ich morden. Marzipan schmeckt göttlich. Bier schmeckt bitter, der Schaum ist widerlich. Ich mag Espresso mit viel Zucker. Von Whiskey wird mir warm und nach ein paar Gläsern vergesse ich, dass ich mich an nichts erinnern kann. Das Kiffen kam dagegen nicht so gut. Ich glaube, Drogen sind nichts für mich.«

Er hob den Kopf und sah mir direkt in die Augen. »Aber das Verrückte ist, dass ich bei allem, was ich esse, trinke oder sonst zu mir nehme, ein Gefühl vom ersten Mal habe. Mein Geschmackssinn erinnert sich nicht. Auch mein Tastsinn nicht. Wenn mich jemand berührt, wenn . . .« Lucian fuhr mit der Fingerspitze über meine Wange, »wenn ich dich berühre, das fühlt sich unbeschreiblich an. Als ob ich noch nie jemanden angefasst hätte.«

Seine Finger glitt weiter, an meinen Wangenknochen entlang, über das Kinn, hinunter zum Hals.

Ich schloss die Augen. Ich konnte nicht glauben, dass man eine flügelfeine Berührung so intensiv empfinden konnte. Weiße Blitze jagten durch meine Adern, zuckten in meinem Bauch, direkt in meinen Unterleib.

Als ich merkte, dass Lucian seinen Finger wegziehen wollte, hielt ich seine Hand fest, aber er entwand sich sanft meinem Griff.

»Ich mag keinen Hip-Hop«, fuhr er fort. »Techno, all dieses Elektrozeugs«, er machte eine Bewegung Richtung Tür, »geht mir total auf den Geist. Neulich lief ein Klavierkonzert im Radio. Ludwig van Beethoven. Das war's. Ich bin sofort in die Bibliothek gelaufen, hab alles Mögliche über ihn gelesen und mir eine CD geklaut. Die neunte Symphonie ist das Schönste, was ich jemals gehört habe. Wusstest du, dass Beethoven dieses Werk geschrieben hat, als er schon völlig taub war?«

»Ja«, sagte ich. Davon hatte Janne mir erzählt. »Meine Mutter ist ein echter Freak, was Beethoven betrifft«, fügte ich hinzu. »Sie hat sämtliche Stücke von ihm, aber die Neunte mag sie auch am liebsten.«

»Wie passend.« Lucian grinste. »Dann lad mich doch zu dir ein. Vielleicht leiht sie mir was.«

Ich biss mir auf die Unterlippe, sah über die Brüstung in Richtung Hafen, wo Janne jetzt im Krankenhaus lag. Morgen würde sie entlassen werden.

»Vielleicht ist das gar keine schlechte Idee«, sagte ich. »Vielleicht sollte ich dich wirklich meiner Mutter vorstellen. Wenn sie dich erst mal kennenlernt, kann sie dir vielleicht helfen. Sie ...«

Lucian legte mir den Finger auf die Lippen. »Nein«, sagte er bestimmt. »Ich glaube nicht, dass das eine gute Idee ist. Ich kenne deine Mutter nicht, aber nach dem Ärger, den du neulich Nacht mit ihr hattest, kann ich mir nicht vorstellen, dass ich der Typ Freund bin, den sie sich für ihre Tochter wünscht.«

»Sonst ist sie nicht so«, entgegnete ich nachdrücklich. »Ich hab keine Ahnung, was in letzter Zeit mit ihr los ist. Und wer weiß – wenn dir Beethoven so gut gefällt, vielleicht warst du ja selbst ein berühmter Komponist?« Ich dachte an die Geschichte von dem Pianisten und musste lachen. »Damit könntest du sicher Eindruck schinden.«

»Klingt verlockend.« Lucian lächelte. »Den Wunschgedanken hatte ich selbst schon. Ich hab mir die Noten in der Bibliothek angeschaut. Konnte leider nicht das Geringste mit ihnen anfangen. Beethoven hat sein Gehör verloren, aber seine Erinnerung hat er behalten. Er hörte die Musik im Geist. Oder in der Seele.«

Lucian legte seine Hände auf meine Schultern. Dann beugte er sich vor, bis die Schnabelspitze seiner Maske meine Lippen berührte. Ganz sanft. Ich spürte seinen Atem, während meiner schnell und flatternd ging.

»Ich möchte dir keine Angst machen«, sagte er leise.

»Warum sagst du das?«, fragte ich und griff nach seinen Händen. »Ich habe keine Angst vor dir. Im Gegenteil. Ich fühle mich sicher, wenn du bei mir bist. In deiner Nähe geht es mir gut. Und du hast an dem Abend an der Elbe noch genau dasselbe empfunden. Oder . . .«, meine Stimme fing an zu zittern. » . . . oder hat sich das jetzt etwa geändert?«

Lucian entzog sich mir. Er trat einen Schritt zurück und betrachtete mich. Um seinen Mund lag ein verzweifelter Zug. »Nein, es hat sich nicht geändert«, murmelte er. »Nur . . . da ist noch etwas. Ich kann es nicht erklären. Was ich für dich empfinde, ist . . . es ist *zu* stark, Rebecca! Ich habe Angst vor mir selbst – und vor dem, was ich vergessen habe. Was, wenn es etwas Furchtbares war?« Lucian machte noch einen Schritt zurück, bis er mit dem Rücken an der Brüstung stand. »Vielleicht bin ich böse«, flüsterte er. »Gefährlich, krank im Kopf, vielleicht . . .« Er schien es nicht fertigzubringen, den Satz zu Ende zu sprechen. »Kannst du das verstehen?«

»Nein!«, platzte ich heraus. Dann: »Ich weiß nicht. Vielleicht.«

Wieder dachte ich an diesen Artikel aus der Zeitung und an Jannes Theorie, dass sich der Körper nach einem Schockerlebnis schützte, um quälende Erinnerungen zu verbannen.

Hatte er vielleicht doch recht? Was wäre, wenn bei Lucian dieser Schock darin bestand, dass er selbst etwas Schreckliches getan hatte? Dass er – um mit Jannes Worten zu sprechen – das Opfer seiner eigenen Gewalt geworden war?

Ich senkte den Kopf. »Ja«, flüsterte ich schließlich. »Ich kann es verstehen.«

Lucian sah mich an. Selbst durch die Maske bemerkte ich, wie traurig er war.

»Siehst du«, sagte er leise.

»Nein!« Ich machte einen Schritt auf ihn zu und griff wieder nach seinen Händen. »Nein, so meinte ich es nicht. Ich verstehe, was du *denkst.* Aber du irrst dich. Du bist nicht böse. Ich weiß es. Ich fühle es.«

Ehe Lucian etwas erwidern konnte, fuhr ich hastig fort: »Du musst dir helfen lassen. Du musst jemanden finden, dem du vertraust, jemanden, der sich mit solchen Dingen auskennt.«

Ich unterdrückte ein Stöhnen. *Deine Mutter hat es drauf,* hatte Leroy gesagt. Ja, das hatte sie zweifellos; aber Janne von Lucians Problemen zu erzählen oder ihn zu ihr zu schicken, erschien mir auf einmal völlig undenkbar.

Plötzlich war ich unglaublich erleichtert, dass ich Lucian ihr gegenüber mit keinem Wort erwähnt hatte.

Wenn Lucian irgendjemand gewesen wäre, ein Fremder, meinetwegen ein Klassenkamerad, ein Bekannter. Aber das war er nicht. Er berührte mich stärker als jeder andere Mensch, dem ich in meinem Leben begegnet war, und ihm schien es umgekehrt mit mir genauso zu gehen. Wenn Janne die Puzzlestücke seiner Geschichte erführe, wenn sie dahinterkäme, wie wir uns kennengelernt hatten, wie er mitten in der Nacht unter meinem Fenster gestanden hatte und mit welchen Ängsten er sich herumschlug, würde sie mich erst recht nicht mehr vor die Tür lassen – und ihn womöglich anzeigen.

»Da ist jemand«, unterbrach Lucian meine Gedanken. Erschrocken sah ich über die Schulter. Die drei Zombies waren gegangen, jetzt waren nur noch Freddy Krueger und die beiden Hexen da. Die eine lehnte über der Balkonbrüstung, während Freddy Krueger mit der anderen herumknutschte.

Lucian lachte. »Ich meine nicht hier«, sagte er. »Es gibt jemanden, dem ich von mir erzählt habe. Und es gibt ein paar Dinge, die ich herausgefunden habe.«

Es gab jemanden? Wen? Meinte er den Typen mit der Bar? Nein, den bestimmt nicht. Oder doch? Plötzlich wusste ich nicht, ob ich erleichtert oder eifersüchtig war. Warum vertraute er sich jemand anderem an – warum nicht mir?

»Und wer ist das?«, fragte ich. »Was hast du herausgefunden?«

Lucian holte tief Luft. Er senkte den Kopf, wurde zur Maske. Dann sah er mich an.

»Darf ich . . . dich etwas fragen?« Seine Stimme war kaum zu verstehen.

»Ja«, sagte ich schnell. »Ja klar.«

»Dein Dad«, setzte Lucian an. »Spricht er englisch mit dir?«

Ich stutzte. »Ja. Wieso?« Das hatte ich ihm doch schon gesagt.

Lucian legte seine Fingerspitze auf die kleine Sonne, die ich auch heute um den Hals trug.

»Den Anhänger«, sagte er. »Hat dein Dad ihn dir zur Einschulung geschenkt?«

Ich schluckte. Das hatte ich nicht erwähnt. Oder doch? Ich hatte keine Ahnung.

»Hast du ein Kleid getragen?«, flüsterte Lucian. »Ein blaues? Hellblauer Frottee? Mit einem aufgedruckten Goldfisch?«

Meine Kehle zog sich zusammen. »Ich weiß nicht.«

Jetzt flüsterte ich ebenfalls. Ich wusste es wirklich nicht. Aber es kam mir vertraut vor. Mein Herz klopfte schneller. »Wieso fragst du das?«

»Deine Schultüte«, fuhr Lucian anstelle einer Antwort fort. »War sie rot? Mit weißen Punkten?«

Mein Herz stolperte, schlug weiter. »Ich weiß es nicht. Warte mal. Bist du, sind wir . . .« Der Blitz einer möglichen Erklärung durchzuckte mich.

». . . bist du *Leon*?«

Plötzlich hatte ich den mageren schwarzhaarigen Jungen vor Augen, mit dem ich zur Grundschule gegangen war. Bei der Einschulung hatte er einen grauen Nadelstreifenanzug getragen. Er wurde immer von seiner Großmutter gebracht und seine Butterbrote waren mit gekochten Eiern und Remoulade belegt. Das ganze Klassenzimmer hatte danach gestunken.

»Könnte das sein?«, wiederholte ich und fing ganz albern an zu lachen. »Dass wir zusammen zur Grundschule gegangen sind und du . . .«

Lucian sah an mir vorbei, erstarrte. Dieses Mal drehte ich mich ganz langsam um in der Hoffnung, dass meine Befürchtung sich dadurch in Luft auflösen würde. Aber so war es nicht. Suse hatte mich gefunden. Sie stand in der Balkontür und ihr entsetzter Blick machte deutlich, dass sie Lucian erkannte. Wer mich irritierte, war der Typ in dem Kaninchenkostüm. Er drängte sich hinter Suse hervor und jetzt riss er sich die Kopfbedeckung herunter.

Zum Vorschein kam Sebastian.

Ich fühlte mich, als ob mir jemand in den Magen geboxt hatte. »Was machst du hier?«, presste ich hervor.

Sebastian lachte, es sollte wohl hämisch klingen, aber es hörte sich kläglich an. Sein Gesicht war rot und verschwitzt. Das Haar klebte ihm an der Stirn. Er sah total grotesk aus in dem weißen Plüschkostüm und furchtbar verletzt.

»Das frag ich mich auch«, sagte er. »Ich konnte ja nicht wissen, dass du schon einen anderen Spielgefährten zum Verstecken gefunden hast.« Sebastian sah von Lucian zu mir. »Mach es nicht kaputt, hm? Gib mir noch ein bisschen Zeit. Scheiße, Rebecca! Für wen hältst du mich? Für einen Vollidioten?«

»Nein«, murmelte ich betroffen. »Sebastian, bitte. Ich kann dir das erklären!«

Sebastian schüttelte den Kopf und machte einen Satz nach vorn. Ehe Lucian sich ducken konnte, hatte ihm Sebastian die Maske vom Gesicht gerissen. Dann drehte er sich zu Suse um, die bis jetzt wie versteinert dagestanden hatte. »Ist er das?«

Suses Augen streiften mich. Bitte, flehte ich stumm. Bitte, tu das nicht.

»Ja«, sagte sie. »Das ist der Psycho, der Rebecca überallhin verfolgt.«

Neben mir schnappte Lucian scharf nach Luft. Seine Hand lag auf der Brüstung, und für einen Moment hatte ich furchtbare Angst, er würde sich hinabstürzen.

Sebastian ballte seine Hände zu Fäusten.

»Nicht«, schrie ich und wollte mich zwischen die beiden drängen. Aber Sebastian drückte mich weg.

Er tippte Lucian auf die Brust. »Es sollte mir eigentlich egal sein.« Er konnte sich kaum beherrschen. »Aber das ist es nicht. Was ich dir jetzt sage, sage ich nur einmal: Lass Rebecca in Ruhe. Lass dich nie wieder in ihrer Nähe blicken. Sonst rufe ich die Polizei. Hast du mich verstanden?«

Lucian nickte. »Klar und deutlich«, entgegnete er. »Wenn ihr mich jetzt bitte entschuldigen würdet?«

Mit diesen Worten nahm er Sebastian seine Maske aus der Hand, glitt an ihm vorbei zur Tür und war weg.

Ich stand da wie angewurzelt.

Suse kam auf mich zu. »Becky«, sagte sie. »Sei nicht böse, bitte, auch nicht auf Sebastian. Wir machen uns Sorgen. Wir wollten dir nur helfen.«

Ich antwortete ihr nicht, sondern ließ sie einfach stehen und lief los.

Draußen vor dem Bunker, in einer schimmernden Pfütze, lag Lucians Vogelmaske. Von ihm selbst war keine Spur zu sehen.

ZEHN

Die Amsel war zu dick für den Zweig. Sie hatte sich darauf niedergelassen, flatterte erschrocken, als er unter ihr wegknickte, fing sich dann aber wieder und arbeitete sich in emsigen Trippelschritten nach oben, zu einer bruchfesteren Stelle. Dort angekommen, legte sie ihren Kopf schief und blickte durch die schlierige Fensterscheibe zu mir herüber. Im nächsten Moment hob sie ihre Flügel und flog davon in den grauen Himmel. Ich starrte hinter ihr her.

Can you hear me, can you hear me
Through the dark night, far away . . .

Die Stimme erreichte mein Ohr wie durch Nebel. Sie klang leise, rau – und ein klein wenig ironisch. Ich kannte die Melodie. Ich kannte den Text. Rod Stewards *Sailing.* Im Hintergrund ertönte Kichern.

Mühsam riss ich meinen Blick vom Fenster los. Und merkte, wie mir das Blut in den Kopf stieg. Das Objekt der allgemeinen Belustigung war ich. Tyger sang diesen blöden Song und machte mich vor der ganzen Klasse zur Idiotin. Ich fasste es nicht, dass ich es nicht gleich mitbekommen hatte. Wo war Tyger überhaupt? Er stand nicht am Pult. Er stand auch nicht am Fenster oder an der Wand neben der Tür.

Can you hear me, can you hear me . . .?

Das Kichern im Klassenraum verwandelte sich in haltloses Gelächter. Sämtliche Blicke waren auf mich gerichtet, mit Ausnahme von Sebastian, der demonstrativ in sein Buch schaute. Auch Suse konnte sich nur mühsam beherrschen. Sie presste ihr Knie gegen meins und zeigte unauffällig mit dem Daumen nach hinten. Tyger stand direkt hinter meinem Stuhl, so nah, dass ich seinen hellgrauen Anzug mit dem Ellenbogen streifte, als ich mich umdrehte.

»Hello there, Miss Wolff«, sagte er mit seinem ironischen Lächeln. »Na, sind wir von unserem Segelflug in die Wolken zurück? Du solltest lieber auf der Erde bleiben mit deinen Gedanken. Noch besser: im Klassenzimmer. Du willst doch nichts versäumen, oder?«

»Nein«, schnappte ich verärgert zurück.

»Very well.« Tyger legte mir seine Hand auf die Schulter. Es war eine Berührung, die im Gegensatz zu dem unterkühlten Tonfall seiner Stimme stand. »Dann schlage ich vor, du konzentrierst dich auf das Hier und Jetzt. Es soll Menschen geben, die träumend vor ein fahrendes Auto laufen. Anderen Leuten auf diese Weise das Leben zu versauen, gehört sich nicht.«

Empört schnappte ich nach Luft, aber da war Tyger schon wieder zum Pult gegangen. Er nippte an seinem Tee und fragte nach Freiwilligen, die ihren Aufsatz vorlesen wollten. Ich hatte meinen nicht mal angefangen und hoffte, dass mich Tyger für den Rest der Stunde in Ruhe lassen würde.

Zu meinem Erstaunen war es Sheilas Hand, die jetzt in die Höhe schoss. Tyger hob eine Augenbraue, als er sie drannahm. Sheila hatte den ersten Satz aus Oscar Wildes *Das Bildnis des Dorian Gray* ausgewählt. Um niemals zu altern und ewig schön zu bleiben, war der junge Dorian Gray bereit, seine Seele zu opfern. Der Roman begann mit den Worten *Das Atelier war voll vom starken Dufte der Rosen* und Sheila beschrieb mit ihrem fürchterlichen Akzent, aber dennoch fehlerfrei, wie der irische Schriftsteller Oscar Wilde schon in diesem ersten Satz deutlich machte, dass natürliche Schönheit vergänglich ist. Der Duft, der jetzt noch stark war, würde vergehen. Die Rosen, die jetzt noch blühten, würden welken. Nicht zuletzt das Wissen darum mache ihren Anblick noch schöner, ihren süßen Duft noch intensiver.

»Excellent work«, bemerkte Tyger, als Sheila ihren Aufsatz zu Ende vorgelesen hatte. Aber sein Blick richtete sich nicht auf Sheila, sondern zielte in eine andere Richtung. »Was hast du dafür genommen, Sebastian? Oder war dir Sheilas Schönheit Anreiz genug für diese kleine Dienstleistung?«

Wieder wurde unterdrücktes Kichern im Klassenzimmer laut. Auch ich konnte mir ein Grinsen nicht verkneifen. Dass dieser Aufsatz nicht auf Sheilas Mist gewachsen war, war offensichtlich, aber dass Tyger den wirklichen Verfasser so treffsicher entlarvt hatte, überraschte selbst mich.

»Ich weiß nicht, was Sie meinen.« Sebastian setzte sein bestes Pokerface auf, doch Sheila war rot bis unter die Haarwurzeln geworden.

»Das habe ich selbst geschrieben!«, verteidigte sie sich.

»Daran habe ich keine Sekunde gezweifelt«, pflichtete Tyger ihr wohlwollend bei. »Machen wir es so. Du gibst mir den Aufsatz, und wenn du Sebastians Vorlage wirklich fehlerfrei abgeschrieben hast, setze ich vor deine Sechs noch ein Plus, als Zeichen meines Sportsgeistes. Einverstanden?«

Ohne eine Antwort abzuwarten, wandte sich Tyger von der mittlerweile mit den Tränen kämpfenden Sheila ab. »Und welches Buch hast du für dich gewählt, Sebastian?«

Sebastian räusperte sich. Dann las er seinen Aufsatz vor, von dessen Inhalt er mir in der letzten Woche bereits erzählt hatte, kurz bevor er mich hatte küssen wollen.

Fünf Tage waren seit dem Maskenball vergangen. Fünf ätzende Tage, an denen ich der nervtötenden Achterbahnfahrt meiner Gefühle ausgeliefert war. Ich war verstört gewesen, verwirrt, traurig, ängstlich, hilflos, ratlos. Aber jetzt war ich nur noch wütend, und zwar auf Gott und die Welt. Die da wäre: Tyger mit seinen zynischen Scherzen und seinem Röntgenblick. Suse, die reumütig meine Nähe suchte. Sebastian, der mir die kalte Schulter zeigte und so tat, als wäre ich Luft. Janne, die Sonntag aus dem Krankenhaus gekommen war und mir seitdem mit dieser aufgesetzten Freundlichkeit begegnete. Und Lucian, der mich mit lauter Fragen zurückgelassen hatte.

Aber am allermeisten war ich wütend auf mich selbst. Ich hasste dieses grübelnde, verstörte Etwas, zu dem ich mutiert war. Die Leere in meiner Brust, diese Scheißsehnsucht – nach einem Jungen, der bis zum Hals in Problemen steckte und mir nichts als Rätsel aufgab.

Um mit Tygers Worten zu sprechen: Nein: Ich hatte nicht vor, anderen Leuten vors Auto zu laufen und ihr Leben zu versauen. Ich wollte *mein* Leben zurück! Ich wollte Spaß haben, albern sein. So wie immer. So wie früher.

Stattdessen lief ich durch die Gegend wie ein gepanzerter Einsiedlerkrebs, ließ niemanden an mich heran und konnte mich auf nichts konzentrieren, nicht mal, wenn ich in der Alsterschwimmhalle auf das Wasser eindrosch.

Seit Janne meine Ausgangssperre aufgehoben hatte, flüchtete ich jeden Nachmittag dorthin, aber genau wie in den letzten Tagen fühlte ich mich auch heute schwer und träge, und als mir zwei alte Tanten mit geblümten Bademützen die Bahn versperrten – gerade als ich ausnahmsweise einmal in Fahrt war –, fauchte ich sie an wie eine wild gewordene Furie.

Die beiden Tanten quietschten erschrocken auf, bevor sie auf die andere Bahn flohen. Na bitte, geht doch, dachte ich grimmig. Der Weg vor mir war frei.

Hast du ein Kleid getragen? Ein blaues? Hellblauer Frottee? Mit einem aufgedruckten Goldfisch? Deine Schultüte? War sie rot? Mit weißen Punkten?

Irgendwie schien mein Gedächtnis seinen eigenen Wertespeicher zu haben. Während ich nicht den Hauch einer Ahnung hatte, was ich an meinem ersten Schultag getragen hatte, wusste ich seltsamerweise noch ganz genau, was es an jenem Tag zum Mittagessen gegeben hatte: Buchstabensuppe bei *Mama Leone,* einem Italiener in Altona, der viele Jahre lang unser Stammrestaurant gewesen war. Ich erinnerte mich an Dad, Janne und Spatz, die mit mir an dem Tisch neben der Bar saßen, und ich erinnerte mich an den schönen Kellner, der mich immer Signorina nannte. Er hatte Wimpern wie Liza Minelli (hatte Spatz festgestellt) und ein Lächeln, das ich am liebsten in einem Doggybag mit nach Hause genommen hätte, weil es gute Laune machte. Aber alles andere war weg, versunken in irgendeiner Tiefe, an die ich nicht herankam.

Natürlich gab es auch Fotos von jenem Tag und ich hatte noch Samstagnacht den Dachboden durchwühlt, um sie mir anzusehen, aber ich hatte sie nicht gefunden. Das ganze Album war verschwunden.

Janne, Spatz und ich hatten es an einer verregneten *Ladys Night* zusammen angefertigt. Ich war damals zehn oder elf gewesen. Wir hatten einen Karton voller Bilder ausgeschüttet und Janne hatte gelacht und gesagt, wie seltsam das sei, ein ganzes Puzzle aus Vergangenheit, zusammengewürfelt vom Zufall. Wir sortierten die Bilder, klebten sie ein und hielten sie fest, diesmal in einer stimmigen Folge. Janne schwanger. Janne auf der Geburtsstation im Krankenhaus Barmbek. Janne mit mir als winzigem Paket in ihren Armen, meine

Augen fest geschlossen, als sei der Schlaf harte Arbeit, auf die ich mich konzentrieren musste. Unter dem Foto war das Gedicht von Rilke, das Janne und Dad als meinen Geburtsspruch ausgewählt hatten.

Geheimnisvolles Leben du,
gewoben
aus mir und vielen unbekannten Stoffen,
geschieh mir nur.
Mein Sinn ist allem offen,
und meine Stimme ist bereit zu loben.

Ich hatte Spatz auf das Album angesprochen, bevor sie ins Krankenhaus gefahren war, um Janne zu holen. Aber sie wusste nicht, wo es war, und Janne, die ich abends danach gefragt hatte, hatte nur stumm den Kopf geschüttelt.

Sie hatte nach Schweiß und Krankenhaus gerochen. Mühsam war sie auf Krücken zur Tür hereingehumpelt, schweigsam, nervös und unendlich erschöpft.

Nachts hatte ich Dad gemailt, dass ich ein paar Fragen an ihn hätte, aber es kam nur eine Autoreply zurück.

Und heute, vier Tage später, war ich immer noch nicht weiter. Nach dem Schwimmen ging ich nach Hause, versuchte, meine Hausaufgaben zu machen, und fluchte, weil ich mich nicht mal auf die dämlichsten Übungen konzentrieren konnte.

Meine Mutter war seltsam aufgekratzt. Stur hangelte sie sich trotz Krücke und gebrochenem Knöchel die Wendeltreppe nach oben und verkündete (heute war sie die Mittwochskönigin), dass sie sich einen Spieleabend wünschte.

Wir spielten Kanasta und Scrabble. Ich kicherte hysterisch, als ich die Buchstaben L, U, C, I, A, N auf meiner Bank zu seinem Namen anordnete, versuchte eine geschlagene Viertelstunde, ein Anagramm aus ihnen zu bilden, aber es gelang mir nicht, also verteilte ich die Buchstaben in den Worten *Luchs* und *Anis*. Wir hörten Mozart. John Boy und Jim Bob zwitscherten im Takt, und als Spatz das Wort *Kalender* legte, wusste ich plötzlich, wie ich mit meinen Fragen weiterkommen würde.

Ich brauchte einfach nur zu warten, bis meine Mutter und Spatz ins Bett gingen.

Ausgerechnet heute fand Janne kein Ende. Als sie nach der fünften Scrabblerunde endlich gähnte, war es kurz vor halb zwölf.

»Was ist mit dir?«, fragte sie mich, als Spatz ihr hochhalf. »Bist du noch nicht müde?«

»Ich will noch Nachrichten sehen«, log ich. »Wegen der Wahlen in den USA.«

Spatz nickte. Sie war schon den ganzen Abend in Hochstimmung, weil sie übernächste Woche ihr neues Atelier beziehen würde. »Er wird es«, sagte sie. »Obama wird gewinnen. Jede Wette.«

Ich zappte mich zu NTV durch, wo die Vorbereitung für die Präsidentschaftswahlen in vollem Gang waren. Es sah gut aus für Obama, alle glaubten an ihn, alle glaubten an die Wende, an sein leuchtendes *Yes, we can* – aber mir war sein Sieg in diesem Moment so egal wie irgendwas. Ich brauchte nur eine Ausrede, um ungestört hier oben zu bleiben.

Als mir Janne und Spatz von unten eine gute Nacht zuriefen und John Boy und Jim Bob ihre Köpfe unter ihr Federkleid steckten, machte ich mich an Jannes Sekretär zu schaffen, der einst meiner Urgroßmutter gehört hatte.

Janne hatte sehr an Moma gehangen, denn meine Urgroßmutter hatte ihr das gegeben, was Janne von ihrer eigenen Mutter nie bekommen hatte: Anerkennung, Zärtlichkeit, Zuspruch. Als sich Janne zum ersten Mal in ein anderes Mädchen verliebte, hatte sie ihr Herz bei Moma ausgeschüttet – und Moma war es auch gewesen, die Janne dazu ermunterte, ihrem Wunsch nach einem eigenen Baby nachzugehen und Psychologie zu studieren.

Moma hatte in Düsseldorf gelebt, in einer kleinen Mansardenwohnung mit Balkon und Blick auf den Rhein. Obwohl sie längst zu alt war, um die vielen Treppen zu steigen, wehrte sie sich beharrlich gegen einen Umzug. Janne und ich besuchten sie jedes Jahr in den Frühlingsferien. Ich erinnerte mich an Momas falsche Zähne, die sie abends in ein Glas Wasser auf ihren Nachttisch stellte, und ich erinnerte mich, dass sie eine Schwäche für *Kö-Diamanten* hatte. Das waren mit Jamaika-Rum gefüllte Pralinenkugeln aus Bitterschokolade, Marzipan und Trüffelmasse. Janne musste sie bei Otto Bittner, einer Düsseldorfer Konditorei, kaufen. Während Moma auf ihrem geblümten Sofa saß und – zu meiner Faszination am liebsten zahnlos – ihre Pralinen naschte, erzählte sie mir Geschichten aus ihrer Kindheit und fragte mich nach meiner aus.

Kurz nach meinem zehnten Geburtstag starb Moma an einer Lungenentzündung. Ein junger Mann aus ihrem Haus, der ihre Einkäufe erledigte und ihr die Post brachte, fand sie in ihrem Bett.

Moma hinterließ ein paar Tausend Euro, viele Bücher und ihre Möbel, von denen meine Mutter nur den Sekretär haben wollte. Wir brachten ihn in Jannes Kombi nach Hamburg.

Ich wusste, dass in einer der Schubladen der geblümte Karton mit den Briefen sein musste, die Janne an Moma geschrieben hatte. Ganz unten in der Kiste fand ich endlich, wonach ich suchte. Janne hatte damals einen weißen Fotokalender mit Bildern aus meiner Kindergarten- und Grundschulzeit an meine Urgroßmutter geschickt.

Ich blätterte mich durch die Monate. Das Bild von meinem ersten Schultag fand ich im August. Es war ein sonniger, wolkenloser Morgen. Ich stand vor der Schule. Hinter meinem Rücken sah ich einen Ausschnitt der weißen Stofffahnen, auf denen mit bunter Farbe die Namen der Erstklässler standen. Meine Haare waren zu Zöpfen geflochten und mein Blick war in die Kamera gerichtet, er war konzentriert und meine Arme waren fest um die Schultüte geschlungen, die rot war, rot mit weißen Punkten. Mein Kleid aus himmelblauem Frottee hatte mitten auf der Brust einen Aufdruck in Form eines Goldfisches. Und an meinem Hals blitzte die kleine Sonne.

ELF

Der Mond schien durchs Fenster. Er war fast voll. Dunkle Wolken jagten über ihn hinweg in rasender Folge, als ob jemand auf eine Fast-Forward-Taste gedrückt hätte. Sie verdeckten ihn, gaben ihn frei, verschleierten sein silbernes Gesicht und eilten vom Wind getrieben über den nächtlichen Himmel. Aus meinen Lautsprecherboxen ertönte *Ode to Ochrasy* von Mando Diao.

Es war Viertel vor drei.

Ich hockte auf dem Teppich in meinem Zimmer, inmitten von Heften, selbst gemalten Bildern und alten Notenblättern aus meiner Grundschulzeit. Unglaublich, was ich alles aufgehoben hatte. Ich konnte mich schwer von Dingen trennen, anders als Janne, die regelmäßig aussortierte. Immer hatte ich das Gefühl, etwas von mir selbst wegzugeben. Aber diesmal suchte ich nichts von mir. Ich suchte nach Leon, dem Jungen im Nadelstreifenanzug und mit den Eibutterbroten. Er hatte schwarze Locken und traurige Augen gehabt und mir an einem verregneten Tag nach der Schule an einer Hausecke aufgelauert, um mir ein Gänseblümchen zu schenken. Das waren die Bruchstücke, an die ich mich erinnerte, und ich klammerte mich an die Hoffnung, dass es Lucian sein könnte. Was ich brauchte, war Leons Nachname. Er war ungewöhnlich gewesen, daran erinnerte ich mich noch. Zwischen zwei Schulheften zog ich eine Schülerzeitung mit dem sinnigen Namen *Tintenklecks* hervor. In der vierten Klasse hatte es eine Projektwoche gegeben. Wir sollten uns in verschiedene

Themengruppen aufteilen und Artikel für die Schülerzeitung ausarbeiten. Ich hatte zusammen mit Suse eine Hamburger Kinderbuchautorin interviewt. Sie lebte in Winterhude und saß jeden Vormittag mit ihrem Laptop in einem Café, um zu schreiben. Spatz jobbte damals dort als Kellnerin. Sie fragte die Autorin, ob wir ein Interview mit ihr machen durften, und zu unserer Begeisterung stimmte sie zu.

Suse und ich hatten es furchtbar aufregend gefunden. Mit glühenden Wangen saßen wir an dem Cafétisch und stellten abwechselnd unsere Fragen. *Wie kommen Sie auf Ihre Ideen? Wie viele Bücher haben Sie schon geschrieben? Wie viel verdient man als Autorin? Werden Ihre Bücher verfilmt?*

Das Interview stand auf der zweiten Seite der Schülerzeitung. Auf der Seite daneben waren Gedichte von Schülern aus den vierten Klassen abgedruckt. Eines davon fiel mir sofort ins Auge. Es trug die Überschrift *Spiegelbild.*

Ich schaue in den Spiegel
doch niemand schaut zurück
Wer bin ich?
Was bin ich?
Bin ich erfunden?
Träume ich?
Und wenn ich aufwache
bin ich dann tot?

Der Name des Verfassers stand direkt darunter: *Leon Schimrokta.*

Sekunden später saß ich an meinem Computer und googelte den Namen. Ich fand nur einen einzigen Eintrag und dankte dem Himmel, dass ich nicht nach einem Müller suchte. Leon Schimrokta ging in die elfte Klasse des Kaifu-Gymnasiums. Er war Schulsprecher und spielte Cello in der Big Band der Oberstufe. Es gab sogar ein Bandfoto und ich erkannte ihn sofort. Er stand in der ersten Reihe und hatte seinen Arm um die Taille eines hübschen Mädchens gelegt.

Er war noch immer ziemlich schlaksig. Sein dunkles Haar trug er kurz und statt des Nadelstreifenanzugs hatte er Hüftjeans, ein helles T-Shirt und eine bordeauxrote Weste an. Ernst und selbstbewusst schaute Leon in die Kamera. Ein bisschen typverwandt mit Lucian war er durchaus, aber er war nicht Lucian.

Frustriert schaltete ich meinen Computer aus.

Natürlich konnte auch ein anderer Junge aus meiner Grundschule sein Gedächtnis verloren haben. Vielleicht war Lucian jemand, der früher in meinem Viertel gewohnt hatte. Vielleicht war er der Bruder oder Cousin eines früheren Mitschülers. Kurz überlegte ich sogar, ob Dad einen heimlichen Sohn hatte, möglicherweise sogar einen, von dem er selbst nichts wusste.

»Klar, Rebecca«, sagte ich laut.

Als Nächstes würde ich Lucian wahrscheinlich für meinen nach der Geburt entführten Zwilling halten oder noch besser für einen totgeschwiegenen Halbbruder aus einer anderen Affäre – die Janne selbstredend vor mir verschwiegen hatte, weil trotz ihrer Vorliebe für Frauen und gegen alle moralischen Regeln ihre Leidenschaft für einen ihrer Klienten in ihr entfacht wurde, der vorzugsweise aus dem Knast entlaufen war, George Clooney verdächtig ähnlich sah und ihr zu jeder Therapiestunde Magnolien mitbrachte, in deren Blütenkelchen Diamanten steckten . . .

Und nächsten Mittwoch würde ich mein Kopfkino dann wieder einschalten, wenn die Titelmelodie meiner Lieblingssoap *Desperate Daughters* erklang, richtig?

Ich ging ins Bad, klatschte mir kaltes Wasser ins Gesicht und lief wieder in mein Zimmer zurück.

Aber die Inschrift in meinem Anhänger? Mein Kleid, meine Schultüte, mein Dad, der englisch mit mir sprach? Warum hatte Lucian so detailgetreu danach gefragt?

Und warum konnte ich nicht *endlich* mit diesem ätzenden Gegrübel aufhören?

Ich stopfte den alten Krempel zurück in die Schublade, schaltete meinen CD-Player aus – den ich mitten in der Nacht leider nicht aufdrehen konnte – und durchsuchte stattdessen meinen iPod nach dem wildesten Song, den ich geladen hatte. Ich schwankte zwischen einem Remix von *Funky Town* und *Robot Rock* und entschied mich schließlich für die Radio Edition 2005 von *Pump up the Jam.* Dann drehte ich die Lautstärke bis zum Anschlag und tanzte zu dem Song auf meinem Bett herum, bis unter mir der Lattenrost brach.

So what! Zum Schlafen war es jetzt ohnehin zu spät – oder besser gesagt: zu früh. Es war fast halb fünf. Aber wenigstens fühlte ich mich ein bisschen besser.

Ich ging in die Küche, um mir etwas zu trinken zu holen.

Im Schlafzimmer von Janne und Spatz brannte Licht. Es sickerte durch den breiten Spalt zwischen Tür und Holzfußboden.

Ich brauchte mich nicht einmal anzustrengen, um zu lauschen. Sie sprachen leise, aber der Türspalt ließ alles durch. Jedes Wort war deutlich zu hören.

»Ich war so wütend auf dich«, sagte Janne. »Aber im Endeffekt war es klug, sie gehen zu lassen. Ich glaube, jetzt ist alles unter Kontrolle.«

»Alles unter Kontrolle?« Spatz schien ziemlich aufgebracht zu sein. »Ich fasse es nicht, dass du das sagst. Was bedeutet diese Sache mit John Boy? Und was ist mit Rebecca? Deine Tochter ist völlig verstört. Glaubst du wirklich, sie wird das auf sich beruhen lassen? Dann liegst du falsch! Sie wird versuchen, diesen Jungen wiederzufinden. Und umgekehrt.«

»Nicht nach dieser Nacht!« Janne klang energisch. »Sebastian hat genau das Richtige getan, als er Lucian auf dem Maskenball mit der Polizei gedroht hat. Gott, bin ich froh, dass Suse und er im richtigen Moment aufgekreuzt sind.«

»Aber du tust nicht das Richtige, Janne! Du musst mit ihr sprechen.«

»Nein!« Jannes Flüstern war kaum zu verstehen.

Spatz seufzte und dann wurde es plötzlich dunkel im Flur. Sie hatten das Licht ausgeschaltet.

Alles war still.

Und ich dachte nur daran, wer mich verraten hatte. Suse oder Sebastian? Sebastian oder Suse? Wer von beiden hatte mit Janne gesprochen?

Am nächsten Morgen fing ich Suse vor der Schule ab. Unter ihrer grünen Lederjacke trug sie das T-Shirt, das sie von Janne zum Geburtstag geschenkt bekommen hatte.

»Gar nichts habe ich!« Suse starrte mich empört an. »Ich wusste nicht mal, dass Janne wieder zu Hause ist. Ich habe ihr nichts gesagt, kein einziges Wort! Becky, bitte! Erzähl doch mal. Was will dieser Typ von dir? Was bedeutet diese ganze Sache? Warum sprichst du nicht mit mir darüber?«

Sie machte einen Schritt auf mich zu. Ihr Blick hatte etwas Flehendes.

»Warum ich nicht mit dir darüber spreche?« Ich schnaubte. »Vielleicht aus demselben Grund, warum ich dir nichts von Michelle hätte erzählen sollen. Du wusstest genau, wie allergisch ich darauf reagiere. Und was tust du? Flötest es Dimo ins Ohr. Hast du das nötig? Hast du keine eigenen Geschichten, mit denen du angeben kannst?«

Suse zuckte zurück, als ob ich eine giftige Schlange wäre. »Ich fasse es nicht«, sagte sie langsam. »Ich fasse es nicht, wie du dich verändert hast.«

Ich schwieg. Ich wusste, dass ich gemein war. Ich wusste, dass ich Suse verletzte. Aber ich konnte nicht anders. Anstatt den Rückwärtsgang einzulegen, gab ich Vollgas.

»Und ich fasse nicht, wie ignorant du sein kannst«, konterte ich. »Du bist so mit dir und deinem honkigen Dr. No beschäftigt, dass du gar nicht raffst, was in mir vorgeht. *Vielleicht ist er aus der Klapse entlaufen.*« Ich äffte Suses Stimme nach. »*Vielleicht hat er jemanden getötet. Wenn du mich fragst, ist dieser Typ ein Fall für die Polizei . . .* Glaubst du, das hilft mir weiter? Du hast doch nicht mal versucht, mich zu verstehen! Stattdessen läufst du zu Sebastian und verpetzt mich bei ihm. Oder willst du das etwa auch abstreiten?«

Suse wurde blass, aber das hielt mich nicht davon ab weiterzupesten. »Ich brauche aber keine Petze. Ich brauche eine Freundin, auf die ich mich verlassen kann und die auf *meiner* Seite ist. Aber so eine Freundin hab ich scheinbar nicht. Also: Wenn du wirklich wissen willst, warum ich nicht mit dir spreche – dann sind das hoffentlich Gründe genug.«

»Ja.« Suses Stimme war mit einem Mal schrecklich leise. »Das sind Gründe genug. Wenn du die Sache so siehst, dann habe ich nichts mehr zu sagen. Und nichts mehr zu fragen.« Damit drehte sie sich um und ging.

Ich sah ihr hinterher. Meine Wut war draußen. Ich fühlte mich so mies wie noch nie in meinem Leben.

Sebastian kam an diesem Tag nicht zur Schule. Suse setzte sich auf seinen Platz, und nachdem ich mich durch eine Doppelstunde Mathe, einen Spanischtest und eine gähnend langweilige Französischstunde gequält hatte, machte ich mich nach der letzten Stunde auf den Weg zu ihm.

Er wohnte nicht weit von mir, in der Fischers Allee in Ottensen, und als ich klingelte, öffnete mir sein kleiner Stiefbruder Karl die Tür.

»Du kannst hier nicht rein«, sagte er. »Ich darf nämlich gar nicht die Tür aufmachen.«

»Hast du aber«, entgegnete ich und musste lachen. »Wo ist denn deine Mama?«

»Einkaufen.«

»Und Sebastian?«

»Der kotzt.« Karl verzog das Gesicht. Ich mochte den Kurzen, er hatte rote Locken, ein rundes Gesicht voller Sommersprossen und war von entwaffnender Ehrlichkeit. »Und außerdem muss er ständig kacken. Kotzen und kacken. Das ganze Bad stinkt.«

»Oh.« Zu viel Information. »Wo ist dein Bruder denn jetzt?«

»Im Bett. Schläft.« Karl zog die Nase hoch. »Und du musst gehen.«

Er wollte mir die Tür vor der Nase zumachen, aber ich schob meinen Fuß dazwischen. »Ich muss deinem Bruder was geben. Von der Schule. Lass mich bitte kurz rein, ja?« Beschwörend lächelte ich Karl an. »Du kennst mich doch. Ich bin kein Fremder. Deine Mama wird schon nicht mit dir schimpfen, wenn sie mich sieht.«

»Und wenn doch, bist du schuld?« Karl machte ängstliche Augen.

»Klar.« Ich strich ihm über die roten Locken. »Ich übernehme die Verantwortung.«

»Na gut.« Zögernd trat Karl zurück und ich klopfte leise an Sebastians Zimmertür. Als niemand antwortete, drückte ich die Klinke hinunter. Die Vorhänge waren zugezogen und Sebastian lag mit dem Rücken zur Wand unter der Bettdecke. Vorsichtig schlich ich mich ins Zimmer, und als Sebastian sich zu mir umdrehte, schreckten wir beide zusammen.

»Was willst du hier?«, brummte er. Er zog die Bettdecke wie einen Schutzschild vor seine Brust.

»Mit dir reden.«

»Ich will nichts hören.« Seine Stimme war kalt und abweisend. »Wie bist du überhaupt hier reingekommen?«

»Ich bin gar nicht schuld!« Karl stand im Zimmer, die Hände in den Hosentaschen. Unsicher sah er zu seinem großen Bruder.

»Das stimmt«, sagte ich schnell. »Ich hab ihn überrumpelt. Karl, lässt du uns beide bitte für einen Moment allein?«

Karl schüttelte den Kopf. Er machte einen Schritt nach vorn, aber Sebastian winkte ihn mit einer Armbewegung zurück.

»Sei lieb, Zwerg. Ist schon gut. Ich sag Mama, dass ich sie reingelassen hab. Geh in dein Zimmer, okay?«

»Okay.« Widerwillig zog Karl ab.

Ich wusste nicht, wo ich mich hinsetzen sollte. In Sebastians Zimmer herrschte Chaos. Bücher stapelten sich auf dem Nachttisch. Überall lagen Kleidungsstücke, auf dem Boden, auf dem Schreibtischstuhl, dem kleinen Sessel. In der Zimmerecke, unter dem Boxsack, entdeckte ich das Kaninchenkostüm. Die riesigen Kulleraugen starrten mich an und ich fühlte mich entsetzlich.

»Also.« Sebastian setzte sich im Bett auf und trank einen Schluck Wasser aus der Flasche, die neben ihm auf dem Nachttisch stand. Blass und elend sah er aus. »Was willst du?«

Ich verschränkte die Arme vor der Brust. »Ich will wissen, warum du mit meiner Mutter gesprochen hast«, sagte ich, so ruhig ich konnte.

»Mit deiner Mutter?« Sebastian runzelte die Stirn. »Was soll denn der Scheiß?«

»Du hast ihr von Lucian erzählt. Komm schon, gib es wenigstens zu!« Ich setzte mich ans Fußende seines Bettes. Sebastian wich zurück, als ob ich diejenige wäre, die eine ansteckende Krankheit hätte.

»Ich kenne keinen *Lucian*«, sagte er verächtlich. »Ich kenne nur einen Typen, der dir seit Wochen hinterherspioniert und der laut Suse ein gestörter Stalker ist. Aber warum sollte ich mit deiner Mutter über ihn sprechen? Für wen hältst du mich?«

»Aber . . .« Ich war total verwirrt. Sebastian hatte recht. Er konnte nicht wissen, wie Lucian hieß. Ich hatte seinen Namen vorher nie erwähnt, nicht einmal Suse gegenüber. Ich hatte mit niemandem darüber gesprochen, dass ich ihn an der Elbe getroffen hatte. »Aber meine Mutter«, flüsterte ich. »Sie weiß, dass ich ihn auf dem Maskenball gesehen habe, und sie weiß, dass du ihm mit der Polizei gedroht hast. Sie kannte seinen Namen. Woher wusste sie das alles, wenn nicht von dir oder Suse?«

»Bin ich James Bond?« Sebastian sah mich spöttisch an. »Keine Ahnung, woher sie das hat. Vielleicht ja von ihm.«

Der letzte Satz sollte ein Witz sein, eine zynische Bemerkung, aber mir wurde plötzlich furchtbar schlecht. Ich schloss die Augen und dachte an Lucians Worte auf der Dachterrasse des Bunkers.

Es gibt jemanden, dem ich von mir erzählt habe. Und es gibt ein paar Dinge, die ich herausgefunden habe.

Konnte es sein, war es möglich, dass dieser Jemand *Janne* war?

Meine Mutter?

Bilder schossen in meinem Inneren empor, wie eine Diashow, eins nach dem anderen.

Der Flohmarkt. Jannes Buch, das Buch über Träume, das sie verschenkt hatte an jemanden, der so aussah, als hätte er keinen Cent in der Tasche. Jannes schräge Art, die sie in den letzten Wochen draufhatte. Ihre wilden Kochorgien, um sich auf andere Gedanken zu bringen. Ihre seltsamen Seitenblicke, ihre übertriebene Sorge – bis hin zu der Ohrfeige, die sie mir in jener Nacht an der Elbe verpasst hatte. Der Hausarrest.

Es passte. Auf absurde Weise passte plötzlich alles zusammen. Es machte Sinn, aber gleichzeitig war es auch undenkbar. Lucian ging zu meiner *Mutter?* Dann würde sie ja alles wissen – nicht nur das, was ich ihr verschwiegen hatte, sondern auch das, was er mir nicht erzählt hatte: Lucians Probleme, seine Ängste – und die Antwort auf seine Fragen, die er mir auf dem Maskenball über meinen ersten Schultag gestellt hatte.

»Oh Gott«, murmelte ich. Das Fotoalbum. Hatte Janne es weggenommen?

»Rebecca?« Sebastian tippte mich an. »Ich bin verdammt sauer auf dich. Aber ich mach mir Sorgen. Was ist das für ein Typ? Was weißt du von ihm?«

Ich sah Sebastian an. Seine Augen flackerten. Plötzlich wirkte er schutzlos, als ob sich seine innere Rüstung aufgelöst hätte. Eine warme Welle durchflutete mich. Am liebsten wäre ich zu ihm unter die Bettdecke gekrochen.

»Nicht viel«, murmelte ich. »Er . . . er hat sein Gedächtnis verloren. Er hat keine Ahnung, wer er ist. Aber irgendwie scheine ich ihn anzuziehen. Und er . . .« Ich senkte den Kopf. »Und er mich.«

»Das habe ich bemerkt«, sagte Sebastian. Er lächelte schief. Es war ein enttäuschtes Lächeln und seine Stimme war leise. »Also hast du ihn doch an der Elbe gesehen auf Suses Geburtstagsparty?«

Ich nickte. »Ich bin ihm quasi in die Arme gelaufen. Es war so unheimlich. Aber ich kann mich nicht dagegen wehren. Ich will dir nicht wehtun, Sebastian, wirklich nicht. Aber da ist etwas, das ich nicht verstehe. Er . . . weiß Dinge von mir.«

Ich umschloss meinen Anhänger mit den Fingern. »Er kennt Details aus meiner Kindheit. Ich glaube, er hat selbst keine Ahnung, woher. Wenn wir uns begegnen, dann fühle ich mich . . .«

»Hey. Halt.« Sebastian legte einen Finger an die Lippen und sein

Blick war sehr entschlossen. »Nach deinen *Gefühlen* habe ich nicht gefragt. Wenn du die loswerden willst, dann bitte nicht bei mir. Dazu hast du eine beste Freundin. Wenn du die nicht auch vor den Kopf gestoßen hast.«

Ich biss mir auf die Lippe. Volltreffer.

Wir schwiegen einen Moment.

Sebastian strich sich das nass geschwitzte Haar aus der Stirn und seufzte. »Okay«, sagte er. »Nehmen wir mal an, es stimmt, was du sagst. Wie kommt dann deine Mutter dazu, das alles zu wissen?«

Ich erzählte von dem Buch, dem Flohmarkt und meinen Vermutungen, dass sich Lucian ihr anvertraut hatte.

Doch Sebastian schüttelte wieder den Kopf. »Warum sollte er ihr erzählen, dass er sich mit dir trifft? Damit würde er doch ins offene Messer laufen. Hat Janne nicht mit dir darüber gesprochen?«

»Sie schweigt wie ein Grab. Aber jetzt kann ich mir zumindest erklären, warum sie so schräg drauf ist.«

»Und was willst du jetzt tun?« Sebastian sah mich an.

»Ich weiß es nicht«, sagte ich nach einer Weile.

Aber es stimmte nicht. Ich wusste es genau.

ZWÖLF

Janne zog zwischen ihren beiden Leben, wie sie Arbeits- und Privatleben nannte, eine strenge Grenze. Früher, als ich noch in den Kindergarten ging, war sie nur halbtags in der Praxis gewesen. Die Schreibtischarbeit nahm sie mit nach Hause.

Aber jetzt blieb bis auf Notfälle alles, was mit ihrer Arbeit zu tun hatte, in Eimsbüttel, dem Stadtteil, in dem Jannes Praxis lag. Er war eine halbe Fahrradstunde von unserer Wohnung entfernt und an Freitagen im Sommer, wenn ich nach der fünften Stunde Schulschluss hatte, holte ich Janne manchmal ab, um mit ihr die Mittagspause zu verbringen.

Ähnlich wie Ottensen glich Eimsbüttel einem Dorf in der Stadt. Alles, was man zum Leben brauchte, war hier auf engem Raum versammelt. Buchläden, Boutiquen, Apotheken, Fischläden, türkische Obst- und Gemüsehändler, Eiscafés und jede Menge Restaurants mischten sich zwischen die schönen Altbauten. Janne hatte drei Lieblingsorte, die wir abwechselnd besuchten. Das *Vespers*, wo es den besten Caesar Salad Hamburgs gab, das *Esszimmer*, einen Feinkostladen mit täglich wechselndem Mittagstisch, und *Nico*, einen kleinen, familienbetriebenen Italiener, der unverschämt leckere Nudeln kochte. Wenn die Sonne schien, saßen wir draußen an langen Klapptischen und anschließend machten wir oft einen Einkaufsbummel durch das Viertel. Alle paar Meter wurde Janne von irgendwem gegrüßt und die Restaurantleute nannten sie beim Vornamen.

Janne liebte es, mir Läden oder Häuser zu zeigen, die sie in diesem Viertel mochte. Sie nahm mich mit zum Einkaufen, wenn sie etwas gesehen hatte, von dem sie glaubte, dass es mir stand (womit sie meistens richtig lag), und wenn sie mich jemandem vorstellte, klang immer Stolz in ihrer Stimme mit.

Nur in ihrer Praxis hielten wir uns selten auf. Sie lag im Eppendorfer Weg, zwischen dem Italiener und dem Feinkostladen in einem hübschen Altbau mit einer hellgelben Fassade und bunten Blumen vor den Fenstern. Aber immer wenn ich Janne abholte, fühlte ich mich abgewiesen. Es kam mir vor, als könnte sie mich nicht schnell genug nach draußen schleusen.

Früher hatte mich das oft geärgert. »Was soll das?«, hatte ich meine Mutter gefragt. »Hast du Angst, ich laufe einem Psycho über den Weg?«

»Nicht direkt«, hatte Janne geantwortet. »Ich will dich einfach nicht mit alldem hier in Verbindung bringen. In diesen Wänden steckt ziemlich viel Leid, auch wenn sich das vielleicht komisch für dich anhört.«

Das tat es. Ich hielt Jannes Haltung für reichlich abgedreht, aber ich fand mich damit ab.

Als ich am Donnerstagmorgen die Schule schwänzte, um mit Jannes Ersatzschlüssel (den sie ebenfalls in Momas Sekretär aufbewahrte) in ihre Praxis zu gehen, war meine Mutter noch zu Hause. Sie hatte um halb zehn einen Arzttermin, Spatz wollte sie dorthin bringen. Ich würde also knapp zwei Stunden Zeit haben, bevor sie im Eppendorfer Weg aufkreuzte. Wenn sie überhaupt heute kam.

Es war Viertel nach acht. Ein kalter Morgen, knapp fünf Grad, aber die Sonne schien. Der Himmel war von einem klaren dunklen Blau. Auf den Gehwegen lagen Kastanien, prall und glänzend. Eine Gruppe von Kindergartenkindern zockelte Hand in Hand und angeführt von zwei Erzieherinnen an mir vorbei. Ein kleines Mädchen jaulte auf, als ihm eine Kastanie auf den Kopf fiel. Es hatte dicke schwarze Zöpfe und ein rundes Gesicht.

»Annalena weint«, rief der Junge neben ihr und gleich darauf kam eine Erzieherin, um die Kleine zu trösten.

Als ich die Haustür aufschloss, zitterten meine Finger so sehr, dass ich eine Weile brauchte, bis der Schlüssel im Schlüsselloch einrastete. Jannes Praxis lag im ersten Stock.

Die Treppenstufen knarrten, als ich nach oben ging. Auf der Hälfte der Treppe kam mir eine ältere Dame entgegen. Sie lächelte mich an und ich hastete an ihr vorbei in den zweiten Stock. Ich hoffte, dass sie mich nicht als Jannes Tochter erkannte.

Als ich sicher war, dass die Frau das Haus verlassen hatte, schlich ich wieder nach unten.

Wie ein Einbrecher, der ich letztendlich ja auch war, schob ich mich in den quadratischen Flur. Neben der Garderobe stand eine hohe Glasvase mit drei langen Zweigen, an denen rote und gelbe Herbstblätter leuchteten. Links vom Flur lagen die Küche und Toilette, rechts das kleine Wartezimmer und gegenüber der Behandlungsraum mit dem angrenzenden Büro. Die beiden Zimmer waren durch eine Flügeltür voneinander getrennt. Als Erstes fiel mir der neue Teppich auf. Weiß und flauschig lag er in der Mitte des Behandlungsraums und sah aus wie eine vom Himmel gefallene Wolke. Von Leid oder Verzweiflung war nichts zu spüren. Alles wirkte klar und freundlich.

Vor den Fenstern standen sich ein hellbrauner Ledersessel und ein gemütlicher Liegesessel aus Rattan gegenüber. An seinem Fußende stapelten sich Wolldecken in verschiedenen Farben. Rot, Grün, Gelb, Blau, Weiß, Grau, Schwarz. Farben sind Spiegel der Seele, sagte Janne oft. Und sicher verriet die Wahl der Decke etwas über den Gemütszustand von Jannes Klienten. Welches war die meistgewählte? Welche hatte Lucian sich ausgesucht? Hatte er überhaupt hier gesessen? Hier in Jannes Praxis, gegenüber von meiner Mutter?

Meine Hände waren kalt und feucht, während mein Gesicht glühte. Auf dem kleinen Holztischchen stand eine rote Vase mit einer weißen Blume neben einer Box mit Kleenextüchern.

Jannes Arbeitszimmer war der größere der beiden Räume. Eine riesige Bücherwand füllte die Querseite. Davor, mit Blick in den Raum, stand der Schreibtisch, auf dem die Papiere ordentlich gestapelt waren.

Auf der Längsseite waren Regale mit Fächern, Türen und Schubladen. Weitere Vasen verteilten sich im Raum, die Blumen waren noch frisch und verströmten einen süßen Duft. Das einzig persönliche Element war eine mannsgroße Holzskulptur aus drei aufeinandergestapelten, quaderförmigen Klötzen. Man konnte sie drehen und in den obersten Holzklotz waren vier verschiedene Gesichter eingeschnitzt, auf jede Seite eins. Mit ihren unsymmetrisch angeordneten Augen hatten sie Ähnlichkeit mit den Figuren von Picasso. Janne hatte die Skulptur in einer Galerie in Italien entdeckt und nach Hamburg bringen lassen.

Bei der mir zugewandten Seite waren Nase und Mund vertauscht, während die Augen zusammengeschoben wie ein einzelnes großes auf der Stirnmitte prangten. Das Auge starrte mich an. Ganz eindeutig starrte es mich an.

Ich riss mich los und ging auf Jannes Schreibtisch zu. Wo sollte ich anfangen? Jannes Laptop stand aufgeklappt auf dem Tisch. Ich drückte auf die Einschalttaste und fluchte leise. Nein, verdammt, ich hatte kein Passwort! In blinder Hoffnung tippte ich *Wölfchen* ein, dann *Spatz*, dann *Rebecca*, aber alles war falsch.

Sackgasse.

Ich zog die beiden Schreibtischschubladen auf. Büroklammern, Bleistifte, Blöcke, Post-its in der einen, Halstabletten, Aspirin, Mandel-Honig-Riegel und Tampons in der anderen.

Okay. Was war mit den Regalen? Hier gab es jede Menge Fächer und Türen. Papiere von Krankenkassen. Gutachten, Anträge, was auch immer. Sollte ich den Kram wirklich komplett durchsuchen? Blitzschnell dachte ich nach. Wenn Lucian tatsächlich bei meiner Mutter gewesen war, dann bezahlte das ja wohl kaum eine Krankenversicherung. Selbst wenn er vielleicht eine hatte – er kannte sie nicht. Er hatte keine Identität.

Ich zog ein weiteres Fach auf, das gefüllt war mit alphabetisch geordneten Aktenordnern. Die Namen der Klienten sagten mir überhaupt nichts.

Das nächste Fach. Kleine Kassetten – sie sahen altmodisch aus und ich erinnerte mich daran, wie Janne sich vor ein paar Jahren ein neues Aufnahmegerät gekauft hatte und ich ganz verwundert gewesen war. »Du zeichnest die Gespräche deiner Klienten auf?«, hatte ich sie gefragt. »Darfst du das denn?«

Janne hatte gelächelt. »Wenn die Patienten einverstanden sind, ja, und ich mache es auch nur bei manchen.«

Von dem Aufnahmegerät war jetzt jedoch nichts zu sehen. Nur die Bänder standen sorgsam aufgereiht auf der dunklen Holzfläche des Regals. Manche waren noch in ihrer Plastikverpackung, andere gebraucht und mit Namen beschriftet. Lucians Kassette war nicht dabei.

Im nächsten Fach fand ich schwarze Lederbände von Moleskin, ebenfalls alphabetisch geordnet, mit kleinen aufgeklebten Goldbuchstaben auf den Einbänden. Wahllos zog ich eins heraus, um den Inhalt zu überprüfen. Offensichtlich hatte sich Janne über einen ihrer Patienten Notizen gemacht, es ging um eine Frau namens Anne B.

Mein Blick raste über die Satzfetzen.

Anne B.
12.4.2008
Behinderter Bruder war Liebling der Mutter
Vater kalt, schweigsam. Ehe geschieden, als A. 5 Jahre alt war.
Bettdecke schwer wie Blei.
Kratzen, Krallen, Raubtier, Selbstverletzung.
Aggression gegen andere richtet sie gegen sich selbst.
Lebensgefährte arbeitslos. Alkoholiker
Kalt, schweigsam (Parallele Vater!)

Ich klappte das Buch zu und schob den schwarzen Lederband zurück an seinen Platz. Okay, wo war der Buchstabe L? Vier Bände.

Fernando L.

Johanna L.

Katharina L.

Sven L.

Shit! Ich warf einen Blick auf die Uhr. Noch mal Shit! Zwanzig Minuten hatte ich bereits vergeudet. Und diese dämlichen L waren alle Anfangsbuchstaben von Nachnamen. Lucian hatte keinen Nachnamen.

Hatte ich mich geirrt? Lag ich doch falsch damit, dass er hier gewesen war? War meine ganze Suche verrückt?

Es musste etwas hier sein. Musste, musste, musste.

Ich zog Schubladen und Fächer auf, immer hektischer, immer verzweifelter (so musste sich ein Junkie-Einbrecher auf der Suche nach Stoff fühlen), aber alles, was mir ins Auge sprang, waren dicke Mappen und Ordner, die ich unmöglich Stück für Stück durchforsten konnte. Das würde Tage dauern. Auf meiner Stirn stand kalter Schweiß, ich musste aufs Klo, ich hatte Durst. Und keine Zeit.

Die Holzskulptur mit dem unheimlichen Doppelauge hatte mich noch immer fest im Blick, ich starrte zurück, verbissen, wütend und entschlossen – und dann: fiel es mir ein. Ich stürzte auf die Skulptur zu, drehte an dem mittleren Klotz, einmal, zweimal, dreimal, und fand die kleine Klappe, die für den bloßen Betrachter unsichtbar war.

Spatz hatte Janne damals damit aufgezogen, dass sie sich ein Geheimfach anschaffte in einer Praxis, in der sie sowieso allein war. »Das ist kein Versteck«, hatte Janne ihr geantwortet. »Das ist ein Ort für besondere Dinge.«

Ich drückte gegen das Holz. Die Klappe sprang auf, mit einem satten, schmatzenden Klacken. Im hohlen Innenraum lagen drei Gegenstände: das Album, nach dem ich gesucht hatte, das Aufnahmegerät und ein schwarzer Lederband mit einem goldenen L auf dem Rücken.

Für einen Moment wusste ich nicht, wo ich anfangen sollte. Ich griff nach dem Aufnahmegerät, ließ es aber gleich darauf wieder fallen. Ich zögerte, warf einen nervösen Blick auf die Uhr und entschied mich schließlich für den Lederband.

DREIZEHN

8.10.2008
Letzte bewusste Erinnerung: Nachts unter Brücke.
Nackt!
(Amnesie, Langzeitgedächtnis?!)
Keine Vermisstenmeldung. Kein Pass, keine p. Wertgegenstände.
Kein Name
Kontakt zu mir:
Buch über Träume, Flohmarkt
Name/Adresse im Telefonbuch gefunden
Sprachverständnis intakt!
Spricht deutsch und englisch (amerik. Akzent) fließend. Außerdem: mäßig französisch und spanisch (Gymnasium?)
Straßen, Umgebung: fremd.
Menschen: fremd.
Ausnahme: »Da ist ein Mädchen«
Ca. sein Alter. Zufällige Begegnungen, mehrere.
»Kann man jemanden kennen, den man nicht kennt?«

Träumt von kleinem Mädchen, ca. 5 Jahre alt.
Im Traum: Kleines Mädchen und er unter Wasser. Flosse, Haifisch.
(Kleine Schwester? Ertrunken? Schock?)
Sein Gefühl beim Aufwachen: Starke Sehnsucht und Schuld.
»Ich darf nicht hier sein.«

Fazit, erste Stunde:
Amnesie wirkt glaubwürdig. Keine sichtbaren Verletzungen. Intensiver Blick. Ausweichend in Bezug auf das Mädchen, das er getroffen hat – gleichzeitig spürbar aufgewühlt, wenn er von ihr spricht. Hat Kette erwähnt, die Mädchen trug. Kommt ihm bekannt vor. Wollte nichts mehr darüber sagen. Extrem misstrauisch. Sehr intelligent. Vertrauen aufbauen! Langsam!!!

Die letzten Sätze waren mit einem anderen Stift geschrieben, auch das Schriftbild war weniger hastig als zuvor. Wahrscheinlich hatte Janne sich diese Notizen nach der Sitzung gemacht.

Ich ließ das Buch sinken. Ich hatte recht gehabt. Lucian war hier gewesen. Er hatte sich tatsächlich meiner Mutter anvertraut. Und das gleichaltrige Mädchen, dem Lucian begegnet war – das war ich. Ob Janne das gewusst hatte? Hier schon? Eher nicht, oder?

Ich nahm mir den Band noch einmal vor und überflog abermals die Zeilen. An dem Traum von dem kleinen Mädchen blieb ich hängen. Meine Mutter hatte es für eine ertrunkene Schwester gehalten. Wo mochte das gewesen sein? Im Meer? Deshalb der Hai? Lag Janne richtig? Konnte dieses Erlebnis den Schock verursacht haben, der zu Lucians Gedächtnisverlust geführt hatte? Und wenn ja, hatte das kleine Mädchen, seine kleine Schwester ... vielleicht Ähnlichkeit mit mir?

Ich wischte mir die feuchten Hände an der Jeans ab und blätterte zurück. Der *8. Oktober* war der Mittwoch nach dem Flohmarkt gewesen. Auch hier hatte ich richtig vermutet. Lucian war an unserem Stand gewesen, als ich durch die Halle gebummelt war, um für Janne und mich etwas zu trinken zu holen. Hatte er unseren Stand vor oder nach unserer Begegnung entdeckt? Wann auch immer – auf jeden Fall hatte er Jannes Buch über Träume gefunden und meine Mutter hatte es ihm geschenkt. Und offensichtlich hatte er dann die Praxisadresse über den Namen meiner Mutter herausgefunden.

Es war unfassbar, dass Lucian hier gesessen hatte. Es war unfassbar, was ich hier las.

Ich schlug die Seite um.

11.10.2008
Begegnungen mit gleichaltr. Mädchen anhaltend
Nach wie vor keine Erinnerungen.
Dafür Träume von kleinem Mädchen intensiver – jetzt fast jede Nacht.
Mädchen in Hauseingang. Allein. Roter Schulranzen. In der Hand ein Gänseblümchen.
Mädchen vor Spiegel. Viele Spiegel. Wieder allein. Erst fröhlich, dann ängstlich. »Wo bin ich?/Wo seid ihr?«
Mädchen mit Mann (?) am Flussufer. Gespräch über Schwerkraft (Erde, Mond, unsichtbares Band) »Dann gehören sie eigentlich zusammen? Obwohl sie so weit voneinander entfernt sind?«

Bezeichnend: Hat in seinen Träumen nie Kontakt zu dem Mädchen. Ist immer Beobachter. Als ich ihn drauf anspreche, ist Reaktion erst verwirrt, dann traurig.
Nach wie vor sehr misstrauisch. Beobachtet mich ständig, will wissen, was ich aufschreibe.
Auffällige Ausnahme: versteckt seine Hände.
Reagiert panisch auf Stichwort Polizei.

Das Mädchen im Hauseingang war ich gewesen. An meinen roten Schulranzen erinnerte ich mich noch genau. Und kein Zweifel, dass das Gänseblümchen in meiner Hand das Geschenk von Leon Schimroka gewesen war.

Die Spiegel – das war auf dem Hamburger Dom gewesen, wo wir Jannes Rubbellos-Gewinn verprasst hatten. Wir waren ins Spiegelkabinett gegangen, hatten uns verirrt und für kurze, panische Minuten hatte ich die anderen verloren.

Woher konnte Lucian das wissen? Wie konnte er davon *träumen?*

Und Janne? Wusste sie an dieser Stelle, von welchem Mädchen die Rede war?

Das Flussufer, der Mann neben mir, das war mein Dad! Unser Gespräch über die Schwerkraft, meine Frage – Wort für Wort, wie ich es in meiner Erinnerung hatte.

Meine Finger zitterten so stark, dass ich sie zu Fäusten ballen musste, bevor ich die Seite umblätterte.

16.10.2008
Hat Arbeit
Wirkt offener
Hat Mädchen nicht mehr getroffen.

Zwei neue Träume. Wieder kein direkter Kontakt.

1) Mädchen – jetziges Alter – Affe Pappmachee, Farbtopf kippt um (rot wie Blut)

2) Mädchen (klein) im Freibad
Haifisch . . . Luftmatratze . . . weiß . . . Sharky.

Jetzt. In diesem Moment hatte sie es begriffen. Ich erkannte es an ihrer Schrift, die mit jedem Wort fahriger geworden war. Das Zittern ihrer Hand spiegelte sich in jedem Buchstaben und dann, beim Namen Sharky, war ihr der Stift ausgerutscht. Ein langer, schräg abfallender Strich, als sei statt Janne der Stift in Ohnmacht gefallen.

Ich kniff die Augen zu. Grelle Punkte tanzten vor meiner Stirn, mir war übel und es wurde auch nicht besser, als ich die Augen wieder öffnete.

Okay, Rebecca. Dreh jetzt nicht durch! Ich sah zum Fenster und blinzelte ins helle Sonnenlicht, das direkt ins Zimmer fiel. Kleine Staubpartikel tanzten umher.

Ich ging zum Fenster, machte es auf und sog die Luft ein.

Kein direkter Kontakt. Das war der Satz, der mich am tiefsten getroffen hatte. Er packte mich genau an der Stelle, wo ich diese Leere fühlte, das hohle Gefühl in meiner Brust.

Kein direkter Kontakt.

Ich drehte mich wieder um, griff nach dem Aufnahmegerät und drückte auf den Rückwärtspfeil, bis das Band einrastete. Dann startete ich die Aufzeichnung.

Es rauschte. Ein Räuspern. Ich hörte Jannes Stimme.

Sie klang klar und beherrscht, aber wenn man sie kannte, hörte man das innere Zittern genau.

»Was ich heute mit Ihnen ausprobieren möchte, ist so etwas wie eine Reise«, sagte meine Mutter. »Eine Traumreise in die Vergangenheit. Vielleicht gelingt es uns auf diese Weise, dass Sie Kontakt zu dem Mädchen aufnehmen können.«

Pause.

»Legen Sie sich zurück. Finden Sie eine Haltung, die bequem ist. Ja, so ist es gut. Ich zähle jetzt langsam von zehn bis eins. Folgen Sie einfach meinen Worten. Lassen Sie sich von ihnen leiten. Sind Sie bereit?«

Keine Antwort.

»Zehn«, begann Janne. Ihre Stimme war jetzt ganz ruhig, fast fremd kam sie mir vor. »Ihre Augen werden langsam müde . . . Neun. Sie stellen sich vor, dass an Ihren Augenlidern kleine Gewichte hängen, die sie schwer werden lassen, immer schwerer und schwerer, ganz langsam . . .

Acht. Ihre Augen sind jetzt geschlossen und Sie lassen sich fallen . . .

Sieben. Tiefer. Sie lassen sich langsam tiefer und tiefer fallen . . .

Sechs. Eine Welle der Entspannung fließt durch Ihren Körper. Sie beginnt bei den Füßen . . .

Fünf. Steigt höher über die Waden, zu den Oberschenkeln . . .

Vier. Zum Bauch und von dort weiter zur Brust . . .

Drei. In Ihre Arme, Ihre Hände. Ihr Gesicht. Ihren ganzen Kopf . . .

Zwei. Alles ist jetzt warm und ruhig und entspannt . . . Eins.«

Ich hörte, wie Janne tief ausatmete. »Ab jetzt sind Sie in einem tiefen, äußerst behaglichen Hypnosezustand . . . Wie fühlen Sie sich?«

Keine Antwort.

»Gut«, sagte Janne leise. »Sie machen das gut. Wir lassen es langsam angehen. Sie gehen zurück. Weit, weit zurück. Zum ersten Erlebnis, das in Ihrem Gedächtnis auftaucht . . . Was sehen Sie?«

»Da . . . ist ein Gebäude.«

Lucians Stimme klang gedämpft, weit entfernt.

»Was sehen Sie?« Das war wieder Janne, diesmal deutlich angespannter.

»Fahnen. Da sind lange weiße Fahnen. Mit Namen. Vornamen.

»Können Sie die Namen vorlesen?«

»Josefine. Karlotta. Tom. Christiane. Susanna. Leon. Rebecca.«

Pause. Ein leises Stöhnen.

»Was noch?« Jannes Stimme zitterte. »Was sehen Sie sonst noch?«

»Da sind Kinder«, hörte ich Lucian murmeln. »Viele Kinder. Eltern. Da ist mein Mädchen. Es hat schwarze Zöpfe und trägt ein blaues

Kleid mit einem aufgedruckten Fisch. Einem Goldfisch. Mein Mädchen hält eine Schultüte im Arm. Sie ist rot . . . mit weißen Punkten. Das Mädchen schaut zu jemandem hoch. Einem Mann. Er hat dunkle Haare, genau wie das Mädchen. Es ist der Mann vom Fluss. Er hat etwas in der Hand. Eine Kette. Sie liegt in seiner geöffneten Handfläche. Die Kette hat einen Anhänger. Eine . . . Sonne. Der Mann dreht sie um. Auf der Rückseite steht etwas geschrieben . . .«

»Was?« Jannes Stimme war nicht mehr als ein Flüstern. »Was steht auf dem Anhänger?«

»Ich . . . weiß nicht. Der Mann sagt etwas. Er sagt . . . *Carpe Diem. Seize the day.*

Das Mädchen runzelt die Stirn. Es sagt: *That sounds funny.*

Der Mann lächelt. Er streicht dem Mädchen über das Haar. Er sagt: *But it isn't. It is wise. You will get the meaning some day. Now go. This is your day! Mommy and I will pick you up later.*«

Pause.

Mein Mädchen. Lucian hatte *mein Mädchen* gesagt. Es ging mir durch und durch, obwohl ich mittlerweile jenseits von Aufregung und auch jenseits von Ungläubigkeit war.

Lucian sprach weiter: »Das Mädchen dreht sich um. Sie geht fort. Ihre Zöpfe wippen. Ich laufe hinter ihr her. Ich hole sie ein. Aber ich kann sie nicht ansprechen.«

Eine lange Pause.

»Das . . . das war gut.« Janne räusperte sich. Ihre Stimme wirkte zum Zerreißen gespannt. »Versuchen Sie, noch ein Stück weiter zurückzugehen.«

Schweigen. Kurz darauf ein Murmeln.

»Was sehen Sie?«

»Nichts. Es ist . . .« Lucian klang zögernd. » . . . es ist dunkel . . . und jetzt . . . ein Licht. Ein Strahl, es ist . . . eine Taschenlampe. Ich liege . . . in einem Bett. Das Mädchen ist direkt neben mir. Seine Haare sind verwuschelt. Es greift nach etwas . . . einem Buch. Da ist ein Boot. Da sind Palmen. Da ist . . . ein Monster. Das Mädchen sagt: *Ich les dir was vor. Ich kann nämlich lesen . . .*«

»Spricht das Mädchen . . . mit Ihnen?« Jannes Stimme.

»Ich weiß es nicht. Ja. Nein. Ich weiß es nicht. Es hat etwas im Arm . . . ein kleines Schaf oder . . . nein . . . es ist ein Bär . . . Die Tür geht auf. Jemand kommt herein, ich kann nicht erkennen, wer . . . es ist eine Frau . . .«

Janne hustete. Lucian brach ab.

Ich wusste, von welchem Buch er sprach. *Wo die wilden Kerle wohnen.* Lucian hatte das Buch nicht gefunden, er hatte davon *geträumt.* Und die Frau in der Tür, das musste Janne sein – deren Stimme auf dem Band plötzlich furchtbar hektisch wurde.

»Verlassen Sie diesen Ort«, drängte sie. »Gehen Sie noch weiter zurück. In Ordnung.« Ich hörte sie erleichtert aufseufzen. »So ist es gut. Wo sind Sie jetzt? Sagen Sie mir, was Sie nun sehen.«

Diesmal war die Pause sehr lang. Und als Lucian weitersprach, war seine Stimme so leise, dass ich mein Ohr an das Gerät pressen musste, um ihn zu verstehen.

»Ein Zimmer. Ein . . . Raum, aber kein Wohnraum. Eine Schwingtür. Metall . . . Da sind Stimmen. Und dann . . . jetzt . . .«

»Was?« Jannes Worte waren ebenfalls kaum zu verstehen. »Was geschieht jetzt?«

»Ich will nicht weiter.« Lucians Stimme wurde plötzlich laut und energisch.

»Okay.« Man konnte Jannes Enttäuschung deutlich spüren. Sie holte ihn zurück, bat ihn, die Augen zu öffnen, und fragte: »Vielleicht machen wir beim nächsten Mal weiter?«

»Vielleicht.«

Beide schwiegen.

»Wie sah es in den letzten Tagen aus?«, wollte Janne schließlich wissen. »Haben Sie das Mädchen noch einmal getroffen?«

»Nein.«

»Gut.« Ich hatte Janne noch nie so erleichtert gehört. Hatte Lucian denn wirklich nichts gemerkt?

»Ich glaube, es ist besser so«, sagte meine Mutter. »Es wäre falsch, das Mädchen zu verstören. Gehen Sie ihr aus dem Weg.«

»Das ist leichter gesagt als getan.« Lucian klang wütend.

»Dann geben Sie sich Mühe«, sagte Janne eindringlich. »Bevor wir nicht wissen, was mit Ihnen ist, sollten Sie sich niemand anderem anvertrauen als mir.«

»Was ist mit Ihnen?« Da war so viel in seiner Stimme, Unsicherheit, Zorn, Misstrauen.

»Was meinen Sie?« Janne ließ nicht locker, jetzt kämpfte sie.

»Kann ich Ihnen vertrauen?«

»Ja.« Plötzlich war Janne total ruhig. »Ja. Das können Sie.«

Jetzt war es Lucian, der sich räusperte. »Ich brauche einen Namen«, sagte er. »Mir ist jetzt einer eingefallen. Ich werde mich Lucian nennen.«

»Wie sind Sie darauf gekommen?«

Ich hörte ein Rascheln.

»Ich gehe jetzt«, sagte Lucian. »Danke, dass Sie das für mich machen. Ohne Geld und alles, meine ich.«

»Gerne. Ich möchte Ihnen helfen. Und das werde ich auch, Lucian. Wie wäre es mit Samstag, den 25.? Wieder um siebzehn Uhr?«

»Okay.«

Es metallisches Knacken ertönte. Janne hatte ausgeschaltet.

Mein Gehirn schien ebenfalls abzuschalten. In meinem Kopf drehte sich alles, ich war zu keinem klaren Gedanken mehr fähig. Dafür verspürte ich einen jähen Impuls, etwas zu zertrümmern, das Janne gehörte.

Gehen Sie ihr aus dem Weg. Das war nicht der Rat einer Psychologin, sondern der einer Heuchlerin. Und scheißegal, ob Janne mich damit schützen wollte oder nicht. Sie hatte mich wissentlich getäuscht! Warum sich Lucian mir gegenüber so zurückgehalten hatte, war mir jetzt natürlich auch klar. Was hatte Janne ihm sonst noch geraten? Was hatte sie sonst noch aus ihm herausgelockt?

Ich warf einen hektischen Blick auf die Uhr. Fünf nach zehn. Janne konnte jeden Augenblick hier sein. Aber ich wollte noch mehr hören, ich konnte jetzt nicht von hier verschwinden.

Ich spulte ein Stück vor, drückte wieder auf Play und platzte mitten in die nächste Aufzeichnung.

»Ich weiß jetzt ihren Namen«, hörte ich Lucian sagen. »Sie heißt Rebecca.«

»Woher wissen Sie das?« Jannes Stimme klang auffallend neutral. Mir kam es vor, als hätte sie aus irgendeiner Quelle Kraft und Ruhe geschöpft.

»Ich habe sie gestern Nacht an der Elbe getroffen.«

»Sie waren verabredet?«

Leises Lachen. »Nein. So würde ich es nicht nennen. Sie kam, mich . . . besuchen.«

»Rebe. . .« Janne schluckte den Rest meines Namens herunter und fing sich wieder. »Sie wusste, dass Sie dort waren?«

»Nein. Sie wusste es nicht, aber sie kam zu mir. Wir haben gesprochen.«

»Worüber?« Janne machte eine Pause. »Haben Sie ihr etwas erzählt?«

»Nicht viel. Nichts von den Träumen. Nur von meiner . . . Amnesie?«

»Ja. Und? Was hat sie gesagt?« Ich ballte meine Hände zu Fäusten. Wie freundlich und teilnehmend und gleichzeitig professionell Janne klang.

Aber Lucian antwortete nicht auf ihre Frage. »Es macht mir Angst«, hörte ich ihn stattdessen sagen. »Wie kann ich all diese Dinge über sie wissen und gleichzeitig nicht wissen, wer ich bin? Und warum habe ich ständig dieses Gefühl, dass ich gefährlich bin?«

Ich schielte auf die Uhr. Scheiße, Scheiße, Scheiße! Zehn nach zehn. Jeden Moment konnte Janne vom Arzt kommen. Ich spulte weiter und drückte wieder auf *Play*.

» . . . sagte etwas von einem Maskenball. Dort wollte sie mich treffen. Dann kamen ihre Leute.«

Ich spulte ein ganzes Stück vor. Mein Herz raste wie verrückt. Viertel nach zehn. Es war allerhöchste Zeit, hier zu verschwinden. Ich drückte auf Play.

» . . . sie nannte ihn Sebastian. Er war als Kaninchen verkleidet.« Lucian lachte sein leises, raues Lachen. »Ein wütendes Riesenkaninchen. Er drohte mir mit der Polizei. Und das Mädchen neben ihm kannte ich auch. Sie . . .«

Ich spulte weiter. An der Stelle, an der ich Play drückte, schien etwas mit dem Band nicht in Ordnung zu sein. Es rauschte, sodass einzelne Satzteile verschluckt wurden.

Ich verstand:

» . . . wieder von ihr geträumt . . . älter, so wie . . . kürzer . . . Pony. Rebecca ging neben mir . . . Wendeltreppe . . . Frau. Dünn, kurze Haare. Hübsch. Sie hielt . . . blau-weiß gestreift . . . drehte sich zu uns um. Blass . . . Sekunde starrte sie Rebecca . . . sagte: Er ist tot. John Boy ist tot.«

Ich konnte nicht weiter. Ich schaltete das Gerät aus und stand auf, um das Fenster zu schließen. Dann sah ich das Taxi. Es hielt direkt vor der Praxis. Heraus stieg mühsam eine Frau auf Krücken.

VIERZEHN

Als sich der Schlüssel im Schloss drehte, stand ich in der Toilette, die Faust vor den Mund gepresst. Ich hatte keine Zeit gehabt, die Praxis zu verlassen, ich wäre Janne direkt in die Arme gelaufen. Zum Glück hatte ich die Praxistür von innen abgeschlossen, sodass sie wenigstens nicht gleich Verdacht schöpfen würde.

Meine Mutter trat in den Flur, ich hörte ihre Schritte und das dumpfe Klacken der Krücken, das näher kam. Jetzt blieb sie ganz dicht vor der Toilette stehen.

Krampfhaft hielt ich die Luft an und schloss die Augen, während in meinem Kopf die Bilder umherwirbelten. Was Janne in mehreren Etappen erfahren hatte, war in ein paar Minuten auf mich eingestürzt. Ich hatte das Gefühl zu platzen. Wenn Janne jetzt die Tür öffnet, dachte ich, fliege ich ihr in tausend Stücken um die Ohren.

Sie öffnete die Tür nicht. Das Geräusch der Krücken auf dem Parkettfußboden setzte wieder ein und entfernte sich in Richtung Büro.

Ich stützte mich auf das Waschbecken, überlegte fieberhaft, ob ich die Sachen in Jannes Büro wieder an ihren Platz gelegt hatte, ob ich etwas verrückt hatte, ob ich mich durch irgendetwas anderes verraten hatte – und dann merkte ich, dass mir all die Überlegungen nicht weiterhalfen.

Ich drückte die Klinke in Zeitlupentempo herunter und trat, so lautlos ich konnte, in den Flur.

Die Luft war rein. Ich brauchte nur drei Schritte bis zur Praxistür und dann war ich draußen. Es war viel leichter, als ich gedacht hatte.

Gerade, als ich die Tür hinter mir zuzog, klingelte es. Es war ein lauter, schriller Ton. Ich fuhr zusammen, ließ die Klinke los und raste, ohne mich noch einmal umzusehen, die Treppe hinunter. Ich kam bis zum zweiten Absatz und dann sah ich ihn.

Über mir ertönte ein Summen, Janne öffnete die Praxistür. Das kannst du jetzt auch lassen, schoss es mir durch den Kopf, er ist ja schon da.

Lucian war stehen geblieben, zwei Stufen unter mir. Er starrte mich an, die dunklen Augenbrauen zusammengezogen, aber diesmal lag keine Angst in seinem Blick, sondern unverhohlene Feindseligkeit. Ohne ein Wort schob er sich an mir vorbei und ging die Treppe hinauf.

Ich hörte noch Jannes Stimme, dann klappte die Tür zu und ich war allein im Treppenhaus.

Draußen hatte es angefangen zu nieseln, diese Art von Regen, die nicht in Tropfen kam, sondern in hauchdünnen Fäden. Oder nein – stirnrunzelnd sah ich auf den grauen Schleier vor meinen Augen –, das sind keine Fäden, Rebecca. Es sind Bindfäden. *Es regnet Bindfäden.* So nannte man das, zumindest auf Deutsch. Auf Englisch sagte man: *Es regnet Katzen und Hunde.* Ich legte meinen Kopf in den Nacken und hielt mein Gesicht in den Regen. Katzen und Hunde, dachte ich, was für ein schwachsinniger Ausdruck! Man würde fühlen, wenn einem Katzen und Hunde ins Gesicht regneten, es würde wahrscheinlich sogar ziemlich wehtun.

Bindfädenregen dagegen fühlte man kaum oder eigentlich fast gar nicht. Man wurde einfach nur nass. Alles wurde einfach nur nass, die Straßen, die Autos und das himmelblaue Flugblatt vor mir auf dem

Bürgersteig, das so verloren aussah. Ob die Buchstaben auf dem Flugblatt auch nass wurden? Ob sie verschwammen?

Ich bückte mich und hob das Blatt auf. Die Buchstaben waren noch deutlich lesbar.

Saubere Fenster ab Euro 1,99 stand als fett gedruckte Überschrift auf dem himmelblauen Papier. *Sie suchen eine vertrauensvolle Lösung für die Fensterreinigung in Ihren Büroräumen oder möchten einfach saubere Fenster in Ihrem privaten Zuhause? Dann rufen Sie uns an! Unsere freundlichen, zuverlässigen und deutsch sprechenden Fensterputzer bieten Fensterreinigung schon ab 1,99 Euro inkl. MwSt.*

Saubere Fenster ab Euro 1,99 – wow, das war wirklich ein Schnäppchen! Fenster putzen war eine Höllenarbeit, gefährlich außerdem, wenn man in oberen Stockwerken wohnte. So ein Flugblatt war doch wichtig, davon sollten viele wissen, das Blatt musste in vielen, sehr vielen Hauseingängen hängen!

Ich wusste, wie man Flugblätter aufhängte, das hatte ich in der Grundschule oft zusammen mit Suse für ihre Mutter getan, als deren Zeitmanagementseminare noch nicht bekannt waren. Fünf Cent pro Flugblatt hatten Suse und ich bekommen und waren stolz durch die Straßen marschiert, bis wir unsere Arbeit erledigt hatten. Diesmal war Suse nicht da. Aber dann musste dieser Job eben allein von mir erledigt werden.

Ich steckte das himmelblaue Flugblatt unter meine Jacke und steuerte den Copyshop an der nächsten Straßenecke an.

Ich ließ mir einen Kopierer freischalten, tippte die Sieben und zwei Nullen ein, drückte auf Start und beobachtete, wie das Gerät die einzelnen Blätter ausspuckte, in einem ruhigen, monotonen Rhythmus und dabei unglaublich effektiv. Es war der reinste Flugblätterregen. Als alle Kopien draußen waren, kaufte ich noch drei Rollen Tesafilm, zahlte mit einem nagelneuen Fünfzigeuroschein und marschierte mit einer vollen Plastiktüte in der Hand zurück auf die Straße.

Auf der Osterstraße waren hauptsächlich Geschäfte, während das Flugblatt sich eher an Büros oder Privathaushalte richtete, und ich wollte die Botschaft nicht an die falsche Zielgruppe verschwenden. Also bog ich in die ruhigere Bismarckerstraße ein und machte mich an die Arbeit. Dort standen hauptsächlich Wohnhäuser, schöne Altbauten mit großen, teilweise wunderschön geformten Fenstern, manche Häuser hatten sogar Wintergärten, die ganz und gar aus Fensterglas bestanden.

Im hinteren Teil lagen ein paar Büros, hauptsächlich hatten sich dort Steuerberater, Ärzte oder Ergotherapeuten niedergelassen. Ich arbeitete mich Haus für Haus voran. Der Regen war stärker geworden und ich musste die Tüte unter meine Jacke stecken, damit die Blätter nicht nass wurden. Als sämtliche Hauseingänge der Bismarckstraße mit Flugblättern versehen waren, hatte ich einen guten Rhythmus gefunden: Hauseingang ansteuern, unterstellen, Plastiktüte absetzen, ein Flugblatt aus der Tüte ziehen, es mit der rechten Hand, in der ich den Tesafilm hielt, an das Klingelschild drücken, mit der linken ein Stück Tesafilm abziehen, festkleben und weiter zum nächsten Hauseingang.

Hausbewohner traf ich kaum, und wenn, dann waren sie damit beschäftigt, dem Regen zu entkommen, der sich langsam, aber sicher zu einem echten Unwetter ausgewachsen hatte. Es stürmte, der eiskalte Wind peitschte den Regen voran und die Tropfen waren mittlerweile so groß, dass die Bezeichnung *Katzen und Hunde* jetzt doch zutreffend war. Mir rann das Wasser aus den Haaren und meine Hände waren so kalt, dass ich sie kaum noch öffnen konnte, aber ich kämpfte mich entschlossen weiter. Ich hatte noch gut die Hälfte des Stapels übrig. Vor einem der Häuser schnauzte mich eine Frau an, die gerade aus dem Eingang kam, sie sagte, dass Werbung hier verboten sei, aber als sie um die Ecke verschwunden war, klebte ich das Flugblatt mitten auf das Klingelschild. Ein paar Häuser weiter fiel mir der Tesafilm aus den Fingern, und als ich mich danach bückte, glitt mir die Tüte aus dem Arm. Sie rutschte die Treppe hinunter und landete in einer matschigen Pfütze. Ein Großteil der Blätter fiel heraus. Ich wollte sie aufsammeln, aber die Blätter waren schon völlig durchweicht. Sie sahen so falsch aus, himmelblau auf dem grauen, nassen Asphalt.

Ich versetzte ihnen einen Fußtritt, ging zurück zur Eingangstür und machte mich verbissen daran, ein trockenes Blatt aus dem verbliebenen Stapel zu ziehen und unter das Klingelschild zu kleben. Der Scheißtesafilm wollte nicht kleben, meine Hände brannten mittlerweile vor Kälte, und als ich den Namen *Rossmann* auf einem der Klingelschilder las, entwich mir ein trockenes Schluchzen.

Der Nachname brachte mich völlig aus dem Konzept, es war Suses Name, sie wohnte natürlich nicht hier, aber mit einem Mal schien es mir ganz und gar unmöglich, fast wie ein Verrat, diese Arbeit ohne sie zu erledigen. Ich ging in die Knie und starrte auf die matschigen Blätter, die vom Regen über die Straße geschwemmt wurden, und erst jetzt wurde mir bewusst, was ich hier eigentlich machte.

Ich hatte fünfunddreißig Euro gezahlt, um himmelblaue Flugblätter für einen Fensterputzservice zu kopieren und sie bei strömendem Regen an fremde Hauseingänge zu pinnen – war ich wahnsinnig geworden?

Ich schleuderte die übrig gebliebenen Flugblätter in den nächsten Mülleimer, griff nach meinem Handy und verbrachte den Rest des Tages damit, Suse zu suchen. Ich rief auf ihrer Nummer an, doch niemand nahm ab. Ich hinterließ drei Nachrichten und zwei SMS. Ich wartete, bis die Schule aus war, und probierte es bei ihr zu Hause auf dem Festnetz. Erst war eine halbe Stunde besetzt, dann ging niemand mehr dran. Ich fuhr zu ihrem Haus und klingelte Sturm. Irgendwann hatte ich ihre Mutter an der Sprechanlage, die mir mit knapper, nervöser Stimme mitteilte, Suse sei unterwegs und nein, ich könne nicht oben auf sie warten.

Ich versuchte herauszufinden, wo Dimos Proberaum war, aber ich kannte weder seine Handynummer noch die seiner Bandmitglieder und seinen Nachnamen wusste ich auch nicht.

Wieder probierte ich es auf Suses Handy und merkte, wie ich weggedrückt wurde. Ich nahm es Suse nicht übel, im Gegenteil, ich hatte es verdient, aber ich gab nicht auf. Ich hinterließ eine weitere Nachricht auf ihrem Handy, das mittlerweile abgeschaltet war, um es dann noch ein weiteres Mal – vergeblich – auf ihrem Festnetz zu versuchen.

Zu Hause wedelte mir Spatz mit ihrem Glücksschwamm entgegen und erzählte mir irgendetwas von Obamas gewonnener Präsidentschaftswahl, aber ich registrierte gar nicht, was sie sagte. Selbst als Janne in mein Zimmer kam, die sich freundlich nach meinem Tag erkundigte und ganz offensichtlich keinen Verdacht geschöpft hatte, fühlte ich nichts. Ich dachte nicht mal an Lucian. Ich teilte meiner Mutter mit, dass ich einen guten Tag gehabt hätte, jetzt allerdings jede Menge Hausaufgaben erledigen musste, und hörte dabei nicht auf, an Suse zu denken – daran, dass ich mich bei ihr entschuldigen wollte, daran, dass ich sie zurückgewinnen musste. Ich schrieb ihr eine Mail und legte mir im Bett stundenlang die Worte zurecht, die ich ihr morgen früh vor der Schule sagen würde.

Am nächsten Tag war ich eine halbe Stunde vor Unterrichtsbeginn da, aber ich konnte Suse nicht vor dem Klassenzimmer abfangen, denn als sie aufkreuzte, hatte der Unterricht schon begonnen.

Sie sah grauenhaft aus. Ihre Augen waren total verquollen, ihr Gesicht war aufgedunsen und gerötet. Zwei Mädchen aus meiner Klasse, Vanessa und Zoe, stürzten sich sofort auf sie. Sebastian war immer noch krank und Suse setzte sich auch heute wieder an seinen Platz, ohne mich eines Blickes zu würdigen. In den Pausen sprintete sie aus dem Klassenzimmer und kam so knapp zurück zum Unterricht, dass mir keine Möglichkeit blieb, mit ihr zu sprechen.

In der letzten Stunde hatten wir Chemie und machten ein Experiment, für das wir in Zweiergruppen eingeteilt wurden. Frau Steinmeyer, unsere Chemielehrerin, nannte es »Gummibärchen im flammenden Inferno«. Bei der Gruppeneinteilung blieben nur noch Sheila und ich übrig. Genervt setzte ich mich neben sie auf die Bank, streifte mir die Schutzhandschuhe über und zog die Schutzbrille auf.

»Seh ich auch so bescheuert aus wie du?«, fragte Sheila, als sie mich durch gelb getönte Gläser ihrer Brille anglotzte. Ich zog es vor, nicht zu antworten. Stattdessen spannte ich das Reagenzglas in das Stativ und füllte die angeordneten fünfzehn Gramm Kaliumchlorat hinein. Sheila schob mir die mit Löschsand gefüllte Blechbüchse zu, für den Fall, dass das Glas bei der Reaktion durchschmelzen sollte.

»Jetzt das Gummibärchen?«, fragte sie.

»Nein, das kommt später. Erst müssen wir das Zeugs hier schmelzen«, gab ich zurück, stellte den Bunsenbrenner bereit und drückte Sheila das Feuerzeug in die Hand. »Hier. Zünd an.«

»Geht nicht.« Sheila machte mehrere Versuche, fummelte an dem Feuerzeug herum und schüttelte es. »Versuch du es mal«, sagte sie schließlich.

Ich nahm das Feuerzeug, klickte auf den Anzünder und schrie auf, als eine riesige Stichflamme in die Höhe schoss.

»Oh nein!«, kreischte Sheila hysterisch. »Oh nein, oh nein . . .«

Meine Haare hatten Feuer gefangen. Jetzt kreischten auch die anderen los, während ich die brennende Strähne zwischen meine Hände nahm und wie eine Wilde daraufschlug, um das Feuer zu ersticken. Zum Glück hatte ich die Schutzhandschuhe an. Es stank entsetzlich, aber das Feuer ließ sich bändigen. Nach wenigen Sekunden war der Spuk vorbei. Meine Lehrerin und Suse waren zeitgleich bei mir. Suse nahm mich in den Arm, während Frau Steinmeyer kreidebleich nach meinem Befinden fragte.

»Ich bin okay«, murmelte ich. »Bin okay.«

Ich griff an die Stelle, wo bis eben noch meine Haare gewesen waren.

Sheila stand in der hintersten Ecke des Klassenzimmers. Sie hatte ihre langen schwarzen Locken um ihr Handgelenk geschlungen. Ihr Blick war betroffen, aber das gehässige Zucken um ihre Mundwinkel entging mir nicht. Suse offensichtlich auch nicht. Angestrengt starrte sie von Sheila zu mir.

»Hat jemand Hunger auf Gummibärchen?«, kam es von Aaron. Er grinste mich an, aber es war ein freundschaftliches Grinsen.

»Klar«, sagte ich. »Ich denke mal, das flammende Inferno hatten wir jetzt auch so.«

In Richtung Sheila gewandt, sagte ich: »Na, möchtest du das Feuerzeug nicht zurück? Es funktioniert blendend.«

Sheila presste die Lippen aufeinander. Eine Entschuldigung rang sie sich nicht ab und eine böse Absicht ließ sich höchstens vermuten, aber nicht beweisen.

In der Zwischenzeit war Suse wieder an ihren Platz gegangen, und als es kurz klingelte, lief sie aus dem Chemieraum, ohne ein weiteres Wort an mich zu richten. Ich raffte meine Sachen zusammen, rannte zum Fahrradständer und war zwei Minuten später unterwegs.

»Hallo Rebecca.« Suses Mutter hatte mir die Wohnungstür geöffnet. »Tut mir leid mit gestern, ich . . .« Sie brach ab und sah auf die Wollmütze, unter der ich meine Haare verborgen hatte. »Ist ganz schön kalt draußen, hm?«

»Geht so«, sagte ich ausweichend. Offensichtlich hatte Suse ihr nichts von meinem Unfall erzählt. Frau Rossmann straffte die Schultern und sah mir Hilfe suchend in die Augen. »Suse hat gestern eine ziemlich unschöne Auseinandersetzung zwischen mir und ihrem Vater mitbekommen«, platzte sie heraus. »Hat sie . . . hat sie dir davon erzählt?«

Ich schwieg irritiert und Suses Mutter holte tief Luft. »Weißt du, wie es ihr geht?«

Das war im Grunde nicht zu überhören. Die Punkmusik aus Suses Zimmer sprach Bände. Die Bässe wummerten nur so durch den Flur. Aber erwartete Suses Mutter allen Ernstes eine Antwort von mir? »Warum fragen Sie Ihre Tochter das nicht selbst?«, gab ich zurück.

Frau Rossmann sah aus, als würde sie jeden Moment in Tränen ausbrechen.

»Sie macht total zu«, jammerte sie. »Mein Gott, ich verstehe ja, dass das Ganze nicht leicht für sie ist, aber was soll ich denn machen? Soll ich etwa so weiterleben?«

»Das fragen Sie am besten auch jemand anderen«, sagte ich so höflich wie möglich. »Dürfte ich jetzt bitte zu meiner Freundin?«

»Aber natürlich, natürlich . . .« Suses Mutter riss die Türe auf. »Geh nur. Suse ist in ihrem Zimmer.«

Ach nee. Echt?

Ohne ein weiteres Wort drängte ich mich an ihr vorbei.

Mit dem Lärm, der mir aus Suses Lautsprecherboxen entgegendröhnte, hätte man einen schwerhörigen Tiefseetaucher an die Oberfläche locken können. Meine Freundin hockte mit angewinkelten Knien auf ihrer Hollywoodschaukel. In ihrer Hand saß Ozzy und ich fragte mich, ob Hamster gegen Hörstürze gefeit waren.

»Kann ich das leiser drehen?«, brüllte ich.

Suse zuckte mit den Achseln, ohne mir in die Augen zu sehen. Gehört hatte sie mich ganz bestimmt nicht, aber vielleicht konnte sie von den Lippen lesen.

»Hey«, sagte ich, als ich die Musik heruntergedreht, mir die Mütze vom Kopf gezogen und mich vor Suse auf den Teppich gesetzt hatte. »Ich war beschissen zu dir, ich kann gar nicht fassen, wie beschissen. Ich weiß, dass es eine lahme Ausrede ist, aber ich war total mit den Nerven runter, ich bin nur noch um mich selbst gekreist. Du bist meine Freundin, Suse, die beste, die es gibt.«

Ich legte meine Hand auf ihren Arm. »Es tut mir so leid. Ehrlich.«

Suse starrte auf den Boden und ich auf Ozzy. Seine winzigen Schnurrbarthärchen zuckten, eine gefühlte Ewigkeit lang, bis Suse endlich ihren Kopf hob und mich ansah. Ihre Augen waren feuerrot.

»Deine Frisur sieht infernal scheiße aus«, sagte sie und grinste schief.

Ich musste lachen vor lauter Erleichterung, gleichzeitig schossen mir Tränen aus den Augen.

»Hey, kein Grund zu flennen«, sagte Suse und stand auf. »Du kommst genau richtig, damit ich mich abreagieren kann.« Sie verschwand im Bad und kam mit Kämmen und ihrer Friseurschere zurück.

Ich wischte mir die Tränen aus dem Gesicht. Meine Freundin, die schon als Kind an ihren Barbiepuppen rumgeschnippelt hatte, hatte ihr Schülerpraktikum bei einer Hairstylistin absolviert und innerhalb der letzten Jahre an einigen lebenden Modellen geübt. Mir schnitt sie schon die Spitzen, seit ich dreizehn war. Allerdings auch nicht mehr, denn ich hatte mich nie von meinen langen Haaren trennen wollen.

Als ich einen Moment später das Geräusch von Suses Schere hörte, musste ich die Zähne zusammenbeißen. Ratsch, ratsch, ratsch ... Vor meinen Augen regnete es Haarbüschel.

Suse arbeitete konzentriert und schnell und wir sprachen erst wieder, als sie die letzten Spitzen begradigte.

»Abreagiert?«, fragte ich vorsichtig. Einen Blick in den Spiegel brachte ich trotzdem noch nicht fertig.

»Supersexy«, kommentierte sie ihr Werk und packte ihre Scheren ein.

»Ich hab gehört, dass es gestern hier Stress gab«, begann ich und schielte zu Suse hinüber. Schlagartig verdüsterte sich ihr Gesicht.

»Hat sich meine Mutter jetzt bei dir ausgeheult?«, schnaubte sie.

»Hätte sie wohl gern«, gab ich zurück. »Aber ich hab sie nicht gelassen. Was ist denn passiert?«

»Du glaubst gar nicht, wie egal mir das ist, was gestern hier passiert ist.« Ich konnte ihr Gesicht nicht sehen, weil sie noch immer über ihre Friseurtasche gebeugt war, aber ihre Stimme klang wieder tränenerstickt. »Sollen die beiden ihren Scheiß allein klären. Ich hab andere Sorgen.«

»Willst du darüber sprechen?«

Ein heftiges Kopfschütteln folgte, und als ich Suse in den Arm nehmen wollte, wich sie zurück. »Nein. Lass das. Wie sagst du immer: Probleme werden vom Rumjammern auch nicht besser.« Aber gleichzeitig begannen die Tränen über ihre geröteten Wangen zu rollen. Sie flüchtete sich auf ihr Bett.

Ich folgte ihr. »Dimo?«, fragte ich leise und setzte mich vor dem Bett auf den Boden.

Suse nickte. Sie konnte nicht sprechen, so sehr musste sie weinen. Ozzy, den sie wieder in seinen Käfig gesetzt hatte, fiepte in den kurzen Atempausen auf, als wollte er ihr Leid aus der Ferne untermauern.

Ich stand auf, beugte mich über sie, drückte sie fest an mich und diesmal wehrte sie sich nicht. So verharrten wir eine lange Zeit, ohne etwas zu sagen. Alles, was mir einfiel, hätte daneben geklungen.

Als Suse endlich leer geweint war, entzog sie sich langsam meiner Umarmung. Mein Pulli war klatschnass und Suses Gesicht war jetzt so geschwollen, dass ihre Augen nur noch schmale Schlitze waren. Sie stand auf, lief zum Fenster und sah hinaus.

»Gestern«, setzte sie an, »als meine Eltern sich in der Küche die schlimmsten Dinge an den Kopf geworfen haben, bin ich abgehauen. Ich hab gesehen, dass du angerufen hast, aber . . .« Sie verstummte und ich biss mir auf die Lippen.

»Ich bin dann zu ihm gegangen.« Suse sprach Dimos Namen nicht aus. »Seine Eltern waren im Kino. Wir sind auf sein Zimmer, er war total lieb, hat mir zugehört und mich getröstet und dann . . .

Sie senkte den Blick. ». . . dann hat er mich geküsst. Und gestreichelt. Irgendwann hat er an meinem BH rumgefingert. Ich hab mich weggedreht und gemurmelt, er solle warten, aber da wurde er ungeduldig und dann hab ich einfach . . . ich hab einfach meine Hose ausgezogen. Und meine Unterhose. Mein T-Shirt hab ich anbehalten. Er hat auch seine Jeans ausgezogen und dann haben wir . . . haben wir . . . na ja, du weißt schon.«

Suse sah noch immer aus dem Fenster. »Es ging alles so schnell. Als er in mir war, hat er wieder seine Hand unter mein T-Shirt geschoben, und dann konnte ich nicht mehr. Ich hab ihn machen lassen. Bis er . . .«

Suse drehte sich zu mir um. Wie einen Schutzschild hielt sie ihre Arme vor der Brust verschränkt. » . . . bis er dran war. Erst links . . . dann rechts. Und dann . . .« Sie stoppte.

»Und dann?« Ich atmete tief ein. »Was war dann?«

»Dann . . . dann . . .« Suse schüttelte den Kopf und vergrub ihr Gesicht in den Händen. »Dann ist er in mir . . . klein geworden. Hat einfach schlappgemacht. Wenn du weißt, was ich meine.« Sie wartete meine Antwort nicht ab.

»Er hat sich im Bett aufgesetzt«, piepste sie zwischen ihren Fingern hervor. »Und hat mir den Rücken zugedreht. Er hat gesagt, ich hätte ihn *warnen* sollen. Dass er das erst mal verdauen müsse. Dass ich jetzt vielleicht besser gehen sollte. Und das hab ich dann auch getan.«

Suse nahm die Finger von ihrem Gesicht und schaute zu mir rüber. Sie sah aus wie ein kleines Mädchen.

Arschloch, dachte ich. Du mieses, dreckiges, kleines Arschloch.

»Ich schäme mich so«, flüsterte Suse. »Oh Gott, ich schäme mich so. Dimo hat ja recht, ich . . .«

»Du?«, schrie ich und sprang auf. »Dieser Typ mit seinem mickrigen Wurm in der Hose sollte sich schämen. Er sollte sich im tiefsten Loch auf Gottes Erdboden verkriechen und nie wieder rauskommen, weil ich ihm sonst seine verkackten Eier abschneide. *Davor* kannst du ihn warnen! Oder vielleicht lieber nicht, ich überrasche ihn gerne. Hast du zufällig auch eine Eierschere in deiner Sammlung?«

Für einen winzigen Moment musste Suse grinsen. »Wenn man dich so hört, könnte man glatt meinen, du hättest eine Hardcore-Lesbe als Mutter.«

»Ist doch wahr«, brummte ich und fühlte mich plötzlich noch schuldiger als zuvor. »Es tut mir so leid, dass ich gestern nicht für dich da war. Wenn ich das gewusst hätte . . .«

»Dann wärst du wahrscheinlich tatsächlich auf ihn losgegangen.« Suse zog die Nase hoch. »Es ist seltsam, oder?«, sagte sie plötzlich. »Sonst bin ich es immer, die ausflippt, während du mich runterholst. Und jetzt ist es umgekehrt.« Sie wischte sich übers Gesicht. »Es tut einfach nur so weh. Nicht nur das mit ihm, sondern diese Angst, ob ich überhaupt . . . jemals . . .«

»Suse. Hey. Suse!« Ich lief auf meine Freundin zu und hielt sie an beiden Schultern fest. »Ich kann verstehen, was du denkst. Aber ich *schwöre* dir, dass Dimo ein Ausnahmearschloch sondergleichen ist. So sind nicht alle. So sind ganz bestimmt nicht alle! Das musst du mir glauben. Okay?«

Suse zog wieder die Nase hoch. »Nö«, sagte sie. »Aber was ihn betrifft, hattest du recht. Du hattest von Anfang an kein gutes Gefühl. Und trotzdem hast du hinter mir gestanden. Das hätte ich bei dir auch machen sollen. Tut mir leid, Becky.«

Ich schüttelte Suse sanft.

»Red jetzt bloß keinen Quatsch! Das konntest du doch gar nicht. Ich hab dir ja kaum was erzählt.«

»Eben.« Suse wischte sich mit dem Handrücken den Rotz von der Nase. Ihre Handfläche war voll von meinen Haaren, die jetzt wie ein kleiner Schnauzbart unter ihrer Nase klebten.

»Hey Adolf, darf ich mal kurz?« Ich rieb die Haare mit meinem Zeigefinger weg. Suse musste lachen. Doch gleich darauf wurde sie wieder ernst.

»Erzähl mir von ihm. Bitte. Ich will dich verstehen, wirklich.«

Hilflos schüttelte ich den Kopf. Zum einen war dies wirklich nicht der Augenblick, um Suse mit meinen Problemen vollzutexten, zum anderen wusste ich nicht, wie ich damit fertig werden sollte, wenn sich meine Schleusen öffneten. Meine gestrige Aktion hatte zumindest eines bewirkt: dass ich all das verdrängt hatte, was ich in Jannes Praxis erfahren hatte – genau wie die anschließende Begegnung mit Lucian. Jetzt spürte ich, wie sich alles in mir zusammenkrampfte. Ich stieß ein Keuchen aus und ging in die Knie, als ob mir jemand in den Bauch getreten hätte.

Suse kam auf mich zu, kniete sich vor mich und packte mich an den Armen. Ihre Augen waren noch immer völlig verquollen, aber ihre Stimme war energisch und ihr Tonfall duldete keine Widerrede.

»Schieß los«, sagte sie. »Wer hat dich bei Janne verpetzt? Doch nicht etwa Sebastian?«

»Nein«, flüsterte ich und fühlte, wie es losging, wie mich meine angestauten Gedanken, die unterdrückte Wut und die Angst überrollten. »Es war nicht Sebastian. Es war Lucian.«

»Lucian?« Suse ließ meine Arme los. »So heißt er? Lucian? Er . . .« Sie lächelte. »Er sah cool aus mit seiner Vogelmaske. Unheimlich, aber auch sexy. Ich glaube, ich verstehe, was du an ihm findest.«

»Nein!« Ich blickte sie an. »Ich glaube, du verstehst gar nichts. Aber das kannst du auch nicht.«

»Dann erklär es mir.«

Ich starrte an Suse vorbei auf die Hollywoodschaukel.

»Lucian ist bei meiner Mutter in Therapie«, sagte ich völlig zusammenhangslos.

Suse klappte den Mund auf. Aber sie stellte mir keine Fragen. Sie starrte mich nur an – und ich hatte keine Ahnung, wo ich anfangen sollte. Jetzt stürzte alles auf mich ein.

»Ich wusste es nicht«, platzte ich heraus, »ich habe es mir Stück für Stück zusammengereimt, nachdem ich ein Gespräch zwischen Janne und Spatz aufgeschnappt hatte. Janne schien von dem Maskenball zu wissen und da dachte ich, einer von euch beiden hätte mich verraten. Aber es war umgekehrt. Lucian hat meiner Mutter in der letzten Sitzung von dem Abend erzählt, und davor von alldem anderen, von seinen Träumen und . . . und . . . als ich mich dann gestern aus ihrer Praxis geschlichen habe, bin ich im Hausflur in Lucian hineingerannt. Er hat keine Ahnung, dass Janne meine Mutter ist, er dachte wahrscheinlich, ich hätte ihn . . . Oh Gott, Suse! Er sah unglaublich wütend aus und jetzt . . .«

Ich presste die Hände vors Gesicht. » . . . was, wenn er nie wieder etwas von mir wissen will?«

»Hey, halt mal.« Suse rüttelte mich an den Schultern. »Sorry, Becky, aber ich komme nicht mit. Könntest du irgendwie versuchen ... vorne anzufangen?«

Sie überlegte. »Vielleicht bei der U-Bahn? Das ist nämlich das Letzte, was ich weiß. Du hast ihn in der Bahn gesehen. Und ich denke mal, zwischen diesem Tag und gestern ist noch eine ganze Menge passiert. Zum Beispiel, dass du am Falkensteiner Ufer nicht nur einen einsamen Strandspaziergang gemacht hast, richtig?«

Ich nickte und konnte plötzlich nicht glauben, dass ich Suse von alldem ausgeschlossen hatte. Ich holte tief Luft und fing an zu erzählen.

Suses Augen wurden mit jeder Minute größer, manchmal räusperte sie sich oder hielt sich die Hand vor den Mund, aber sie unterbrach mich nicht, bis ich zu meinem Einbruch in Jannes Praxis kam. Als ich von den Bändern sprach, die Janne aufgenommen hatte, stieß sie ein Keuchen aus. Zu meinem größten Erstaunen kommentierte sie allerdings nicht die Dinge, die ich in Jannes Praxis über Lucian erfahren hatte. Ihr Entsetzen galt Janne.

»Ich könnte meine Mutter für das, was sie mir in den letzten Monaten angetan hat, auf den Mond schießen«, setzte sie fauchend an. »Aber wenigstens war sie ehrlich. Was deine Mutter mit dir gemacht hat, das geht auf keine Kuhhaut, Becky. Janne hat gesehen, was mit dir los war, sie hat gesehen, was mit Lucian los war – und sie hat euch beide trotzdem *wochenlang* hintergangen, ohne mit der Wimper zu zucken. Und damit sie Lucian noch besser ausspionieren konnte, hat sie dich zu Hausarrest verdonnert. Na, herzlichen Glückwunsch!«

Suse sprach schnell und voller Wut. »Und du willst eine Eierschere für Dimo. Was ist mit deiner Mutter? Wie hast du es gestern geschafft, ihr ins Gesicht zu sehen? Ich meine, ohne ihr ... sorry ... eins mit der Krücke überzubraten?«

Ich zuckte stumm mit den Achseln. Ich *hatte* es jedenfalls geschafft. Ich war total ruhig gewesen. Vielleicht weil meine Gedanken nach dem gestrigen Schock ausschließlich um Suse gekreist waren. Und wahrscheinlich auch . . .

» . . . weil es mir geht wie dir, Suse«, flüsterte ich. »Ich bin so verletzt. Und ich habe solche Angst. Woher weiß Lucian all diese Dinge über mich? Warum kennt er mein blaues Frotteekleid? Woher weiß er von meinem Dad, von unseren Gesprächen – Wort für Wort? Wieso erinnert er sich an das Spiegelkabinett, meine weiße Haifischluftmatratze und mein Lieblingsbilderbuch? Und dann . . .« Ich brachte die letzten Worte kaum noch heraus. » . . . diese anderen Dinge, die er geträumt hat. Der Affe aus Pappmaschee und diese letzte Nachricht mit dem Pony – die Frau auf dem Dachboden – und John Boy. Warum träumt Lucian, dass ich reite und dass mein Wellensittich stirbt?«

»Wieso hast du ihn das nicht selbst gefragt?«, kam es prompt zurück. Selten hatte ich meine Freundin so pragmatisch erlebt. »Warum hast du nicht vor Jannes Praxis auf ihn gewartet?«

Weil ich Flugblätter in Eimsbüttel verteilt habe, dachte ich und stöhnte auf. »Weil ich nicht mehr konnte. Bei mir sind einfach die Sicherungen durchgebrannt.«

»Und du hast keine Ahnung, wo er jetzt sein könnte?« Suse sah zum Telefon. Keine Nummer? Keine Adresse?«

Ich schüttelte den Kopf und ließ eine abgeschnittene Haarsträhne durch meine Finger gleiten. »Ich weiß nur, dass er in einer Bar arbeitet. Und dass er bei diesem Typen untergekommen ist. Soll ich jetzt sämtliche Wohnungen, Häuser und Bars in Hamburg abklappern?

Suse seufzte. »Stimmt«, gab sie zu. »Keine gute Idee. Und in der Zeitung? In den Nachrichten? Da war nichts, was man irgendwie mit ihm verbinden könnte?«

»Nichts.« Ich sah Suse an. »Und wenn er nun wirklich ein Psycho ist? Oder ein Stalker oder . . .«

»Ich habe noch nie davon gehört, dass Stalker hellsehen können«, sagte Suse. »Wenn Lucian wirklich davon geträumt hat, dass er mit dir unter der Bettdecke gelegen hat, als du noch *ein kleines Mädchen* warst, oder von diesem Moment im Krankenhaus, dann klingt das für mich mehr nach einem wiedergeborenen Zwilling.«

»Na super!« Ich musste lachen, obwohl ich mich völlig verloren fühlte. »Den Gedanken hatte ich auch schon und bin am Ende dabei gelandet, eine Soapopera mit dem Titel *Desperate Daughters* zu erfinden, die mir vielleicht Ruhm und Ehre und viel Geld einbringen wird, allerdings im Moment eher nicht weiterhilft.«

»Okay, daneben.« Suse grinste schwach und presste ihre Finger auf die geschwollenen Augenlider. »Vielleicht ist er ein Mentalist«, grübelte sie weiter. »Wenn er wirklich Dinge träumt, die in der Zukunft liegen, ist das gar nicht so abwegig. Oder . . .«

Sie schnippte mit den Fingern. »Ich hab's«, rief sie aufgeregt und zeigte auf ihren Papierkorb, aus dem der *Stern* hervorlugte, der letzte Woche noch auf ihrem Nachttisch gelegen hatte. »Dadrin stand ein Artikel von einer Masseurin, die behauptet hat, dass sie in ihrem früheren Leben Hufschmied war und Josef hieß. Sie konnte sich sogar noch daran erinnern, wie sich der Amboss in ihrer Hand anfühlte.«

»Genau«, sagte ich trocken. »Und ich war in meinem früheren Leben der kleine Jesus in der Krippe und hörte die Eselein rufen. Im Ernst, Suse! Lucian hat Träume, in denen ich vorkomme. Er erinnert sich deutlich an mich, an winzige Kleinigkeiten, die *alle* stimmen.«

»Na ja, bis jetzt stimmen erst mal nur die Dinge aus deiner Vergangenheit«, sagte Suse beschwichtigend. »Das mit der Zukunft ist ja noch gar nicht gesagt.«

Sie knuffte mich in die Seite. »Wie war das? Ein blutiger Affe aus Pappmaschee? Ein Pony mit kurzen Beinen?«

»Nein, nicht kurze Beine.« Geistesabwesend schüttelte ich die Haarspitzen von der Jeans, als Suse plötzlich einen schrillen Schrei ausstieß.

»Was?« Ich fuhr entsetzt zusammen. »Was ist denn jetzt los? Warum starrst du mich so an?«

Suse sagte nichts. Sie stand auf und holte einen Spiegel von ihrem Schminktisch. Sie hielt ihn mir vor mein Gesicht, und als ich hineinsah, zitterte mein Spiegelbild.

Ich sah meine neue Frisur. Meine Haare waren deutlich kürzer und ich trug einen Pony.

»Oh mein Gott«, flüsterte ich. Suse ließ den Spiegel sinken.

Aber ich war schon bei der Tür.

Als ich nach Hause kam, hörte ich Spatz rufen. »Janne? Bist du das?«

Ich antwortete nicht.

»Rebecca?« Spatz' Stimme klang panisch. »Kannst du bitte nach oben kommen?«

Ich rannte die Wendeltreppe hoch und sah Spatz vor dem Vogelkäfig stehen, aus dem ein lautes, verzweifeltes Trillern ertönte. Jim Bob saß auf der Schaukel und schlug wild mit den Flügeln.

Spatz drehte sich zu mir um. Für eine Sekunde starrte sie auf meine Haare. Sie machte ein Gesicht, als hätte sie einen Schock. Dann blickte sie auf ihre Handfläche. »Es ist wahr«, murmelte sie. »Es ist passiert. John Boy ist tot.«

FÜNFZEHN

Der Tierarzt vermutete einen Schock. »Bei älteren Vögeln ist das keine Seltenheit«, sagte er, als wir in seiner Praxis anriefen, um einen Grund für John Boys plötzliche Todesursache zu erfragen. »Die Symptome gleichen denen eines Herzfehlers. Ohne jede Vorwarnung sackt der Vogel in sich zusammen und stirbt innerhalb weniger Sekunden.«

Genau so war es gewesen. Als Spatz am Freitag auf dem Dachboden gesessen und gehäkelt hatte, war John Boy mit einem lauten Plumps von seiner Stange gefallen und hatte nach wenigen Sekunden aufgehört zu atmen.

Wir begruben ihn noch am selben Abend im Garten hinter unserem Haus. Janne, die kurz nach mir nach Hause gekommen war, bastelte ein winziges Kreuz für John Boys Grab und rammte sich beim Zusammenhämmern fast den Nagel in den Finger. Sie war komplett neben der Spur, genau wie Jim Bob, der einsam und verstört in seinem Käfig hockte und nicht herauswollte, obwohl wir die Tür die ganze Zeit offen ließen.

Was hinter Jannes Verfassung steckte, war natürlich klar. Als sie meine neue Frisur gesehen hatte, war sie leichenblass geworden, hatte einen Blick mit Spatz gewechselt, die abwehrend beide Hände erhoben hatte. Es war so unendlich schräg. Spatz wusste Bescheid. Janne wusste Bescheid. Ich wusste Bescheid. Aber das war Janne nicht klar und ich schwieg ebenso verbissen wie sie.

Suse rief mich auf dem Handy an, als wir gerade wieder ins Haus zurückgingen. Als ich ihr erzählte, dass Lucians Traum wahr geworden war, reagierte sie fast noch verstörter als ich. Ich konnte nur noch daran denken, dass ich mit Lucian sprechen musste. Vielleicht lag es daran, dass der Schock langsam nachließ, oder daran, dass er durch John Boys Tod noch viel größer geworden war. Vielleicht wollte ich mich auch nur vergewissern, dass nicht ich diejenige war, die träumte. Scheißegal, was es war, ich musste mit ihm sprechen.

So sah Suse es auch und ich war so froh, endlich nicht mehr allein mit alldem zu sein. Samstagmittag holte sie mich von zu Hause ab. Es war nebelig und kalt, aber es regnete nicht. Wir fuhren mit den Rädern durch die Gegend, klapperten wahllos ein paar Bars in Sankt Pauli und in der Schanze ab, fragten, ob ein junger Mann namens Lucian dort arbeiten würde, aber natürlich hatten wir kein Glück. Mittlerweile war ich so durch den Wind, dass ich tatsächlich drauf und dran war, Janne zur Rede zu stellen. Aber Suse hielt mich zurück.

»Was, wenn das nach hinten losgeht?«, sagte sie. »Wenn deine Mutter nicht von sich aus mit dir spricht, lass sie lieber im Glauben, dass du nichts weißt.«

Stattdessen schlug Suse vor, Wache vor Jannes Praxis zu halten. Sie schwänzte montags die Schule, ich dienstags. An den Nachmittagen verschanzten wir uns zusammen in einem kleinen Café gegenüber der Praxis, drei Tage lang. Zweimal sahen wir Janne aus dem Taxi aussteigen. Aber Lucian tauchte nicht auf.

Ich dachte wieder an die feindseligen Blicke, die er mir im Hausflur zugeworfen hatte. Lucian wusste genau wie ich, dass ich nicht zufällig dort gewesen war, aber hatte er die richtigen Schlüsse daraus gezogen? Ahnte er, dass ich von meiner Mutter ebenso hintergangen worden war wie er von seiner Therapeutin? Hatte er sich vielleicht sogar doch zusammenreimen können, dass Janne meine Mutter war?

Jedenfalls schien er ihr nichts von unserer Begegnung im Hausflur erzählt zu haben, sonst hätte Janne sich anders verhalten. Ich fragte mich allerdings, wie seine letzte Stunde bei ihr verlaufen war und ob er überhaupt noch die Therapie fortsetzte.

Aber all das Grübeln nutzte mir einen verdammten Dreck, denn ich hatte niemanden, der mir auf diese Fragen eine Antwort gab.

Sebastian war wieder gesund, aber seine Haltung zeigte deutlich, dass er mir gegenüber nun endgültig auf Abstand ging. Meinen neuen Haarschnitt kommentierte er mit »nett« – und das war auch schon alles, was er in der letzten Woche zu mir gesagt hatte. Sheila und den Rest der Tussenfraktion schien er sich auch vom Hals halten zu wollen, in den Pausen saß er meist mit ein paar Jungs aus der Nebenklasse zusammen oder hatte ein Buch vor der Nase.

Am folgenden Samstag bat Suse mich um einen Gefallen. Sie hatte noch Sachen in Dimos Proberaum. Ein paar CDs, an denen sie hing, einen Schal und eine Ledermütze. Auf dem Schulhof mied uns Dimo demonstrativ und ich hatte wenig Lust, mich vor seinem versammelten Jahrgang mit ihm anzulegen.

Also nahm ich am frühen Samstagnachmittag die U-Bahn zum Hauptbahnhof und lief von dort zur Langen Reihe, wo Dimos Proberaum lag. Angekündigt hatte ich mich nicht, aber von Suse wusste ich, dass man Dimo meistens dort antraf.

Das Haus, das Suse mir beschrieben hatte, war die Nummer 22 und auf einem Marmorschild am Eingang las ich, dass der Hamburger Volksschauspieler Hans Albers im September 1891 hier geboren worden war. Zwei Skulpturen, griechischen Göttern gleich, blickten mit kampflustigen Mienen und versteinerten Vollbärten von der Fassade auf mich herab. Dimos Proberaum befand sich im Hinterhof, in den ein arkadenförmiger Gang führte. Die alten Mauern waren von Graffiti übersät und der Hof sah im Unterschied zu der historischen Front nicht gerade einladend aus. Ich ging die Kellertreppe zu der blauen Metalltür hinunter, drückte mehrfach die Klingel und musste ein paar Minuten warten, ehe mir geöffnet wurde. Die Luft hier unten war muffig, es roch nach Müll und Ratten. Licht gab es nicht. Im Türrahmen des Proberaums stand Dimos Freund Leroy und sah mich erstaunt an. »Was willst du denn hier?«

»Das würde ich gerne mit Dimo besprechen«, entgegnete ich knapp und drängte mich an ihm vorbei. Dimo saß auf einem abgewetzten Ledersofa und jammte auf seinem Bass, als ich mich vor ihn stellte.

»Willst du vorsingen?«, fragte er sarkastisch, aber das unsichere Flackern in seinen Augen entging mir nicht.

»Gerne«, sagte ich. »Ich kenne einen guten Song über Impotenz, magst du ihn hören?« Hinter mir prustete Leroy heraus und auf Dimos Hals erschienen rote Flecken. »Nein danke«, presste er zwischen zusammengebissenen Zähnen hervor. »Also, was willst du?«

»Suses Zeug«, sagte ich.

Dimo stand auf, ging auf den blauen Metallspind zu und kramte Suses Schal und die Ledermütze heraus. »Hier.«

»Die CDs«, befahl ich.

Dimo seufzte. »Die muss ich erst suchen.«

Ich setzte mich aufs Sofa. »Ich hab Zeit.«

Dimo fuhr sich durch die Haare, warf einen Blick zu Leroy, der grinsend mit den Schultern zuckte, und machte sich dann an der CD-Sammlung zu schaffen, die sich in einem Regal vor dem Fenster befand.

»Das müsste alles sein«, sagte er, als er mir eine Handvoll CDs in die Hand drückte. »Sonst noch was?«

»Ja«, zischte ich leise. »Wahre Schönheit ist nicht perfekt. Erinnerst du dich? Hast du selbst gesagt. Aber du hast keine Ahnung, du jämmerlicher Wurm. Und deshalb sage ich dir: Wenn mir auch nur ein, und ich wiederhole: ein einziger dummer Spruch über Suse zu Ohren kommt, dann gnade dir Gott. Hast du mich verstanden?«

Dimo versuchte, ein cooles Gesicht zu machen, aber es gelang ihm nicht. »Was denn?«, brummte er. »Holst du dann deine Lesbenmutter?«

Ich sah ihn einfach nur an – und ging.

Ursprünglich war Sankt Georg als Schwulenszene bekannt, aber in den letzten Jahren waren auch viele Cafés und Restaurants dazugekommen, die von Heteros besucht wurden. Auf meinem Weg zurück kam ich an Dönerbuden, Asialäden, indischen Supermärkten, persischen, portugiesischen und italienischen Restaurants vorbei, betrachtete die Schaufenster kleiner Läden, die Suse immer begeisterten, weil sie eben nicht dem stromlinienförmigen Modeangebot der großen Ketten folgten, passierte ein paar idyllische Hinterhöfe und bog dann nach rechts in den Spadenteich ein, bis ich zu einem kreisrunden, mit Kopfsteinen gepflasterten Platz gelangte. Die Cafés und Kneipen, die ihn säumten, waren im Sommer sicher brechend voll, aber auch heute herrschte Betrieb. Aus einer kleinen Kirche strömten Menschen und in einem Kunstobjekt aus mannshohen rostigen Platten spielten ein paar Kinder Verstecken. Auf eine der Platten hatte jemand *Duhu liebt sein Monster* gesprüht.

Ich war froh, dass ich nicht die U-Bahn genommen hatte. Der Gang durch das Viertel war jetzt genau das Richtige. In mir kochte noch immer die Wut auf Dimo, wenn ich daran dachte, wie sehr er Suse verletzt hatte.

Ich bog in eine Nebenstraße ein, passierte eine Schuhmacherwerkstatt und blieb dann vor einer Bar stehen.

Sie hieß *Max und Consorten* und auf einem weiteren Schild stand: *Destille. Gegründet 1885.*

Ich ging hinein. Ein Mädchen in meinem Alter stand hinter der Bar und schenkte dem Mann am Tresen ein Bier aus, wobei sie verträumt vor sich hin sang. An einem der Tische saß ein Geschäftsmann mit seinem Laptop, an einem anderen eine ältere Dame, die Schnaps trank – ihrer schwankenden Haltung nach, nicht den ersten. Ich setzte mich an einen kreisrunden Tisch mit Barhockern, auf dem eine alte Bronzefigur stand, und sah mich um.

Die Bar hatte etwas von einem Pub. Über dem Tresen hingen Lampions, die ihre besten Zeiten deutlich hinter sich hatten, und unter der Decke baumelte ein Ventilator, der jetzt nicht in Betrieb war. Dafür erfüllten mehrere alte Lampen den Raum mit schummrigem Licht und an einer großen Pinnwand prangten unzählige Banknoten aus fremden Ländern. Die Wände waren voll von Bildern und Plakaten.

Todesmelodie oder die 1/4 Stunde des Dichters, von Sven Lange, stand auf einem schwarzen Poster, auf dem drei Kabarettisten abgebildet waren. Im hinteren Teil des Pubs schloss sich ein Raucherraum an, im vorderen Teil waren zwei Türen. Auf der einen stand *Küche*, auf der zweiten *Privat. Durchgang verboten.*

»Was kann ich für dich tun?« Das Mädchen, blonde, kurze Haare, freundliches Lächeln, stand vor meinem Tisch.

Mir sagen, dass ich nicht spinne, dachte ich und räusperte mich. »Eine Bionade bitte. Holunder.«

Ich klang wie ein Rabe mit Grippe.

Das Mädchen ging zum Tresen. Es warf einen Blick auf die Tür mit der Aufschrift *Privat.*

»Na?«, hörte ich den Mann am Tresen sagen. »Wartest du darauf, dass dein Süßer eine kleine Pause einlegt?«

Es war verrückt, aber ich wusste sofort, von wem sie sprachen. Deswegen war ich auch ohne zu zögern in diese Kneipe gegangen.

Als sich das Mädchen bückte, um einen heruntergefallenen Bierdeckel aufzuheben, stand ich von meinem Stuhl auf, ging zur Tür, zog sie auf und stand in einem kleinen, chaotischen Flur, von dem aus eine Treppe in den Keller führte. Von unten kam klassische Musik. Ich lief die Treppe herunter und öffnete die Kellertür.

Lucian stand mitten im Raum auf einer Leiter. Er trug durchlöcherte Jeans und ein schwarzes T-Shirt, das voller Staub war. In der Hand hielt er einen Schraubenzieher und fummelte an der Fassung einer Deckenlampe herum, aus der mehrere Kabel heraushingen. Für einen Moment hatte ich das Gefühl, mich nicht mehr auf den Beinen halten zu können. Ich sah die sehnigen Muskeln seiner Oberarme und den Schweiß, der ihm in einer feinen Spur den Nacken herablief.

Er schien zu merken, dass ich ihn anstarrte. Ich versuchte, mich zusammenzureißen, aber es war harte Arbeit, meinen Blick von ihm loszueisen. Die nackten Wände waren frisch verputzt, der Boden war mit einer Plastikplane ausgelegt. Darauf standen Farbeimer, Pinsel, Rollen und ein alter CD-Player, aus dem Beethoven ertönte. Lucian wischte sich mit dem Handrücken über die Stirn und klopfte sich den Staub vom T-Shirt. Erst dann drehte er sich wortlos zu mir um.

»Deine Haare«, sagte er ruhig. »Sie sind kurz.«

Ich nickte. »Und mein Wellensittich ist tot.«

Lucian setzte sich auf die oberste Leitersprosse und blickte zu mir herab. Seine Miene regte sich nicht, aber sein Blick war deutlich auf Abstand.

»Das tut mir leid«, sagte er. In seiner Stimme schwang so viel Kälte mit, dass sich alles in mir zusammenzog.

Ehe ich etwas erwidern konnte, flog die Kellertür auf.

»Hey!« Das blonde Mädchen schob sich zwischen uns. »Was ist

hier los? Was soll das?« Wütend funkelte sie mich an. »Was hast du hier unten verloren? Kannst du nicht lesen? Auf der Tür steht *Privat.*«

»Schon gut, Sid«, sagte Lucian, ehe ich etwas erwidern konnte. Er lächelte das Mädchen an und dieses Lächeln machte mich rasend. »Sie ist nur eine Freundin.«

Hallo? Nur eine Freundin? Plötzlich kam ich mir wie eine Idiotin vor. Ich wollte auf dem Absatz kehrtmachen, als Lucian von der Leiter herunterkletterte.

»Tut mir leid«, sagte er entschuldigend zu dem Mädchen. »Wir haben was zu besprechen. Kannst du Jorge sagen, dass ich für heute Feierabend mache?«

»Wenn's sein muss«, knurrte das Mädchen und warf mir einen abfälligen Blick zu.

»Was ist mit uns?«, wandte sie sich wieder an Lucian. Sie legte ihre Hand auf seinen nackten Arm. »Holst du mich später ab?«

»Mal sehen. Ich melde mich, okay?« Lucian entzog sich ihrem Griff, dann nickte er mir zu, eine knappe, fast geschäftsmäßige Geste, als wäre ich irgendein Bote, und ging an dem Mädchen vorbei die Treppe hinauf.

Das Mädchen sah mich an, als hätte ich gerade ihren Bräutigam vom Altar entführt, aber ich achtete nicht weiter auf sie, sondern sprintete hinter Lucian die Treppe hoch.

Als wir die Bar verließen, kam das Mädchen hinter uns her. »He«, schrie sie. »He, du.«

Ich fuhr herum. Das Mädchen streckte die Hand aus. »Die Bionade«, zischte sie.

Lucian grinste mich an. »Ich glaube, du hast gerade die Zeche geprellt«, sagte er. Und dann, zu dem Mädchen gewandt: »Lass mal. Das geht auf meine Rechnung.«

Mit einem mürrischen Brummen drehte sich das Mädchen um und ging zurück in die Bar.

Lucian blickte mich an. Das Grinsen war von seinen Lippen verschwunden und sein Gesicht war wieder steif und abweisend. »Ich frage mich«, sagte er ironisch, »wie ich mich von dir fernhalten soll, wenn du mich überallhin verfolgst. Warten deine Freunde wieder hinter irgendeiner Ecke? Was willst du von mir? Warum lässt du mich nicht endlich in Ruhe?«

»Ich . . . dich . . .?«

Mir fiel der Kiefer runter. Ich schnappte nach Luft wie ein Fisch auf dem Trockenen. Plötzlich wollte ich ihn nur noch anschreien, aber meine Kehle war so zugeschnürt, dass ich keinen Laut über die Lippen bekam. Mir stiegen Tränen in die Augen, was mich nur noch wütender machte. Ich drehte mich um und rannte über die Straße, ohne nach rechts oder links zu schauen, ohne auf den Schrei in meinem Rücken zu achten, und als im selben Moment das Geräusch quietschender Bremsen an mein Ohr drang, war es zu spät. Ein dumpfer Schmerz an meiner Hüfte, dann prallte ich gegen die Kühlerhaube des blauen Wagens, kugelte darüber hinweg, wobei ich mir instinktiv die Arme vors Gesicht hielt, und landete auf der anderen Seite mit dem Hinterkopf auf dem harten Asphalt.

Lucian war bei mir, ehe ich so richtig begriff, was gerade geschehen war. Er beugte sich über mich, er sah zu Tode erschrocken aus.

»Rebecca«, flüsterte er. »Rebecca, bist du okay? Sag doch was. Bitte! Sag was!«

»Mistkerl«, murmelte ich und grinste schwach. Der Schmerz an meiner Hüfte pochte heftig, aber gebrochen schien nichts zu sein, nur mein Kopf tat weh und mir war schwindelig. Tygers Worte schossen mir durch den Sinn und ich musste lachen.

Lucian schüttelte verwirrt den Kopf. »Worüber lachst du?«

»Über meinen Lehrer«, murmelte ich. »Auf den sollte ich wohl besser hören.«

Da war er auch schon, der Fahrer mit dem schlechten Gewissen, dem ich um ein Haar das Leben versaut hätte. Mit bleichem Gesicht erkundigte er sich nach meinem Befinden, auch andere Passanten scharten sich um uns, was mir ganz und gar nicht gefiel.

»Soll ich einen Krankenwagen rufen?« Der Fahrer des Wagens, er war noch ziemlich jung, hatte sein Handy schon gezückt.

»Nein. Nicht«, wehrte ich entschieden ab. »Ich glaube . . .«, ich unterdrückte ein Stöhnen, »ich glaube, mir ist nichts passiert.«

Ich versuchte, mich hochzurappeln, ich spürte, wie Lucian seinen Arm um mich legte und mich stützte, er hatte sich hinter mich gehockt. »Bist du sicher, dass du keinen Krankenwagen brauchst?«, fragte er. Sein Mund war irgendwo dicht neben meinem Ohr.

»Damit du dich wieder aus dem Staub machen kannst?«

»Wieso ich?« Lucian lachte leise. »Wer sich gerade aus dem Staub machen wollte, bist ja wohl du.«

»Stimmt«, sagte ich. »Ich sollte dich in Ruhe lassen. Schon vergessen?«

»Scheinbar gelingt dir das nicht, ohne dich in Schwierigkeiten zu bringen.« Lucian versuchte, es wie einen Witz klingen zu lassen, aber er scheiterte kläglich und ich merkte, wie unfassbar froh mich das machte. Er stand auf.

»Meiner Freundin geht es gut«, wandte er sich an den Autofahrer. »Ich glaube, wir brauchen keinen Krankenwagen.« Ich nickte, biss die Zähne zusammen und streckte die Hand aus. Lucian half mir hoch.

»Meiner Freundin? Das hat vorhin aber anders geklungen«, sagte ich leise. Zu dem Fahrer sagte ich: »Tut mir leid. Ich hoffe, Ihrem Wagen ist nichts passiert?«

»Schon gut«, sagte der Mann. »Aber das nächste Mal pass bitte auf, bevor du vor ein fahrendes Auto läufst, okay? Nicht nur du bist mit einem Schrecken davongekommen.«

»Versprochen«, sagte ich und dachte wieder an Tyger.

Lucian hob meinen Rucksack, der mir beim Sturz aus der Hand gefallen war, von der Straße auf, schulterte ihn und legte meinen Arm um seine Schulter, und obwohl mein Kopf dröhnte und meine Beine noch immer zitterten, fühlte ich mich, als hätte mir jemand eine starke Droge oder ein Medikament gegeben.

Aus der Bar waren jetzt ebenfalls Leute gekommen, auch Sid, wie Lucian die Kellnerin genannt hatte. Sie hatte die Hände in die Hüften gestemmt und sah erbost zu uns herüber. Am liebsten hätte ich ihr wie ein kleines Mädchen die Zunge rausgestreckt.

»Komm«, sagte Lucian. »Lass uns weg von hier. Ich bring dich zu mir nach Hause. Da sind wir in Sicherheit.«

»Vor wem?« Ich konnte mir die Bemerkung nicht verkneifen. »Vor meinen Freunden oder vor deiner Freundin?«

Auf diese Frage erhielt ich keine Antwort.

SECHZEHN

Lucian wohnte im Holzdamm, ganz in der Nähe der Bar. Es war ein schöner Altbau, nicht unähnlich dem Haus in Eimsbüttel, in dem Janne ihre Praxis hatte.

»Bist du okay?«, fragte Lucian noch einmal, als er mir die Haustür aufhielt.

Ich nickte. Meine Hüfte tat immer noch verdammt weh, aber gebrochen oder verstaucht hatte ich mir definitiv nichts und das Schwindelgefühl hatte zum Glück auch nachgelassen. Ich strich mir das Haar aus der Stirn und zuckte zusammen, als ich Blut an meinen Händen sah, was jetzt auch Lucian erschrocken zur Kenntnis nahm.

»Lass mal sehen.« Er kam dicht an mich heran, strich mir vorsichtig das Haar aus der Stirn und musterte meine Wunde.

»Sieht schlimmer aus, als es ist«, sagte er. »Wir müssen in den fünften Stock. Schaffst du es bis nach oben?«

»Ja, klar.« Entschlossen humpelte ich an Lucians Seite die Treppen hoch, doch als wir oben ankamen, war ich ziemlich fertig. Lucian schloss die Tür auf und schob mich vor sich in die Wohnung. Als ich eintrat, hielt ich verdutzt inne.

»Was ist?«, fragte Lucian.

»Nichts«, entgegnete ich verwirrt. Aber irgendetwas kam mir bekannt vor. Es war der Geruch. Ich wusste nicht, mit wem ich ihn in Verbindung bringen sollte, aber ich war ganz sicher, dass er nicht zu Lucian gehörte.

Ich sah mich um. Was ich erwartet hatte, war eine Absteige, irgendein schäbiges Loch in einer schäbigen Gegend, aber dass diese Wohnung das genaue Gegenteil war, zeigte schon der breite Flur mit dem glänzenden Holzboden. Hinter lackierten Flügeltüren lagen herrschaftliche Räume mit hohen, stuckverzierten Decken. Durch die Fenster fiel die Abendsonne, und soviel ich sehen konnte, war die Einrichtung ziemlich stilvoll, riesige Regale voller Bücher, ein Kamin und antike Möbel – deren Preislage unsere Flohmarktmöbel bestimmt mehr als übertraf.

»Wer wohnt hier?«, fragte ich argwöhnisch. Eine gruselige Vorstellung geisterte plötzlich durch mein Hirn.

»Ein schwuler Millionär«, entgegnete Lucian lässig. »Er hatte sechs Richtige im Lotto, davon mietet er sich jetzt jeden Monat einen neuen Loverboy. Mir gehört der November. Bin ich nicht ein Glückspilz?«

»Idiot«, knurrte ich.

»Aber genau das hast du gedacht, stimmt's?« Lucian sah aus, als ob er gleich haltlos loslachen würde.

»Jetzt mal im Ernst«, sagte ich. »Wer wohnt hier? Hat deine Freundin einen reichen Daddy?«

»Sie ist nicht meine Freundin«, erwiderte Lucian. »Sie ist nur jemand, der mich . . . ablenkt.«

»Toll«, schnaubte ich. »Und was treibst du so mit ihr, um dich . . . abzulenken?«

Statt einer Antwort griff Lucian nach meiner Hand und zog mich zu einem der Zimmer ganz am Ende des Flurs. Als ich die glatte, warme Haut seiner Hand fühlte, stockte mir der Atem. Es war unfassbar, wie stark dieses Gefühl war. Unwillkürlich drückte ich Lucians Hand fester, aber da entzog er sich mir. Er öffnete seine Zimmertür und deutete auf das Bett.

»Setz dich«, sagte er. »Ich hol was für dein Gesicht.«

Als ich mich auf dem Bett niederließ, zitterte ich am ganzen Körper, aber nicht wegen meiner Schläfe, die jetzt wieder neu zu bluten begann. Ich hatte diese Form von Aufregung noch nie erlebt. Ich kannte das Gefühl nicht, das meine Gehirnzellen zu einem kläglichen Klumpen zusammenzuschmelzen schienen, und ich ärgerte mich darüber, dass es so übermächtig war.

Das Zimmer lag unter dem Dach, durch die Fenster schien die Abendsonne. Die Wände waren in einem hellen Blau gestrichen und an der Wand neben der Tür hing ein gemaltes Porträt von einer jungen Tänzerin. Ansonsten befand sich kaum etwas Persönliches in dem Raum, nur auf dem Korbstuhl lagen ein paar Klamotten und neben Lucians Bett auf dem Nachttisch entdeckte ich Jannes Buch über Träume. Ich starrte es an wie ein giftiges Insekt.

»Okay.« Lucian war zurück ins Zimmer gekommen. Er kniete vor mir nieder, was meine Aufmerksamkeit abrupt von dem Buch losriss. Mein Herz stolperte und ein Kribbeln durchfuhr mich von den Fußspitzen bis zum Scheitel. Als Lucian vorsichtig mit einem feuchten Waschlappen über meine Wunde tupfte, biss ich die Zähne zusammen.

»Tut das weh?«, fragte er besorgt.

Ja, dachte ich. Es tat weh. Aber nicht die Wunde. Es tat weh, diesen Abstand auszuhalten. Und das Wissen, dass wir zum ersten Mal ganz allein waren, half auch nicht wirklich.

Lucian sah auf meine Schläfe und runzelte die Stirn. Seine ironische Maske schien zu bröckeln. Ich blinzelte benommen. Der Drang, ihn an mich zu ziehen, war unwiderstehlich. Ich wich zurück, aber es war, als würde ich versuchen, mich der Kraft eines gigantischen Magneten zu widersetzen.

Meine Güte, das war doch lächerlich. Hier saß ich, auf Lucians Bett, tausend Fragen brannten mir auf der Seele, in meinem Bauch flackerte noch immer die Wut über dieses Mädchen in der Bar und alles, was ich denken konnte, war: Küss mich. Nimm mich in den Arm. Mach mit mir, was du willst.

War ich geistesgestört? Hatte ich zu viele schnulzige Liebesfilme gesehen?

Lucian fuhr fort, sich meiner Stirn zu widmen. Mit ruhigen, konzentrierten Bewegungen tupfte er meine Haut ab und klebte schließlich ein Pflaster auf die Stelle.

»Das sollte reichen«, sagte er knapp. »Willst du was trinken?«

Er deutete auf das Wasserglas, das er mitgebracht hatte. Ich nickte stumm, nahm einen großen Schluck und dann sagte ich es einfach.

»Ich kenne die Autorin.« Ich zeigte auf das Buch und augenblicklich wurde Lucians Miene wieder starr.

»Das habe ich bemerkt«, entgegnete er trocken. Er erhob sich vom Boden, nahm die Klamotten von dem Korbstuhl, warf sie achtlos in eine Ecke und setzte sich.

»Warum warst du dort?«, fragte er kühl. »Und was sollte das vorhin mit deinem Vogel? Wieso erzählst du mir das?«

Diesmal hielt ich die Antwort auf seine Frage zurück.

»Du hast mich nicht verraten?«, tastete ich mich vorsichtig heran. »Du hast ihr nichts davon gesagt, dass ich im Hausflur stand?«

»Nein.« Feindselig sah mich Lucian an. »Hab ich nicht. Aber ich will wissen, was du dort verloren hattest. Sag schon. Was wolltest du da? Hast du mich verfolgt?«

Ich räusperte mich. Ich wusste nicht, wo ich anfangen sollte.

»Diese Frau, deine . . . Therapeutin . . .«, setzte ich an. Ach, Scheiße! Ich verschränkte die Arme vor der Brust. »Mein Name ist Rebecca«, sagte ich. »Rebecca Wolff.«

Lucian zuckte zurück, als ob ich ihn geschlagen hätte.

»Das heißt . . .«

Ich nickte. »Marijanne Wolff ist meine Mutter.«

Lucian sprang so heftig auf, dass der Stuhl umkippte. Er ballte die Fäuste so fest, dass seine Knöchel weiß hervortraten.

»Nein«, presste er hervor.

»Sie ist meine Mutter«, wiederholte ich. »Ich hab es nicht gewusst.«

»Was?« Höhnisch sah er mich an. »Du wusstest nicht, dass Marijanne Wolff deine Mutter ist?«

»Ich habe nicht gewusst, dass sie deine Therapeutin ist! Sie hat mir nichts gesagt. Kein einziges Wort.«

»Das glaubst du doch selbst nicht!« Lucian schlug so heftig gegen den Stuhl, dass er quer durchs Zimmer flog. Und der Blick, mit dem er mich ansah, kam mir vor, als ob er mich am liebsten hinterherschmeißen würde.

»Doch!«, fuhr ich ihn an. »Doch! Ich sage die Wahrheit, verdammt! Kannst du dein ätzendes Misstrauen mal für einen Moment zurückhalten? Du glaubst der falschen Person, das ist dein Problem!«

»Der falschen Person?« Lucians Stimme war jetzt kalt. Mit verschränkten Armen stand er an der Tür. »Dann sag mir doch mal, wie du davon erfahren hast, dass deine Mutter meine Therapeutin ist.«

Ich fühlte mich wie die Angeklagte in einem Prozess.

»Ich hab es mir zusammengereimt«, murmelte ich. »Nachdem du mich nach meinem ersten Schultag gefragt hast, habe ich erst mal nach unserem Fotoalbum gesucht, um herauszufinden, welches Kleid ich zu meiner Einschulung getragen habe. Das Album lag nicht mehr an seinem Platz, aber selbst da hab ich nicht geschaltet. Ich habe Janne – meine Mutter – und ihre Freundin belauscht. Zufällig. Sie sprachen über den Maskenball. Darüber, dass Sebastian dir mit der Polizei gedroht hat. Und immer noch hab ich nichts gerafft. Ich dachte, meine Freunde hätten mich bei meiner Mutter verpetzt. Erst als

Sebastian mir klarmachte, dass er deinen Namen gar nicht kennen konnte, hat es bei mir geklickt. Das hier«, ich tippte auf Jannes Buch. »Das hast du auf dem Flohmarkt abgestaubt, stimmt's? Kurz nachdem wir uns begegnet sind.«

Lucian runzelte die Stirn. »Stimmt«, sagte er.

»Und dann, ein paar Tage später, bist du zu ihr gegangen. Richtig?«

Lucian schnaubte. Er sah aus, als ob er sich selbst ohrfeigen wollte für seine Blödheit. »Richtig«, knurrte er und machte einen Schritt auf mich zu. »Du hattest ja wirklich Erfolg bei deinem kleinen Detektivspiel. Bist du jetzt zufrieden?«

Wieder gewann die Wut die Oberhand. »Wie redest du eigentlich mit mir?«, fauchte ich und sprang vom Bett auf. »Wer hat denn angefangen mit dem Rätselspielchen, du oder ich?« Ich tippte auf meine Sonne, die wie Feuer auf meiner Brust brannte, und äffte Lucians Stimme vom Flohmarkt nach: *»Seize the day – nutze den Tag, das heißt es doch, oder?* Was glaubst du, hat diese Frage in mir ausgelöst, als mir klar wurde, dass die Worte in die Innenseite meines Anhängers eingraviert waren? *Ich weiß nicht, wer ich bin,* hast du mir am Falkensteiner Ufer gesagt. Und dann auf dem Maskenball, deine ach so geheimnisvollen Fragen nach meinem Schulkleid. Was hast du denn von mir gedacht, Lucian? Dass ich ins Bettchen gehe und mir die Antworten zurechtträume? Ich habe jeden gottverdammten Tag und darüber hinaus auch noch die Nächte dazu genutzt, Antworten zu finden!« Am liebsten hätte ich jetzt etwas durch das Zimmer geworfen. »Wenn du mir vertraut hättest anstatt meiner Kackmutter, dann hätte ich mir diese ganze Scheiße mit der Praxis sparen können. Ich bin da heimlich eingebrochen und wäre um ein Haar erwischt worden. Und um deine Frage zu beantworten: Nein, ich war nicht *zufrieden,* als mir klar wurde, dass meine eigene Mutter mich wochenlang hintergangen hat. Als ich ihre Aufzeichnungen gefunden habe, bin ich fast durchgedreht.« Meine Stimme überschlug sich, doch ich hatte sie gleich darauf wieder unter Kontrolle. »Es war nicht gerade die Lektüre, die ich erwartet habe, aber das Schlimmste war, dass ich es auf diese Weise erfahren musste und nicht«, ich funkelte ihn an, »von dir.«

»Verdammt!« Lucian ballte seine Hände zu Fäusten. Er schlug gegen die Tür, hart, fest, monoton. »Verdammt, verdammt, verdammt.«

Dann sah er mich an. »Du solltest es überhaupt nicht erfahren!«, knurrte er. »Ich hätte wissen sollen, dass es eine Scheißidee war, mich überhaupt jemandem anzuvertrauen. Was hast du gelesen? Was hat deine Mutter sonst noch aufgeschrieben, außer der Sache mit dem Vogel?«

Ich schwieg einen Moment. In der Wohnung unter uns rauschte eine Wasserspülung, dann drang Kindergeschrei zu uns herauf.

»Sie hat es nicht aufgeschrieben«, sagte ich leise. Meine Wut war jetzt draußen, dafür stieg die Angst wieder in mir hoch. »Sie hat es aufgenommen. Auf Tonband.«

»Sie hat . . . *was?*« Lucian starrte mich entgeistert an.

»Sie hat nur die ersten Sitzungen aufgeschrieben«, murmelte ich. »Den Rest hat sie aufgezeichnet. Ich hab alles gehört. Deine ganzen Träume. Über mich.«

»Diese miese . . .« Lucian beendete den Satz nicht. Sein schmales Gesicht war ganz verzerrt, so viel Hass lag darin und ich konnte ihn verstehen. Er hatte Janne vertraut und sie hatte ihn noch hinterhältiger getäuscht als mich. Meine verständnisvolle Therapeutenmutter hatte sich nicht eine Sekunde um die Gefühle ihres Patienten geschert. Statt Lucian zu helfen, hatte sie ihn ausgehorcht, sogar unter Hypnose.

Ich sah auf meine Hand. Der Nagel an meinem Ringfinger war eingerissen. »Der Traum, als du mit mir . . .«, ich schluckte, » . . . im Bett gelegen hast. Die Frau, die plötzlich in der Tür stand und die du um ein Haar erkannt hättest. Das war meine Mutter. Während deiner Hypnosesitzung . . .«

Ich sah ihn an und merkte, dass es völlig egal war, was ich sagte, ich würde nicht zu ihm durchdringen. Ausgerechnet jetzt, wo er mir näher war als je zuvor, gab er mir keine Chance.

Als Lucian sprach, war seine Stimme leise und fremd. »Hör zu. Ich habe es satt. Endgültig. Mir ist es scheißegal, warum ich von dir träume, Zukunft oder Vergangenheit. Ich verzichte. Sag deiner Mutter, sie soll zur Hölle fahren. Wenn sie ihr kleines Mädchen beschützen will, dann sollte sie dich besser einsperren. Und wenn sie glaubt, sie hat etwas gegen mich in der Hand, dann hat sie sich geschnitten. Ich verschwinde. Irgendeinen Ort wird es ja wohl geben, an den du mir nicht folgen kannst. Und jetzt hau ab.«

Die letzten Worte spuckte er voller Verachtung aus. Er ging von der Tür weg und hielt sie auf. »Raus. Na los. Wird's bald? Raus!«

Ich stand da wie gelähmt.

Ohne noch etwas zu sagen, verließ Lucian das Zimmer. Kurz darauf setzte ich mich in Bewegung. Ich fühlte nichts, keine Schmerzen mehr, kein Zittern, alles war taub.

Ich taumelte durch den langen Flur, stieß blind vor Tränen die Wohnungstür auf und stolperte die Treppen hinunter. Vor der Haustür blieb ich stehen. Ich legte meine Hand auf die Klinke, aber ich schaffte es nicht, sie herunterzudrücken. Es war nicht mal Willenskraft, die mir fehlte, es kam mir eher so vor, als wäre meine Hand von meinen Gehirnfunktionen abgetrennt.

Ich drehte mich um und ging den ganzen Weg wieder zurück nach oben. Als ich im fünften Stock ankam, rang ich nach Luft, als wäre ich gerade auf den Mount Everest gestiegen. Auf dem Klingelschild stand kein Nachname, sondern der Name einer Firma: *Eternal Fonds*.

Ich klingelte nicht, ich klopfte nicht, ich gab keinen Laut von mir. Ich lehnte mich einfach nur mit der Stirn gegen das kühle Holz.

Als die Tür aufgerissen wurde, wäre ich fast vornübergefallen. Lucian packte mein Handgelenk und zog mich mit einer groben Bewegung in die Wohnung. Mit der anderen Hand knallte er die Wohnungstür zu und dann drückte er mich gegen die Wand. Er hielt mich an den Schultern fest und ich merkte, dass er am ganzen Körper zitterte.

Er sah mich nicht an, sein Blick heftete sich auf einen unsichtbaren Punkt neben meinem Kopf und in seinen dunklen Augen flackerte pure Verzweiflung. Seine Hände drückten noch fester zu und für einen Moment dachte ich, dass er mich schlagen würde. Aber seltsamerweise löste dieser Gedanke keine Angst in mir aus. Ich presste mich nur noch dichter an seine Brust, um zu fühlen, wie sich die Rippen unter seiner Haut hoben und senkten, immer heftiger, immer schneller, als tobte ein Sturm darin. Dann löste sich sein Blick von der Wand, noch immer lag das Flackern hinter seinen Augen, aber er sah mich an. Und dann gab er auf.

Es war kein Kuss. Es war wie das Ergebnis eines wilden Kampfes, der endlich entschieden war. Unsere Lippen fanden sich blind, ein Keuchen ertönte, ob von ihm oder mir, wusste ich nicht.

Ich schloss die Augen und griff nach seinen Händen, strich an ihnen empor zu den Armen, weiter zu den Schultern, zum Hals, den Haaren, so dicht, so weich, weiter zu den Ohren, den Wangen, den winzigen Stoppeln darauf, die sich anfühlten wie feiner Sand. Seine Hände waren in meinem Haar, in meinem Nacken, sie klammerten sich an mich. Noch immer hatte ich die Augen geschlossen, ich wollte nichts sehen, nur fühlen, mich auflösen, in dieser Wärme, dieser Ruhe, in ihm – in uns. Und ich spürte, dass es ihm genauso ging.

Nach einem endlosen Moment legten sich seine Finger um meine und er schob mich von sich, sanft, bestimmt.

»Hey«, hörte ich seine leise, heisere Stimme. »Hey. Schau mich an.«

Seine Finger wanderten zu meinem Gesicht, er umschloss es mit beiden Händen.

»Hey.«

Wie in Zeitlupe öffnete ich die Augen.

»Ich möchte dir etwas zeigen«, sagte er. »Bist du bereit?«

Ich sah ihn an. Er ließ mich los, hob seine Hände und schob sie mir mit dem Handrücken nach außen entgegen, Millimeter für Millimeter in einer fließenden, zeitlupenartigen Bewegung. Als sie direkt vor meinem Gesicht waren, drehte er sie in derselben langsamen Bewegung um und dann lagen beide Handflächen geöffnet vor mir.

Es war das erste Mal, dass ich wirklich und bewusst auf die Innenfläche seiner Hände schaute, und ich brauchte einen Moment, um zu verstehen, was er mir zeigen wollte.

Dann begriff ich.

Die Linien, die Muster, die vielen verschlungenen, winzigen Pfade, die jeder Mensch in seinen Handflächen, auf den Fingern und Fingerkuppen trägt, fehlten.

Lucians Handflächen waren glatt.

»Verstehst du jetzt«, brach er die Stille zwischen uns, »verstehst du jetzt, was ich damit meine, wenn ich sage: Ich weiß nicht, wer ich bin?«

SIEBZEHN

Ich blieb die ganze Nacht bei ihm.

Ich rief erst Suse an und dann Janne, der ich sagte, dass ich bei Suse übernachten würde. Janne willigte ein, sie schien auch diesmal keinen Verdacht zu schöpfen. Und selbst wenn, Suse würde mich decken.

Suse stellte mir keine Fragen, wofür ich ihr unendlich dankbar war. Sie ließ sich die Adresse geben, nur für den Fall, sagte sie, und ich versprach, sie gleich am nächsten Morgen anzurufen.

Die kurze Zeit, während ich telefonierte, waren die einzigen Minuten, in denen Lucian und ich voneinander getrennt waren. Ich war in sein Zimmer gegangen, er im Flur geblieben. Danach klebten wir aneinander wie siamesische Zwillinge.

Wir setzten uns auf sein Bett, so dicht nebeneinander, wie es nur ging, und durch die Seite meines Körpers, die seine berührte, floss ein warmer, beständiger Strom.

Lucians linke Hand lag geöffnet in meiner, während ich mit den Fingerspitzen meiner anderen Hand ihre glatte, makellose Innenfläche erforschte. Ich war völlig fasziniert davon, wie es sich anfühlte, wie Seide oder Marmor, wie ein unbeschriebenes Blatt Papier.

Es dauerte eine Weile, bis wir wieder Worte fanden.

»Woher wusstest du . . . dass du anders bist?«, flüsterte ich. »Hast du es gleich gemerkt? Gleich nachdem du unter der Brücke . . .«

»Nein«, unterbrach mich Lucian. »Anfangs war es mir nicht klar.

Richtig bewusst wurde es mir erst bei der Kellnerin in dem Diner, wo ihr mittags immer hingeht. Als sie mir den Teller hinstellte, entdeckte ich die Linien in ihrer Hand. Sie waren ziemlich tief, fast wie Narben kamen sie mir vor, und ich muss sie wohl ziemlich überrascht gemustert haben, denn die Kellnerin fragte, ob ich ein Handleser sei. Sie sagte es im Scherz und ließ ihre geöffnete Hand für einen Moment neben dem Teller auf dem Tresen liegen. Vielleicht wollte sie auch nur mit mir flirten, keine Ahnung. Ich weiß nur, wie ich im ersten Moment dachte, dass an *ihr* etwas unnormal sei. Aber dann fing ich an, anderen Menschen auf die Hände zu schauen. Und ziemlich bald wurde mir klar, dass ich der Abnormale war.«

Ich dachte wieder an den Abend am Falkensteiner Ufer. Auch meine Hände hatte Lucian angestarrt.

»Vielleicht . . .«, sagte ich, »ist es einfach ein genetischer Defekt. Ein Erbfehler oder so was.«

»Ein Erbfehler?« Lucians Finger schlossen sich um meine. »Dann möchte ich gerne wissen, von wem ich das geerbt haben könnte. Der Besitzer der Bar, in der ich arbeite, lässt mich seinen Computer benutzen. Ich habe im Netz recherchiert, aber ein Mensch ohne Handlinien oder Fingerabdrücke ist mir nicht untergekommen.« Er lachte leise. »Vielleicht sind meine Eltern ja Außerirdische. Das könnte ich deiner Mutter vorschlagen, wenn ich sie das nächste Mal besuche.«

Erschrocken sah ich ihn an.

»Was ich nicht ernsthaft vorhabe«, fügte er hinzu.

»Und das mit dem Abhauen?«

Ich krallte meine Hand um sein Handgelenk und merkte, wie sehr ich mich noch immer davor fürchtete, dass er aufstehen oder mich wieder wegschicken könnte.

»Ich gehe nicht fort«, sagte er und legte seinen Arm um mich.

»Nicht ohne dich jedenfalls. Was ist, brennen wir durch? Wie wär's mit Rio de Janeiro?«

War er immer schon so schön gewesen? Mit angehaltenem Atem betrachtete ich sein Gesicht mit der schmalen Nase, den hervortretenden Wangenknochen, den langen dunklen Wimpern und den nachtblauen Augen, bis ich bemerkte, dass auch er mich unverwandt musterte.

»Was ist?«, fragte ich. »Warum siehst du mich immer so an?«

Er runzelte die Stirn. »An dir ist auch etwas anders.«

Ich schluckte. »Wie meinst du das?«

Er zuckte mit den Achseln, dann schüttelte er den Kopf.

»Ich weiß es nicht, ich kann es nicht in Worte fassen, obwohl es mir schon ein paar Mal aufgefallen ist. Es kommt mir vor, als ob dir etwas fehlen würde, das andere haben. Aber ich kann nicht zuordnen, was es ist.«

Ich musste kichern. »Soweit ich weiß, ist alles an seinem Platz. Und jetzt hör auf, mich so anzustarren.«

Er grinste. »Wenn du meinst«, sagte er gedehnt und beugte sich vor, um mich zu küssen.

»Ich glaube, ich bin süchtig«, flüsterte ich, nachdem wir uns nach einer halben Ewigkeit voneinander gelöst hatten.

»Ich weiß, was du meinst.« Er nahm eine meiner Haarsträhnen in die Hand und ließ sie durch seine schmalen Finger gleiten. »Stehen dir gut, die kurzen Haare«, murmelte er. »Was war der Anlass?«

»Kein so guter.« Ich erzählte ihm von der Chemiestunde. Er hörte mir wortlos zu und wieder verdüsterte sich sein Gesicht.

»Und das mit dem Vogel?«, fragte er leise.

»Wie du es geträumt hast«, entgegnete ich und flüsterte jetzt ebenfalls. »Wort für Wort. Bis auf den letzten Satz von Spatz.«

Ich musste nicht lachen über den unfreiwillig komischen Reim. Lucian auch nicht. »Die Freundin deiner Mutter?«

Ich nickte.

»Und was war anders?«, fragte er.

»Spatz sagte: *Es ist wahr. Es ist passiert. John Boy ist tot.*«

»Stimmt. Die ersten Sätze kamen nicht vor in meinem Traum.« Lucian starrte nachdenklich auf seine glatten Handflächen. Unfassbar, dass sie mir nicht vorher aufgefallen waren.

»Weiß Janne davon?«, fragte ich. »Meine Mutter? Weiß sie das mit deinen Handflächen?«

Er schüttelte den Kopf. »Nein. Sidney . . .« Lucian zögerte. »Sie hat einmal . . . gestutzt. Sie wollte meine Hände sehen. Aber dann hab ich das Licht ausgemacht.«

Seine Antwort traf mich unmittelbar, aber ich verbiss mir einen Kommentar. »Und du hast keine Idee, wieso du diese Dinge träumst?«, fragte ich stattdessen.

Lucian schüttelte wieder den Kopf. »Ich habe nicht den Hauch einer Ahnung. Was mir am meisten Angst macht, sind die Träume aus deiner Zukunft. Das mit deinem Wellensittich war nicht der einzige Traum, in dem du so alt warst wie jetzt. Da war noch dieser . . .«

». . . Affe!«, entfuhr es mir. Jannes Notizen fielen mir wieder ein. »Auf dem Notizblock meiner Mutter stand *Pappmaschee*. Und irgendwas mit einem Farbtopf und blutroter Farbe.«

Lucian nickte. »Wir standen in einer Küche. Klein, eng, ziemlich zugemüllt. Eine Wand war rot gestrichen. Und neben dem Kühlschrank hockte dieser Affe. Es war eine Skulptur, bunt beklebt mit allem möglichen Zeugs. Auf dem rechten Oberarm prangte eine amerikanische Flagge und auf der Brust klebte eine leere Packung Tempotücher. Sein Gesicht war eine fiese Grimasse und seine Zähne waren ziemlich scharf. Du hast sie angefasst, bist dann zurückgezuckt und gegen ein Regal gestoßen. Dann ist dieser Farbtopf umgefallen, direkt auf dich drauf. Du hattest ein weißes T-Shirt an und ein Kopftuch um, so piratenmäßig am Hinterkopf verknotet. Du sahst aus, als hättest du in Blut gebadet.«

»Wow.« Jetzt schüttelte ich den Kopf. »Klingt für mich eher nach einem Horrorfilm. Träumst du auch mal was Schönes von mir?«

Er lächelte, nahm meine Hand zwischen seine, führte sie zum Mund und küsste jede einzelne meiner Fingerspitzen.

»Ja«, sagte er langsam. »Letzte Nacht habe ich geträumt, dass wir am Strand sitzen.«

»Deshalb Rio?«, fragte ich halb im Scherz, halb im Ernst.

»Keine Ahnung. Nein, glaub nicht.« Lucian zuckte mit den Achseln. »Ich weiß nicht, wo dieser Strand lag. Es war jedenfalls ziemlich viel los. Im Wasser waren Surfer, ein paar Jungs spielten Volleyball und neben uns saß ein Mädchen. Sie hatte lange feuerrote Locken und trug ein altmodisches Kleid. Es war silbergrau. Sie zeichnete ein Bild von einem kleinen Jungen und wir haben ihr zugesehen.«

Ich wusste nicht, was ich sagen sollte.

Lucian lächelte. »Du hast keine Ahnung, wovon ich spreche, oder? Du kennst keine Affen aus Pappmaschee, die grinsend vor Kühlschränken hocken, oder rothaarige Mädchen in altmodischen Kleidern, die am Strand sitzen und zeichnen.«

Ratlos zog ich die Schultern hoch.

»Und deinen siebzehnten Geburtstag hast du wahrscheinlich auch noch nicht geplant, oder?«

»Nein.« Ich musste lachen. »Wo steigt die große Party?«

»Da.« Lucian zeigte nach oben.

»Wie meinst du das?«

»Wir saßen in einem Ballon. Wir flogen gerade über die Elbe, aber eigentlich sah man die ganze Stadt.«

»Du meinst, wir saßen in so einem Heißluftding?«, fragte ich aufgeregt. »Das ... das habe ich mir immer gewünscht. Aber davon ...« Ich schluckte. »... weiß eigentlich nur Sebastian.«

»Mhm.« Das Lächeln war von Lucians Lippen verschwunden. »Das macht Sinn. Er saß nämlich auch mit drin.«

Ich erschrak. »Und woher wusstest du, dass es mein siebzehnter Geburtstag war?«

Lucian seufzte. »Weil er dich küsste und sagte: ›Alles Liebe zum Siebzehnten, Becks.‹«

Ich senkte den Kopf. »Mein siebzehnter Geburtstag ist am 16. Februar. Das ist in drei Monaten.«

Lucian zog mich fest an sich. »Dann muss ich mich wohl ranhalten.«

Ich fuhr mit der Fingerspitze über Lucians Lippen, erst über die obere, dann über die vollere, untere, und die Vorstellung, Sebastian zu küssen, war auf einmal so fremd wie nur irgendwas.

»Diesen Traum hast du meiner Mutter aber nicht erzählt, oder?«, vergewisserte ich mich ängstlich.

»Nein. Den hatte ich erst nach meiner letzten Sitzung.« Lucian berührte meine Wange mit der Nasenspitze.

»Was denkst du, was sie vorhat?«, murmelte ich. »Ich meine, wenn du nicht mehr zu ihr gehst. Glaubst du nicht, sie wird versuchen, dich zu finden?«

Oder schlimmer noch, fügte ich in Gedanken hinzu, dich anzuzeigen? Ich konnte es noch immer nicht fassen, dass der Mensch, der uns am meisten Sorgen machte, ausgerechnet meine eigene Mutter war.

»Keine Ahnung«, entgegnete Lucian. »Mein nächster Termin ist erst am Mittwoch. Bis dahin überlege ich mir was. Aber jetzt will ich an etwas anderes denken.«

Lucian vergrub seine Nase in meinem Haar. Ich fühlte, wie er einatmete und wie dann sein warmer Atem zurückfloss. Meine ganze Kopfhaut fing an zu prickeln.

»Ich hab dich gefühlt«, murmelte er. »Vorhin in der Bar. Ich hab gefühlt, dass du da bist. Wie hast du mich gefunden?«

»Gar nicht«, sagte ich und seufzte. »Erst war es reiner Zufall. Ich war bei jemandem, der auf der Langen Reihe seinen Proberaum hat, und als ich auf dem Heimweg an der Bar vorbeikam ... bin ich reingegangen.« Unwillkürlich schüttelte ich den Kopf. So viel zum Thema Zufall.

»Bei wem warst du denn?« Lucians Stimme klang ein bisschen eifersüchtig. »Gibt es noch einen Freund?«

»Keine Sorge.« Ich lachte. »Nur ein Arschloch, mit dem ich etwas klären musste, was meine Freundin betrifft.«

»Aha.« Lucian sah mich amüsiert an. »Mädchengeheimnisse?«

Ich nickte. »So ähnlich. Nur keine zum Lachen. Was ist mit dir? Mit deinem Mädchen?« Ich verzog den Mund, während sich in meinem Bauch ein Knoten bildete.

»Mein Mädchen sitzt hier«, sagte Lucian und kam nahe an mein Gesicht. Aber anstatt mich zu küssen, rieb er mit der Nasenspitze über meine Wange. Ich hielt den Atem an und im selben Moment machte mich mein Magen darauf aufmerksam, dass ich ihn seit dem Frühstück schändlich im Stich gelassen habe.

»Wow.« Lucian lachte. »Das klingt ziemlich wütend. Warte kurz. Ich hol uns was zu essen.«

»Kommt nicht infrage.« Ich griff nach seiner Hand. »Ohne mich gehst du nirgendwohin.« Ich meinte es ernst.

»Wie du willst.« Lucian zwinkerte mir zu. »Hast du Lust auf ein Picknick?«

Ich runzelte fragend die Stirn.

Er zog mich mit sich in die Küche. Sie war riesig und modern eingerichtet, mit viel Chrom, hellem Holz und einem gigantischen Kühlschrank, der gut gefüllt war. Es gab eine Bar mit einem beachtlichen Ensemble an Whiskyflaschen – und ein paar verkümmerte Pflanzen auf dem Fensterbrett.

Lucian fischte Käse, Brot, Oliven, eine große Salami und ein Glas Mixed Pickles aus dem Kühlschrank und zog als Letztes eine Flasche ziemlich teuer aussehenden Champagner hervor.

»Äh . . .«, sagte ich. »Ist das alles von dir oder von deinem . . .?«

»Von meinem was?« Lucian grinste und holte Besteck, einen Teller und zwei Gläser aus den Schränken. »Diese Fantasie wirst du nicht los, was?«

Ich knuffte ihn in die Seite. »Aber verraten willst du mir auch nichts, oder? Wo ist denn dein geheimnisvoller Gastgeber? Und was soll dieser Name auf dem Klingelschild? Ist das eine Firma, oder was?«

»Keine Ahnung«, sagte Lucian. »Und mein Gastgeber ist unterwegs. Komm jetzt.«

Wir gingen zurück in sein Zimmer, verstauten die Vorräte zusammen mit seinem Schlafsack und einer Wolldecke in einem großen Rucksack und dann öffnete Lucian zu meinem Erstaunen das Fenster.

»Zieh dir die Jacke an«, sagte er. »Im Restaurant könnte es frisch sein. Du bist doch schwindelfrei.«

Er hatte es nicht als Frage formuliert, aber ich nickte trotzdem. Dann kletterte ich hinter Lucian, der seine schwarze Lederjacke angezogen und den Rucksack geschultert hatte, aus dem Dachfenster ins Freie.

Für einen Moment musste ich mich am Rahmen festhalten. Direkt unter dem kleinen Vorsprung, auf dem ich stand, ging es steil bergab. Die kalte Abendluft strich mir über das Gesicht und Lucian lachte mich mit funkelnden Augen an.

»Wollen wir?« Er nahm meine Hand und zog mich um die Ecke, wo ein flacher Sims zum Nachbarhaus führte. Das Gebäude überragte das Haus, in dem Lucian wohnte, um gut zwei Meter, eine schmale, an der Fassade angebrachte Feuerleiter führte hinauf.

Mit der Eleganz einer Raubkatze kletterte Lucian an den Sprossen nach oben und winkte mir. »Nicht nachdenken«, rief er. »Komm einfach zu mir.«

Ich holte Luft, dann kletterte ich ebenfalls nach oben, wobei ich mich alles andere als katzenhaft fühlte.

Unser Atem stieg in weißen Wolken auf, aber ich spürte die Kälte nicht. Die fünf oder sechs Häuser, deren Dächer wir überquerten, waren ebenfalls flach und direkt miteinander verbunden, aber trotzdem wagte ich erst wieder nach unten zu schauen, als Lucian stehen blieb.

Wir waren am Ende der Straße angekommen. Rechts von uns, auf der gegenüberliegenden Straße, lag das legendäre Hotel Atlantic, das nächstes Jahr sein hundertjähriges Jubiläum feiern würde. Von unten hatte ich es natürlich schon oft gesehen. Sein grünes Schieferdach krönten zwei Statuen, die Rücken an Rücken zwischen einer stilisierten Weltkugel saßen. Sie war beleuchtet und glänzte in einem hellen Silber, während die Gesichter der steinernen Frauen eine würdevolle Gleichmut ausstrahlten.

»Für einen Heißluftballon fehlt mir das nötige Kleingeld«, sagte Lucian, »aber das hier ist auch nicht übel, oder?«

Ich konnte nichts erwidern. Stumm blickte ich auf die nächtliche Stadt zu unseren Füßen. Von hier oben aus konnte man in alle Himmelsrichtungen schauen. Vor uns lagen Binnen- und Außenalster, getrennt durch die vielspurige Kennedybrücke mit den winzigen Autos. Jenseits des Dammtorbahnhofes ragte die lange, rot blinkende Spitze des Fernsehturms in den nächtlichen Himmel, hinter uns lagen der Hauptbahnhof und die Hamburger Kunsthalle. Ich erkannte die Nikolaikirche, deren langer Turm wie eine Papstmütze aussah, und den Hamburger Michel, dessen über vierhundert Stufen Dad und ich einmal bestiegen hatten, allerdings an einem verregneten Sonntag, sodass wir uns das Ganze hätten sparen können.

Der Himmel war stockfinster, nicht mal der Mond war zu sehen, aber dafür leuchteten die Lichter der Stadt umso heller. Die gelben und orangefarbenen Laternen, die Reklameflächen und Leuchtschilder, die weißen Scheinwerfer und roten Rücklichter der Autos und die strahlenden Fassaden der Geschäfte und Hotels funkelten um die Wette. An manchen Hochhäusern blinkten neongrüne Lichter und ich sah die blauen und pinkfarbenen Leuchtstreifen des Cinemaxx-Kinos, in das Suse und ich immer gingen.

Mein Blick glitt über die Wipfel der Bäume, deren Zweige schon nackt waren, die verschiedenen Brücken und die verlassenen Gärten, die jetzt einen langen Winter vor sich hatten.

»Es ist schön hier«, brachte ich endlich hervor.

»Ja«, sagte Lucian. »Das ist mein Lieblingsplatz.«

Er breitete seinen Schlafsack aus. Das Dachsims, geschützt von Gauben und verschiedenen Schornsteinen, war so ebenmäßig, dass man tatsächlich gemütlich hier sitzen konnte. Der Boden war warm, wie aufgeladen von den Heizungen und Kaminen der Wohnungen, und ich kuschelte mich dicht an Lucians Seite. Er drückte mir die beiden Gläser in die Hand, entkorkte den Champagner und schenkte uns ein.

Dann nahm er sein Glas und wandte sich zu mir.

»Auf dich«, sagten wir wie aus einem Mund und mussten lachen. »Auf uns.«

Der Verkehr rauschte von unten zu uns herauf, aber ich hörte nichts als das leise Klingen unserer Gläser.

Ich war so randvoll von Gefühlen, dass ich glaubte, keinen Bissen herunterkriegen zu können, aber als Lucian mir ein Stück Salami zwischen die Lippen schob, merkte ich, wie hungrig ich war.

»Mehr«, sagte ich.

Lucian lachte, schob ein Stück Käse hinterher, dann etwas Brot und einen Schluck Champagner aus seinem Glas.

»Hey«, beschwerte ich mich, als mir die perlende Flüssigkeit aus den Mundwinkeln tropfte. »Nicht so schnell.«

Lucian beugte sich über mich und küsste den Champagner von meinen Lippen.

»So schmeckt er noch besser«, murmelte er. »Willst du auch mal?«

Er setzte das Glas an den Mund, nahm einen Schluck und drückte seine Lippen auf meine. Langsam, Tropfen für Tropfen, ließ er den Champagner aus seinem in meinen Mund fließen.

»Genug«, keuchte ich. »Es sei denn, du willst, dass ich vom Dach falle.«

Lucian lachte. Seine Augen funkelten wie dunkle Sterne.

»Einen Traum wolltest du Janne nicht erzählen«, hörte ich mich plötzlich sagen. »Ich weiß nicht, wovon du gesprochen hast, aber du meintest, da sei eine Schwingtür gewesen und Metall. Meine Mutter hat weitergebohrt, und du hast dichtgemacht.«

Lucian wurde sehr still. Er starrte in die Fenster der Häuser und ich folgte seinem Blick, während ich auf seine Antwort wartete. Immer wieder ging hier ein Licht an und dort eins aus, während hinter vielen Fenstern dic blau flirrenden Lichter der Fernsehbildschirme zu sehen waren. Unglaublich, man konnte sogar erkennen, wie gezappt wurde. Schräg unter uns in einem Hotelzimmer stritt sich ein Pärchen um die Fernbedienung.

»In diesem Traum habe ich meinen Namen gefunden«, sagte er schließlich. »Oder eigentlich hast du ihn gefunden.«

»Wie meinst du das?«

»Du warst noch ganz klein. Es war ein Krankenhaus, du lagst auf einer Trage. Du hast mich angesehen und Lu genannt. Und du wolltest mich etwas fragen, aber dann . . .«

Lucian hob die Schultern. »Ich weiß nicht mehr, was dann war. Aber Lu war wenigstens ein Anfang.«

Er lächelte. »Den Rest hab ich einfach drangehängt. Erst hatte ich Lucas im Kopf, aber das war mir irgendwie zu gewöhnlich.«

»Janne dachte, ich meinte meinen kleinen Bären«, sagte ich leise. »Spatz hatte ihn neben der Schaukel gefunden.«

Lucian sah mich unsicher an.

»Ich bin von der Schaukel gefallen«, fuhr ich fort. »Ich war drei und Spatz hat mir die Geschichte gerade neulich wieder erzählt. Ich bin mit dem Kopf auf eine Steinplatte geknallt und musste operiert werden. Spatz hat den Bären neben der Schaukel aufgehoben und dann hat sie uns ins Krankenhaus begleitet. Als ich im Aufwachraum lag, habe ich nach Lu gerufen. Spatz meinte, ich wäre so aufgeregt gewesen. Janne hat mir den Bären in die Hand gedrückt, aber offensichtlich war er nicht das, was ich wollte.«

Ich schaute auf Lucians Finger. Ganz still lagen sie auf meinem Handrücken, dann streichelten sie sanft über meine Haut. Plötzlich musste ich doch wieder an Suses verrückte Theorie von dem wiedergeborenen Zwilling denken, die ich selbst ja auch gehabt hatte.

»Träumst du eigentlich auch . . . von jemand anderem?«, fragte ich nach einer Weile.

Lucian nickte, dann schüttelte er den Kopf.

»Manchmal«, sagte er, »habe ich diffuse Träume von Schatten oder Landschaften. Manchmal ist alles dunkel und ich höre Stimmen, aber ich weiß nicht, woher sie kommen. Und manchmal träume ich, dass ich tauche. Tief unter Wasser. Das ist am schönsten. Es fühlt sich so schwerelos an, fast als würde ich fliegen.«

»Ja«, flüsterte ich. »Das kenne ich. Genau das fühle ich auch manchmal, wenn ich schwimme.«

»Und wie«, fragte Lucian, »wie fühlt es sich an, Eltern zu haben?«

Ich wusste nicht, was ich darauf erwidern sollte. Ich hatte noch nie über diese Frage nachgedacht. Jeder hatte Eltern, jedenfalls alle, die ich kannte. Es war das Normalste von der Welt. Und im Gegensatz zu vielen anderen hatte ich mit meinen Eltern ziemliches Glück gehabt – wenn man von den Ereignissen der letzten Wochen mal absah.

»Es fühlt sich richtig an«, sagte ich. »Wie ist es für dich? Wie fühlt es sich an, nicht zu wissen, wo die eigene Familie ist?«

Lucian schwieg. Er sah hinauf in den Himmel, der plötzlich hell erstrahlte. Ein lautes Donnern ertönte, aber es war kein Gewitter.

Vor dem erleuchteten Riesenrad des Hamburger Doms ging das Feuerwerk los. Wie explodierende Sterne stoben die Funken in den Himmel, in allen Farben und Formen. Sie brannten, schenkten Schönheit und verloschen.

»Phone home«, krächzte Lucian mit verzerrter Stimme. Er krümmte seinen Finger und zeigte auf den blinkenden Fernsehturm, der von hier aus einem UFO glich.

»ET phone home . . .«

»Du Knallkopf!« Ich lachte. »Woher kennst du denn den alten Schinken?«

»Lief vor ein paar Tagen im Fernsehen«, sagte Lucian. »Aber die Idee ist doch nicht so schlecht. Was meinst du? Wenn jetzt ein Raumschiff käme, um mich abzuholen, würdest du dann mit mir kommen?«

»Na klar«, sagte ich, ohne zu zögern. »Ich hoffe nur, da oben gibt es Schwimmbäder. Oder Seen.«

»Oder das Meer.« Lucian lächelte. Ein paar Momente betrachteten wir andächtig das Feuerwerk.

Es dauerte lange, immer neue Funkenregen sprühten auf und wir schwiegen, bis die letzten Lichter im nachtschwarzen Himmel verglüht waren. Lucian hatte mich fest in den Arm genommen. »Ich bestell das Raumschiff für später, okay?«, flüsterte er schließlich. »Jetzt siehst du eher so aus, als könntest du eine warme Decke gebrauchen.«

Ich nickte. Ich hatte gar nicht gemerkt, dass ich angefangen hatte, mit den Zähnen zu klappern.

Als wir wieder in Lucians Zimmer kamen, waren wir plötzlich beide verlegen. Wir standen vor einer neuen Schwelle und wussten nicht, wie wir sie überschreiten sollten.

Lucian machte den Anfang. Er zog erst seine Jacke, dann die Schuhe aus, schließlich streifte er mir die Jacke von den Schultern und schob mich sanft auf sein Bett. Er kniete vor mir nieder, um mir die Schuhe auszuziehen. Dann die Socken. Seine kühlen Finger schmiegten sich um meine Füße und ich fühlte, wie sich das Blut unter meiner Haut erwärmte. Ich öffnete meine Jeans und versuchte ruhig weiterzuatmen, was mir jämmerlich misslang. Als Lucian an den Beinen meiner Jeans zog, sie langsam von meinem Körper streifte, kroch eine Gänsehaut über jeden Millimeter meines Körpers. Jetzt die Bluse. Jeder Druckknopf gab ein leises Klacken von sich. Dann trug ich nur noch mein Unterhemd und meinen Slip.

»Hey. Du zitterst ja«, sagte er. Er zog die Decke unter mir weg, hüllte mich ein, dann zog auch er seine Jeans aus. Ich sah seine Beine, die dünn, aber sehnig waren, seine kräftigen Waden. Die Muskeln schienen unter seiner Haut zu tanzen.

Er behielt sein T-Shirt an, dann kroch er zu mir unter die Decke.

»Diesmal«, flüsterte er, »diesmal ist es echt. Es ist kein Traum. Ich liege neben dir im Bett.« Er grinste mich an, dann kniff er mir sanft in die Wange. »Und du bist ganz schön gewachsen seit dem letzten Mal.«

Ich brachte kein Wort hervor. Ich streckte meine Arme nach ihm aus, aber er schüttelte den Kopf.

»Dreh dich um«, befahl er mir leise. »Dreh dich auf den Bauch.«

Ich tat es.

Lucians Hände schoben mein Unterhemd nach oben, immer weiter. Seine glatten, weichen Finger glitten an meiner Wirbelsäule entlang, so sanft, so köstlich, so unendlich langsam.

Wenn ich dich berühre, hatte Lucian auf der Dachterrasse des Bunkers zu mir gesagt, *das fühlt sich unbeschreiblich an. Als ob ich noch nie jemanden angefasst hätte.*

Und genau so kam es mir jetzt vor. Als ob ich die Erste, die Einzige war, die er jemals berührt hatte. Mir ging es nicht anders. Meine ganze Haut prickelte, alles verwandelte sich unter seinen Fingerspitzen in etwas anderes, etwas Neues. Was war ich, was wurde ich? Was waren *wir?*

Plötzlich hielten Lucians Fingerspitzen inne. »Da ist sie«, murmelte er. »Deine Narbe. Du bist hingefallen, oder? Beim Spielen. Das hab ich vorgestern geträumt. Du warst klein. Du hattest einen Pferdeschwanz und trugst ein Dirndl. Du warst auf dem Spielplatz, bist gelaufen, aber du konntest dich nicht richtig bewegen in dem Kleid, und als der Junge dich einholte, hast du dich umgedreht. Er hat dich geschubst. Du hast mit den Armen gerudert, dann bist du hingefallen. Und dann hast du wie verrückt angefangen zu schreien. Eine Sicherheitsnadel hatte sich in deinen Rücken gebohrt.«

Ich spürte, wie Lucian sich über mich beugte. Seine Lippen berührten die Haut an meinem Schulterblatt.

»Ich war bei dir«, flüsterte er. »Ich war direkt neben dir. Aber ich habe dir nicht geholfen. Ich habe dich nicht mal angesprochen oder getröstet. Rebecca, ich hab solche Angst, dass ich etwas bö. . .«

»Schscht . . .«

Ich drehte mich um und verschloss seine Lippen mit meinem Kuss. Ich spürte, wie sich seine Hände an meinem Rücken zu Fäusten ballten, sein ganzer Körper war jetzt in Aufruhr.

Ich wölbte meinen Rücken, drängte mich immer tiefer in seine Umarmung, und dann wich ich zurück, um mir das Unterhemd auszuziehen. Doch Lucian hielt meine Hand fest.

»Nicht«, flüsterte er mühsam. »Ich weiß nicht, ob ich das jetzt ... ob ich es jetzt aushalten kann. Okay?«

Er hielt meine Hand ganz fest.

Ich nickte und dann fing ich an zu weinen. Ich wusste nicht, warum, es überkam mich einfach.

Lucian küsste mir die Tränen aus den Augen. Er sah mich an. Selbst sein Blick war eine Berührung, ein Streicheln, tief in meinem Inneren.

»Ich liebe dich, Rebecca«, sagte er.

Ich wachte davon auf, dass er im Traum sprach. Wir lagen noch genauso, wie wir eingeschlafen waren, eng umschlungen, seine Brust an meinem Rücken. Erst glaubte ich, seine Stimme in meinem Traum zu hören, aber dann merkte ich, dass er es war, der träumte.

»... ich auch ...«, hörte ich ihn murmeln. Er klang gequält, hilflos. »... aber du musst ... sonst ... nicht bei dir ... hör auf ... hör auf ... zu bitten ... kann nicht ... sonst ...«

Er fuhr hoch und ich merkte, dass ihm der Schweiß über das Gesicht lief. Seine Haare waren nass.

»Hey«, sagte ich. »Du hast geträumt. Was ... war?«

Ich knipste das Licht an. Lucian blinzelte. Er sah völlig verwirrt aus und schien eine ganze Weile zu brauchen, um zu registrieren, wo er war.

»Ich weiß es nicht«, murmelte er verstört. »Ich weiß nicht, was ich geträumt habe. Normalerweise sehe ich es direkt vor mir, aber jetzt ist es weg.« Er lächelte schief und legte seinen Kopf auf meine Brust. »Das muss an dir liegen«, murmelte er und küsste mich. »Du kannst sogar Träume verjagen.«

Er zog mich in seine Arme, aber wir schliefen nicht wieder ein.

»Ich hab Durst«, sagte Lucian irgendwann und wollte aufstehen, aber ich hielt ihn zurück.

»Lass mich gehen«, sagte ich. »Ich muss sowieso aufs Klo.«

Ich tapste durch den dunklen Flur in die Küche, füllte ein Glas mit Leitungswasser und suchte auf dem Rückweg zu Lucians Zimmer das Bad. Ich öffnete eine Kleiderkammer, einen Abstellraum und beim dritten Anlauf hatte ich Glück. Ich tastete nach dem Lichtschalter und fand mich in einem riesigen Badezimmer mit Marmorwaschbecken und einem Whirlpool wieder. Eine Dusche und ein Bidet gab es auch, nur die Toilette fehlte. Gerade als ich überlegte, ob ich das Bidet benutzen sollte, ging die Tür auf. Ich fuhr herum und ließ vor Schreck das Glas fallen.

Vor mir stand eine splitternackte Frau. Sie war ungefähr in Jannes Alter und hatte lange kastanienbraune Haare, deren zerzauster Zustand ziemlich deutlich verriet, womit sie bis eben beschäftigt gewesen war.

»Ich ... ähhh ...«, stammelte ich und hätte mich am liebsten in Luft aufgelöst, was die nackte Frau mit einem Augenzwinkern zur Kenntnis nahm.

»Na, da bin ich heute wohl nicht der einzige Damenbesuch«, sagte sie belustigt. »Hi. Ich heiße Kim. Und wer bist du?« Sie lächelte mich an, als würden wir einander auf einer Stehparty begegnen.

»Ich ... ich ...« Himmel, ich brachte es nicht mal fertig, meinen Namen zu nennen.

»Lass mal, Schätzchen«, sagte die Frau. »Ist schon gut. Wie wär's, wenn du zurück ins Bett gehst und ich das mit dem Glas erledige?«

Diese Frage brauchte sie nicht zweimal zu stellen. In Lichtgeschwindigkeit sauste ich zurück in Lucians Zimmer.

Als ich ihm erzählte, was passiert war, fing er an zu lachen.

»Na«, sagte er. »Jedenfalls hast du jetzt den Beweis, auf welches Geschlecht mein Gastgeber wirklich steht.«

»Sehr witzig«, brummte ich. »Aber vorstellen willst du ihn mir nicht?«

»Jetzt?« Lucian zog eine Augenbraue hoch.

Kichernd wehrte ich ab. »Vielleicht doch lieber morgen.« Zögernd sah ich zur Tür. »Und du meinst, das ist wirklich . . . okay?«

»Was? Dass mein Gastgeber Damenbesuch hat?«

»Nein, dass du . . . Mädchenbesuch hast.«

»Ich habe keine Hausregel gelesen, die es verbietet«, sagte Lucian. »Entspann dich. Der Typ ist cool. Er wird mir schon nicht den Hals umdrehen.«

»Lucian?«

Er sah mich fragend an.

»Wo ist denn nun die Toilette?«, fragte ich etwas beschämt.

»Oh.« Lucian grinste. »Das ist ganz leicht. Gleich neben meinem Zimmer.«

Als ich zurückkam, hielt Lucian das Buch meiner Mutter in der Hand und blätterte darin herum. »Ich möchte gerne wissen«, murmelte er, »an welcher Stelle sie aufhören.«

Ich runzelte die Stirn. »Aufhören? Was meinst du?«

»Meine Träume von dir«, sagte Lucian. »Sie kommen wahllos, wie Szenen eines Films, die auseinandergerissen und dann wieder neu zusammengewürfelt sind. Aber wo ist der Anfang? Und wo ist das Ende?« Er sah mich an. »Verstehst du, was ich meine? Eigentlich wollte ich deine Mutter danach fragen, aber das . . . geht ja jetzt nicht mehr.«

Ich nickte und plötzlich fiel mir etwas ein. Ich griff nach Jannes Buch, schlug die letzten Seiten auf und hielt sie Lucian hin. »Hast du das Kapitel gelesen? Über luzides Träumen?«

Lucian setzte sich im Bett auf. »Ich glaub nicht«, sagte er. »Was steht denn drin?«

»Es ist so ähnlich wie der Trancezustand, in den dich meine Mutter versetzt hat«, sagte ich. »Nur dass du es auch selbst tun kannst. Vor dem Einschlafen kannst du versuchen, dir einen Traum zu wünschen. Ich habe es noch nie probiert, aber bei den meisten Menschen scheint es zu funktionieren, sagt Janne. Man muss sich nur stark genug konzentrieren.«

Auf einmal war ich furchtbar aufgeregt. »Vielleicht ist das ja eine Spur. Vielleicht kannst du dir *wünschen* zu träumen, wann du mich zum letzten Mal gesehen hast. Bevor du . . .«, ich zögerte, ». . . bevor du dein Gedächtnis verloren hast.«

Lucian nickte langsam. »Einen Versuch ist es wert«, sagte er.

Dann streckte er die Arme aus. »Aber nicht jetzt. Komm mal her. Lass uns noch ein bisschen schlafen.«

Ich löschte das Licht, kuschelte mich wieder in Lucians Arme und roch die Nacht in seinem Haar und mich selbst auf seiner Haut.

Das zweite Mal weckte uns mein Handy.

Es war Suse, die Alarm gab. Janne hatte sie gerade zu Hause auf dem Festnetz angerufen.

»Ich hab ihr erzählt, dass du unter der Dusche stehst«, sagte sie. »Ich glaub nicht, dass sie was ahnt. Aber besser, du machst dich auf den Heimweg.«

Ich seufzte.

Lucian ließ mich keinen Moment aus den Augen, als ich mich anzog. Er sah ein bisschen verschlafen aus, die Haare zerzaust, das Gesicht verknittert, aber die fiebrige Unruhe, die ihn sonst umgab, war verschwunden. Das erste Mal, seit ich ihn kannte, sah er glücklich aus.

»Wann sehe ich dich wieder?«, fragte er, als ich fertig war, und fügte grinsend hinzu. »Wo ich wohne, weißt du ja jetzt. Und wo ich arbeite auch.«

Ich bezweifelte, dass ich mich heute noch mal aus dem Staub machen konnte. Gerade jetzt hatte ich nicht vor, mein Glück auf die Probe zu stellen und Jannes Misstrauen zu wecken.

»Spätestens morgen, okay?«, sagte ich. »Nach der Schule muss ich Spatz beim Umzug helfen, sie zieht in ein neues Atelier. Aber danach sage ich einfach, dass ich schwimmen gehe.«

Lucian glitt aus dem Bett und schloss mich in seinen Armen ein. Er vergrub die Nase in meinen Haaren und murmelte: »Ich warte auf dich. Pass auf dich auf. Lauf nicht vor fahrende Autos.«

»Versprochen.« Widerwillig löste ich mich aus seiner Umarmung.

»Bis morgen. Spätestens.«

Als ich die Treppen nach unten ging, fühlte ich wieder das Ziehen in meiner Brust, aber diesmal war es nicht schlimm.

Draußen schien die Sonne, und als ich über die Straße ging, hatte ich das Gefühl zu schweben.

ACHTZEHN

»›Verzeihung, bin ich mit Ihnen verabredet?‹

Würdevoll und korpulent, die Lorgnette in der Hand, sitzt die alte Dame vor einem riesigen, aufgeschlagenen Hauptbuch, auf dem ein dicker schwarzer Kater zusammengerollt liegt.

Leutselig lächelnd sieht sie Pierre durch die Lorgnette an.

›Gewiss, mein Herr.‹

›Dann können Sie mir vielleicht sagen, was ich hier soll?‹, fährt Pierre fort und streichelt den Kater, der sich streckt und sich an ihm reibt.

›Regulus!‹, weist die Dame den Kater zurecht. ›Willst du den Herrn in Ruhe lassen!‹

Lächelnd nimmt Picrrc dcn Kater auf den Arm, während die alte Dame fortfährt: ›Ich will Sie gar nicht lange aufhalten, mein Herr. Ich benötige Sie für eine kleine, standesamtliche Formalität.‹«

Tygers sonore Stimme erfüllte das Klassenzimmer. Heute hatte er ausnahmsweise nicht Lovell oder einen anderen englischen Schriftsteller für die Lektüre ausgewählt, sondern Jean-Paul Sartres Drehbuch zu seinem ersten Film, *Das Spiel ist aus.*

Die englische Übersetzung des französischen Philosophen und Schriftstellers, die Tyger in den Händen hielt, sah alt und abgegriffen aus.

Ich hatte Mühe, mich zu konzentrieren, aber je länger Tyger las, desto mehr zog mich der Text in seinen Bann. Die 1912 geborene

Hauptfigur Pierre Dumaine war ein französischer Rebell, der zur selben Stunde wie eine Madame der höheren Gesellschaft eines gewaltsamen Todes starb. Doch bis jetzt kannte Pierre weder seine Leidensgenossin, noch war ihm bewusst, dass er nicht mehr lebte. Eine geheimnisvolle Stimme aus dem Nichts hatte ihn in eine enge Sackgasse namens *Laguénésie* gelockt. Dort stand er nun, in dem Hinterzimmer eines kleinen Ladens, und sprach bei einer alten Dame vor. Sie saß an einem Schreibtisch und blätterte in einem aufgeschlagenen Buch.

»*›Da, da, di, di, do, du . . .‹*«, fuhr Tyger nach einem Schluck Tee aus seiner Tasse mit der Lektüre fort, wobei er seine Stimme ein paar Oktaven höher schraubte und sich plötzlich tatsächlich wie eine würdevolle alte Dame anhörte. »*›Dumaine, da haben wir's schon . . . 1912 geboren?‹*

Jetzt ist Pierre sprachlos. Die Katze nutzt die Gelegenheit, um ihm auf die Schulter zu klettern.

›Juni 1912, ja . . .‹

›Sie waren Vorarbeiter in der Gießerei von Answer?‹

›Ja.‹

›Und Sie sind heute Morgen um zehn Uhr fünfunddreißig getötet worden?‹

Jetzt beugt sich Pierre vor, die Hände auf den Tisch gestützt, und starrt die alte Dame wie betäubt an. Die Katze springt von seiner Schulter auf das Hauptbuch.

›Getötet?‹, bringt Pierre ungläubig hervor.

Liebenswürdig bestätigt es ihm die alte Dame. Ruckartig wirft Pierre den Oberkörper zurück und lacht los:

›Das ist es also . . . Das ist es . . . Ich bin tot.‹

Sein Lachen verstummt unvermittelt und fast heiter erkundigt er sich: ›Und wer hat mich getötet?‹

›Eine Sekunde bitte . . .‹

Mit der Lorgnette vertreibt sie den Kater vom Hauptbuch.

›Weg da, Regulus! Du liegst auf dem Namen des Mörders.‹

Dann entziffert sie die Eintragung im Hauptbuch.

›Aha: Sie sind von Lucien Derjeu getötet worden.‹«

Bei den letzten Worten konnte ich den erschrockenen Laut, der mir in der Kehle steckte, nur mühsam in ein Husten umwandeln. Tyger nahm es amüsiert zur Kenntnis, während Suse mich unter dem Tisch anstieß und Sebastian sich mit einem kurzen, verstörten Blick zu mir umdrehte. Meine Freunde waren offensichtlich ebenso wie ich über den Vornamen des Mörders gestolpert.

»›. . . Ich bitte Sie noch um Ihre Unterschrift . . .‹, las Tyger weiter. *»Eine Sekunde lang gerät Pierre aus der Fassung. Schließlich kommt er zum Tisch zurück, nimmt den Federhalter und unterschreibt.*

›So‹, erklärt die alte Dame. ›Nun sind Sie richtig tot.‹«

An dieser Stelle klappte Tyger das Buch zu, nippte erneut an seinem Tee und zog die goldene Taschenuhr aus seinem Jackett. Sein linkes Auge zuckte.

»Time for lovely Lovell«, flüsterte Suse mir zu. »Bin gespannt, wie Tyger jetzt den Bogen findet.«

Meine Freundin, die sich in den letzten Tagen zumindest etwas von ihrem grässlichen Erlebnis mit Dimo erholte hatte, setzte sich gespannt in ihrem Stuhl zurück. Nachdem unser Englischlehrer die Uhr wieder in der Tasche seines heute blassblauen Jacketts verstaut hatte, ließ er seine hellen Augen durch das Klassenzimmer wandern. Dann zog er ein zweites Buch aus seiner speckigen Aktentasche.

»Sartres berühmte Legende über die Unfreiheit unseres Daseins«, leitete er über, »wurde im Jahre 1947 veröffentlicht. Ambrose Lovell hingegen widmete sich in seiner Kurzgeschichte *Second Chance lost* schon viele Jahre zuvor einem ganz ähnlichen Thema. Bei ihm heißen die Protagonisten Steven und Dalia. Ihr Schicksal ist es, während eines heftigen Ehestreits in einer Kutsche ums Leben zu kommen, und als die beiden im Jenseits . . .«

Tyger hatte Lovells Buch aufgeschlagen, aber ich war beim besten Willen nicht mehr imstande, den Worten meines Englischlehrers zu folgen. Einzig meinen Blick hielt ich fest auf ihn geheftet, damit er mich bloß nicht wieder kalt erwischte. Aber in Gedanken zoomte ich zurück zum Sonntag.

Natürlich hatte ich keine Gelegenheit gefunden, mich unter irgendwelchen Vorwänden noch einmal aus dem Haus zu stehlen, war Lucian dann aber trotzdem begegnet – in einer ganz und gar unmöglichen Situation.

Weil Janne noch immer gehandicapt war, hatte Spatz mich gebeten, ihr beim Verladen ihrer Kunstobjekte zu helfen, die wir Sonntagmorgen aus dem Keller ihres Bekannten holten und in einem geliehenen Transporter verstauten. Spatz hatte sich mit dem Künstler in seinem Atelier verabredet, um sich den Schlüssel geben zu lassen, aber als wir vor der alten Fabrik hielten, klingelte ihr Handy. Der Typ hatte seine Tasche mit den Schlüsseln in Lübeck gelassen, wo er eine Ausstellung gehabt hatte, und verschob mit zerknirschten Entschuldigungen den Termin auf den nächsten Tag.

Janne, die auf dem Beifahrersitz gesessen hatte, fluchte und Spatz verlangte stöhnend nach einem Bier, um ihren Ärger runterzuspülen. Sie gab Gas, bog um zwei Ecken und parkte dann ein. Als ich sah, wo wir gelandet waren, blieb mir fast das Herz stehen. Wir standen vor *Max und Consorten.*

»Wollen wir . . . nicht . . . lieber . . .«, fing ich verzweifelt an zu stottern, aber Spatz war bereits ausgestiegen und winkte mir ungeduldig zu.

Panisch überschlug ich meine Möglichkeiten. Ich konnte im Wagen sitzen bleiben oder weglaufen – oder mit in die Kneipe gehen und so tun, als wäre nichts. Ich entschied mich für Letzteres. Selbst wenn ich eine blöde Ausrede erfand, würde Janne sofort Verdacht schöpfen, wenn sie Lucian in der Bar entdeckte. Ich konnte nur hoffen, dass er nicht da war und dass die blonde Tussi heute ihren freien Tag hatte.

Sie stand hinter dem Tresen, und als ich hinter Spatz und Janne in die Kneipe kam, starrte sie mich mit unverhohlener Feindseligkeit an.

Ich wich ihrem Blick aus, versteckte mich hinter der Karte und ließ Spatz bestellen und zu meiner großen Erleichterung sprach mich die Blonde nicht an.

Ich nahm eine Cola, Janne wollte Tee und Spatz ein *Ratsherren*. Während ich stoisch weiter die Speisekarte studierte, musterte Janne amüsiert die Einrichtung. Zum ersten Mal seit Tagen kam sie mir wieder halbwegs normal vor. Sie und Spatz lästerten ein bisschen über Spatz' neuen Vermieter, während ich verzweifelt versuchte, mich auf das Bauernfrühstück mit Gewürzgurke oder das Labskaus mit Spiegelei zu konzentrieren.

Immer wieder schielte ich nervös zur Tür, aber als Lucian meinem entsetzten Blick begegnete, stand er schon mitten im Lokal. Hinter ihm, direkt an der Tür, waren zwei nebeneinanderstehende Tische besetzt. Eine Gruppe von jungen Leuten prostete sich lachend zu, offenbar Studenten, die gerade eine bestandene Prüfung feierten.

Lucian sah zum Tresen, dann wieder zu mir, und als er Janne entdeckte, zuckte er zusammen. Meine Mutter, die mit dem Gesicht zum Fenster saß, machte gerade eine Bemerkung über eine goldlackierte Büste an der Wand, der jemand eine aus zwei Bierdeckeln gebastelte Sonnenbrille aufgesetzt hatte. Dann drehte sie sich in Richtung Tür.

Im selben Moment legte sich ein entschlossener, tief konzentrierter Ausdruck auf Lucians Gesicht. Sein Blick war fest auf die Bar gerichtet. Er lächelte der Blonden zu, aber irgendwie hatte diese Geste etwas Zielgerichtetes, als wäre die Bar ein Fixpunkt für ihn. Dann glitt er mit diesen so typischen fließenden Bewegungen an uns vorbei auf die Tür mit der Aufschrift *Privat* zu, öffnete sie, zwinkerte der Blonden noch einmal zu und verschwand.

Den triumphierenden Blick des Mädchens sah ich nur aus den Augenwinkeln. Meine Aufmerksamkeit war voll auf Janne gerichtet. Als sie sich wieder uns zuwandte, raste mein Herz zum Zerspringen. Janne lächelte mich an. Ihr Ausdruck wirkte keineswegs verstört oder erschrocken. Wenn überhaupt, war sie leicht verwirrt, in etwa so, als hätte sie gerade eine Sinnestäuschung gehabt. In der nächsten Sekunde griff sie nach ihrer Teetasse, trank den letzten Schluck aus und schlug vor zu zahlen.

Mir fehlten die Worte. Hatte Janne Lucian denn nicht bemerkt? Sie hatte direkt in *seine Richtung* geschaut! Klar, da waren die Studenten, aber Lucian hatte mitten im Raum gestanden, wie hatte sie ihn übersehen können? Wie hatte er das angestellt? Und vor allem: Was dachte er jetzt von mir?

Das fragte ich mich die ganze grässliche Nacht, die ich allein in meinem Bett verbrachte. Die Vorstellung, er könnte das Ganze wieder missverstehen und glauben, ich hätte Janne und Spatz absichtlich mit in die Bar genommen, ließ mich keine Sekunde schlafen.

Heute früh hatte ich die erste Doppelstunde Sport geschwänzt und war zu ihm gefahren. Mein Finger fuhr an dem Klingelschild empor, bis ganz oben links: *Eternal Fonds.*

Ich klingelte Sturm, ohne dass mir jemand öffnete. Ich hatte vor seiner Haustür gewartet, war dann zur Bar gelaufen, doch *Max und Consorten* machte erst um zehn Uhr auf.

»Miss Wolff?« Ich zuckte zusammen. Verdammt!

Tygers helle Augen bohrten sich in mich hinein und seine Lippen umspielte wieder dieses feine Lächeln.

»Ja?« Am liebsten wäre ich aus der Klasse gelaufen. Wie satt ich diese ewigen Angriffe hatte. Warum ich, warum *immer* ich?

»Was hat Dalia erwidert, als ihr Mann Steven sie in der Kutsche anbrüllte?«, fragte mich Tyger.

Kampflustig erwiderte ich seinen Blick.

»Go to hell«, hörte ich mich sagen. Neben mir schnappte Suse nach Luft und für einen Moment erschrak ich vor meiner eigenen Unverschämtheit. Na und, dachte ich trotzig und sah Tyger fest in die Augen. Na los, gib mir eine Sechs, trag mich ins Klassenbuch ein, mach mich lächerlich, suspendier mich vom Unterricht. Es ist mir egal.

Tyger tat nichts dergleichen. Der Ausdruck, mit dem er mich jetzt ansah, hatte beinahe etwas Bewunderndes.

»Alle Achtung«, sagte er anerkennend. »Scheinbar können Sie die Gedanken des Autors lesen. Ich hatte die Antwort, die Lovell seiner Dalia in den Mund gelegt hat, noch gar nicht vorgelesen. Aber genau das waren ihre Worte. *Go to hell,* sagte sie zu Steven und im selben Moment zuckte ein greller Blitz über den Himmel. Die Pferde scheuten, gingen durch und trieben das Paar zum zweiten Mal in ihren gemeinsamen Tod. Ob Steven wie gewünscht in der Hölle landete, überließ der Autor der Fantasie seiner Leser.«

Tyger zwinkerte mir zu.

»Hammer«, wisperte Suse. »Woher wusstest du das? Kanntest du die Geschichte?«

Ich schüttelte den Kopf. Vielleicht stand es ja nicht mal im Text, dachte ich. Vielleicht wollte Tyger sich nur über mich lustig machen. Zugetraut hätte ich es ihm.

Tyger hatte sich wieder an die Klasse gewandt. »Eure Hausaufgabe: Sucht euch einen Partner und schreibt einen kontroversen Dialog über den Satz *Man stirbt immer zu früh*. Der eine ist pro, der andere kontra. Jeder von euch muss versuchen, den anderen zu überzeugen. Selbstverständlich auf Englisch.«

Noch einmal sah Tyger zu mir. »Britisches Englisch, wohlgemerkt. Abgabe: nächsten Dienstag. Ich wünsche einen schönen Nachmittag.«

Ich wartete bei den Fahrradständern auf Suse, die ihr Sportzeug in der Turnhalle vergessen hatte. Es ärgerte mich, dass Sebastian mir zuvorgekommen war und Suse als Partnerin für die Hausaufgaben gewählt hatte. Auf mich hatte sich Aaron gestürzt. Er war die Obernull in Englisch, was bedeutete, dass ich das Ganze quasi allein an der Backe hatte. Auch egal. Bis nächsten Dienstag war noch jede Menge Zeit.

»Wie war deine Nacht?«, fragte Suse, als sie endlich aus der Turnhalle kam. »Konntest du schlafen? Oder hast du dich heimlich . . .?«

Ich schüttelte den Kopf. »Nein. Bin zu Hause geblieben. Nach dem, was gestern passiert ist, war es mir zu gefährlich.«

»Wo du recht hast, hast du recht«, sagte Suse, die mich schon am Morgen gründlich über mein Wochenende ausgefragt hatte. Was meine Nacht mit Lucian betraf, hatte ich mich mit meiner Erzählung zurückgehalten. Ich wollte Suse nicht an ihr Erlebnis mit Dimo erinnern. Unsere Gespräche, Lucians Handflächen und den Zwischenfall in der Bar am Sonntag hatte ich dagegen in allen Einzelheiten geschildert.

»Ich kann es immer noch nicht glauben«, sagte Suse. »Wie viele Bars gibt es in Hamburg? Hunderte? Tausende? Und du betrittst zweimal hintereinander ausgerechnet die, in der Lucian arbeitet?« Suse kicherte. »Der Schriftsteller, der eine solche Szene in sein Buch schreiben würde, wäre ein gefundenes Fressen für jeden Literaturkritiker.«

»Wahrscheinlich«, murmelte ich. »Aber wie hat Lucian das gemacht? Das interessiert mich viel mehr.«

»Was denn?«

»Das mit Janne. Dieser Blick, den er aufgesetzt hat, als meine Mutter in seine Richtung schaute. Wenn er sie angesehen hätte, würde ich denken, er hat sie hypnotisiert. Aber er hat demonstrativ weggeschaut. Und sie scheint nichts gemerkt zu haben. Sie hat ihn nicht *wahrgenommen*. Das gibt's doch gar nicht, Suse.«

Meine beste Freundin seufzte. »Na ja, das gilt eigentlich für alles, was du mir von ihm erzählt hast. Das mit John Boy zum Beispiel. Oder das mit seinen Händen. Und du bist wirklich sicher, dass er *keine* Handlinien hat?«

»Suse, glaubst du, ich bin blöd? Oder blind? Da war nichts. Absolut nichts.«

»Alles andere ist aber an seinem Platz, oder?« Suse grinste mich an und ich knuffte sie in die Seite.

»So weit sind wir nicht gekommen«, sagte ich und musste plötzlich an Sebastian denken. Bei ihm hatte ich die Grenze gesetzt, während ich bei Lucian die Initiative ergriffen hatte.

Ich seufzte. »Ich hab's gestern Nacht gegoogelt. Das mit den Handlinien, meine ich. Lucian hat recht. Es gibt unzählige Einträge darüber, was sie über unsere Vergangenheit oder unsere Zukunft aussagen. Angeblich geht die Kunst des Handlesens auf die ersten Hochkulturen der Menschheit zurück. Es gibt Herzlinien, Glückslinien, Schicksalslinien, Lebenslinien – sogar Sex- oder Liebeslinien. Über fehlende Handlinien habe ich nur einen einzigen Eintrag gefunden.« Ich verzog das Gesicht. »Womit wir wieder bei den Außerirdischen gelandet wären. Der Eintrag bezog sich auf die Kurzgeschichte eines irischen Science-Fiction-Autors.«

Suse war ernst geworden. »Becky, hast du dir eigentlich mal überlegt, dass Lucian vielleicht . . . kein . . . *Mensch* ist?«

Ich senkte den Kopf.

»Nein«, flüsterte ich. Aber was ich dachte, war: Ja.

Ich schaffte den Umweg über Lucians Wohnung nicht mehr, denn Janne und Spatz warteten zu Hause auf mich, um nach St. Georg zu fahren.

Ich hatte fest vor, den Umzug so schnell wie möglich hinter mich zu bringen. Mein Schwimmzeug hatte ich extra eingepackt, damit meine Ausrede auch glaubwürdig war.

Die Ateliergemeinschaft lag genau zwischen der Langen Reihe und der Koppel und diesmal erwartete uns Spatz' Vermieter – ein bärtiger Kerl mit weißem Haar, wachen Augen und einem breiten Lachen – schon vor dem Eingang.

Spatz hatte recht, die ehemalige Maschinenfabrik war wirklich ein grandioses Gebäude. Ein vegetarisches Café und zwölf verschiedene Werkstätten waren unter ihrem gläsernen, lichtdurchlässigen Dach entstanden. Eine große Wendeltreppe mit knallrotem Geländer verband die einzelnen Etagen, in denen Schmuck- und Modedesigner, Buchbinder, Tischler, Fotografen und Maler ihre Ateliers hatten.

Die Werkstätte des Künstlers, mit dem Spatz das Atelier teilen würde, lag im dritten Stock, sodass der Einzug eine zeit- und kraftraubende Angelegenheit wurde, zumal sich der gute Mann wegen eines Bandscheibenvorfalls aus der Affäre zog.

Neben Spatz' Glücksschwämmen und ihrer Seemannsgarn-Serie luden wir auch ihre Arbeitsreihe *Organs* aus dem Transporter. Die Skulpturen aus gefärbtem Kunstharz waren wunderschön – und nicht gerade leicht, denn Spatz hatte sie auf große Holzkästen geschraubt. Wir mussten sie einzeln tragen.

Ich schnappte mir ein grünes Objekt, dem Spatz den Namen *Chlorophylled cerebrum* gegeben hatte, und balancierte es vorsichtig die vielen Treppen nach oben. Spatz trug ein orangefarbenes Gebilde, das wie eine Muschel aussah.

»Lass uns die Dinger vor der Tür abstellen«, sagte sie, als wir vor dem Atelier ankamen, und wischte sich mit dem Ellenbogen den Schweiß von der Stirn. »Bevor ich mir überlege, was wohin kommt, muss erst mal geputzt werden.« Sie warf mir einen ihrer Blicke zu, der sagte: *Wahrscheinlich zum ersten Mal in all den Jahren, in denen mein Vermieter dieses Atelier bewohnt.*

Janne, die mittlerweile erstaunlich beweglich auf ihren Krücken war, schien sich mehr mit der Kunst als mit dem Staub des Atelierbesitzers zu beschäftigen. Sie humpelte an seinen Werken entlang. Es waren großformatige Bilder in kräftigen Acrylfarben mit abstrakten Motiven, in denen man alles Mögliche sehen konnte – wenn man nicht gerade mit Schleppen beschäftigt war. Während Janne den Künstler über sein Leben ausfragte (er war gebürtiger Tscheche, hatte Schiffsbau studiert, als Dompteuer im Zirkus gearbeitet und war mit einer selbst gebauten Dschunke durch die Welt gereist, bevor er sich in Deutschland niederließ), hatten Spatz und ich gut drei Dutzend Auf- und Abstiege hinter uns.

»Ich brauch 'ne Cola«, stöhnte ich nicht ohne Hintergedanken.

Ich hatte Glück.

»Damit kann ich leider nicht dienen«, sagte der Künstler.

»Hol doch was aus dem Café«, schlug Janne vor.

»Zu teuer«, konterte ich. »Wie wär's, wenn ich kurz zum Supermarkt laufe?«

»Super Idee!« Spatz stellte einen ihrer Insektenkästen ab und schüttelte ihre Hände aus. »Bringst du mir ein Schweppes mit?«

Ich raste zu Penny, drängelte mich an der Kasse vor und rauschte dann, die Getränke im Rucksack, weiter in den Holzdamm. Wieder klingelte ich Sturm und fluchte Minuten später, weil auch jetzt niemand öffnete.

Ich warte auf dich, hatte Lucian gesagt.

Nach einem Blick auf die Uhr rannte ich weiter zur Bar.

»Machst du jetzt einen auf Stammgast, oder was?«, schnauzte mich die Blonde an, die heute allein hinter dem Tresen stand. Ich hatte weder Zeit noch Lust, mich zu streiten.

»Ich will zu Lucian«, sagte ich.

»Er ist nicht da.«

»Weißt du, wann er kommt?«

»Das fragst du *mich?* Wenn er dich sehen wollte, hätte er es dir ja wohl gesagt, oder?«

Jetzt stieg mir doch das Blut in den Kopf – und die Eifersucht in den Bauch.

»Ich komme wieder«, sagte ich knapp und lief zurück ins Atelier, wo Spatz schon angefangen hatte, ihre Objekte zu verteilen. Überall sah ich ihre Glücksschwämme aufblitzen, von denen Spatz in den letzten Wochen ein gutes Dutzend angefertigt hatte.

Ihr Vermieter war nirgends zu sehen. Janne machte sich gerade an den Regalflächen zu schaffen, die wirklich völlig verstaubt waren. Sie hatte ihre blonden Haare zu einem Pferdeschwanz zusammengebunden und sich ein Käppi aufgesetzt. Nur meine Mutter konnte mit einer Krücke in der einen Hand, dem Staubtuch in der anderen Hand und einem hässlichen Käppi auf dem Kopf noch gut aussehen.

»Kannst du die Regale dort neben dem Fenster übernehmen?« Spatz warf mir ein Tuch zu.

Seufzend zog ich mein Sweatshirt aus und machte mich an die Arbeit. Der Staub auf den Regalflächen war zentimeterdick und nach wenigen Sekunden fing ich an zu niesen.

»Hier.« Spatz, die eine gehäkelte Mütze trug, kam zu mir herüber und hielt mir ein kariertes Halstuch hin. »Bind dir das lieber um.«

Ich griff nach dem Halstuch, faltete es zu einem Dreieck und wollte es gerade hinter meinem Kopf verknoten, als ich in der Bewegung innehielt. Lucians Worte hallten wie ein Echo in mir nach. *Du hattest ein weißes T-Shirt an und ein Kopftuch um, so piratenmäßig am Hinterkopf verknotet.*

Ich sah an mir herunter. Das Träger-T-Shirt, das ich anhatte, war weiß.

Ich ließ das Staubtuch fallen und rannte quer durch das Atelier. Hinter der ersten Tür, die ich aufriss, war die Toilette. Hinter der zweiten entdeckte ich die Küche. Sie war klein, zugemüllt und sie roch nach frischer Farbe. Jemand hatte die Rückwand rot gestrichen.

Der Kühlschrank stand in der Ecke und daneben hockte der Affe aus Lucians Traum. Er war aus Pappmaschee, glänzend lackiert, und grinste mich aus hohlen Augen an.

Ich sah die amerikanische Flagge auf seinem Oberarm und die leere Packung Tempotücher auf seiner Brust. Mit angehaltenem Atem trat ich auf ihn zu und berührte seine Zähne. Sie waren scharf wie Säbelspitzen.

Wie in Zeitlupe drehte ich mich um und sah nach oben zu dem Regal. Zwischen Cornflakes-Packungen, verschimmeltem Toastbrot und Thunfischdosen stand ein Topf mit Farbe. Der Deckel war offen und an den Seiten lief eine leuchtend rote Spur herunter.

Ich machte einen Schritt zurück, dann noch einen, und als ich gegen etwas Weiches stieß, entfuhr mir ein lauter Schrei.

Janne stand hinter mir. Ihr Gesicht war kreidebleich. Sie starrte erst auf den Affen, dann auf mich. Ich sah, wie ihr Blick an meinem T-Shirt nach oben wanderte zu meinen Haaren, hin zum Regal, wo der Topf mit Farbe stand.

Ich straffte die Schultern, versuchte mich zusammenzureißen und lachte Janne mitten ins Gesicht.

»Hey, was schleichst du dich so an?«, fragte ich in der heitersten Tonlage, zu der ich fähig war. »Du hast mich vielleicht erschreckt. Warum guckst du so? Hab ich Ausschlag?«

Janne schüttelte stumm den Kopf. Aber sie fiel auf mich rein. Sie schien zu glauben, dass ich nichts ahnte.

»Ich dachte . . . wollte . . .«, stotterte sie. »Ich wollte mir nur die Hände waschen.«

»Dürfte schwierig sein.« Ich zwang mich noch mal zu einem Grinsen und zeigte auf die schmutzigen Tassen, die sich im Spülbecken türmten. »Aber vielleicht kannst du hier für Ordnung sorgen, dann kümmere ich mich um die Regale. Okay?«

Janne nickte verstört.

»Okay.«

Als Spatz und ich uns den Staub von den Klamotten klopften, war es schon fast halb fünf und ich war mit meinen Kräften am Ende. Während Janne auf einem Stuhl am Fenster saß und schweigsam hinausstarrte, spulte ich nach wie vor mein Gutelauneprogramm ab. Meine Mundwinkel fingen schon an zu schmerzen.

»Glückwunsch, Spatz«, rief ich fröhlich. »Das ist echt der Hammer hier.«

Spatz strahlte mit ihren Glücksschwämmen um die Wette. Die *Organ*-Objekte waren mittlerweile schon in den hohen Regalen aufgereiht, um die Seemannsgarn-Serie wollte sie sich morgen kümmern.

Ich griff nach meinen Schwimmsachen und wollte mich gerade mit meiner Ausrede absetzen, als mein Handy klingelte.

»Und?« Suse war am anderen Ende. »Hast du ihn gesehen?«

Mir kam eine Idee. »Oje«, murmelte ich und täuschte Betroffenheit vor. »Du Ärmste. Soll ich kommen?«

Suse begriff sofort.

»Klar«, sagte sie. »Am besten jetzt gleich und am liebsten über Nacht. Lässt Janne dich gehen?«

Ich sah zu meiner Mutter. »Es ist Suse«, murmelte ich. »Es geht ihr nicht gut. Kann ich bei ihr schlafen?«

Janne runzelte die Stirn. »Eigentlich wollte ich euch beide zur Feier des Tages zum Essen einladen«, sagte sie und blickte von mir zu Spatz.

Spatz lächelte sie an. »Zauberhafte Idee«, sagte sie. »Aber du kannst mich auch allein zum Essen einladen.« Sie riss mit gespieltem Entsetzen die Augen auf. »Oder liebst du mich etwa nicht mehr?«

Janne musste wider Willen lachen. Sie gab Spatz einen Kuss und dann ließ sie mich gehen.

Er war immer noch nicht da und er kam auch nicht. Ich drückte mich vor dem Haus im Holzdamm herum, Stunde um Stunde, nur zwischendurch lief ich ein paar Mal zur Bar, um zu sehen, ob Lucian inzwischen dort aufgetaucht war. Was nicht der Fall war.

Es wurde spät und immer später. Schicht hatte jetzt ein anderes Mädchen mit kurzen braunen Haaren. Sie war nett und hilfsbereit, aber sie hatte Lucian heute noch nicht gesehen. Und sie glaubte nicht, dass er noch käme. Ich wagte mich sogar so weit vor, nach der Blonden zu fragen, aber die Braunhaarige wusste nicht, wo sie wohnte.

Um kurz vor Mitternacht, es hatte gerade angefangen zu regnen, kam Suse, um mir mit einer Pizza und einer Kanne heißem Tee Gesellschaft zu leisten. Wir verzogen uns in einen Toreingang gegenüber von Lucians Haus. Als ich Suse die Geschichte mit dem Affen erzählte, hörte sie mir mit offenem Mund zu.

»Aber umgekippt ist der Farbtopf nicht«, sagte sie schließlich mit gerunzelter Stirn.

»Nein.« Ich wärmte meine Hände an dem Plastikbecher mit heißem Tee. »Ist er nicht. Und das Kopftuch hab ich auch nicht umgebunden.«

»Dann stimmen Lucians Träume entweder nur zum Teil oder . . .«

Suse fischte sich eine Salami von der Pizza. » . . . oder du kannst das, was er geträumt hat, verändern. Wer weiß?« Sie lächelte mich aufmunternd an. »Vielleicht feierst du deinen siebzehnten Geburtstag dann doch nicht mit Sebastian und kannst stattdessen mit Lucian durch den Himmel über Hamburg segeln. Obwohl ich . . .«

Ich schloss die Augen. »Suse«, flüsterte ich. »Er war es, der gefragt hat, wann ich wieder zu ihm komme. Er hat gesagt, dass er wartet. Ich muss ihn sehen. Ich muss mit ihm sprechen.«

Suse nahm mich an beiden Schultern und musterte mich streng. »Du musst jetzt mit mir nach Hause kommen.« Sie schüttelte energisch den Kopf. »Schluss jetzt, Becky. Ab ins Bett. Morgen ist auch noch ein Tag. Und wenn du hier draußen sitzen bleibst, bist du morgen früh erfroren. Wir haben November!«

Ich wollte protestieren, aber Suse ließ keine Widerrede gelten.

Ihre Mutter war wieder mal aus, ich hörte sie um kurz nach drei die Wohnung betreten, dem lauten Kichern nach war sie nicht allein. Suse schlief, sie schnaufte leise und murmelte Dimos Namen im Traum. Tagsüber wollte sie nicht über ihn sprechen, sie behauptete, das Thema wäre abgehakt. Behutsam strich ich ihr über ihre Locken, bis sie sich beruhigte.

Ozzy Osbourne rotierte in seinem Laufrad, das schnarrende Geräusch klang, als trainierte er für die Weltmeisterschaft im Hamstersprint.

Irgendwann sank ich in einen erschöpften Dämmerzustand, aber um sechs fuhr ich mit Herzrasen in die Höhe. Meine Nerven lagen blank und meine Aufregung hatte sich mittlerweile in helle Panik verwandelt.

Immer wieder dachte ich an Lucians Versprechen, auf mich zu warten – warum hatte er es nicht getan? Warum war er nicht zu Hause, warum hatte ihn niemand in der Bar gesehen? War ihm etwas zugestoßen?

Die Sorge um ihn war genauso schlimm wie meine Angst, dass sein Verschwinden doch etwas mit meinem Auftritt in der Bar zu tun hatte. Konnte er wirklich geglaubt haben, ich wäre absichtlich mit Janne und Spatz dorthin gegangen? Für einen Moment stellte ich mir vor, dass ich ihn nie wiedersehen würde, und da hielt ich es nicht mehr aus. Leise zog ich mich an, legte Suse einen Zettel hin und schlich mich aus dem Haus.

Ich fuhr noch mal zum Holzdamm.

Ich holte mir Kaffee aus einer nahe gelegenen Bäckerei, richtete mich abermals auf meinem Posten ein und wartete, bis es acht Uhr war. Dann ging ich hinüber zum Haus und klingelte wieder.

Nichts.

Ich drückte auf alle anderen Wohnungsklingeln, bis mir wenigstens die Haustür geöffnet wurde. Dann rannte ich nach oben, trommelte wild gegen die Tür, hielt inne, horchte.

Es war ganz still in der Wohnung.

Diesmal setzte ich mich auf die Treppe und wartete.

Um kurz vor zwölf lief ich in die Bar, in der heute ein anderer Typ hinter dem Tresen stand, ein junger Typ mit Igelfrisur.

Er kannte gar keinen Lucian, sorry. Er war nur als Aushilfe eingesprungen, weil seine Kollegin krank geworden war.

»Welche?« Den letzten Rest meiner Würde hatte ich längst über den Haufen geworfen. »Die mit den braunen oder die mit den blonden Haaren?«

Stirnrunzeln, dann ein mitleidiges Lächeln. »Die Blonde. Sidney.«

Suse rief mich auf dem Handy an, als ich gerade auf dem Weg zurück in den Holzdamm war.

»Sebastian hat nach dir gefragt«, sagte sie. »Ich hab gesagt, du hättest Fieber. Spiel jetzt nicht verrückt, Becky. Hörst du? Entspann dich oder versuch es zumindest. Es gibt sicher eine Erklärung dafür, wo er ist. Vielleicht geht er dir wirklich aus dem Weg, weil er sauer ist wegen der Sache mit Janne vorgestern.«

»Ja«, sagte ich tonlos. »Vielleicht.«

Mittags ging ich kurz nach Hause und legte Spatz und Janne einen Zettel hin, dass ich beim Schwimmen sei. Dann machte ich mich wieder auf den Weg zum Holzdamm und klingelte Sturm.

Als der Summer ertönte, hätte ich vor Erleichterung fast geweint. In wilden Sätzen jagte ich die Treppen hoch – und hielt im fünften Stock jäh inne.

An der Wohnungstür stand die Frau mit den langen braunen Haaren, diesmal natürlich angezogen.

»Wo brennt's denn?«, fragte sie.

Wo es brannte? Überall.

»Dein Freund ist nicht da«, erklärte sie mir.

»Kann . . . könnte ich . . . bitte kurz in sein Zimmer? Ich hab was liegen lassen.«

Die Frau zögerte. »Ich weiß nicht ob . . . na okay, komm schon.« Sie hielt mir die Tür auf.

Als ich in Lucians Zimmer trat, das so sehr nach ihm roch, hätte ich mich am liebsten dort eingeschlossen. Das Bett war zerwühlt, seine Klamotten waren achtlos auf dem Boden verteilt. Im Papierkorb entdeckte ich Jannes Buch.

Ich sank auf das Bett, nahm das Kissen, presste es an mein Gesicht und sog Lucians Geruch ein. Ich wollte nicht weg. Ich wollte hierbleiben, bis er endlich kam und mir sagte, was los war.

Aber schon ein paar Minuten später klopfte es an der Tür.

»Tut mir leid«, sagte die Frau. »Ich muss gleich los und ich glaube, es ist besser, du gehst jetzt.«

»Bitte. Nur noch einen Moment«, bettelte ich. »Haben Sie etwas zu schreiben?«

Die Frau brachte mir Zettel und Stift.

Lucian. Wo bist du??? Melde dich!!!

Ich kritzelte meine Handynummer unter die Notiz und verließ das Haus. Es hatte wieder zu regnen begonnen, diesmal waren es nadelspitze Tropfen, deren Nässe mir bis in die Knochen kroch. Die Bäume waren schon fast kahl und das Laub auf den Gehwegen hatte alle Farbe verloren. Braun, nass und trostlos lag es herum.

Zu Hause lockte ich Jim Bob, der in den letzten Tagen extrem zutraulich geworden war, aus seinem Käfig und verzog mich mit ihm in mein Zimmer.

Janne hatte gekocht. Sie klopfte an meine Tür, aber ich täuschte Kopfschmerzen vor und sagte, ich wollte früh schlafen gehen. Ich setzte mich vor den Computer und checkte meine Mails, um mich wenigstens ein bisschen abzulenken. Jim Bob hockte auf meinem Schreibtisch und knabberte an meinem Matheheft. Ab und zu stieß er ein paar leise Töne aus.

Dad hatte geschrieben. In L.A. war es sommerlich warm und sie hatten einen großen Auftrag bekommen für eine Eiscreme-Werbung in Venice Beach. Val ließ mich grüßen. Sie hatte Dad gefragt, ob er sie bei seinem nächsten Deutschlandbesuch mitnehmen würde, damit sie mich endlich kennen lernte. Was Michelle dazu gesagt hatte, verschwieg Dad, aber dafür kündigte er seinen nächsten Besuch nach Weihnachten an.

How is life, little Wolf?

It is like fucking hell.

Ich legte mich auf mein Bett, drückte den weißen Bären an meine Brust und beobachtete Jim Bob, der jetzt auf dem Fenstersims hockte.

»Hey, Knastbruder«, sagte ich leise. »Wie geht es dir ohne John Boy?«

Jim Bob beachtete mich nicht. Er trippelte auf meinem Fensterbrett auf und ab und dann stand er wieder still da und klopfte mit dem Schnabel gegen die Fensterscheibe. Der Regen war stärker geworden, die Elbe vor meinem Fenster war eine graue Suppe.

Ich erhob mich vom Bett, tigerte in meinem Zimmer auf und ab, starrte alle paar Sekunden auf mein Handy, beschwor es, sah aus dem Fenster und überlegte, wie und wann ich mich wieder nach draußen stehlen konnte, ohne dass Janne Verdacht schöpfte.

Als mein Handy vibrierte, erschrak ich fast zu Tode.

»Was ist mit dir?«

Oh nein. Bitte nicht. Ich kniff die Augen zu. Es war Sebastian.

»Nichts«, sagte ich kraftlos. »Nichts Schlimmes jedenfalls. Ich hab nur ein bisschen . . . Fieber.«

»Diese Antwort kenne ich bereits.« Ich hörte Sebastian seufzen. »Becky, was ist los? Warum warst du heute nicht in der Schule? Ist es . . . wegen ihm?«

»Sebastian, ich . . .« Verzweifelt rang ich nach Worten. »Ich kann jetzt nicht sprechen, okay?«

»Soll ich vorbeikommen?«

»Nein!« Ich bemühte mich, nicht zu brüllen. »Nein. Ist schon gut. Ich melde mich morgen. Wir sehen uns in der Schule.«

Ein Räuspern. »Da stimmt was nicht«, sagte Sebastian. »Da geht irgendetwas ganz gewaltig schief. Ich kann ja verstehen, wenn . . . wenn, ach Scheiße. Was auch immer mit deinen Gefühlen los ist, aber *mein* Gefühl sagt mir, dass du da in irgendetwas reingerätst.«

»Hast du mit Suse gesprochen?« Meine Stimme war scharf geworden.

»Nein, verdammt! Ich spreche mit *dir!*«

»Aber ich kann jetzt nicht mit dir sprechen.«

Ich legte auf.

Dann setzte ich mich auf den Boden vor mein Bett und sah auf die Uhr. Gleich halb zwölf. Wenn Janne ins Bett ging, würde ich mich noch mal rausschleichen.

Ich rollte mich auf meinem Teppich ein, um Kraft zu sammeln.

Draußen stürmte es jetzt. Selbst durch die geschlossene Scheibe konnte ich hören, wie der Wind an den Bäumen zerrte und um die Häuser heulte.

Dass ich eingeschlafen war, merkte ich erst, als mich ein durchdringendes Geräusch aufschreckte.

Es war die Türklingel. Jemand klingelte Sturm.

Im Flur kam mir Janne entgegen, sie war schon im Pyjama und sah mich verwirrt an. Ich zuckte mit den Achseln.

Bitte nicht, dachte ich. Bitte lass es nicht Sebastian sein.

»Vielleicht hat Spatz ihren Schlüssel vergessen«, murmelte meine Mutter und ging auf die Tür zu. »Sie ist noch im Atelier. Himmel, es ist *halb drei!* Ich komm ja schon.«

Es war nicht Spatz.

Es war auch nicht Sebastian.

Vor unserer Tür stand Lucian. Er war weiß wie eine Wand, bis auf die Haut durchnässt, aus seinen Haaren tropfte das Wasser.

»Wir müssen reden«, sagte er schroff. »Allein.«

Aber dabei sah er nicht mich an, sondern Janne.

»Hier.« Er drückte meiner Mutter ein Stück Papier in die Hand. »Ich warte auf Sie.«

Dann, ohne ein weiteres Wort und ohne mich auch nur eines Blickes zu würdigen, verschwand er in der Nacht.

NEUNZEHN

Innerhalb von Sekunden hatte sich Janne in irgendwelche Klamotten geworfen. Meine Fragen oder Einwände waren genauso zwecklos wie mein lächerlicher Versuch, mich meiner Mutter in den Weg zu stellen.

Ich versperrte die Tür, beschwor sie, mit mir zu reden, mir zu sagen, wo sie Lucian treffen würde, aber sie schob mich wortlos – und mit erstaunlicher Kraft – zur Seite und humpelte auf ihren Krücken hinaus. Ich stürmte hinterher, zog an ihrer Jacke, warf mich vor ihr Auto, aber sie legte den Rückwärtsgang ein, machte eine Kehrtwende und brauste mit quietschenden Reifen davon.

Ich rannte ihr nach, auf nackten Füßen über den eiskalten Asphalt, ich schrie und kreischte, bis ich sie nicht mehr sah.

Spatz fand mich auf der Straße. Der Sturm zerrte an meinen Haaren, der Regen peitschte mir ins Gesicht.

Sie brachte mich ins Haus, hüllte mich in Decken, verarztete meine Füße (ich war in Scherben getreten, ohne es bemerkt zu haben), fluchte über Janne – es war das erste Mal, dass sie das in meiner Anwesenheit tat – und kochte mir heißen Tee, den ich nicht anrührte.

Als Janne zurückkam, war es halb neun am Morgen.

Sie war sehr ruhig und sie sagte genau fünf Sätze:

»Du gehst jetzt in dein Zimmer, Rebecca. Und fängst an zu packen. Ich habe gerade mit deinem Dad telefoniert. Er bucht uns einen Flug. Ich bringe dich nach Los Angeles.«

ZWEITER TEIL

ZWANZIG

Von: Susanna Rossmann <susanna-rossmann@gmx.de>
Gesendet: Freitag, 21. November 2008 10:08
An: Rebecca Wolff
Betreff: ????????????

Becky ???
du bist in LOS ANGELES???
Und wirst dort für unbestimmte Zeit LEBEN???????
Bitte sag mir, dass das ein WITZ ist, und zwar der BESCHISSENSTE, den ich je gehört habe!!!
Ich versuche seit gestern wie bescheuert, dich zu erreichen!!!
Dein Handy ist abgemeldet???!!!
Spatz hat mir die Tel. von deinem Dad gegeben,
aber er sagt, du willst mit niemandem sprechen.

Er sagt, du hast aber einen Laptop auf deinem Zimmer
und spätestens heute Nachmittag ist deine E-Mail eingerichtet.
Er sagt, ich soll dir mailen.

HAB ich jetzt!!! WAS??? IST??? PASSIERT???
Hat es etwas mit LUCIAN zu tun???

Verstörte SUSE-Grüße

Von: Aaron Middlehauve <aaronmiddlehauve@freenet.de>
Gesendet: Montag, 24. November 2008 18:09
An: Rebecca Wolff
Betreff: Hausaufgaben

moin rebecca,

stimmt das, dass du in amiland bist?
suse hat heute in englisch so was erwähnt.
krass!!!
aber . . . äh . . . was ist jetzt mit unserem dialog über diesen man-stirbt-immer-zu-früh-scheiß?
ich war pro und du con, oder umgekehrt?
tyger meint jedenfalls, wär mein pech, wenn mein partner (ich zitiere:) »zu den barbaren umsiedelt«.
soll heißen: wenn ich nix abgebe, krieg ich 'ne Sechs.
also, hast du zufällig schon angefangen?
(nicht mit dem sterben natürlich :-))
wär jedenfalls fett, wenn du mir was schickst.
egal ob pro oder con.
vielleicht ja sogar beides?
das wär logo dickstens!

mail back, lg aaron

Von: Marijanne Wolff <marijanne-Wolff@t-online.de>
Gesendet: Donnerstag, 27. November 2008 20:15
An: Rebecca Wolff
Betreff: Weiße Converse

Geliebte Rebecca,

auf dem Rückflug saß ich neben einem kleinen Mädchen, das mir die ganze Zeit mit seinem weißen Converse-Schuh gegen das Schienbein getreten hat. Irgendwann fing ich an zu heulen, aber ich konnte der erschrockenen Mutter nicht verständlich machen, dass ihre Tochter absolut nichts damit zu tun hatte. Alles, woran ich denken musste, war, dass du als Kind genau die gleichen Converse-Schuhe hattest und an einem grauenhaft verregneten Tag damit auf den Spielplatz wolltest. Ich hatte es dir verboten, weil draußen alles matschig war. Du hast gebettelt, dann geschimpft und schließlich bist du mit Spatz' Gummistiefeln und deinem Sandeimer auf den Spielplatz gegangen. Als du zurückkamst, bist du mit deinem vollen Sandeimer zum Schuhschrank marschiert, hast in jeden Converse einen fetten Haufen Matsch geklatscht und zu mir gesagt: »Das hast du jetzt davon, du blöde Mama.« Ich musste damals so lachen und du bist so wütend darüber gewesen, aber irgendwann hast du vergessen, warum du böse auf mich warst, und alles war gut. Wölfchen, ich habe diese Mail ungefähr tausend Mal angefangen und tausend Mal wieder gelöscht, weil ich nicht weiterweiß. Ich kann nicht damit aufhören, mir zu wünschen, dass es wieder so einfach wäre, und gleichzeitig weiß ich, dass diesmal kein Matscheimer dieser Welt groß genug sein kann, um es wiedergutzumachen.

Was ich getan habe, war das Schlimmste, was ich je tun musste, und jeder Versuch, dir die Gründe für mein Verhalten zu erklären, scheitert daran, dass ich es dir aus ebendiesen Gründen nicht erklären kann. Es klingt so abgedroschen und so grausam, dass mir schlecht wird, und ich weiß, dass ich mit allem, was ich hier schreibe, nicht dir helfe, sondern nur versuche, mir selbst zu helfen.

Und dabei will ich dir helfen, mehr als alles andere.

Dads Vorschlag, dass ich zurück nach Hamburg fliege, ist vermutlich das einzig Richtige gewesen.

Rebecca, ich liebe dich, auch wenn du mich gerade hasst.

Ich liebe dich mehr als alles andere auf der Welt.

Deine Mama

Von: Susanna Rossmann <susanna-rossmann@gmx.de>

Gesendet: Donnerstag, 27. November 2008 20:20

An: Rebecca Wolff

Betreff: Ich warte!

Liebste Becky,

deine Mutter ist wieder hier. Sie meinte, du wärst in Los Angeles zu deinem Schutz und mehr gäbe es dazu nicht zu sagen. Sebastian und ich haben wie die Verrückten auf sie eingeredet, aber sie macht total dicht.
Was IST PASSIERT???
Und warum kommst du nicht ans Telefon?
Dein Dad sagt, du seist in deinem Zimmer und er würde dich bitten, deine Mails zu checken.
Und zwar: jetzt!
Ich bleibe am Computer sitzen und warte auf deine Antwort.

Deine Suse

Von: Susanna Rossmann <susanna-rossmann@gmx.de>

Gesendet: Donnerstag, 27. November 2008 21:20

An: Rebecca Wolff

Betreff: ICH WARTE!!!

BECKY?

Hallo???????

REBECCA?

REEEEEEEEEEBEEEEEEEEEECCCCCCCCCAAAAAAAAAAAAAAAAA
AAAAAAAAAAAA?

Von: Susanna Rossmann <susanna-rossmann@gmx.de>
Gesendet: Donnerstag, 27. November 2008 23:30
An: Rebecca Wolff
Betreff: Ich hasse warten!

Klingelingelingelingelingelingelingelingelingelingelingelingelingeli
ngelingelingelingelingelingelingelingelingelingelingelingelingeling
elingelingelingelingelingelingelingelingelingelingelingelingelingeli
ngelingelingelingelingelingelingelingelingelingelingelingelingeling
elingelingelingeingelingelingelingelingelingelingelingelingelingeli
ngelingelingelingelingelingelingelingelingelingelingelingelingeling
elingelingelingelingeingelingelingelingelingelingelingelingeli
ngelingelingelingelingelingelingelingelingelingelingelingelingeling
elingelingelingelingelingelingeingelingelingelingelingelingeli
ngelingelingelingelingelingelingelingelingelingelingelingelingeling
elingelingelingelingelingelingelingelingelingeingelingelingelingeli
ngelingelingelingelingelingelingelingelingelingelingelingelingeling
elingelingelingelingelingelingelingelingelingelingelingeingelingeli
ngelingelingelingelingelingelingelingelingelingelingelingelingeling
elingelingelingelingelingelingelingelingelingelingelingelingelingei
ngelingelingelingelingelingelingelingelingelingelingelingelingeling
elingelingelingelingelingelingelingelingelingelingelingelingelingeli
ngelingeingelingelingelingelingelingelingelingelingelingelingeling
elingelingelingelingelingelingelingelingelingelingelingelingelingeli
ngelingelingelingeingelingelingelingelingelingelingelingelingeling
elingelingelingelingelingelingelingelingelingelingelingelingelingeli
ngelingelingelingelingeingelingelingelingelingelingelingelingeling
elingelingelingelingelingelingelingelingelingelingelingelingelingeli
ngelingelingelingelingelingelingelingeingelingelingelingelinggelin
gelingeingelingelingelinLING!!!

Von: Susanna Rossmann <susanna-rossmann@gmx.de>
Gesendet: Donnerstag, 28. November 2008 01:30
An: Rebecca Wolff
Betreff: WARUM?

Warum tust du dir das an?
Weißt du noch, Becky, als du mir vorgeworfen hast, dass ich nicht für dich da wäre? Ich bin es. Immer!!!

Deine Suse

Von: Sebastian Goldmann <sebastian-goldmann@web.de>
Gesendet: Donnerstag, 28. November 2008 21:00
An: Rebecca Wolff
Betreff: Deine Mutter

Rebecca,

deine Mutter hat mich gestern angerufen.
Ich habe ihre Fragen (ob du dich bei mir gemeldet hast,
ob ich mich bei dir melde, ob, ob, ob . . .) nicht beantwortet.
Ich möchte, dass dir das klar ist.
Ich möchte wissen, wie es dir geht.
Aber nicht von deiner Mutter.
Sondern von dir.

S.

Von: Susanna Rossmann <susanna-rossmann@gmx.de>

Gesendet: Donnerstag, 4. Dezember 2008 18:09

An: Rebecca Wolff

Betreff: Lucian!

Bec,

ich habe Lucian getroffen.
Ich soll dir was von ihm ausrichten.
Wenn du wissen willst, was, musst du mich anrufen.
Oder ans Telefon kommen, wenn ICH anrufe.
Was ich in den letzten Tagen ungefähr 33493324523934234243324323343430234034833-mal getan habe. Es könnte sein, dass deine Stiefmutter einen Profikiller auf mich ansetzt. Jedenfalls klang sie so.
Also. Ruf mich an. Dann erzähle ich dir mehr.

Suse

Von: Susanna Rossmann <susanna-rossmann@gmx.de>
Gesendet: Freitag, 5. Dezember 2008 06:22
An: Rebecca Wolff
Betreff: Die Wahrheit

Becky,

okay. War vielleicht ein ätzender Versuch, aber hat offensichtlich eh nix gebracht.
Ich habe Lucian natürlich NICHT getroffen.
Allerdings habe ich VERSUCHT ihn zu finden.
In der Wohnung hat niemand geöffnet und in der Bar arbeitet er auch nicht mehr.
(Die blonde Netzhautpeitsche hat mich ziemlich ätzig angeglotzt.)
So. Das ist jetzt die Wahrheit.

Meine Eltern lassen sich nächste Woche scheiden.
Was mir fucking egal ist, wenn ich nur etwas von dir höre.
(Oder lese.)

Deine beste Freundin Suse

Von: Patrizia Vargas <patrizia-vargas@web.de>
Gesendet: Mittwoch, 10. Dezember 2008 21:19
An: Rebecca Wolff
Betreff: Ladys Night

Hi Knastschwester,

die *Ladys Nights in* sind out.
Ich vermisse dich so entsetzlich.

Deine Spatz

Von: Susanna Rossmann <susanna-rossmann@gmx.de>
Gesendet: Donnerstag, 11. Dezember 2008 22:05
An: Rebecca Wolff
Betreff: Fotos

Hi Bec,

ich habe deinen Dad gebeten, mir Fotos von eurem Haus zu mailen.
Wow. Jetzt weiß ich wenigstens, wo es dir so beschissen geht.
Hast du dir euren Swimmingpool mittlerweile mal angeschaut? Den kleinen Zeh reingesteckt? Falls nicht: Es lohnt sich! Da würde selbst ich reinspringen. Mit dir zusammen sogar oben ohne.
Und falls du noch immer keinen Fuß vor die Tür gesetzt hast, habe ich dir ein paar Infos über euren Stadtteil rausgesucht:
Pacific Palisades ist sehr wohlhabend und vorwiegend ein Wohngebiet aus großen Anwesen und kleinen, manchmal auch älteren Häusern. Es gibt einen hübschen zentralen Geschäftsbezirk auf dem Sunset Boulevard, bestehend aus Restaurants, Geschäften, Banken und Büros. Außerdem sind weitläufige Parkanlagen beinhaltet. Die Pacific Palisades Charter High School – Pali High genannt – ist durch zahlreiche Filme wie die Halloweenreihe mit Jamie Lee Curtis bekannt geworden. Berühmte deutsche Emigranten (so Thomas Mann und Lion Feuchtwanger) wohnten während der Zeit des Nationalsozialismus in Pacific Palisades.
Ausgeh- und shoppingmäßig kommt mir P. P. ziemlich tote Hose vor, aber dafür darf man in den USA schon mit sechzehn den Führerschein machen. Dein Dad sagt, er würde dir jederzeit ein Auto kaufen. Dann könntest du nach Venice Beach fahren. Da

muss es GALAKTISCH sein. Außerdem hat deine kleine Schwester ein Kindermädchen in deinem Alter, das ziemlich cool sein soll und dich gerne kennenlernen würde.
Oh Gott, Becky, ich weiß, diese Mail ist ein Albtraum, aber ich hab keine Ahnung, was ich machen soll. Soll ich nicht mehr mailen? Soll ich kommen? Mein Vater sagt, er zahlt mir den Flug, aber dein Vater sagt, jetzt wäre nicht der richtige Zeitpunkt. Was ist das Richtige für DICH, Becky, was kann ich tun? Bitte hilf mir, dir zu helfen!!!!
Miss you so much!!!!

Deine Suse

PS: Meine Eltern sind geschieden.

Von: Sebastian Goldmann <sebastian-goldmann@web.de>
Gesendet: Sonntag, 14. Dezember 2008 23:45
An: Rebecca Wolff
Betreff: Fotos

Liebe Becky,

heute Nachmittag hat Karl nach dir gefragt.
Ich habe ihm erzählt, dass du in Los Angeles bist.
Er hat gesagt, ich soll dir eine Tomate malen.
Keine Ahnung, wie er darauf kommt.
Aber ich male dir eine Tomate.
Hier ist sie:

rot
prall
knitterfrei
innenweich
vollkommen
verletzlich

Ich passe auf dich auf.

Dein Sebastian

Von: Susanna Rossmann <susanna-rossmann@gmx.de>
Gesendet: Dienstag, 16. Dezember 2008 07:05
An: Rebecca Wolff
Betreff: Neuigkeiten

Becky,

deine Mutter sagt, ich soll dich nicht aufgeben.
Dein Dad sagt, du schließt dich nach wie vor in deinem Zimmer ein. Michelle *(ätzende* Stimme) sagt, wenn ich sie noch einmal aus dem Tiefschlaf klingele, weil ich zu blöd bin, mir den Zeitunterschied zu merken, beantragt sie eine Geheimnummer (Ich würde den Profikiller vorziehen).
Und deine kleine Schwester (nachdem sie mir *Rudolph the red nosed reindeer, Jingle Bells* und *My heart will go on* vorgesungen hat) sagt, du musst vielleicht in ein Irrenhaus, weil du nichts mehr isst und mit dem Kopf gegen die Wand schlägst.

Beck, ich gebe nicht auf. Niemals! Auch wenn der bekackte Rat von deiner noch bekackteren Mutter kommt.

!!!!!!!!!!!!!! Suse !!!!!!!!!!!!!!!!!!!!!!!!!!!!!!

Von: Sebastian Goldmann <sebastian-goldmann@web.de>
Gesendet: Freitag, 21. Dezember 2008 01:12
An: Rebecca Wolff
Betreff: Newsticker

Mahlzeit Becky,

hier ein kleiner Newsticker aus der alten Welt

Karl hat Windpocken (er nennt es Wunschpunkte und er sieht auch so aus wie das Sams).
Spatz hat Samstag :-) ihre erste Ausstellung in der Koppel (das weiß ich, weil mein Vater das Catering macht).
Frau Donner ist schwanger (wir vermuten künstliche Befruchtung oder den Heiligen Geist).
Tyger hat eine hübsche neue Angewohnheit: Er raucht beim Vorlesen Pfeife. Vorgestern kam die Direktorin rein, sie hat die Tür aufgerissen, dann ihren Mund, dann hat sie Tyger angestarrt wie einen Geist und dann ist sie ohne ein Wort wieder raus.
Dimos Band (ohne Suse natürlich) gibt ein Konzert in der Ponybar.
Ich hab gestern mit Aaron eine geraucht. Danach: unbarmherzige Fressattacke. Eine Maxisalamipizza, Käsenachos mit Peperoni, zwei Tüten Smarties, halbe Currywurst. (Der Abend war, wie Aaron sagen würde: fett!)
Zum Schluss das Wetter: Es ist kalt ohne dich.

S.

Von: Patrizia Vargas <patrizia-vargas@web.de>
Gesendet: Samstag, 22. Dezember 2008 21:19
An: Rebecca Wolff
Betreff: Fund ekseptionell

Rebeccalein,

deine Mutter hat dir vorhin gemailt, dass du endlich anfangen musst, etwas zu essen, weil du sonst künstlich ernährt werden musst, aber ich habe sie davon abgehalten, die Mail abzuschicken. Ich habe sie auch davon abgehalten, sich in den nächsten Flieger zu setzen, um zu dir zu kommen. (Was sie im Grunde jeden Tag aufs Neue vorhat.)
Ich gebe mir Mühe, ihr klarzumachen, dass dir das nicht weiterhelfen würde.
Was würde dir weiterhelfen?
Vermutlich nicht meine Kochkünste, aber vielleicht ein anderes Rezept. Ich habe es dir schon einmal vorgelesen, jetzt schreibe ich es für dich auf:
Schon lange ist bekannt, dass die Unterwasserwelt großes Potenzial birgt. Insbesondere die Gattung der Schwämme ist hier von symbolhafter Bedeutung. Schwämme sind Meister der toxischen Abwehr und ihr genetischer Code weist große Ähnlichkeit zu dem des Menschen auf. Von 60.000 vermuteten Schwammarten sind Meeresbiologen bislang etwa 5.000 bekannt. Und seit Jüngstem wurde ein Fund ekseptionell gemacht: der Sponglia beatificae, der gemeine Glücksschwamm. Im Unterschied zu seinen Artgenossen besitzt der Sponglia beatificae Sensoren, die ihn glücksverdächtige Momente und Orte aufspüren lassen. In magischer Geschwindigkeit und auf noch völlig ungeklärte

Weise dockt er genau dort an und fördert die Wachheit der beteiligten Personen für die jeweilige Glückssituation. Seine chemische Abwehr hat sich außerdem auf angstvolle und destruktive Gedanken spezialisiert, sodass diese in der unmittelbaren Nähe des Glücksschwamms keine Überlebenschance haben.
Ich habe deinen Dad gebeten, dir deinen ganz persönlichen Glücksschwamm in die Hand zu geben, ich hoffe, er dockt an!

Deine Zweitmutter Patz

Von: Alec Reed <alecreed@gmail.com>

Gesendet: Montag, 24. Dezember 2008 21:49

An: Rebecca Wolff

Betreff: Please talk to me

Little Wolf,

ich weiß nicht, ob du deine Mails liest, aber es ist mein letzter Versuch, zu dir durchzudringen. Tu uns das nicht an. Sprich mit uns. Iss etwas. Mach deine Tür auf, im doppelten Wortsinn. Wenn nicht für dich, dann für deine kleine Schwester, die seit Wochen Geschenke für dich bastelt und sich wünscht, dass du morgen früh mit ihr unter dem Weihnachtsbaum sitzt.
Lass uns miteinander reden.
Lass uns einen Ausweg finden!!!

All my love from next door and merry xmas,
Daddy

Von: Susanna Rossmann <susanna-rossmann@gmx.de>
Gesendet: Montag, 24. Dezember 2008 22:55
An: Rebecca Wolff
Betreff: Heute im Fernsehen

Liebe Becky

ich weiß, ich sollte das nicht schreiben, aber heute Nachmittag hab ich zufällig in einen Heidi-Comic reingezappt und musste TOTAL heulen. *Heidi, Heidi, komm doch heim, find dein Glück, komm doch wieder zurück . . .*

xxx deine Klara

Von: Sebastian Goldmann <sebastian-goldmann@web.de>

Gesendet: Montag, 24. Dezember 2008 22:56

An: Rebecca Wolff

Betreff: Given up

Wake in a sweat again
Another day's been laid to waste
In my disgrace
Stuck in my head again
Feels like I'll never leave this place
There's no escape
I'm my own worst enemy

I've given up
I'm sick of feeling
Is there nothing you can say
Take this all away
I'm suffocating
Tell me what the fuck is wrong – with me

I don't know what to take
Thought I was focused but I'm scared
I'm not prepared
I hyperventilate
Looking for help somehow somewhere
And no one cares
I'm my own worst enemy

I've given up

I'm sick of feeling
Is there nothing you can say
Take this all away
I'm suffocating
Tell me what the fuck is wrong – with me

Put me out of my misery

Becks, geht es dir so?
I care.

Merry Christmas,
S.

Von: Susanna Rossmann <susanna-rossmann@gmx.de>
Gesendet: Dienstag, 25. Dezember 2008 23:15
An: Rebecca Wolff
Betreff: ?!

Liebe Becky,

ich habe gerade mit Janne telefoniert.
Sie hat mir erzählt, dass sie sich tierische Sorgen macht, weil du jegliche Nahrung verweigerst und jetzt vielleicht »andere Maßnahmen« ergriffen werden müssen.
Dein Dad und deine SCHEISS-Stiefmutter haben mir davon KEIN WORT erzählt!!! Und ich dachte, deine kleine Schwester wollte mich verarschen.
Ich habe deine Mutter angefleht, dass sie dich zurückholt. Keine Chance. Und meine hat gesagt, ich soll mich nicht so reinsteigern. Ich hasse alle Mütter.
Becky, Becky, Becky, meine wunderwunderschöne Becky!
Bitte, gib dich nicht auf!
Ein kleines Zeichen von dir und ich bin da. Sofort. Aber ich tue nichts gegen deinen Willen.
Und BITTE ISS ETWAS!!!

Deine Suse

Von: Dimitrios Arvanitis <dimitrios-arvanitis@yahoo.de>
Gesendet: Montag, 29. Dezember 2008 00:02
An: Rebecca Wolff
Betreff: nur so

Hi,

ich habe (von Leroy) gehört, es geht dir nicht so gut.
Tut mir leid.
Echt!
Ich schreib dir, weil ich wollte dir sagen, dass du recht hattest, was mich wg. Suse betrifft.
Ich war ein Arschloch. Aber Menschen können sich ändern.
Ich sag dir das nicht, damit du es ihr sagst, das hab ich schon selbst gemacht. (Dass ich ein Arschloch war)
Ich wollte nur, dass du es auch weißt. (Dass sich Menschen ändern können)
Ich bin nicht so der Schreibkünstler. Wie du wahrscheinlich merkst. Trotzdem. Wollte dich das wissen lassen, wegen beste Freundin und so.
Apropos: Meld dich mal bei Suse. Ich glaub, die dreht so ziemlich am Rad. (Was ich wiederum auch nicht weiß, sondern nur glaube, weil sie megaverzweifelt aussieht.)

Lg, Dimo

Von: Sebastian Goldmann <sebastian-goldmann@web.de>
Gesendet: Donnerstag, 1. Januar 2009, 08:09
An: Rebecca Wolff
Betreff: Ich weiß nicht weiter

Rebecca,

Suse hat gesagt, dass du morgen in die Klinik kommst.
Ich tippe und lösche jetzt seit einer Stunde den Versuch eines aufmunternden Satzes *(aufmunternden Satzes ???* habe ich das wirklich geschrieben?).
Du siehst, ich weiß nicht weiter.
Trallalla, ich weiß nicht, wo ich bin, ich weiß nicht weiter . . .
I eat my shorts.

Take care,
S.

Von: Susanna Rossmann <susanna-rossmann@gmx.de>
Gesendet: Montag, 16. Februar 2009 19:55
An: Rebecca Wolff
Betreff: Heute ist DEIN Geburtstag!

Happy birthday, Becky,

dein Dad sagt, dass du heute aus der Klinik entlassen wurdest.
Er behauptet, du bist über den Berg, aber du sprichst noch immer kein Wort.
Ich werde jetzt erst mal aufhören dir zu schreiben und glaube fest daran, dass du dich irgendwann bei mir meldest.
Und dass du mich nicht vergisst.
Ich hoffe, mein Geburtstagspäckchen ist bei dir angekommen.

In ewiger Liebe,
deine Suse

Von: Marijanne Wolff <marijanne-Wolff@t-online.de>

Gesendet: Montag, 16. Februar 2009 07:45

An: Rebecca Wolff

Betreff: Alles Gute

Alles Liebe zum Geburtstag, Wölfchen.

Ich bin so glücklich, dass du wieder bei Dad bist. Und ich wäre so gerne bei dir. Aber ich verstehe, dass du mich nicht sehen willst. Ich liebe dich.

Deine Mama

Von: Patrizia Vargas <patrizia-vargas@web.de>
Gesendet: Montag, 16. Februar 2009 14:20
An: Rebecca Wolff
Betreff: Wünsche

Liebe Rebecca,

Glückwünsche
ich dir!

Deine Spatz

Von: Sebastian Goldmann <sebastian-goldmann@web.de>

Gesendet: Montag, 16. Februar 2009 20:09

An: Rebecca Wolff

Betreff: dein Geburtstagsgeschenk

Ich bin heute im Heißluftballon über Hamburg geflogen.
Du warst bei mir.
Happy birthday, Becky,

Dein Sebastian

Von: Rebecca Wolff <rebeccaWolff@web.de>
Gesendet: Montag, 16. Februar 2009 23:30
Betreff: Mails

Liebe Suse, lieber Sebastian, liebe Spatz,

ich habe gerade meine Mails gecheckt.
Danke, dass ihr da seid.
Ich liebe euch.
Demnächst mehr.

Rebecca

Von: Rebecca Wolff <rebeccaWolff@web.de>
Gesendet: Montag, 16. Februar 2009 23:35
An: Dimitrios Arvanitis
Betreff: deine Mail

Hi Dimo,

danke für deine Mail

Rebecca

Von: Rebecca Wolff <rebeccaWolff@web.de>

Gesendet: Montag, 16. Februar 2009 23:37

An: Aaron Middlehauve

Betreff: Meine Meinung

Hi Aaron,

zu Tygers Hausaufgabe: I have no fucking opinion about this. (Ist jetzt ein bisschen spät für den Abgabetermin, aber du kannst es ja nachreichen.)

Lg, Rebecca

DRITTER TEIL

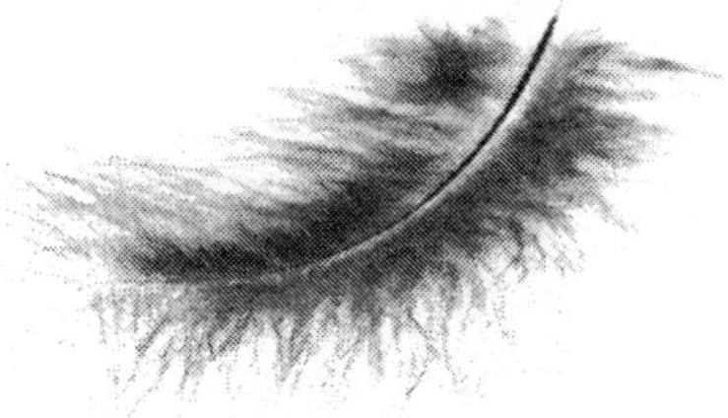

EINUNDZWANZIG

Der erste Mensch, mit dem ich nach zwölf Wochen und drei Tagen wieder sprach, war meine kleine Schwester.

Ich hatte gerade die Kopfhörer aus den Ohren gezogen, als ich das leise Wimmern vor meiner Tür hörte. Der Song aus Sebastians Mail lief in einer Endlosschleife auf meinem iPod und der Laptop, den Dad mir geschenkt hatte, stand aufgeklappt auf meinem Schreibtisch. Die Mails meiner Freunde waren alle noch geöffnet und der Glücksschwamm von Spatz lag auf meinem Schoß. Dad hatte Spatz' Anweisung befolgt und mir ihr Weihnachtsgeschenk ins Bett gelegt. Das war an dem Tag gewesen, bevor er mich in die Klinik gebracht hatte.

Heute Morgen war ich entlassen worden und hatte meinen siebzehnten Geburtstag hier in diesem Zimmer verbracht, das ich zum ersten Mal bewusst wahrnahm.

Es war ein schönes Zimmer, mit hellen Möbeln, einem hohen, breiten Himmelbett, angrenzendem Bad, einem Ankleideraum und einer riesigen Fensterfront mit Blick aufs Meer. Auf dem Beistelltisch vor einem weißen Sofa stand eine Vase mit Sonnenblumen. Darum herum gruppierte sich ein Berg von Päckchen und Paketen. Ich hatte den ganzen Tag am Schreibtisch gesessen, erst aufs Meer und dann auf den Bildschirm gestarrt.

Inzwischen konnte man das Meer nicht mehr sehen und mein Geburtstag war fast vorbei.

Vor meiner Tür wimmerte es wieder, diesmal hörte ich es ganz deutlich.

»Hallo?«

Der Klang meiner Stimme ließ mich zusammenzucken. Es kratzte in meinem Hals, eine fremdvertraute Empfindung. War ich das, die da sprach? Ich versuchte es noch einmal.

»Hallo?«

Die Fenster standen offen und in dem Baum vor meinem Fenster rauschten leise die Blätter. Ansonsten drang kein Geräusch von außen herein. Das Haus, zu dem sich eine kurvige, von Palmen gesäumte Straße emporwand, war von einem riesigen Grundstück umgeben. Dad hatte mir irgendwann einmal erzählt, dass das Haus ein Hochzeitsgeschenk von Michelles Vater war, einem bekannten Architekten. Bilder hatte er mir nie geschickt. Sein Leben in Los Angeles war immer etwas Abstraktes geblieben.

Das Wimmern wurde lauter.

Ich ging zur Tür. Leise drückte ich die Klinke herunter und sah meine kleine Schwester.

Sie lag auf dem Boden, zusammengerollt zu einer winzigen Kugel. Sie trug ein weißes Nachthemd und ihre blonden Locken waren nass geschwitzt. Sie schlief, offensichtlich träumte sie. Neben ihr stand ein kleiner Kuchen mit siebzehn Kerzen, die allesamt heruntergebrannt waren. Dieser Anblick rührte mich seltsamerweise mehr als all die E-Mails meiner Freunde.

Val sah aus wie ein Engel, der vom Himmel gefallen war. Ich beugte mich zu ihr herunter, rüttelte sie sanft an der Schulter, und als sie auch davon nicht aufwachte, hob ich sie hoch, trug sie in mein Zimmer und legte sie auf mein Bett.

»Hey«, flüsterte ich, nachdem ich Atem geschöpft hatte. Val wog nicht viel, aber es war lange her, seit ich etwas außer meinem eigenen Körpergewicht getragen hatte. »Hey. Du träumst. Wach auf. Du träumst . . .«

Val schlug die Augen auf. »Du kannst sprechen?«

Ich nickte. Nicht nur das. Offensichtlich konnte ich auch hören. *Richtig* hören – nicht wie durch Watte.

Val sah mich ungläubig an. »Noch mal. Sag noch mal was.«

»Hallo«, sagte ich. »Du hast schlecht geträumt.«

Val gähnte, wobei sie ihren Mund weit aufriss und eine Reihe spitzer weißer Zähne zum Vorschein brachte.

»Ich weiß«, sagte sie. Ihre Stimme war hoch, sie hatte einen singenden Klang. »Ich träume oft schlecht.«

»Wovon?«

»Von Monstern.«

»Wollen sie dich fressen?«

»Nein.« Val rieb sich die Augen. Sie waren groß und tiefblau, mit langen, dichten Wimpern. »Ich will sie fressen. Es sind sehr kleine Monster. Sie haben Angst vor mir. Und wenn sie anfangen zu zittern, kriege ich auch Angst. Ist das dumm? Angst zu haben vor sich selbst?«

Ich schüttelte den Kopf. »Nein«, sagte ich.

»Dann ist gut.« Val sah zufrieden aus. »Ich glaube, Monster schmecken sowieso nicht gut. Ich hab dir einen Kuchen gebacken.«

Ich nickte. »Er steht noch vor der Tür.«

»Hol ihn.« Vals singende Stimme nahm einen strengen Befehlston an.

Es war ein Schokoladenkuchen mit Bananenstücken und Nüssen. Val wollte, dass ich ihn aufschnitt, und jeder von uns aß ein kleines Stück. Der Kuchen schmeckte unglaublich süß und ich hoffte, dass er mir nicht auf den Magen schlug.

»Bist du jetzt wieder gesund?«, fragte Val.

Ich verzog den Mund und nahm verwundert wahr, dass auch Lächeln körperliche Kraft erforderte. Die Muskeln in meinen Armen und Beinen hatte ich mit der Krankengymnastin trainiert, die Lachmuskeln nicht.

»Ja«, sagte ich versuchsweise. »Ich bin wieder gesund.«

»Ich war auch mal im Krankenhaus«, verkündete Val. »Das war, als ich vom Baumhaus auf den Zaun geknallt bin. Poff, und dann war ich unmächtig!« Val ließ sich zurück auf mein Bett plumpsen und riss die Augen auf. »Warst du auch unmächtig?«

»So ähnlich«, sagte ich, denn das traf es eigentlich am besten. Ich war ohnmächtig vor Schmerzen gewesen, drei Monate lang. Sebastian hatte es gut gemeint, als er mir den Song von Linkin Park geschickt hatte, aber die Lyrics trafen es nicht annähernd. Ich konnte selbst keine Worte dafür finden, was mit mir geschehen war. Die Schmerzen hatten im Flugzeug angefangen und waren immer stärker und stärker geworden, je länger ich hier war.

Ich hatte nicht, wie alle vermuteten, aus Trotz, Wut oder Verzweiflung das Essen verweigert und geschwiegen. Hätte ich den Mund geöffnet, hätte ich wahrscheinlich nur geschrien und nicht mehr aufgehört, so wie auch der Schmerz nicht aufhörte.

Er hielt mich in seinen Klauen wie ein gefräßiges Monster, dem ich hilflos ausgeliefert war, und übertönte alle anderen Gefühle und Gedanken, zu denen ein Mensch vielleicht fähig ist.

Merkwürdigerweise war die Klinik, vor der mich alle so eindringlich gewarnt hatten, meine Rettung gewesen. An dem Tag, an dem Dad mich dorthin brachte, waren die Schmerzen so unerträglich geworden, dass ich alles getan hätte, nur damit sie aufhörten. Ich hätte mich wahrscheinlich sogar umgebracht, wenn ich die Möglichkeit gehabt hätte. Als ich zusammengekrümmt in meinem Krankenhausbett lag, merkte ich, wie es um mich herum hektisch wurde. Was auch immer die Ärzte mir an diesem Tag gegeben hatten – es half. Ab da wurde es besser, in winzigen Schritten. Anfangs wurde ich künstlich ernährt, irgendwann konnte ich wieder selbst essen. Mein Körper erinnerte sich mühsam daran, dass er Muskeln hatte und tatsächlich imstande war, sie einzusetzen. Im Fitnessraum und im Schwimmbad bekam ich meine äußere Stärke zurück, und als mein Vater mich heute abgeholt hatte, sagten die Ärzte, ich sei körperlich wiederhergestellt. Meinen seelischen Zustand konnten sie nicht beurteilen. Das konnte ich nicht einmal selbst, denn als die körperlichen Schmerzen nachließen, hatte ich einen anderen Weg gefunden, gefährliche Gedanken auszublenden.

Dabei hatte Spatz mir geholfen. Auch wenn ich ihre Mail zu diesem Zeitpunkt noch gar nicht gelesen hatte, erinnerte ich mich ausgerechnet an die Stelle mit der toxischen Abwehr ganz genau. Sie war zu einer Art Mantra geworden, das ich jedes Mal vor mich hin sagte, wenn die verbotenen Gedanken unter der Oberfläche meines Bewusstseins aufzuflackern drohten.

»Bist du jetzt wieder stumm geworden?«, erkundigte sich Val. Sie hatte sich vor mich auf das Bett gehockt und studierte mein Gesicht. Ihr Blick war intensiv und abschätzend, als wäre ich eine bestellte Ware, von der sie überlegte, ob sie sie behalten oder wieder zurückgeben sollte.

»Nein«, sagte ich und versuchte, noch einmal zu lächeln. »Danke für den Kuchen. Er schmeckt wirklich lecker.«

Val ließ mich nicht aus den Augen.

»Also ich finde, du siehst *genau* wie mein Dad aus«, stellte sie schließlich fest.

Ich überlegte, ob das in ihren Augen ein Vorteil oder ein Nachteil war. Im Gegensatz zu mir sah Val unserem Dad nicht im Geringsten ähnlich.

»Mom findet es nämlich nicht«, fuhr Val fort. »Sie sagt, du hast höchstens Dads unteilhafte Seiten. Was sind unteilhafte Seiten?«

»Das kann dir vielleicht deine Mom besser erklären«, sagte ich, aber Val war ohnehin schon mit der nächsten Frage beschäftigt: »Packst du jetzt deine Geschenke aus?«, wollte sie mit funkelnden Augen wissen.

Ich sah auf den Geschenkeberg. Ich tat es Val zuliebe, die sich mit Feuereifer auf meine Bescherung stürzte. Papier wurde aufgerissen, Bänder flogen durch die Luft und Val reichte mir feierlich, als wäre sie selbst das Geburtstagskind, ein Geschenk nach dem anderen. Mechanisch nahm ich sie entgegen. Eine Digitalkamera, ein Gutschein für Fahrstunden und ein prachtvoller Fotoband von Los Angeles waren von Dad. Sebastian hatte mir ein Survivalpaket geschickt, einen roten Erste-Hilfe-Kasten, bestehend aus meinen Lieblingssüßigkeiten und einer Sammlung selbst gebrannter CDs.

Von Suse bekam ich einen knallroten Badeanzug und ein silbernes Armband mit einem Anhänger. Es war ein halbes Herz, in das die Worte *Friends forever* eingraviert waren.

»Und was war da drin?«, fragte meine Schwester. Sie zeigte auf das geöffnete Kästchen mit der Aufschrift: *Sponglia beatificae.*

»Ein Glücksschwamm«, sagte ich leise und sah zum Schreibtisch, wo ich ihn hatte liegen lassen. Das letzte Paket trug die Aufschrift *von Mama*, aber als Val es öffnen wollte, hielt ich ihre Hand fest. »Das nicht«, sagte ich entschlossen. »Meinst du nicht, es wird langsam Zeit zu schlafen? Es ist ganz schön spät.«

»Noch nicht!«, sagte Val und hielt mir ein schmales Päckchen hin. »Erst musst du mein Geschenk aufmachen.«

Ich lächelte meine kleine Schwester an, es ging schon viel leichter. »Du hast mir doch den Kuchen geschenkt.«

Val sah mich erstaunt an. »Ein Kuchen ist kein Geschenk. Los! Aufmachen!«

Ich gehorchte. In dem Päckchen war ein Porträt von Val. Es war mit einem einfachen Bleistift gezeichnet und es war wunderschön. Val saß am offenen Fenster, sie trug ihr weißes Nachthemd und die hellen Locken fielen ihr über die Schulter. Ihre großen Augen mit den dichten Wimpern blickten mich direkt an. Sie sah sehr ernst aus, still, völlig in sich ruhend. Wer immer dieses Bild gezeichnet hatte, hatte etwas in ihr entdeckt, das man auf den ersten Blick nicht sah. Aber das allein machte das Bild nicht so ungewöhnlich. Die Konturen der linken Seite des Porträts waren doppelt gezeichnet, die zweite Linie war sehr zart und dünn, nur angedeutet.

»Was bedeutet das?«, fragte ich Val.

Sie zuckte mit den Schultern. »Keine Ahnung«, sagte sie. »Faye hat das einfach dahin gemalt.«

»Faye?« Ich runzelte die Stirn.

»Mein Kindermädchen«, erwiderte Val. »Sie ist cool. Sie kann machen, dass niemand sie sieht. Magst du das Bild?« Val musterte mich streng. »Du musst dich bedanken. Ich habe sehr lange stillgesessen für dein Geschenk.«

»Danke«, sagte ich und nahm Val in den Arm. »Aber jetzt wird geschlafen. Du musst morgen doch bestimmt zur Schule, oder?«

Val zog die Nase hoch. Zum ersten Mal klang sie schüchtern. »Kann ich bei dir im Bett schlafen?«

Sie schaute mich so flehentlich an, dass ich einwilligte.

Zutraulich wie ein Hundebaby schlüpfte meine kleine Schwester zu mir unter die Bettdecke. Sie streckte ihre kalten Zehen zwischen meine Beine und war im nächsten Moment eingeschlafen. Ich lauschte ihren ruhigen, regelmäßigen Atemzügen, die ab und zu von einem leisen Seufzen unterbrochen wurden, und versuchte dabei wie jede Nacht gegen den Schlaf anzukämpfen.

An eine Zeit, in der Schlaf Erholung bedeutet hatte, konnte ich mich kaum noch erinnern. Jede Nacht träumte ich davon, dass ich starb. Es war derselbe Todestraum, den ich zum ersten Mal an jenem Mittwoch in Hamburg gehabt hatte. Er war in Los Angeles zurückgekehrt und hatte auch in der Klinik nicht aufgehört.

Ich lag in diesem fremden Raum mit dem plüschgrünen Teppich, der geblümten Tagesdecke auf dem Bett und dem wabernden Kronleuchter über meinem Kopf. Neben mir, auf meinem Bauch, meinen Händen waren die Scherben und der metallisch süße Geruch von Blut stieg mir in die Nase. Nacht für Nacht rang ich nach Luft, die nicht vorhanden war, und flehte immer mit derselben Verzweiflung um mein Leben. *Bitte. Bitte nicht . . . bitte . . . lass mich nicht . . .*

Spatz' Glücksschwamm lag in meiner Hand und Vals Körper hatte sich mit Hitze aufgeladen. Wie eine große Wärmflasche schmiegte sie sich an meinen Bauch. Ich spürte den weichen Flaum ihrer Härchen, roch den süßen Erdbeerduft in ihren Haaren und irgendwann merkte ich, dass auch ich dem Schlaf nicht länger widerstehen konnte. Ich zuckte noch ein paar Mal, dann war ich weg.

Ich wurde davon wach, dass sich helles Licht auf meine Augenlider senkte. Ich blinzelte verwirrt. Der Himmel vor meinem Fenster hatte die Farbe von verdünnter Milch. Hatte ich tatsächlich bis zum Morgen *durchgeschlafen?* Offensichtlich.

Val lag noch immer in meinem Arm. Vor meinem Bett kniete Dad. Er starrte auf uns herab, als wären wir eine Erscheinung. In seinen schwarzen Locken schimmerten silberne Strähnen, sein Gesicht sah ausgemergelt aus und die Augen lagen tief in ihren Höhlen. Aber jetzt begannen sie zu leuchten. Gerade wollte er etwas sagen, als aus dem Flur eine aufgeregte Stimme ertönte: »Hast du sie gefunden?«

Dad zuckte zusammen. Hastig sprang er auf und lief zur Tür. »Sie ist hier«, hörte ich ihn leise rufen. »Hier bei meiner . . . bei Rebecca. Sie schläft.«

»Dann weck sie! Verdammt, die erste Stunde hat sie schon verpasst . . .«

Dad schloss die Tür.

Er kam wieder zum Bett, küsste mich auf die Stirn, dann strich er Val über die blonden Locken. »Wir haben verschlafen, Kleines«, sagte er. »Du musst aufstehen, wir sind viel zu spät dran.«

Val murmelte unwirsch, knirschte mit den Zähnen, dann drehte sie sich zu mir um und vergrub ihren Kopf an meiner Schulter.

Dad zog behutsam die Decke zurück. »Val. Kleines. Steh auf. Du musst zur Schule.«

»Will aber nicht«, protestierte Val, immer noch halb im Schlaf. »Ich bin krank. Ich bleib hier.«

Dad seufzte. »Komm, mein Schatz.« Er schob seinen Arm unter Vals Körper und hob sie aus dem Bett. Meine Schwester schlug fauchend um sich. Ihre kleine Faust knallte auf Dads Nase.

»Hey«, sagte ich. »Das gehört sich nicht.«

Dad starrte mich mit heruntergeklapptem Unterkiefer an.

»Du . . . hast . . . du hast etwas gesagt«, presste er hervor.

Val schlug die Augen auf. Sie grinste. »Aber mit mir hat sie zuerst gesprochen.«

In Dads Gesicht brach etwas. Er fing an zu weinen wie ein kleiner Junge. Val küsste ihn. »Sei nicht traurig«, sagte sie. »Mit dir spricht sie jetzt ja auch. Stimmt's?«

Dad sah mich an, als könnte er es immer noch nicht glauben.

Irgendwo im Haus schrillte Michelles Stimme. »Alec, es ist Viertel nach acht, wenn wir nicht in zehn Minuten fahren, verpasst Val auch noch die zweite Stunde!«

»Ich bringe deine Schwester nur rasch zu Michelle, dann bin ich sofort wieder da«, sagte Dad.

Ich schüttelte den Kopf. »Nicht nötig, Dad. Ich . . . ich glaube, ich möchte noch ein bisschen allein sein.«

»Oh natürlich. Kein Problem, gar kein Problem, das verstehe ich total!« Dad strahlte mich an. Er schien so überwältigt zu sein, Worte aus meinem Mund zu hören, dass ich ihn wahrscheinlich ebenso gut hätte beschimpfen können.

»Aber ich bleibe zu Hause, für den Fall, dass du mich brauchst.« Wieder schüttelte ich den Kopf. »Bitte nicht«, sagte ich mühsam. »Ich komm schon klar.«

Dad schien mit sich zu ringen. »Okay, ich lass dir meine Handynummer da«, sagte er. »Sobald du wach wirst oder Gesellschaft oder sonst irgendwas möchtest, ruf mich an. Ich bin sofort da! Okay?«

Ich nickte. »Okay.«

Endlich schloss sich die Tür hinter Dad. Ich atmete tief durch, aber nicht aus Erleichterung. Jede Silbe unseres Gespräches hatte mich Kraft gekostet. Meine Sinne fühlten sich an, als ob jemand eine Schutzhülle von ihnen abgestreift hatte. Die Geräusche waren klarer. Die Konturen waren schärfer. Die Gerüche waren intensiver. Ich war aufgewacht, im wahrsten Sinne des Wortes, und wusste plötzlich, dass ich keine Sekunde länger in diesem Zimmer bleiben konnte.

Spatz' Glücksschwamm würde jetzt nicht mehr reichen. Ich musste hier raus, bevor sich die verbotenen Gedanken ihren Weg in mein Bewusstsein bahnten.

Mit einem Mal konnte es mir nicht schnell genug gehen. Ich hechtete ins Bad, duschte und riss die Türen zum Ankleideraum auf. Mein Blick streifte die Regale, ich sah meine Bluse mit den Druckknöpfen, die ich zum letzten Mal – stopp!

Ich fetzte sie vom Bügel, stopfte sie hinter einen Stapel von Pullis und zerrte ein lila T-Shirt hervor. Als ich die Jeans anzog, rutschte sie mir sofort über die Hüften. Ich kramte nach einem Gürtel, schnallte ihn drei Löcher enger als sonst und floh nach draußen. Im Flur hielt ich inne und horchte, nach Dad, nach Michelle, nach Val. Alles war still, scheinbar waren sie schon aufgebrochen. Ich hatte das Haus für mich allein.

Ich ging durch jedes Stockwerk, öffnete jede Tür und blickte in jeden Raum.

Wie lange war ich vor der Klinik hier gewesen? Fünf Wochen, sechs? Es erschien mir so unvorstellbar.

Ich war wirklich wie abgeschnitten gewesen, abgeschnitten von allem, was passiert war, und das war gut so. Alles, was neu war, war gut und dieses Haus war in jeder Hinsicht neu. Ein Architekt hätte es wahrscheinlich als einen modernen Traum aus Glas und Licht bezeichnet. Alle Räume hatten riesige Fensterfronten, die von den Holzböden bis zu den hohen Decken reichten.

Es gab drei Ebenen. Ganz oben war der Bereich von Dad und Michelle, mit mehreren Ankleidezimmern – einem nur für Schuhe. Ich ging in jedes einzelne, dann weiter in das Marmorbad und das Schlafzimmer, dessen Fensterfronten den Blick auf die Berge freigaben. Grün bewachsene Hügel mit vereinzelten Wanderpfaden.

Mein Zimmer lag auf der zweiten Etage, zusammen mit einem Gästezimmer und Vals Reich, in dem sich eine Kletterwand, ein riesiges Aquarium und unzählige Spielsachen befanden.

In der ersten Etage lag der Wohnbereich. Hier zeigten die Fensterfronten zu zwei Seiten, sodass man links auf die Berge und rechts über den parkähnlichen Garten aufs Meer sehen konnte. Die Einrichtung war teuer und unpersönlich. Vor schwarzen Ledersofas standen gläserne Beistelltische mit großen Bildbänden über moderne Kunst, Fotografie und Innenarchitektur, die nicht so aussahen, als wären sie jemals aufgeschlagen worden. Ein Steinway-Flügel nahm eine Ecke des Raums ein, in einer anderen saß eine riesige Buddhastatue aus schwerer Bronze. Auf einem hohen Tisch, über dem ein in Stahl gerahmter Spiegel hing, befand sich eine Edelstahlvase mit weißen Lilien. Bücherregale gab es keine, dafür einen gigantischen Flatscreen und schwarze Regale voller DVDs. Sie waren alphabetisch geordnet von American Beauty bis Zorro.

Alles war kühl, alles war geleckt und es nahm einem die Luft zum Atmen. Abgesehen von Vals Zimmer sah nur die Küche so aus, als ob hier tatsächlich jemand lebte. Sie hatte riesige Kühlschränke, eine Bar, einen gewaltigen Herd und eine Speisekammer, aber auf den blank polierten Edelstahlflächen fand ich halb leere Kaffeebecher neben einer umgeworfenen Cornflakespackung.

Hinter der Küche lag der Garten. Er war von hohen Bäumen umschlossen und hatte etwas von einer perfekt gepflegten Parkanlage. Das Herzstück war der Swimmingpool. Suse hatte recht, es hätte sich definitiv gelohnt, den großen Zeh hineinzustecken, und plötzlich brannte ich darauf.

Schwimmen wäre jetzt meine Rettung gewesen, denn die Hausbesichtigung hatte ich hinter mir und ich hatte keine Ahnung, wohin ich mich jetzt flüchten konnte. Das Problem war nur: Aus dem Pool war das Wasser gelassen worden.

In dem Moment wurde mir klar, dass ich nicht länger davonlaufen konnte. Vor der Klinik war ich mit meinen Schmerzen beschäftigt gewesen. In der Klinik war ich damit beschäftigt gewesen, körperlich zu Kräften zu kommen. Jetzt waren die Schmerzen weg, jetzt war ich bei Kräften. Letzte Nacht hatte Val sogar mein Schweigen gebrochen. Und die verbotenen Gedanken drängten gefährlich nahe an die Oberfläche.

Ich entdeckte das kleine Gartenhäuschen erst ganz zum Schluss. Es lag am anderen Ende des Gartens zwischen blühenden Zitronenbäumen.

Schon als ich die Klinke herunterdrückte, wusste ich, dass dieser Bereich Dad gehörte. Es war ein einzelner Raum auf zwei Ebenen. Die obere, zu der eine schmale Wendeltreppe führte, bestand aus einer großen, am Boden liegenden Matratze. Die zerwühlte Wäsche machte ziemlich deutlich, dass sie in der letzten Zeit gut genutzt worden war.

Im unteren Teil befand sich ein Kamin, davor lag ein dicker weicher Teppich mit riesigen Kissen, herumliegenden Zeitungen, hohen Bücherstapeln und Dads Gitarre, die Janne ihm vor vielen Jahren zum Geburtstag geschenkt hatte. Das größte Möbelstück war der Schreibtisch, der gut vier Meter lang und zwei Meter breit war. Darauf stand der Computer, darum herum gruppierten sich Dutzende von Steinen, Muscheln und jede Menge gerahmter Fotos. Auf einem war Michelle zu sehen. Sie saß auf einem Karussellpferd, ihr blondes Haar flog ihr aus dem Gesicht. Sie warf eine Kusshand in die Kamera und sie lachte. Nicht nur mit dem Mund, sondern auch mit den Augen – das ganze Gesicht war ein verliebtes, glückseliges Leuchten. Es war keine Frage, wer der Fotograf gewesen war.

Drei Fotos waren von Val, der Rest, etwa zehn Bilder, zeigte mich und ich lachte auf fast allen. Hastig schaute ich weg, ich konnte mein fröhliches Gesicht nicht ertragen, das war gefährliches Terrain.

Mein Blick blieb an einer vergilbten Radierung hängen, die ungerahmt an Dads Computer lehnte. Sie sah ziemlich alt aus. *London 1912* stand auf dem rechten unteren Rand, die zarte Signatur darunter war nicht zu entziffern.

Das Bild zeigte zwei Männer um die vierzig, zwischen denen eine junge, auffallend schöne Frau stand. Sie posierten vor einer Gartenlaube, aber der Hintergrund war nur vage angedeutet.

Die Frau war wunderschön. Ihr schwarzes Haar war zu einem Pferdeschwanz gebunden und ihre großen dunklen Augen funkelten. Sie erinnerte mich ein bisschen an die junge Audrey Hepburn aus dem Film *Frühstück bei Tiffany*. Sie sah grazil, fast zerbrechlich aus, und hielt sich sehr gerade. Der Mann zu ihrer Rechten, blond und gut aussehend, kam mir bekannt vor, aber ich konnte ihn nicht einordnen. Er hatte seinen Arm um die Taille der Frau gelegt, in einer stolzen, besitzergreifenden Geste, und strahlte selbstbewusst in die Kamera. Der Mann auf der linken Seite der Frau war dunkelhaarig. Er hatte eine hohe Stirn und wache, sehr ernste Augen, die ebenfalls auf die Kamera gerichtet waren.

Mein Blick wanderte zurück zu dem Blonden und nun wusste ich, wo ich ihn schon einmal gesehen hatte. Es war mein Urgroßvater, William Al.

»Nicht erschrecken«, hörte ich eine helle Stimme hinter meinem Rücken sagen.

Ich fuhr so jäh herum, dass mir das Bild aus der Hand fiel. In der ersten Schrecksekunde hatte ich Michelle erwartet. Aber in der Tür des Gartenhauses stand ein Mädchen. Es war zart und blass und im ersten Moment dachte ich, es sei eine Freundin von Val. Aber beim zweiten Hinsehen bemerkte ich, dass das Mädchen älter war, vielleicht so alt wie ich, vielleicht ein bisschen jünger. Ihr Aufzug war ziemlich schräg. Sie trug eine schwarze Baskenmütze und ein altmodisches Kleid, das die gleiche Farbe hatte wie ihre Augen, silbrig grau.

»Wer bist du?«, hörte ich mich fragen, immer noch erstaunt, dass die Worte wie von selbst ihren Weg aus meinem Mund fanden.

»Meine Name ist Faye«, sagte das Mädchen und hob die Radierung auf. »Ich bin Vals Kindermädchen.« Ihre Stimme hatte einen altmodischen Akzent, sie hörte sich nicht an, als wäre sie Amerikanerin. Lächelnd musterte sie mich. »Und du bist Dornröschen?«

Dornröschen? Ich zuckte zusammen und fühlte einen Funken von dem Menschen in mir aufblitzen, der ich früher gewesen war und der sich so was nicht bieten ließ.

»Rebecca«, fauchte ich. »Ich heiße Rebecca.«

Das Mädchen, das sich Faye nannte, lächelte wieder. Dann trat es auf mich zu und hielt mir die Radierung hin.

»Hast du das gesehen?«, fragte sie. Sie deutete auf den dunkelhaarigen Mann oder zumindest dachte ich, dass sie ihn meinte, doch dann sah ich, was sie mir zeigen wollte. Der Handrücken des Dunkelhaarigen und der Handrücken der jungen Frau berührten sich. Aber das war nicht alles. Ihre kleinen Finger waren ineinander verhakt. Es war wie bei einem Suchbild. Das winzige Detail fiel nur demjenigen auf, der es genau betrachtete. Aber es gab dem Bild eine völlig neue Dimension.

»Wäre es nicht interessant zu wissen, wie es von diesem Punkt an weitergeht?«, fragte Faye.

»Was?« Ich starrte das sonderbare Mädchen an. »Was soll das, was redest du da für einen Scheiß?«

Faye zuckte mit den Schultern. »Wir können gerne über etwas anderes reden«, sagte sie. »Ich habe gehört, dass du in einer Klinik gewesen bist? Wie war es dort? Nett? Hast du noch andere Verrückte kennengelernt?«

Sie legte ihren Kopf schief. Sie sah nicht im Mindesten gehässig aus, eher neugierig, ernsthaft interessiert.

Mir stand der Mund offen. »Sag mal, hast du sie noch alle?«, platzte ich raus. »Was machst du überhaupt hier? Wenn ich das richtig verstanden habe, bist du Vals Kindermädchen und nicht meins. Oder –«, misstrauisch trat ich einen Schritt zurück, »bist du etwa wegen mir hier? Hat mein Dad dich auf mich angesetzt?«

»Nein«, sagte Faye schlicht.

»Na also«, knurrte ich. »Dann hau ab und lass mich in Frieden.«

»In Frieden?« Faye lächelte, diesmal sah sie belustigt aus. »Ich wollte dich wirklich nicht stören. Ich wollte nur eine Nachricht für Michelle hinterlassen und dann an den Strand fahren, da habe ich gesehen, dass die Tür des Gartenhauses offen stand. Also dann ...« Sie lächelte wieder. »Auf Wiedersehen. Ich lasse dich in *Frieden.*«

Bevor Faye aus dem Gartenhaus ging, zog sie sich mit einer leichten Bewegung die schwarze Baskenmütze vom Kopf. Was darunter zum Vorschein kam, jagte mir einen elektrischen Stoß durch die Glieder. Ihre langen, bis über die Taille fallenden Locken waren feuerrot.

»Warte«, stieß ich hervor. »Warte mal. Du wolltest ... zum Strand?«

Faye drehte sich noch einmal zu mir um. »Ja?«, sagte sie. Es klang fast wie eine Frage.

Letzte Nacht hab ich geträumt, dass wir am Strand saßen. Ich weiß nicht, wo dieser Strand war. Es war jedenfalls ziemlich viel los. Im Wasser waren Surfer, ein paar Jungs spielten Volleyball und neben uns saß ein Mädchen. Sie hatte lange feuerrote Locken und trug ein altmodisches Kleid. Es war silbergrau. Sie zeichnete ein Bild von einem kleinen Jungen und wir haben ihr zugesehen.

Vals Geschenk. Ihr Kindermädchen hatte es gemalt.

Ich starrte Faye an. Die Energie, die jetzt durch meinen Körper jagte, ließ sich mit einer Überdosis Adrenalin vergleichen.

»Wenn es dir nichts ausmacht«, japste ich, »könnte ich vielleicht ... mit?«

Faye zuckte gleichmütig mit den Schultern. »Klar«, sagte sie.

ZWEIUNDZWANZIG

Den buttercremefarbenen Bentley mit den roten Ledersitzen, in dem wir bei offenem Dach die gewundene Straße zum Sunset Boulevard und von dort weiter zum Pacific Coast Highway fuhren, hatte sich Faye wohl kaum von ihrem Gehalt als Kindermädchen leisten können. Vielleicht hatte sie reiche Eltern oder es war ein Wagen von Dad oder Michelle.

Faye hatte den beiden eine Nachricht hinterlassen, dass sie mich ein wenig herumführen und spätestens zum Abendessen wieder nach Hause bringen würde. Was mein Dad davon hielt, wusste ich nicht, aber es war mir auch ziemlich gleichgültig.

Faye schwieg. Sie wirkte konzentriert, als würde das Autofahren sie anstrengen, und mir war das im Grunde genommen sehr recht.

Die Landschaft auf unserer linken Seite war hügelig. Hier und dort hatte man Häuser in die Berge hineingebaut. Es gab Hotels, auf deren Dächern die amerikanische Flagge wehte, und jede Menge Palmen. Auf der rechten Seite des Highways, die ebenfalls von Palmen gesäumt wurde, lag das Meer.

Es war silbrig blau und auf seiner Oberfläche spiegelten sich Millionen funkelnder Lichtpunkte. Die hohe Brandung donnerte mit Wucht gegen das Ufer.

Fast instinktiv holte ich Luft, sie roch salzig und frisch und ich spürte, dass es mir mit einem Mal leichter fiel zu atmen. Faye drehte sich zu mir und lächelte mich an. Plötzlich war sie mir merkwürdig vertraut, als ob wir uns wirklich schon einmal gesehen hatten.

Auf der breiten Strandpromenade, an der wir jetzt entlangfuhren, kamen uns Jogger, Fahrradfahrer und Inlineskater entgegen. Irgendwann tauchte ein altes Karussell auf, das zu einem kleinen Vergnügungspark gehörte. Ein langer, von Menschen übervölkerter Steg führte dorthin. Faye drehte das Radio leiser. »Das ist der Santa-Monica-Pier«, erklärte sie. »Einer von Vals Lieblingsorten. Wenn sie einen ihrer strengen Tage hat, muss ich zwanzig Mal hintereinander mit ihr Achterbahn fahren.«

Ich nickte abwesend.

Die linke Straßenseite säumten nun breite sattgrüne Rasenflächen, auf denen Kinder Fußball spielten und offensichtlich betuchte Amerikanerinnen in teuren Jogginganzügen ihre Hunde ausführten. Dann tauchten die ersten Obdachlosen auf. Sie hatten Zelte und Schlafsäcke auf den Wiesen aufgeschlagen, saßen in Gruppen beisammen oder standen vor klapprigen, bunt bemalten Wohnmobilen, auf deren Dächern Kisten, alte Sessel und jede Menge Gerümpel gestapelt waren. Faye drosselte das Tempo.

»Gleich sind wir da«, sagte sie. »Das eben war Santa Monica. Jetzt kommt Venice Beach. Ich such uns einen Parkplatz und dann gehen wir an den Strand. Ja?«

Letzte Nacht hab ich geträumt, dass wir am Strand saßen. Ich weiß nicht, wo dieser Strand war.

Faye parkte den Bentley in einer kleinen Seitenstraße. Es war ein öffentlicher Parkplatz. Zwei junge Surfer in schwarzen Neoprenanzügen und mit funkigen Surfboards unter dem Arm pfiffen uns hinterher. Der dunkelhäutige Parkplatzwärter knöpfte Faye fünf Dollar ab und nannte sie Sweetheart. Mir zwinkerte er zu und fragte: »How are you today, my Love?«

»Fine, thank you«, murmelte ich und versuchte mir unwillkürlich vorzustellen, wie mich ein deutscher Parkplatzwärter fragen würde: »Wie geht es dir heute, mein Liebling?«

Faye angelte eine alte Ledertasche vom Rücksitz und winkte mir, ihr zu folgen.

Wir bogen links in die Seitenstraße ein und kamen an einer Graffitizeichnung vorbei, die an die Mauer eines Hauses gesprüht worden war. Es war eine Art Comic, ein riesiger Mädchenkopf mit schwarzen Haaren. Der Pony hing fransig in die Stirn, die Haut war lilafarben. Das Mädchen hatte mandelförmige Augen, aber sein Blick war unglaublich streng. Links daneben stand in großen schwarzen Lettern die Aufforderung: *Remember who you are.*

»Ich mag Venice. Da, wo deine Familie wohnt, würde ich es nicht aushalten«, sagte Faye und lächelte.

Ich halte es auch nicht aus, dachte ich und lief neben Faye her, die jetzt nach rechts bog. »Ein Stück müssen wir noch«, sagte sie.

»Kein Problem«, gab ich zurück und dankte innerlich der strengen Krankenschwester, die meinen Körper wieder aufgebaut hatte. Als ich das erste Mal in der Klinik aus dem Bett gestiegen war, waren mir sprichwörtlich die Beine weggeknickt und in den Tagen danach war allein der Gang auf die Toilette so etwas wie eine Extremsportart gewesen.

Die Strandpromenade, die wir jetzt betraten, nannte Faye *Ocean Front Walk,* und was Suse in ihrer Mail über Venice Beach mit galaktisch gemeint hatte, verstand ich nun. Diese Promenade hatte das Flair des Schanzenviertels, aber es war viel mehr als das. Im Gegensatz zu dem Wohnort meines Dads, selbst wenn ich ihn nur vom Durchfahren kannte, tobte hier das richtige Leben. Faye erzählte mir von dem Gründer des Ortes, Abbot Kinney. Er war ein Tabakmillionär gewesen und hatte den feuchten Sumpf südlich von Santa Monica in einen von Kanälen durchzogenen Themenpark mit Gondeln und einem Vergnügungspier verwandelt. 1920 hatte eine Feuersbrunst die meisten Bauwerke zerstört. »Jim Morrison«, sagte Faye, »war einer von denen, die den Charme dieses Ortes erkannt haben. Die Stadt ließ Geld für die Restaurierung springen und seit Ende der Neunziger zählt Venice zu den Highlights von Los Angeles.«

Letzte Nacht hab ich geträumt, dass wir am Strand saßen. Ich weiß nicht, wo dieser Strand war. Es war jedenfalls ziemlich viel los.

Die Promenade war voller Menschen. Kinder, Babys, Schwarze, Weiße, Menschen allen Alters und aller Schichten tummelten sich hier, sodass wir streckenweise nur im Schneckentempo vorankamen. Aus allen Ecken ertönte Musik, ein wilder Mix aus Trommeln, Rap, Rock und Elektropop, und zu unserer Linken reihten sich kleine Strandhotels, Trödelläden, Cafés, Wahrsagerbuden, Tattooshops, Schmuck- und T-Shirt-Stände aneinander. Straßenmusiker spielten Gitarre, aus einem riesigen Verstärker donnerte uns Hip-Hop entgegen, ein Rapper mit langen Rastalocken turnte in wilden Verrenkungen über das Pflaster, ein Mann auf Stelzen beugte sich zu einem kleinen Mädchen herunter und ein Inder mit Turban und grauem Bart glitt auf seinen Blades an uns vorbei.

Faye lief neben mir her und sagte nichts, nur ab und zu begegneten sich unsere Blicke und sie lächelte mich an. Etwas an ihr erinnerte mich an Spatz.

Wir kamen an Handlesern, Tänzern und Straßenmusikern vorbei. In einem riesigen Käfig mit der sinnigen Bezeichnung *Muscle Beach* trainierten muskelbepackte Männer. Auf langen Tapeziertischen stellten Künstler ihre Bilder aus, zum größten Teil einfache Werke, Straßenkunst eben, Pop-Art und lauter esoterisches Zeugs. Einige der Künstler grüßten Faye, bei manchen blieb sie stehen, um ein paar Worte mit ihnen zu wechseln. Ich blickte zum Strand hinüber.

Im Wasser waren Surfer.

Auf der Promenade war es ruhiger geworden, offensichtlich hatten wir den belebten Teil hinter uns gelassen. Die Wohnhäuser hier sahen allerdings ebenfalls wie Kunstgebilde aus. Alle hatten riesige Fensterfronten mit Blick auf das Meer, aber sie waren poppiger und lebendiger als das kühle Haus, in dem Dad mit Michelle lebte.

Faye steuerte auf einen Pier zu und ich konnte die Surfer und Wellenreiter jetzt aus der Nähe betrachten. Dicht am Ufer warteten sie auf die perfekte Welle. Sie alle trugen schwarze Neoprenanzüge und sahen aus wie Raben ohne Flügel, die ins Wasser gefallen waren.

Kurz vor dem Pier an einer in den Strand gebauten Mauer hielt Faye endlich an.

»Wir sind da«, sagte sie.

Die Sonne stand jetzt hoch am Himmel, aber wirklich warm war es nicht. Vielleicht zwanzig Grad. Ich trug nur das dünne T-Shirt und hatte sofort eine Gänsehaut.

Faye zog eine Decke aus ihrem Rucksack und breitete sie auf dem Sand aus.

Wir setzten uns. Faye schwieg. Ihre langen roten Locken fielen ihr über die Schultern bis zur Rückenmitte und ihre Hände spielten an dem Saum ihres Kleides.

Neben uns saß ein Mädchen. Sie hatte lange feuerrote Locken und trug ein altmodisches Kleid. Es war silbergrau.

Hinter uns echote die Geräuschkulisse von Venice Beach. Ich drehte mich um, dann sah ich nach rechts. Zwei Jungen spannten ein Netz am Strand auf, neben ihnen lag ein weißer Ball.

Ein paar Jungs spielten Volleyball.

»Suchst du jemanden?«, fragte Faye plötzlich. Ihre grauen Augen sahen mich forschend an.

»Nein . . .« Ich biss mir auf die Lippen. »Ich kenn hier doch keinen.«

Faye lächelte. »Stimmt«, sagte sie. »Das war eine dumme Frage.«

Sie schaute wieder aufs Meer, eine ganze Weile lang. Der Rucksack lag neben ihren Füßen.

Sie zeichnete.

»Hast du was zu malen dabei?«, platzte es aus mir heraus. Ich wusste, dass diese Frage völlig gestört klingen musste, aber Faye nahm sie ganz selbstverständlich zur Kenntnis.

»Ja«, sagte sie. »Immer.«

»Und ... hättest du vielleicht Lust, etwas ... zu malen?«

»Warum nicht?« Faye holte einen kleinen Block, einen Bleistift und einen Anspitzer aus ihrem Rucksack. Während sie den Bleistift spitzte, warf sie mir einen prüfenden Blick zu. Ein Mann kam an uns vorbei, er hatte eine Angel in der Hand und neben ihm lief ein kleiner Junge. »Ich warte hier auf Mommy«, rief er seinem Vater zu.

Der Mann nickte ihm zu und ging hinüber zum Pier. Der Junge setzte sich in den Sand und fing an, seine nackten Füße einzugraben.

Sie zeichnete ein Bild von einem kleinen Jungen.

Faye drehte sich um, sodass sie jetzt das Kind im Blickfeld hatte. Sie winkelte ihre Beine an und begann zu zeichnen.

Der kleine Junge hatte mittlerweile seine Beine halb verbuddelt. Eine Möwe landete neben ihm, pickte ein paar Mal im Sand herum, dann flatterte sie weiter. Der Junge nahm nichts und niemanden wahr, auch nicht Faye.

Ihr Kopf war über das Bild gebeugt und ihre roten Haare versperrten mir die Sicht. Ich sah nach rechts, nach links, nach hinten, nach vorn, bis mir schwindelig wurde.

Nichts.

Schließlich hielt mir Faye ihre Zeichnung hin.

»Da«, sagte sie. »Für dich.«

Ich starrte auf das Bild.

Faye hatte mich gezeichnet. Es war wie der Blick in den Spiegel, den ich bis jetzt noch nicht gewagt hatte. Mein Gesicht, das einst rund gewesen war, wirkte jetzt mager und ausgemergelt. Nase und Mund waren nur mit blassen Strichen angedeutet. Das eigentlich Vorherrschende in meinem Gesicht waren die Augen. Sie waren groß, dunkel und so leer, dass ich vor mir selbst Angst bekam. Ich sah leblos aus.

Sie zeichnete ein Bild von einem kleinen Jungen und wir haben ihr zugesehen.

Nein! Nein! Nicht *wir!* Ich krallte meine Hände in den Sand, ich spürte, wie sich die harten Körner schmerzhaft in die weiche Haut unter den Fingernägeln gruben.

Was hatte ich erwartet? Es war absolut hirnverbrannt hierherzukommen. Warum sollte er hier sein, nachdem er mich auf diese Weise verraten und allein gelassen hatte? Warum . . .

Stopp! Ich durfte nicht weiterdenken, musste . . .

»Dir fehlt etwas.« Fayes Stimme war sehr leise, aber plötzlich hatte ich das Gefühl, mir die Ohren zuhalten zu müssen. Die Worte schrillten durch meinen Kopf und brannten sich in jeden Winkel meines Hirns ein.

Ich krümmte mich, schlang die Arme um meine Brust und fing an zu wimmern.

Schwämme sind Meister der toxischen Abwehr, ihr genetischer Code weist große Ähnlichkeit zu dem des Menschen, des Menschen, des Menschen . . .

Wie eine Wahnsinnige klammerte ich mich an mein Mantra, obwohl ich wusste, dass es zu spät war. Ich hatte verloren. Mein mühsam aufgebautes Abwehrsystem bröckelte und ich konnte nichts, aber auch gar nichts dagegen tun.

Fayes rotes Haar leuchtete in der Sonne wie Feuer. Sie hob ihre Hand und legte sie auf meinen Rücken.

Ich fühlte, wie sich die Stelle zwischen meinen Schulterblättern unter ihrer Berührung mit Hitze auflud. Sie strahlte durch mich hindurch, bis zu dem Panzer, der sich um meine Brust gelegt hatte und der jetzt in eine Milliarde Stücke zersprang und all die verbotenen Gedanken freilegte.

Ich fing an zu weinen und gleich darauf schrie ich es heraus, so laut, dass der kleine Junge vor uns erschrocken aus seinem Sandloch sprang und zum Pier lief.

»Ich hasse dich«, schrie ich. »Ich hasse dich, Lucian!«

Der Wind war kalt geworden, auch die Sonne war tiefer gesunken. Wir waren noch immer am Strand und Faye schwieg nach wie vor, aber mein Kopf lag jetzt in ihrem Schoß. Sie streichelte mir über die Haare und sah mich auf diese stille und irgendwie weltfremde Art an.

Ich schloss die Augen, eine endlose Weile lang.

»Es war ein perfekter Abend«, hörte ich mich schließlich sagen.

»Es war ein Mittwoch. Unsere *Ladys Night in*. Meine Mutter, ihre Freundin Spatz und ich saßen auf unserem Dachboden. Wir haben ausgemistet. Altes Zeug, das wir auf dem Flohmarkt verkaufen wollten. Wir haben gelacht und über alte Zeiten geredet. Und dann hatte ich plötzlich dieses merkwürdige Gefühl. Es war wie ein innerer Riss. Ganz zart, ich dachte erst, ich hätte es mir eingebildet. In der gleichen Nacht hatte ich einen furchtbaren Albtraum und danach stand dieser fremde Junge vor meinem Haus.«

Faye schaute regungslos auf mich hinunter.

Ich erzählte ihr die ganze Geschichte, alles, was mir in den letzten vier Monaten widerfahren war, was mein Leben auf den Kopf gestellt und schließlich aus den Wurzeln gerissen hatte. Ich erzählte auch von Lucians Träumen, von denen einige wahr geworden waren. Ich erklärte ihr, warum ich unbedingt mit an den Strand gewollt hatte.

Faye verzog keine Miene. Sie stellte keine Zwischenfragen, sie hörte mir einfach nur zu.

Als ich an die Stelle kam, wo Janne von ihrer nächtlichen Unterredung mit Lucian zurück nach Hause kam und mir befahl, meine Sachen zu packen, schloss ich die Augen.

»Da hatte ich noch die Illusion, ein Mensch mit einem eigenen Willen zu sein«, flüsterte ich. »Ich habe mich auf meine Mutter gestürzt und mit beiden Fäusten auf sie eingeschlagen. Aber sie hat dichtgemacht. Sie hat mir nicht verraten, was dieser Irrsinn meiner fluchtartigen Evakuierung bedeuten sollte, und auch nicht, was Lucian zu ihr gesagt hatte. Stattdessen drohte sie mir. Wenn ich am nächsten Morgen nicht freiwillig mit zum Flughafen käme, würde sie Mittel finden. Ich wusste, dass sie von Medikamenten sprach, und in diesem Moment hab ich begriffen, dass es sinnlos war. Spatz hat an diesem Abend meine Sachen gepackt, es war das erste Mal, dass ich sie weinen sah.«

Langsam öffnete ich die Augen und bemerkte, wie Fayes Blick auf mir ruhte. »Am nächsten Morgen brachte mich Janne zum Flughafen und ist mit mir in die Maschine gestiegen. Danach war nur noch dieser fürchterliche Schmerz da. Und er wurde immer schlimmer.«

Ich setzte mich wieder und starrte aufs Meer. Rechts am Horizont konnte ich die Berge sehen, sie lagen im Dunst und das Meer hatte eine kraftvolle dunkle Farbe angenommen. Ich konnte nicht glauben, dass schon so viel Zeit verstrichen war, aber mittlerweile musste es später Nachmittag sein.

In der Ferne zogen Segelschiffe vorbei und direkt vor uns auf einem Pfahl hockte ein Pelikan. Er war riesig. Den langen Schnabel gebogen, den schlanken Hals gebeugt wie ein dunkler Schwan, schaute er mich aus einem Auge an.

»Den Rest der Geschichte kennst du. Um deine Frage von vorhin zu beantworten: Ja, die Klinik war nett. Und nein: Ich habe keine anderen Gestörten kennengelernt. Ich hatte genug damit zu tun, mich mit der Gestörten vertraut zu machen, zu der ich selbst geworden war.«

Faye nickte. In ihren Augen stand nicht nur Mitleid, sondern auch Verständnis. Sie schien wirklich zu begreifen, was ich durchgemacht hatte. »Aber dann wurde es besser«, sagte sie schließlich. »Die Schmerzen, meine ich. Sie ließen nach, oder? In der Klinik?«

Ich zuckte mit den Schultern. »Ja«, murmelte ich. »Schon.«

Faye nickte wieder.

»Was willst du jetzt tun?«, fragte sie, nachdem wir eine lange Weile geschwiegen hatten.

Ich sagte es, ehe ich es denken konnte. »Ihn finden.«

»Und wo?«

Ich zuckte mit den Schultern. »Als ich merkte, dass du das Mädchen aus Lucians Traum warst, dachte ich, er wäre hier. Aber das war idiotisch. Wenn diese Situationen in der Wirklichkeit passierten, war ich jedes Mal allein. So wie jetzt. Ich war immer allein. Und du kennst keinen Lucian, stimmt's?«

»Leider nicht.« Faye blickte mich aus ihren grauen Augen an. Ihr Gesicht hatte sich verändert, auch ihre Stimme klang anders. »Darf ich dir einen Rat geben?«, fragte sie. Sie wartete meine Antwort nicht ab. »Hör auf zu jammern. Hör auf, darüber nachzudenken, wie du dich fühlst. Wenn du Lucian finden willst, musst du ihn suchen. Und wenn du ihn suchen willst, dann musst du zuerst dein Leben in den Griff bekommen.«

Ich legte meine Hand um den Anhänger von Dad, die kleine Sonne mit der Inschrift *Carpe diem*. Plötzlich brannte er auf meiner Haut. Ich sah an Fayes Augen vorbei in den Himmel. Ein Schwarm Möwen flog über meinen Kopf, auch ein paar Raben waren dabei.

Hinter mir ertönten Trommeln, jetzt hörte ich auch wieder andere

Geräusche. Die anrollende Brandung, das Dröhnen eines Flugzeuges hoch über uns, das Lachen eines Kindes, einen bellenden Hund, eine singende Frau.

Ich drehte mich um. Die Häuser am Strand, die ganze Promenade war jetzt in dieses mystische klare Licht getaucht. Dahinter lag wie im Nebel die Stadt.

»Vielleicht hast du recht«, sagte ich zu Faye.

»Vielleicht«, sagte sie. »Und vielleicht auch nicht. Fest steht, dass du schleunigst auf die Beine kommen solltest. Seelisch, meine ich.« Faye lächelte. »Weißt du eigentlich, dass deine kleine Auszeit ziemlich am Hausfrieden gerüttelt hat?«

Ich senkte den Kopf. Shit. Ja, das konnte ich mir vorstellen. Michelle wäre wahrscheinlich schon unter normalen Umständen nicht gerade begeistert über meinen Besuch gewesen.

Ich dachte an Suses Mails mit dem Profikiller und plötzlich verzog sich auch mein Mund zu einem Grinsen.

»Was amüsiert dich?«, wollte Faye wissen.

»Meine Stiefmutter«, entgegnete ich. »Jetzt hat sie wenigstens einen echten Grund, mich nicht zu mögen.«

Faye wurde ernst. »Gib dir Mühe«, sagte sie. »Je mehr sie dir vertrauen, desto mehr Freiheit werden sie dir geben. Mach den beiden klar, dass du zur Schule willst. Am besten so bald wie möglich. Wenn du den ganzen Tag rumsitzt, denkst du dir nur ein Loch in den Kopf.«

Jetzt musste ich lachen.

»Haben sie schon Schulen für dich angesehen?«

Ich zuckte mit den Schultern. »Keine Ahnung.«

»Val geht auf eine Privatschule«, sagte Faye und krauste die Nase. »Die haben hier einen besseren Ruf als die öffentlichen. Aber sie haben lange Wartelisten und die Aufnahmetests schützen auch nicht gerade deine Privatsphäre. Sie wollen alles über dich wissen, deine

Familie, deine Erziehung, warum du nach Amerika gekommen bist . . .«

Faye musterte mich, als wollte sie sehen, welche Wirkung ihre Worte auf mich hatten. Das mit den Aufnahmetests, vor allem den persönlichen Fragen, klang jedenfalls ziemlich gruselig.

»Außerdem gibt es öffentliche Schulen, die mindestens genauso gut sind«, fuhr sie fort. »Die Pali High zum Beispiel.«

Ich malte kleine Kreise in den Sand. »Das ist alles noch ziemlich viel für mich«, gab ich zu. »Auf welche Schule gehst du denn?« Ich drehte mich zu Faye. »Und wie alt bist du eigentlich? Wo wohnst du? Ich weiß überhaupt nichts von dir.«

Es überraschte mich selbst, woher mein plötzliches Interesse kam. Die Fragen, die ich Faye gerade gestellt hatte, waren ernst gemeint. Es interessierte mich wirklich, wer sie war und was für ein Leben sie führte. Es machte mir fast ein schlechtes Gewissen, dass ein völlig fremder Mensch in so kurzer Zeit mehr Gefühle aus mir herausgelockt hatte als meine besten Freunde, die ich schon so viele Jahre kannte und die vor Sorge um mich fast verrückt geworden waren.

Am Horizont färbte sich der Himmel in einem unwirklich leuchtenden Orange. An den Rändern wurden die Farben blasser, fast pastellig.

Faye stand auf. »Komm«, sagte sie. »Zeit, dass wir wieder zurückfahren.«

DREIUNDZWANZIG

Als Faye den Bentley in unserer Auffahrt parkte, flog die Haustür auf. Herausgelaufen kam Val. Sie trug einen schwarz-gelb gestreiften Badeanzug und darüber eine schwarze Smokingjacke, die der Größe nach wahrscheinlich Dad gehörte. Ihr Aufzug erinnerte mich an eine Kreuzung zwischen Biene Maja und Batman, während ihr Gesicht übersät war von blauen Punkten, die verdächtig nach wasserfestem Edding aussahen.

Faye kicherte.

»Ich wollte auch mit«, kreischte Val und stürzte sich in Fayes Arme. »Du hast nicht auf mich gewartet!«

Faye wirbelte sie durch die Luft. Im Flur war jetzt Dad erschienen. Er trug Jeans und ein offenes schwarzes Hemd. Suse hatte mich immer um meinen gut aussehenden Vater beneidet, aber jetzt war er eher ein Schatten seiner selbst. Sein Gesicht war blass und es kam mir vor, als wäre er zwischen Panik und Erleichterung hin- und hergerissen.

Er wechselte einen Blick mit Faye. Im Auto hatte sie ihr Handy gecheckt und fünf Nachrichten von ihm vorgefunden.

Sie hatte ihn nur kurz zurückgerufen, um ihm mitzuteilen, dass wir auf dem Heimweg waren.

Jetzt konnte ich ihr Gesicht nicht sehen, aber offensichtlich las Dad in ihrer Miene, dass alles in Ordnung war. Seine Haltung entspannte sich und seine Augen, die schon feucht geworden waren, nahmen einen Ausdruck purer Erleichterung an. Ich hoffte nur, dass er nicht gleich wieder in Tränen ausbrechen würde.

»Wir waren am Strand«, sagte ich schnell. »Faye hat mir Venice Beach gezeigt.«

Dad nickte Faye zu. »Tausend Dank, dass du meine Tochter abgeholt hast. Hattet ihr ein bisschen . . . Spaß?« Er lächelte mich an. »Wie hat dir unser Hippiestrand denn gefallen, little Wolf?«

»Gut«, sagte ich. »Ziemlich viel los.«

»Warte mal ab, bis du es an den Wochenenden siehst«, sagte Dad. »Da ist in Venice richtig die Hölle los. Was ist mit dir?« Er wandte sich an Faye. »Bleibst du zum Abendessen? Ich wollte Lasagne kochen, das ist Rebeccas Lieblingsessen. Du bist herzlich eingeladen.«

Val setzte ihren flehenden Hundeblick auf, aber Faye schüttelte den Kopf. »Ich muss los«, sagte sie. »Hab noch was zu erledigen. Ich hole Val dann morgen von der Schule ab.« Sie winkte mir kurz zu. »Wenn was ist, ruf einfach an. Dein Dad hat meine Handynummer.«

Als Dad die Lasagne in den Ofen schob, hörte ich den Schlüssel in der Haustür. Michelle. Sie sprach mit jemandem, und als sie in die Küche kam, hatte sie das Handy am Ohr. Offensichtlich hatte ihr Gesprächspartner am anderen Ende gerade einen Nervenzusammenbruch, während Michelles Stimme ruhig und klar war. Allerdings achtete ich weniger auf ihre Worte, sondern nutzte die Gelegenheit, meine Stiefmutter aus den Augenwinkeln zu mustern. Bis auf einen schmalen goldenen Ehering trug sie keinen Schmuck. Sie hatte weiße Hosen und ein weißes, offenes Leinenhemd an, darunter lugte ein rotes Träger-T-Shirt hervor. Ihre Fußnägel in den roten, hochhackigen Sandalen waren wie die Fingernägel rot lackiert, das hellblonde Haar war mit zwei Holzstäben hochgesteckt. Zwei perfekte Strähnen fielen ihr rechts und links in die Stirn. Ihr schmales, markantes Gesicht wirkte so, als hätte sie eine beachtliche Weile damit verbracht, es so zu schminken, dass es natürlich aussah. Die Augenbrauen waren zu einem feinen Aufwärtsbogen gezupft und die glatte, leicht getönte Haut zeigte keine Falte.

Val hatte sich auf ihr Zimmer verzogen. Dad deckte den Abendbrottisch. Er pfiff vor sich hin, es sollte wohl fröhlich klingen, aber natürlich war seine Nervosität geradezu lächerlich offensichtlich.

Als Michelle das Handy zuklappte, zuckte ich zusammen.

Michelle straffte die Schultern, dann kam sie vom anderen Ende der Küche auf mich zu. Ich stand an den Kühlschrank gelehnt. Die Arme vor der Brust verschränkt, kämpfte ich dagegen an, ihrem Blick auszuweichen. Schließlich stand sie so nah vor mir, dass sie mich mit ihren Armen an den Schultern hätte berühren können. Aber das tat sie nicht. Sie sah mich nur aus ihren sehr hellgrünen, ernsten Augen an, während sich ihr Mund zu einem Lächeln verzog.

»Rebecca«, sagte sie, als würde sie meinen Namen gerade von meiner Stirn ablesen. »Wie schön. Dann essen wir heute also das erste Mal zusammen.«

Ich nickte. »Ja. Freut mich auch. Und . . . tut mir leid, dass ich es euch die letzten Wochen nicht gerade leicht gemacht habe.«

Dad drehte sich zu uns um. Der Tisch war fertig gedeckt, er hatte Kerzen angezündet und es war beinahe absurd, wie sehr das Ganze einer Drehbuchszene glich, auf die sich keiner von uns vorbereitet hatte.

Dad ging auf Michelle zu, legte in einer eckigen Bewegung seinen Arm um ihre Schultern und strahlte mich an.

»Du brauchst dich nicht zu entschuldigen, mein Schatz. Wir sind einfach nur froh, dass es dir wieder besser geht. Und jetzt lasst uns essen, sonst brennt die Lasagne an. Liebling, holst du Val?«

Michelle glitt aus der Tür.

Die Lasagne war tatsächlich oben schon ein wenig schwarz, dafür in der Mitte nicht richtig gar, aber niemand von uns kommentierte das und Val, die neben mir saß, schien es nicht wahrzunehmen. Sie gurgelte mit ihrem Orangensaft und kroch, nachdem sie drei Bissen gegessen hatte, zu Dad auf den Schoß, offensichtlich weil sie mich von dort aus besser im Blick hatte.

Dad forderte sie auf, von der Geburtstagsparty zu berichten, bei der sie nach der Schule gewesen war. Er hatte sie auf dem Nachhauseweg von der Arbeit dort abgeholt. Aber Val benahm sich, als hätte sie Schweigepillen geschluckt. Sie steckte sich den Daumen in den Mund, saugte daran und starrte dabei unverwandt zu mir herüber.

Also berichtete Dad von seinem Tag am Set. Sie hatten einen Werbespot für eine Gesichtspflege gedreht, das Model war vergrippt und übernächtigt gewesen, aber die Maskenbildnerin, die Michelle empfohlen hatte, schien wahre Wunder vollbracht zu haben. Während Dad redete, sah ich die kleinen Falten auf seinem Gesicht und zum ersten Mal hatte ich das Gefühl, dass mein Vater alt wurde.

»Wie steht es mit Suse?«, fragte er. »Ist sie immer noch wild entschlossen, diesen Beruf zu lernen?«

»Glaub schon«, erwiderte ich und versuchte das Bild von dem Maskenball, das in mir aufstieg, in den Hintergrund zu drängen.

Dad berichtete Michelle, dass Faye mich heute mit nach Venice Beach genommen hatte, und fragte mich noch einmal, wie es mir dort gefallen hatte. Ich fühlte mich vorgeführt und schwieg genervt. Dad überging es und wandte sich an Michelle. »Wie ist denn dein Tag gelaufen, Schatz?«, fragte er.

Sie saß neben ihm, sodass ich auf meiner Seite des Tisches jetzt allein war und meine amerikanische Familie im Blickfeld hatte.

»Shally hat das Handtuch geworfen«, seufzte Michelle. »Pamela hat sie gestern Nacht aus dem Bett geklingelt, weil sie ihr Handy verloren hatte. Nachdem Shally die Hyde Lounge durchsucht, den Sunset Strip abgelaufen und mehrere Polizeiwachen abgeklappert hatte, fuhr sie zu Pamela nach Hause und fand das Handy in der Tasche ihres Bademantels. Als Pamela dann meinte, jetzt könne sie auch gleich dableiben, um die Verträge abzuheften, hat Shally gekündigt.«

Dad runzelte die Stirn, dann zwinkerte er mir vergnügt zu. »Du Ärmste«, sagte er zu Michelle. »Und jetzt hast du Shallys Frust abgekriegt?«

Michelle zog eine Augenbraue hoch. »Ihren nicht. Das eben war Pamela. Sie schrie, sie könne nicht fassen, was für eine unfähige Person ich ihr vermittelt hätte. Liebling, lass das!«

Michelle zog an Vals Arm. Meine kleine Schwester hatte ihren Daumen aus dem Mund gezogen und versuchte gerade, Dad ihren Zeigefinger in die Nase zu stecken.

»Lass Daddy in Ruhe essen, hörst du? Ich hab dich so vermisst heute. Zeigst du mir nachher, was ihr in der Schule gemacht habt? Komm zu mir, mein Herz.«

Sie zog meine Schwester auf ihren Schoß und vergrub ihre Nase in Vals blonden Locken. »Dich stecken wir gleich in die Badewanne. Vielleicht schaffe ich es, dir deine Wunschpunkte vom Gesicht zu waschen. Hat Dad dir nicht gesagt, dass diese Farben giftig sind? Damit soll man sich nicht auf die Haut malen.«

Mein Dad biss sich auf die Lippen und Val verzog das Gesicht.

Michelles Tonlage hatte sich verändert. Es war, als ob man Honig in Eistee geschüttet hätte. Auch ihr Gesicht war ganz weich geworden.

Ich versuchte herauszufinden, wo die Ähnlichkeit zwischen Mutter und Tochter lag. Beide hatten hellblondes Haar, aber das war es eigentlich auch schon.

»Rebecca soll mich morgen zur Schule bringen!«, unterbrach Val die Stille.

Ich räusperte mich und wandte mich an Dad. »Gutes Stichwort«, sagte ich. »Faye hat mich gefragt, was mit meiner Schule ist. Und ich hab mir überlegt, dass ich gerne auf die Pali High gehen würde.«

Dad hielt im Kauen inne und Michelle starrte mich an, als ob ich gerade verkündet hätte, dass ich ab morgen auf den Strich gehen wollte.

Dad räusperte sich. »Rebecca«, begann er unsicher. »Ich freue mich ja, dass du dieses Thema ansprichst, vor allem jetzt schon, aber in Amerika läuft das mit den Schulen etwas anders. Ich weiß nicht, ob Janne dir erzählt hat, dass die öffentlichen Schulen hier ziemlich unter deinem Niveau liegen. Die Privatschulen dagegen sind wirklich hervorragend, wir haben uns schon einige angeschaut. Michelle hat hervorragende Kontakte, und was das Geld betrifft . . .«

Ich hörte nicht länger hin.

Ich wusste nicht, ob es an dem Namen meiner Mutter lag, an Michelles angeekeltem Gesichtsausdruck oder einfach daran, dass ich endlich wieder ein Mensch mit eigenen Entscheidungen sein wollte.

»Ich möchte auf eine öffentliche Schule«, sagte ich ruhig und sah Dad in die Augen. »Ich habe gehört, dass es an der Pali High nichts auszusetzen gibt.«

Dad machte ein hilfloses Gesicht und Michelle legte ihre Gabel nieder.

»Warum nicht?«, sagte sie. »Wenn Rebecca es so will, brauchen wir das Geld nicht zum Fenster rauszuwerfen. Die Pali High ist nicht schlecht. Du kannst sie morgen anmelden und vermutlich kann sie dann gleich dort anfangen.«

Dad seufzte. »Möchtest du dir die anderen Schulen wirklich nicht erst einmal anschauen, Rebecca? Oder einfach noch ein bisschen zu Hause bleiben?«

Ehe ich antworten konnte, erhob sich Michelle mit Val auf dem

Arm vom Tisch. »Zeit für die Wanne, mein Schatz. Lassen wir Daddy und Rebecca ein bisschen allein, einverstanden?«

Val schien ganz und gar nicht einverstanden zu sein, widersprach aber nicht. Als die beiden gegangen waren, öffnete Dad wieder den Mund, um seine Überzeugungsarbeit fortzusetzen, aber ich unterbrach ihn.

»Warum bin ich hier, Dad?«

Mein Vater blinzelte unsicher mit den Augen. »Was meinst du? Ich . . .«

»Ich meine, dass ich nicht weiß, warum ich hier bin. Was hat dir Janne erzählt? Was war der Grund, warum sie mich in einer Nacht-und-Nebel-Aktion hierherverbannt hat?«

Bei dem Wort *verbannt* zuckte Dad zusammen, als hätte ich ihn geschlagen.

»Ich weiß nicht mehr als du«, sagte er und ich fühlte, dass es die Wahrheit war. »Ich weiß nur, dass Janne etwas von diesem Jungen, diesem Lu. . .«

»Schon gut.« Meine Hände schossen in die Höhe. Ich wollte seinen Namen nicht aus Dads Mund hören. Mein Vater sah mich ängstlich an.

»Keine Sorge«, sagte ich. »Ich flipp nicht wieder aus. Ich wollte nur wissen, ob Janne dir mehr gesagt hat als mir.«

Dad schüttelte den Kopf.

»Dann wäre das ja geklärt«, sagte ich. Mir war klar, dass ich Dad wehtat, ich wusste, dass ich hart klang, und beinahe tat er mir leid. Er gab sich solche Mühe, so zu tun, als ob nichts gewesen wäre oder als ob wie durch ein Wunder alles eine gute Wendung genommen hätte. Aber ihn in diesem Glauben zu lassen, ging zu weit. Dass ich wieder Zugang zu meinen Gefühlen hatte, hieß nicht, dass es gute Gefühle waren.

»Und was die Schule betrifft«, fuhr ich fort. »Meine Entscheidung steht fest. Kannst du mich morgen wecken, damit wir mich anmelden können? Oder musst du arbeiten?«

»Nein«, sagte Dad. »Ich meine, nein, ich muss nicht arbeiten. Ich weck dich, little Wolf. Wir fahren zur deiner Schule und melden dich an. Und hier«, Dad zog sein Portemonnaie aus seiner Hosentasche und hielt mir eine Kreditkarte hin. »Die ist auch für dich, ich hab an deinem Geburtstag ein Konto für dich eröffnet. Du weißt ja«, er grinste schief. »In Amerika ist man ohne Karte nichts wert.«

»Danke«, sagte ich und starrte meinen Namen auf der Plastikkarte an. »Auch fürs Essen, das war sehr lecker. Aber Dad, tu mir den Gefallen und nenn mich nicht little Wolf. Ich bin siebzehn und ich habe einen Vornamen.« Ich stand auf und wollte die Teller abräumen, aber Dad winkte ab. »Ich mach das schon«, sagte er müde.

Ich ging auf mein Zimmer und stellte mich eine gute halbe Stunde unter die Dusche. Die Ereignisse des heutigen Tages, der so voll, so unwirklich und gleichzeitig so real gewesen war wie schon lange nichts mehr, kreisten mir noch wild durch den Kopf. Doch das Gespräch mit Faye hatte mir Zuversicht gegeben und an dieses Gefühl klammerte ich mich.

Das Essen war gut gelaufen, halb so schlimm, wie ich es befürchtet hatte, Michelle hatte sich sichtlich Mühe gegeben, vielleicht war sie sogar ganz in Ordnung. Meine Entscheidung, was die Schule betraf, hatte ich durchgesetzt. Und was den nächsten Schritt betraf, mein Leben in den Griff zu bekommen, war ich auch absolut sicher. Plötzlich brannte ich sogar darauf.

Ich zog mir ein Sweatshirt und eine Jogginghose an, kuschelte mich aufs Sofa und griff nach dem Telefon. Es war zehn Uhr abends, in Hamburg würde gleich die Schule beginnen, aber wenn ich Glück hatte, war ich noch nicht zu spät.

Ich tippte die Nummer ein, hielt den Atem an und gleich nach dem zweiten Klingeln wurde abgehoben.

»Hallo?«

Ich schluckte. »Hi.«

Stille am anderen Ende.

Dann: »Rebecca? Becky? Meine Becky? Bist du das? Bist du das wirklich?«

Suse fing an zu weinen und auch ich hatte plötzlich mit den Tränen zu kämpfen. Ihre Stimme zu hören, die so vertraut war, die so nah klang, zog an mir wie an einem Bumerang, der zurück in seine alte Richtung wollte.

»He Klara«, sagte ich und räusperte mich. »Hör auf zu heulen, sonst fang ich auch noch an und dann haben wir wieder kein Wort gesprochen.«

»Du Pissnelke«. Suse kicherte und schnäuzte sich lauthals. »Erzähl! Erzähl, wie es dir geht!«

»Gut«, sagte ich fest. »Mir geht es gut. Dank dir, dank euch. Deine Mails waren galaktisch. Und du hattest recht: Venice Beach ist superschön.«

»Du warst da? Wann? Mit wem?«

Ich zögerte. »Mit Faye«, sagte ich. »Vals Kindermädchen. Heute hab ich sie kennengelernt. Sie ist wirklich cool.«

»Echt? Ach, Becky, das . . .« Suse hielt inne. Für ein paar Sekunden war nur ein unangenehmes Knacken in der Leitung zu hören. Ich fühlte, wie unsicher sie plötzlich war. Es war so vertraut, mit ihr zu sprechen und gleichzeitig so . . . anders.

»Erzähl du doch mal«, bat ich sie. »Wie ist es dir ergangen? Wie ist es mit deinen Eltern? War es schlimm für dich mit der Scheidung?«

Ich hörte Suse seufzen. »Schon«, sagte sie. »Aber irgendwie war es auch gut. Als es durch war, hat mich mein Vater von der Schule abgeholt und ist mit mir essen gegangen. Richtig schick, wir waren am Hafen. Erst hatte ich totalen Schiss, dass ich ihn jetzt irgendwie trösten müsste oder so was, aber es war genau umgekehrt. Er hat sich total auf mich eingestellt. Wir haben uns stundenlang unterhalten und am Ende hab ich . . .« Suse schluckte. ». . . hab ich ihm sogar die Sache mit Dimo erzählt. Nicht ganz so ausführlich wie dir, aber eben im Ansatz. Er war echt süß, Becky.« Sie kicherte. »Er hat sich die Gabel geschnappt und wie ein zorniger Neptun damit in der Luft herumgefuchtelt. Die Leute am Nebentisch haben total blöd geglotzt. Er hat mir ständig versichert, ich wäre so vollkommen, wie ein Mensch nur sein kann, und dann hat er dasselbe gesagt wie du auch. Dass solche Typen wie Dimo Ausnahmearschlöcher sind.«

»Er hat mir gemailt«, sagte ich.

»Wer?« Suse klang erstaunt. »Mein Vater?«

»Nein. Dimo. Er hat mir geschrieben, dass er sich bei dir entschuldigt hat.«

»Wow.« Suse holte Luft. »Das hätte ich nicht gedacht. Aber es stimmt. Silvester stand er plötzlich vor meiner Tür. Ich wollte gerade mit Sebastian los, als er klingelte.«

Als ich Sebastians Namen hörte, zuckte ich zusammen, auf eine Art, die mich selbst überraschte. Es war wie ein winziges Stolpern in der Brust. »Wie hast du reagiert?«

Suse klang, als ob sie den Kopf schüttelte. »Komisch, Becky, jetzt wo du fragst . . . es war irgendwie gar kein großes Ding. Vorbei ist vorbei, und das hab ich ihm auch gesagt und auf seinen Wollen-wir-Freunde-bleiben-Scheiß bin ich auch nicht weiter eingegangen. Zum Glück hat Sebastian in meinem Zimmer gewartet, da hatte ich eine gute Ausrede.«

Wieder das Stolpern.

»Wie geht es ihm?«, fragte ich.

»Ganz gut . . . glaube ich.« Jetzt klang Suses Stimme verhalten. Ich hörte, wie sie Luft holte.

»Becky, es geht ihm ziemlich mies. Hör zu, ich weiß irgendwie nicht, was ich sagen kann und was nicht, aber uns ist diese ganze Sache mit dir ziemlich an die Nieren gegangen. Du bist so beschissen weit weg, wir sind so beschissen weit weg, das hat alles noch schlimmer gemacht. Vor allem weil wir nichts von dir gehört haben. Manchmal hab ich geglaubt, ich träum das alles nur und irgendwann werd ich wach und du sitzt auf meiner Hollywoodschaukel. Und manchmal hat es sich angefühlt, als wärst du . . . als . . .«

Suse brach die Stimme weg.

Meine Hand krallte sich um den Hörer und ich musste mich beherrschen, um nicht aufzulegen. Verdammt, ich war wohl doch noch nicht so weit, wie ich gehofft hatte.

»Es tut mir leid«, sagte ich und es klang wie ein Piepsen. »Es tut mir so leid, dass ich euch solche Angst gemacht habe. Ich konnte einfach nicht . . .« Meine Hände krallten sich noch fester um den Hörer. Ich merkte, dass ich Suse nicht würde erzählen können, was mit mir los gewesen war. Es war so seltsam. Mit Faye darüber zu sprechen, war mir fast leichtgefallen, gerade weil sie fremd war und mit der Sache überhaupt nichts zu tun hatte. Suse dagegen war meine beste Freundin, sie hatte bis zu meinem Abflug alles live miterlebt. Und ich konnte es plötzlich gar nicht aushalten, mir vorzustellen, was sie und Sebastian in dieser Zeit durchgemacht hatten. Drei lange Monate hatten sie kein Sterbenswort von mir gehört.

»Schon gut, Becky.« Suses Stimme klang wieder fest. »Ich bin einfach nur so verdammt happy, dass du jetzt anrufst. Dass sich deine Stimme nach dir anhört. Hast du denn irgendwas von . . .«

»Nein.« Ich schnitt Suse das Wort ab, ehe sie den Satz zu Ende bringen konnte. »Nein, ich habe nichts gehört. Und von meiner Mutter weiß ich auch nicht mehr als ihr.«

»Scheiße«, sagte Suse. »Ich könnte sie umbringen.«

Ja, dachte ich. Ich auch.

»Hey.« Suse fing plötzlich an zu kichern. »Sheila Hameni war neulich im Fernsehen. Rat mal, in welcher Sendung.«

Ich grinste erleichtert. Normalerweise war ich für Themenwechsel zuständig und der hier war genau richtig. »Germany's Next Topmodel?«

»Falsch.«

»DSDS?«

»Falsch.« Suse prustete los. »Es war *Verstehen Sie Spaß*. Sheila Hameni hat einen Schimpansen geküsst.«

»Sie hat *was?* Ach komm, du spinnst doch.«

»Nei-hein«, kreischte Suse, »es ist *echt* wahr! Die haben sie und ungefähr zehn andere Mädels und Frauen auf der Straße abgegriffen und in eine Parfümerie geführt, nach dem Motto *Marktforschungstest für Lippenpflege*. Auf einem Hocker saß ein männliches Model, das die Versuchspersonen küssen sollten, allerdings mit Augenbinde, angeblich, um die unterschiedlichen Produkte besser beurteilen zu können. Als sie die Augen verbunden bekommen hatten, wurde der Typ gegen einen dressierten Schimpansen getauscht. Und Sheila hat ihn auf den Mund . . .« Suse konnte nicht weitersprechen.

»Ich glaub's nicht«, keuchte ich und merkte, dass ich gerade zum ersten Mal seit drei Monaten richtig gelacht hatte.

»Aber sie war cool, das muss man ihr lassen«, sagte Suse, die immer noch kicherte. »Die anderen Mädels haben meist wie blöd gekreischt, als sie die Binde abgenommen haben. Sheila hat nur kurz gequiekt und dann gesagt, so groß wäre der Unterschied zu den meisten Typen eigentlich gar nicht.«

Ich lachte wieder. »Das war ja geradezu intelligent.«

Dann erzählte Suse noch ein bisschen von der Schule, dass Frau Donner im sechsten Monat schwanger sei, dass sie in Englisch seit einer Woche Vertretungsunterricht hatten und dass sie mit dem Französischkurs im April für eine Woche nach Paris fliegen würden.

»Meinst du«, fragte Suse schließlich, »dass ich in den Frühlingsferien zu dir kommen könnte? Mein Vater zahlt mir den Flug.«

Ich sagte ihr, dass ich mit Dad darüber sprechen wollte und dass ich mich morgen auf der Pali High anmelden würde, derselben Schule, von der mir Suse auch in ihrer Mail geschrieben hatte.

Meine Freundin seufzte. »Das ist . . . das ist doch Klasse, Becky.« Ihr Lachen klang traurig, aber sie gab sich Mühe. »Ich wette, in Englisch kriegst du diesmal super Noten.« Sie räusperte sich. »Becky, meldest du dich auch bei Sebastian? Er ist seit deiner Mail irgendwie noch fertiger als vorher.«

Ich biss mir auf die Lippen. »Ich . . . ich kann nicht«, entgegnete ich hilflos. Es war die Wahrheit. Und fügte zögernd hinzu: »Du hast ihm doch nichts von . . .«

»Kein einziges Wort«, unterbrach mich Suse bestimmt und ich hätte sie küssen können für ihr Verständnis.

»Drück Sebastian von mir, okay?«, bat ich sie. »Sag ihm, ich melde mich . . . demnächst. Und tust du mir noch einen Gefallen?«

»Jeden.«

»Rufst du Spatz für mich an und richtest ihr aus, dass ich sie lieb habe? Ich möchte nicht zu Hause . . .«

»Klar«, sagte Suse.

»Danke«, erwiderte ich. »Auch für die Geschenke. Für alles. Du bist die Beste, Suse. Ich ruf dich bald wieder an.«

»Becky?«

»Ja?«

»Viel Glück in der Schule morgen!«

VIERUNDZWANZIG

Dad und ich fuhren am nächsten Morgen in die Schule. Nach dem Gespräch mit Suse war ich gleich ins Bett gegangen und hatte mich eine Weile lang an der Schimpansengeschichte festgehalten, doch irgendwann mischten sich die anderen Gedanken dazwischen und wirbelten wie wild in mir herum, bis ich irgendwann wegdämmerte. Aber zumindest von meinem Albtraum war ich verschont geblieben, die zweite Nacht in Folge.

Die Schule war nur zehn Autominuten von unserem Haus entfernt. Schon der riesige Parkplatz vor der Tür machte mir klar, mit welchem Verkehrsmittel die Schüler hier zum Unterricht kamen.

Dad schlug vor, dass ich so schnell wie möglich den Führerschein machen sollte. »Du wirst dich wundern, wie fix das hier geht«, sagte er. »Sobald du die Prüfung bestanden hast, müssen wir uns um einen Wagen für dich kümmern, damit du etwas unabhängiger wirst.«

Ich dachte an den Bentley, mit dem mich Faye gestern nach Venice Beach gefahren hatte, und fragte Dad, ob der Wagen ihm oder Michelle gehörte.

»Nein«, entgegnete er lachend. »Keine Ahnung, wo sie ihn herhat. Vielleicht hat sie reiche Eltern und sittet Val nur zum Vergnügen. Sie ist schwer in Ordnung, oder?«

Ich nickte. »Wie habt ihr sie gefunden?«

»Eigentlich hat sie uns gefunden«, sagte Dad und stellte den Motor ab. »Anfang Dezember stand sie vor der Tür und sagte, sie hätte gehört, dass wir ein Kindermädchen suchen würden. Was nicht stimmte. Val hatte eine Kinderfrau. Allerdings kam die überhaupt nicht mit ihr zurecht.« Dad grinste mich an. »Du bist nicht die Einzige, die in der letzten Zeit für Aufregung gesorgt hat. Zwei Tage bevor Faye vor der Tür stand, hatte Val ihre Nanny auf dem Klo eingesperrt. Die Ärmste hat den halben Nachmittag dort verbracht. Währenddessen hat sich Val im Pool das Schwimmen beigebracht. Michelle war völlig fertig mit den Nerven. Faye kam also genau richtig und Val hat sie vom ersten Augenblick an geliebt. Die letzte Zeit war auch für sie nicht so einfach. Sie war ziemlich verstört darüber, dass ihre große Schwester plötzlich da war – und mit niemandem sprechen wollte.«

Ich wich seinem Blick aus und nestelte an dem Saum meines Pullis. Ich hatte von alldem nicht das Geringste mitbekommen.

»Bist du bereit?«, fragte Dad.

Ich nickte und folgte ihm zum Eingang. *Pacific Palisades Charter Highschool. Home of the Dolphins*. Links daneben war ein buntes Wandbild von Delfinen und auf die gegenüberliegende Mauer waren mit poppigen Farben Urwaldbäume gemalt, zwischen denen ein Tiger hervorlugte. Daneben stand: *It can be a jungle out there . . . keep your Life Alcohol and Drug free.*

Das Schulgelände war riesig. Es sah aus wie eines der Colleges aus den amerikanischen Spielfilmen – und tatsächlich war diese Schule, wie Dad mir erzählte, Schauplatz zahlreicher Filme gewesen. Neben den Halloweenfilmen, von denen Suse gemailt hatte, war hier auch der alte Streifen *Grease* gedreht worden, ebenso der Spielfilm *Verrückt/Schön* mit Kirsten Dunst.

Dad schien sämtliche Vorbehalte gegen öffentliche Highschools in den Wind geblasen zu haben. Er hakte mich unter und führte mich über den Schulhof. Ich warf einen Blick auf die Cafeteria, sah gepflegte Rasenflächen, die langen Gänge mit den Schließfächern, den

Durchgang zum Freibad und uniformierte Wächter, die in kleinen Golfwagen über das Gelände patrouillierten. Prompt wurden wir angehalten und höflich, aber unmissverständlich aufgefordert, uns doch bitte auf direktem Wege in das Schulsekretariat zu begeben. Man bräuchte eine Befugnis, um sich auf dem Gelände aufzuhalten.

»So läuft es im Land der unbegrenzten Möglichkeiten«, sagte Dad und stieß ein heiteres kleines Lachen aus. »Du brauchst für jedes Möglichkeitchen eine Befugnis. Selbst wenn du pinkeln willst, musst du dir von deinen Lehrern eine Genehmigung geben lassen. Aber keine Sorge, du wirst dich rasch daran gewöhnen.«

Wir durchquerten einen Flur, der aus unzähligen Büros bestand: einem Health Office, einem Magnet Office, einem Councelor's Office, einem Human Resource Office, einem Head Office, einem News Office – in der ein Schüler über Lautsprecher die Events für den heutigen Tag bekannt gab – und schließlich dem Main Office, dem Sekretariat. Es war ein großer, rechteckiger Raum, dessen Einrichtung auf ein bewegtes Leben schließen ließ. Auf den abgenutzten Holztischen hinter dem hohen Empfangstresen standen betagte Computer, aus den Wänden quollen die Enden von Kabeln und auf den Regalflächen stapelten sich Akten. An den Wänden hingen Fotos der Lehrer und in einem großen Glasregal reihten sich Trophäen und Siegerurkunden aneinander. Broschüren für Suchtprävention, Antidrogen-Programme und Teens-helping-Teens-Hotlines lagen auf dem Tresen aus. Aber alles in allem war die Atmosphäre ein durchaus freundliches und einladendes Chaos.

Schüler wuselten herein und heraus, einige von ihnen musterten mich neugierig aus den Augenwinkeln und vom Tisch erhob sich jetzt eine stämmige, gut zwei Meter große Afroamerikanerin mit knallpink geschminkten Lippen und tiefen Grübchen in den prallen Wangen.

»Du musst Rebecca Wolff sein«, begrüßte sie mich mit donnernder Stimme und hielt mir eine riesige Pranke entgegen. »Wie schön, dass du dich für unsere Schule entschieden hast. Wir hatten lange keine Studentin aus Deutschland mehr hier. Ich liebe Deutschland. Hab mal dort Urlaub gemacht. In Hedelbarg? Hodelberg . . .?« Sie lachte sich über ihre eigene Aussprache kaputt. »Jedenfalls war es absolut wundervoll. Ihr habt wirklich das großartigste Bier. Und der Kaffee!«

Die Riesin schlug ihre Hände vor der Brust zusammen, um sie gleich darauf wie zum Gebet aneinanderzulegen. »Und das deutsche Brot! Ich liebe das deutsche Brot. Ich könnte sterben dafür! Wie nennt ihr es? Schwarzenbroad?« Sie sprach das Wort aus, als wollte sie mit siebzehn Kaugummis im Mund Arnold Schwarzenegger sagen, und schmetterte uns eine neue Lachsalve entgegen. Ehe ich in die Verlegenheit einer Antwort kam, öffnete sich die Tür des Hinterzimmers. Ein langer hagerer Mann mit schütterem Haar trat heraus. Er stellte sich als Mister Stromberg vor und bat uns, ihm in sein Büro zu folgen.

Dad und ich nahmen in zwei gemütlichen Ledersesseln Platz. Während Mister Stromberg meine Zeugnisse und Impfpässe überflog (die höchstwahrscheinlich Janne geschickt oder mitgebracht hatte), ließ ich meinen Blick über die hohen Bücherregale wandern, die die Wände bedeckten. Zu meinem Erstaunen sah ich jede Menge europäischer Literatur. Die Werke von Kafka, Goethe und Thomas Mann füllten ein halbes Regal und auch Agatha Christie und Charles Dickens schienen zur Lieblingslektüre meines neuen Schulleiters zu gehören.

Anschließend stellte mir Mister Stromberg ein paar Fragen nach meinen Hobbys und Lieblingsfächern. Nachdem Dad ihm erklärt hatte, dass ich zweisprachig aufgewachsen war, schlug er vor, auf einen Aufnahmetest zu verzichten und mich gleich in die elfte Klasse zu stecken.

»Wenn du mit irgendetwas Schwierigkeiten haben solltest, kannst du jederzeit zu mir kommen oder zu dem Tutor, der für dich zuständig ist. Er wird dir auch helfen, deinen Stundenplan zusammenzustellen.« Der Schulleiter sah mich an. »Hast du irgendwelche Fragen?«

Ich hatte keine Fragen, ganz im Gegenteil. Schon allein das Wort Stundenplan klang so langweilig normal, dass mir sofort klar wurde, dass Faye völlig recht gehabt hatte. Das hier war zumindest für den Moment der einzig richtige Weg.

Wenige Minuten später saß ich im Sprechzimmer meines Tutors, eines kleinen dicken Kerls mit Schnauzbart. Der Mann hieß Mister Stone und ich wählte in Rekordgeschwindigkeit meine Fächer. Als Pflichtfächer waren Englisch, amerikanische Geschichte und Mathematik vorgeschrieben und aus den Wahlkursen wählte ich Ceramics, Spanisch und Schwimmen.

»Möchtest du dich jetzt noch ein bisschen auf dem Gelände umsehen?«, fragte Mister Stone. »Ein paar Schüler oder Lehrer kennenlernen?«

Ich schüttelte den Kopf.

»Dann beginnt dein Schultag morgen um 7:00 Uhr mit Schwimmen.«

Mister Stone drückte mir einen Stapel Unterlagen in die Hand. »Das hier sind die Dinge, die du für den Unterricht brauchst. Herzlich willkommen in der Pali High. Wir hoffen, dass es dir bei uns gefällt.«

Die Einkaufsliste, die ich mit Dad zu Hause durchging, war ziemlich lang. Spezielle Ordner und Hefte, Stifte in verschiedenen Farben, Bücher und ein Badeanzug mit Reißverschluss.

Gerade als wir uns auf den Weg machen wollten, kam Michelle.

»Hey«, sagte Dad. »Schon da?«

Michelle nickte. »Heute war nicht viel los. Faye müsste jeden Augenblick mit Val kommen. Kannst du mit ihr lesen üben?«

»Ich wollte mit Rebecca einkaufen gehen«, sagte Dad. »Alles hat wunderbar geklappt, sie kann morgen auf der Pali High anfangen. Allerdings braucht sie jede Menge Zeug.«

»Und Val braucht einen Dad, der manchmal für sie da ist«, sagte Michelle mit einem unterkühlten Lächeln. »Wie wäre es, wenn du hierbleibst und ich mit Rebecca einkaufen gehe?«

Dad warf mir einen unsicheren Blick zu, dann wandte er sich an Michelle. »Natürlich, gern . . . wenn es Rebecca nichts ausmacht?«

Michelle sah mich an. »Macht es dir etwas aus, Rebecca?«

»Äh . . . nein.«

»Gut.« Michelle legte mir die Hand auf die Schulter. Es war das erste Mal, dass sie mich berührte. »Dann lass uns los.«

Michelle fuhr mich in ihrem kleinen Sportwagen nach Santa Monica. Gestern hatte ich nur den Pier gesehen, heute brachte mich Michelle in die 3rd Street, eine hippe Shoppingmeile mit schicken Cafés, teuren Markenläden und einer riesigen Shopping Mall, dem Santa Monica Place.

Michelle war hilfsbereit und ausgesprochen effizient und ich musste unwillkürlich daran denken, dass sie in diesem Punkt meiner Mutter ähnlich war. In einer knappen halben Stunde hatten wir sämtliche Schreibunterlagen beisammen. Die Bücher bestellten wir in einem großen Buchladen, in dem Michelle die Verkäuferin mit »Hi Sweetie«, Küsschen rechts und Küsschen links begrüßte, mich als Alecs große Tochter vorstellte und dann ausführlich die Frage nach ihrem kleinen Engel Valentine beantwortete.

»Sie hat sich wunderbar eingelebt in der Schule. Sie liebt Zeichnen und Schreiben. Alec und ich möchten sie gerne für eine private Malschule anmelden. Es ist wirklich unglaublich aufregend, wie schnell unser kleines Baby groß wird.«

»Und jetzt hat sie sogar ihre Schwester aus Deutschland hier.« Die Verkäuferin, die aussah wie ein Model, zeigte mir ihre strahlend weißen Zähne. »Wie gefällt es dir in Amerika?«

»Gut«, murmelte ich und war froh, dass sich Michelle gleich darauf verabschiedete, wieder mit Küsschen rechts, Küsschen links.

Danach kauften wir den Badeanzug. Michelle zeigte mir verschiedene Modelle, erzählte mir, dass sie früher auch Schwimmerin gewesen war, dass der Unterricht Spaß gemacht hätte und die Turniere spannend gewesen wären, und wartete geduldig, bis ich die Umkleidekabine mit einem passenden Badeanzug verlassen hatte. Der Grund, warum ich so lange in der Kabine blieb, war nicht der Badeanzug, sondern der Schock, mich im Spiegel gesehen zu haben. Ich war so dünn geworden, dass ich glatt in Sheilas Hosen passen würde.

Am Schluss lud sie mich noch auf eine Tasse Latte macchiato in ein Restaurant namens *Urth Café* ein. Es war wahnsinnig voll und die Gäste waren fast ausschließlich hip, betont lässig gestylt. Am Tisch neben uns unterhielten sich zwei junge Männer angeregt über den Pilotfilm einer neuen Serie, sie hatten Michelle mit einem Lächeln gegrüßt.

Während wir unsere Latte tranken, war die Aufmerksamkeit meiner Stiefmutter ganz auf mich gerichtet. Sie erkundigte sich interessiert, wie die Schulanmeldung gelaufen war, ob ich Lust hätte, noch ein paar andere Klamotten einzukaufen, wann und wie ich den Führerschein machen wollte und ob es irgendetwas anderes gäbe, das ich bräuchte.

Ich verneinte.

Als Michelle den Wagen vor der Garage des Hauses parkte, war es kurz vor sieben. Sie stellte den Motor aus.

»Eines noch«, sagte sie und plötzlich wurde ihre Stimme so leise und schneidend, dass mir eine Gänsehaut über den Körper jagte.

»Wenn du es wagst, weiter unser Leben zu zerstören oder einen schlechten Einfluss auf Val auszuüben, dann wirst du mich kennenlernen. Hast du mich verstanden?«

Sie drehte sich zu mir und lächelte mich an.

Mein Magen zog sich zusammen, als hätte mir gerade ein Ringkämpfer einen gezielten Faustschlag versetzt.

Ich nickte.

FÜNFUNDZWANZIG

Unsere Schwimmlehrerin Mrs Stratton hatte kurzes weißblondes Haar, ein grobes Gesicht und breite Schultern. Ihre Haut war von der Sonne gegerbt wie Leder.

Der Pool lag im Freien, im hinteren Teil des Schulgeländes und war fast so groß wie die Alsterschwimmhalle. Die türkisfarbenen Kacheln ließen das Wasser noch kraftvoller leuchten, auf dem Grund sah man die dunkelblauen T-förmigen Bahnmarkierungen und der frisch gemähte Rasen, der den Pool säumte, hatte ein helles, fast blendendes Grün.

Während meine Mitschülerinnen mich neugierig musterten, grüßte mich die Trainerin nur knapp, dann teilte sie uns in vier Fünfergruppen auf und ließ uns der Reihe nach am Beckenrand antreten. Ich gehörte zu den Ersten, das Wasser vor mir war noch unberührt. Spiegelglatt lag es da und wartete auf mich.

Die Nacht war grauenvoll gewesen. Als ich das letzte Mal auf die Uhr gesehen hatte, war es kurz nach halb vier gewesen, und als ich endlich eingeschlafen war, hatte mich sofort mein Albtraum überfallen.

Beim Frühstück – Michelle war schon wach und hatte für Val und mich den Tisch gedeckt – brachte ich keinen Bissen herunter. Val aß ihre Cornflakes auf Michelles Schoß. Sie hatte einen Milchbart und kuschelte sich wie ein kleines Kätzchen an ihre Mutter. Ihre nackten Füße lagen auf der Tischplatte. Michelle zwickte ihr in den großen

Zeh und bot mir mit einem freundlichen Lächeln an, mich an der Schule abzusetzen. Sie lag auf dem Weg zu Vals Grundschule. Im Autoradio sagte ein munterer Nachrichtensprecher einen strahlend schönen Tag voraus. Graupelschauer oder Eisregen hätten mehr meiner Stimmung entsprochen; zumindest hätten sie zu den kalten Füßen gepasst, die ich plötzlich bekommen hatte. Ich fragte mich, wie ich gestern noch so zuversichtlich hatte sein können.

Aber jetzt war ich hier und der kühle Druck auf meinen Schläfen, als ich mit dem Kopf unter Wasser tauchte und die Welt über mir für ein paar Sekunden verschwand, tat gut. Am liebsten wäre ich nie wieder aufgetaucht, aber mein Körper arbeitete sich von ganz allein zurück an die Oberfläche.

Noch versteckte sich der strahlend schöne Tag hinter einem dunstigen Vorhang, aber zum Schwimmen war es genau richtig. Das kalte Wasser ließ mich spüren, dass ich existierte, fast hörte ich, wie es mir zuflüsterte: *zu Hause, zu Hause, zu Hause, hier bei mir bist du zu Hause . . .*

Miss Strattons Stimme schreckte mich auf. In knappen Worten bellte sie uns die Anordnungen für die Aufwärmübungen zu: zwei Runden Brustschwimmen, dann Rücken, dann Delfin, dann Kraulen. Es waren Regeln, die ich beherrschte und die mein Körper auf wunderbare Weise abgespeichert hatte.

Hinter uns traten Reihe für Reihe die anderen an. Meine Mitschülerinnen waren ziemlich fit und unglaublich ehrgeizig, jede von ihnen hätte meine ehemaligen Teamkolleginnen aus Deutschland um Meilen geschlagen. Alles geschah hier im Wettstreit und das war genau das Richtige für mich.

Während sich das vorhin noch unberührte Wasser um mich herum in eine brodelnde, aufgewirbelte Masse verwandelte, kämpfte ich gegen meine Gedanken. Mit jeder Bewegung schob ich sie von mir, wie

Algen auf der Wasseroberfläche, die mit ihren schleimigen, schmierigen Armen nach mir greifen und mich einwickeln wollten. Heranziehen, wegdrücken, heranziehen, wegdrücken, Luft holen, ausatmen, heranziehen, wegdrücken.

Ich schwamm jetzt dafür, ein Stück der alten Rebecca einzuholen, ich wollte wieder zu meinem alten Ich werden, um jeden Preis und mit aller Macht.

Und ich kämpfte gegen die Gedanken an Lucian.

Mittlerweile waren wir in neue Einheiten aufgeteilt worden, jede Gruppe konzentrierte sich auf eine Disziplin. Ich war bei den Kraulern, wir waren zu sechst und trainierten Sprintstrecken, angefangen bei fünfzig Metern Kraul, dann hundert, dann hundertfünfzig. Ich wurde besser, ich holte auf, pflügte mit weit ausholenden Armen durch das Wasser, bei der letzten Strecke ging ich als Zweite ins Ziel. Als ich mich mit letzter Kraft über den Rand des Pools hievte, war ich so erschöpft, dass es sich richtig gut anfühlte.

Als ich mit meinen Mitschülerinnen unter die Dusche ging, versuchte ich mich innerlich auf die nächsten Stunden vorzubereiten.

»Woher kommst du?«, fragte mich ein Mädchen mit langen rotblonden Haaren, die sich zu meinem Entsetzen als »Susan-aber-meine-Freunde-nennen-mich-Suzy« vorstellte. »Bist du von der Ostküste?«

Ich überlegte kurz, ob ich lügen sollte, murmelte dann aber, dass ich aus Deutschland war. Sie würde es ohnehin rausbekommen. »Oh mein Gott, aus Deutschland?« Suzy-Susan sah mich aus hellgrünen Katzenaugen an. Ihr hübsches schmales Gesicht und ihr drahtiger Körper waren mit zahlreichen Sommersprossen übersät. »Was hat dich nach Los Angeles verschlagen?«

»Mein Dad lebt hier«, entgegnete ich knapp.

»Ist er Amerikaner?«

Ich nickte, rubbelte mich mit dem Handtuch trocken, das nach Michelles Parfüm roch, und ging zu meinem Schließfach, dicht gefolgt von Suzy, die mich als ihre persönliche Errungenschaft zu betrachten schien. Meine anderen Mitschülerinnen blieben im Hintergrund, aber mir war deutlich bewusst, dass ich ins Zentrum der Aufmerksamkeit gerückt war.

Ich zog mir das T-Shirt über den Kopf und zwängte die Jeans über meine noch feuchten Beine. Ich hatte die unauffälligsten Klamotten aus dem Schrank gezogen, um mich so unsichtbar wie möglich zu machen.

»Mein Dad ist Ire«, sagte Suzy, die genau wie ich Jeans und T-Shirt trug. Ihres war allerdings enger. Es spannte über den – gleich großen – Brüsten und trug die Aufschrift der Schulmannschaft. »Aber er ist hier aufgewachsen«, fuhr sie fort. »Wir sind noch nie in Irland gewesen. Und du? Magst du Los Angeles?«

»Ja«, sagte ich und versuchte allen Nachdruck in dieses Wort zu legen. Verbissen fügte ich hinzu: »Ich liebe es.«

»Sag was auf Deutsch.« Suzy neigte ihren Kopf und sah mich so neugierig an, als wäre ich eine Jukebox, in die sie gerade einen Quarter gesteckt und auf Zufallswahl gedrückt hatte.

»Ich hasse meine Mutter«, sagte ich.

Suzy kicherte. »Das klingt lustig. Was heißt das? Was heißt *Mutta?*«

Ein lautes Klingeln ersparte mir die Antwort. »Ich hab jetzt Ceramics«, sagte Suzy. »Und du?«

»Auch.« Jetzt bereute ich, dass ich mich nicht für den Zeichenkurs angemeldet hatte. Vielleicht konnte ich umwählen. Aber dann würde mir ein anderes Mädchen dieselben Fragen stellen.

Suzy stopfte ihre tropfnassen Sachen in ihren Turnbeutel und griff nach ihrer Schultasche. »Super! Komm, ich zeig dir, wo es langgeht. Was für Musik magst du? Was hört ihr so in Deutschland?

Kannst du was singen? Was Deutsches meine ich? Singst du was für mich?«

Sie klatschte in die Hände wie ein kleines Kind und lachte mich erwartungsvoll an. Ich hätte sie mögen können. Ich hätte mich bei ihr einhaken, mit ihr zu Ceramics und später in die Lunchpause gehen können. Ich hätte sie fragen können, ob sie mich ihren Freunden vorstellen oder mich mit auf eine Party nehmen würde. Ich hätte ihr *Gekommen um zu bleiben* von *Wir sind Helden* oder *Die Lösung* von Annett Louisan vorsingen und ihr von meiner deutschen Busenfreundin Suse erzählen können. Ich hätte ihr sagen können, dass sie sich mit ihr wahrscheinlich ziemlich gut verstehen würde.

Hätte ich. Wenn ich. Freiwillig. Hier gewesen. Wäre.

Stattdessen hatte ich mich selbst hier eingeliefert, um der größeren Hölle, dem Luxusknast in Pacific Palisades, zu entkommen.

Also würde ich nicht darum herumkommen, mich zusammenzureißen und so zu tun, als wäre ich eine ganz normale neue Schülerin aus Deutschland an einem ganz normalen ersten Schultag in einem fremden Land. Also gab ich Suzy zur Antwort, dass ich nicht singen konnte, aber demnächst mal meinen iPod mitbringen würde, wofür ich dann ein erneutes »Fantastisch« erntete. Sie hakte sich bei mir ein und eskortierte mich über den Schulhof in eines der zahlreichen Gebäude.

Die kommenden Stunden waren die Hölle. In Ceramics sollten wir unserer Fantasie freien Lauf lassen, was ich natürlich nicht tat, sondern die Zeit verbissen damit zubrachte, eine möglichst realistische und grottenlangweilige Blumenvase zu formen. Suzy redete unaufhörlich auf mich ein, stellte mir Fragen, die ich wohl auch beantwortete, aber ich bekam nichts davon mit, ich schaltete auf Automatik und konzentrierte mich auf den Schlamm zwischen meinen Fingern.

Im Mathematikunterricht, der wieder in einem anderen Raum stattfand, war für heute ein Test angesetzt worden und ich war zu meinem Frust dreißig Minuten vor Unterrichtsende fertig.

Dann stand amerikanische Geschichte auf dem Plan, an der Suzy zu ihrem Bedauern heute nicht teilnehmen würde, weil sie eine Sitzung mit den Schulsprechern hatte. Dafür zeigte sie mir den Klassenraum, der wieder auf der anderen Seite des Geländes lag. Wir brauchten im Dauerlauf fast fünf Minuten.

Der Lehrer, ein schmächtiger Mann mit wirren Locken, wurde von der Klasse hartnäckig ignoriert. Ich setzte mich in die letzte Reihe neben einen Typen mit Punkfrisur, der mir zum ersten Mal an diesem Tag ein kleines Grinsen entlockte. Auf seinem zerrissenen ärmellosen T-Shirt stand die Aufforderung *Sprich mich bloß nicht an.* Thema der Stunde war der amerikanische Unabhängigkeitskrieg, und während meine Mitschüler in eine Art Koma verfielen, versuchte ich mit aller Macht, meine Konzentration auf die piepsige Stimme meines Lehrers zu richten, der mein Interesse euphorisch zur Kenntnis nahm.

In der Mittagspause fing mich Suzy wieder ab und zog mich mit sich, um mich ihren Freundinnen vorzustellen. Es hagelte Fragen.

»Sag was auf Deutsch!«

»Wieso bist du hierhergezogen?«

»Wie gefällt dir Los Angeles?«

»Was sind deine Lieblingsbands?«

»Dürft ihr wirklich schon mit sechzehn Alkohol trinken?«

»Rauchst du?«

»Habt ihr Clubs? Discos?«

»Hast du einen Freund?«

»Bringst du morgen ein paar Fotos aus Deutschland mit?«

Nein, dachte ich. Weil ich morgen nämlich nicht mehr wiederkomme. Ende der Fahnenstange. Die letzte Stunde würde ich noch hinter mich bringen und dann: Good bye, Pali High.

Die letzte Stunde war Englisch. Sie fand in einem hellen, gepflegten Raum statt, dessen Wände frisch gestrichen waren und dessen glänzende Holztische wirkten, als wären sie gerade erst neu gekauft worden.

Suzy zog mich neben sich zu einem Platz am Fenster, schwatzte von dem Mando-Diao-Konzert, das nächste Woche in der Hollywood Bowl stattfinden würde, und von der Möglichkeit, noch eine Karte für mich zu ergattern, als vom Pult her ein leises Räuspern ertönte. Irritiertes Tuscheln, dann wurde es still im Klassenraum.

Es war, als ob jemand per Fernbedienung die Lautstärke an einer Musikanlage heruntergefahren hätte. Suzy brach mitten im Satz ab und schaute wie alle anderen zum Lehrerpult, auf das auch ich jetzt meinen Blick richtete. Mein Atem setzte aus.

»Was soll das?«, flüsterte Suzy irritiert. »Wer ist das?«

Diese Frage hätte ich ihr beantworten können. Wenn ich imstande gewesen wäre zu sprechen.

Der hochgewachsene Mann in dem grauen Leinenanzug, der jetzt eine Tasse dampfenden Tee auf der Tischplatte des Lehrerpultes absetzte, war Morton Tyger.

SECHSUNDZWANZIG

Mein Englischlehrer aus Hamburg stand vor der Klasse wie ein Fuchs im Hühnerstall, der genussvoll die letzten Sekunden vor seinem Großangriff auskostet. Daran, dass Tyger mein geschocktes Gesicht zur Kenntnis nahm, zweifelte ich keine Sekunde, aber meine Mitschüler schienen es nicht zu bemerken. Aus der allgemeinen Irritation schloss ich, dass sie ihn genauso wenig erwartet hatten wie ich.

Wie hypnotisiert folgte ich Tygers Blick, der jetzt von Gesicht zu Gesicht wanderte, bis er irgendwo in der letzten Reihe hängen blieb. Ich saß mit dem Rücken zum Fenster und sah, dass Tyger meinen Sitznachbarn aus dem Geschichtsunterricht mit dem bedruckten T-Shirt ins Visier genommen hatte. Seine linke Augenbraue zog sich in die Höhe und seine Lippen umspielte ein winziges Lächeln.

»Was für eine interessante Aufforderung«, kommentierte er die Aufschrift auf dem T-Shirt des Jungen. »*Sprich mich bloß nicht an.* Ich komme diesem Wunsch gerne entgegen. Darf ich stattdessen mit dir reden? Dir etwas mitteilen? Dich informieren? Dir zuflüstern? Oder dich ANSCHREIEN?«

Das letzte Wort jagte wie ein Geschoss durch den Klassenraum. Der Punk fuhr zusammen, als hätte Tyger ihn tatsächlich mit einem schweren Gegenstand getroffen. Doch der hatte schon wieder sein höfliches Lächeln auf den Lippen.

»Wie ist dein Name?«, fragte er sanft.

»Ähm . . .« Der Punk sah aus, als würde er am liebsten unter dem Tisch verschwinden. »I'm Randy.«

»Oh . . . really?« Tygers Lächeln wurde zu einem Strahlen und im nächsten Augenblick wurde mir auch klar, warum.

»Da wären wir doch gleich bei meinem Lieblingsthema angelangt«, sagte er entzückt. Den kleinen feinen Unterschieden zwischen amerikanischem und britischem Englisch. In eurem Land ist Randy ein populärer Vorname. Wenn sich in England jemand als ›Hi I'm Randy‹ vorstellt, verkündet er damit nichts anderes als ›Hi, ich bin geil‹.«

Tyger wartete ab, bis sich das perplexe Gelächter der Schüler gelegt hatte, dann nickte er dem Punk freundlich zu und raunte: »Hi, ich bin Morton Tyger, euer neuer Englischlehrer für dieses Semester. Und ich *teile dir mit,* Randy, dass die Entscheidung, ob du zukünftig von mir angesprochen wirst oder nicht, von deiner Aufmerksamkeit in meinem Unterricht abhängt. Habe ich mich deutlich ausgedrückt?«

Der Punk nickte. Die Klasse war zu stummem Staunen erstarrt.

Noch immer ignorierte Tyger mich, oder besser gesagt: Er tat so, als wäre ich genau wie die anderen ein ganz gewöhnlicher amerikanischer Teenager, den er zum ersten Mal sah. Und wie Tyger zu *amerikanischen* Teenagern stand, hatte er mir bereits in Deutschland unmissverständlich klargemacht.

Was ihn nach Amerika, genauer: nach Los Angeles, noch genauer: an die Pacific Palisades Highschool – und ganz genau: in meine Klasse, verschlagen hatte, behielt er ebenfalls für sich. Und ich war zumindest jetzt nicht in der Verfassung, ihn danach zu fragen.

Tyger nippte an seiner Teetasse, setzte sich hinters Pult und forderte ein Mädchen aus der dritten Reihe auf, ihn freundlicherweise darüber in Kenntnis zu setzen, welches Thema sie gerade durchnahmen.

Das Mädchen war so nervös, dass es vom Stuhl aufsprang. Vielleicht hatte sie Angst, Tyger würde nach ihrem Namen fragen, aber das tat er nicht. Er rührte in seiner Teetasse und funkelte sie aus seinen blitzblauen Augen an.

»Re. . .«, stotterte das Mädchen, »wir machen gerade Re. . ., Rez. . . Rezessionen.« Sie stieß ein erleichtertes Stöhnen aus und ließ sich wieder auf ihren Platz plumpsen.

»Wie überaus interessant.« Auf Tygers Gesicht erschien erneut dieser entzückte Ausdruck. »Erzähl mir mehr darüber, Miss . . . wie ist dein Name?«

Tyger legte den Kopf schief. Suzy setzte zu einem entgeisterten Schnauben an, das aber im Keim erstickte, als Tygers Blick in ihre Richtung schoss. Dann wandte er sich wieder zu dem Mädchen mit dem Pferdeschwanz, das drauf und dran war, abermals aufzuspringen.

»Angie«, wisperte es.

»Angie.« Tyger schmunzelte. »Ist das nicht süß. Nun, Angie, ich bin ganz Ohr. Was habt ihr über Wirtschaftskrisen gelernt?«

»Ich . . . wir . . . ich meine . . . wir . . .« Angie verstummte.

Ein hagerer Junge, der links von mir saß, meldete sich todesmutig zu Wort. »Angie hat sich versprochen. Sie meinte nicht Rezessionen, sondern Rezensionen. Wir behandeln gerade Rezensionen.«

»Re-zen-sio-nen!« Tyger beugte den Kopf vor, als hätte er sich verhört. Dann lehnte er sich in seinem Stuhl zurück und verschränkte die Arme vor der Brust.

»Das«, sagte er, »ergibt natürlich einen ganz neuen Sinn. Dann verrate mir doch bitte, zusammen mit deinem Namen, was ihr über Re-zen-sio-nen gelernt habt. Was genau ist eine Rezension? Was versteht man darunter?«

Trotzig sah der hagere Junge Tyger in die Augen. »Mein Name ist James und unter einer Rezension . . .« Der Junge klappte sein Schreibheft auf und las vor: ». . . versteht man die Beurteilung eines künstlerischen Werkes durch einen sogenannten Kritiker. Bei Büchern nennt man diese Fachleute Literaturkritiker. Sie beurteilen den Wert eines geschriebenen Werkes und legen dar, warum es gut oder schlecht ist. Eine gute Rezension kann den Kaufwert oder den Ruhm eines Buches steigern, eine schlechte Rezension kann ihm schaden oder es ruinieren. Deshalb bezeichnet man eine schlechte Rezension auch als Verriss.«

»Amen!« Tygers blaue Augen sprühten Funken. Der hagere Schlauberger hatte, ohne es zu wissen, den Nagel auf den Kopf getroffen.

Zum ersten Mal wandte Tyger sich an mich. Sein Lächeln nahm geradezu grausame Züge an.

»Miss Wolff«, sagte er. »Wie mir zu Ohren kam, bist auch du neu an dieser Schule. Vielleicht hast du dennoch Erfahrungen zu diesem Thema gesammelt? Oder zufällig schon einmal die Rezension – oder gar den *Verriss* – eines Literaturkritikers gelesen?«

Ich wusste nicht, was plötzlich in mich fuhr. Ich musste mich gar nicht anstrengen. Die Worte kamen wie von selbst.

»Zufälligerweise ja«, entgegnete ich höflich. »Im Unterricht meines *alten* Englischlehrers wurde ebenfalls ein Literaturkritiker erwähnt. Sein Name war William Alec Reed. Er wurde auch als der Mann mit der tödlichen Feder bezeichnet, weil seine Rezensionen ausgesprochen scharf waren. Einige davon habe ich gelesen und ein Schriftsteller, den Reed attackierte, nahm sich das Leben.«

Ich bemühte mich, das Tuscheln meiner Mitschüler auszublenden und Tygers Blick standzuhalten.

»Gewisse Menschen«, fuhr ich fort, »geben dem Literaturkritiker die Schuld an diesem Selbstmord. Ich persönlich finde, dass das ein bisschen zu weit geht. Sicherlich können Verrisse dazu führen, dass die Karriere eines Schriftstellers zerstört wird, aber wenn jemand beschließt, sich umzubringen, kann er dafür in letzter Instanz nur sich selbst verantwortlich machen. Deshalb nennt man es doch Freitod, oder nicht?«

Tygers linkes Auge zuckte, während ich erneut von meinen Mitschülern gemustert wurde. Ob sie merkten, dass hier ein versteckter Zweikampf stattfand? Oder ahnten, dass es sich bei meinem alten Englischlehrer um ebenjenen Morton Tyger handelte, der wie der Teufel aus der Kiste plötzlich in meiner neuen Schule in Amerika aufgetaucht war?

Es war mir gleichgültig. Und Tyger sorgte in diesem Punkt auch nicht für Klarheit.

»Besten Dank für deine philosophischen Ausführungen in Sachen Selbstmord«, entgegnete er knapp. »Aber woran«, er löste seinen Blick von mir und wandte sich wieder der Klasse zu, »erkennt denn ein Literaturkritiker überhaupt, ob ein künstlerisches Werk gut oder schlecht ist?«

Suzy meldete sich. »Er erkennt es, weil er Literatur studiert hat«, sagte sie. »Er hat Erfahrung. Er ist ... wie sagt man, er ist objektiv.«

Tygers Augenbraue zog sich fast bis zum Stirnansatz hoch. »Objektiv. So, so ...«

Er nippte erneut an seinem Tee, und als er die Tasse absetzte, traf mich sein Blick wie die Spitze eines Dolches.

»Nun denn. Dann wollen wir doch gleich an dieser Stelle weitermachen. Stellen wir uns einfach vor, in diesem Klassenzimmer ...« Tyger machte eine ausladende Armbewegung. » ... sitzen fünfunddreißig Literaturkritiker. Studierte, erfahrene, *objektive* Fachpersonen.« Tygers Blick zielte wieder auf mich. »Ich werde euch jetzt einen Ausschnitt aus dem unvollendeten Roman eines Schriftstellers vorlesen. Sein Name ist Ambrose Lovell und sein Werk trägt den Titel *Der letzte Besucher*.«

Tyger holte einen Packen Papier aus seiner Ledertasche. »Über den

Inhalt muss ich nicht viel vorwegnehmen«, sagte er. »Ich werde euch einfach ein paar Zeilen zum Besten geben und ihr beurteilt sie. Damit könnt ihr euch bereits mit einer der wichtigsten Fähigkeiten eines Literaturkritikers vertraut machen. Diese objektiven Fachpersonen halten es in den meisten Fällen nämlich gar nicht für nötig, das ganze Werk eines Schriftstellers zu lesen. Ein kleiner Schmetterlingsausflug genügt ihnen, um das große Ganze zu beurteilen. Also, hört einfach nur zu und dann . . .«, wieder streifte mich Tygers Blick, »spielt ihr Gott. Euer Urteil entscheidet über den Aufgang oder Untergang des Schriftstellers. Seid ihr einverstanden?«

Unsicheres Murmeln machte sich im Klassenzimmer breit.

»Der Typ ist so was von schräg«, flüsterte Suzy und duckte sich unter Tygers Blick.

Tyger zog aus der Innentasche seiner Weste die goldene Taschenuhr hervor. Er klappte sie auf. Sein linkes Auge zuckte. Dann blätterte er in seinem Stapel, räusperte sich und begann zu lesen:

Der Vorhang fiel lautlos und einen Augenblick lang lag der prunkvolle Theatersaal in tiefem Schweigen, bis er von einem tosenden, nicht enden wollenden Applaus überrollt wurde.

Der Vorhang hob sich wieder und auf der Bühne verneigten sich die Schauspieler.

Alan saß neben Emma in der Ehrenloge. Die Perlen auf ihrem Kleid glitzerten im Schein der Kronleuchter und ihre Augen funkelten, als sie Alan den Kopf zuwandte. »Deine Worte«, flüsterte sie an seinem Hals. »Jetzt leben sie.«

Alan griff nach Emmas Hand. Zärtlich hielt er sie umschlossen, und während der Saal noch einmal unter dem rauschenden Beifallssturm erbebte, vernahm Alan im Inneren seiner Brust ein zartes, gleichsam entschlossenes Ziehen. Es fühlte sich an, als hätten unsichtbare Finger ein kleines Härchen aus seiner Herzkammer gezupft.

Alan zuckte zusammen und Emma sah ihn besorgt an. »Ist dir nicht gut?«

Alan erwiderte ihren Blick mit einem Lächeln. Er maß dem Vorfall nicht viel Bedeutung bei und tat damit das, was jeder normale Mensch tut, wenn ihm etwas widerfährt, das sich sein Verstand nicht erklären kann, das aber gleichzeitig von einem anderen, dunkleren Teil seines Bewusstseins in seinem vollen Ausmaß erfasst wird. Er drängte die sonderbare Empfindung zurück. Stattdessen drückte er Emmas Hand nur noch fester und sah wieder zur Bühne, auf der soeben die Premiere seines Stückes stattgefunden hatte. Ja, seine Worte waren zum Leben erwacht und Emma war an seiner Seite. Nichts sonst auf der Welt zählte.

Die Schulklingel ertönte genau in dem Moment, in dem Tyger das Manuskript niederlegte.

Niemand rührte sich. Für die anderen mochte es an der Autorität liegen, die dieser Mann ausstrahlte. Ich hatte einen anderen Grund. Ich war gelähmt.

»Nun«, sagte Tyger fröhlich. »Es scheint, als müssten wir die kleine Aufgabe verschieben. Ich schlage vor, ihr erledigt sie zu Hause. Wem der kurze Ausschnitt für ein objektives Urteil dieses Werkes genügt, braucht sich keinen Zwang anzutun. Für den Rest«, Tyger hievte jetzt einen ganzen Stapel von Papieren auf den Tisch, »habe ich das letzte unvollendete Werk von Ambrose Lovell kopiert. Also dann. Ich wünsche den Damen und Herren noch einen angenehmen Nachmittag.«

Tyger klopfte mit seinen Fingerknöcheln auf den Tisch, verbeugte sich leicht und ging zur Tür.

Erst da erwachte ich aus meiner Starre. Ich sprang so heftig vom Stuhl auf, dass er nach hinten kippte, und raste hinter Tyger her, aber als ich im Flur stand, war er fort. Und obwohl ich ihn in der ganzen Schule suchte, war er wie vom Erdboden verschluckt.

SIEBENUNDZWANZIG

Aus dem Garten drang Vals Lachen in mein Zimmer. Als ich am Nachmittag von der Schule nach Hause gekommen war, hatte sie mit Faye am Esstisch gesessen und gemalt. Faye hatte mich stirnrunzelnd angesehen, mir aber keine Fragen gestellt, wofür ich ihr ziemlich dankbar war. Val dagegen, sie trug einen riesigen Hut mit Blumen zu einem roten Seidennachthemd, das ihr bis zu den nackten Füßen reichte, war auf mich zugestürmt, um mich zum Tisch zu ziehen, aber ich hatte mich von ihr losgemacht und war in meinem Zimmer verschwunden. Von Dad hatte ich eine Nachricht vorgefunden, dass er am frühen Abend zurück sein würde.

Ich schloss das Fenster. Vals Stimme erstarb. Eine Schar von Vögeln stieg von irgendwoher in den Himmel auf, sie bildeten Formationen wie in einer einstudierten Choreografie, erst ein V, dann eine Linie. Schnurgerade folgten sie einander und verschwanden am Horizont.

Ich setzte mich an den Tisch und starrte auf einen Packen Papier vor mir – den halb fertigen Roman von Ambrose Lovell. Seine Hauptfigur war der siebenundvierzigjährige Schriftsteller Alan und der erste Satz lautete:

Der Raum, in dem Alan seine letzte Geschichte erzählte, hatte braune Gardinen.

Nach einer knappen, fast sachlichen Beschreibung des kargen

Schreibzimmers leitete Lovell zu der Nacht im Theater über, in der Alans Stück Premiere gehabt und der Schriftsteller den feinen Riss im Inneren seiner Brust verspürt hatte. Kurz darauf tauchte ein Fremder in seinem Leben auf, zu dem Alan eine seltsame Anziehung verspürte. Dieser Mann hatte keine Erinnerungen mehr an seine Herkunft, er hatte keine Handlinien, aber dafür hatte er Träume und immer handelten sie von Alan. Zum Teil waren es belanglose, zum Teil dramatische Situationen. Er träumte, wie Alans Verleger sich von ihm zurückzog, nachdem sein Werk jahrelang verrissen wurde. Er träumte, wie Alan vor dem Sterbebett eines kleinen Jungen kniete. Er träumte, wie Alan eine blutende Frau in den Armen hielt. Er träumte, wie sich Alan in seinem Schreibzimmer erhängte, weil er nicht mehr leben wollte.

Und alles, was der Fremde träumte, wurde wahr.

Alans Stücke wurden nicht mehr aufgeführt. Alans Sohn starb an den Folgen einer Lungenentzündung. Seine Frau Emma, eine Tänzerin, wurde von einem Automobil angefahren. Sie verblutete in Alans Armen und ein knappes Jahr später nahm sich der Schriftsteller das Leben.

Ich blätterte zurück, las einzelne Sätze und Abschnitte noch einmal und hatte dabei das Gefühl, dass die Worte mich ansprangen, als wären sie lebendig.

»Sie müssen einen Namen haben, Sir«, sagte Alan. »Jeder hat einen Namen.«

»Also bin ich scheinbar nicht jeder«, gab ihm der Fremde zur Antwort und betrachtete seine Hände mit den langen feingliedrigen Fingern. »Ich kenne meinen Namen nicht, noch weiß ich mein Alter oder meinen Geburtsort.« Sein Gesicht sah müde aus und mit einem Mal war Alan erfüllt von einer Traurigkeit, die er sich nicht erklären

konnte. Sie war wie das Echo des Fremden, der ihn tief in seinem Innersten rührte.

»Worte sind mein Beruf«, sagte Alan und seine Stimme klang fest. »Ich werde Ihnen einen Namen schenken.«

»Bei meiner Seele, ich habe sie nicht kommen sehen . . .«

Die Worte des Fahrers hallten durch die stille Nacht, während er in raschen Schritten davoneilte, um Hilfe zu holen. Alan saß auf dem Trottoir. Stumm hielt er Emma in seinem Arm. Von ihrer Schläfe rann das Blut herab und tropfte auf das dunkle Pflaster. Es war scharlachrot wie die Vorhänge in jener leuchtenden Premierennacht im Theater. Irgendwo in der Ferne grollte ein Donner und Alan wusste, nun würde geschehen, was der Fremde geträumt hatte. Er bettete Emmas Kopf auf seinen Schoß. Ihre hellen Augen blickten zu ihm hinauf, doch Alan blieb stumm. Er, der niemals um Worte verlegen gewesen war, hatte nun kein einziges mehr für sie.

Emma lächelte ihn an. »Hab keine Angst«, sagte sie sanft. »Ich bin ja nicht allein.«

Mit diesen Worten schloss sie die Augen. Ihr blasses Gesicht, noch immer so schön, schimmerte hell im Mondlicht. Der Regen fiel lautlos. Nur noch das Ticken von Alans Uhr war jetzt zu hören. Sie schlug wie ein lebendiges Herz in der Tasche seines Revers. Alan dachte an den Tag, an dem er ihm *begegnet war: seinem Tod, seinem letzten Besucher, und in diesem Augenblick wurde ihm bewusst, dass dies der Anfang vom Ende war.*

Die letzte Zeile des unvollendeten Manuskriptes schließlich kannte ich. Sebastian hatte sie in seinem Referat über Lovell zitiert. Er hatte gesagt, es bestünden keinerlei Zweifel, dass der Roman autobiografische Züge trug.

Als Alan seinen Entschluss gefasst hatte, erfüllte ihn tiefe Zuversicht. Es musste ein Ort existieren, an dem der Mensch erlöst wurde von allem, was an seiner Seele fraß, und es wurde Zeit, diesen Ort aufzusuchen.

Ich hörte das Echo von Sheilas gekreischtem »Iiiiiiih, das ist ja ekelhaft«, als Sebastian davon sprach, wie Lovells Frau in den Armen des Schriftstellers verblutet war, und ich sah Tyger auf Sebastians Stuhl sitzen und mit der flachen Hand auf die Tischkante knallen.

Meine Finger fühlten sich taub an, und als ich sie betrachtete, merkte ich, dass alles Blut aus den Fingerspitzen gewichen war. Sie sahen wachsweiß aus. Das passierte mir normalerweise nur im Winter, bei großer Kälte, man nannte das Phänomen Leichenfinger.

Ich überlegte, ob ich Sebastian anrufen sollte, aber ich brachte es nicht fertig. Stattdessen versuchte ich es bei Suse, doch dort nahm niemand ab. Ich setzte mich wieder an den Schreibtisch und blätterte in dem Manuskript, aber die Zeilen verschwammen mir vor den Augen.

Noch einmal stand ich auf, um Suses Nummer zu wählen. Ich ließ es gut zwanzig Mal klingeln, aber niemand nahm ab. Meine Finger sahen inzwischen wie abgestorben aus und so fühlten sie sich auch an. Ich ging ins Bad und ließ heißes Wasser über sie laufen, rieb sie aneinander, doch das Leben wollte nicht zurückkehren.

Ich ging zurück an den Schreibtisch und fing wieder an, in dem Manuskript zu blättern, und erst jetzt merkte ich, dass die letzten beiden Seiten zusammenklebten. Ich zog sie auseinander.

Auf der letzten Seite fand ich eine Biografie von Lovell. Darunter war ein Foto, durch die Kopie hatte es an Qualität verloren, aber das Gesicht trat deutlich hervor. Der Mann hatte wache, ernst aussehende Augen und eine hohe Stirn, in die dunkle Locken fielen.

Unter dem Foto stand in kursiver Schrift: *Ambrose Lovell, geboren am 3. März 1881 in Suffolk, gestorben am 17. Oktober 1928 in London.*

Ich ließ das Blatt fallen. Ich kannte dieses Gesicht und wusste sofort, wo ich es gesehen hatte: auf der alten Radierung in Dads Gartenhaus, die ich vor zwei Tagen in der Hand gehalten hatte, kurz bevor Faye aufgekreuzt war.

Ich brauchte nur gefühlte Sekunden, bis ich im Garten war. Am Pool standen zwei Männer, sie füllten das Becken mit Wasser, ich hörte das Rauschen der Schläuche. Die beiden grüßten mich freundlich. Ohne sie zu beachten, rannte ich an ihnen vorbei in Dads Gartenhaus. Die Radierung lag noch an ihrem Platz.

Ich hatte recht gehabt. Der dunkelhaarige Mann mit dem ernsten Gesicht, dessen kleiner Finger sich mit dem der schönen Frau kreuzte, war Ambrose Lovell. Mein Blick flog von ihm zu der Frau und von der Frau zu dem blonden Mann an ihrer rechten Seite, meinem Urgroßvater.

Panisch und wahllos fing ich an, die Schubladen von Dads Schreibtisch aufzureißen, eine nach der anderen. Ich wollte Informationen. Ich musste wissen, was zum Teufel das alles zu bedeuten hatte.

Mein Gehirn lief Amok. Das Ganze war eine Verschwörung, Dad wusste Bescheid, er hatte alles eingefädelt, oder Michelle oder Janne, jemand wollte mich fertigmachen, jemand wollte, dass ich durchdrehte. Die unmöglichsten Gedanken schossen mir durch den Kopf, während meine Hände wilder und wilder in den Schubladen wühlten. Rechnungen flogen heraus, Stifte und Anspitzer, Büroklammern, Postkarten, Visitenkarten, Fotos.

Als ich Jannes Gesicht auf den Boden fallen sah, trat ich mit meinen Füßen darauf, riss eine weitere und noch eine und noch eine Schublade auf, bis ein zorniger Ruf mich innehalten ließ.

Michelle stand in der Tür.

»Bist du wahnsinnig? Was in aller Welt ist in dich gefahren? Was tust du da?«

Ich starrte erst sie an, dann das Chaos, das ich angerichtet hatte. So viel zu dem Vorsatz, mein Leben in den Griff zu bekommen. Michelle kam auf mich zu, griff nach meinem Handgelenk und zog mich von Dads Schreibtisch weg.

»Raus mit dir!«, fuhr sie mich an. Ihre Stimme war eiskalt.

Ich bleckte die Zähne. »Nein!«, schrie ich ihr ins Gesicht. »Ich bleibe hier, so lange ich will. Und es geht dich einen Scheißdreck an, was ich in dem Zimmer meines Vaters mache. Kapiert? Weil es nämlich *mein Vater* ist. Wenn überhaupt, geht es ihn etwas an. Nicht dich. Nicht! Dich!«

Michelle wurde ganz starr. Ich fühlte es in ihrer Hand, die immer noch mein Gelenk umfasst hielt. Wenn ich jetzt ihre Finger umbiege, dachte ich, brechen sie ab.

»Was ist hier los?«

Jetzt stand Dad in der Tür, er hatte Val auf dem Arm. Fasziniert starrte sie auf das Chaos am Boden. Michelle lief auf sie zu und nahm sie aus Dads Armen.

»Ich will wissen, wer das ist«, sagte ich zu Dad. Ich hielt ihm die Radierung hin. »Wer ist dieser dunkelhaarige Mann? Was weißt du über ihn?«

Dad starrte auf das Bild, dann auf mich. Er sah völlig verwirrt aus. »Wieso?«, fragte er. »Warum interessiert dich diese alte Zeichnung?«

»Weil ich verdammt noch mal wissen will, was hier los ist«, schrie ich. »Ich will . . .«

»Schluss jetzt!« Michelle war zwischen uns getreten. »Das geht zu weit, Alec«, sagte sie. »Ich will nicht, dass in diesem Haus gebrüllt wird. Ich will, dass das . . .« Michelle zeigte auf mich, als wäre ich eine Epidemie oder ein Fluch. ». . . endlich aufhört. Warum wir? Warum müssen wir uns darum kümmern? Was geht uns das an? Sag es mir. Sag mir, warum ihre verdammte Mutter . . .«

Sie kam nicht weiter, denn jetzt fing Val an zu schreien, so laut und hoch, dass ich dachte, gleich zerspringen die Fensterscheiben in tausend Stücke.

Michelle drückte Vals Kopf an ihre Brust und gab einen beruhigenden Laut von sich. Sie sprach zu Val, als wäre sie ein Baby. »Ist ja gut, mein Kleines. Es tut mir so leid. Alles ist gut. Mommy ist bei dir. Komm, wir gehen raus. Wir schauen, wie weit die Männer mit dem Pool sind. Was meinst du, wollen wir schwimmen gehen?«

Schon war sie in der Tür. Dort drehte sie sich noch einmal zu mir um. »Denk an das, was ich im Auto zu dir gesagt habe«, zischte sie mir zu. »Ich meine es ernst.«

Dad schloss die Tür. Er trat auf mich zu, die Arme ausgebreitet. »Little Wolf, was ist denn mit dir los, du . . .«

»Rebecca! Ich heiße Rebecca!«, fauchte ich. »Und ich will wissen, wer dieser Mann neben deinem Großvater ist.«

Dad zuckte mit den Schultern. Seine Ahnungslosigkeit schien echt zu sein, er schien wirklich nicht zu verstehen, was in mich gefahren war.

»Ich weiß es nicht«, sagte er ratlos. »Ich habe das Bild gefunden, nachdem du mir damals diese Mail wegen Grandpa Will geschickt hast. Es hat mir gefallen, deshalb hab ich es aufgestellt. Ich kenne den Mann nicht. Ich weiß nur, dass die Frau auf dem Bild die Verlobte deines Urgroßvaters war. Ihr Name war ein Tabu in unserer Familie, sie muss damals für einen Riesenskandal gesorgt haben. Soweit ich weiß, war sie Tänzerin und hat deinen Urgroßvater quasi vor dem Altar stehen lassen. Wegen . . .«

Dad betrachtete die Radierung. Plötzlich runzelte er die Stirn. Auch ihm schienen die Zusammenhänge erst jetzt klar zu werden. » . . . ich schätze, seinetwegen.«

Ich musste an die Biografie meines Urgroßvaters denken. Er hatte eine junge Engländerin kennengelernt, die ihn in der Nacht vor der Hochzeit für einen anderen verlassen hatte. *Zum ersten Mal sollte ich erleben, was es heißt, aus Liebe sterben zu wollen.*

»Und mehr«, fragte ich Dad. »Mehr weißt du nicht?«

Dad schüttelte den Kopf. »Ich war noch zu klein«, sagte er. »Ich weiß nur das wenige, was ich dir gerade erzählt habe. Aber warum interessiert dich das? Warum kommst du ausgerechnet jetzt damit?«

Ich biss mir auf die Lippen. Vorhin wäre ich beinahe mit Tyger herausgeplatzt, in dem absurden Glauben, dass Dad oder Janne hinter dem plötzlichen Erscheinen meines Englischlehrers stecken könnten. Aber das hier war keine Verschwörung, sondern eine Sackgasse. Tygers Erscheinen musste andere Ursachen haben und mein Dad konnte mir nicht weiterhelfen.

»Ich hab's einfach wissen wollen«, sagte ich. »Das ist alles.«

Ich sah zur Tür und dann wieder zu Dad. »Ich möchte noch etwas anderes wissen. Michelle. Warum hasst sie mich so?«

Dad machte einen Schritt auf mich zu. Um seinen Mund zuckte es, dann fiel sein Blick auf die Dinge, die ich aus seinen Schubladen gezerrt hatte. Als er das Foto von Janne entdeckte, das ich sprichwörtlich mit Füßen getreten hatte, holte er Luft. Er hob es auf und strich über Jannes Wangen.

»Du hast Michelle das Leben nicht leicht gemacht in der letzten Zeit«, murmelte er.

»Daran liegt es nicht, und das weißt du genau«, entgegnete ich schroff. »Es war immer schon so. Ich war nicht viel älter als Val, als du mit Michelle nach Amerika gegangen bist. Ich war ein kleines

Mädchen, kein durchgeknallter Psycho wie jetzt. Warum, Dad? Ist es wegen Janne? Was kann ich dafür? Was habe ich Michelle getan?«

»Du bist meine Tochter.« Dad sah mir in die Augen. »Du bist mein Fleisch und Blut.«

Damit hatte ich nicht gerechnet. Ich starrte ihn an.

»Das ist doch kein Grund! Ihr habt Val. Sie ist . . .« Ich wiederholte Dads altmodische Ausdrucksweise. » . . . sie ist *euer* Fleisch und Blut.«

Dad schüttelte den Kopf. »Das ist sie eben nicht«, sagte er. »Michelle kann keine Kinder bekommen. Wir haben Val adoptiert.«

Er legte Jannes Bild auf seinen Schreibtisch, dann drehte er sich um und verließ das Gartenhaus.

Val tobte im Pool, sie trug rote Schwimmflügel und spritzte Michelle nass, die am Rand saß und die Beine ins Wasser baumeln ließ. Als Val mich sah, winkte sie mir mit beiden Armen zu. »Komm rein«, rief sie. »Komm rein!«

Ich schüttelte heftig mit dem Kopf. Dad war im Haus verschwunden und ich konnte keine Sekunde länger hierbleiben. Es war einfach zu viel für mich.

Vor der Haustür, an ihren Bentley gelehnt, stand Faye. Sie ging zur Beifahrertür und hielt sie auf.

»Steig ein«, sagte sie. »Und sag deinem Vater Bescheid, dass du mit mir eine Runde drehst.«

Wieder schüttelte ich mit dem Kopf, aber Faye hielt mir das Handy hin. »Wenn du dich weiter so aufführst, sperren sie dich ein. Also, ruf ihn an.«

Ich schickte eine SMS und postwendend kam Dads Okay zurück. Vermutlich war er erleichtert, dass ihm jemand seine geistesgestörte Tochter abnahm.

Faye fuhr mit mir durch die Gegend. Eine Weile lang saß ich stumm neben ihr, während das Radio lief. Die Sonne war untergegangen, wir fuhren über den Pacific Coast Highway, immer am Meer entlang, in die entgegengesetzte Richtung von Venice Beach. Die Berge wurden höher, das Meer wurde wilder, der Himmel wurde dunkler.

Ich erzählte Faye von Tygers Auftritt in meiner neuen Schule. Sie reagierte ähnlich wie gestern am Strand. Sie hörte einfach zu, ohne viel zu kommentieren. Erst als ich ihr von Lovells Roman erzählte, spiegelte sich eine Empfindung auf ihrem Gesicht.

Sie sah böse aus, verletzt, als hätte Tygers Verhalten sie selbst getroffen. Für einen Moment kam es mir so vor, als wollte sie den Wagen anhalten. Doch dann trat sie wieder auf das Gaspedal.

»Das grenzt an Quälerei«, sagte sie, ihren Blick starr auf die Straße gerichtet.

»Ich frage mich nur, warum«, murmelte ich. »Was will er von mir?«

Faye drehte sich zu mir. »Du musst es rausfinden«, sagte sie. »Und wenn du nicht klarkommst, rufst du mich an. Jederzeit – versprochen?«

Ich nickte und dachte, dass Faye ein Geschenk des Himmels war.

Englisch war unsere vierte Stunde, direkt vor der Lunchpause. Als Tyger das Klassenzimmer betrat, kam er gleich zur Sache und erkundigte sich süffisant, wie unsere Urteile ausgefallen waren.

Mein Finger schoss in die Höhe.

»Ja?« Tyger lächelte mich mit seiner hochgezogenen Augenbraue an. »Was sagt die Literaturkritikerin von morgen zu dem künstlerischen Werk? War es gut? War es schlecht? Was bekomme ich zu hören?«

Ich stand von meinem Platz auf und ging zu Tygers Pult. Mir war bewusst, dass mich meine Klassenkameraden anstarrten, aber es kümmerte mich einen Dreck.

»Ich persönlich fand das künstlerische Werk äußerst spannend«, zischte ich. »Ich würde mich gerne mit Ihnen darüber unterhalten. Und was den Literaturkritiker betrifft . . .«

Ich zog die Radierung aus meiner Tasche und schob sie auf Tygers Pult. » . . . könnte es vielleicht sein, dass er einen anderen Grund hatte, den Schriftsteller anzugreifen? Könnte es sein, dass sich William Alec Reed für etwas rächen wollte?«

Tyger schien nicht mal überrascht. Er zuckte nur mit den Schultern und gab sein ironisches Lächeln zum Besten.

»Warum führen wir dieses Gespräch nicht unter vier Augen fort?«, fragte er. »Komm doch nach der Stunde in mein Sprechzimmer. Und jetzt setz dich bitte wieder auf deinen Platz.«

ACHTUNDZWANZIG

Tygers Sprechzimmer war ein kleiner, altmodisch eingerichteter Raum mit Bücherregalen, einem gepolsterten Armsessel und einem dunklen Sekretär, hinter dem mein Englischlehrer jetzt Platz nahm. Es roch nach kaltem Tabak.

Tyger goss sich eine Tasse Tee ein, dann zündete er sich eine Zigarre an und lehnte sich zurück. Ich hielt die Luft an, um den verdammten Schluckauf zu unterdrücken. Er hatte eingesetzt, als ich Tyger unter dem Getuschel meiner Mitschüler aus dem Klassenzimmer gefolgt war, und rührte wohl daher, dass sich meine Lunge für den Rest der Englischstunde nur noch auf das Einatmen konzentriert hatte, während das Ausatmen in kleinen, schmerzhaften Stößen vor sich gegangen war.

Ich legte das Blatt mit der Radierung auf den Tisch.

»Was machen Sie hier?«, fragte ich gepresst. »Was bedeutet dieses Manuskript? Warum haben Sie daraus vorgelesen? Warum ausgerechnet diese Stelle? Was wissen Sie . . .«

Ich rang nach Luft, jetzt brach der Schluckauf doch wieder heraus, sodass ich die letzten Worte nur noch flüstern konnte. »Was wissen Sie über mich?«

Tyger nippte an seinem Tee und sah mir belustigt dabei zu, wie ich die Arme vor der Brust verschränkte.

»Gehen wir eine Frage nach der anderen an«, sagte er. »Warum ich hier bin, willst du wissen. Nun, sagen wir einfach: Deine Wenigkeit spielt dabei eine nicht ganz unbedeutende Rolle. Was das Manuskript betrifft . . .« Tyger lächelte dünn. »Ich fand Ort und Anlass angemessen. Was ich über dich weiß . . .« Er nippte erneut an seinem Tee. ». . . dazu kommen wir später. Aber wie ich sehe, hast du deine Hausaufgaben gemacht. Und ein hübsches Kunstwerk hast du außerdem gefunden.« Tyger drehte das Bild, sodass ich es jetzt kopfüber sah. »Woher hast du das?«

Ich unterdrückte einen neuen Schluckauf und tippte auf den blonden Mann auf dem Bild. »Sie wissen, wer das ist«, erwiderte ich. »Sie kennen die Geschichte, die sich zwischen den beiden Männern abgespielt hat.«

»Oh ja«, sagte Tyger. »Ich kenne sie. Der blonde Sunnyboy ist William, der Dunkelhaarige heißt Ambrose. Die beiden hätten gute Freunde werden können, waren es anfangs sogar. Ambrose liebte es, gute Geschichten zu schreiben, William liebte es, gute Geschichten zu lesen.«

Tyger strich sich nachdenklich über die Oberlippe.

»Dein Urgroßvater war von Ambroses Geschichten äußerst angetan und an seiner Berühmtheit nicht unwesentlich beteiligt, denn seine ersten Kritiken waren Lobeshymnen, mit denen er Ambroses Werk einem breiten Publikum zugänglich machte. Bis den beiden schließlich eine weitere Liebe in die Quere kam.«

Tyger deutete auf die Frau. »Ambrose verliebte sich in Williams Verlobte. Und Williams Verlobte verliebte sich in Ambrose.« Tyger zeigte auf die verschränkten Finger der beiden, das winzige Detail, das ich erst gar nicht bemerkt hatte. »Hier war es noch ein Geheimnis«, sagte er. »Aber bald darauf konnten die beiden es nicht länger verschweigen. Sie wussten, dass sie füreinander geschaffen waren. Sie taten das einzig Richtige. Sie gingen zu William und sagten ihm die Wahrheit. Emily löste ihre Verlobung mit ihm und heiratete

Ambrose.« Tyger lächelte mich an. »Wie sagte der deutsche Dichter Heine noch so schön: Es ist eine alte Geschichte, doch bleibt sie immer neu. Und wem sie just passieret, dem bricht das Herz entzwei.«

»Also ist es wahr«, sagte ich. Der Schluckauf hatte aufgehört, ich hatte meine Stimme wieder. »Mein Urgroßvater hat die Werke von Ambrose Lovell aus Rache verrissen.«

»Rache.« Jetzt war es Tyger, der scharf die Luft einzog, und ich dachte, dass das die erste spontane Reaktion war, die ich jemals bei ihm erlebt hatte. »Rache wofür? Ambrose hat sie ihm nicht weggenommen. William hatte sie längst verloren. Menschen sind kein Besitz. Ambrose und Emily sind ihren Gefühlen gefolgt. Aber was dein Urgroßvater getan hat, das war ein Verbrechen. Er hat Ambroses Werke nur aus einem Grund in der Luft zerrissen: um ihn zu zerstören. Dein Urgroßvater war ein Lügner, ein Betrüger und ein ausgesprochen feiger Mörder.« Tygers blaue Augen waren kalt wie Eiskristalle.

Mein Herz raste. »Woher wissen Sie das alles?«, fragte ich. »Und vor allem: Warum ... regt es Sie so furchtbar auf? Sind Sie ... mit Ambrose Lovell verwandt?«

Tyger stieß einen Rauchkringel aus. Sein Gesicht zeigte keine Regung, doch die Äderchen auf seiner Stirn pulsierten und pochten. Plötzlich hatte ich das Gefühl, dass seine Kälte bröckelte. Etwas in ihm schien zu lodern, aber es war kein Hass, es war etwas anderes, das brannte und an ihm fraß und ihn dazu trieb, mir gegen seinen eigenen Willen die Wahrheit zu sagen.

»Verwandt«, wiederholte Tyger, »ist nicht unbedingt der richtige Ausdruck. Man könnte eher sagen, ich war mit Ambrose Lovell verbunden. Ja, ich glaube, das trifft es besser. Ambrose Lovell und ich waren einander sehr verbunden.«

»Wie meinen Sie das? Was heißt das? Waren Sie Lovells Freund?«, fragte ich und wusste im gleichen Moment, was für ein Blödsinn das war. Sie konnten keine Freunde sein. Tygers Alter war schwer zu schätzen, seine eisgrauen Haare täuschten. Mitte vierzig. Ende sechzig. Alles dazwischen hielt ich für möglich. Aber Ambrose Lovell hatte sich 1928 das Leben genommen, siebenundvierzigjährig, wenn ich mich richtig erinnerte.

»Wir waren mehr als Freunde«, entgegnete Tyger. »Ambrose Lovell war mein Mensch.«

Ich verstand nicht, was er meinte.

Doch dann begegnete ich seinem Blick und sah, wie das ironische Funkeln in seinen Augen erlosch. Tyger zeigte mir ein neues Gesicht, aus dem die Ironie, die Arroganz und die Überheblichkeit verschwunden waren. Sie hatten sich entzogen wie Farbe aus einem Bild.

Seine Miene war so blass und leer und blank wie die Innenfläche seiner Hände, die er jetzt langsam über den Tisch zu mir herüberschob. Es waren Hände ohne Linien, Hände ohne Spuren, Hände ohne eigene Geschichte.

Sie sahen aus wie Lucians Hände.

Über das Dach des Schulgebäudes flog ein Hubschrauber. Sein lautes, dröhnendes Brummen durchkreuzte meinen Kopf, es wirbelte meine Gedanken auf wie heißen Staub auf einer Straße im Sommer. Das Brummen wurde leiser, der Staub senkte sich, langsam und lautlos verteilte er sich neu, und als alles still war, fand ich Worte.

»Wer sind Sie?«, flüsterte ich. »Was sind Sie?«

Ganz langsam kam wieder Leben in Tygers Gesicht. Seine Wangen nahmen Farbe an, die Adern an seiner Stirn begannen zu pulsieren und in seine Augen kehrte der kalte Glanz zurück.

Er zog die Hände vom Tisch, zündete die Zigarre, die ebenfalls erloschen war, wieder an, paffte ein paar Mal und lehnte sich in seinem Stuhl zurück.

»Machen wir ein kleines Experiment«, sagte er. Er griff zum Telefon und wählte. Aus der Sprechmuschel drang die Stimme einer Frau. Tyger forderte sie auf, in sein Sprechzimmer zu kommen. Er legte den Hörer auf, nahm seine Teetasse, lehnte sich in seinem Armsessel zurück und fing an, mit dem Löffel in seiner Tasse zu rühren.

Als die Tür sich öffnete, wurde Tygers Gesicht starr. Er hatte seinen Blick zwar auf mich gerichtet, aber er schien eher durch mich hindurchzusehen. Es war derselbe Ausdruck, der auch in Lucians Gesicht gelegen hatte, als er an jenem Nachmittag in die Bar gekommen war, wo ich mit Spatz und Janne saß. Es war wie bei einem Kind, das sich die Hände vor die Augen hält in der festen Annahme, dadurch auch für die anderen zu verschwinden.

Eine dickliche Frau schob sich ins Zimmer. »Yes please?« Sie sah zu dem Armsessel, in dem Tyger saß. Dann runzelte sie die Stirn und blickte zu mir. Ihr Gesicht wurde zunehmend verwirrter. Sie musterte mich und ich konnte sehen, wie sie versuchte, die Stimme vom Telefon mit meiner Person in Einklang zu bringen, was ihr nicht gelang. Sie schüttelte den Kopf. »War Mr Tyger eben hier? Er hat mich angerufen.«

Mir blieben die Worte im Hals stecken.

Die Sekretärin kicherte. »Ich komm dann später noch mal«, sagte sie und wackelte aus dem Zimmer.

Tyger wartete, bis sich die Tür schloss. »Ist hübsch, oder? Und so praktisch.«

»Wer sind Sie?« Ich versuchte mich an meiner Frage festzuhalten.

Und diesmal antwortete er mir. »Jetzt«, sagte er und sein Lächeln wurde traurig, »bin ich so etwas wie ein gescheiterter Begleiter. Jemand, der es nicht geschafft hat.«

»Der was nicht geschafft hat?«

Plötzlich stieg mir ein Bild in den Kopf: Tyger, der auf der Beerdigung der Hamburger Schauspielerin unter dem Baum gestanden und applaudiert hatte.

»Meinen Menschen zu retten«, vollendete er seinen Satz. »Ich habe es nicht geschafft, meinen Menschen zu retten. Nun ist Ambrose Lovell die ewige Ruhe bestimmt und mir das ewige Leben. Um auf deine Frage von vorhin zu antworten: Ich bin jetzt so etwas wie Dorian Gray aus dem Roman von Oscar Wilde.« Für einen Moment kehrte sein selbstherrliches Lächeln zurück, als er hinzufügte: »Vielleicht nicht ganz so gut aussehend.«

Ich ließ ihn nicht aus den Augen. »Erzählen Sie mir Ihre Geschichte«, sagte ich und meine Stimme hatte ein fremdes Klirren, das ich selbst nicht recht zuordnen konnte. Ich dachte an ein gewetztes Messer mit einer scharfen Klinge. Es war in Tygers Hand gewesen, jetzt lag es in meiner.

»Erzählen Sie mir Ihre Geschichte«, sagte ich. »Vom Anfang bis zum Ende.«

Tygers Blick traf mich bis ins Mark, aber ich sah nicht weg.

»Am Anfang«, sagte Tyger schließlich, »wird der Mensch geboren. Aber nicht allein. Mit jedem Menschen kommt ein zweites Wesen zur Welt, das ihn begleitet. Von der Geburt . . . bis in den Tod.« Tyger stieß einen neuen Rauchkringel aus und verfolgte seinen lautlosen Tanz in der Luft, bis der Rauch sich aufgelöst hatte. Jetzt lag nur noch der bittere Geruch im Zimmer.

»Meinen Sie so etwas wie einen . . . Engel?«

Die Frage war aus meinem Mund gekommen, aber es fühlte sich nicht so an, als ob ich sie gestellt hätte.

Tyger verzog das Gesicht, als hätte ich ihn beleidigt. »Da muss ich dich leider enttäuschen, Herzchen«, sagte er. »Die Wesen, von denen ich spreche, schwingen sich nicht mit machtvollen Flügeln empor in endlose Weiten. Um ehrlich zu sein, flattern sie nicht einmal. Sie tragen weder weiße Wallekleider, noch blenden sie die Irdischen mit ihrem strahlenden Antlitz. Sie schweben auch nicht durch die Gegend, um mit unsichtbaren Händen Rotzlöffel aufzuheben, die von Bäumen fallen, oder verströmen lichtvolle Botschaften, mit denen Esoterikfreaks ihre Alltagsperspektiven aufpeppen können. Wenn du an solchen Wesen interessiert bist, meldest du dich besser für ein Engelseminar an.«

Ich schenkte ihm lediglich die Genugtuung einer winzigen Pause. Dann hatte ich mich wieder im Griff. »Ich habe durchaus begriffen, was diese Wesen *nicht* tun«, sagte ich langsam. »Nun bleibt die Frage: Was tun sie?«

»Wir sind da«, sagte Tyger. Meine Reaktion schien ihm zu gefallen. Ganz selbstverständlich wechselte er das Personalpronomen. »Wir sind in der Nähe des Menschen, mit dem wir zur Welt gekommen sind. Wo er hingeht, gehen wir hin. Das ist es. Mehr nicht. Jedenfalls nicht, soweit ich mich erinnere.«

Tyger goss sich neuen Tee nach. »Du bist sicher, dass du keinen möchtest?«, erkundigte er sich im Plauderton. »Earl Grey, ein echter englischer Klassiker, auch wenn die zarten Bergamottefrüchte aus Kalabrien importiert wurden. Wo waren wir stehen geblieben?«

»Bei Ihren Erinnerungen«, sagte ich.

Tyger nickte. »Ja, mit den Erinnerungen ist es so eine Sache. Gerade für uns.« Seine Stimme klang noch immer leichthin, doch sein Tonfall veränderte sich abermals. Ein Schatten huschte über sein glattes Gesicht, ein Ausdruck, der nicht zu ihm passen wollte. Er räusperte sich.

»Was tun Sie?«, fragte ich ein zweites Mal.

»Wie gesagt, wir sind da«, nahm Tyger den Faden wieder auf. »Wir begleiten unseren Menschen von der Geburt bis zum Tod. Ab dann übernehmen wir. Wenn der Tod eintritt, tauschen wir sozusagen die Rollen. Wir führen und unser Mensch begleitet uns.«

»Sie führen wohin?«

Meine Stimme war fest, aber meine Hände hatten angefangen zu zittern und Tygers Gesicht wurde wieder zynisch.

»Diese Frage hat euch Menschen zu allen Zeiten beschäftigt«, sagte er. »Und soweit ich weiß, hat niemand eine Antwort darauf gefunden. Das große Jenseits? Reinkarnation? Himmel und Hölle?« Tyger schnaubte. »All das sind Bilder, die im Diesseits geschaffen wurden. Wohin die Reise wirklich geht, weiß keiner. Auch wir nicht. Wir wissen nur, dass wir übernehmen, wenn euer Herz aufhört zu schlagen. Und das Einzige, was wir in dieser winzigen Zeitspanne des Todeskampfes unseres Menschen nicht tun dürfen – ist zweifeln. Sonst . . .«

Tyger hielt inne. Er erhob sich von seinem Stuhl, ging zum Fenster und sah hinaus auf das Schulgelände. Seine Schulter verdeckte den größten Teil der Aussicht, ich konnte nur ein Stück blauen Himmel sehen und eine Palme, deren Blätter vom Wind bewegt wurden. Sie schaukelten vor Tygers Wange hin und her und sie passten nicht zusammen, die Blätter der Palme und Tygers Wange.

Das Schweigen zog sich in eine qualvolle Länge.

Ein Teil von mir wollte hinausstürzen, weg von all dem Unfassbaren. Der andere Teil, offensichtlich weitaus stärker, klebte an Tyger wie an einem gewaltigen Magneten.

»Sonst *was?*«, schrie ich ihn an.

Tyger drehte sich um, sein Blick streifte die Bücher im Regal, dann glitt er zurück und blieb schließlich an seiner Westentasche mit der Taschenuhr hängen. Er zog an der Kette, bis die Uhr in seiner Hand landete.

Zum ersten Mal sprach er von sich. »Als sich Ambrose in seinem Schreibzimmer erhängen wollte«, sagte er mit einer Stimme, die erstaunlich dünn war, »wurden Zweifel in mir wach. Ich bekam Angst, Todesangst, um genau zu sein. Und diese leisen Zweifel weckten andere ... *menschliche* Gefühle in mir. Ich spürte, dass ich meinen Menschen liebte, dass ich seine Geschichten vergötterte, dass ich den Gedanken, sein Leben würde jetzt auf diese Weise enden, nicht ertragen konnte. Es war zu früh. Das war es, was ich dachte. Ich wollte ihn retten, ihn schützen. Aber ein Begleiter kann niemanden retten oder schützen, so etwas kann nur ein Mensch.«

Tyger brach ab. Er steckte die Uhr zurück in seine Westentasche. Das Schweigen wurde ohrenbetäubend.

»Und dann?« Meine Stimme war kaum noch ein Wispern. »Was geschah dann? Was haben Sie getan?«

Tyger ging auf das Bücherregal zu. Er stellte sich in einem Meter Abstand davor auf und sprach mit dem Rücken zu mir, als ob statt meiner die aufgereihten Buchrücken seine Zuhörer wären.

»Es war im Grunde nur eine einfache Frage«, sagte er leise. »Ein einfacher – menschlicher – Gedanke. Was wäre, wenn ...?«

Tyger holte Luft, ich sah, wie sich seine Schulterblätter weiteten.

»Was wäre, wenn ich ein Mensch würde? Was wäre, wenn sich die Zeit zurückdrehte? Wenn Lovell – und ich – eine zweite Chance bekämen? Was wäre dann?«

Diesmal schwiegen wir gemeinsam. Mir kam es so vor, als wartete ich mit ihm zusammen auf die unmögliche Antwort.

Dann drehte Tyger sich um. »All die Schriftsteller«, er machte eine Handbewegung in Richtung Regal, »hätten es sich so viel leichter machen können mit ihren Zeitreisegeschichten. Keine Pillen. Keine Maschinen. Keine Stürze von Hochhausdächern, kein freier Fall auf Mutter Erde war nötig.«

Er ließ die Hände sinken und schnippte mit dem Finger. »Es geschah einfach so. Die Zeit drehte sich zurück und ich wurde zum

Mensch.« Er neigte den Kopf und schien zu warten, was seine Worte bei mir auslösten.

Die Zeit drehte sich zurück, dachte ich. Er wurde zum Mensch, dachte ich. Die Zeit drehte sich zurück und er . . . Lucian . . . wurde ein Mensch?

Nein. Oh nein. Dass Tyger mich hasste und wofür er mich hasste, das hatte ich begriffen. Aber was er mir jetzt weismachen wollte, das ging zu weit. Dieser Mann war geistesgestört und wollte jetzt auch mich zum Wahnsinn treiben. Er wollte mir vorgaukeln, dass dieser abstruse halb fertige Roman von Ambrose Lovell der Wirklichkeit entsprach. Sogar die Sekretärin hatte er angestiftet, sein billiges Spiel mitzumachen. Und fast hätte er es geschafft, dass ich ihm glaubte. Aber ich würde ihm zeigen, dass ich auf sein krankes Gerede nicht länger hereinfiel.

Ich sah ihm fest in die Augen. »Wenn es wirklich so . . . einfach ist, wie Sie behaupten«, sagte ich, »warum macht es dann nicht jeder? Bei allem Respekt, aber es gibt schlimmere, viel schlimmere Todesfälle, als den von Love. . . als den von *Ihrem* Menschen. Was war mit Emily, die in seinen Armen verblutete? Was war mit Lovells Sohn, der als kleines Kind sterben musste? Warum haben ihre Begleiter nicht gezweifelt? Warum haben ihre Begleiter nicht beschlossen, ihren Menschen zu retten?«

Tyger lächelte mitleidig. »Auf diese Frage gibt es eine einfache Antwort: Es tut nicht jeder. Um genauer zu sein: Es tut fast niemand. Schon allein aus dem Grund, weil wir Begleiter gar nicht wissen, dass wir solche menschlichen Gefühle überhaupt empfinden *können.* In Lovells Leben gab es unzählige Gelegenheiten, die in mir den Wunsch hätten wecken können, ihn vor seinem Schicksal zu schützen. Ich war dabei gewesen, als sein Vater bis zur Bewusstlosigkeit auf ihn einschlug. Ich war dabei gewesen, als Lovell seinen jüngsten

Bruder fand, der sich aus Angst vor dem Vater aus dem Fenster stürzte. Ich war bei ihm, als er von zu Hause fortlief, wie er versuchte zu überleben, praktisch mit nichts. Ich war bei ihm, als er schrieb, seine Geschichten baute wie Häuser, die manchmal einstürzten, weil das Fundament nicht stimmte, aber die er immer wieder aufrichtete. Ich las seine Worte, auch die, die nie ein anderer sehen würde, weil er sie verwarf, um neue zu schaffen.«

Tyger kam zurück zum Tisch. Er stützte seine Hände auf der Stuhllehne ab und blickte mir in die Augen. »Kurz: Ich teilte seine Leiden und seine Freuden. Aber ich fühlte nicht, wie Menschen fühlen, ich dachte nicht, wie Menschen denken. Nie hatte ich auch nur den leisesten Zweifel an meiner Bestimmung. Ich war bei ihm, ungesehen, ungehört – und es war richtig so. Doch als er sich umbringen wollte, geschah es. Ich fühlte wie ein Mensch. Und deswegen wollte ich sein wie ein Mensch, um ihn zu retten.«

Tygers Gesicht war jetzt ganz klar. »Ich kann nicht für andere Begleiter sprechen. Ich spreche nur für das, was mich in diesen Sekunden trieb. Mit dem Unterschied, dass ich mittlerweile den Preis kenne, den man dafür zahlen muss.«

Mein Triumphgefühl löste sich auf. »Welcher Preis?«, fragte ich tonlos. »Womit mussten Sie zahlen?«

»Mit meiner Erinnerung«, antwortete er. »Als ich zu mir kam, war ich ein Mensch ohne Vergangenheit, ohne Kleider, ohne Handlinien. Da war dieser Schmerz in meiner Brust, den ich mir nicht erklären konnte. Er ließ immer nur dann nach, wenn ich in die Nähe dieses einen Menschen kam: Ambrose Lovell. Es war wie eine unsichtbare Verbindung.« Tyger rieb seine langen gepflegten Finger gegeneinander. Mir fiel auf, dass die Halbmonde seiner Fingernägel einen bläulichen Schimmer angenommen hatten, als ob er frieren würde.

»Lovell tauchte in meinem Leben auf«, fuhr er fort, »wieder und wieder. Zunächst hielten wir es für Zufall, doch irgendwann war diese Illusion nicht länger möglich. Wo er war, war ich. Wo ich war, war er. Zusammen ging es uns gut. Getrennt ging es uns schlecht. Bei uns . . .«, Tyger warf mir einen Seitenblick zu. »War keine Leidenschaft im Spiel, das erleichterte die Sache ein wenig. Aber dennoch konnten wir nicht ohne den anderen sein. Wir konnten diese Anziehung nicht verstehen. Sie erklärte sich allein durch das Unbewusste.«

Schon bevor er fortfuhr, wusste ich, was er damit meinte.

Er sagte: »In allen möglichen und unmöglichen Situationen träumte ich von Ambrose. Aber es waren immer nur Bruchstücke, Ausschnitte. Suchbilder aus der Vergangenheit und der Zukunft.« Tyger griff nach der Radierung. Er drehte sie in seinen Händen, dann ließ er sie wieder sinken. »Irgendwann träumte ich von Ambroses Tod. Ich sah ihn an der Gardinenstange hängen.«

Ich spürte ein Zucken in der Brust, mein Herz schlug in stetigem Rhythmus, gleichzeitig produzierte mein Gehirn Bilder. Jedes Pochen schien ein neues Bild auszulösen.

Poch – mein Albtraum vom Sterben. Poch – Lucian vor meinem Fenster. Poch – Lucian im Lampenladen, poch – Lucian auf dem Flohmarkt, poch – Lucian vor dem Leuchtturm am Falkensteiner Ufer. Poch – Lucian auf dem Maskenball. Poch – Lucian in seiner Unterkunft in Hamburg. Poch – sein Kuss – poch, poch, poch . . .

Ich presste beide Hände zusammen und krallte die Finger ineinander.

»Von da an folgte ein Schlag auf den anderen«, fuhr Tyger fort.

»Lovells Sohn starb. Kurz darauf seine Frau. Ich hatte diese Szenen geträumt, doch wir konnten sie nicht verhindern. Sie trafen aufs Neue ein, manche mit winzigen Abweichungen, aber sie geschahen. Ambrose, der mittlerweile stark zu trinken begonnen hatte und mit den ersten Selbstmordgedanken kämpfte, schwor mir, stark zu bleiben, bis wir herausgefunden hatten, wer ich war. Ich wusste es zu diesem Zeitpunkt noch immer nicht. Ich wusste es auch nicht, als ich Wochen später in der Zeitung las, dass sein Verleger sich von ihm getrennt hatte. Ambrose hatte sich inzwischen in seinem Zimmer verschanzt. Er ließ mich nur noch ein einziges Mal zu sich. Er war betrunken, kaum noch bei Sinnen. Er nannte mich seinen Tod, seinen letzten Besucher, aber gleichzeitig erklärte er mir, er bräuchte mich nicht, er käme ohne mich zurecht. Dann schmiss er mich gewaltsam hinaus.«

Tyger löste sich von dem Stuhl und nun sah er uralt aus, als hätte ihm jemand eine Maske von seinem Gesicht gezogen.

»Ich fand Hilfe«, sagte er. »Ich fand heraus, wer ich war und dass ich der Einzige war, der Lovell retten konnte. Ich stürzte zurück zu Lovells Schreibzimmer. Aber ich kam zu spät.«

Noch einmal holte Tyger die goldene Taschenuhr aus seiner Westentasche. Diesmal klappte er sie auf und sein linkes Auge zuckte jetzt sehr heftig. »Am 17. Oktober 1928 um 23:45 Uhr brach ich die Tür von Lovells Schreibzimmer auf. Ich kam um eine Minute zu spät. Lovell war tot. Seine Uhr lag am Boden. Sie war stehen geblieben.«

Tyger hielt mir die Taschenuhr hin. Ihr Minutenzeiger stand auf 23:44.

»Auf Lovells Schreibtisch lag der halb fertige Roman. Zu einem richtigen Ende ist es nicht gekommen, weder für Ambrose noch für mich.«

Ich saß auf meinem Stuhl und rührte mich nicht. Ich hatte das Gefühl, als würde ich mich nie wieder rühren können.

Tyger ließ die Taschenuhr zuschnappen und setzte sich wieder an seinen Tisch. »Kommen wir zum Ende der kleinen Privatstunde«, sagte er. Sein Gesicht hatte sich wieder geglättet, es sah aus wie immer und die Emotionen waren aus seiner Stimme verschwunden. »Die

Verbindung war getrennt. Ich wusste, wer ich war, und ich wusste, dass ich gescheitert war. Mein Mensch war tot, ich lebte. Ich erfuhr, dass ich ab jetzt nicht mehr älter werden und niemals sterben würde. Ich . . .«

»Halt«, schrie ich. »Halt! Woher? Woher wussten Sie das?«

»Zum einen, weil ich versucht habe, mich umzubringen«, entgegnete Tyger trocken. »Zum anderen gab es jemanden, der mich aufklärte. Ich bin glücklicher- oder unglücklicherweise nicht der einzige Begleiter auf Erden, der versagt hat. Wenn ein neues Mitglied den Club betritt«, Tyger lächelte bitter, »tun die Alten ihr Bestes, um ihm über den schlimmsten Schmerz hinwegzuhelfen.« Er machte eine Handbewegung, als ob er eine Fliege verscheuchen wollte. »Wie auch immer: Ich fand mich nicht mit meinem Verlust ab, doch ich lernte, damit umzugehen. Und ich kam zu Geld. Manche Träume haben auch ihr Gutes. Der Aktienmarkt ist eine großartige Erfindung, wenn man über gewisse Informationen im Voraus verfügt, nicht wahr? Meine Firma *Eternal Fonds* ist recht erfolgreich.«

Ich starrte Tyger an, aber er wich meinem Blick aus.

Der Firmenname. Auf dem Klingelschild. Im Holzdamm.

»Nein«, krächzte ich.

»Doch.« Tyger nickte. »Lucians selbstloser Gastgeber in Hamburg war ich.«

»Wo?«, schrie ich. »Wo?«, fauchte ich. »Wo ist Lucian? Wo ist er? Wo ist er jetzt?«

Tyger sah mir in die Augen. Sein Gesicht, seine ganze Haltung war ruhig, aber dahinter stürzte etwas ein, das ihn bis jetzt aufrecht gehalten zu haben schien. Tyger, der selbstherrliche Fuchs, hatte sich binnen Sekunden in einen geprügelten Hund verwandelt. In seinen Augen spiegelte sich eindeutig und unverkennbar ein schlechtes Gewissen. Tyger fühlte sich schuldig.

»Ich weiß nicht, wo Lucian ist«, sagte er leise. »Ich habe ihn seit deinem Abflug nach Los Angeles nicht mehr gesehen.«

Damit stand er auf und ging zur Tür. Als er an mir vorbeikam, blieb er stehen. Für einen winzigen Moment legte er mir die Hand auf die Schulter. Es war eine hilflose Geste.

Ich schüttelte die Hand ab. Die Berührung brannte auf meiner Haut und ich spürte, wie eine irrsinnige Wut in mir hochstieg. Ich fühlte mich wie ein wildes Tier, das zu lange eingesperrt gewesen war, und nun hatte sich unvermittelt die Tür des Käfigs für mich geöffnet. Wohin? Wohin sollte ich jetzt gehen? Was sollte ich jetzt tun?

»Wende dich an Faye«, sagte Tyger, als hätte ich die Fragen laut gestellt. »Wende dich an das Kindermädchen deiner Schwester.«

Einen Moment später war er verschwunden.

NEUNUNDZWANZIG

Es war unmöglich, Faye auch nur eine einzige Minute allein zu erwischen. Val belagerte sie wie ein junger Drache seine Prinzessin. Als ich aus der Schule kam, hatten die beiden das Wohnzimmer in einen riesigen Abenteuerspielplatz verwandelt. Ich erkannte den sterilen Raum kaum wieder. Kissen stapelten sich zu wackeligen Türmen, die Sofas waren mit bunten Tüchern bedeckt. Vor dem Steinway-Flügel hatte offensichtlich ein Popcornhagel stattgefunden. Der Boden war übersät von klebrigen Krümeln, Val musste in ihnen herumgetrampelt sein.

Faye kauerte unter dem Tisch. Ihre gefalteten Hände waren mit einem Seidenschal, der ziemlich teuer aussah, an eins der Tischbeine gefesselt, während Val um sie herumtobte und einen Kriegstanz aufführte. Sie hielt einen Kochtopf in der Hand und trommelte mit einer Schaumkelle darauf herum. Das dröhnende Scheppern tönte durchs ganze Haus, während Val sang und schrie und Faye in gespielter Angst mit den Augen rollte und mit dem Kopf wackelte. Ihre langen roten Locken fielen ihr über die Schultern wie ein Vorhang. Auch heute trug sie wieder eins ihrer Mädchenkleider, zu groß, zu lang und trotzdem war sie umwerfend schön.

»Du bist der Ritter«, schrie Val mir zu. »Komm schon, du musst der Ritter sein. Befrei sie, kämpfe mit mir. Grrrrrrr!« Sie fauchte mich an, schlug weiter mit ihrer Kelle auf den Topf und glitt mir, als ich ihre Hände festhalten wollte, wie ein nasser Fisch aus den Fingern.

Ich starrte ihr nach, erst merkte ich gar nicht, wonach ich suchte, und dann wurde es mir plötzlich klar.

Am Anfang wird der Mensch geboren. Aber nicht allein. Mit jedem Menschen kommt ein zweites Wesen zur Welt, das ihn begleitet. Von der Geburt . . . bis in den Tod.

Ich musterte Val, die offensichtlich etwas besaß, das ich verloren hatte. Ich hielt Ausschau nach einem Zeichen, nach einem sichtbaren Beweis dafür, dass Tyger mir die Wahrheit erzählt hatte. Aber ich sah nur ihre in der Luft fliegenden Haare, ihren kleinen, vor Leben sprühenden Körper, der durch das Wohnzimmer wirbelte.

Auch in meinem Kopf wirbelte es. Es wollte nicht aufhören und die Frage nach Lucian trommelte im Rhythmus von Vals Schlägen in meiner Brust. Wo war er? Was war mit ihm geschehen?

Was wäre, wenn sich die Zeit zurückdrehte? Was wäre, wenn ich ein Mensch würde? Wenn Lovell und ich eine zweite Chance bekämen. Was wäre, wenn?

»Grrrr. Grrrr.« Val kreischte lauter, höher, wurde immer euphorischer in ihrem Drachenspiel, während Faye unter dem Tisch ganz still geworden war. Sie sah mich an, ihre grauen Augen ließen mich nicht los, nur wenn Val zu ihr schaute, wackelte sie mit dem Kopf, aber sie schien nicht mehr bei der Sache zu sein.

»Ich werde dir den Kopf abreißen, peng-peng, ich werde dich fressen, grrr, grrr. Peng, peng.«

Irgendwann träumte ich von seinem Tod. Ich sah ihn an der Gardinenstange hängen.

Und wenn es auch bei Lucian so gewesen war? Wenn Lucian meinen Tod geträumt hatte, vielleicht sogar das Gleiche sah, Nacht für Nacht, das auch mich nicht losließ? Die Glasscherben, das viele Blut, mich, um mein Leben flehend . . . war dieser geträumte Tod wirklich gewesen? War das unser Tod gewesen? Hatte Lucian mich retten, mich schützen wollen? Hatte auch er sich diese Frage gestellt? *Was wäre, wenn?*

Für einen Moment versuchte ich, diesen Gedanken zu halten, aber er entglitt mir, wie Val vorhin meinem Griff entglitten war.

Lucian war zu Janne gegangen. Lucian hatte mit Janne gesprochen und Janne hatte mich hierherverbannt, fort von ihm. Wenn Tyger mir wirklich die Wahrheit gesagt hatte, warum hatte Lucian mich dann verraten?

Grrr. Grr . . . Peng-peng.

»Hör auf!« Ich packte Val bei den Handgelenken, so fest, dass sie sich nicht mehr entziehen konnte. »Hör auf! Du nervst!«

Val sah zu mir hoch. Enttäuschung schimmerte in ihren blauen Augen. Ihre Unterlippe zuckte, sie presste die Lippen aufeinander, dann beugte sie sich herunter und biss mir mit ihren kleinen spitzen Zähnen in die Hand. Der Schmerz hatte beinahe etwas Erlösendes. Die Abdrücke von Vals Gebiss hatten sich in meine Haut gebohrt, an einer Stelle blutete es sogar.

»Das hast du nun davon«, sagte Val in einer gespielten Erwachsenenstimme. »Wenn du so ein Blödi bist. Genau. Ein Blödi. Ein blöder Blödi! Grrrrrrrrrrrr!«

»Herrje, was . . .«

Mein Kopf flog herum. Michelle war ins Wohnzimmer gekommen. Ihr Blick fiel als Erstes auf mich, aber als sie Faye unter dem Tisch hocken sah, schien ihr klar zu werden, wer diesmal das Chaos verursacht hatte. Sie atmete aus, dann stemmte sie in gespielter Empörung die Hände in die Hüften und sagte zu Val: »Hat mein kleiner Räuber heute wieder seinen Großkampftag?«

»Ich bin kein Räuber, du Blödi!«, rief Val. »Grrrrrrrrr. Ich bin ein Drache. Und ich werde dich fressen, grrrrr . . .« Sie stürmte auf Michelle zu, die lachend die Arme ausbreitete und sie auffing. Als Val ihre Ärmchen um sie schlang und sie – diesmal zärtlich wie ein Kätzchen – in die Nase biss, fing Michelle wieder an zu lachen. »Du verrücktes kleines Beißhörnchen«, sagte sie.

Die beiden verschwammen vor meinen Augen, und als ich sie durch den Schleier meiner Tränen anschaute, sah ich plötzlich Janne vor mir.

»Willst du dein armes Opfer nicht erlösen?«, fragte Michelle und deutete unter den Tisch. Val schüttelte ihre blonden Locken und ich ergriff die Gelegenheit.

Ich kroch unter den Tisch und löste die Knoten von Fayes Knebel. »Ich muss mit dir sprechen«, flüsterte ich. »Unbedingt.«

Faye rollte wieder mit den Augen, dann hielt sie mir ihre verknoteten Hände hin.

Val hockte auf Michelles Arm und beobachtete meine Rettungsaktion von ihrem erhobenen Posten.

»Pfff«, machte sie abfällig. »Jetzt ist es leicht. Aber an mir wärst du nicht vorbeigekommen.«

Ich wickelte den Seidenschal von Fayes Händen. Val hatte ganze Arbeit geleistet. Fayes Handgelenke waren so fest eingeschnürt, dass ihre Finger richtig blutleer aussahen. Auf ihren Handgelenken zeichneten sich rote Striemen ab.

»Wann«, flüsterte ich, als ich das letzte Stück Schal von ihren Handgelenken zog, »wann kann ich mit dir sprechen?«

Faye antwortete nicht. Sie sah mich nur an, die Augen groß und grau. Dann spreizte sie ihre Finger und hielt ihre Hände hoch in die Luft, wie zum Zeichen für Val, dass sie sich ergeben hatte.

Val und Michelle waren immer noch ein paar Meter von uns entfernt, sodass sie nicht sehen konnten, was Fayes Hände mir sagten:

Sie war eine von ihnen.

Ich war nicht einmal überrascht. Im Gegenteil. Ich fühlte mich zum ersten Mal seit meiner Ankunft in Los Angeles sicher und beschützt.

Faye kroch mit erhobenen Händen an mir vorbei unter dem Tisch hervor. »Mächtiger Drache Valentina«, flehte sie mit ihrer hohen Stimme. »Überlässt du mich dem holden Ritter Rebeccus, damit ich ihn mit auf mein Schloss nehmen darf? Erweist du mir diese unermessliche Güte deines Herzens?«

Michelle lachte und Val, die einzusehen schien, dass die Kampfarena für heute geschlossen war, sagte gönnerhaft: »Na gut. Dann nimm deinen Blödi halt mit. Aber ein Ritter ist die nicht. Die ist ein Spielverderber.« Meine kleine Schwester streckte mir die Zunge raus.

»Danke, Faye«, sagte Michelle. »Ich übernehme das Aufräumkommando. Val sieht dich dann Montag?« Sie zwickte Val in die Nase. »Sag Tschüss, Mäuschen.«

»Tschüss, Blödi«, sagte Val. Sie löste sich aus Michelles Arm und lief aus dem Zimmer.

Als jetzt auch Faye auf die Tür zuging, wurde ich panisch. Doch dann drehte sie sich um und wandte sich an Michelle. »Meine Mutter hat gefragt, ob ich Rebecca heute zum Abendessen einladen darf.« Sie lachte. »Sie wollte Arme Ritter machen, es ist das einzige deutsche Gericht, das sie kennt. Ich habe ihr versprochen, sie nicht zu enttäuschen.« Sie sah von meiner Stiefmutter zu mir. »Was meinst du? Erträgst du eine Kostprobe? Meine Mutter würde sich wirklich riesig freuen.«

Ich musste mir Mühe geben, nicht gleich hinter ihr herzustürmen. Krampfhaft bemühte ich mich um ein gleichgültiges Schulterzucken und sah fragend zu Michelle. Die zuckte ebenfalls die Schultern. »Na klar«, sagte sie und war schon mit dem Aufräumen beschäftigt. »Ruf an, wenn du abgeholt werden willst«, rief sie mir noch zu.

Faye lächelte mich an. »Komm«, sagte sie. »Ich bring dich zu mir.«

DREISSIG

Als ich in Vals Alter war, hatte ich einmal versucht, einen Tischtennisball in einem Topf mit Wasser zu versenken. Zunächst erstaunt und dann immer zorniger hatte ich ihn heruntergedrückt, nur um festzustellen, dass das kleine Ding immer wieder in einer erstaunlichen Geschwindigkeit an die Wasseroberfläche zurückschoss. Spatz hatte mir damals lächelnd erklärt, dass es an der Beschaffenheit, der Dichte und der Schwere des Materials lag, doch ich hatte nicht begriffen, was sie meinte.

Als ich zu Faye in den Bentley stieg und wir die Küste entlang nach Venice fuhren, hatte ich dieses Bild plötzlich im Kopf. Ich war der Topf mit Wasser und die an die Oberfläche schießenden Plastikbälle waren meine Fragen an Faye.

Woher kennst du Tyger? Was weißt du über mich? Was ist deine Geschichte? Bist auch du eine Begleiterin, die es nicht geschafft hat? Wer war dein Mensch? Wie alt bist du?

Die einzige Frage, die schwer wie ein Stein am Grund blieb, war die nach Lucian. Es war, als ob ich fühlte, dass ich auf diese Frage keine Antwort bekommen würde. Und davor wollte ich mich schützen.

Faye wohnte nicht in Venice Beach, sondern bei den Kanälen, von denen sie mir am Dienstag erzählt hatte. Als ich hinter ihr über die winzige, weiß gestrichene Brücke lief, deren Holzbohlen unter unseren Schritten knarrten, merkte ich, wie sehr dieser Ort zu ihr passte. Er hatte etwas Weltfremdes, Verträumtes, genau wie sie. Die kleinen

Häuser waren mit Efeu bewachsen, überall wuchsen Blumen. Die Gärten schmiegten sich dicht ans Wasser und am Ufer dümpelten ein paar Boote. Die Oberfläche des Wassers kräuselte sich wie ein großes, stilles Stirnrunzeln. Die Luft roch süß, fast ein wenig drückend, obwohl es kühl war.

In dem hellgrauen Häuschen mit dem Giebeldach, das ich jetzt hinter Faye betrat, schien niemand zu leben außer ihr. Der Raum mit den hohen Decken und den Dachschrägen war Küche, Wohn- und Schlafzimmer in einem. Die alten Möbel, den kleinen Kamin, das ungemachte Bett und die herumliegenden Kleider streifte ich nur mit einem flüchtigen Blick. Meine Aufmerksamkeit wurde von den Bildern angezogen. Die Wände waren voll von ihnen. Feuer speiende Drachen, vielköpfige Schlangen, Riesenschildkröten, auf denen Zwerge ritten, Einhörner, Nixen, Goblins, Gnome, feixende Kobolde. Und Feen. Lauter Feen. Alle hatten Fayes Gesicht.

»Finn konnte malen, ehe er sprechen oder laufen konnte«, sagte Faye. Sie goss sich ein Glas Leitungswasser ein, trank in kleinen ruckartigen Schlucken wie ein durstiger Vogel und fuhr sich mit der Zunge über die Lippen.

Mir war sofort klar, von wem sie sprach. »Finn war dein Mensch«, sagte ich leise.

Faye nickte. Sie streifte sich die Sandalen von den Füßen und setzte sich auf eins der Kissen am Boden. Es war das einzige, auf dem keine Klamotten lagen. Mir bot sie keinen Platz an, und als ich ein paar Sekunden unschlüssig herumgestanden hatte, nahm ich die Kleider von einem der anderen Kissen und setzte mich zu ihr.

»Schon als Dreijähriger hat Finn seine ersten Fabeltiere gemalt«, sagte Faye. »Erst waren es Drachen, dann einäugige Riesen, später kamen Nixen, Feen und Elfen. Keine Ahnung, woher er die Fantasie nahm. Bücher gab es nicht im Haus. Die Wesen schienen alle in Finns

Kopf zu wachsen. Wir wurden in Coggeshall geboren, einer kleinen englischen Stadt in der Nähe von Ipswich, und wir lebten in einer Holzhütte am Stadtrand. Dort wären wir auch gestorben. Magst du?« Faye hielt mir das Wasserglas hin.

Ich schüttelte den Kopf, erschrocken über die Beiläufigkeit ihrer Frage. Sie trank das Glas leer und wog es in ihren kleinen Händen hin und her, während sie weitersprach.

»Es hatte seit Wochen nicht geregnet. Die Luft war so staubig, dass Finn husten musste, wenn er nur aus dem Haus ging. In der Nacht seines Todes war es so heiß, dass sich Finn zum Schlafen auf den Steinboden in der Kate legte. Seine Mutter war nicht zu Hause, sie arbeitete in der nahe gelegenen Spinnerei. Als . . .«

»Warte mal«, unterbrach ich Faye. »In welchem Jahr wurde Finn . . . ich meine . . . wurdet ihr denn geboren?«

Ich musste mir ständig bewusst machen, dass das, was ich gerade zu hören bekam, kein Märchen, sondern eine wahre Geschichte war, und Fayes Antwort machte es mir nicht unbedingt leichter.

»1806?« Faye runzelte die Stirn. »Oder 1807?« Sie schüttelte den Kopf. »Ich kann mir Zahlen furchtbar schlecht merken«, sagte sie mit leichter Ungeduld. »Jedenfalls brach in dieser Nacht das Feuer aus. Das Haus war winzig und das Holz brannte wie Zunder. Finn wäre wahrscheinlich nicht einmal aufgewacht. Er wäre im Schlaf erstickt an dem giftigen Rauch.«

Faye stand auf. Sie ging zur Wand und wanderte an den Bildern entlang. Zweihundertundzwei, dachte ich. Oder zweihundertundrei. Das Mädchen vor mir, das aussah, als wäre sie jünger als ich, war über zweihundert Jahre alt – und damit fast hundert Jahre älter als Tyger, der ihr Vater hätte sein können. Vor einem der Drachen, aus dessen geblähten Nüstern feuriger Dampf quoll, blieb Faye stehen.

»Dieses Bild hatte Finn gemalt, bevor er an dem Abend schlafen ging«, sagte sie und drehte sich zu mir um. Die Sonne war untergegangen und im Haus wurde es dunkler und dunkler. Fayes rote Haare trotzten der Dämmerung, sie leuchteten und auch in ihren grauen Augen erschien jetzt ein Funkeln.

»Bei mir war es der Wunsch zu malen«, sagte sie. »Es ging mir nicht um Finn. Was mich an unserem Tod zweifeln ließ, war ein Bedürfnis, das ich plötzlich in mir selbst verspürte. Ich wollte wissen, wie es sich anfühlt, wenn aus Punkten, Linien und Strichen solche wunderbaren Kreaturen wurden. Ich wollte wissen, wie es war, sie selbst zu erschaffen.«

Fayes blasses Gesicht glühte und wieder erinnerte sie mich an Spatz. Spatz war ein Mensch, sie war Anfang vierzig, sie lebte ein normales Menschenleben und ihre Art von Kunst war mit der von Faye oder Finn nicht zu vergleichen. Aber sie hatte dieselbe weltfremde Art wie Faye – und hätte ihr Motiv, ein Mensch zu werden, wahrscheinlich besser verstanden als ich.

»Was wäre, wenn ich ein Mensch wäre und es ausprobieren konnte?«, sagte Faye. »Je mehr Finn im Schlaf nach Luft rang, desto stärker wurde der Gedanke in mir.«

Faye strich über das Bild mit dem Drachen.

»Als ich zu mir kam, war ich nackt. Ich lag mitten in einem Wald. Ich war allein. Ich wusste nicht, wer ich war, ich wusste nicht, wie ich an diesen Ort gekommen war. Ich vermisste keine Mutter, keinen Vater. Ich verspürte keine Angst, ich war nicht verletzt. Das Einzige, was mich beunruhigte, war ein feiner, ziehender Schmerz in meinem Inneren.«

Faye legte ihre Hand auf die Brust. Ich tat es ihr nach, es war eine automatische Bewegung. Der Schmerz war wieder da. Nicht annähernd so stark wie in den letzten Wochen, aber ich spürte ihn.

Im Zimmer war es jetzt so dunkel, dass die Konturen verschwammen. Die Bilder, die Möbel, Faye. Alles wurde vage wie in einem Traum.

Faye ging zum Kamin in der Ecke des Zimmers. Sie stapelte ein paar Holzscheite übereinander, schob Streifen eines zerrissenen Cornflakes-Kartons dazwischen und hielt ein brennendes Streichholz in den Kamin. Die kleine Flamme leckte an den Kartonfetzen und der Geruch von Rauch erfüllte die Luft. Faye beugte sich vor, pustete in die Flammen und das Feuer breitete sich knisternd im Kamin aus. Faye setzte sich davor auf den Boden.

»Noch in derselben Nacht begegnete ich Finn«, fuhr sie fort. »Er fand mich im Wald, er hatte schlecht geträumt und war aus dem Haus gelaufen. Als ich ihn traf, ging es mir besser. Ihm schien es mit mir genauso zu gehen. Seine Mutter nahm mich wie selbstverständlich auf, und als wir merkten, dass mich niemand vermisste, blieb ich. Sie nannte mich Faye und sagte, ich sei die gute Fee im Haus.«

»Wie habt ihr es herausgefunden?«, fragte ich. »Wie habt ihr erkannt, wer du wirklich warst? Hat dich auch . . .«, ich suchte nach Tygers Worten, »jemand aufgeklärt?«

Faye schüttelte den Kopf. »Wir fanden es allein heraus. Meine fehlenden Handlinien, meine besonderen Fähigkeiten, meine Träume von Finn, die alle wahr waren – oder wahr wurden, hier und da mit kleinen Abweichungen, aber das Wesentliche stimmte – und irgendwann wussten wir einfach, was all das bedeutete. Für uns war es fast wie ein Spiel, ein Abenteuer, das wir nicht infrage stellten. Auch Finn träumte immer wieder von der Nacht, in der das Feuer sein Haus erfasste, und als in seinem Traum der Todeskampf einsetzte, hat er mich gesehen.«

Eine heiße Welle jagte durch meine Brust. »Und wie . . . sahst du aus?«, flüsterte ich. »Als du Finns Begleiterin warst?«

Faye zuckte vage mit den Schultern. »Finn konnte es nicht beschreiben. Er hat ein paar Mal versucht, mich so zu malen, wie er mich in jenen Sekunden wahrgenommen hat, aber es ist ihm nie gelungen. Ich hatte kein Gesicht, keine Gestalt, keine Hände, Arme oder . . . Flügel.«

Faye lächelte, nicht zynisch wie Tyger in seiner Sprechstunde, sondern eher belustigt. »Finn sagte mal, vielleicht wie Nebel oder wie ein blasser Schatten«, fuhr sie fort. »Aber auch das träfe es nicht wirklich. Er meinte, er hätte einfach gewusst, dass ich da war. Er hatte im Traum sogar zu mir gesprochen. Er . . .«

»Nein«, rief ich. »Warte!« Ich presste meine Hände vor den Mund. Ich schloss die Augen. Aber es waren nicht die Bilder aus meinem Albtraum, die jetzt vor mir auftauchten. Es waren die Bilder vom Krankenhaus nach meinem Sturz von der Schaukel. Bis jetzt hatte ich diese Bilder immer nur aus Erzählungen gekannt. Aber jetzt sah ich plötzlich mich selbst auf der Trage liegen. Ich sah die Ärzte, die sich über mich beugten, ich sah die Hektik im Zimmer, die Geräte, die Werkzeuge, die Schläuche. Aber all das ging mich nichts an. Was mich anzog, war genau das, was Fayes Mensch im Traum gesehen hatte. Dieses Wesen, von dem ich plötzlich wusste, dass es . . . bei mir war. Es war, wie Finn es über Faye gesagt hatte. Was ich wahrnahm, konnte ich nicht beschreiben – aber es gehörte zu mir und ich hatte es gerufen.

Aus den ächzenden Holzscheiten im Kamin löste sich ein Funken, lautlos stob er in die Luft und erlosch. Ich sah Lucian und mich vor dem Feuer am Falkensteiner Ufer sitzen und der Stein in mir sank noch tiefer. Mein Atem ging flach und schnell.

»Soll ich lieber aufhören?«, fragte Faye. Plötzlich wirkte sie unsicher.

»Nein«, presste ich hervor. »Erzähl weiter!«

Faye ließ das leere Wasserglas in ihren Schoß sinken. »Ich hatte ebenfalls von Finns Tod geträumt«, sagte sie. »Eigentlich brauchten wir nicht viel mehr zu tun, als nachts wach zu bleiben und dafür tagsüber mehr zu schlafen. Als die heißen Tage kamen, waren wir gewarnt, und als das Feuer ausbrach, liefen wir aus dem Haus und schauten zu, wie es in Flammen aufging.«

Das aufgestapelte Holz im Kamin brannte jetzt lichterloh, während durch den Raum langsam und zögerlich die Schatten tanzten.

»Aber dann . . .« Ich versuchte zu verstehen, was das hieß, »aber dann hast du es geschafft. Du hast deinen Menschen nicht verloren, sondern ihn gerettet.«

Faye wickelte sich das rote Haar um den Hals, als wäre es ein Schal oder ein Strick. Sie nickte. »Ich hatte Finn gerettet und nun hätte ich wieder zu seiner Begleiterin werden können. Es wäre ganz simpel gewesen.« Sie sah mich an. »Der Weg zurück funktioniert genauso. Ein einfacher Gedanke genügt. Nur müssen es diesmal beide wollen.«

Faye betrachtete die Spitze ihrer Haare. Dann zuckte sie mit ihren schmalen Schultern. »Wir taten es nicht. Finn wollte mich nicht gehen lassen und mir war es gerade recht. Es gefiel mir, ein Mensch zu sein. Ich liebte Finn wie einen Bruder, wir waren unzertrennlich, immer zusammen – und wir teilten die gleiche Leidenschaft. Inzwischen wusste ich, wie es sich anfühlte zu malen.« Faye lächelte. »Ich malte keine magischen Wesen, keine Drachen, Ungeheuer oder Elfen«, sagte sie. »Ich malte Menschen. Sie waren die Wesen, die mich am meisten faszinierten.«

Ich betrachtete Faye, die ihr Haar wieder freigegeben hatte. Es fiel über ihr altmodisches Kleid und leuchtete im Schein der Flammen wie ein zweites Feuer.

Dann fiel mir Vals Geburtstagsgeschenk wieder ein, das Porträt mit dem Schatten und dann das Bild von mir, das Faye am Strand gemalt hatte. Unwillkürlich suchte ich die Wände ihres Zimmers nach weiteren Werken von ihr ab.

»Ich hänge nur Finns Bilder auf«, erklärte Faye, die mir anzusehen schien, was ich dachte. »Mit ihnen bleibt zumindest ein Teil von ihm bei mir. Wenn meine eigenen Bilder fertig sind, bedeuten sie mir meist nicht mehr so viel. Mir geht es mehr um das Malen selbst. Um das, was man in einem Gesicht, an der Haltung oder in dem Wesen eines Menschen entdeckt, während man ihn zeichnet. Und um das, was man hinzufügt.« Faye lächelte wieder. »So wie bei Ambrose und Emily und deinem Urgroßvater.«

Ich schnappte nach Luft. »Die Radierung war von dir? Aber wie . . . wann . . .?«

Ich versuchte, die Radierung mit den Zeichnungen in Einklang zu bringen, die Faye von Val und mir gemacht hatte, aber es waren zwei völlig verschiedene Stile. Vals Porträt war mit Kohle gezeichnet, mit weichen, fließenden Strichen. Die Radierung, die ich auf Dads Schreibtisch gefunden hatte, war viel schärfer, akkurater. Jede Gesichtsregung, jedes winzige Fältchen war detailgetreu wiedergegeben.

»Ich komme noch zu der Radierung«, sagte Faye. »Erst einmal hatten Finn und ich noch zehn glückliche Jahre miteinander. Immer seltener stellten wir uns die Frage, ob es vielleicht doch besser wäre, wenn ich wieder zu seiner Begleiterin wurde. Und irgendwann sprachen wir gar nicht mehr darüber. Wir achteten einfach nur darauf, zusammenzubleiben.«

Faye legte zwei neue Holzscheite ins Feuer. Sie stocherte die Glut mit dem Feuerhaken auf, bis es im Kamin wieder zu prasseln und zu lodern begann. Im Zimmer war es warm, fast heiß geworden. Meine Wangen glühten und ich drehte mein Gesicht zum Fenster, durch das ein kühler Wind wehte.

»Finn starb an der Grippe, als wir neunzehn waren«, sagte Faye. »Wir hatten das Fieber unterschätzt und dann ging plötzlich alles ganz schnell. Seine Mutter litt zu dieser Zeit schon unter starkem Rheuma, also bat sie mich, den Arzt zu holen. Ich war hin- und hergerissen zwischen zwei Möglichkeiten: bei Finn zu bleiben und wieder seine Begleiterin zu werden, damit er nicht alleine starb – oder den Arzt zu seiner Rettung zu holen. Finn war es, der entschied. Er wollte den Arzt. Als ich zurückkam, war es zu spät. Er war tot.«

Faye sah mich an, als wäre sie mehr um meine als um ihre eigene Fassung besorgt. Draußen war es stockdunkel geworden. Auch ich saß im Dunkeln, während sie vom Licht des Feuers angestrahlt wurde wie von einem Bühnenscheinwerfer.

Ich krampfte meine Hände ineinander. »Weiter«, flüsterte ich.

»Ich ging ein paar Jahre durch die Hölle«, sagte Faye. »Ich verließ Finns Mutter, ich zog durch die Gegend, stahl mir meinen Lebensunterhalt zusammen und traf schließlich andere wie mich, sie hatten dasselbe erlebt und konnten mir erklären, warum meine Selbstmordversuche nichts nutzten. Ich bin vom Dach eines Kirchturms gesprungen, ich habe mir ein Messer in die Brust gerammt, ich habe Gift genommen. Nichts half. Ich erfuhr, dass ich niemals sterben und niemals älter werden würde.«

Ihr Gesicht war jetzt ganz ernst. »Unser Leben hängt an dem des Menschen, mit dem wir geboren wurden«, sagte sie. »Wenn wir in seiner Todesstunde als Begleiter bei ihm sind, gehen wir mit ihm – oder besser gesagt: geht unser Mensch mit uns. Stirbt unser Mensch jedoch allein, so bleiben wir zurück. Ab diesem Zeitpunkt hören wir auf zu altern. Wir bleiben für immer so alt wie unser Mensch bei seinem Tod. Die Verbindung zwischen ihm und uns bricht ab.«

Wieder legte Faye ihre Hand auf die Brust. »Das innere Ziehen, das ich in den wenigen Momenten verspürte, in denen Finn und ich getrennt waren, kam nach seinem Tod nicht wieder. Stattdessen ist da jetzt so etwas wie ein Loch.«

Faye stand auf. Sie ging zur Spüle, füllte ihr Glas und nahm ein zweites Glas aus dem Schrank. Diesmal streckte ich die Hand danach aus, als sie wieder zurückkam. Meine Kehle fühlte sich an wie ausgedörrt.

»Knapp fünfundsiebzig Jahre später landete ich in London«, erzählte Faye weiter. »Ich hatte mir angewöhnt, mit meiner Staffelei auf die Straße zu gehen, um mir die Motive für meine Bilder zu suchen. Ich zeichnete gerade eine Fischmagd, als ein Mann auf mich zukam und mich fragte, ob ich Aufträge annehmen würde.«

»Mein Urgroßvater?«, fragte ich.

Faye schüttelte den Kopf. »Nein, der Auftraggeber war Ambroses Verleger. Er war eng mit Ambrose befreundet und wollte ein Porträt von ihm und deinem Urgroßvater anfertigen lassen, der als Literaturkritiker Ambroses Anfänge sehr gefördert hatte.«

Ich erinnerte mich an das, was Tyger erzählt hatte. Er ist dabei gewesen, dachte ich und konnte es noch immer nicht fassen.

»Ich willigte ein«, fuhr Faye fort. »Zwei Tage lang brauchte ich für das Porträt. Die beiden Männer posierten vor der Gartenlaube deines Urgroßvaters und auf Wunsch von Reed war seine Verlobte dabei. Ich sah die Verbindung zwischen Ambrose und Emily sofort.«

Diesmal hatte Fayes Lächeln etwas Verschmitztes. »Ihre Finger kreuzten sich natürlich nicht in Wirklichkeit«, sagte sie. »Aber es war so deutlich, wem Emilys Herz gehörte. Und es war offensichtlich, wie sehr Ambrose von seinen eigenen Gefühlen zerrissen wurde. Er liebte die Verlobte seines Freundes und Förderers. Also malte ich das winzige Detail in das Bild. Ich weiß nicht mal, ob es dein Urgroßvater bemerkt hat. Jedenfalls war es der Auslöser dafür, dass ihm Ambrose und Emily die Wahrheit sagten.«

Faye trank einen Schluck Wasser. »Sechs, sieben Jahre später traf ich Ambrose auf der Straße. Es war reiner Zufall. Er sah entsetzlich aus und ich bemerkte sofort, dass er keinen Begleiter mehr hatte. Ich machte mich auf die Suche und kurz darauf fand ich Morton. Ich klärte ihn auf, aber wir waren zu spät. Ambrose starb allein und Morton blieb zurück.«

Es dauerte eine Sekunde, bis ich begriff, dass Faye mit Morton meinen Englischlehrer meinte – den sie seit fast hundert Jahren kannte.

»Morton kam zu mir zurück, nachdem er ihn gefunden hatte«, fuhr sie fort. »Am Anfang kümmerte ich mich um ihn, aber dann trennten sich unsere Wege. Morton wurde zum Reisenden, ihn hielt es nie lange an einem Ort und mir ging es ähnlich. Nachdem ich so ziemlich um die ganze Welt gereist war, bin ich hier gelandet. Morton und ich sind immer in Verbindung geblieben.«

Faye hielt inne. Hinter ihrem Rücken loderte das Feuer. Der Rest des Zimmers lag in tiefer Dunkelheit.

»Als du im November hierherkamst, rief er mich an und erzählte mir, dass du eine seiner Schülerinnen gewesen bist.« In Fayes Stimme schwang ein Lächeln mit. »Eine besondere Schülerin, wie er sich ausdrückte. Er erzählte mir, dass du Williams Urenkelin seist und dass du eines Tages . . . allein in die Schule kamst.«

Ich verstand sofort, wie Faye das meinte.

»Er hat es gesehen«, flüsterte ich. Jetzt ergab auch das einen Sinn. Tygers ständige Seitenblicke seit jener Nacht im Oktober, mit der alles angefangen hatte, seine rätselhaften Bemerkungen, die Auswahl seiner Lektüre, die immer engere Kreise um mein Thema zog. Der Auszug aus Sartres Buch über die zweite Chance, die entsprechende Kurzgeschichte dazu von Lovell, bis hin zu der Hausaufgabe, die uns Tyger kurz vor meiner Abreise gestellt hatte: der kontroverse Dialog über den Satz *Man stirbt immer zu früh*. Als ich jetzt daran dachte, wurde mir kalt vor Angst.

»Ja«, bestätigte Faye. »Er hat gesehen, was dir fehlte, oder besser gesagt: wer dir fehlte. Und dann hat er sich gezielt auf die Suche gemacht. Er fand Lucian und nahm ihn bei sich auf.« Faye hielt inne. Ihre Stirn kräuselte sich, plötzlich wurde ihr Blick zornig. »Morton wusste, dass es seine Aufgabe war, dir und Lucian zu helfen. Aber gleichzeitig sah er plötzlich die Chance, sich zu rächen.« Faye schüttelte den Kopf. »Ich werde es nie begreifen«, sagte sie. »Und wenn ich bis in alle Ewigkeit lebe, was ich vermutlich tun werde, ich werde nicht begreifen, warum Schuld vererbbar ist, warum sie in den Generationen weiterlebt, die nichts dafür können.«

Sie fegte den Gedanken fort wie ein hässliches Insekt und kam zurück zu Tyger. »Er tat sozusagen das Mindeste, vielleicht, weil es ihm leichter fiel, Lucian zur Seite zu stehen, als dir. Er gab ihm ein Quartier und damit eine Basis, die es Lucian ermöglichte, eine Art von Leben aufzubauen und in deiner Nähe zu sein. Aber Morton klärte Lucian nicht auf. Sein Durst nach Rache ließ es ihn immer weiter aufschieben, und als Lucian verschwand, war es zu spät.«

Ich versuchte zu atmen, aber es gelang mir nur mit Mühe. Alle Fragen waren beantwortet. Außer der letzten.

Ich schloss die Augen.

»Du weißt auch nicht, wo Lucian ist, oder?«

Als Faye schwieg, öffnete ich meine Augen wieder, ganz langsam. Zum ersten Mal lag tiefes Mitleid in Fayes Blick. Ihr blasses Gesicht wurde ganz weich. Es tat weh, sie anzusehen. Alles tat mir plötzlich weh.

»Nein«, sagte Faye. »Weder Morton noch ich wissen, wo er ist. Das war einer der Gründe, warum ich dir nicht schon neulich am Strand alles erklärt habe. Du warst so mitgenommen, ich hatte Angst, dass du es nicht verkraften würdest.«

Einer der Gründe? »Das ist nicht wahr, oder?« Meine Stimme war tonlos geworden. Wie hatte sie einfach zusehen können, was ich durchmachte? Diese Ungewissheit war es doch gewesen, die mich hatte durchdrehen lassen.

»Es tut mir leid«, sagte sie schlicht. Sie meinte es so, aber in dem Moment verstand ich, dass ihre Freundschaft zu Morton Tyger viel weiter ging, als ich mir jemals hätte vorstellen können.

Sie sah auf ihre Hände herunter und legte sie gegeneinander.

»Nachdem Lucian verschwunden war, hat Morton begriffen, wie grausam er gehandelt hat«, nahm sie den Faden wieder auf. »Ab da trieb ihn das schlechte Gewissen. Er fing an, nach Lucian zu suchen, mit allen Mitteln, aber er fand ihn nicht. Also bat er mich, auf dich Acht zu geben, bis wir eine Spur hätten. Und so hab ich mich bei deinen Eltern als Kindermädchen für Val beworben.«

Fayes Gesicht wurde wieder weich. »Ich mag sie sehr. Es ist mir nicht schwergefallen, auf sie aufzupassen. Und gleichzeitig war ich immer in deiner Nähe.«

»Außer in der Klinik«, sagte ich.

Faye schüttelte den Kopf. »Du hast es nicht mitbekommen, aber ich war da. Ich hatte erfahren, dass es dir besser ging.« Fay musterte mich forschend. »Du weißt, woran das lag, oder?«

Ich runzelte die Stirn. »Ja«, sagte ich. »Nein.« Ich schwieg verwirrt. »Sie haben mir etwas gegeben und ab da wurde es leichter.«

Faye lachte und schüttelte den Kopf.

»In der Nacht, als ich für Finn den Arzt holte«, wechselte sie plötzlich das Thema, »musste ich eine ziemliche Strecke zurücklegen. Ich nahm das Pferd, ich trieb es wie verrückt durch die Nacht, um so schnell wie möglich zurück zu sein. Mit jeder Meile, die ich mich von Finn entfernte, wurde das Ziehen in meiner Brust stärker. Aber diese Entfernung war geradezu ein Katzensprung im Vergleich zu dem, was euch getrennt hat. Du hast den Boden verlassen, Rebecca. Du hast dich innerhalb von wenigen Stunden Tausende von Meilen von Lucian entfernt.« In Fayes Augen las ich echtes Entsetzen. »Ich kann mir nicht annähernd vorstellen, durch welche Hölle du gegangen sein musst«, sagte sie sanft. »Aber eines weiß ich. Was dir die Schmerzen genommen hat, waren nicht die Medikamente.«

Ich spürte, wie ein Kribbeln mein Rückrat emporkroch. Es wurde zu einem Zittern, das sich in meinen Schultern, in meinem Nacken und schließlich in meinem ganzen Kopf ausbreitete. »Du meinst . . . dass er hier ist?«, wisperte ich.

Faye nickte. »Daran gibt es keinen Zweifel«, sagte sie. »Lucian muss hier sein, irgendwo in deiner Nähe. Nur das erklärt, warum die Schmerzen in deiner Brust nachgelassen haben. Deshalb ist auch Morton hergereist. Er wollte es dir sagen. Vielleicht ist das sogar die einzige Chance für ihn, seinen Fehler wiedergutzumachen.«

Ich schüttelte den Kopf, Tygers Chancen waren mir in diesem Moment so egal wie nur irgendwas. Alles war mir egal bis auf das eine.

Und dennoch: »Er kann nicht hier sein«, sagte ich hilflos und versuchte mich an die Realität zu halten oder an das, was ich seit siebzehn Jahren für die Realität hielt. »Lucian hat keinen Pass«, stammelte ich. »Er hat keine Handlinien, keine Fingerabdrücke. Wie sollte er . . .«

Faye fegte meine Bedenken mit einer einzigen Handbewegung beiseite.

»Und warum . . .« Mein Gehirn schob den Hoffnungsfunken beharrlich von sich. »Warum sollte Lucian mir folgen, nachdem er selbst dafür gesorgt hat, dass ich verbannt werde? Er hatte *niemand*, der ihn aufklärte.«

Jetzt dachte ich doch an Tyger, an das, was er all die Monate zurückgehalten hatte, und die Wut auf ihn brodelte in mir. Zum Teufel mit seiner beschissenen Chance!

»Rebecca, hör mir bitte zu«, Faye sah mich eindringlich an. »Was du gefühlt hast, hat Lucian auch gefühlt. Verstehst du das? Diese entsetzlichen Schmerzen allein wären Grund genug gewesen, dir zu folgen. Aber das war es nicht.« Faye holte Luft. »Als ich ein Mensch wurde«, sagte sie, »liebten Finn und ich einander wie Geschwister. Ambrose und Morton liebten sich wie beste Freunde. Aber die Liebe zwischen Lucian und dir geht tiefer und eure Sehnsucht deshalb auch. Habe ich recht?«

Ich konnte nicht einmal nicken. Mein Kopf gab auf und in meiner Brust stieg plötzlich wieder die Erinnerung an diese furchtbaren Schmerzen auf, die noch immer nicht völlig nachgelassen hatten. Sehnsucht war ein seltsames Wort, aber es war so treffend. Wie jede andere Sucht ließ sie sich mit Willenskraft beherrschen, aber heilen konnte man sie nie.

Ich vermisste Lucian so unaussprechlich.

Hilflos sah ich in Fayes zartes blasses Gesicht.

»Jetzt kommt es auf dich an, Rebecca«, flüsterte sie. »Du kannst Lucian finden. Du musst es nur wollen, denn das . . . ist eure letzte Chance.«

EINUNDDREISSIG

Zu Hause wartete Dad auf mich. Er saß im Wohnzimmer und las Zeitung. Im Fernsehen lief eine Reportage über Barack Obama, Michelle und Val schliefen scheinbar schon.

»Hattest du eine gute Zeit?«, fragte Dad. »Wie waren die Armen Ritter?« Er strahlte mich an, im ersten Moment wusste ich gar nicht, was er meinte, dann murmelte ich nur, sie hätten lecker geschmeckt und jetzt sei ich müde.

Das war um halb elf. Es wurde halb zwölf, halb eins, halb zwei. Um zwei tigerte ich immer noch durch mein Zimmer und zermarterte mir den Kopf. Immer wieder spielte ich die Vorstellung durch, dass Lucian mich suchte. Es war der einzige Strohhalm im Meer der Möglichkeiten, an den ich mich klammern konnte. Was wäre, wenn Lucian begriffen hätte, wer er wirklich war? Was wäre, wenn er wirklich hier war, um nach mir zu suchen?

Aber wo? Ich stöhnte auf.

Es gab keinen Anhaltspunkt. Ich hatte ihm nicht erzählt, in welcher Stadt mein Vater lebte, er kannte die Adresse nicht. Er kannte nicht mal Dads Vor- oder Nachnamen. Dad hieß nicht Wolff, wie Janne und ich, sondern Reed.

Und Lucian würde wohl kaum jemanden nach der Adresse meines Vaters gefragt haben. Dass sein großzügiger Gastgeber aus Hamburg mich kannte, konnte er nicht ahnen, und dass Suse auf meiner Seite war, hatte er höchstens am Rande mitbekommen. Außerdem hatte Suse mir gemailt, dass sie ihn nicht gefunden hatte. Und Janne wäre die Letzte, die Lucian nach dieser Nacht noch einmal aufgesucht hätte, so viel war mir klar.

Fieberhaft durchforstete ich mein Gehirn nach weiteren Hinweisen.

Was wusste er von mir? Hatte ich irgendwelche Namen genannt, die ihm weiterhelfen konnten? Mir fielen keine ein. Oder doch: Ich hatte Michelle erwähnt. In einem Anflug von Euphorie googelte ich ihren Namen. Die Zahl der Aufrufe war wie ein Schlag ins Gesicht. 220.000.000 Ergebnisse für Michelle, die prominentesten zielten auf Barack Obamas Ehefrau ab.

Scheiße! Denk nach, Rebecca, denk nach! Hatte ich über Dads Beruf gesprochen? Nein. Über den Beruf von Michelle? Bestimmt nicht.

Ich schaltete den Computer aus und fing wieder an, durch mein Zimmer zu laufen. Bett, Schreibtisch, Fenster, Tür. Bett, Schreibtisch, Fenster, Tür. Ankleidezimmer. Ich wanderte die Regalfächer ab, zog Schubladen auf, als ob sich die Antwort auf meine Frage zwischen Socken und Unterhosen versteckt hatte. Irgendwann sah ich sogar in meinem Koffer nach.

Fuck! Ich schlug mit der Faust gegen die Wand. Ich hatte das Gefühl, dass ich etwas übersah, irgendetwas nagte in mir, ich musste mich nur erinnern. Doch woran?

Plötzlich bekam ich eine Vorstellung davon, was Lucian durchgemacht haben musste. Alles, was er gehabt hatte, alles, was er höchstwahrscheinlich immer noch hatte, waren die Bruchstücke seiner Träume.

Ich blieb stehen. Das war es! Ich lief zu meiner Nachttischschublade und zog das Bild heraus, das Faye von mir in Venice Beach gezeichnet hatte. Lucians Traum vom Strand. Er würde mit Sicherheit vermuten, dass Janne mich zu meinem Dad nach Kalifornien geschickt hatte, das war naheliegend. Und deshalb würde er hier am Strand suchen – genau wie ich!

Ich stürzte zum Telefon, wählte Fayes Handynummer, sprudelte heraus, wie dumm wir gewesen waren – bis mich Faye mit verschlafener Stimme unterbrach.

»Allein Los Angeles hat über hundert Kilometer Strand«, sagte sie, nachdem ich ihr die Details aus Lucians Traum noch einmal umrissen hatte. »Mal ganz zu schweigen von dem Rest des Bundesstaates. An allen Stränden ist jede Menge los. Volleyballspieler und Surfer siehst du überall. Selbst wenn Lucian versucht, dich am Strand zu finden, wäre das wie die Stecknadel im Heuhaufen suchen.«

»Aber Tyger hat Lucian in Hamburg doch auch . . .«

»In Hamburg ist Lucian zum Menschen geworden«, unterbrach mich Faye. »Er musste sich in deiner Nähe befinden. Es war kein Kunststück, ihn aufzuspüren. Genau wie bei Morton und Ambrose.«

»Eben«, rief ich. »Aber dann muss es doch auch hier geschehen! Warum findet er mich dann nicht?«

»Weil Lucian das Band zwischen euch durchtrennt hat. Diesmal hat er dafür gesorgt, dass du ans andere Ende der Welt verbannt wirst. Hier wird er dich nur durch puren Zufall finden. Es sei denn, dir fällt doch etwas ein, was du ihm erzählt haben könntest.«

Mir fiel aber nichts ein. Aus schierer Verzweiflung überredete ich Faye am Samstagmittag, den Zufall herauszufordern und trotzdem die Strände abzufahren, sodass ich wenigstens das Gefühl hatte, etwas zu tun.

Zuerst versuchten wir es in Santa Monica Beach, wo sich Familien mit kleinen Kindern in dem Vergnügungspark tummelten. Von dort aus fuhren wir vorbei an Skatern und Fahrradfahrern weiter nach Malibu Beach, dem Paradies der Surfer mit den prachtvollen Strandhäusern, in denen die Reichen und Schönen ihre Wochenenden verbrachten.

»Was siehst du?«, fragte ich Faye, als wir an einem Mädchen in meinem Alter vorbeifuhren, die in kurzen Hotpants am Strand entlanglief und ihren Gedanken nachhing. »Wie erkennst du, dass sie einen Begleiter haben?«

»Es ist wie bei dem Bild von Val«, sagte Faye. »Ich sehe nur diese Ahnung eines Schattens. Manche Menschen behaupten, sie könnten die Aura eines anderen Menschen sehen. Im Grunde ist es nichts anderes als das. Es ist nichts Besonderes. Es ist einfach etwas, das sie umgibt.«

Wir fuhren nach Manhattan Beach, wo die Surfer auf die perfekte Welle warteten, dann weiter nach Hermosa Beach, wo das ganze Jahr über Volleyballturniere stattfanden, und schließlich nach Cabrillo Beach, wo die bunten Segel der Windsurfer wie Riesenschmetterlinge über das Meer flatterten. Die Sonne schien, es war heiß wie im Sommer und alle Menschen, denen wir unterwegs begegneten, waren strahlender Laune. Aber ich wurde mit jeder Stunde frustrierter und unruhiger. Abends in meinem Zimmer brach ich in Tränen aus, bis ich so erschöpft war, dass ich einschlief.

Und wieder fiel der Albtraum über mich her, es waren dieselben Bilder, die ich hundertmal geträumt hatte, aber ihr Effekt war schlimmer als je zuvor, denn nun wusste ich, dass mir die Bilder nicht von meinem Unterbewusstsein vorgegaukelt wurden. Mein Traum spiegelte tatsächlich die Zukunft und mit jedem Tag, jeder Stunde und jeder Minute, in der Lucian und ich voneinander getrennt waren, rückte dieser Moment näher.

Aber es war nicht die Erkenntnis, dass ich sterben musste, die mich mit unsagbarem Entsetzen erfüllte, sondern die Möglichkeit, dass ich allein sterben könnte. Denn dann müsste Lucian allein leben. So wie Faye. So wie Tyger.

Um die Nacht durchzustehen, ließ ich das Licht brennen, verkrallte meine Hände in Spatz' Glücksschwamm und sang sämtliche Kinderlieder, die ich im Kopf hatte, nur um diese schlimmste aller Ängste von mir fernzuhalten. Als es Zeit wurde aufzustehen, stürzte ich mich wieder in puren Aktionismus. Handeln, Rebecca, nicht denken, so lautete die Devise. Beim Frühstück fragte ich Dad, ob er Lust hätte, mir die Stadt zu zeigen. Michelle, die eigentlich andere Pläne gehabt hatte, machte einen schmalen Mund und Val war enttäuscht. Sie feierten *Tag der offenen Tür* an ihrer Schule und Val hatte eine kleine Rolle in einem Theaterstück. Aber Dad war so glücklich über meinen Wunsch, etwas mit ihm zu unternehmen, dass er Michelle einen deutlichen Blick zuwarf, Val vertröstete und versprach, bei der nächsten Aufführung auf jeden Fall dabei zu sein.

Wie ein riesiger Scheinwerfer strahlte die Sonne herab auf die Stadt, durch deren Straßen mich Dad kutschierte. Wo wollte ich hin, was wollte ich anschauen, hatte er gefragt, denn es gäbe viel zu entdecken in dieser vier Millionen Einwohner großen Traumfabrik. Ich bat ihn, einfach nur irgendwohin zu fahren.

Die Palmen warfen lange Schatten. Die Straßen waren voller Autos, aber niemand drängelte, niemand hupte. Alle schienen Zeit zu haben. Anders als die Straßen in Hamburg waren die Alleen und Boulevards breiter, prächtiger und gradliniger. Dad erzählte mir, dass die längste Straße von Los Angeles hundert Kilometer lang war.

Alles war lang. Alles war groß. Die Supermärkte, die Parkplätze, die strahlenden Models auf den Werbeflächen. Verglichen mit dieser Stadt war Hamburg ein Spielzeugdorf.

Während Dad auf einzelne Gebäude wies, mir Dinge erklärte, die durch mich hindurchrauschten wie vage Geräusche, versuchte ich, mir vorzustellen, dass wir nicht zu zweit, sondern zu dritt in diesem Wagen saßen. Ich und Dad und sein Begleiter. Wo war meiner? Wo war Lucian?

Die Stadt wurde immer größer und meine Hoffnung, ihn zu finden, immer kleiner. Auf einem riesigen Leuchtplakat für Damenunterwäsche stand die Aufschrift: *We make dreams come true.* Das Model, eine langbeinige brünette Frau, ließ ihre perlweißen Zähne aufblitzen. Ihr Lächeln kam mir vor wie eine höhnische Fratze.

Wir fuhren nach Westwood, wo sich gigantische Bürogebäude in den Himmel streckten, wir durchquerten Beverly Hills, wo Touristenbusse Touren zu den Häusern der Stars anboten, wir bogen auf den Sunset Strip ein, die berühmte Unterhaltungsmeile in Hollywood, die Suse wahrscheinlich ebenso galaktisch gefunden hätte wie die Strandpromenade von Venice Beach, und auf den Hollywood Boulevard, auf dessen *Walk of Fame* die Filmindustrie das Licht der Welt erblickt hatte. Elvis, Lassie und über zweitausend andere Stars waren hier durch einen Marmorstern im Gehweg unsterblich gemacht worden. Dad und ich standen gerade vor der Statue von Charlie Chaplin, als ich einen Jungen mit einer abgewetzten Lederjacke und dunklem Haar erblickte, der sich eine Zigarette anzündete. Ich stürmte auf ihn zu, er hatte mir mittlerweile den Rücken zugedreht, und riss ihn an der Schulter herum.

»Hi there.« Der Junge grinste. Seine grünen Augen funkelten mich überrascht an. »Kennen wir uns?«

»Nein. Sorry.« Ich stieß einen tiefen Seufzer aus und ging mit hängenden Schultern zurück zu Dad.

»Ich will nach Hause«, sagte ich.

Die ganze Aktion hatte eigentlich nur eins gebracht: Mir war klar geworden, dass ich die Hoffnung, Lucian in diesem Großstadtdschungel zu finden, begraben konnte.

Und jetzt, wo all meine Versuche gescheitert waren und die Wände meines Zimmers mich zu erdrücken drohten, ließ sich die Angst nicht mehr im Zaum halten.

Ich tat es, ohne nachzudenken, es war etwas ganz Natürliches und ich konnte kaum fassen, dass ich es nicht schon viel früher gemacht hatte.

Er meldete sich nach dem dritten Klingeln und er klang verschlafen.

»Deine Tomate«, sagte ich. »Ich hab sie ausgedruckt und sie hat mir sehr geholfen. Ich wusste gar nicht, dass du so gut malen kannst.«

Am anderen Ende der Leitung herrschte Stille. Es war eine andere Stille als die von Suse und ich hatte das unangenehme Gefühl, etwas hinzufügen zu müssen, aber plötzlich verließ mich meine Zuversicht.

»Sebastian? Bist du noch dran? Ich bin's . . . Becks.«

»Ja. Das höre ich.«

»Hi.«

»Hi.«

»Hi.«

»Hi.«

»Also . . .« Ich kicherte gezwungen. »Hör zu: Fliegt ein Kuckuck übers Meer und trifft einen Hai. Sagt der Hai: ›Kuckuck‹. Sagt der Kuckuck: ›Hai‹.«

Diese Stille am anderen Ende war nicht gut.

»Sorry, Becks, aber ich bin grad nicht wirklich in spaßiger Stimmung«, antwortete Sebastian mit gepresster Stimme. Er atmete ein. Er atmete aus. Er fragte die falsche Frage: »Wie geht es dir, Becks?«

»Gut«, sagte ich zu schnell und zu laut. »Mir geht es wieder gut. Hat Suse dir nicht meine Grüße ausgerichtet?«

»Doch. Hat sie. Letzte Woche. Letzte Woche Mittwoch. Sie sagte, ihr hättet zusammen gelacht. Sie sagte, du hättest fast wie früher geklungen.« Sebastian atmete ein. Er atmete aus. »Aber ich hab ihr nicht geglaubt. Du klingst nicht wie sonst. Ich weiß nicht, wie ich's dir sagen soll, Rebecca, aber die letzten vier Tage waren für mich im Vergleich zu der Zeit davor wie vier Jahre. Oder wie vier Ewigkeiten. Auf jeden Fall ein bisschen . . . zu lang. Ich . . . brauch einen Moment. Okay?«

»Klar. Logisch. Okay.« Ich krallte mich am Hörer fest und sah mich in meinem Zimmer um, dessen Wände mir wieder gefährlich nah auf den Leib rückten.

Irgendwann hielt ich es nicht mehr aus. »Sebastian«, flüsterte ich. »Bitte! Bitte sag was. Irgendwas!« Gleichzeitig dachte ich: Hilf mir. Sorg dafür, dass sie weggeht, diese furchtbare Angst.

»Ich mach mir Sorgen, Rebecca. Ich hör doch, dass du nicht okay bist. Wie geht es dir *wirklich?*«

»Es. Geht. Mir. Gut!«, presste ich heraus. »Können wir über was anderes sprechen? Bitte?«

»Tyger ist nicht mehr an unserer Schule«, sagte Sebastian. »Er hat sich Anfang des Monats von mir verabschiedet, keine Ahnung, wo er hin ist, vielleicht zurück nach England. Nach der Stunde rief er mich jedenfalls zu sich. Er hat etwas zu mir gesagt, das ich erst gar nicht verstanden habe, aber seit ein paar Tagen gehen mir seine Worte nicht mehr aus dem Kopf.«

»Was denn?«, flüsterte ich. Meine Hände waren schweißnass.

»Es gibt Dinge im Leben, um die man kämpfen muss, weil die Zeit, die dafür bleibt, manchmal kürzer ist, als wir glauben«, sagte Sebastian langsam. »Ich dachte erst, Tyger meinte meine Leistungen im Unterricht oder vielleicht auch meinen Wunsch, zu schreiben. Aber dann hatte ich plötzlich das Gefühl, dass er etwas ganz anderes im Sinn hatte. Oder besser gesagt, *jemand* anderen. Kann das sein?«

»Ich weiß nicht«, wisperte ich. Es war ein Fehler gewesen, Sebastian anzurufen, ein furchtbarer Fehler, aus purem Egoismus entsprungen, und das hatte sich mehr als gerächt.

»Könnten wir vielleicht *bitte* über etwas anderes sprechen? Über Auberginen oder . . .« Mir brach die Stimme weg.

»Nein, Rebecca!« In Sebastians Stimme schwappte jetzt ebenfalls etwas über. »Ich hab die ganze Nacht wach gelegen und an dich gedacht.

Es wurde immer schlimmer, die letzten Monate waren im Vergleich dazu ein Witz, und dass du ausgerechnet jetzt anrufst, ist für mich wie ... wie ...« Sebastian beendete den Satz nicht. »Jedenfalls will ich jetzt nicht über Auberginen oder Tomaten reden«, sagte er bestimmt. »Ich will wissen, wie es dir geht. Ich möchte dir helfen und ...«

»Scheiße!«, schrie ich. »Was glaubst du, warum ich dich angerufen habe? Ich dachte, du hilfst mir, nicht *durchzudrehen,* ich dachte, du lenkst mich ab, und stattdessen ...«

»Wovon soll ich dich ablenken?« Sebastian bohrte gnadenlos weiter. »Machst du jetzt einen auf Janne Wolff? Die verrät nämlich auch mit keinem Wort, warum sie dich bei Nacht und Nebel ans andere Ende der Welt verbannt hat. Diese ganze Aktion hatte was mit Lucian zu tun, oder? Selbst Suse schweigt sich über dieses Thema aus. Sie meint, das müsste ich dich fragen, und das tue ich jetzt. Was ist los, Rebecca? Warum bin ich seit deiner Antwortmail nicht erleichtert, sondern mach mir nur noch mehr Sorgen? Bin ich durchgeknallt? Bitte, Becks. *Sprich* mit mir!«

Wow. Das hier lief so was von falsch, dass es schon wieder komisch war. Ich fing hysterisch an zu kichern.

»Also gut, wie du willst. Ich sag dir, was los ist. Trallali, trallala, ich weiß nicht weiter, denn ich werde sterben. Und trallali, trallala, ich weiß sogar, wie, denn ich träume meinen Tod jede Nacht. Ich werde in einem Zimmer mit einem gurkengrünen Teppich und einer Blümchendecke sterben. Ich weiß nur noch nicht, wann, aber das sehe ich ja dann, wenn es so weit ist. Na, wie gefällt dir die Geschichte? Ist sie nicht todkomisch?« Ich verschluckte mich fast vor Lachen. »Hey, ich weiß noch was: Schreib es auf, bevor es zu spät ist, vielleicht ist das ein verdammt guter Stoff für eine Kurzgeschichte. Die kannst du mir dann ja widmen.« Mit diesen Worten knallte ich den Hörer auf.

Ich atmete ein, ich atmete aus und es war ganz seltsam. Das Gespräch war völlig anders gelaufen, als ich gedacht hatte, aber der Effekt war derselbe. Ich fühlte mich plötzlich nur noch leer und zu Tode erschöpft. Ich legte mich ins Bett und war sofort eingeschlafen.

Als ich am Morgen die Augen aufschlug, galt mein erster Gedanke Tyger. Ich hatte ihn seit dem Gespräch mit Faye nicht gesehen und eigentlich hatte ich nicht vorgehabt, zur Schule zu gehen, aber jetzt wusste ich, dass das die einzige Lösung war.

Wenn Morton Tyger keinen Vorschlag hatte, würde ich ihm wenigstens gezielt in die Fresse schlagen können, was besser war, als nichts zu tun. Ich hatte noch nie einen Menschen so gehasst wie ihn. Na ja, genau genommen war er ja auch keiner.

In den ersten beiden Stunden hatten wir Schwimmen. Suzy und zwei andere Mädchen, die am Freitag mit mir im Englischunterricht gesessen hatten, musterten mich noch eindringlicher als an meinem ersten Schultag. Wahrscheinlich hatten sie sich am Wochenende ausgiebig über mein schräges Verhalten im Englischunterricht ausgetauscht.

»Was sollte das?«, fragte Suzy dann auch gleich, als wir uns in der Umkleidekabine zum Schwimmen fertig machten. »Was hast du diesem Tyger am Freitag auf den Tisch gelegt und warum habt ihr geflüstert? Ich kann nicht glauben, dass wir den das ganze Schuljahr ertragen müssen. Was für ein Arschloch. Möchte wissen, ob alle Engländer so drauf sind.«

»Bestimmt nicht«, sagte ich knapp, verstaute meine Klamotten im Spind und lief voraus zum Schwimmbad.

Heute war es deutlich kühler, ich hatte am ganzen Körper Gänsehaut, was sicher auch am Schlafmangel lag. Als ich ins Wasser sprang und auf Miss Strattons Anweisungen zu kraulen begann, legte ich meine ganze Wut auf Tyger in meine Bewegungen. Ich durchpflügte das Wasser wie eine Besessene, als ginge es um Leben und Tod. Und dann war sie plötzlich wirklich da, die Todesangst, kalt und unmittelbar wie das Wasser. Bei meinem Telefonat mit Sebastian hatte ich hysterisch gelacht, es hatte sich angefühlt wie ein Nervenzusammenbruch, eine durchgeknallte Sicherung, aber jetzt fielen die Traumbilder über mich her, bei jedem Schlag, bei jedem Ausholen und Eintauchen ins Wasser flackerten sie vor meinem inneren Auge auf. Der fremde Raum, der grüne Teppich, die geblümte Bettdecke. Die Scherben, das Blut, der Kronleuchter. Mein verzweifeltes Flehen *Bitte, bitte lass mich nicht . . .*

Wen? Wen hatte ich angefleht? Lucian? War er es gewesen, den ich beschworen hatte, mich nicht sterben zu lassen? Immer verzweifelter kraulte ich vorwärts, ich fing an zu kämpfen, ich kämpfte gegen den Tod, ich kämpfte gegen diese Bilder, die ich loswerden wollte, denen ich entfliehen musste, ich schwamm, als wäre der Teufel hinter mir her, aber ich war nicht bereit aufzugeben, ich wollte kämpfen.

Das schrille Pfeifen ließ mich jäh innehalten.

Ich krallte mich am Beckenrand fest, den ich gerade erreicht hatte, meine Brust explodierte fast, ich bekam kaum Luft.

Ich sah hoch und blickte in die verdatterten Gesichter meiner Mitschülerinnen. Sie saßen am Beckenrand. Ich war als Einzige noch im Wasser. Neben dem Startblock stand Miss Stratton.

»Wow!«, sagte sie ehrlich verblüfft. »Bereitest du dich auf die Weltmeisterschaften vor oder so was?«

Ich achtete nicht auf die flirrenden Punkte vor meinen Augen. Ich starrte meine Trainerin an, während sich in ihre Worte ein Echo mischte.

Ich hab dich im Schwimmbad gesehen. Übst du für die Weltmeisterschaften oder so was?

Wie ich aus dem Becken kam, wurde mir gar nicht bewusst. Plötzlich stand ich tropfnass vor meiner Trainerin und stammelte: »Ich muss, ich muss . . .«

Dann rannte ich los.

In der Umkleidekabine riss ich meinen Spind auf, zerrte meine Jeans, mein T-Shirt heraus, zwängte die Klamotten über meinen nassen Badeanzug und raste zum Sekretariat.

»Mr Tyger«, presste ich hervor. »Ich muss zu Mr Tyger. Sofort.«

Die Sekretärin, die mich bei meiner Anmeldung mit Dad empfangen hatte, musterte mich besorgt.

»Are you okay, Sweetheart?«

Nein, das war ich nicht.

Tyger gab Unterricht in einer siebten Klasse, ich bekam die Richtung nicht richtig mit, die mir die perplexe Sekretärin wies, aber irgendwie fand ich ihn. Ich riss die Tür auf. Eine Schülerin, die mit rotem Gesicht und ängstlichen Augen vor der Klasse stand, schaute mich an, als sei ich ein Engel, der zu ihrer Rettung gekommen war. Hinter dem Lehrerpult saß Tyger und rührte in seiner Teetasse. Er drehte sich zu mir um und er verstand sofort.

»Ich weiß es«, stieß ich hervor, als er zu mir in den Flur trat. »Lucian ist am Lake Nacimiento.«

»Am Lake Nacimiento?« Tyger runzelte die Stirn. »Was sollte er dort tun?«

»Mich suchen!« Tränen strömten über mein Gesicht. »Mein Vater hat am Lake Nacimiento ein Haus. Ich habe Lucian von diesem See erzählt, nie von Los Angeles. Ich habe nur von Kalifornien gesprochen und vom Lake Nacimiento, durch den ich irgendwann schwimmen wollte.«

Wasser tropfte mir aus den Haaren, es roch nach Chlor, mein ganzer Körper roch nach Chlor. Zwischen meinen Füßen hatte sich eine

Pfütze gebildet. Ein Lehrer, der über den Flur kam, sah Tyger und mich stirnrunzelnd an.

Tyger nahm mich am Arm. »Ich fahre dich«, sagte er.

ZWEIUNDDREISSIG

Straßen, Ampeln, Autos. Zu viele Autos, die krochen, zu viele Autos, die standen und weiter krochen und wieder standen.

Rote Ampeln, rote Ledersitze. Blasse Hände, schmal und lang am Lenkrad. Die Knöchel weiß, das Lenkrad braun, das Lenkrad rechts. Tyger rechts, ich links. Zwischen uns Schweigen. Unter uns der Motor von Tygers englischem Oldtimer, einem Morris Minor, schnurrend. Und endlich, endlich Beschleunigung.

Vor uns Santa Monica Beach, vor uns Malibu Beach, neben Tyger die Straße, neben mir das Meer, neben mir die Küste, neben Tyger die Berge, vor uns die Straße, leerer, die Stadt, Los Angeles, endlich hinter uns jetzt.

Die Straßen kurvig, sich windend, weiter, weg von der Stadt, weg von den Autos, weg von den Menschen, den Hochhäusern, den Palmen, den flimmernden Versprechen, weiter, weiter auf dem Highway One, die Berge steiler, das Meer tiefer, unter uns jetzt.

Am Ufer Seeelefanten, dumpf und grau und klobig, weit hinten im Blau die Segelboote, weiß und würdevoll wie Schwäne. Die Sonne hinter uns, die Sonne über uns, glühend und Funken sprühend, Beethoven jetzt, Beethoven im Radio, Freude, schöner Götterfunken, laute Paukenschläge, dunkle Geigen, leises Innehalten und daraus eine Flöte, die Kurven steiler, weiter, immer weiter, die Geigen schneller, die Berge zerklüftet, sturmzerzaust. Das Meer ein Ozean, keine Häuser mehr und keine Menschen. Die Geigen leise jetzt, ein kurzes Innehalten, die Aussicht atemberaubend. Santa Barbara, Goleta, Gaviota, eine Tankstelle, Tyger draußen, Tyger wieder im Auto, weiter, weiter, die Straßen schmaler jetzt, immer schmaler, immer kurviger, höher hinauf, fort von der Küste. Lompoc, Guadalupe, Oceano, ein letztes Mal der Ozean.

Und dann nur noch Berge, San Luis Obispo, Atascadero, Templeton, Paso Robles. Meine Augen geschlossen, meine Hände auf der Brust. Nichts mehr sehen, nur noch fühlen. Das Ziehen in meinem Innern sanft, so wunderbar sanft, nur noch ein Flüstern, ein wissendes Wispern: Er wird da sein, ich werde bei ihm sein, ich werde ihn finden. Stille, endlich Stille jetzt.

»Wir sind da«, sagte Tyger. »Weißt du, wo das Haus deines Vaters liegt?«

Ich stieg aus dem Auto und ging auf den kleinen Aussichtspunkt zu, vor dem Tyger seinen Wagen geparkt hatte. Meine Beine, die ich die letzten fünf Stunden nicht bewegt hatte, fühlten sich steif und taub an, aber nun begannen sie zu prickeln. Und als ich hinab auf den See schaute, prickelte mein ganzer Körper.

Ich erkannte alles wieder! Vielleicht lag es am Geruch, vielleicht an den Schatten, die die Eichen warfen, vielleicht an der Art, wie die Luft sich bewegte, jetzt, wo die Sonne tief über dem Drachensee stand. Wir mussten am oberen Ende, an der Brust des Sees sein. Ich erkannte die steilen Felsen, von denen Dad ins Wasser gesprungen war, und die vielen Buchten und die kleinen, von hohen Bäumen gesäumten Strände. Dann sah ich den Holzsteg. Seine rote Farbe trotzte der Dämmerung. Er lag links von uns, ungefähr einen halbe Meile entfernt in einer Biegung und führte wie ein langer Pfeil ins Wasser.

Von hier aus wirkte er ganz klein. Ich drehte mich zu Tyger um, der jetzt auch aus dem Auto gestiegen war. »Es ist nicht das Haus meines

Vaters«, sagte ich. »Es gehörte meinem Urgroßvater. Er hat seine letzten Jahre hier verbracht. Vielleicht ist er sogar hier gestorben. Mein Dad hat das Haus von ihm geerbt. Sie waren einmal zusammen angeln, daran kann sich mein Dad noch erinnern, und mein Urgroßvater hat ihm damals erklärt, dass es viele Arten des Tötens gibt. Das Angeln hielt er für eine ehrliche. Er sagte meinem Dad, es gäbe keinen Grund, sich dafür zu schämen.«

Ich blickte hinüber zum Anleger. Mein Vater war damals in etwa so alt gewesen wie Val jetzt. Tyger war neben mich getreten.

»Ich habe meinen Urgroßvater nie kennengelernt«, sagte ich. »Aber ich glaube, dass er sich für das, was er Ambrose Lovell angetan hat, schämte.«

Tyger gab lange Zeit keine Antwort. Er stand nur da und starrte hinaus auf das Wasser. Alles war still. Nur die Oberfläche des Sees, der sich zwischen den grünen Hügeln und den Bäumen ausbreitete, kräuselte sich leicht.

»Hier ist ein guter Ort, um zu sterben«, sagte Tyger schließlich. Er sah mich an. »Aber nicht für dich.« Auf den Lippen meines Lehrers erschien ein trauriges Lächeln, wie ich es noch nie an ihm gesehen hatte. »Geh jetzt. Ich warte hier, bis ich weiß, dass du in Sicherheit bist.«

Dann drehte er sich um und stieg in sein Auto.

Ich lief den schmalen Pfad hinab ans Ufer und weiter über den Sand durch das hohe Schilf. Ich war ganz ruhig, so ruhig wie jemand, der einschläft und in einen wunderschönen Traum gleitet.

DREIUNDDREISSIG

Er war da.

Lucian stand am Anleger, vor dem Haus meines Urgroßvaters.

Er sah hinaus auf den See.

Aber ich wusste, dass er mich fühlte.

Und als ich den Anleger betrat, drehte er sich zu mir um.

VIERUNDDREISSIG

Ich wusste nicht mehr, wie wir zum Haus gekommen waren, vielleicht hatte Lucian mich an der Hand geführt, vielleicht waren wir Seite an Seite über das weiche Gras gelaufen, jedenfalls waren wir hier und hielten uns im Arm. Die überdachte Veranda kam mir vor wie ein geschützter Raum, der nur zum See hin offen war. Ein Schaukelstuhl, ein Tisch, zwei Stühle, ein geöffnetes Fenster und in der Mitte der Veranda wir.

Lucian hatte seine Hand gehoben und mir mit den Fingerspitzen über das Gesicht gestreichelt, über die Lippen, die Nasenflügel, den Nasenrücken entlang zur Schläfe und von dort aus wieder hinab zur Wange, die ich in seine Handfläche gelegt hatte, wo sie warm wurde, von innen oder von außen her, bis ich nicht mehr wusste, wo mein Gesicht aufhörte und seine Hände anfingen.

Langsam und lautlos färbte sich das Stück Himmel vor der Veranda, als ob jemand von oben Farbe in die Dämmerung goss, ein dunkleres Blau, ein tieferes Grau, ein dichteres Schwarz.

Und je weniger ich Lucian sah, desto mehr fühlte ich ihn, als würde ich plötzlich wach in meinem eigenen Traum oder als würde ich mit geschlossenen Augen sehen.

Ihm ging es genauso, das wusste ich. Und je stiller wir waren, je langsamer wir uns bewegten, desto wirklicher wurde der Traum und wir in ihm.

Ich hob meine Hand, tastete nach seinem Gesicht und ich sah, wie

Blinde sehen. Lucians Gesicht entstand unter meinen Fingern neu. Da war die hohe Stirn mit den feinen Linien, an denen ich entlangfuhr, bis zum Haaransatz, wo das Blut in seine Adern strömte, in einem pochenden Rhythmus, immer schneller, immer wärmer, bis meine Fingerspitzen zu glühen begannen. Meine Finger glitten hinab an seinem Wangenknochen, einem schmalen, scharfen Balken, bis ich die feinen Stoppeln auf seiner Wange fühlte. Mein Finger wanderte weiter, den sanften Bogen seiner Oberlippe hinauf zu der herzförmigen Kuhle, hinab zum Mundwinkel und von dort weiter über die vollere, geschwungene Unterlippe.

Meine Augen schlossen sich fest, vollkommene Dunkelheit, es war so still, dass ich nichts mehr hörte, nur noch das Blut, das in mir rauschte.

Ich küsste ihn.

Er küsste mich.

Wir küssten uns.

Und der Kuss schmolz unseren Traum zusammen und alles wurde wirklich. Plötzlich war die Wärme überall, in meinen Händen, meiner Brust, meinem Bauch, meinen Beinen, sogar in meinen Fußspitzen.

Aus der Wärme wurde Hitze, Lucians Hände glühten jetzt, versengten meine Haut und dann ertönte plötzlich ein leises Quietschen.

Erschrocken fuhren wir herum, beide gleichzeitig.

Mondlicht schien auf die Veranda, silbrig hell tanzte es über den Holzboden. Ein leiser Wind wehte und jetzt erst bemerkte ich, dass im Haus ein Fenster offenstand. Die weißen Vorhänge bauschten sich und unter mir ertönte ein leises Maunzen, direkt neben unseren Beinen.

Als ich den schwarzen Katzenschwanz in der Luft zucken sah, musste ich kichern. Auch Lucian lachte leise.

Die schwarze Katze, Dads neue Hausbewohnerin, von der er mir damals geschrieben hatte, stand vor uns und schaute mit ihren funkelnden Augen zu uns hinauf, erst zu Lucian, dann zu mir und dann wieder zu Lucian, als ob sie ihn fragen wollte: Wen hast du denn da angeschleppt?

Wieder mussten wir lachen, es waren die ersten Laute, die überhaupt aus uns herauskamen und die uns fast noch mehr erschreckten als die Katze, die sich jetzt beleidigt umdrehte und ebenso geräuschlos, wie sie gekommen war, wieder in den Garten stolzierte.

Lucian nahm mein Gesicht zwischen seine Hände, schob mich ein Stück von sich weg und diesmal sah ich ihn mit den Augen an.

Noch einmal entstand sein Gesicht vor mir. Lucians blasse Haut schimmerte im Mondlicht, seine Haare waren pechschwarz und seine Augen lagen groß und dunkel in ihren Höhlen. Ich fühlte seinen Blick auf mir, sanft wie ein Streicheln lag dieser Blick auf mir.

Ich sagte:

»Ich liebe dich.«

Die Worte blieben in der Luft, bis sie sich langsam auflösten und dann noch einmal aus seinem Mund kamen.

Er küsste mich sanft, erst auf die Schläfen, dann auf den Hals, dann auf den Mund. Schließlich lehnte er seinen Kopf auf meine Brust.

»Du bist da«, flüsterte er. »Du bist wirklich da.«

»Ja«, sagte ich. »Jetzt bin ich da und jetzt schickst du mich nicht wieder fort. Jetzt sind wir endlich zusammen.«

FÜNFUNDDREISSIG

Der Mond war ein Stück weitergewandert. Er stand jetzt zwischen den Bäumen und sein silbriger Schein fiel durch die dunklen Blätter auf die Wiese. Wir hatten uns auf die Treppenstufen der Veranda gesetzt, Seite an Seite. Unsere Knie berührten sich, es war fast so wie damals am Falkensteiner Ufer, nur dass Lucian diesmal seinen Arm um mich legte und ich mich fest an ihn schmiegte.

Die Katze war zurückgekommen, mit einer toten Maus zwischen den Zähnen. Sie hatte sie vor der Veranda ins Gras gelegt und sich dann hocherhobenen Hauptes daneben niedergelassen. Wie eine schwarze Sphinx saß sie vor uns im Gras und sah uns an. Der Wind strich leise durch die Wipfel der Bäume, es war ein sanftes Rauschen, fast wie ein Flüstern. Das dunkle Gras war hochgewachsen, hier und dort ragte Unkraut hervor und an einem der Bäume lehnte eine rote Sandschaufel.

Es war seltsam, vorhin hatte für mich nur die Veranda existiert, vielleicht nicht mal sie, vielleicht nur der Mensch darauf. Auch jetzt zählte einzig und allein Lucian, aber die Welt um uns herum gehörte nun dazu, verschmolz mit uns und der hereinbrechenden Nacht.

Die Katze erhob sich, kam auf lautlosen Pfoten die Treppenstufen hinauf und strich zwischen Lucians Beinen hindurch. Ich fragte mich, ob Tiere spürten, was wir Menschen nicht in Worte fassen konnten. Als Lucians Hand über ihr schwarzes Fell strich, fing sie leise an zu schnurren, dann glitt sie an uns vorbei. Wir drehten uns um, sahen, wie die Katze auf den Schaukelstuhl sprang, sich ein paar Mal im Kreis drehte und sich dann zu einer Kugel zusammenrollte, den Kopf in unsere Richtung gewandt. Sie klappte ein Auge zu, das andere blieb offen.

Wir rückten voneinander ab, sodass wir uns jetzt gegenübersaßen. Lucian griff nach meinen Händen.

»Ich muss dir etwas sagen.« Es war nur ein Satz, aber wir sprachen ihn gleichzeitig aus, als ob wir eine Person wären.

Ich wollte wieder ansetzen, aber Lucian drückte meine Hände ganz fest.

»Du musst mir zuerst zuhören«, bat er mich eindringlich. Sein Gesicht verzog sich. Sein Kiefer und die Adern auf seiner Stirn pulsierten und ich sah, wie sehr er mit sich kämpfte.

Da begriff ich, dass ich ihn zuerst reden lassen musste, um ihm meine Wahrheit schonend beizubringen. Denn daran, dass er noch immer nicht wusste, wer er war, bestand kein Zweifel.

»Hey«, sagte ich und lächelte ihn an. »Try me. Ich habe Zeit.«

Lucian holte Luft. »Erinnerst du dich noch«, fragte er leise, »wie du mir sagtest, ich solle versuchen, davon zu träumen, wann ich dich das letzte Mal gesehen hatte?«

Ich nickte und sah hinaus auf die Wiese. Das Mondlicht fiel jetzt direkt auf die Sandschaufel. Rot schimmerte sie im dunkelgrünen Gras.

»Ich habe es probiert«, sagte Lucian. »Noch in derselben Nacht, nachdem ich dich mit deiner Mutter und ihrer Freundin in der Bar getroffen hatte. Erst gelang es mir nicht, aber dann folgte ich den Anweisungen in dem Buch deiner Mutter. Wieder und wieder wünschte ich mir diesen Traum, konzentrierte mich immer stärker darauf, bis . . .«

Lucian schloss die Augen. ». . . bis er dann kam.«

Der Wind trug die kühle Seeluft zu uns herüber.

»Wir standen vor einer Tür«, sagte Lucian. »Du hast die Klinke heruntergedrückt und dann sind wir in diesen Raum getreten.«

»Grüner Teppich? Kronleuchter?« Ich fragte es tonlos.

Lucian sah mich verwirrt an. Dann sprach er weiter, seine Stimme klang rau, als wäre seine Kehle zugeschnürt.

»Der Teppich war grün«, wiederholte er. »Es war ein plüschiges, kreischend hässliches Teil. Die Wände des Zimmers waren holzgetäfelt. Von der Decke hing ein Kronleuchter herab, ein riesiger, schwerer Lüster. Irgendwo muss ein Fenster offen gestanden haben, denn durch den Zug der geöffneten Tür kamen die gläsernen Tropfen in Bewegung. Sie klingelten leise.«

Unwillkürlich drehte ich mich um und blickte in das geöffnete Fenster, hinter dem sich die Gardinen aufbauschten.

Lucian schüttelte mit einem dunklen Lächeln den Kopf. »Ich weiß nicht, welcher Raum es war«, sagte er. »Jedenfalls nicht dieser. In seiner Mitte stand ein Bett mit einer geblümten Überdecke. Über dem Bett hing ein kitschiges Bild. Ein Foto von grünen Wiesen und Bergen. Und du . . .«

Lucian ließ seine Finger über die hölzernen Stäbe des Treppengeländers streifen. » . . . du warst das einzig Schöne in diesem Raum. Wie immer war kein Kontakt zwischen uns. Aber du sahst glücklich aus. Du hast über die Bettdecke gestrichen, du hast gekichert und dann ist es geschehen.«

Lucian hielt inne.

»Was?« Auch ich hielt jetzt den Atem an. Es war, als hätte Lucians Traum ein paar Minuten früher eingesetzt als meiner. »Was ist geschehen?«

»Du hast angefangen zu singen«, sagte er. »Ein kleines, albernes Lied. Heidi, Heidi . . . Du warst so ausgelassen. Du hast angefangen, dich zu drehen, du hast gelacht. Und ich . . .« Er sah mich traurig an.

». . . Ich fühlte plötzlich, dass ich dich liebte. Es war das erste Mal, dass ich etwas fühlte und auf dich reagierte. Und dann wurden andere Gefühle in mir wach. Ich wollte dich berühren. Ich wollte mit dir sprechen. Mit dir lachen. Dich küssen. Und du . . .«

Lucian schüttelte den Kopf. » . . . du hast aufgehört zu singen. Du hast dich verwundert umgeblickt. Du fingst wieder an, dich im Raum zu drehen. Ganz offensichtlich hast du nach jemandem gesucht.« Lucian wandte seinen Kopf zum Schaukelstuhl. Ich folgte seinem Blick. Die Katze hatte jetzt beide Augen geschlossen und schien zu schlafen. Seltsamerweise sah sie noch immer aus, als würde sie jedes Wort mitbekommen, das wir sprachen.

»Ich glaube, du hast mich gesucht, Rebecca«, sagte Lucian. »Aber du hast mich nicht gesehen. Du warst verwirrt, dann traurig. Ich konnte nichts sagen, aber ich hatte wieder und wieder nur diesen einen Gedanken: Ich wollte dir zeigen, dass ich da war. Ich wollte dich berühren. Plötzlich fühlte ich, dass ich alles dafür geben würde, wenn ich dich nur einmal berühren dürfte. Und dann . . .«

Lucian brach gequält ab. Die Katze zuckte mit den Ohren. Ein Teil des Vorhangs wehte aus dem Fenster, ein weißer, dünner Schleier.

»Was war dann?«

»Filmriss«, sagte Lucian. »Der Traum wurde zum Albtraum, ganz unmittelbar, als hätte sich eine Szene an die andere gereiht. Da waren Scherben. Da war Blut. Du hast mir direkt in die Augen geblickt. Und dann hast du mich angefleht, dich am Leben zu lassen.«

Lucian vergrub sein Gesicht in den Händen. »Oh Gott, Rebecca, was habe ich getan?«, flüsterte er. »Ich habe solche Angst, dass es wieder geschieht. Dass es wahr wird, wie alle anderen Träume auch. Dass ich schuld bin. Deshalb bin ich zu deiner Mutter gegangen. Sie sollte dich fortschicken, so weit wie möglich von mir fort.«

Lucian senkte den Kopf, eine Weile saßen wir nur da und schwiegen.

»Was war danach?«, fragte ich. »Was ist nach dieser Nacht geschehen, nachdem du mit Janne gesprochen hast?«

Lucian hob ein Blatt auf, das auf der Veranda lag. Er strich es mit den Fingern glatt. »Ich hatte Schmerzen«, sagte er. »Schmerzen, die unbeschreiblich waren und die einfach nicht aufhörten.«

Lucian zerdrückte das Blatt zwischen seinen Händen. »Ich hätte sie ausgehalten«, stieß er fast trotzig hervor. »Aber dann wurde mir klar, dass du dasselbe durchmachst.«

Ich brauchte nicht einmal zu nicken.

»Deshalb«, sagte er, »nur deshalb bin ich dir gefolgt.«

Ich musste lächeln. »Du hast dich also auch erinnert?«

Lucian nickte. »Als mein Flieger in San Francisco landete, ließen die Schmerzen nach.«

Er öffnete seine Hand und ließ das zerkrümelte Blatt auf die Wiese gleiten. Der Mond verschwand hinter den Bäumen und mit einem Mal lag um uns herum alles im Dunkeln.

Lucian erhob sich von den Stufen und verschmolz mit der Schwärze. Der Schein eines Feuerzeuges flammte auf und ich sah, wie Lucian ein Windlicht anzündete, das auf dem Tisch der Veranda stand. Die Katze maunzte.

Als Lucian mit dem Windlicht in der Hand zurückkam und sich vor mir auf den Stufen niederließ, war sein Gesicht halb im Schatten und halb im Licht.

»Warum hast du keine Angst vor mir, Rebecca?«, fragte er leise und stellte das Windlicht zwischen uns auf die Stufen. »Warum läufst du nicht schreiend davon? Ich könnte dein Mörder sein.«

Das bist du nicht, dachte ich. Du bist mein Engel.

Unsere Schatten tanzten jetzt über den Holzboden der Veranda.

Ich dachte an Faye, die mit Finns Hilfe herausgefunden hatte, wer sie war. Ich dachte an Tyger, der es von Faye erfahren hatte. Und ich dachte daran, wie beide, Faye und Tyger, mir auf ihre sehr unterschiedliche Weise klargemacht hatten, wer Lucian war.

Nun musste ich es schaffen.

Ich hatte mir nicht überlegt, wie ich anfangen sollte, und sagte einfach das, was mir als Nächstes in den Sinn kam. »Erinnerst du dich an deinen Traum von dem Mädchen am Strand? Dem Mädchen mit den roten Haaren und dem silbernen Kleid?«

»Ja.« Lucian nickte verwirrt. »Wieso fragst du das?«

»Ich habe sie kennengelernt«, sagte ich.

Lucian lehnte sich an das Treppengeländer. Aus der Ferne hörte ich das Geräusch eines Motorrads.

»Ihr Name ist Faye«, fuhr ich fort. »Sie ist das Kindermädchen meiner kleinen Schwester. Sie ist mit mir an den Strand gefahren. Wir saßen genau an der Stelle, an der du uns im Traum gesehen hast. Und sie hat mir gesagt, der Grund, dass meine Schmerzen plötzlich aufhörten, seist du. Sie sagte, du wärst mir gefolgt.«

»Moment.« Lucian schüttelte den Kopf. »Woher will dieses Mädchen wissen, was ich getan habe? Wer ist sie? Woher kennt sie mich?«

»Sie kennt dich nicht«, entgegnete ich. »Aber sie wusste es, weil sie genau wie du ein . . .«

Ich zögerte. »Sie hat genau wie du keine Handlinien. Sie kann sich unsichtbar machen, sie kann nicht sterben und sie war einst ein Mensch ohne Vergangenheit. Und erinnerst du dich an deinen Gastgeber aus Hamburg?«

Lucian nickte und runzelte verwirrt die Stirn.

»Auch er ist wie du. Deshalb hat er dich in Hamburg gefunden. Das war kein Zufall, Lucian. Morton Tyger hat dich bei sich aufgenommen, weil du anders bist. Er hat das erkannt.«

Lucian zuckte zusammen. Er blinzelte mit den Augen.

»Woher weißt du das?«, fragte er misstrauisch. »Und woher kennst du auf einmal seinen Namen?«

»Nicht auf einmal.« Ich seufzte. »Ich kannte Tyger schon lange vor dir. Er war mein Englischlehrer in Hamburg. Allerdings wusste ich damals nicht, dass er dich bei sich wohnen ließ.«

»Was?« Lucian war jetzt völlig fassungslos. Er rückte kaum merklich von mir ab. »Aber warum . . . wieso hat er mir nichts von alldem erzählt?«

Ich schüttelte den Kopf. Tygers Beweggründe gehörten nicht hierher, zumindest wollte ich jetzt nicht daran erinnert werden.

»Als du in jener Nacht nach deinem Gespräch mit Janne verschwunden bist, war es zu spät«, fuhr ich fort. »Er hat dich überall gesucht und schließlich über Faye erfahren, dass du in meiner Nähe sein musst. Also ist er nach Los Angeles geflogen. Alles, was ich über uns weiß, habe ich von ihm und Faye erfahren.«

Lucian hob die Hand. »Sorry«, sagte er. »Aber jetzt komme ich wirklich nicht mehr mit.« Er fixierte mich und seine Stimme klang inzwischen extrem misstrauisch.

Ich biss mir auf die Lippen. Ich wusste nicht, ob ich richtig angefangen hatte, aber jetzt war ich drin. Und langsam musste ich zur Sache kommen. Aber wie?

Ich kniete mich auf die Treppenstufe vor Lucian, sodass wir Auge in Auge waren. Sein blasses Gesicht leuchtete im Schein des Windlichts.

»Was wäre, wenn wir nicht allein zur Welt kämen?«, flüsterte ich. »Was wäre, wenn mit jedem Menschen ein Engel geboren würde, der uns begleitet, von der Geburt bis zum Tod? Und was . . .« Ich legte meine Hand auf Lucians Hand. ». . . was wäre, wenn ein Engel liebt?«

Lucian fuhr jäh zusammen. Er schien noch immer nicht zu begreifen. Genauso hatte ich reagiert, als Tyger es mir erklärt hatte. Lucian presste die Lippen aufeinander. Er schüttelte den Kopf. Aber er widersprach mir nicht. Er sah mich nur an und sein Blick wurde leer.

»All deine Träume, die du in den letzten Monaten von mir hattest«, flüsterte ich. »Kein Kontakt, hast du gesagt. Du hattest nie Kontakt zu mir. Außer einem einzigen Mal. Damals im Krankenhaus, als ich ein kleines Mädchen war. Ich war von der Schaukel gefallen, ich lag auf der Intensivstation. Fast wäre ich gestorben. Ich habe dich gesehen, Lucian. Du hattest Kontakt zu mir, weil ich dich in diesem Moment zum ersten Mal gesehen habe. Du warst Lu, aber dann haben die Ärzte mein Leben gerettet und du wurdest wieder unsichtbar.«

Ich strich mit meinen Fingern über Lucians Handfläche. »Was wäre, wenn?«, fragte ich. »Was wäre, wenn ich in den kurzen Sekunden in diesem Raum mit dem grünen Teppich wieder gespürt hätte, dass du da warst? Wenn ich dich gesucht hätte? Wenn dein Wunsch, mir nah zu sein, plötzlich auch mein Wunsch gewesen wäre?«

Lucians dunkle Brauen zogen sich zusammen. Er öffnete den Mund, aber ich legte ihm den Finger auf die Lippen. »Was auch immer von deinem Wunsch, mich zu berühren, zu meinem Tod geführt hat, muss ein schrecklicher Zufall gewesen sein«, sagte ich. »Aber es war nicht deine Schuld. Ich habe um mein Leben gebettelt und du wolltest mich retten. Aber das konntest du nicht. Weil du ein Engel warst und Engel können nichts tun. Sie können nur begleiten.«

Ich rückte näher an Lucian heran und sprach weiter.

»Vielleicht hast du dir in diesem Moment gewünscht, ein Mensch zu werden, und dein Wunsch ist erfüllt worden«, fuhr ich leise fort. »Und dann standest du als Mensch vor meinem Fenster, ohne Handlinien, ohne Erinnerung an dein früheres Dasein, mit nichts als deinen Träumen. Kannst du dir das vorstellen?«

Lucian schwieg.

Sein schmaler Körper warf einen langen Schatten auf die Veranda und in diesen Schatten hinein sprang jetzt auf lautlosen Pfoten die Katze, sodass sie für einen Augenblick unsichtbar war. Dann tauchte sie in den Schein des Windlichts, glitt lautlos vor das Fenster, setzte abermals zum Sprung an und verschwand im Inneren des Hauses.

»In der Nacht, in der ich bei dir geblieben bin«, flüsterte ich und mein Gesicht war jetzt so nah an seinem, dass ich Lucians Atem auf meiner Haut fühlte. »Da hast du mich angeschaut und gesagt, es käme dir vor, als ob mir etwas fehlen würde, das andere haben. Du warst es, Lucian. Du hast mir gefehlt, weil du nicht mehr als Engel an meiner Seite warst, sondern als Mensch.«

Lucian hob die Hände. Ich sah, wie hinter seinem Gesicht eine Welt zerbrach und aus den Scherben eine neue entstand.

Er begriff. Lucian begriff, wer er war.

»Vertraust du mir?«, flüsterte ich.

Wir waren der Katze gefolgt und das kleine Zimmer, in dem wir landeten, war dasselbe, in dem ich früher als Kind geschlafen hatte. Lucian hatte seine letzte Nacht hier verbracht. Wie er hierhergekommen war, wusste ich noch immer nicht, aber es hatte jetzt auch keine Bedeutung.

Das Laken, auf das wir uns legten, roch nach ihm und das Windlicht stand nun auf dem kleinen Tisch vor dem Fenster. Der Himmel davor hatte ein tiefdunkles Blau angenommen und die kleine Flamme ließ unsere Schatten im Raum umhertanzen. Die Katze war irgendwo im Haus verschwunden.

»Ich vertraue dir«, flüsterte Lucian. Er hatte mir den Pullover ausgezogen, dann den Badeanzug, dann hatte er seine Jeans abgestreift und das Shirt.

Ich spürte seine warme, lebendige Nähe neben mir.

Sie war realer als je zuvor und ich konnte mich nicht erinnern, mich jemals so gefühlt zu haben wie jetzt. Auf seinem Gesicht lag ein Leuchten, das diesmal durch und durch menschlich war.

Mit einer sanften Bewegung zog er mich an sich und dann begannen seine Hände meinen ganzen Körper zu erforschen und auch ich wollte ihn jetzt überall fühlen, seine Arme, die Schultern, die Wirbel auf seinem flachen, sehnigen Rücken und die Schulterblätter, die unter meinen Fingerspitzen zuckten.

Obwohl wir nicht sprachen, waren wir nicht länger still. Lucians Atem, mein Atem, sie flossen beide zusammen, waren nicht länger zu unterscheiden und das Geräusch füllte den Raum. Sein Körper glitt auf meinen und das, was folgte, war wie tauchen, tief unter Wasser, nur unendlich viel schöner.

Als Lucians Kopf auf meine Brust sank, war das Windlicht längst verloschen und der Himmel vor dem Fenster war blass vom Morgen.

»Schläfst du mit mir?«, murmelte er, während meine Finger durch sein feuchtes Haar strichen. »Schläfst du mit mir ein, Schneewittchen?«

Ich nickte und lächelte und ich fühlte mich so wunderbar müde wie schon lange nicht mehr.

SECHSUNDDREISSIG

Helles Sonnenlicht weckte mich. Im ersten Moment wusste ich nicht, wo ich war, und sah mich blinzelnd im Zimmer um. Am Fenster stand ein brauner Holztisch, an der Wand ein blau gestrichener Bauernschrank, in der Ecke ein weißer Stoffsessel. Auf dem Fußboden lagen verstreute Klamotten: ein dunkelblaues Flanellhemd, abgetretene Docks, mein Kapuzenpulli, zwei Paar Jeans, deren Beine ineinander verschlungen waren.

Mein Lächeln wurde breiter. Ich berührte den Arm, der schwer auf meiner Brust lag, drehte mich vorsichtig um und sah Lucian.

Er lag auf dem Bauch, sein Gesicht war mir zugewandt. Das schwarze Haar fiel ihm in die Stirn und seine Lippen, die leicht geöffnet waren, hatten ein fast unwirkliches Rot. Seine Wimpern warfen winzige Schatten und seine Augenlider zuckten nicht einmal. Er atmete ruhig und tief und sah dabei so glücklich aus, wie ich mich fühlte.

Ich küsste ihn auf die Wange. Er murmelte etwas im Schlaf, dann wand ich mich vorsichtig aus seinem Arm, angelte mir sein Hemd und tapste eingehüllt in den Geruch seines Körpers in den Flur, von dem links das Bad abging, rechts ein Schlafzimmer und weiter vorn ein großer Wohnraum mit einer offenen Küche.

Obwohl ich mich an nichts erinnern konnte, fühlte ich mich sofort zu Hause. Alles war in hellen Farben gestrichen und die Möbel wirkten viel gemütlicher als die kühle Einrichtung in dem Haus in Los

Angeles. Es gab dicke rostrote Sessel, einen flauschigen Teppich, einen offenen Bauernschrank mit einer Stereoanlage und Regale voller Bücher und Spiele. In einer großen Tonschale am Boden lagen bemalte Steine und auf einer kleinen Kommode standen gerahmte Fotos.

Ich ging in die Küche. Im Geiste sah ich uns beide mit einem riesigen Tablett mit geröstetem Speck, Spiegeleiern und gebuttertem Toast im Bett frühstücken, aber die Realität holte mich schnell ein. Aus dem Kühlschrank starrten mir eine vergammelte Porreestange, eine Flasche Zitronensaft und eine Tube Ketchup entgegen.

»Hey, Kleidertausch ist unfair.«

Ich fuhr herum und musste lachen.

Lucian stand im Türrahmen. Er trug seine Jeans und hatte seinen nackten Oberkörper in meinen engen schwarzen Kapuzenpulli gequetscht.

Er grinste und deutete mit dem Kopf zum Kühlschrank. »Zitronenporree mit Ketchup. Ich hab gestern schon überlegt, ob das ein amerikanisches Nationalgericht sein könnte.«

»Jedenfalls keins, das ich ausprobieren will«, entgegnete ich lachend und sah zum Fenster, durch das die Sonnenstrahlen schienen. »Komm, lass uns frühstücken gehen.«

Lucian streifte meinen Pulli über den Kopf und stand da mit zerzaustem Haar. Er streckte mir seine Hand entgegen. »Erst duschen«, sagte er und lächelte mich an.

Wir gingen nicht frühstücken, sondern wir fuhren frühstücken, und zwar in einem Auto, das sich als geklaut herausstellte. Erst als wir vor das Haus traten und ich Lucian stirnrunzelnd ansah, wurde mir bewusst, was er mir gestern Nacht alles nicht erzählt hatte. (Zum Beispiel, dass er erster Klasse nach Amerika geflogen war, ohne zu bezahlen natürlich, und dass er sich das Autofahren auf den Straßen von San Francisco selbst beigebracht hatte.)

Der Wagen war ein alter metallicblauer Chevy, der reichlich klapprig wirkte. Auf der Heckscheibe prangte ein gelber Aufkleber, auf dem ein schwarzes Kapuzenmännchen eine Waffe schwang. Darüber stand in schwarzen Lettern: *Voldemort votes Republican.*

»Gute Wahl, Brother«, sagte ich und stieg auf der Beifahrerseite ein. Die Luft war noch ziemlich kühl, aber sie roch wunderbar. Nach See und Bergen und nach Sonne.

»Und wie hast du das Haus gefunden?«, fragte ich, nachdem wir losgefahren waren. Die Seeseite, an der das Haus meines Urgroßvaters lag, war ziemlich einsam und von einem großen Waldstück umgeben. Ich hatte kein anderes Haus in der Nähe gesehen. Ein paar Hundert Meter weiter hatten wir einen großen Campingplatz passiert und jetzt entdeckte ich Siedlungen von kleinen, zweistöckigen Sommerhäusern. Aber die meisten von ihnen schienen leer zu stehen, nur hier und dort parkte ein Wagen vor der Einfahrt, und von den Bootsverleihen, an denen wir vorbeikamen, hatten die meisten geschlossen.

»Die ersten Tage gar nicht«, erwiderte Lucian. Er war ein guter Autofahrer. Er lenkte den Wagen mit einer Hand, während seine andere auf meinem Bein lag. »Ich bin ziellos herumgekurvt. Dieser See ist verdammt riesig. Hundertsechzig Meilen Ufer. Keine Ortschaft, aber unzählige Häuser im Umland. Du hast dich wirklich ziemlich bedeckt gehalten.«

»Mein Dad und Michelle leben in Los Angeles«, murmelte ich beschämt. »Das Haus hier ist nur Dads Ferienhaus.«

»Eigentlich war es ein verrückter Zufall«, sagte Lucian. »Ich war wohl nicht der einzige Streuner in der Gegend. Jedenfalls tauchte plötzlich diese schwarze Katze auf. Sie kam aus dem Wald und taperte schnurstracks auf euer Haus zu. Ich bin ihr gefolgt. Frag mich nicht, warum.«

Der See lag nun zu unserer Rechten. Ein paar Boote waren unterwegs und ich entdeckte auch einige Surfer im Wasser. Die Häuser, die auf dieser Seite in die Berge gebaut waren, wirkten größer und teurer als die Ferienhäuschen, an denen wir vorhin vorbeigekommen waren. Auf den Weiden, die grün und saftig aussahen, grasten Pferde.

»Die Katze führte mich direkt vor den Hintereingang im Garten«, erzählte Lucian weiter. »Dort verschwand sie in der Katzenklappe und ich sah durch das Fenster dein Foto.«

Ich schüttelte den Kopf, ich wusste genau wie er, dass das kein Zufall gewesen war, genauso wenig wie unsere Liebe ein Zufall war.

Lucian schien mir anzusehen, was ich dachte, und stupste mir gegen das Bein.

»Hey Schneewittchen«, sagte er. »Ich glaube, eigentlich bist du der Zwerg. Denn diesmal hab ich von deinem Tellerchen gegessen. Und ich habe in deinem Bettchen geschlafen.«

Ich musste lachen und Lucian zeigte nach links.

»Was hältst du davon?«, fragte er und drosselte das Tempo.

Hinter einem Parkplatz, auf dem drei Autos und ein Truck standen, sah ich einen altmodischen Diner.

Die Markise war rot-weiß gestreift und auf dem Schild über dem Dach stand die Aufschrift *Uncle Tom.*

»Perfekt«, sagte ich.

Als wir Arm in Arm durch die Tür traten, musste ich an Doris' Diner in Hamburg denken, wo ich unzählige Mittagspausen verbracht hatte, aber dieser Diner wirkte viel authentischer.

Der Boden war schwarz-weiß kariert, die Sitze waren aus quietschrotem Leder und auf jedem Tisch stand hinter einer Tube Senf und einer Flasche Tomatenketchup eine kleine Jukebox mit Oldies. An den Wänden hingen Fotos von Elvis Presley, James Dean und Marilyn Monroe. Es war kaum etwas los, nur ein paar alte Männer saßen an einem der Tische und tranken Kaffee.

Wir setzten uns an einen Zweiertisch ans Fenster, erst gegenüber voneinander, aber dann kicherten wir los, weil selbst der kleine Tisch zwischen uns zu viel war.

»Zu mir oder zu dir?«, fragte Lucian und hob eine Augenbraue in die Höhe. Ich hielt seine Hand fest und zog ihn auf meine Seite. Er legte den Arm um mich und ich schmiegte mich an ihn.

Die Bedienung kam an unseren Tisch und fragte uns nach unseren Wünschen. Sie hatte schwarz gefärbtes, hochtoupiertes Haar und ihre rot geschminkten Lippen lachten uns freundlich an.

Ich musste auch lachen. Wünsche? Ich hatte keine. Ich dachte an Lucians Worte vom Falkensteiner Ufer. Alles, was ich brauchte, war hier. Na gut, mein Magen war etwas anderer Meinung und machte knurrend auf sich aufmerksam. Wir bestellten frischen Orangensaft, Spiegeleier mit Speck, Pommes, Bagel und Cream Cheese.

Wir küssten uns, während wir auf das Essen warteten, kicherten über die alten Männer, die uns verstohlen beobachteten, und konnten selbst während des Essens unsere Hände nicht voneinander lassen. In der Jukebox fand ich den alten Abbasong *Lovelight,* den damals die Band in dem Lampenladen angestimmt hatte. Lucian fischte einen Quarter aus der Hosentasche, damit ich ihn spielen konnte. Als die Abbamädels *I won't let you out of my sight* sangen, stieß ich Lucian an. »Du hättest das Gesicht des Glatzkopfes sehen sollen, als du ihm in den Nacken gegriffen hast.«

»Ich hätte ihm am liebsten ganz woanders hingegriffen«, knurrte Lucian und dann mussten wir schon wieder lachen.

Lucian tunkte eine Pommes in den Ketchup und hielt sie mir hin. Als ich zubeißen wollte, stippte er sie gegen meine Nase.

»Hey Kleine, du hast da was«, sagte er und küsste mir den Ketchup von der Nasenspitze. Dann kam die Bedienung, um unsere Gläser mit frischem Wasser zu füllen.

»Woher kommt ihr beiden Turteltauben?«, fragte sie.

Ich zögerte.

»Aus dem Knast«, sagte Lucian und legte wieder seinen Arm um mich. »Wir hatten beide lebenslänglich, aber dann wurden wir wegen guter Führung entlassen.«

»Na dann.« Die Frau zwinkerte uns zu. »Genießt eure Freiheit.«

Genau das hatten wir vor. Ich weihte meine neue Kreditkarte ein, und nachdem wir bezahlt hatten, zog mich Lucian vom Stuhl hoch. »Komm«, sagte er. »Ich will dir was zeigen.«

Arm in Arm gingen wir zurück zu dem Chevy, küssten uns, lachten über einen kleinen Hund, der vor dem Diner saß und eine alte Dame ankläffte, die vor Schreck fast ihre Handtasche fallen ließ, und brausten los.

Lucian schien in den Tagen, in denen er am See nach mir gesucht hatte, eine gute Orientierung bekommen zu haben. Er bog von der Straße auf einen holprigen Waldweg ab, der sich den Berg hinauf durch einen Laubwald schlängelte. Auf einem Schotterplatz in einer Lichtung hielt er an. Als wir aus dem Wagen stiegen, schwang sich ein paar Meter vor uns ein Adler in die Luft und etwas Großes schoss durch die Büsche ins Dickicht. Ich sah nur ein braunes Hinterteil und rasend schnelle Beine, die sich im nächsten Moment in Luft auflösten.

»Wo führst du mich hin?«, fragte ich.

Aber Lucian nahm nur meine Hand und wir liefen durch den Wald. Es war ein Mischwald, ein schmaler, kurviger Pfad wand sich bergauf. Wieder fiel mir auf, wie katzenhaft sich Lucian bewegte. Vereinzelte Sonnenstrahlen malten Flecken auf den Waldboden, die hohen Baumkronen rauschten und plötzlich hatte ich das Gefühl, wir waren die einzigen Menschen weit und breit. Nach einer Weile lichtete sich der Pfad und Lucian zog mich nach rechts, bis wir auf einem breiten Felsplateau stehen blieben. Außer Atem hielt ich mir die Seiten, aber als mich Lucian an den Abgrund führte, vergaß ich die Quälerei.

Tief unter uns lag die Schwanzspitze des Drachensees.

Kristallklar zog sich der grüne Flusslauf durch die Landschaft, in einem schmalen, gezackten Verlauf. Groß und mächtig wuchsen die Berge empor, dazwischen die sattgrünen Wiesen und über uns war nichts als Himmel. Er war wolkenlos und von einem klaren, tiefen Blau. Ein Schwarm von Vögeln segelte durch die Luft.

»Hier hab ich ein paar Mal gesessen«, sagte Lucian. »Und wenn ich nicht gewusst hätte, dass es nichts bringt, hätte ich mich wahrscheinlich in die Tiefe gestürzt.«

»Wie meinst du das?«, fragte ich erschrocken. »Was hätte es dir denn bringen sollen außer . . . den Tod?«

Lucian lachte trocken. »Genau den eben nicht. Das hatte ich bereits in Deutschland herausgefunden.«

Ich fühlte, wie mir das Blut aus dem Gesicht wich. »Du hast versucht, dich umzubringen?«

Lucian nickte.

»Wann?«, flüsterte ich. »Wie?«

»Bevor ich dir gefolgt bin«, sagte er. »Ich habe Tabletten geschluckt. Ich bin von der Brücke gesprungen. Ich habe mir mit einer Rasierklinge . . .« Lucian stockte und schüttelte entschlossen den Kopf. »Sagen wir einfach: Ich hab es mit allen Mitteln probiert. Aber es hat nicht funktioniert.

Er hielt mir sein Handgelenk hin. Ich starrte auf die glatte unversehrte Haut an seinen Pulsadern und dachte an Tyger und Faye, die ebenfalls versucht hatten, sich das Leben zu nehmen. Aber da waren sie bereits allein, während ich noch lebte.

»Ich kann es immer noch nicht glauben, Rebecca«, sagte Lucian leise und fügte dann mit einem Knurren hinzu: »Und ich kann nicht fassen, dass Morton mir verschwiegen hat, wer ich bin.«

»Wo bist du Tyger eigentlich begegnet?«, fragte ich.

Lucian ging in die Hocke und hob einen Stein vom Boden auf. »Irgendwo auf dem Kiez«, sagte er. »Es war in der Nacht, nachdem dich deine Leute am Falkensteiner Ufer abgefangen hatten. Ich habe mir in irgendeiner üblen Bar die Kante gegeben, als Morton plötzlich neben mir am Tresen saß und mich fragte, ob ich mich gerne an einem angenehmeren Ort betrinken würde. Am Anfang dachte ich tatsächlich, der Kerl wollte mich abschleppen, aber ich war so fertig mit den Nerven, dass mir fast alles egal war. Tyger hat mich zu sich nach Hause gefahren und mir sein Gästezimmer angeboten. Am nächsten Morgen hatte ich frische Brötchen auf dem Tisch und abends hat mir Tyger dann den Job bei *Max und Consorten* verschafft. Der Pub gehört ihm. Er meinte, er hätte ihn vor siebzig Jahren gekauft, was ich natürlich für einen blöden Witz gehalten habe.«

Lucian sah mich an. »Wie alt ist er?«

Ich hockte mich neben Lucian und wiegte den Kopf. »So um die hundertfünfzig.«

»Und sein . . . Mensch hieß Ambrose?«

»Ja. Ambrose Lovell. Er war Schriftsteller. Er hat sich in die Verlobte meines Urgroßvaters verliebt und sie geheiratet. Dafür hat mein Urgroßvater Lovells Werke verrissen. Lovell hat sich umgebracht. Tyger kam eine Minute zu spät. Er konnte ihm nicht mehr helfen und sich selbst damit auch nicht.«

Ich strich Lucian, der nachdenklich den Stein in seiner Hand wiegte, über den Arm. Seine Haut war ganz weich und hatte von der Sonne einen leicht goldbraunen Ton angenommen.

»Kannst du dich denn jetzt an etwas erinnern?«, fragte ich leise. »Ich meine, an . . . an das, was du gewesen bist?«

Lucian schwieg. Er schaute nach unten, auf die winzigen Bäume und Hügel, durch die sich der schmale Flusslauf des Sees schlängelte. Das Wasser war so grün, dass es fast künstlich aussah, als würde man durch die getönten Gläser einer Sonnenbrille blicken.

»Nicht wirklich«, sagte er schließlich. »Jedenfalls nicht mit dem Kopf. Ich weiß jetzt, dass das, was du mir gestern gesagt hast, wahr ist. Ich konnte . . . ich kann es fühlen. Aber ich habe kein Bild von mir. Ich sehe immer nur dich.« Er schloss die Augen. »Und ich sehe diesen furchtbaren Traum.«

Lucian schleuderte den Stein über den Abgrund. Er flog durch die Luft, verharrte für den Bruchteil einer Sekunde im Himmelsblau und stürzte dann senkrecht in die Tiefe. »Als ich dein Foto im Haus deines Vaters entdeckt habe, bin ich erst einmal wie verrückt durch die Zimmer gerast und habe nach Kronleuchtern und grünen Teppichen gesucht.«

Ich drehte ihm den Rücken zu und starrte auf den Waldweg. Verdammt! Ich hatte es so satt, über all das nachzudenken. Wie konnte es angehen, dass wir schon wieder bei diesem Thema gelandet waren?

Entschlossen fuhr ich herum und schlang meine Arme um Lucians Hals. »Ich will mit dir im See schwimmen!«

Lucian grinste, er begriff sofort. Er gab mir einen Kuss, dann biss er mir zärtlich in die Nase. »Ich weiß nicht, ob ich's kann.«

»Was soll das heißen?« Ich musste lachen. »Ich kann schwimmen. Also musst du es auch können!«

»Also gut.« Lucian zog mich zurück zum Auto. »Ich versuch's. Aber nur, wenn du fährst.«

»Ich kann nicht fahren!«

»Was soll das heißen?« Lucian hob eine Augenbraue. »Ich kann fahren. Also musst du es auch können.«

Ich küsste ihn. Ich würde alles können, solange er nur bei mir war.

Als wir wieder beim Wagen ankamen, hielt mir Lucian die Fahrertür auf und ich stieg ans Steuer.

Ich griff nach dem Schlüssel und steckte ihn ins Schloss. »Und jetzt?«, fragte ich unsicher.

»Anlassen.« Lucian war neben mir eingestiegen. Er machte ein strenges Gesicht.

Ich lachte. »Danke für den Hinweis, Herr Fahrlehrer. Wie? Wo anlassen?«

»Da, du Dumme.« Lucian zeigte auf das Zündschloss. »Du musst den Schlüssel nach rechts drehen.«

Ich tat es. Der Motor brummte, aber es geschah nichts.

»Geht nicht, du Dummer.«

»Ach ja. Bremse. Du musst auf die Bremse treten.«

Ich trat auf die Bremse und drehte den Schlüssel nach rechts. Der Wagen sprang an.

Ich kreischte. »Es klappt. Ich kann es. Ha! Ich kann einen Wagen starten.«

»Bestens.« Lucian grinste trocken. »Dann zeig mal, ob du ihn auch fahren kannst. Hier.« Er zeigte auf die Schaltung. »Du musst auf D schalten. Und dann Gas geben.«

Ich schaltete auf D und gab Gas. Der Wagen schoss nach vorn. Erschrocken trat ich auf die Bremse und fing wieder an zu lachen.

»So«, sagte Lucian, »wird das nichts. Ein bisschen mehr Konzentration, wenn ich bitten darf.«

»Ich kann nicht.« Ich zog eine Schnute. »Ich bin geschwächt. Ich brauche einen Kuss. Oder zwei. Oder zehn.«

Lucian seufzte gespielt. »Wenn es denn unbedingt sein muss.«

Er lächelte sein wunderbar schiefes Lächeln, zog mich an sich und drückte seine Lippen auf meinen Mund. Seine Hände glitten unter mein T-Shirt, mein Herz fing an, verrückt zu spielen.

Wir zuckten voreinander zurück, beide erschrocken von der Macht unserer Gefühle. So stark? *So* stark?

Ich räusperte mich. Dann gab ich langsam Gas und versuchte, die Kontrolle über den Wagen zu behalten, der über den Schotterweg rumpelte. Es war ein Wahnsinnsgefühl.

»Ich fahre«, kreischte ich. »Ich fahre Auto. Oh mein Gott, oh mein Gott!« Ich lenkte den Wagen über den holprigen Waldweg. Obwohl es kaum mehr als zehn Stundenkilometer sein mochten, fühlte es sich rasend schnell an. Als wir an die Straße kamen, gab ich Gas. Der Wagen scherte aus, und als im gleichen Moment ein Auto auf der Gegenfahrbahn auf uns zukam, schwenkte ich um und drückte kreischend auf die Bremse. Wir flogen nach vorn und der Wagen landete im Graben.

Der Gurt schnitt mir schmerzhaft in die Brust. Das andere Auto fuhr hupend an uns vorbei, der Fahrer streckte empört die Faust aus dem Fenster. Aber ich konnte nicht aufhören zu lachen.

»He! Willst du uns . . .« Lucian stockte. »Ich glaub, ich geh lieber wieder ans Steuer«, sagte er hastig. »Hoffentlich stelle ich mich beim Schwimmen nicht so blöd an wie du beim Fahren.«

Ich kicherte, etwas bemühter als beim letzten Mal.

»Das werden wir ja sehen.«

Wir fuhren zu einer kleinen, sandigen Bucht, die von hohen Felsen gesäumt war. Lucian angelte vom Rücksitz ein Handtuch. Es war quietschgelb mit einem großen aufgedruckten Winnie the Pooh.

»Hübsch«, sagte ich.

»Ja, nicht wahr?« Lucian grinste. »Es kam gratis mit dem Chevy. Ich hoffe nur, sein Besitzer vermisst es nicht zu schmerzlich. Gehen wir?«

Die Bucht war menschenleer. Die graubraunen Felsen umrahmten sie wie eine Schale. Am Ufer wuchsen ein paar Büsche und auf der anderen Seite erhoben sich die Berge. Mittlerweile war es fast so warm wie im Sommer in Deutschland, und dass niemand hier war, lag wahrscheinlich an der Nebensaison.

Für einen Moment überlegte ich, ob ich das T-Shirt anlassen sollte, aber dann streifte ich es ab. Ich wollte das Wasser am Körper spüren. Ich rannte über den weichen Sand und warf mich in den See, der so kalt war, dass ich aufkreischte.

»Komm rein«, schrie ich Lucian zu. »Los, komm schon, du Feigling!«

Zögernd betrat Lucian das Wasser. Seine Knie verschwanden, dann seine Oberschenkel, seine Hüften und schließlich lugte nur noch sein Kopf aus der Oberfläche. Er machte noch einen Schritt, ruderte mit den Armen – und ging unter.

Scheiße! Ich kraulte auf die Stelle zu, wo er verschwunden war, schluckte Wasser, rief seinen Namen. »Lucian! Lucian!«

Entsetzt tauchte ich unter, aber die gläserne Seeoberfläche trog. Meine Arme wirkten unter Wasser bleich und grünlich und ich konnte durch den aufwirbelnden Sand kaum ein paar Meter weit sehen. Nur von oben warf das einfallende Sonnenlicht einen unwirklichen Glanz auf das Wasser.

Als ich wieder auftauchte und panisch die Wasseroberfläche absuchte, fühlte ich plötzlich, wie mich etwas am Bein packte und nach unten zog. Ich kreischte auf, gurgelte und da sah ich unter Wasser Lucian. Er war direkt vor mir, er lachte übers ganze Gesicht. Blasen sprudelten aus seinem Mund und dann machte er geschmeidig wie ein Fisch eine Kehrtwendung und glitt davon.

Ich paddelte nach oben, prustete, hustete und auch Lucian war jetzt wieder an der Oberfläche. Gut fünf Meter von mir entfernt streckte er seinen Arm aus und winkte mir zu.

»Na, Frau Schwimmlehrerin, was sagst du jetzt?«, neckte er mich. »Komm schon und fang mich, du lahme Qualle!« Er kraulte davon, als ob er nie etwas anderes getan hatte.

Ich schoss hinter ihm her, aber nach einer Weile hielt ich inne und sah ihm zu. Er hatte aufgehört zu kraulen und schwamm jetzt Delfin, mit einer Leichtigkeit, die ich nie zuvor an einem anderen Schwimmer gesehen hatte.

In seinen geschmeidigen, fließenden Bewegungen lag eine spielerische Kraft, die mich einfach nur staunen ließ. Sein Oberkörper schnellte aus dem Wasser, die Arme zog er mit einem Schmetterlingsschlag nach vorn, dann tauchte er mit gebogenem Rückgrat wieder ein – alles sah aus wie ein einziger Fluss, als wäre tatsächlich Wasser Lucians natürliches Element.

Woher konnte er das? Wie oft war er neben mir im Wasser gewesen, wie oft hatte er mich *begleitet? Ungesehen, ungehört . . .*

Mittlerweile hatte Lucian einen großen Bogen durch den See gemacht und schwamm jetzt zu einem der Felsen an der rechten Uferseite, in dessen Inneren eine Art steinerne Treppe gebaut war. Leichtfüßig kletterte er daran empor. Das Wasser schillerte auf seiner Haut, und als er oben angekommen war, drehte er sich zu mir um, breitete lachend die Arme aus und ich kraulte zu ihm hinüber.

Er hockte jetzt auf dem Felsen und schaute aus gut drei Metern Höhe zu mir herab. Als ich aus dem Wasser stieg, bekam ich Gänsehaut am ganzen Körper. Ich widerstand dem Impuls, meine Arme um die Brust zu schlingen. Stattdessen ging ich langsam auf den Felsen zu. Ich wusste, dass er mich ansah, seine Blicke trafen mich wie winzige Pfeile und ich genoss es. Seit gestern fühlte ich mich wie verwandelt, wie neu in meiner Haut, größer, stärker, weiblicher.

Ich klammerte mich an einem zackigen Felsvorsprung fest und kletterte zu Lucian hinauf. Die Sonne verschwand für einen Moment hinter einer Wolke, Wind kam auf, aber im nächsten Moment hielt mich Lucian schon im Arm. Seine Haut war kühl und glatt, ich hörte sein Herz schlagen, als er mich küsste.

»Komm«, sagte er und griff nach meiner Hand. »Wir springen zusammen. Traust du dich?«

Ich nickte. Dann hielt ich die Luft an und auf drei sprangen wir in die Tiefe. Gleichzeitig landeten wir im Wasser und tauchten unter. Der Sog wollte uns auseinanderziehen, aber wir hielten uns fest an den Händen. Als wir an die Oberfläche kamen, schlang ich meine Arme um Lucians Hals und drückte mich gegen seinen geschmeidigen Körper und so drehten wir uns eine Weile im Wasser, immer um uns selbst herum, in langsamen Kreisen.

Am Ufer wickelte Lucian mich in das Winnie-the-Pooh-Handtuch ein und rubbelte mich trocken, dann setzten wir uns zusammen in den Sand und er legte das Handtuch um uns beide.

Die Sonne war ein Stück tiefer gesunken und der Wind strich durch die Gräser am Ufer. Irgendwo in der Ferne rief ein Vogel, ansonsten war alles still.

»Du wolltest nicht raus«, sagte Lucian plötzlich leise.

»Was?« Verwirrt sah ich ihn an.

»Du wolltest nicht aus dem Wasser.« Er lächelte mich an. »Deine Mutter hat am Ufer gestanden und dich gerufen. Du hast gebrüllt: ›Ich komm aber nicht. Ich kann jetzt schwimmen und will hierbleiben.‹ Irgendwann ist deine Mutter dann rein und hat dich geholt. Deine Lippen waren blau und du hast wie verrückt mit den Zähnen geklappert. Dann hast du dich an ihren Schultern festgehalten und sie ist mit dir zurück ans Ufer geschwommen. Dein Dad sammelte Holz und später habt ihr zu dritt am Feuer gesessen. Deine Eltern haben dich in ihre Mitte genommen und du hast immer noch am ganzen Körper gezittert.«

»Aber du warst bei mir«, flüsterte ich.

»Ja.« Lucian nahm meine Hand und küsste sie. »Ich war immer dabei.« Er legte seinen Arm um mich und so blieben wir am Ufer sitzen, bis es zu kalt wurde. Dann schlüpften wir in unsere Sachen und gingen zurück zum Auto.

Im Haus schnappten wir uns ein paar Kochbücher aus dem Regal. Nachdem wir einstimmig beschlossen hatten zu kochen, stritten wir eine gute halbe Stunde um die Auswahl der Rezepte. Mittlerweile hatte Lucian offensichtlich eine ganze Reihe von Dingen herausgefunden, die er mochte oder auch nicht, und wir stellten verblüfft fest, dass unsere Geschmäcker kaum unterschiedlicher hätten sein können.

»Ich esse keine Tierbabys«, sagte ich, als Lucian auf ein Rezept für Lammgeschnetzeltes mit Oliven und Walnüssen tippte.

Ich blätterte ein paar Seiten weiter. »Was hältst du von überbackenen Schweinemedaillons in Sahnesauce?«

»Schwein?« Lucian grunzte. »Eklig. Aber die gefüllten Paprikaschoten klingen gut.«

»Paprika ist das einzige Gemüse, gegen das ich allergisch bin. Bananenhuhn?«

Lucian griff sich an die Kehle und streckte die Zunge raus. »Lasagne«, sagte er.

»Hatte ich grad. Risotto?«

»Langweilig.«

»Oje.« Ich stöhnte auf und knuffte ihn in die Seite. »Dann mach halt einen aufregenderen Vorschlag.«

»Gern.« Lucians Augen funkelten und er nahm mir das Rezeptbuch aus der Hand. Dann umfasste er meine Schultern, zog mich an sich und fing an mich zu küssen, erst sanft, dann immer fordernder.

Ich spürte die Spitze seiner Zunge an meinem Hals, meine Hände vergruben sich in seinen Haaren. Blind knöpfte ich sein Hemd auf, er streifte mir den Pulli über den Kopf und dann stolperten wir eng umschlungen zum Sofa, wo Lucian mich auf sich zog.

»Das«, flüsterte er und nahm mein Gesicht in beide Hände, während sein Brustkorb sich unter mir hob und senkte, »das kann man nicht träumen, oder?«

Ich lächelte und schüttelte den Kopf, dann schloss ich die Augen und atmete tief ein.

Diesmal blieben wir nicht am See, sondern fuhren zum Einkaufen nach Paso Robles, der Stadt, durch die ich auch mit Tyger gekommen war. Nachdem wir uns gegenseitig gestanden hatten, dass sich unsere Kochkünste in bescheidenen Grenzen hielten, einigten wir uns auf Spaghetti Napoli mit Salat und Eis mit heißer Schokoladensauce zum Nachtisch.

Draußen dämmerte es bereits und die Landschaft am See kam mir noch einsamer vor als heute Vormittag. Das Wasser glänzte silbrig, und als die Sonne hinter den Bergen verschwand, färbte sich der Himmel in leuchtende Töne, von Violett bis zu einem kräftigen Orange.

Auch die Landschaft, durch die uns der Highway führte, war wunderschön. Offenbar war diese Gegend für ihre Weine bekannt. Zu unserer Rechten zogen sich die sattgrünen Weingärten bis zum Horizont, wo sie stellenweise von bewaldeten Hügeln unterbrochen wurden. Im Vordergrund hoben sich riesige Eichen wie einsame Wächter in den immer dunkler werdenden Himmel. Scharen von Vögeln zogen vorbei, während uns auf der Straße kaum ein Auto entgegenkam.

Kurz vor Paso Robles passierten wir ein Schild mit der Aufschrift *James Dean died here.*

Wir sahen es beide, Lucian beschleunigte den Wagen und schon lag es hinter uns.

Wir parkten im Zentrum von Paso Robles. Es gab eine hübsche historische Altstadt mit einer kleinen Kirche, einem weißen Pavillon, in dem gerade eine Kapelle spielte, zahlreiche Restaurants und lauter Winzereien, die zu Weinproben einluden. Die kleinen Läden wirkten ziemlich touristisch, mit allem möglichen Nippes und Souvenirs, und die kopfsteingepflasterten Gehwege waren so sauber, als würden sie alle paar Stunden frisch geputzt.

Lucian und ich liefen Arm in Arm durch die Straßen und es fühlte sich ganz selbstverständlich an. Leute, die an uns vorbeikamen, lächelten uns an. Manche grüßen uns mit *Hi* oder *How are you,* und eine ältere Dame, die neben uns vor dem Schaufenster einer Confiserie stand, nannte uns *a beautiful couple.*

In einer kleinen Parkanlage entdeckte ich einen Spielplatz. Nur eine Rutsche, ein Klettergerüst und eine Schaukel. Wir grinsten uns an und rannten, ohne ein Wort zu sagen, darauf zu. Lucian setzte sich nach unten, ich kletterte auf seinen Schoß, sodass unsere Gesichter einander zugewandt waren, und dann nahmen wir Schwung, flogen höher und immer höher in die Luft und lachten und warfen unsere Köpfe in den Nacken, in einem Augenblick, der endlos war.

»So, who is cooking tonight?«, fragte uns die Kassiererin im Supermarkt, wo wir schließlich unsere Einkäufe bezahlten.

Wir kochten zusammen.

Als wir zurück ins Haus kamen, war es bereits kurz nach zehn. Ich hatte Kerzen in einer Schublade gefunden, die ich in Kerzenhaltern und auf kleinen Untertellern verteilte, und Lucian hatte eine Beethoven-CD aufgespürt.

Er drehte die Musik voll auf und bereitete dann den Salat vor, während ich Tomaten für die Nudelsauce kleinschnitt. Als ich die Zwiebeln häutete und überlegte, ob ich sie in Streifen oder Stücke schneiden sollte, ertönten die Klaviertöne der Mondscheinsonate.

»Dieses Lied habe ich an dem Abend gehört, als es passierte«, sagte ich.

Lucian runzelte die Stirn.

»An dem Mittwoch, an dem du nachts vor meinem Fenster gestanden hast, da hatte ich zum ersten Mal dieses Gefühl in meiner Brust. Ich war mit Janne und Spatz auf dem Dachboden. Wir haben alten Kram für den Flohmarkt aussortiert. An diesem Abend habe ich auch den kleinen Bären wiedergefunden.«

Und zum ersten Mal den Albtraum gehabt, fügte ich in Gedanken hinzu. Meine Augen tränten von den Zwiebeln. Lucian nahm mir das Messer aus der Hand und zog mich in seinen Arm.

»Ich habe es auch gefühlt«, sagte er und legte meine Hand auf seine Brust. »Ein feiner Riss, ganz tief hier drin. Ich wusste, dass ich von irgendetwas getrennt worden war, aber ich wusste nicht, wovon.«

Er strich mir das Haar aus dem Gesicht. »Als ich in dieser Nacht vor deinem Fenster stand, war alles dunkel. Außen und innen. Dann ging plötzlich das Licht an und du hast von oben zu mir heruntergeschaut in deinem weißen Trägerhemd. Komisch, oder? In diesem Augenblick warst du mein Engel.«

Er grinste schief. »Aber als Köchin bist du wirklich ziemlich lausig.«

»Wieso?«

Er hielt mir ein Tomatenstück unter die Nase. »Hat dir niemand beigebracht, dass man die Tomaten häuten muss, wenn man eine echte Tomatensauce macht? Das weiß ja sogar ich.«

»Du kannst gern zurück nach Hamburg fliegen und dich von der Chefköchin verwöhnen lassen«, drohte ich.

»Nein danke, ich glaube, ich liebe Haut in der Sauce«, entgegnete Lucian und lachte sein leises, raues Lachen.

Wir aßen auf der Veranda. Lucian hatte eine Decke und ein paar Kissen auf dem Holzboden ausgebreitet und ein paar Windlichter angezündet, die er im Haus gefunden hatte. Auch die Katze kam von ihrer Streiftour zurück und strich uns schnurrend um die Beine. Ich hatte im Supermarkt ein paar Brekkies gekauft, die ich ihr jetzt in eine Schale schüttete. Gierig fiel sie darüber her, danach sprang sie mit einem Satz auf den Schaukelstuhl, gähnte herzhaft, leckte sich das Mäulchen und rollte sich zu einer schwarzen Kugel zusammen.

Wir stellten den Topf mit den Nudeln und die Salatschüssel auf ein Tablett vor uns und fütterten uns gegenseitig, wobei wir die meiste Zeit kicherten, weil wir so damit beschäftigt waren, uns mit den Augen zu verschlingen, dass wir ständig kleckerten. Wie in der Nacht auf dem Dach von Tygers Haus tranken wir Champagner, den wir im Keller entdeckt hatten, und waren ziemlich schnell ziemlich beschwipst.

Das Vanilleeis aßen wir aus der Packung. Wir kippten die warme Schokoladensauce hinein und irgendwann befahl mir Lucian die Augen zu schließen.

»Mund auf«, sagte er. »Hier kommt ein Löffelchen für dich.«

Ich streckte die Zunge raus und zuckte zurück, als ich statt der Eiscreme kalte Tomatensauce schmeckte.

»Hey, du Ekel!«, rief ich und versuchte Lucian den Löffel aus der Hand zu reißen, aber er streckte ihn hoch in die Luft und ich kitzelte ihn, bis er wie ein Käfer auf den Rücken fiel und lachend um Gnade bettelte.

Ich streckte mich neben ihm aus. Der Mond war noch nicht zu sehen, aber der Himmel war jetzt voller Sterne. Unzählige pulsierende Lichtpunkte sprenkelten das tiefe Schwarz. Eine Weile lagen wir einfach nur schweigend beieinander, die Füße in Richtung Haus, die Köpfe in Richtung Himmel. Auf dem Schaukelstuhl maunzte die Katze leise im Schlaf und durch die Blätter der Bäume rauschte der Wind.

»Darf ich dich was fragen, Rebecca?«, sagte Lucian in die Stille hinein. Er klang so ernst, dass ich zusammenzuckte.

»Ja«, erwiderte ich und stützte mich auf meinen Ellenbogen. »Was willst du denn wissen?«

»Wie geht *Spitz pass auf?*«

»Was?« Ich musste husten. »Wie kommst du denn darauf?«

»Wie immer.« Lucian tippte mir auf die Nase. Er lächelte, nur mit dem einen Mundwinkel, und genau wie damals auf dem Flohmarkt erschien auf seiner Wange ein Grübchen. »Ich hab davon geträumt. Du wolltest es spielen, aber dein Dad hatte keine Lust. Er hörte sich an, als hättet ihr es in den letzten Tagen ungefähr siebentausend Mal gespielt. Und als ich herkam, hab ich es im Regal gesehen.«

Ich kicherte. Ich erinnerte mich sehr genau daran, wie oft ich gegen Dad gewonnen hatte. Eigentlich immer.

»Ich kann es dir zeigen«, sagte ich zu Lucian. »Aber ich warne dich. Ich bin unschlagbar in diesem Spiel.«

»Abwarten.« Lucian stand auf und kam kurz darauf mit dem Spiel zurück. Wir beschlossen, dass der Gewinner einen Wunsch freihatte.

»Also, Spitz«, sagte ich, als ich jedem von uns sieben Chips ausgeteilt und meinen Spielstein auf der kreisförmigen Unterlage aufgestellt hatte. Den an dem Spielstein befestigten Faden hielt ich fest zwischen Daumen und Zeigefinger, den Becher schob ich zu Lucian.

»Du nimmst jetzt diesen Becher in die Hand, hältst ihn mit der Öffnung nach unten und ich würfele. Bei einer Sechs versuchst du, meinen Stein mit dem Becher zu fangen. Wenn ich den Spielstein vorher wegziehe, bekomme ich einen von deinen Chips. Wenn du mich fängst, bekommst du einen von mir. Verlierer ist, wer als Erster keine Chips mehr hat. Verstanden?«

»Wuff«, sagte Lucian.

Ich kicherte, trank einen großen Schluck Champagner und fing an zu würfeln. Eine Vier. Eine Drei. Eine Eins, noch mal eine Eins. Ich kicherte lauter. Während Lucian den umgedrehten Becher in der Hand hielt, sah er mir die ganze Zeit in die Augen. Ich versuchte seinem Blick standzuhalten, schaute immer nur kurz auf die Würfel. Meine Muskeln spannten sich, mein Herz klopfte und immer wieder prustete ich los. Ich würfelte eine Fünf. Eine Vier. Eine Eins. Eine Sechs. Hastig zog ich an dem Faden, aber Lucian war schneller. Sein Becher war auf meinen Spielstein niedergesaust, von dem jetzt nur noch der Faden zu sehen war.

Lucian pustete sich eine Haarsträhne aus der Stirn und streckte mit einem spöttischen Siegerlächeln die Hand nach dem Chip aus.

»Pah!«, knurrte ich. »Bild dir bloß nichts ein! Das war pures Anfängerglück.« Ich schnippte einen Chip zu ihm rüber.

Lucian grinste und ich würfelte weiter: eine Drei, eine Fünf, eine Vier, eine Sechs. Blitzschnell zog ich an dem Faden, aber wieder war ich zu spät. Lucian hob den Becher und warf meinem Spielstein einen mitleidigen Blick zu. »Nicht traurig sein, Omi. Den nächsten Chip, wenn ich bitten darf.«

Knurrend schob ich ihn zu ihm rüber und würfelte – eine Sechs.

Lucian grinste. »Nächster Chip.«

Ein paar Sekunden später: »Nächster Chip.«

Ich würfelte eine Zwei, eine Drei, eine Zwei, eine Eins, eine Drei, eine Sechs, ich zog am Faden und starrte empört auf den umgedrehten Becher.

»Das gilt nicht!«, keuchte ich.

»Oh doch. Es gilt voll und ganz.«

Ich schob den fünften Chip rüber und streckte Lucian wütend die Zunge raus. Mittlerweile war ich regelrecht davon besessen, das Ruder herumzureißen. Ich presste den Faden zwischen Daumen und Zeigefinger, würfelte eine Vier, dann eine Sechs. Der Becher knallte auf die Unterlage und ich schimpfte: »Oh, du Scheißkerl!«

»Ich darf doch sehr bitten.« Lucian zog eine Augenbraue hoch und schnappte sich meinen vorletzten Chip.

Ich würfelte eine Drei, eine Drei, eine Drei, eine Drei, eine Sechs – und verlor meinen letzten Chip.

»Ich fasse es nicht«, fauchte ich.

Die Katze sprang vom Schaukelstuhl, tapste auf uns zu, blieb einen Augenblick stehen, zuckte mit dem Schwanz, drehte uns dann würdevoll und fast ein wenig abfällig den Rücken zu und verschwand in der Dunkelheit.

»Jetzt du«, befahl ich kampflustig. Ich hielt Lucian den Würfel hin und streckte meine andere Hand nach dem Becher aus.

Lucian platzierte seinen Spielstein auf der Unterlage, hielt den Faden straff und ließ den Würfel rollen. Ich fixierte ihn und stieß ein leises Knurren aus, dann verschluckte ich mich und musste kichern. Lucian verzog keine Miene und ich konzentrierte mich. Er würfelte eine Fünf und dann eine Sechs. Er zog am Faden und im selben Moment sauste mein Becher herab.

»Ha!« Triumphierend streckte ich die Hand nach dem ersten Chip aus.

Kurz darauf verlangte ich den zweiten und zehn Minuten später hatte auch Lucian seine sieben Chips an mich abgetreten.

Zufrieden lehnte ich mich zurück.

»Du weißt, warum wir das können?«, fragte er. »Oder?«

Ich nickte und plötzlich war mir schwindelig. Lucian fühlte, was ich fühlte. Ich fühlte, was Lucian fühlte. Es war derselbe Einklang wie in allen Momenten zuvor auch – es funktionierte auf den Bruchteil der Sekunde genau.

Mit funkelnden Augen sahen wir einander an.

»Unentschieden«, sagte ich. »Und was jetzt?«

»Ich schätze, jetzt müssen wir um unsere Wünsche feilschen.« Lucian legte den Kopf schief. »Was war deiner?«

Ich deutete zum See. »Schwimmen gehen.«

Er lachte leise. »Na, dann. Zufälligerweise wollte ich genau dasselbe.«

Wir zogen uns aus, hüllten uns in zwei Decken und liefen zum Anleger. Es war kühl, Wolken waren aufgezogen, sodass jetzt weder Mond noch Sterne zu sehen waren. Der Wind fuhr durch mein Haar und streifte meine Haut und die Luft schmeckte plötzlich nach Regen.

»Wieder auf drei?«, fragte Lucian, als wir am Rand des Anlegers standen. Ich nickte. Wir ließen unsere Hände los, streckten die Arme vor und sprangen kopfüber ins Wasser.

Dunkelheit umschloss mich. Aber Lucian war direkt neben mir. Ich fühlte ihn, stärker noch als das kalte Wasser, das meinen Körper umschloss wie eine zweite Haut. Mit kräftigen Zügen stießen wir uns in die Tiefe, immer im Einklang, bis ich kaum noch Luft in den Lungen hatte, und noch immer wollte ich tiefer hinab. Kalte und warme Wasserschichten wechselten sich ab und nur widerwillig ließ ich mich zurück nach oben gleiten. Lucian kam mit, wir tauchten gleichzeitig an die Oberfläche und begannen zu kraulen. Seite an Seite durchpflügten wir den nächtlichen See, in ruhigen, kraftvollen Bewegungen, ohne zu sprechen, ohne zu denken, wir waren einfach nur da, zusammen an diesem magischen Ort.

Der Wind rauschte jetzt durch die Gipfel der Bäume, er kräuselte die Seeoberfläche, und als wir in der Mitte des Sees waren, fielen zögernd und schwerfällig die ersten Regentropfen. Mit einem leisen

Platschen landeten sie auf der Oberfläche, wo sie kleine Kreise hinterließen, bis schließlich das ganze Wasser in Bewegung war. Die Tropfen wurden größer, sie prasselten auf unsere Haut, unsere Köpfe, unsere nackten Schultern und Arme. Ich fühlte Wasser überall, über uns, unter uns, um uns, es hüllte uns ein mit immer lauteren Trommelschlägen, und während wir uns inmitten all dieser winzigen Springbrunnen, die jeder Wassertropfen auf dem See hinterließ, an den Händen hielten, dachte ich an die Nacht in Hamburg, in der ich genau diesen Moment geträumt hatte.

Ganz langsam schwächte der Regen ab, wie laute Stimmen, die zu einem Murmeln, dann zu einem Flüstern wurden und schließlich ganz innehielten. Der See schien auszuatmen, in einem einzigen großen Zug. Nebel zog auf, er kroch aus den Wäldern und geisterte über das Wasser. An einer Stelle rissen die Wolken auf und ein einzelner Stern kam zum Vorschein.

Die Tropfen, die mir jetzt über die Wangen liefen, waren heiß und salzig.

»Was ist?« Lucian sah mich erschrocken an. »Warum weinst du?«

»Weil ich so glücklich bin«, flüsterte ich unter Tränen und musste lachen.

Nach einer heißen Dusche kuschelten wir uns unter die warme Bettdecke.

»Ich liebe dich, Rebecca«, flüsterte Lucian. »Ich liebe dich mehr als mein Leben.«

Ich drückte seinen Kopf an meine Brust und sagte: »Ich liebe dich auch, Lucian.«

Eng umschlungen schliefen wir ein.

SIEBENUNDDREISSIG

Ich hörte das Klingeln wie im Traum. Es kam aus weiter Ferne, aber es schraubte sich näher und näher, wurde lauter und lauter, bis es mir in den Ohren schrillte.

Ich öffnete die Augen. Draußen wurde es gerade hell, im Zimmer war es kühl und ich fröstelte.

Lucian war wach. Er hielt meine Hand, aber er bewegte sich nicht. Ich bewegte mich nicht.

Das Telefon klingelte. Es war das hässlichste, fremdeste und gleichzeitig realste Geräusch, das ich je gehört hatte. Es dauerte ewig. Als es verstummte, schwiegen wir noch immer.

Die Katze lag am Fußende des Bettes. Sie gähnte und öffnete ein Auge, als wollte sie sich vergewissern, ob wir überhaupt noch da waren.

»Es wird wieder passieren.«

Es war Lucian, der die Stille brach.

»Was meinst du?« Ich flüsterte, obwohl es keinen Grund dafür gab.

»Der Traum«, sagte Lucian. Er lag auf der Seite und sah mich unverwandt an. Noch nie hatten seine Augen so hell gewirkt, noch nie die Schatten unter ihnen so tief. Seine Haut erschien mir plötzlich zu zart, fast durchlässig.

»Der Traum, den wir beide geträumt haben. Er wird wieder passieren.«

Ich schüttelte den Kopf. Es war die erste Bewegung, seit ich aufgewacht war, und sie war sehr heftig.

»Nein«, sagte ich und meine Stimme schnitt so scharf durch den Raum, dass die Katze erschrocken vom Bett sprang und durch die Tür verschwand. »Nein! Weil wir es verhindern werden.«

»Wir können es nicht verhindern, Rebecca.« Lucians Stimme blieb ruhig.

»Was redest du da?« Ich setzte mich auf. »Natürlich können wir es verhindern! Wir bleiben hier. Hier ist kein Kronleuchter. Hier ist kein grüner Teppich. Das hast du selbst gesagt. Hier sind wir sicher.«

»Es wird wieder passieren«, wiederholte Lucian tonlos.

»Woher willst du das denn wissen?« Jetzt schrie ich. Verdammt, wie konnte er einfach hier liegen und mir so etwas sagen? Ich ballte die Fäuste. Am liebsten hätte ich auf seine Brust eingetrommelt. »Woher?«

Lucian nahm mich in den Arm und zog mich zu sich herunter. »Rebecca«, flüsterte er irgendwo in meinem Haar. »Rebecca, hör mir zu, ja? Bitte. Hör mir zu.«

Ich brachte es nicht über mich zu nicken.

»Gestern, als wir auf diesem Berg standen und auf die Schwanzspitze des Sees geschaut haben«, flüsterte Lucian, »da hast du mich gefragt, ob ich mich an das erinnern könnte, was ich gewesen bin. Ich sagte dir, ich könnte mich nicht mit dem Kopf erinnern, aber ich würde es fühlen. Und so ist es auch. Ich fühle, wo ich herkomme, Rebecca. Und ich fühle, dass das, was geschehen ist, wieder passieren wird. Ich habe nur keine Worte dafür und deshalb kann ich es dir nicht erklären.«

Er rückte ein Stück von mir ab, damit er mir ins Gesicht schauen konnte. Seine Wangenknochen traten noch stärker hervor als sonst. »Ich habe keine Worte dafür. Aber ich fühle, dass es geschehen ist. Erklären kann ich es dir nicht.«

Ich zog an dem Zipfel der Bettdecke und zwirbelte ihn zu einer engen Spirale zusammen, bis meine Haut an den Fingern brannte.

»Versuch es«, sagte ich. »Bitte. Versuche es wenigstens!«

Lucian setzte sich jetzt auch auf und lehnte seinen Kopf an die Wand. Er sah erschöpft aus. »Du hast mir gestern von diesem Mädchen erzählt«, erwiderte er. »Dem Mädchen am Strand mit den roten Haaren, das Kindermädchen deiner kleinen Schwester.«

»Faye«, murmelte ich.

»Ich habe heute Nacht wieder von ihr geträumt.«

Lucians Hände lagen auf seinem Schoß, mit den Handflächen zur Zimmerdecke gewandt. Er betrachtete sie nachdenklich. »Wir saßen mit ihr am Strand, aber diesmal war noch jemand dabei. Ein kleines Mädchen mit blonden Locken.«

»Val«, sagte ich. »Sie ist meine kleine Schwester.«

Lucian nickte, fast beiläufig, er starrte unverwandt auf seine Hände. »Sie saß auf Fayes Schoß und zupfte ihr an den roten Haaren. Plötzlich hat sie Faye gefragt: ›Wenn ich mal sterbe, bin ich dann allein?‹ Faye hat deine Schwester angelächelt. Sie sagte: ›Nein. Das bist du nicht.‹ Dann hat sie zu dir geschaut, zu dir und mir. Sie sagte: ›Du bist nie allein. Es ist immer jemand bei dir.‹«

Unsere Blicke trafen sich, verkrallten sich ineinander und versuchten, einander festzuhalten.

»Als Faye ihre Hand hob, um sich das Haar aus dem Gesicht zu streichen«, fuhr Lucian fort, »sah ich ihre Handflächen und es war genau, wie du es mir gestern Nacht erzählt hast. Faye hatte keine Handlinien und ich wusste, dass sie kein Mensch war, sondern . . . wie ich. Aber sie hatte niemanden an ihrer Seite.«

Lucian nahm meine Hand und fuhr mit seinen Fingerspitzen die feinen Linien nach.

»Was ist mit Fayes Menschen passiert?«, fragte er leise.

Gequält stöhnte ich auf. Ich wollte das hier nicht. Ich wollte, dass alles so blieb, wie es war.

Ich erzählte es ihm trotzdem. Ich erzählte, wie Faye und Finn aus dem Haus gelaufen waren, bevor es in Flammen aufging. Sie hatten überlebt. Das betonte ich trotzig. Lucian strich mir mit der Fingerkuppe über die Wange.

»Und dann?«, fragte er sanft.

»Dann sind sie zusammengeblieben«, sagte ich.

»Wie lange?«, fragte Lucian.

Ich biss mir auf die Lippen. »Zehn Jahre«, murmelte ich. Es kam mir vor, als hätte ich zehn Minuten gesagt.

»Und was ist dann geschehen?«

Ich schloss die Augen. »Finn wurde krank«, flüsterte ich. »Faye wollte einen Arzt holen. Als sie zurückkam, war Finn tot.«

»Und Faye blieb allein zurück.« Lucian sprach diesen Satz nicht als Frage aus.

»Ja«, gab ich zu. Mir war übel. Ich wollte nicht an Finn und Faye denken. Ich wollte nicht an den Tod denken. Ich wollte überhaupt nicht denken. Ich wollte die Bettdecke über uns beide ziehen und mir wünschen, dass wir darunter verschwänden, für immer und ewig.

»Was heißt das jetzt für dich?«, fragte ich Lucian. »Was heißt das jetzt für uns?«

Es tat mir weh, es auszusprechen, es war ein echter körperlicher Schmerz, anders als der, den unsere Trennung verursacht hatte, aber ähnlich unerträglich. »Kannst du . . . willst du . . . zurück?«

Ich dachte an Fayes Worte. Es müssen beide wollen, hatte sie gesagt. Ich klammerte mich an Lucian fest und er legte seinen Arm um mich, aber diesmal hielt er mich so fest wie ich ihn.

»Nein«, flüsterte er an meinem Hals. »Nein, ich will nicht zurück. Ich lass dich nicht allein. Ich bin ein Mensch geworden, weil ich dich liebe. Ich bin ein Mensch geworden, weil ich dein Leben retten wollte. Und Engel können nicht retten, stimmt's?«

Er nahm mein Gesicht in beide Hände.

»Wir müssen versuchen, zusammenzubleiben, bis es geschieht. Wir müssen darauf achten, dass wir nicht getrennt werden. Das ist unsere einzige Chance.«

»Was heißt hier *versuchen?«*, rief ich entsetzt. »Hör endlich auf, davon zu reden, dass es geschieht. Es muss nicht geschehen! Bei Finn ist das Haus abgebrannt. Lovell hat Selbstmord begangen. Einen Brand kann man nicht verhindern und einen Selbstmord plane ich auch nicht. Bei uns ist es anders, Lucian! Bei uns geht es um irgendeinen fremden Raum, den wir nicht einmal kennen, der nichts mit meinem Leben zu tun hat! Wer sagt denn, dass ich wieder in diesem Scheißraum landen muss?«

»Rebecca.« Lucian streichelte mir über das Haar. »Das hast du mich eben schon gefragt. Und ich habe dir gesagt: Es wird passieren.«

»Woher *weißt* du das?« Ich konnte, ich wollte mich nicht mit seinen Erklärungen zufriedengeben, es waren ja nicht mal welche!

Lucian sah aus dem Fenster. Draußen war es jetzt fast hell. »Woher weißt du, dass dein Leben endlich ist?«, fragte er, anstatt mir zu antworten. »Woher weißt du, dass du eines Tages auf jeden Fall sterben musst?«

»Was soll das denn?«, schnaubte ich. »Das ist doch kein Vergleich. Jeder . . . Mensch weiß, dass er *irgendwann* sterben muss.«

»Das ist richtig«, sagte Lucian. »Aber woher?«

»Na, weil jeder irgendwann stirbt.«

»Und woher weißt du, dass es bei dir nicht anders ist? Dass bei dir keine Ausnahme gemacht wird?«

»Weil . . . weil . . . ach, verdammt!«, stöhnte ich in die Enge getrieben. »Es ist mir scheißegal, ob ich *irgendwann* sterbe, darum geht es doch überhaupt nicht. Es geht um *jetzt*. Es geht um *uns*! Wenn ich daran glauben würde, dass man nichts ändern kann, dann wäre ich nicht hier, sondern in Los Angeles geblieben und hätte mich mit meinem beschissenen Schicksal abgefunden. Aber das habe ich nicht und das werde ich auch jetzt nicht tun!«

Ich schwieg verbissen, während Lucian mir leise übers Haar strich. Er schwieg anders als ich, sanfter, aber es sagte mir alles. Meine Worte erreichten ihn nicht.

Im Zimmer schien es immer kälter zu werden.

Als ich nach meinem Pullover griff, fiel mir plötzlich wieder Lucians Traum von dem Pappmaschee-Affen und dem Farbtopf ein.

Okay, das war der beste Beweis!

Ich erzählte Lucian von dem Atelier in Hamburg und der verdreckten Küche. »Es ist nicht so passiert, wie du es geträumt hast. Ich war darauf vorbereitet. Ich habe verhindert, dass der Farbtopf auf mich draufgefallen ist. Also . . .«

Triumphierend sah ich Lucian an. » . . . also ist es nicht passiert. Wie der Raum aus unserem Traum aussieht, wissen wir genau. Es muss bei uns gar nicht erst so weit kommen wie bei Faye und Finn. Selbst wenn dieser Raum existiert, wir müssen einfach nur darauf achten, ihn nicht zu betreten!«

Neue Energie durchflutete mich. Ich legte meine Hand auf Lucians Arm. »Wir fahren zurück zu meinem Dad und reden mit ihm«, sagte ich fest. »Er ist nicht wie Janne. Er will mich auch beschützen, aber er wird mir zuhören. Er wird uns zuhören und dann wird er versuchen, uns zu helfen.«

»Weiß er überhaupt, wo du bist?«, fragte Lucian.

»Nein«, sagte ich – und zum ersten Mal, seit ich hier war, wurde mir voll bewusst, dass Dad seit zwei Tagen und zwei Nächten kein Wort von mir gehört hatte.

»Wir können mit ihm reden«, wiederholte ich störrisch. »Er wird uns helfen. Er wird dafür sorgen, dass wir zusammenbleiben können!«

»Woher weißt du das?«, fragte Lucian.

Draußen sang ein Vogel. Und ich sah Lucian an. »Ich weiß es einfach!«, sagte ich. »Genau wie du.«

Lucians Ausdruck veränderte sich. In sein Gesicht kam wieder Farbe, in seine Augen kehrte der Glanz zurück und die Schatten wurden heller. Sein linker Mundwinkel zuckte und verzog sich zu diesem leisen Lächeln, das ich so an ihm liebte.

Ich holte tief Luft. »Ich will eine zweite Chance, Lucian! Ich will eine Chance mit dir!«

Lucian legte sich zurück und starrte an die Decke.

»Gut«, sagte er, ohne mich anzusehen. Er setzte sich auf. »Lass uns fahren.«

ACHTUNDDREISSIG

Wir kamen nachmittags in Los Angeles an. Die Luft war schwer und drückend, der Himmel ein schmutziges Grau und das Meer eine bleierne Masse, kaum von dem Asphalt der Straßen zu unterscheiden. Lucian und ich hatten auf der gesamten Rückfahrt geschwiegen und auch jetzt, als wir in die Straße zu Dads Haus einbogen, sprachen wir nicht. Ich zeigte nur stumm auf die Toreinfahrt.

Lucian zögerte. Dann trat er auf die Bremse, legte den Rückwärtsgang ein und wendete.

»Ich schätze, wir sollten nicht in einem geklauten Auto vorfahren«, sagte er. »Und schon gar nicht in so einem.« Er grinste schief. »Es passt nicht wirklich in diese Gegend.«

Er parkte das Auto in einem geschützten Winkel des schmalen Wanderpfades, der in die Berge führte. Dann stiegen wir aus und gingen Hand in Hand zum Haus. Meine Beine waren schwer wie Blei.

Dads Auto stand vor der Toreinfahrt. In der offenen Garage sah ich Michelles Sportwagen, davor parkte Fayes Bentley.

Lucian schaute mich an. »Bist du bereit?«, fragte er.

Ich dachte, nein, aber dann holte ich tief Luft und nickte. Vor der Haustür krallte ich mich an Lucians Arm und klingelte. Das Geräusch war so hässlich wie das Telefonklingeln, das uns im Morgengrauen am See aufgeschreckt hatte. Wir machten beide einen Satz zurück, als im nächsten Augenblick die Tür aufgerissen wurde.

Michelle stand vor uns, das Gesicht blass und ungeschminkt, die schmalen Lippen zusammengepresst. Während ihr Blick Lucian nur kurz streifte, sah sie mich an, als ob sie mir am liebsten die Tür vor der Nase zuschlagen würde, damit ich auf Nimmerwiedersehen verschwand, aber vielleicht war es auch nur das, was ich mir wünschte. Im nächsten Moment öffnete sie die Tür ganz und ich wollte mich plötzlich nur noch umdrehen und wegrennen.

Aber Lucian zog mich vorwärts und mit einem Mal fühlte ich mich wie eine entlaufene Gefangene, die sich freiwillig der Polizei stellt.

Dad saß in der Küche, in der es nach Schweiß und kaltem Zigarettenrauch stank. Auf dem Tisch stand eine halb leere Flasche Wodka, davor ein Unterteller mit einem Dutzend ausgedrückter Kippen. Dad hatte vor sieben Jahren mit dem Rauchen aufgehört. Ich selbst war es gewesen, die ihm das Versprechen dazu abgerungen hatte.

Neben dem Kühlschrank, am anderen Ende der Küche, stand Faye. Ihr rotes Haar war zerzaust, das blassblaue Kleid zerknittert. Sie sah aus, als wäre sie gerade aus dem Bett gezerrt worden. Hinter ihr hockte Val. Meine kleine Schwester hielt sich mit ihren Händen an Fayes Waden fest und ihr rundes Gesicht lugte zwischen Fayes Beinen hindurch wie zwischen Gitterstäben.

All das nahm ich in Bruchteilen von Sekunden wahr.

Es war wie in einem Theaterstück, in dem ein Regisseur den Schauspielern auf der Bühne befohlen hatte, die Szene einfrieren zu lassen.

Das Einzige, was sich bewegte, war die Simpson Family im Fernseher an der Wand, die zähneklappernd in ihrem offensichtlich kalten Wohnzimmer saß.

»Dad I'm freezing«, quiekte Bart Simpson mit seiner Comicstimme.

»Don't worry, kid«, erwiderte sein Vater Homer und hielt ein paar Wollsocken und Parkas in die Höhe. »These wool socks and parcas will keep you warm.«

Das Gemecker von Homers Ehefrau wurde von der hohen Stimme meiner kleinen Schwester übertönt.

»Ist das der Mörder, Dad?«, fragte Val und zeigte mit ihrem Finger durch Fayes Beine hindurch auf Lucian.

Aus dem Fernseher erwiderte Homer Simpson: »I thought Global Warming would take care of it. Al Gore can't do anything right now.«

»Faye, bitte!«, hörte ich Michelle mit schriller Stimme rufen. »Bring Val nach oben, hörst du?«

Sofort drehte Faye sich um, nahm Val, die sich zappelnd und kreischend wehrte, auf den Arm und verschwand mit ihr aus der Küche.

Hilflos sah ich ihr nach.

Mein Vater schaltete mit der Fernbedienung den Fernseher aus. Die Simpson Family verschwand. Die Stille war überwältigend.

»Dad, ich muss mit dir reden.« Mein Flüstern hallte mir in den Ohren.

Mein Vater stand auf, so langsam, dass es mir vorkam, als würde er überhaupt nicht mehr damit aufhören. Sein Hemd war falsch zugeknöpft und völlig unvermittelt fiel mir ein, dass Janne ihm dieses Hemd vor Jahren in der Schanze in Hamburg gekauft hatte, zusammen mit mir. »Es passt so gut zu ihm«, hatte sie gesagt. »Es lässt seine Augen stärker leuchten.«

Jetzt waren sie blutunterlaufen. Seine Handfläche legte sich auf die Tischplatte und dann fegte er mit einer einzigen Bewegung die Wodkaflasche, das Glas und den Unterteller vom Tisch. Asche wirbelte durch die Luft. Die Kippen landeten auf dem Küchenboden, wo sie sich in einem ungleichmäßigen Muster verteilten. Das Glas zersprang in tausend Scherben. Einige davon flogen gegen das Regal, andere rutschten wie Eiskristalle über den Boden. Der Aschenbecher zerbrach in zwei gleich große Teile. Das Geräusch klang anders als das zerberstende Glas, heller, klarer, wie ein glatter Bruch.

Nur die Wodkaflasche blieb ganz. Sie rollte über den glatten Küchenboden, bis sie gut einen Meter vor unseren Füßen zum Liegen kam.

Ich spürte Michelle in meinem Rücken. Kälte schien von ihr auszuströmen, und als ich in Dads Gesicht sah, wurde mir bewusst, was für einen schrecklichen Fehler ich gemacht hatte, mit Lucian hierherzukommen.

»Dad, bitte hör mir zu«, setzte ich noch einmal an. Meine Zunge fühlte sich an wie gelähmt und Dad erstickte jedes weitere Wort im Keim.

»Nein, Rebecca«, sagte er und klang so ruhig, dass ich panisch wurde. »Ich möchte nichts von dir hören. Kein einziges Wort.« Er trat auf Lucian zu, der noch immer wie angewurzelt neben mir stand.

»Lass sie los«, zischte Dad. Er ballte seine Hand zur Faust. »Finger weg von meiner Tochter, und zwar sofort.«

»Nein, Sir.« Lucians Stimme klang noch ruhiger als die von Dad. »Und wenn Sie Ihrer Tochter nicht zuhören möchten, dann hören Sie mir zu.«

»Ich glaube, wir haben uns nicht richtig verstanden.« Dads Faust schnellte hervor, aber anstatt Lucian ins Gesicht zu schlagen, krallte sie sich in Lucians Jackenkragen. Er schüttelte ihn und gleichzeitig schüttelte es mich. Ich spürte das Vibrieren am ganzen Körper. Mit eisernen Fingern hielt Lucian meine Hand fest. Es war, als ob er sich einzig darauf konzentrierte, mich nicht loszulassen.

Mein Blick schnellte zur Seite. Faye war wieder in der Küche aufgetaucht. Dicht neben Dad blieb sie stehen, mit diesem ruhigen, konzentrierten Ausdruck im Gesicht. Michelle lehnte unweit von ihr an einem Küchenschrank. Aber weder sie noch Dad schienen Faye wahrzunehmen.

Faye schaute Lucian an, sie sah ihm direkt in die Augen und Lucian blickte an Dad vorbei zu ihr. Dann wandte er sich wieder an meinen Vater. »Was auch immer Sie vorhaben, Rebecca und ich bleiben zusammen«, sagte er.

Dads Augen schienen Feuer zu sprühen. Er griff mit seiner freien Hand in seine Hosentasche und ich stieß einen erstickten Schrei aus. Für einen Moment glaubte ich tatsächlich, mein Vater würde eine Waffe aus der Tasche ziehen und in gewisser Hinsicht tat er das auch. Er hielt Lucian sein Handy unter die Nase.

»Ich habe die Polizei benachrichtigt«, sagte er. »Sie wissen Bescheid, dass meine Tochter spurlos verschwunden ist und sich vermutlich in den Händen eines Psychopathen befindet. Ich brauche nur diesen Knopf zu drücken und die Polizei wird hier sein.«

Dad ließ das Handy aufschnappen.

»Tu das nicht!«, schrie ich außer mir. Ich rüttelte an seinem Arm, aber Dad schüttelte mich ab, als wöge ich nichts, während er Lucian mit der anderen Hand noch immer fest im Griff hielt.

»Dad, bitte!« Ich fing an zu schluchzen. »Lass mich mit dir reden, ich kann dir alles erklären. Lucian ist kein Mörder, er ist . . . er . . . er ist . . .«

»Ich weiß, wer er ist«, schnitt Dad mir das Wort ab. »Ich brauche keine Erklärungen. Ich meine es ernst, Rebecca. Halt den Mund. Ein Wort von einem von euch und ich rufe die Polizei.«

Ich zuckte zurück. Flehentlich sah ich zu Faye, aber sie schüttelte nur mit dem Kopf, ganz leicht, ohne Lucian aus den Augen zu lassen, der mich in seinem eisernen Griff festhielt.

Michelle kam jetzt ebenfalls auf mich zu. Sie legte Dad die Hand auf die Schulter und schaute von Lucian zu mir.

»Deine Mutter ist auf dem Weg hierher, Rebecca«, sagte sie. »Ich habe sie gestern angerufen, sie sitzt bereits im Flieger und wird jeden Moment landen.«

»Nein.« Ich fuhr zu Dad herum. »Nein, das hat Michelle nicht getan.«

»Doch, Rebecca.« Dad war sehr ruhig. »Das hat sie. Mit meinem vollen Einverständnis. Und Janne hat uns alles erzählt.«

»Mam irrt sich«, presste ich hervor. »Sie kennt nicht die ganze Geschichte! Bitte, Dad, hör mir doch nur einen Moment lang zu . . .«

Dad drückte mit dem Daumen auf die Taste seines Handys.

»Hier ist Alec Reed«, hörte ich ihn Sekunden später sagen. »Schicken Sie bitte sofort einen Wagen in die Delamore Street Nummer 11. Meine Tochter ist zurück. Und der Junge ist bei ihr . . . Ja, genau . . . ja . . . danke . . . bis gleich.«

Dad steckte das Handy zurück in die Hosentasche und ließ Lucians Jacke los.

»Das Spiel ist aus«, sagte er. »Was immer in deinem kranken Kopf vorgeht und wie immer du es geschafft hast, Rebecca hierherzufolgen, du wirst meiner Tochter kein Haar krümmen.«

»Das Einzige, was in meinem Kopf vorgeht«, erwiderte Lucian ruhig, »ist der Wunsch, Rebeccas Leben zu retten. Und dazu müssen wir zusammenbleiben. Wenn Sie mich jetzt von Ihrer Tochter trennen, Sir, dann bin nicht ich Rebeccas Mörder, sondern Sie.«

Jetzt holte Dad doch zum Schlag aus, aber diesmal blieb seine Hand in der Luft hängen. Sein Gesicht nahm einen verwirrten Ausdruck an. Er ließ die Hand sinken, starrte in Lucians Richtung und dann fassungslos zu mir, als hätte ich gerade einen magischen Trick zum Besten gegeben.

Krampfhaft versuchte ich, ruhig zu bleiben. Ich wusste, was geschehen war.

Dad schaute Lucian jetzt direkt an, aber er *konnte* ihn nicht mehr sehen. Sein Blick irrte umher, als hätte er eine Sinnestäuschung, und das hatte er offensichtlich auch, denn genau wie Faye war Lucian noch immer in der Küche, dicht an meiner Seite. Ich fühlte die Wärme seines Körpers und seine Hand, die meine Finger fest umklammerte, ich spürte sogar seinen Atem.

Auch Michelle war jetzt völlig verstört und vom Türrahmen ertönte Vals Stimme. »Wo ist er denn?«, piepste sie ängstlich. »Wie hat er das gemacht?«

»Val!« Michelle rannte auf ihre Tochter zu. »Was tust du schon wieder hier unten? Wo ist Faye?«

»Und wo . . .?«, stotterte Dad.

Es klingelte an der Tür. Zwei, drei, vier schrille Töne, rasch hintereinander. Dad rannte aus der Küche, Michelle folgte ihm.

Val hatte sich unter dem Küchentisch verkrochen, während Faye eine leichte Kopfbewegung Richtung Küchentür machte. Ich fühlte, wie sich Lucians Hand aus meiner löste. Verzweifelt versuchte ich, es zu verhindern, aber Lucian entzog sich meinem Griff. Dann ließ er mich los und drehte sich zu mir.

Sein Blick war ruhig, und in diesem Moment spürte ich, wie er mir das Vertrauen zurückgab, dass alles doch noch gut werden würde. Irgendwie würde Lucian es schaffen. Sein Lächeln gab mir noch einmal Halt, dann ging er in Richtung Küchentür. Faye folgte ihm.

Im Flur ertönten Schritte. Ich hörte eine fremde Männerstimme, dann die Stimmen von Dad und Michelle.

»Eben war er noch . . .«

»Spurlos verschwunden . . .«

»Von einer Sekunde auf . . .«

Ein Officer trat hinter Dad und Michelle in die Küche, ein gedrungener Mann mit fuchsrotem Haar. Auf seiner linken Schulter, dicht neben dem Abzeichen, prangte ein glibberiger Fleck, der aussah wie Möwenkacke.

Mit zusammengezogenen Augenbrauen blickte er von mir zu Dad.

»Ich kann . . . », stammelte Dad. »Ich kann es mir nicht erklären, Officer. Bis eben war der Junge noch hier.«

»Was in Teufels Namen geht hier vor?«, zischte Michelle. »Wo ist der Kerl?«

Er geht gerade aus der Küche, dachte ich.

Laut sagte ich: »Ich weiß es nicht«, und versuchte dabei, nicht in Fayes Richtung zu schauen, die jetzt ebenfalls die Küche verließ. »Ich habe keine Ahnung, wo er ist.«

NEUNUNDDREISSIG

Dad schleifte mich durch das ganze Haus. Über eine Stunde lang, treppauf, treppab. Es war fast so wie an dem Tag nach meinem Geburtstag, an dem ich allein wie eine Verrückte durch das Haus gehetzt war, um in jedes Zimmer zu sehen. Nur dass ich vor meinen Gedanken geflohen war, während Dad eine verbissene Suchaktion veranstaltete.

Die Frage, was mit Lucian passiert war, stellte er mir ungefähr ein Dutzend Mal und ich wiederholte wie ein dressierter Papagei: »Ich weiß nicht, ich weiß nicht, ich weiß nicht«, bis die Worte sich anhörten wie eine sinnentleerte Litanei. Natürlich nahm mir Dad kein einziges davon ab, ebenso wenig wie Michelle, während der Officer dagegen an ihrer beider Zurechnungsfähigkeit gezweifelt hatte.

»Einen Jungen, der sich in Luft auflöst, kann ich schlecht zu Protokoll geben«, hatte er gesagt und bedauernd mit den Schultern gezuckt. Dann hatte er mich gefragt, wo ich gewesen sei.

»Ich bin einfach abgehauen«, hatte ich dem Officer zur Antwort gegeben, und nachdem Dad noch einmal verzweifelt Lucians Aussehen geschildert hatte – dünn, blass, scharfe Züge, schwarze Haare, schwarze Augen, irrer Blick –, war der Officer gegangen.

Michelle hatte sich, nachdem Faye nicht mehr aufgetaucht war, mit Val ins Kinderzimmer zurückgezogen und ich versuchte, ein letztes Mal mit Dad zu reden. Was wäre, wenn Lucian nicht mein Mörder, sondern mein einzig möglicher Retter wäre? Was wäre, wenn ich mich in Lebensgefahr befände, weil uns niemand glauben wollte? Was wäre, wenn ich sterben müsste, weil man uns trennte?

Dads Gesichtsausdruck wurde mit jeder Frage weicher, bis ich begriff, dass er glaubte, ich hätte den Verstand verloren. Dann sah er auf die Uhr und sagte, dass der Flieger meiner Mutter vor einer Stunde gelandet wäre.

Als ich diese Worte hörte, gab ich auf.

Dass Janne unter diesen Umständen mit sich reden lassen würde, konnte ich mir nicht mal im Traum einbilden. Und den Verstand verloren hatte ich einzig in dem Moment, in dem ich mir vorgemacht hatte, die ganze Sache erklären zu können.

Dad hatte mir nicht geglaubt. Und Janne würde es erst recht nicht tun. Selbst wenn ihr vielleicht klar werden würde, dass Lucian übersinnliche Fähigkeiten hatte – die Sache mit dem Engel würde sie mir niemals abnehmen.

Er ist mein Engel. Wenn ich ihn verliere, sterbe ich.

Warum klangen Worte, die zum Klischee verkommen waren, immer so verdammt unglaubwürdig? Noch nie hatte ich mir darüber Gedanken gemacht.

Selbst wenn Tyger – wo immer er sich jetzt aufhielt – versuchen würde, sich einzuschalten – meine Psychologenmutter würde ihn einfach für verrückt erklären – genau wie mich.

Mit dem einzigen Unterschied, dass ich mich nicht unsichtbar machen konnte.

»Ich möchte bitte in mein Zimmer«, sagte ich.

Dad sah mich traurig an. »Ich halte es für besser, wenn du hier bei mir bleibst, bis Janne da ist.«

»Du kannst ja hinter mir abschließen.«

Ich ging ruhig voraus. Mein Vater folgte mir. Ich schwieg, selbst, als er sich an mir vorbei ins Zimmer schob, einen Blick in den Ankleideraum warf, dann das angrenzende Bad und schließlich sogar noch den Spalt unter dem Bett inspizierte.

Einen Moment später hörte ich, wie der Schlüssel von außen umgedreht wurde.

Dad hatte sehr gründlich unter dem Bett nachgeschaut. Wer auf dem Bett saß, hatte er nicht gesehen.

Lucian und Faye hockten im Schneidersitz auf der Decke. Sie warteten auf mich.

Schweigend schaute ich sie an und in diesem Moment wurde mir zum allerersten Mal bewusst, wie anders sie waren.

Ich hatte Tyger, Faye, Lucian bis jetzt immer nur allein gesehen. Doch nun begriff ich, dass Lucian und Faye etwas verband, das ich nicht kannte, das ich niemals erlebt hatte und das ich niemals wirklich verstehen würde.

Auch wenn Lucian in den letzten beiden Tagen und Nächten so menschlich, so wirklich gewesen war, so sehr Haut und Fleisch und Blut und Mund und Herz, er war nicht wie ich. Er war wie Faye. Das hatte er heute Morgen gemeint. Er gehörte wie Faye zu einer anderen Wirklichkeit, von der ich nie ein Teil sein würde.

»Was tun wir jetzt?«, brach ich schließlich flüsternd die Stille.

Faye und Lucian sahen sich an.

»Zusammenbleiben«, sagte Faye. »Egal wo. Egal wie . . . bis es geschieht.«

Ich schluckte. Aber diesmal widersprach ich nicht und diesmal hatte ich keinen Plan, keine Lösung, keine Idee. Mein Repertoire war ausgeschöpft.

»Was schlägst du vor?«, fragte ich Lucian.

Er starrte auf seine geöffneten Hände, als könnte er die Antwort dort ablesen. »Wir versuchen, den Raum zu finden«, sagte er. »Dann wären wir wenigstens da. Dann wüssten wir, wo es uns erwartet.«

Zögernd wandte er mir sein Gesicht zu. Mein Herz fing an zu rasen, als hätte Lucian gerade vorgeschlagen, die Klippe zu suchen, von der wir uns in die Tiefe stürzen würden. Es klang wie die Vorbereitung zu einem Selbstmord. Aber gleichzeitig wusste ich, dass es einen Sinn ergab. Noch war meine Mutter nicht hier. Noch hatten wir eine Chance, zusammen zu überleben. Oder zusammen zu sterben.

Ich ging zum Fenster. Es führte zum westlichen Teil des Grundstückes hinaus. Draußen dämmerte es bereits. Das Meer war ein silberner Streifen und der Garten unter uns war ganz still. Ich blickte an dem Baum vor meinem Fenster vorbei auf die Büsche, die den Weg zur Straße abschirmten. Auf einem der Zweige, zwischen dicken sattgrünen Blättern saß ein Vogel, ein kleiner Spatz. Er stieß ein freches Zwitschern aus, dann hob er seine Flügel. Als er in die Luft flog, durchfuhr mich ein ähnliches Gefühl wie auf Suses Geburtstagsparty an der Elbe. Damals hatte es sich nur angefühlt wie ein Déjà-vu. Heute wusste ich, dass ich schon ein Mal hier gewesen war, dass ich genau diesen Moment nicht zum ersten Mal erlebte. Es war ein glücklicher Moment gewesen, auch das fühlte ich. Da war ein inneres Lachen in mir, wie ein Echo aus einer anderen Zeit.

Langsam drehte ich mich zu Lucian um.

»Okay«, sagte ich. »Wir klettern raus und suchen diesen Raum.«

Lucian war vom Bett aufgestanden. Er kam auf mich zu, legte seinen Arm um meine Taille und ich lehnte den Kopf an seine Schulter. Eine kleine Weile standen wir schweigend da, dann zeigte Lucian auf den Baum. Es war eine Linde mit großen hellgrünen Blättern. Einer der Äste war ziemlich dicht am Fenster, aber um zum Stamm zu kommen, musste man sich ein ganzes Stück daran entlanghangeln.

»Schaffst du das?«, fragte Lucian.

Ich nickte.

Faye lief zur Tür und horchte. Doch im Flur war alles still.

»Gibt es noch etwas, das du mitnehmen möchtest?«, fragte Lucian.

»Dich«, sagte ich und schlang meine Arme um seinen Hals. Über seine Schulter hinweg sah ich Faye an der Tür stehen. Sie lächelte mir zu und es steckte so viel in diesem Lächeln, Trauer, Sehnsucht, Wünsche.

Dann fiel mein Blick auf den Glücksschwamm von Spatz. Er lag auf meinem Kopfkissen und ich lief hin, um ihn zu holen. Ich verstaute ihn in meiner Tasche.

»Los«, sagte ich.

Lucian küsste mich sanft. »Ich zuerst«, sagte er und grinste leicht. »Ich Tarzan, du Jane.«

Dann schwang er sich leichtfüßig auf das Fensterbrett, setzte mit einem Sprung zu dem Ast an, griff ihn und hangelte sich mit fließenden Bewegungen bis zum Stamm, an dem er lautlos wie eine Katze nach unten kletterte.

Mein Abstieg verlief nicht ganz so elegant. Als ich auf das Fensterbrett kletterte, hämmerte mir das Herz bis in die Ohren. Um den Ast greifen zu können, musste ich mich weit vorbeugen, und wenn meine Hände in die Luft griffen, würde ich abstürzen.

»Nicht denken«, rief Lucian von unten. »Spring einfach!«

Ich holte Luft, dann streckte ich die Hände aus, machte einen Satz in die Luft und krallte mich an den Ast. Er war gerade dick genug, dass ich ihn mit den Händen umfassen konnte, aber als es knackte, stieß ich einen leisen Schrei aus. Meine Beine baumelten in der Luft und mein Körper fühlte sich an, als würde er in der Mitte durchgerissen. Mit zusammengebissenen Zähnen schaffte ich es bis zum Stamm.

Der Ast hatte gehalten. Meine Hände schwitzten so stark, dass ich mich kaum noch halten konnte. Zitternd suchte ich mit meinem Fuß den nächsten Ast, ratschte mir die Handflächen an der rauen Rinde auf und rutschte die letzten Meter wie ein nasser Sack nach unten. Die Beine knickten unter mir weg und ich fiel wie ein Käfer auf den Rücken. Lucian griff mir unter die Achseln und zog mich vom Boden hoch.

Hinter uns ertönte ein Rascheln.

Ich lag noch immer halb am Boden, fest im Griff von Lucians Händen, die an mir rissen und zerrten, als hinter einem der Büsche jemand auf uns zukam.

Nicht Dad.

Nicht Janne.

Im Garten meines Vaters, kaum noch einen Meter von uns entfernt, stand Sebastian.

VIERZIG

»Du?«

Sie keuchten es beide, wie aus einem Mund, Lucian und Sebastian. Ich hatte mich aufgerappelt, aber Lucian stellte sich wie ein Schutzschild vor mich.

»Was tust du hier?«, stieß Sebastian hervor. »Was willst du von ihr?«

»Ihr Leben retten«, sagte Lucian. »Und deshalb wirst du uns jetzt gehen lassen.«

»Nein«, sagte Sebastian. »Ich habe zufälligerweise genau dasselbe vor. Rebecca hat mich angerufen. Sie hat mir gesagt, dass sie sterben wird. Sie hat mir auch erzählt *wo,* nur über das *Wie* hat sie sich ausgeschwiegen, aber das weiß ich jetzt ja auch.«

Lucian fuhr zu mir herum. Seine schwarzen Augenbrauen waren zusammengeschoben, tiefe Ungläubigkeit lag in seinem Blick.

»Was sagt er da?«, flüsterte er heiser.

Ich senkte den Kopf. »Die Wahrheit. Aber es ist nicht so, wie du denkst. Ich habe nur von diesem Raum gesprochen, von dem Albtraum, ich war völlig durchgeknallt, ich . . .«

Ich hielt inne. Oh Gott, was hatte ich getan? Ich hatte Sebastian diese Worte ins Ohr gebrüllt, ohne sie auch nur ansatzweise zu erklären, und im nächsten Augenblick hatte ich meinen hysterischen Ausbruch wieder vergessen. Ich hatte ebenso wenig an ihn gedacht wie an alle anderen. Mir war nicht im Geringsten bewusst gewesen, was ich mit meinen Worten angerichtet hatte.

Ich schüttelte wild den Kopf. Das war alles so falsch, das lief aus dem Ruder, das durfte nicht sein.

Ich machte einen Schritt auf Sebastian zu. Sein Gesicht sah so verletzt, so verwirrt aus.

»Sebastian, du musst uns gehen lassen«, flehte ich panisch. »Lucian hat recht! Ich erkläre dir alles später, aber wir müssen jetzt von hier weg, sofort! Meine Mutter . . .«

». . . kann jeden Moment hier sein«, beendete Sebastian meinen Satz. »Sie hat mich gestern angerufen und mich gefragt, ob ich etwas von dir gehört hätte. Ein *Lebenszeichen,* so hat sie sich ausgedrückt. Und von ihm«, Sebastian schoss einen Blick Richtung Lucian ab, »hat sie auch gesprochen.«

»Nein!«, schrie ich. »Nein!« Entsetzt sah ich Sebastian an. »Hast du ihr von unserem Telefongespräch erzählt?«

»Ich hatte keine Zeit zum Reden«, entgegnete er. »Ich war auf dem Weg zum Flughafen, genau wie deine Mutter. Wir saßen in verschiedenen Klassen, aber im selben Flieger. Sie hat mich nicht gesehen.«

Er streckte die Hand aus. »Ich bring dich von hier weg. In Sicherheit, wo deine Mutter dich nicht findet. Komm jetzt. Komm mit mir, Becks.« Sebastian brach die Stimme weg. Er war so verzweifelt, dass es mir körperlich wehtat.

Für einen winzigen Moment fühlte ich den Impuls, seine Hand zu streicheln, die er mir noch immer ausgestreckt hinhielt. Erschrocken vor mir selbst, zuckte ich zurück und krallte mich an Lucian.

»Rebecca kommt mit mir.« Lucian spuckte die Worte aus. »Und du wirst von hier verschwinden, und zwar sofort.«

»Das werde ich ganz bestimmt nicht.« Sebastians Gesicht glühte vor Hass. »Ich habe sie schon viel zu lange allein gelassen.«

Ich schloss die Augen. Tygers Worte fielen mir ein, die Worte, die er zu Sebastian gesagt hatte. Dass es Dinge gäbe, um die man kämpfen muss, weil das Leben manchmal kürzer sei, als wir glaubten.

»Woher weißt du, dass er es nicht war?« Lucian drehte sich zu mir um und deutete mit dem Kopf auf Sebastian. Im ersten Moment wusste ich nicht, was er meinte, aber als ich es begriff, schlug ich beide Hände vor den Mund. Der Raum, die vielen Scherben, ich am Boden, das Blut . . .

»Nein«, keuchte ich, »nein . . . nein . . . das ist unmöglich! Sebastian ist kein . . .«

Sebastian machte einen Satz auf Lucian zu. »Du verdammtes Schwein!«, schrie er ihn an. Und dann schlug er zu. Ein stöhnender Laut entfuhr ihm und kurz darauf hörte ich, wie seine Faust auf Lucians Wangenknochen krachte.

Lucian fasste sich an die Wange und starrte nachdenklich, fast erstaunt auf das Blut an seinem Finger – das gleich darauf wieder verschwunden war. Sebastian war so außer sich, dass er es nicht einmal wahrnahm.

Und diesmal machte sich Lucian nicht unsichtbar. Er schlug zurück. Er hielt Sebastian an der Schulter fest und rammte ihm mit der anderen Hand die Faust in den Magen. Sebastian krümmte sich, taumelte zurück, doch dann schnellte er wieder vor und begann mit beiden Fäusten auf Lucian einzudreschen. Seine Schläge waren wild und unkontrolliert, aber sie trafen Lucian, an den Schultern, am Kopf und in der Magengrube.

In Sebastians Augen lag jetzt mehr als Hass und ich begriff voller Entsetzen, dass es längst nicht allein die Angst um mich war, die ihn trieb. Sebastian raste vor Eifersucht. Es schien, als prügelte er all die Gefühle aus sich heraus, die sich in den letzten Monaten in ihm angestaut hatten.

»Hör auf«, flehte ich. »Du tust das Falsche, du verstehst nicht, du musst ihn loslassen! Lucian ist hier, um mir zu helfen, er ist der Einzige, der es kann, er ist . . .«

Aber Sebastian schien mich gar nicht wahrzunehmen. Als ich ihn an den Schultern packen wollte, stieß er mich von sich und stürzte sich wieder auf Lucian, der sich jetzt unter seiner Faust wegduckte. Dann schoss er wie ein Raubtier auf Sebastian zu. Mit gezielten Schlägen hieb er auf ihn ein, ins Gesicht, zwischen die Rippen, bis Sebastian nur noch nach Luft schnappte.

»Seid ihr wahnsinnig?«, schrie ich. »Wir müssen hier weg!«

Mein Blick flog zum Fenster, aber es stand nicht mehr offen. Hatte Faye es geschlossen? War sie noch im Zimmer? Oder hatte Dad die Tür aufgesperrt? Würde er gleich am Fenster auftauchen?

Sebastian hatte sich wieder im Griff und riss Lucian jetzt zu Boden. Keuchend fingen sie an, miteinander zu ringen, rollten über das Gras, bis Sebastian die Oberhand gewann. Er setzte sich auf Lucians Brustkorb, stemmte seine Ellenbogen mit den Knien ins Gras und umkrallte seine Handgelenke.

»Wo ist sie? Wo ist meine Tochter?«

Mein Herz setzte aus. Jannes Stimme. Sie kam von der Straße, sie klang panisch und gleich darauf hörte ich Dad.

»Hier lang!«

Ich wollte mich auf Sebastian stürzen, Lucian unter ihm wegziehen, aber ich hatte meine Muskeln nicht mehr unter Kontrolle. Alles schien in Zeitlupe abzulaufen. Meine Schritte fühlten sich nicht mehr länger wie Schritte an. Ich schien über Luft zu laufen.

Lucian lag immer noch am Boden. Aus seiner Kehle brach ein tiefes Knurren und er stemmte sich mit aller Gewalt gegen Sebastian. Aber der war stärker.

Jannes Schluchzen drang an mein Ohr. Es war ganz nah.

Ich ließ mich vor Sebastian und Lucian ins Gras fallen.

»Was ich dir jetzt sage, musst du mir glauben.« Ich hielt Sebastian am Arm. »Sieh mich an. Sieh mich an!«

Zögernd drehte Sebastian seine Augen zu mir, während sich sein Körper noch immer auf Lucian stemmte.

Ich holte tief Luft. Ich sagte: »Im Sommer 1963 verliebte ich mich und mein Vater ertrank.«

»Was?« Sebastian war völlig verwirrt.

»Salzwasser«, entgegnete ich. »Es war der erste Satz des Romans, den du dir damals für Tygers Hausaufgabe ausgesucht hast. Du hast ihn mir vorgelesen. Du hast mir erklärt, wie der Autor mit diesem Satz eine Tür öffnet. Man weiß, was passiert, man kennt nur nicht das *Wie.*«

Sebastian starrte mich an.

»Auch ich weiß, was mit mir passieren wird«, sagte ich. »Und ich kenne die einzige Möglichkeit, es zu verhindern.« Ich drückte Sebastians Arm. »Hier ist mein erster Satz: Lucian ist kein Mensch, sondern mein Engel, und wenn er mich nicht rettet, werde ich sterben.«

Sebastians Blick hielt mich noch immer fest.

»Du musst mir es glauben!«, sagte ich. »Ich finde keine anderen Worte.«

Ob Sebastian es tat oder nicht, konnte ich nicht sagen, denn jetzt schoss Lucians Oberkörper hoch. Er drückte Sebastian von sich, mit einem solchen Schwung, dass er ins Gras flog. Mit einem Satz war Lucian auf den Beinen.

Aber es war zu spät.

Meine Mutter war da.

Dad hatte seinen Arm um sie gelegt, sie hielt beide Hände vor den Mund gepresst. Sie starrte von Lucian zu mir. Ihre Haare waren strähnig, ihr Gesicht glühte wie im Fieber und in ihren Augen flackerte eine Panik, die ich nie zuvor an einem Menschen gesehen hatte.

Ihr Blick traf Dads, und ehe mich Lucian an der Hand fassen konnte, waren sie bei mir, im völligen Einklang, als wären sie zwei Teile eines Ganzen.

Meine Mutter links, mein Vater rechts. Sie griffen meine Arme und zerrten mich zur Straße. Meine Beine strampelten in der Luft, aber ich konnte mich nicht wehren. Meine Schuhe lösten sich von meinen Füßen und aus der Tasche meiner Jeans fiel der Glücksschwamm. Er landete im Gras und ich hörte Janne aufschluchzen, aber meine Eltern schleiften mich weiter. Und während die Straße näher und näher kam, heftete sich mein Blick auf Lucian. Er folgte mir, Schritt für Schritt für Schritt.

Als er dicht vor mir stand und versuchte seine Hand nach mir auszustrecken, hielten meine Mutter und mein Vater gleichzeitig inne. Während Jannes Hände sich wie Schraubstöcke um mein Handgelenk krallten, hörte ich sie sagen: »Wenn du meiner Tochter auch nur ein einziges Haar krümmst, dann bringe ich dich um.«

Lucian hielt ihrem Blick stand. »Sie können mich nicht umbringen«, sagte er. »Aber Ihre Tochter können Sie töten. Und wenn das geschehen sollte, dann werde ich zurückbleiben, um Sie ein Leben lang daran zu erinnern. Ich weiß jetzt, wer ich bin, Frau Wolff. Sehen Sie hin. Sehen Sie genau hin.«

Lucian drehte seine Hände um und hielt sie in die Höhe. Sie zitterten.

»Erinnern Sie sich an den Geburtsspruch, den Sie für Ihre Tochter ausgewählt haben?«, fragte Lucian.

Meine Mutter schwieg. Mein Vater schwieg. Sebastian, Michelle, Faye, Val, die aus dem Haus gerannt waren und um uns herumstanden, schwiegen. Im Garten war es totenstill.

»Geheimnisvolles Leben, du«, sagte Lucian. »Umgeben von mir und vielen unbekannten Stoffen . . .«

Er blickte an mir vorbei zu meiner Mutter. »Ich war einer dieser Stoffe, Frau Wolff. Als Sie Rebecca geboren haben, kam auch ich zur Welt. Ich weiß es wieder, ich weiß alles, und Ihre Tochter hat mir geholfen, mich zu erinnern. Ich war immer in Rebeccas Nähe, von ihrem ersten Atemzug an. Ich war im Krankenhaus, als Rebecca fast gestorben wäre. Sie nannte mich Lu. Ich weiß jetzt auch, was ich in diesem Raum, von dem ich Ihnen erzählte, getan habe. Ich wollte Ihre Tochter nicht töten. Ich habe versucht, ihr Leben zu retten. Und genau das will ich auch diesmal tun. Es wird wieder passieren, Frau Wolff. Und deshalb muss ich bei ihr sein. Ich bitte Sie. Ich flehe Sie an. Wenn Sie Ihre Tochter lieben, dann lassen Sie mich bei ihr bleiben.«

Jannes Hand an meinem Arm fing an zu zittern. Dads Hand fing an zu zittern. Der Glücksschwamm von Spatz strahlte im Gras wie ein Stern.

Es hatte geholfen. Lucian hatte es geschafft. Sie glaubten ihm. Wir waren endlich in Sicherheit.

Ich schnappte nach Luft, als sich die Hände meiner Eltern wieder an meinen Armen festkrallten. Diesmal noch fester als zuvor.

»Sie haben recht«, sagte meine Mutter fest. »Ich liebe meine Tochter. Ich liebe sie mehr als alles auf der Welt. Und wenn es nicht um Rebeccas Leben ginge, dann würde ich versuchen, Ihnen zu helfen. Sie sind krank, Lucian. Gefährlich krank und Sie sind lebensgefährlich für meine Tochter. Rebecca glaubt Ihnen. Sie liebt Sie und sie würde überall mit Ihnen hingehen. Aber ich werde nicht zulassen, dass ihr etwas geschieht. Und Alec auch nicht. Zweifeln Sie niemals daran, dass wir alles tun werden, um unser Kind von Ihnen fernzuhalten.«

Mit diesen Worten schleiften Janne und Dad mich zum Auto, schneller und immer schneller jetzt.

Lucian rannte hinter uns her. Ich sah sein Gesicht, ich sah seine verzweifelte Bemühung, sich unsichtbar zu machen, und ich sah, dass es ihm nicht gelang. Sein ganzer Körper zitterte, und je angestrengter er versuchte, sich unter Kontrolle zu bekommen, desto mehr scheiterte er.

Dad und Janne zerrten mich in den Wagen. Es war ein roter Minivan. Auf der Beifahrertür war eine gelbe Sonne mit der Aufschrift *Sunnycars*.

Dad knallte die Tür zu, dann schnellte er zu Lucian herum und packte ihn am Genick. Janne startete den Wagen.

Ich sah Sebastian, der jetzt am Arm meines Vaters zerrte. Ich sah Michelle, die Val auf dem Arm hielt und stumm auf Lucian schaute. Ich sah Faye, die den Mund öffnete und etwas rief, das ich nicht verstand.

Ich sah Lucians Gesicht. Dad hielt ihn immer noch am Genick fest. Lucians Blick hielt mich fest. Er weinte.

Dann drückte Janne aufs Gaspedal und raste mit quietschenden Reifen davon.

EINUNDVIERZIG

Das Hotel lag in Beverly Hills. Es war ungefähr so hoch wie das Hotel Atlantic in Hamburg. Aber es war nicht weiß, sondern rosafarben und hatte Türme, Erker und Zinnen, die es wie ein kitschiges Schloss aussehen ließen. Es hätte auch in Disneyland stehen können. Ein dunkelbraunes Holzschild begrüßte mit goldener Schnörkelschrift die Gäste.

Welcome at the Old World Hotel.

Durch eine Allee von Palmen und vorbei an blühenden Büschen fuhr Janne die Auffahrt entlang zum Eingang. Ein Portier in einer dunkelblauen Uniform trat vor und öffnete meiner Mutter die Wagentür. Sie stieg aus und kam zu mir gerannt, um mir beim Aussteigen zu helfen.

Wie lange wir gefahren waren, wusste ich nicht. Vielleicht eine halbe Stunde. Kein Stau und keine rote Ampel hatten uns aufgehalten. Nur mein Weinen hatte meine Mutter irgendwann langsam fahren lassen. Es musste anstrengend für sie gewesen sein. Es war anstrengend für mich.

Kurz nachdem wir losgefahren waren, hatte es angefangen. Und es hörte nicht auf. Ich konnte meine Beine nicht bewegen, das Weinen nahm meine ganze Kraft in Anspruch. Meine Mutter musste meinen Arm um ihre Schulter legen und mich aus dem Wagen ziehen. Ihr Parfüm übertönte den Schweißgeruch. Ihr Körper war warm. An sie gelehnt, taumelte ich in die Empfangshalle.

Ein Kaminfeuer prasselte. Auf gepolsterten Sesseln saßen alte Damen und tranken Tee. An der Rezeption stand eine große Glasvase mit Lilien. Der Duft war schwer und süß.

Janne führte mich zu einem weichen Sofa aus rotem Samt. Behutsam nahm sie meinen Arm von ihrer Schulter und half mir, mich zu setzen. Es dauerte ein paar Sekunden.

Das Weinen schüttelte mich wie ein Beben, ich konnte nichts dagegen tun.

An einer Wand hingen Ölgemälde in schweren Goldrahmen. Teetassen klirrten. Das Geräusch einer Klingel ertönte. Es war ein freundlicher, warmer Ton.

»Guten Abend, Madame, wie kann ich Ihnen helfen?«

»Mein . . . mein Mann hat ein Doppelzimmer gebucht. Auf den Namen Wolff. Zwei Personen, für eine Nacht.«

»Einen Augenblick bitte, Mrs Wolff.«

Ich hörte Schritte. Es war ein trippelndes Klackern, das näher kam. Jemand setzte sich neben mich. Ich fühlte, wie sich das Polster unter mir bewegte. Ich roch Haarspray und Lavendel. Ich spürte eine Hand, die meinen Arm tätschelte. Die Stimme, uralt und brüchig, übertönte die von Janne, obwohl sie viel leiser war.

»Sie sagen, alles wird gut«, klang es an meinem Ohr. »Aber sie haben keine Ahnung, wovon sie sprechen, nicht wahr? Woher sollten sie es auch wissen? Sie konnten ja nicht ahnen, dass Jim gar nicht im Bunker war.«

Ich sah eine faltige Hand mit pink lackierten Fingernägeln. An den Fingern steckten Ringe. Sie glitzerten wie die Augen der alten Frau, die mich jetzt aus ihrem verrunzelten Gesicht ansah. Sie zog ein Taschentuch hervor und reichte es mir. Es war hellgrün und mit kleinen roten Punkten gemustert. Nein, keine Punkte. Es waren Rosen. Lauter kleine rote Rosen.

»Was soll das heißen?« Die Stimme meiner Mutter drang wieder in mein Bewusstsein. Sie protestierte aufgeregt. »Das Zimmer wurde gestern gebucht, ich bestehe darauf, dass Sie uns . . .«

»Natürlich, Madame, natürlich! Geben Sie mir bitte nur noch eine kleine Sekunde.«

Jetzt erklang wieder die flatterige, alte Stimme der alten Frau: »Du kannst das Taschentuch behalten, Liebes. Weißt du nicht mehr, was Grandma Betty immer sagte? ›Manchmal braucht man im Leben ein Taschentuch.‹ Das hat sie gesagt. Und das ist wahr, oder?« Die alte Frau blinzelte mich an. Plötzlich sah sie verwirrt aus. »Bist du May?«, fragte sie. »Liebes, du darfst nicht so weinen. Das bringt dir deinen Jim nicht zurück.« Sie tätschelte abermals meine Hand.

Eine jüngere Frau beugte sich zu ihr herunter. »Nein, Mum, das ist nicht May«, sagte sie sanft und nahm die alte Frau an der Hand. »Komm jetzt. Ich bring dich auf dein Zimmer.«

Sie half der alten Frau hoch. »Bitte entschuldigen Sie die Störung«, sagte sie. »Meine Mutter ist noch etwas verwirrt von der langen Reise.«

Ich klammerte mich an das Taschentuch, als ich den beiden hinterhersah. Ich konnte es nicht hochheben. Das Weinen war so anstrengend.

Die Männerstimme ertönte wieder, ruhig und von professioneller Höflichkeit. »Ich bin untröstlich, Miss Wolff, aber es gab offensichtlich ein Missverständnis mit der Buchung. Auf Ihren Namen ist nichts registriert. Wir können Ihnen aber die *Paris Violets* Suite oder die *Old English* Suite anbieten. Die Differenz geht natürlich auf Kosten des Hauses. Wenn Sie also einverstanden sind . . .«

»Kein Problem.«

»Wünscht die Dame dann die *Paris Violets* oder die *Old English* . . .«

»Es ist mir völlig gleichgültig! Ich möchte einfach nur auf ein Zimmer, egal welches, Hauptsache sofort. Meiner Tochter geht es nicht gut, könnten Sie sich bitte einfach beeilen?«

»Selbstverständlich, Madame. Hier ist Ihr Schlüssel und gleich da vorne finden Sie den Aufzug. Ihre Suite ist im siebten Stock.«

Meine Mutter kam auf mich zu. »Komm, Wölfchen. Komm hoch. Ich helfe dir. Komm, ich bring dich zum Aufzug, es sind nur ein paar Schritte.«

Der Teppich war orangefarben mit grünen Ahornblättern und das Weinen war so anstrengend.

Ein kurzes Klingeln ertönte, zwei Türen öffneten sich. Um mich herum waren Spiegel, an der Seite lauter Knöpfe. Etwas klackte. Die Aufzugtüren schlossen sich. Meine Mutter legte beide Arme um mich. Der Schweißgeruch war jetzt stärker als das Parfüm.

Der Aufzug setzte sich in Bewegung. Wir fuhren hoch. Mir wurde schwindelig, ich spürte, wie mir schlecht wurde. Ich musste, ich musste . . . Ich beugte mich vornüber und übergab mich.

»Mein Schatz, mein Liebling, es ist gut. Mach dir keine Sorgen. Das macht jemand weg. Komm, wir sind da. Lehn dich an mich. Ja, so ist es gut, einen Schritt vor den anderen.«

Wieder ertönte das Klingeln. Hinter mir schlossen sich die Türen des Aufzugs.

Meine Beine gaben auf, ich sackte nach unten. Der Teppich war dick und weich und blau. Meine Mutter ging neben mir in die Knie, dann spürte ich ihre Arme unter meinem Rücken und in den Kniekehlen. Sie keuchte. Ich wurde in die Luft gehoben.

»Es wird alles gut, mein Liebling! Ich trag dich. Leg deine Arme um meinen Hals.«

Ihre Haare kitzelten mich an der Wange. Ich schlang meine Arme ganz fest um sie.

Ich roch Reinigungsmittel . . . Ich roch gebratenen Speck . . . Ich hörte Musik ... Ich hörte Stimmen. Eine Frau. Einen Mann. Er fragte: »Brauchen Sie Hilfe?«

Ich hörte meine Mutter stöhnen: »Ja, wenn Sie bitte den Schlüssel ... danke. Es ist die Nummer 714. Danke. Vielen Dank.«

Ich hörte, wie eine Tür aufgeschlossen wurde. Ich hörte meine Mutter sagen: »Liebling, wir sind da. Komm, ich trag dich aufs Bett. Gleich wird es besser.«

Die letzten Schritte stolperte sie, schoss vor und ich fiel auf das Bett. Meine Mutter fiel neben mich, sie atmete schwer. Ich weinte noch immer, aber ich versuchte, die Augen zu öffnen. Es war sehr schwer, weil sie völlig verquollen waren. Ich rollte mich zur Seite. Die Tagesdecke des Bettes war gemustert. Mit Reitern zu Pferde. Auf rotem Untergrund.

Janne hatte sich aufgerappelt. Sie strich mir das Haar aus der Stirn. Auch ich wollte mich aufsetzen. Das Weinen hatte nicht aufgehört, aber es war nicht mehr so anstrengend.

Der Raum war sehr groß. Gegenüber vom Bett stand eine Couch. Sie war aus kreischend rotem Leder mit dicken Noppen. Darüber hing ein Porträt der Queen. Auf der anderen Seite war eine dunkelbraune Kommode mit einem Tablett, einem Sektkübel und vielen Gläsern.

Die Wände bestanden aus zimtfarbenen Ziegeln.

Ich drehte mich um. Über dem Bett hing ein Gemälde, auf dem die London Bridge zu sehen war. Die Lampen an der Decke waren Laternen aus grünem und gelbem Glas. Der Teppich leuchtete in einem kraftvollen Pink. Die Farbe biss sich mit dem Rot der Ledercouch.

Ich schaute zu meiner Mutter, die mich unverwandt anblickte. Ihre Unterlippe zitterte, ihre Augen sahen aus, als ob sie tagelang nicht geschlafen hätte. Sie strich mir über das Haar, wieder und wieder.

»Wölfchen. Mein Liebling. Es wird alles gut. Ich verspreche es dir. Es wird alles gut.«

»Ja«, sagte ich und meine Stimme klang fremd. »Vielleicht hast du recht.«

In Jannes Gesicht zuckte es. Erst nur ein bisschen, dann immer stärker. Sie presste ihre Hände vor den Mund und fing an, wie wild mit dem Kopf zu schütteln. Sie sah aus, als ob sie mit aller Kraft verhindern wollte, jetzt selbst zusammenzubrechen.

Ich schloss für einen Moment die Augen. Meine Mutter durfte nicht anfangen zu weinen. Ich wollte das nicht sehen.

»Mam.« Ich legte ihr die Hand auf den Arm. »Kannst du mich bitte . . . einen Moment allein hier liegen lassen?«

Ebenso heftig, wie meine Mutter vorhin mit dem Kopf geschüttelt hatte, fing sie jetzt an zu nicken.

»Ja«, presste sie hervor. »Ja, natürlich mein Schatz.«

Sie stand vom Bett auf und floh ins Bad. An der Tür drehte sie sich noch einmal zu mir um.

»Rebecca?«

»Ja, Mam?«

»Ich liebe dich. Ich liebe dich über alles.«

Ich versuchte zu lächeln. »Ich weiß, Mam. Ich weiß das.«

Ich trank einen Schluck Wasser aus der Flasche, die auf dem Nachttisch stand. Dann zog ich die Tagesdecke vom Bett, streifte mir die Schuhe von den Füßen, kroch unter die Bettdecke und machte die Augen zu.

Ich hörte, wie die Badezimmertür zuklappte.

Ich blieb liegen, mit geschlossenen Augen.

Das Rauschen hinter der Badezimmertür war beruhigend. Es klang wie ein Wasserfall und es übertönte das Geräusch, das ich jetzt auf keinen Fall hören wollte, das Sperrige, Unterdrückte, das mir in den Ohren wehtat. Ich wollte nur das rauschende Wasser hören.

Ich konzentrierte mich fest darauf.

Ich atmete ganz ruhig, bis es endlich still wurde hinter dem Rauschen im Bad.

Ich war auch still. Meine Schritte machten kein Geräusch auf dem Teppich, als ich zur Zimmertür ging. Auch die Tür öffnete sich lautlos. Ich ließ sie offen und ging weiter, ruhig und zügig, den Blick geradeaus gerichtet.

Der Aufzug kam nicht. Nur die Lampe leuchtete, aber er setzte sich nicht in Bewegung.

Ich trat einen Schritt zurück. An der Wand im Flur war ein Schild mit einer aufgemalten Treppe und einem Pfeil, der nach links führte. Unser Zimmer war rechts.

Ich ging nach links, vorbei an ungefähr acht Türen. Vor einer stand ein großer Teewagen mit Essensresten. Es roch nach Pommes und gebratenem Fleisch. Der Flur war ziemlich schmal. Er machte einen Bogen nach rechts. Noch mehr Türen, rechts und links, aber vor mir am Ende des Flurs war der Ausgang zum Treppenhaus. Darüber war ein grünes Schild mit einem rennenden Männchen. Die Treppe wand sich in Kreisen nach unten, wie eine lange Wendeltreppe. Die Stufen waren mit Korbteppich ausgelegt. Meine Schritte machten dumpfe Geräusche, sonst rührte sich nichts.

Sechster Stock. Fünfter Stock. Vierter Stock. Dritter Stock.

Ich blieb stehen. Ich sah über meine Schulter zurück nach oben. Ich horchte. Niemand war da.

Warum fing ich dann an zu zittern? Warum fühlte sich das Zittern so seltsam an, warum so fremd und warum gleichzeitig so vertraut? Warum kam es von innen, obwohl ich wusste, dass es gleich von außen kommen würde, wie ein Echo. Oder war das, was ich in mir fühlte, das Echo?

Ich sah nach oben. Alles war ruhig. Ich sah nach unten. Ich schüttelte den Kopf. Ich ging nach rechts. Ich ging durch die Tür des Treppenhauses in die dritte Etage. Der Teppich war fliederfarben. Vor mir lagen weitere Türen. Vier links, vier rechts. Die dritte Tür von links stand offen.

ZWEIUNDVIERZIG

Der Raum. Er war da. Ich war angekommen. Ich war hier, in der *Swiss Bell Suite* im *Old World Hotel* von Los Angeles.

Und es würde passieren. Es würde wieder passieren, jetzt gleich.

Ich bewegte mich wie im Traum, obwohl ich wach war, hellwach.

Ich stand auf dem dunkelgrünen Teppich. Ich sah die Wände. Sie waren mit Holz verkleidet. An der Decke hing der Kronleuchter. Ich sah das Bett mit der geblümten Tagesdecke. Darüber hing das Bild mit der Berglandschaft. Dunkle Tannen, eine Wiese im Sonnenschein. Ich konnte mich hören. Ich konnte mich selbst hören, wie ich das Heidi-Lied summte. Und ich konnte mich sehen.

Ich stand in diesem Raum und ich sah mich selbst darin. Ich sah, was schon einmal geschehen war. Ich hörte mich lachen, ich war allein, ich war glücklich. Ich konnte fühlen, was ich gefühlt hatte, ich konnte denken, was ich gedacht hatte: Meine Mutter war unten an der Rezeption gewesen und hatte auf das Gepäck gewartet, das der Portier noch aus dem Auto holen musste. Gleich würde sie nach oben kommen. Heute Nacht würde ich bei ihr schlafen, damit sie die erste Nacht nicht allein im Schweizer Alpenglück à la Los Angeles verbringen musste, mit augenzwinkernden Grüßen von Dad. Janne und er hatten schon immer denselben Humor gehabt. Dad hatte gewusst, dass sie darüber lachen würde. Genau wie ich.

Morgen wollten wir zu ihm. Wir wollten ihn abholen, ihn und meine kleine Schwester Val, und wir würden gemeinsam zu seinem Haus am Lake Nacimiento fahren.

Michelle war auf einer Geschäftsreise. Es hatte Dad Monate gekostet, unseren Besuch bei ihr durchzusetzen.

Wir wollten drei Wochen bleiben und in einer Woche wollten Sebastian und Suse kommen. So hatten wir es geplant.

Ich sah die Vorfreude in meinem lachenden Gesicht. Ich ging im Raum umher und summte das Heidi-Lied, ich drehte mich herum und herum und dann sah ich mich innehalten, weil ich jemanden gespürt hatte.

Jemanden, den ich kannte, vor langer Zeit war ich ihm begegnet, als ich noch ein kleines Mädchen gewesen war. Ich fühlte diese starke Sehnsucht in mir, den brennenden Wunsch, ihn wieder zu sehen, ihn wirklich zu sehen. Ihn zu berühren. Aber er war nicht da. Ich sah mein Gesicht, die tiefe Enttäuschung darin. Ich ging auf den Spiegel zu, den Spiegel an der Wand, vor dem ich auch jetzt wieder stand. Er fing an zu zittern.

Es geschah, es passierte, es wurde Wirklichkeit. Das Zittern war wieder da, direkt unter meinen Füßen, die am Boden hafteten, als wären sie damit verwurzelt. Ich konnte mich nicht rühren, ich konnte nicht weglaufen, ich konnte nicht – wie jetzt andere Menschen, in anderen Zimmern – um Hilfe rufen.

Ich konnte nur dastehen und es geschehen lassen.

Jetzt.

Der Spiegel zersprang – ich sah mein Gesicht in tausend Einzelstücken und ich flog mir selbst entgegen.

Ich fiel vornüber zu Boden, ich landete bäuchlings in den Scherben, mit ausgestreckten Armen. Ein scharfer Schmerz zuckte durch mein Handgelenk. Es passierte und es ging langsam.

Ich sah zur Tür, die zugefallen war. Ich sah zum Nachttisch neben dem Bett, zum Telefon, das noch immer an der Wand hing. Nur der Hörer hatte sich gelöst, lautlos baumelte er in der Luft. Das Telefon war vier, vielleicht fünf Meter von mir entfernt. Aber es waren keine Meter, es waren Ewigkeiten.

Auf Knien kroch ich darauf zu. Und jetzt dachte ich nur noch an ihn. An Lucian, der nicht bei mir war. An Lucian, der jetzt alleine blieb. An Lucian, der jetzt ein gescheiterter Engel war und ewig leben musste. Fühlte er es auch?

Fühlte Lucian, was geschah?

Das Blut war so warm. Es floss an meiner Hand herunter und sickerte auf den grünen Teppich, immer mehr, immer mehr Blut, und es machte mich müde, es machte mich schwer und leicht und so langsam, so . . . langsam . . .

Ich brach zusammen. Erst gab das Handgelenk nach. Es war dumm gewesen, mich darauf zu stützen, sehr dumm. Es ließ das Blut schneller spritzen, die Wunde stärker pulsieren. Ich fiel auf den Ellenbogen, Wirbel für Wirbel folgte mein Oberkörper. Ich lag auf der Seite. Rollte mich auf den Rücken. Alles war nass und warm.

Ich sah zur Zimmerdecke. Sie war himmelblau. Der Kronleuchter waberte in der Luft über meinem Kopf langsam hin und langsam her.

Heidi, Heidi . . .
Komm doch heim . . .
Find dein Glück . . .
Find doch wieder zurück . . .
Deine Klara . . .
Ich male dir eine Tomate . . .
So viel Blut . . .
Lucian . . . Lucian . . . Lucian . . .
Bitte . . .

Bitte nicht . . .

Lucian . . .

Ich will nicht, dass du allein bist . . .

Bitte nicht, bitte, bitte, nicht . . .

Ich will nicht, dass du . . .

Lu . . .

DREIUNDVIERZIG

Ich bin da . . .
Rebecca, ich bin da . . .
Hörst du mich?
Komm zurück . . .
Rebecca, ich liebe dich . . .
Mach die Augen auf . . .
Sieh mich an . . .
Rebecca, bitte nicht . . .
Bitte . . . bitte . . .
lass mich nicht . . .
. . . allein . . .

VIERUNDVIERZIG

Da war eine Stimme gewesen.

Sie war ganz weit weg und dann war sie verstummt.

Ich wollte nicht, dass sie verstummte, ich wollte sie noch einmal hören. Ich versuchte, die Augen zu öffnen.

Alles drehte sich, alles war verschwommen. Da war ein Gesicht über mir. Auch das Gesicht drehte sich, zu schnell, viel zu schnell. Ich wollte, dass es anhielt.

»Wo bin ich?«, krächzte ich und schloss die Augen, damit das Drehen aufhörte.

»Ich bin bei dir. Du bist im Hotel. Du bist in dem Raum, von dem wir geträumt haben. Ich bin bei dir.«

Ja, das war die Stimme, die ich vorhin gehört hatte. Sie war jetzt ganz nah, direkt an meinem Ohr. Ich kannte diese Stimme. Ich liebte diese Stimme. Ich konnte nicht glauben, dass sie echt war. Dass sie hier war.

»Ich bin es, Lucian. Es ist vorbei, Rebecca. Wir haben es geschafft. Mach die Augen auf.«

Ich konnte nicht. »Was pocht? Was pocht da so?«

»Deine Wunde am Handgelenk. Ich habe sie abgebunden. Sie blutet nicht mehr. Du bist in Sicherheit, Rebecca. Mach die Augen auf. Schau mich an.«

Ich versuchte es.

Das Drehen hörte auf.

Er war wirklich da. Lucian lag neben mir auf dem Teppich. Sein Gesicht und seine Arme waren verschmiert von meinem Blut, aber er lächelte und er hielt mich im Arm. Er küsste meine Schläfen. Er küsste meine Wangen. Er küsste meine Lippen.

Dann hob er behutsam meine verletzte Hand und küsste den Verband auf meinem Gelenk. Er war dick und weich, ich sah ein Päckchen Tempotücher, um die ein Stofftaschentuch gebunden worden war. Das Stofftaschentuch war hellgrün und hatte ein Blumenmuster aus roten Rosen.

Im Flur hörte ich Stimmen. Von draußen drang das Geräusch einer Sirene an mein Ohr.

Ich küsste Lucians Schläfen. Ich küsste seine Wangen, seine Lippen. Dann küsste ich die Innenfläche seiner Hände.

»Wie hast du es geschafft?«, flüsterte ich.

Lucian lächelte mich an. »Sebastian hat mir geholfen. Er hat wie wild auf deinen Vater eingeredet. Er hat zwar nichts aus ihm rausbekommen, aber er hat ihn zumindest so weit von mir abgelenkt, dass ich wieder die Kontrolle über mich gewinnen konnte.«

Ich atmete aus. »Aber wie hast du das Hotel gefunden?«

Noch einmal zuckte es um Lucians Mundwinkel. »Michelle hat es mir verraten.«

Michelle? Ausgerechnet Michelle?

»Sie drückte mir plötzlich einen Zettel in die Hand. Ich glaube, sie hat gespürt, dass wir die Wahrheit gesagt haben, genau wie Sebastian. Und ich glaube, sie hat gesehen, wie sehr deine Mutter dich liebt.«

Im Flur schlug eine Tür zu. Wieder hörte ich Stimmen. Jemand rief. »Mom, Mom! I'm here! I'm fine!«

Ich rang nach Luft. »Meine Mutter war in der Badewanne, als ich aus dem Zimmer gelaufen bin. Ich hatte sie allein gelassen. Oh mein Gott, was ist, wenn sie . . .«

»Schscht . . .« Lucian legte seinen Finger auf meine Lippen. »Es geht ihr gut, Rebecca. Ich habe sie im Foyer gesehen. Sie war furchtbar aufgeregt und hat immerzu nach dir gerufen. Aber sie ist nicht verletzt. Ich glaube, niemand ist ernsthaft verletzt.«

Ich versuchte den Kopf zu heben, aber es gelang mir nicht. Alles tat weh. »Hat sie dich gesehen?«, flüsterte ich.

Lucian schüttelte den Kopf.

Ich biss die Lippen aufeinander. In meinem Handgelenk pochte es stärker. Lucian hob die Hände und umfasste mein Gesicht. Er sah mich an. Mir fielen all die Blicke ein, die ich von ihm gesehen hatte, ironische, wütende, heitere, gelassene, erstaunte, verwirrte, ruhige, erregte, traurige, zärtliche.

Aber so glücklich hatte ich ihn noch nie gesehen.

Und noch nie so verzweifelt.

»Uns bleibt nicht mehr viel Zeit, Rebecca«, flüsterte er.

Ich schloss die Augen. »Das klingt nach Abschied, Lucian.«

»Ja«, sagte er leise. »Es wird Zeit für mich zu gehen.«

Ich fühlte seine Hände auf meinem Gesicht und dachte: Nein. Nein. Nein.

Lucian streichelte mein Gesicht. Nur mit dem Finger. Er sagte nichts. Und das brauchte er auch nicht. Ich wusste es ja. Ich wusste, dass wir am Anfang waren und dass dieser Anfang ein Ende war.

»Wie?«, flüsterte ich, als das Schweigen zu schwer wurde.

»Wie wird es passieren?«

Lucian lächelte mich traurig an. »Durch einen einfachen, menschlichen Gedanken. Was wäre, wenn, Rebecca? Was wäre, wenn ich wieder dein Engel würde? Kannst du dir das vorstellen? Kannst du dir das . . . wünschen?«

Ich schaute ihn an. Ich sah die Adern an seiner Stirn, Adern, durch die Blut floss, warmes, menschliches Blut. Ich strich über seine Haut, die weich war, und ich legte meine Hand auf seine Brust, um seinen Herzschlag zu fühlen. Sanft und regelmäßig schlug er gegen meine Hand.

»Dann wärst du fort«, flüsterte ich. »Dann wäre ich allein.«

Lucian streichelte mein Haar. »Weißt du noch, was ich dir am See gesagt habe?«, fragte er zärtlich. »Dass ich dich mehr liebe als mein Leben? Wenn ich wieder zu dem werde, was ich war, dann nur aus diesem Grund: Weil ich dich nicht alleine lassen möchte. Ich will an deiner Seite sein, für immer Rebecca. Aber das kann ich nur auf diese Weise. Verstehst du das?«

Ich schwieg. Ich nickte. Ja, das verstand ich.

Lucian ließ seinen Kopf auf meine Brust sinken und einen Moment lagen wir einfach nur da. Im Flur war es ruhig geworden. Lucians Atem strich warm über meinen Hals.

»Was wäre, wenn«, hörte ich seine Stimme an meinem Ohr. »Was wäre, wenn wir noch einmal zusammen tauchen?«

Ich drückte meine Lippen an Lucians Wange. »Wo denn?«, fragte ich. »Wo sollten wir das tun?«

»Im Drachensee.«

»Aber wir sind hier, hier im Hotel.«

»Dann segeln wir eben fort«, sagte Lucian. Er hob den Kopf und lächelte mich an. »Wie in dem Bilderbuch von Max und den wilden Kerlen.«

Ich nickte, diesmal unter Tränen. Ich flüsterte: »An dem Abend, an dem Max seinen Wolfspelz trug und nur Unfug im Kopf hatte, schalt seine Mutter ihn: ›Wilder Kerl.‹«

Auch Lucians Augen schimmerten jetzt. »Und dann musste er ohne Essen ins Bett«, sagte er leise. »Und genau in dieser Nacht wuchs ein Wald in seinem Zimmer, der wuchs und wuchs, bis die Decke voll Laub hing und die Wände so weit wie die ganze Welt waren . . .«

». . . Und plötzlich war da ein Schiff«, flüsterte ich weiter. »Nur für Max, und er segelte davon . . .«

Lucian nickte. »Und das werden wir auch tun Rebecca. Wir segeln zum See. Wir müssen nur vorher noch etwas erledigen.«

Er löste sich sanft von mir und ging zu dem Telefonhörer, der noch immer an der Wand baumelte.

Ich schloss die Augen. Ich hörte ihn, wie er das tat, was er nur als Mensch konnte. Er holte Hilfe.

Dann fühlte ich seine Hände. Er hob mich vom Boden auf und trug mich auf das Bett. Behutsam legte er sich zu mir und zog mich in seinen Arm. Ich hörte sein Herz schlagen und ich hörte seine Stimme in meinen Haaren.

»Rebecca?«

»Ja?«

»Kommst du mit?«

Ich nickte. Ganz langsam, während mein Atem immer ruhiger, immer tiefer wurde.

»Ja«, sagte ich. »Ich komme mit.«

Ich hob meinen Kopf und wir sahen einander an. Lucians Augen waren jetzt sehr hell und sein Gesicht erschien mir blasser als je zuvor.

»Küss mich«, flüsterte ich.

Er küsste mich. Dann schlossen wir die Augen.

Der Raum wurde weit, so weit wie die Welt. Und plötzlich war da ein Schiff für Lucian und mich, und wir segelten davon. Tag und Nacht und wochenlang und fast ein ganzes Jahr, bis zu dem Ort, an dem wir Abschied nehmen würden.

Es war dunkel, aber am Himmel leuchtete der Mond.

Wir glitten ins Wasser, beide zusammen. Seite an Seite tauchten wir unter, immer tiefer und tiefer, bis alles still war, bis nichts und niemand mehr da war. Keine Welt, kein Himmel, kein Mond, nur noch wir beide.

Es war dunkel, aber wir konnten uns sehen.

Wir fassten uns an den Händen und wir lachten.

Noch einmal zog mich Lucian an seine Brust. Noch einmal küssten wir uns und noch einmal wurde sein Atem zu meinem und mein Atem zu seinem.

Dann ließ der Druck seiner Lippen nach. Seine Hände lösten sich und auch ich ließ los.

Ich sah nach unten und schwebte nach oben, leicht, schwerelos, nur getragen vom Wasser.

Lucian blieb zurück. Weiter, immer weiter zurück, während mein Körper nach oben drängte, zurück an die Oberfläche.

Ich tauchte auf und dann segelte ich zurück, fast ein ganzes Jahr und viele Wochen lang und noch einen Tag, bis in den Raum, wo es Nacht war und ich die Stimme meiner Mutter hörte.

Janne saß an meinem Bett. Ihre Wangen waren nass. Sie trug einen dunkelgrünen Bademantel, der an der Schulter aufgerissen war. Hinter ihr sah ich Dad. Seine Hand lag auf der Schulter meiner Mutter und am Fußende des Bettes stand Sebastian.

Er sah mich an und lächelte.

Das Fenster war offen und draußen fiel leise der Regen.

»Es war Lucian, nicht wahr?«, flüsterte meine Mutter. »Er hat dir das Leben gerettet. Und ich habe mich geirrt. Wo ist er? Warum ist er fort? Ich muss ihm sagen, dass . . .«

»Er ist nicht fort«, unterbrach ich meine Mutter leise.

»Lucian ist hier. Er ist hier bei mir.«

DANKE!

Was wäre, wenn ich diesen Roman allein geschrieben hätte? Die Antwort ist einfach: Er wäre nicht zu dem geworden, was er jetzt ist.

Ich danke meinen Begleitern, die mir viele Monate lang zur Seite gestanden haben:

- Der Künstlerin Sibylle Mayr, die mir für den Roman ihre Kunstobjekte zur Verfügung gestellt hat. Die Künstlerin Spatz ist als Figur frei erfunden, aber ihre Serie *Seemannsgarn*, ihre *Organ-Objekte* sowie ihre *Glücksschwamm-Reihe* stammen in Wirklichkeit von Sibylle Mayr, die auch die Urheberin der Geschichte zu den Glücksschwämmen ist. Ich kann Sibylles wunderbare Gedanken nur bestätigen: In der Gegenwart ihrer *Sponglia beatificae* hatten meine angstvollen Gedanken beim Schreiben keine Überlebenschance!

- Dem Künstler aus der Koppel – der nicht mit dem fiktiven Künstler aus dem Roman zu verwechseln ist, mir aber einen Einblick in sein Atelier ermöglich hat.

- Der hilfsbereiten Mitarbeiterin aus dem Hotel Atlantic in Hamburg, die mit mir aufs Dach gestiegen ist, damit ich Hamburg von oben betrachten konnte.

- Meiner Freundin Birgit Permantier, die mir mit klugen Ratschlägen geholfen hat, mich auf die Idee brachte, dass Engel nicht zweifeln dürfen, und mit mir eine Traumreise machte, die ich nicht vergessen werde.

- Meiner Freundin und Kollegin Sylvia Englert, die von Stunde null an mit Rat, Zuspruch und vielen kostbaren Ideen dabei war und vor allem in der Entwicklungsphase eine wunderbare Sparringspartnerin gewesen ist.

- Dr. Michael Düring und Dr. Alexandra Schulze-Rohr, die in Sachen »Blut und Scherben« Erste Hilfe geleistet haben, damit Rebecca am Ende richtig »versorgt« werden konnte.

- Rene Kock, den ich jederzeit mit meinen Fragen in Los Angeles anmailen konnte und der mir später auch vor Ort viele Tipps gegeben und mir den Lake Nacimiento empfohlen hat.

- Kendra Kock, die lange Fragelisten von mir ausführlich beantwortet hat und mir in Los Angeles die Pacific Palisades Charter Highschool sowie den Stadtteil Pacific Palisades gezeigt hat.

- Cornelia, Anna-Lena, Oliver, Paula, Angie, RoxAnn, Rolf, Kyre und Nadia, die meine Schreibzeit in Los Angeles noch schöner machten, dafür sorgten, dass ich auch mal vom Schreibtisch wegkam und mich mit vielen Gesprächen von Schreibblockaden und Zweifeln kurierten.

- Andreas Henze für seine Präsenz und seine Kommentare hinter den Kulissen.
- Jocki Maurit-Moritz, den Wunderheiler meines Computers, für seine Einsatzbereitschaft und Hilfe.

- Maria Regina Heinitz für viele Gespräche, ihre Geduld, ihr immer offenes Ohr und dafür, dass sie meine beste Freundin ist.

- Meiner Agentin Tamara Steg, die als meine Firewall dafür gesorgt hat, dass ich in Ruhe schreiben konnte, und der ich blind all die anderen Dinge, um die ich mich in dieser Zeit nicht kümmern konnte, anvertrauen durfte.

- Der Belegschaft des Cafés Mathilde, die mit Speis und Trank dafür gesorgt haben, dass ich nicht verhungere, und denen ich meine Schreibinsel neben Kaffee und Literatur verdanke.

- Meiner Mutter Barbara Abedi, die auch diesmal »live dabei« war, jedes Kapitel gelesen hat, mir Rückenwind und Zuspruch gab und immer das Gefühl: Du schaffst es!

- Meiner Tochter Sofia für geschenkte Worte, kluge Gedanken und eine riesige Portion Geduld mit ihrer schreibenden Mutter.

- Meiner Tochter Inaíe für ihre Hilfe beim Plotten, ihre konstruktive Kritik und ihre Inspiration.

- Meinem Mann Eduardo Macedo, der mir auch diesmal den Rücken freigehalten hat, dafür sorgte, dass ich nicht zum »Grübel-Grufti« mutiert bin, dabei half, diverse Baustellen zu beseitigen, und immer da war, wenn ich ihn brauchte.

- Maurice Sendak für sein Bilderbuch *Wo die wilden Kerle wohnen.*

- Monika Trapp für den Mond und magische Worte zur rechten Zeit.

- Der Grafikerin Frauke Schneider für das wunderschöne Cover.

- Den Lektorinnen Katrin Weller und Johanna Prediger für ihren Einsatz, die wichtigen Kommentare an den richtigen Stellen und für ein besseres Ende.

- Meinem Verleger Albrecht Oldenbourg für sein Vertrauen, dass das, was lange währte, am Ende doch noch fertig wurde.

- Dem gesamten Team des Arena Verlages: Regine Bruns von der Presse, dem Vertriebsleiter Michael Böhme mit dem gesamten Vertreterteam, den Mitarbeitern aus der Werbeabteilung und Herstellung, die durch ihre wertvolle Arbeit dazu beigetragen haben, dass aus vielen Seiten ein fertiges Buch geworden ist, das jetzt seinen Weg in die Buchhandlungen antritt – und schließlich den Buchhändlern, die es von nun an in die Hände der Leser geben.

- Mein letzter und tiefster Dank geht an Christiane Düring, meiner Lektorin und Programmleiterin des Arena Verlages. Sie war meine engste Begleiterin vom Anfang bis zum Ende, und ich weiß nicht, wo ich anfangen und wo ich aufhören soll, ohne hier noch einmal einen Roman zu schreiben. Sie war diejenige, die am tiefsten verstanden hat, worum es mir in diesem Buch ging – und diejenige, die mir geholfen hat, es auszudrücken. Um mit Tygers Worten zu sprechen: Sie las auch die Worte, die nie ein anderer lesen wird, weil wir sie verwarfen, um neue zu schaffen, und an Stellen, wo meine Geschichte einstürzte wie ein Haus, weil das Fundament nicht stimmte, war sie am Wiederaufbau beteiligt. Und mit alldem war sie diejenige, die mir beim Schreiben immer die Sicherheit gegeben hat: Ich bin nicht allein.

Isabel Abedi

Isola

Sie sind zu zwölft und sie haben das große Los gezogen. Drei Wochen allein auf einer einsamen Insel vor Rio de Janeiro – als Darsteller eines Films, bei dem nur sie allein die Handlung bestimmen – bei dem nur sie selbst wissen, was Wahrheit ist und was Lüge. Doch dann wird das paradiesische Idyll für jeden von ihnen zu einer ganz persönlichen Hölle. Und am Ende müssen die Jugendlichen erkennen, dass die Lösung tief in ihnen selbst liegt.

Arena

328 Seiten. Gebunden.
ISBN 978-3-401-06048-4
www.arena-verlag.de

Isabel Abedi

Whisper

Eine unwirkliche Stille liegt über Whisper, dem alten Haus, in dem Noa ihre Ferien verbringen soll. Das alte Gebäude birgt ein Geheimnis, über das niemand im Dorf spricht. Furcht und neugierige Erwartung führen Noa immer tiefer auf die Spur eines rätselhaften Verbrechens. Gemeinsam mit David nähert sich Noa der Wahrheit eines nie geklärten Mordes …

Arena

280 Seiten. Arena-Taschenbuch.
ISBN 978-3-401-02999-3
www.arena-verlag.de

Isabel Abedi

Imago

Wanja liebt sie – diese Minuten vor Mitternacht, kurz bevor auf ihrem Radiowecker alle vier Ziffern auf einmal wegkippen und eine ganz neue Zeit erscheint. Doch heute um Mitternacht verändert sich nicht nur das Datum für Wanja. Sie bekommt eine geheimnisvolle Einladung zu der Ausstellung Vaterbilder. Und damit einen Schlüssel, der die Tür zu einer anderen Welt öffnet: in das Land Imago.

Arena

408 Seiten. Arena-Taschenbuch.
ISBN 978-3-401-02908-5
www.arena-verlag.de

Antje Babendererde

Indigosommer

„Die Gischt in der Brandung schimmerte nicht weiß, sondern blau. Es war ein indigoblaues Leuchten und Flimmern entlang der gesamten Brandungslinie. Das Meer sprühte Funken. Fasziniert starrte ich auf das Schauspiel. Und dann sah ich ihn. Den einsamen Wellenreiter in der Nacht. Seine schwarze Gestalt im Licht des vollen Mondes hatte etwas Gespenstisches, so, als wäre er nicht von dieser Welt."

Arena

336 Seiten. Gebunden.
ISBN 978-3-401-06335-5
www.arena-verlag.de

Christoph Marzi

Heaven

Stadt der Feen

Feenblut fließt in den Adern von Heaven. Aber bisher weiß das Mädchen noch nichts von ihrer besonderen Abstammung. Als die Jagd auf sie beginnt, ist Heaven ist ganz auf sich gestellt. David dagegen findet sein Leben ziemlich normal. Gut, seine Ex hat ihn gerade verlassen, aber kein Grund für ein Hollywood-Drama. Doch dann trifft er hoch auf den Dächern Londons Heaven. Und Davids Leben ändert sich für immer.

Arena

336 Seiten. Gebunden.
ISBN 978-3-401-06382-9
www.arena-verlag.de

Kerstin Gier

Rubinrot

Liebe geht durch alle Zeiten

Manchmal ist es ein echtes Kreuz, in einer Familie zu leben, die jede Menge Geheimnisse hat. Der Überzeugung ist zumindest die 16jährige Gwendolyn. Bis sie sich eines Tages aus heiterem Himmel im London um die letzte Jahrhundertwende wiederfindet. Und ihr klar wird, dass ausgerechnet sie das allergrößte Geheimnis ihrer Familie ist. Was ihr dagegen nicht klar ist: Dass man sich zwischen den Zeiten möglichst nicht verlieben sollte. Denn das macht die Sache erst recht kompliziert!

Arena

352 Seiten. Gebunden.
ISBN 978-3-401-06334-8
www.rubinrotlesen.de